京门风月

❶ 芳华归来

[上]

西子情 作品
XI ZI QING WORKS

江苏凤凰文艺出版社
JIANGSU PHOENIX LITERATURE AND ART PUBLISHING, LTD

图书在版编目（CIP）数据

京门风月. 1，芳华归来 ：全2册/西子情著. —
南京：江苏凤凰文艺出版社，2015
ISBN 978-7-5399-8258-8

Ⅰ.①京… Ⅱ.①西… Ⅲ. ①长篇小说－中国－当代
Ⅳ.①I247.5

中国版本图书馆CIP数据核字（2015）第077467号

书　　名	京门风月1芳华归来
作　　者	西子情
出版统筹	黄小初　侯　开
选题策划	李文峰　风染白
责任编辑	姚　丽
文字编辑	风染白
责任监制	刘　巍　江伟明
出版发行	凤凰出版传媒股份有限公司
	江苏凤凰文艺出版社
出版社地址	南京市中央路165号，邮编：210009
出版社网址	http://www.jswenyi.com
经　　销	凤凰出版传媒股份有限公司
印　　刷	北京海石通印刷有限公司
开　　本	700×980毫米　1/16
字　　数	550千字
印　　张	34
版　　次	2015年8月第1版，2019年6月第4次印刷
标准书号	ISBN 978-7-5399-8258-8
定　　价	59.80元（全二册）

影视版权抢订热线　13911704013

目录（上）

CONTENTS

京 门 风 月

楔子 1

第一章 回京 6

第二章 觐见 17

第三章 请旨 27

第四章 抢人 38

第五章 困局 49

第六章 看诊 63

第七章 闺房 75

第八章 培养 90

第九章 心仪 102

第十章 狩猎 113

第十一章 做媒 124

第十二章 懿旨 136

第十三章 选妻 149

第十四章 串门 167

第十五章 立约 185

第十六章 遮掩 203

第十七章 娶她 221

第十八章 打架 238

第十九章 云雨 256

目录 下

CONTENTS

京　门　风　月

第二十章　交易　269

第二十一章　威胁　281

第二十二章　除夕　293

第二十三章　进宫　306

第二十四章　求娶　318

第二十五章　逼婚　330

第二十六章　赐婚　342

第二十七章　旖旎　355

第二十八章　私情　367

第二十九章　欺负　378

第三十章　定情　389

第三十一章　情深　400

第三十二章　傲骨　413

第三十三章　晚宴　424

第三十四章　表态　435

第三十五章　接受　447

第三十六章　人情　459

第三十七章　同行　471

第三十八章　妻子　483

第三十九章　共识　493

第四十章　上门　504

第四十一章　重视　515

第四十二章　亲密　526

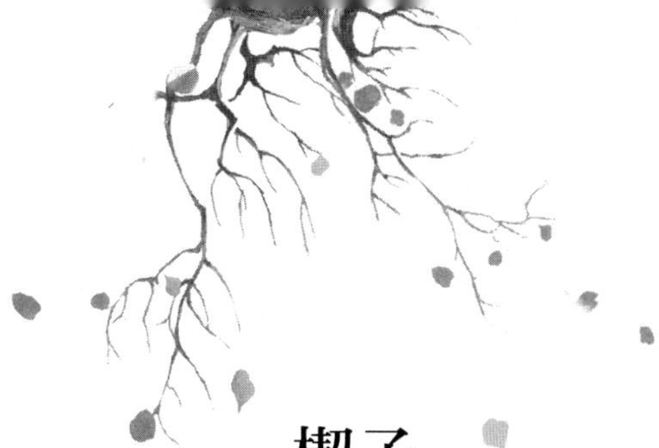

楔子

京　门　风　月

南秦二七八年冬，四皇子秦钰酒后纵火烧宫闱，险些致使皇宫倾覆。

皇帝大怒，百官骇然。

监察院上奏，御史台弹劾，以左相卢勇为首，请求皇上严惩四皇子秦钰。

卢勇言曰：“四皇子身为皇后嫡子，却不知检点，德行有失，枉为皇上教诲，皇后垂爱。今日酒后失德，敢纵火烧宫闱，明日酒后失性，便敢毁朝纲社稷。皇室有此子，列祖列宗蒙羞，若不严惩，宗室子息争相效仿，他日再造更大祸端，遗祸数代，悔之晚矣。”

言语铿锵，口诛笔伐，令人无以为辩。

皇上面色铁青，赤手捏碎了一块金椅扶手。

右相刚要开口，猛然注意到皇帝流血的手，身子微震，退了一步。

朝堂的言论一时间成一边倾倒之势，无一人敢上前为四皇子求情。

朝堂的动向很快就传到了后宫，坐在凤鸾宫的皇后脸色发白，握着茶盏的手不由用力，茶盏被她捏碎，她纤长的手指被划破了一道口子，顿时鲜血直流。

侍候的宫女人人惶恐，女官连忙上前为皇后止血。

皇后扔了茶盏，推开女官，猛地站起身，咬牙切齿地怒道：“他们这是要逼死秦钰！”话落，她深吸了一口气，冷沉地开口吩咐：“摆驾！前往金殿！”

此言一出，凤鸾宫侍候的众人齐齐失色。

女官失声提醒：“娘娘，后宫不得干政啊，您若是这样闯上朝堂的话，那您可就……”

“就算本宫这个皇后被废，任倚翠宫和玉芙宫那两个贱人得逞，也不能让他们就这样杀了我的儿子。”皇后声音虽颤，但有着破釜沉舟的坚定，“秦钰是我唯一的儿子！”

女官顿时住了口。

皇后甩袖，疾步出了凤鸾宫。

朝堂上，一片冷凝，群臣都在等皇上如何处罚四皇子。

虽然还未下旨，但是很多人都知道，处罚一定不会轻了，四皇子不死也会脱层皮。

“请皇上速速下旨惩处四皇子，以儆效尤！”左相见皇上许久未有决断，再度请谏。

“卢勇，你急什么？四皇子有罪，但昔日也曾救驾有功，往常不曾做过出格之事。昨日醉酒烧宫闱，也许事出有因。今日四皇子还未酒醒，不让其辩白就做处置，是否太急了？”右相终于开口。

“皇上和司礼监的几位大人亲眼目睹，纵火的人是四皇子本人，还能有假？难道你是说皇上和众位大人眼睛都花了？看错了人？醉酒之人，酒后失德，酒醒后哪还知道自己做了什么？就算辩白，也逃不脱他纵火的事实。”左相义愤填膺地陈词。

右相皱眉，刚要反驳，皇帝忽然一拍金椅扶手，怒道：“都别说了！四皇子德行亏空，枉为朕昔日带在身边教导。今日起，贬四皇子为庶民，流放漠北，不得诏令，永世不得踏入京城一步。”

“吾皇万岁！”

左相带领群臣伏首跪地高呼。

右相闭上了眼睛，苍老的面容下隐隐透出一丝无奈。

圣旨一下，再无回旋余地，所有人都知道，四皇子今生完了！

庶民是什么人？

那是底层最低下的贩夫走卒。

漠北是什么地儿？

那是距离京城两千里外的蛮荒苦寒虫兽横生之地。

大殿内一时沉寂无声。

“皇上，皇后娘娘请旨上殿！”一名内侍高喊一声。

群臣一惊，齐齐抬头。

“她来做什么？让她回去！”皇帝一怔，恼怒地挥袖。

“皇上，臣妾前来请旨！”内侍还没来得及拦，一身大红正装的皇后疾步闯进了大殿。

“胡闹！”皇帝见皇后不顾拦阻闯了进来，怒斥了一句。

群臣屏息，无一人言语，哪怕是刚正不阿的言官此时也没人站出来指责皇后。

皇后面色冷然地扫了群臣一眼，目光从右相身上转到左相身上，定了片刻，端端正正地跪在大殿中，清声道："臣妾教子无方，使其酿成大错，臣妾求皇上将臣妾赐死！"

此言一出，满殿皆惊。

皇帝脸色顿时变了数变，忽然腾地起身，怒道："你是四皇子生母，朕是他生父，你这般上殿要朕赐死你，是不是也要朕自杀？毕竟朕也教子无方！"

"皇上万万不可！皇上息怒！"群臣骇然，齐齐惶恐。

皇后闻言眼眶顿时湿了，大声道："人无完人，何人无错？就是左相昔日里还有自家儿子打死人的事情出现，那时候只不过从轻处理了！这满殿文武，何人敢保证自家子息从小到大从无错处？我儿虽然酒后忘形烧了宫殿，但是无一人伤亡。皇上要重罚，臣妾无话可说，将钰儿贬为庶民，臣妾也认了，只能怪他年少任性，多喝了酒水以致失态。可是为何还要流放漠北那荒无人烟的苦寒之地？这和杀了他有何区别？皇上，臣妾就这一个儿子啊！"

"秦钰是朕和你的嫡子，焉能同寻常人家的孩子一样？别人家的孩子能犯错，朕的儿子犯了错就是诛心，诛朕的心，诛列祖列宗的心！"皇帝面容威严，声音严酷，"朕金口已开，如何更改？朕今日念在你爱子的分上，不究你闯上金殿的罪过，你下去吧！"

"皇上！"皇后面色一灰。

"来人，扶皇后回宫！"皇帝不容皇后再说，对左右挥手。

立即有内侍走向皇后，要扶她下去。

皇后腾地站起身，伸手拔掉头上的九尾凤钗，对准自己的脖颈，凛然绝望地看着皇帝："皇上今日若不收回圣命，臣妾就死在这金殿上！反正臣妾的儿子去漠北也是死路一条，免得到时候白发人送黑发人，臣妾不如就先死谢罪！"

"你……"皇上脸色顿时青紫。

内侍惶恐地退后了两步。

大殿内的气氛霎时僵持不下。

"皇上，臣以为这般将四皇子贬为庶民流放漠北严惩，虽然可儆效尤，但是处罚甚重。其他皇子和宗室子息恐怕从此以后会束缚性情，畏首畏尾，再不敢出格一步。时间一长，恐怕人人都成了礼教下的人偶，南秦再无破格出新的人才，江山后代恐怕岌岌可危。"右相躬身出列。

皇帝闻言面色稍霁，缓缓坐下身，看着右相："依你之言，朕这金口之言合该作废？"

"皇上万万不可，金口玉言如何能作废？"左相立即反驳。

皇帝脸色一沉。

"虽然处罚甚重，但是火烧宫闱险些造成皇宫倾覆的后果来说，也应得此罪。既然皇上金口已开，断无更改的道理。”右相看了一眼左相，扫见皇后将簪子推进了一寸，他话音一转，“不过臣有个建议，既然是流放漠北，不如就将四皇子送去无名山。”

此言一出，群臣哗然。

天下流传着两句话：“天上富贵地，人间鬼门关。”

“天上富贵地”说的是南秦京城的富贵街，而“人间鬼门关”说的就是漠北的无名山。

南秦京城的富贵街自然不必说，天子脚下，各大高门府邸相连，繁华可见一斑。

而漠北的无名山正好相反，是皇室培养暗卫的起源地。暗人们被选入无名山，有三条路可走。一条就是无才无能在训练中被同伴杀死；一条是经过较量厮杀，成为合格的皇室护卫；一条是没有本事杀人，但别人也杀不了，只能留下来守护无名山，终生不得出山门。

这三条，无论是哪一条，都说明无名山不是个好选择。

说无名山是被白骨堆积而成的白骨山亦不为过。

提起无名山，人人都脊背发凉。

右相提出无名山，连上首皇帝的身子都震了震，半晌无言。

“皇上，臣以为，将四皇子送去无名山。若四皇子能被矫正性情，闯过无名山的九堂炼狱，可见天降大任于斯，今日罪过，皇上可既往不咎。若四皇子不能闯出无名山，那么就是无能，将来也必定不堪大用。皇上和皇后也便不用再为其忧心。”右相等了片刻，见无人开口，再度说道。

皇帝闻言看向皇后，沉声问：“皇后，你觉得右相所言如何？”

皇后心神一凛，握着簪子的手颤了颤。同样是漠北，流放漠北的话，她的儿子一定到不了漠北就被人暗中杀了。但是若送到无名山，有皇上派出的人沿途护送，无人敢下黑手。若是侥幸，她还能得回儿子。这是一线生机，她必须抓住。这样一想，她猛地扔了簪子：“臣妾同意右相所言。”

“左相、众位爱卿，你们以为右相所言如何？”皇帝面色看不出什么情绪。

“臣以为右相所言可为。”左相看了右相一眼，出言附和。

众人自然无人反对。

“那就这么定了！今日起，派人护送四皇子至漠北无名山。若他能凭本事过了九堂地狱，闯出无名山，朕恢复他宗籍，他还是朕的四皇子。若是他闯不出来，只能是咎由自取。”皇帝一锤定音。

群臣伏首，高呼皇帝圣明。

散朝后，酒醉未醒的四皇子当即被皇帝派了一支五千人的护卫队送往漠北无名山。

皇后回了凤鸾宫后便吐了血，卧床不起。皇帝一直喜爱四皇子，当日也病倒在榻。

太医院顿时人仰马翻。

京中一时间阴云密布。

英亲王府的落梅居里，一个人听罢朝堂最终的处罚结果后讶异地脱口道："李老儿竟然建议皇上将秦钰送去了无名山？那不是忠勇侯府家的那个小丫头去的地儿吗？"

他此言一出，又一个人讶异地出声："忠勇侯府的小姐何时去了漠北？"

先出口那人无言了片刻，咳了一声道："哦，我说错了，是忠勇侯夫人的娘家兄长在漠北戍边。我前些日子听说一直养在深闺里的柔弱小姐想去漠北看她舅舅，人还没走，就得了伤寒，弱得跟个病秧子似的，她能去哪里？"

那人闻言释然道："唉，说起来许多日子不见子归兄了，不知道他的病好些了没有。真是奇怪了，子归兄和他妹妹这一支嫡亲时常缠绵病榻，相反，旁支族亲子弟姐妹却一个个生龙活虎。忠勇侯府嫡系一支的风水莫不是有问题？"

风水有问题？早先说话那人嗤笑一声，撇撇嘴，不以为然。

同一时间，忠勇侯府飞进了一只鹰，那只鹰在侯府盘旋了一圈，进了芝兰苑。

芝兰苑的窗子开着，里面传出一老一少的说话声，伴随着断断续续的咳嗽声。

那只鹰悄无声息地飞进了窗子里，落在了里侧床榻上半躺着的人肩上，那人见到这只鹰咳嗽声霎时止了，连忙取下它腿上的信笺打开。

坐在屋中的老者看着信笺立即问："信上写了什么？"

那人看着信笺，先是一喜，随即一忧，片刻后，面色平静地道："妹妹说她两个月后回京。"

"回京？八年了，她终于……能回来了？"老者面色激动起来，"她还说了什么？"

那人默了片刻："妹妹说她月前动手毁了无名山，从今以后世上再没有无名山了。"

"什么？"老者腾地站了起来，不敢置信，颤着身子道，"那可是皇室的……她怎么能够毁了无名山？她……她怎么敢？"

"妹妹口中从无虚言。"那人将信笺递给老者。

老者接过信笺看罢，眼前一黑，一头栽到了地上，昏死了过去。

太医院的太医从皇上、皇后那里分了一批前来忠勇侯府，一时间，太医紧缺。

第一章
回京

京　门　风　月

两个月后，一辆马车顶着大片飘落的雪花进了京城。

这辆马车刚出现在城门口，便吸引了人们的目光。原因不是这辆马车金雕玉饰，而是装了满满一车奇形怪状的货物。货物并没刻意包裹，而是用麻绳缠了，散乱地堆在车厢里，高高的一摞，几乎将马车的后车沿都压弯了。

马车走过，留下深深两道车辙。

车前坐着一个小厮模样打扮的少年，大约十四五岁，穿着棉袄，戴着毡帽，脸庞被风雪吹得黑里透红，几乎看不出模样。被人们瞧着，也不露怯，径直赶着车过街，向忠勇侯府而去。

马车走到京城最有名的宴府楼门口，那小厮吸了吸鼻子，向里面看了一眼，并未停车。

这时，一个肉包子忽然从里面扔了出来，滚了几滚，钻到了车底下。紧接着一条大黑狗追着肉包子跑了出来，也钻到了车下。

只听吱嗷的一声狗叫，前面拉车的马打滑，顿时卧倒在地，马车发出咣当咣当数声响动，向一侧倾倒。那小厮措手不及，慌乱中被摔下了马车，滚落到了雪地上。

变故发生不过瞬间，街上一直注意这辆马车的行人都不由发出唏嘘声。

楼外的动静自然惊动了楼里的人，宴府楼里的掌柜和小伙计都匆忙跑了出来。

“哎哟，坏了，铮二公子的狗被轧死了！”打头的一个小伙计惊骇地道。

“这可怎么了得？快去告诉二公子！”掌柜的走出来，看到门口的情形，脸唰地一白。

“二公子对这狗好极，今日死在咱们这，可要遭殃了。”又一个小伙计哆嗦地道。

……

一时间，门口聚了一群人，七嘴八舌，说的全是铮二公子的狗。

谢芳华躺在地上待了半晌，也没人上前过问她一句，心中恼恨。这里还有个大活人呢！怎么就没人看到上来问一声她死没死？

敢情这年节狗比人金贵！

果然多年不回京城，她都有些不适应了！铮二公子是哪个纨绔子弟？人人惧怕？

报信的很快去了，不多时，从宴府楼里走出几个男子。

其中一人当先，年约十六七岁，后面跟着的几个人与他差不多年纪，人人均穿着织锦云缎。刚一出来，便让四周众人觉得贵气逼人，连天边的太阳似乎也明亮了几分。

谢芳华静静地躺在地上，眯着眼睛看着出来的人。

“真是我的狗被这车轧死了？”当先一人走到车旁，脸上神色犹疑难辨。

“回二公子，真的是您的狗！”掌柜的硬着头皮上前。

“这是谁家的马车？”那人挑眉。

掌柜的似乎这才想起惹祸的车主，四下看了一眼，立即对不远处雪地上一指：“就是那个人，他赶的车！”

“哦？”那人眼睛眯了眯，目光落在远处被摔下马车一动不动的小厮身上，只见他脸上身上都是雪，几乎成了个雪人。他目光定了片刻，抬脚向那处走去。

掌柜的立即提着心跟在他身后。

“走，我们也过去！看看是谁家的奴才吃了熊心豹子胆敢轧死秦铮兄的狗。”其中一人说了几句，几个人连连附和，也尾随着走向那小厮。

原来是英亲王府的二公子秦铮！

这个名字倒是熟悉！

谢芳华扯了扯嘴角，等着人走到近前。

不多时，一双精致的厚底靴子停在她身边一步处，靴边缝制着上等的白貂绒毛，靴子正中面上镶嵌了一颗东珠。除了靴底，旁处滴雪未沾。

只一双靴子，便能看出这个人生活之奢侈，富贵得天怒人怨。

“死了？”秦铮看到人，忽然扬了扬声。

你才死了！你们全家都死了！谢芳华恨不得将他祖宗八辈都骂个狗血淋头。

“回二公子，这小厮的手刚刚还动弹了一下，应该没死。”掌柜的一双巨眼。

“原来没死！”秦铮的声音似乎有些扼腕。

掌柜的面色一变，腿有些发软：“二……二公子，这该如何处置他？”

“既然没死，就将他叫醒，问问谁家的奴才不长眼睛伤我的狗，我好上门去找他家的主人索赔。”秦铮不咸不淡地道。

掌柜的颔首，还没上前，秦铮身后忽然蹿上前一个人，抬脚踢了踢谢芳华，口气极不好：“喂，你没死就说句话。你是谁家的仆从？”

谢芳华随着那人脚踢动了动身子，悠悠醒转，缓缓睁开了眼睛。

“咦？这小断黑不拉几的，却长了一双好眼睛。”那人顿时讶异。

秦铮闻言瞥了那人一眼，冷冷道：“燕亭，你要喜欢，不如问明了谁家的奴才讨回府去，不就是双眼睛吗？凭你永康侯府的地位，喜欢就挖了它们放在手里把玩，也没人说什么。”

燕亭闻言顿时惊吓得倒退了数步，脸色怪异地瞪着秦铮：“我可没得罪你，你的嘴不用这么毒吧？你明明知道如今京中不好混，勋贵们更不好混，多少人等着揪永康侯府的错呢，我若是因为喜欢谁的眼睛就挖来玩，御史台那帮子老固执不弹劾死我才怪。”

“所以，我是提醒你，再好的眼睛，长在一个奴才的身上也是浪费。”秦铮道。

燕亭本来想看看谁家的下人这么大胆子敢轧死秦铮的宝贝狗，如今闻言，顿时对那小断没了兴趣，摆摆手：“你快些问，我们席面刚开，还没吃两口酒就跑了下来，你问完了，我们回去接着吃。”

“接着吃？”秦铮冷笑一声，“我死了狗，如今还能吃得下？”

燕亭一噎，见他脸色骤冷，不禁寒了寒，不再言声。

“你是谁家的奴才？还不快说！”掌柜的深恐自己被殃及，顿时质问谢芳华。

谢芳华有气无力地道：“忠勇侯府的！”

“子归兄府里的？”燕亭一怔。

“你真的是子归兄府里的下人？你这般是从哪里来？”燕亭身后一人上前询问。

“不是，小的从漠北军中来，奉我家老爷之命，给忠勇侯府送年货。”谢芳华艰难地坐起身，忍着疼痛从怀里拿出一块令牌，递出来给在场的人看。

那人接过令牌，看了一眼，递给秦铮，为难地道：“忠勇侯夫人的娘家兄长是镇守漠北戍边的武卫将军。既然是武卫将军的仆从，那么也算是忠勇侯府的人了。我们与子归兄交好，你能好意思上门找他赔偿一只狗吗？”

众人闻言顿时对这不打眼的小断多看几眼，没想到这小断的来头还挺大，都看向秦铮。

秦铮盯着令牌看了片刻，又看向挣扎着站起来的谢芳华，眸光动了动，缓缓道：“既然是给子归兄府送年货的人，如今这般情形，他一个人是没法去忠勇侯府了。”话落，对身后众人道：“我们都多日没见子归兄了，不如就顺便去一趟忠勇侯府，将这小断和年货帮他送回府里。”

此言一出，众人顿时附和应好。

富家子弟虽然纨绔喜好玩乐，但是做起事情来却是痛快利落。不出片刻，便将马从雪地里拉起来，将车扶稳了，由人牵着马向忠勇侯府而去。

谢芳华这个送年货的小断倒没了用武之地，只能跟在身后。

宴府楼的掌柜向来八面玲珑，今日在他的门口出了这么大的事儿，自然不能真做了甩手掌柜，势必要跟着前去忠勇侯府做一番解释，也就跟在众人身后。

几名男子护着马车边走边聊，话题围绕着他们口中的子归兄，聊得极有兴致。而走在众人中间的秦铮却再未言语半句。

依宴府楼的掌柜看来，显然是因为铮二公子死了宝贝狗，偏偏轧死他狗的人是与他交好的忠勇侯府世子谢墨含府的人，要赔偿不好意思，打死人家小厮吧，打狗还要看主人呢，自然更不能，只能认倒霉，才致使他沉默得懒得说话。

众人走了一段路，秦铮忽然停住了脚步。

两旁的人见他停下脚步，也不由得跟着停下，都用眼神询问他。

“你们先走！”秦铮向后看了一眼，目光从谢芳华身上扫过，对两旁的人道。

两旁人打量他神色，又看了一眼蔫头耷脑走在后面的小厮，都齐齐意会，向前走去。

掌柜的走过秦铮身边，暗暗想着，虽然铮二公子不会跟忠勇侯世子翻脸，但是看他的脸色，是要难为这小厮了，这小厮恐怕是要背地里吃他一番苦头。

谢芳华低着头走到秦铮身边，一阵冷风吹来，她不由哆嗦了一下。

秦铮看着她开口：“你知道你今日轧死的狗是谁赐给我的吗？”

谢芳华脚步一顿，他说了个“赐”字，那就是宫里出来的狗了。她抬头看了他一眼，又低下头，摇摇头。她八年没回京了！哪里知道？她离开的时候可没听说秦铮有一条宝贝狗。

“是已逝的德慈太后。”秦铮道。

谢芳华点点头，表示知道了。德慈太后是先皇的皇后，三年前死了。当今皇上教养在她的膝下。她唯一的儿子英亲王生来脚跛，无法继承皇位，母子二人扶持当今皇帝登基，一位封了太后，一位封了亲王。

“我大哥最怕这条狗。”秦铮又道。

谢芳华心里忍不住翻白眼，他大哥怕狗跟她有什么关系？他有必要跟她这个小厮说这个吗？要是说的话，也该拉着忠勇侯府世子说才是吧？或者拉着忠勇侯说。

“今日的事情我可以不追究，但是忠勇侯府总归是欠了我一条狗。”秦铮瞥了一眼看起来规矩老实恭敬的谢芳华，丢下这句话，转身向前走去。

谢芳华看着他的背影，胃里翻腾了一阵。他这是在告诉她，无论忠勇侯府怎么赔偿，也赔不起已逝太后赐给他的一条狗吗？毕竟天下何人也抵不过已逝太后的尊贵。

一条狗死在她的马车下，他不要赔偿，可是忠勇侯府自此也对他欠下大债了！

谢芳华磨了磨牙，脚尖用力地碾了碾脚下的雪，抬脚跟上他。

怪不得人人惧怕铮二公子，果然吃人不吐骨头！

宴府楼距离忠勇侯府只隔了两条街，所以，众人簇拥着马车很快就来到了忠勇侯府。

忠勇侯府朱红的大门紧闭，门前两尊石狮子脑袋上落了厚厚一层雪。

燕亭上前叩门。

很快便有人探出头，一看之下，连忙缩了缩脑袋："原来是铮二公子、燕小侯爷、李大公子、程公子、宋公子。你们这是……"

"废什么话？我们来给子归兄送年货，还不快开门。"燕亭瞪了那门房小厮一眼。

那小厮打量片刻，知道贵客不能得罪，连忙应声，立即打开了门。

众人待大门打开，陆续进入。

门房小厮立即过来接手了马车，赔着笑道："几位里面请，我们世子在海棠亭赏雪呢！已经有人去通报了。世子很快就该过来了。"

"哦？子归兄病好了？"燕亭询问。

"还吃着药呢，精神好一些了，我们世子是老毛病了，每年冬天都要缠绵病榻，如今两个月未能出门，只能在府中转转。"小厮连忙回话。

燕亭点点头，对几人道："走，我们去找他。听说忠勇侯府的海棠亭极是特别，天下的海棠都是春秋开，而忠勇侯府海棠亭的海棠则是冬天开，与梅花竞美。"

"我也听说了，可是往年子归兄不让看，我等只能心痒难耐，不知道今日让不让看。"李大公子接过话。

"估计也不让看，但我们走快点儿，将他堵在海棠亭不就能看成了？届时他因为自家的小厮轧死了秦铮兄的狗，还好意思堵住门不让我们进去？"燕亭立即道。

"好主意！"程公子和宋公子立即附和。

门房小厮闻言不由冷汗直冒，看向秦铮，想着他们府里的小厮何时轧死了他的狗？

秦铮脸色冷了冷，回头对依然站在门口没进来的谢芳华道："你还不跟进来？难道不认识忠勇侯府的门？"

谢芳华正在感慨一别八年门口两头石狮子都沧桑了，闻言，立即抬脚迈进门。

"这是……"门房小厮看着谢芳华。

"带路，领我们去海棠亭！"秦铮不给那门房小厮探究的机会，对他命令。

那小厮看着面色冷然的铮二公子，一肚子疑问打回了肚子里，不敢耽误，快步领路。

一众人在他带领下，匆匆进了府，直接绕过前院，向后院而去。

走到后院的汀兰水榭，那小厮有些踌躇地止步："几位爷，过去前面的水榭，就是我们世子的芝兰苑了，过去我们世子的芝兰苑，就是海棠苑，海棠亭就在海棠苑里，但是海棠苑是我们小姐的闺院，这……奴才可不敢私自带着几位爷进去啊。"

"就是子归兄那个弱不禁风的妹妹居住的海棠苑？"燕亭脚步顿住。

"正是我家小姐的海棠苑。"门房小厮连忙垂头。

燕亭皱眉，似乎从来不知道原来海棠亭是在海棠苑里，那就怪不得每次提到海棠亭谢墨含便推拒不让看了。人家妹妹的闺阁，他们这等外男自然是不方便进入的。

李大公子、程公子、宋公子一时也面面相觑。

秦铮冷哼一声，不理会众人，抬脚径直往里走。

燕亭等人对看一眼，有他打头，他们自然就好说了，于是纷纷跟在他身后。

不多时，过了汀兰水榭和芝兰苑，便来到了海棠苑门口。

海棠苑院落静静，淡淡的海棠花香气从里面扑来，令人心旷神怡。

燕亭大赞，抚掌道："就是这个香味，别的海棠可没有这个香味清纯，不知道花开得到底有多好看。"

"进去不就知道了。"秦铮脚步不停，径直进了海棠苑。

海棠苑的门开着，有两名婢女正在清扫院子里的积雪，乍见有人闯进来，齐齐一惊，扫把脱手掉到了地上，发出了不小的动静。

秦铮看也不看那二人一眼，不受丝毫阻拦地向后院而去。

精致的白貂绒毛靴子踩在刚扫过的地上，落下浅浅一排脚印。

秦铮进了后院，那两个打扫院落的婢女才醒过神来，慌张地追上去拦人。

这时，谢墨含已经从后院的海棠亭走了出来。

那两名婢女见到谢墨含，扑通一声，齐齐跪在地上，白着脸惶恐地请罪："世子恕罪，奴婢二人没拦住人。"

"稍后去大管家那里各领十板子。"谢墨含抖了抖身上的雪，淡淡地道。

那两名婢女连忙应是，起身站在一旁。

"子归兄府里的规矩好生严厉。"燕亭随后跟来，打量了谢墨含一眼，笑着说道。

"这里是吾妹的院子，在这里侍候的人容不得出半点儿错，规矩自然该严一些。"谢墨含扫了众人一眼，目光倏地落在最后方垂着头的小厮身上。

"子归兄是不是看这小厮面生？"燕亭干笑了一声，上前拍拍谢墨含的肩膀，对他道，"这小厮是从漠北戍边的军中来京城给你的府里送年货的。可是刚进城，就闯下大祸了！马车轧死了秦铮兄的宝贝狗。"

谢墨含闻言面色一动，眉峰紧了紧。

"他的狗可是已逝德慈太后赐的，谁也不敢惹，他大哥见了都躲得远远的。不想今日却是死在了这个不打眼的小厮手里。你可要好好想想拿什么赔偿给秦铮兄，才能让他消气。"燕亭两句话便说清楚了前因后果。

谢墨含点点头，脸色有些难看，转头看向秦铮。

秦铮脸上情绪难测，并没开口。

谢墨含又看向那小厮，平静地道："你是何人？姓甚名谁？从哪里来？做什么？为何轧死了铮二公子的狗？将事情经过仔细说一遍，不得有半丝欺瞒。"

谢芳华点点头，低垂着头不抬起，一五一十地道："小的叫王银，从漠北边境来。

这一路都很是平坦，偏偏进了京城后，路过宴府楼，一个肉包子和一只狗先后跑到了我的车下，我来不及躲闪，马倒车翻，就轧死了那狗。”

“这么说倒是那肉包子和狗不长眼睛往你车底下钻了？”秦铮闻言挑眉。

谢芳华垂着头不答话。

谢墨含眉头紧皱，沉吟半晌，对秦铮道：“虽然是一桩意外，但这小厮也要担干系。忠勇侯府自然不能当作事情没发生。秦铮兄，你我交好一场，你看如何赔偿？虽然得不回德慈太后赐你的狗，但是你要什么，只要我能做到，自然不说二话。”

“这个说法好，子归兄都开口了，秦铮兄就要求进海棠亭看海棠吧！我们也趁机沾沾光。”燕亭立即兴奋地道。

“难道你觉得我的狗就只值我赏一眼海棠亭的海棠？”秦铮冷眼看着他。

燕亭咳嗽了一声，摸了摸脑袋，莫名地道：“秦铮兄，你虽然死了狗，可不是我轧死的，你今日怎么处处看我不对？我真的没得罪你的地方吧？”

“你今日的话太多了！”秦铮转开头。

燕亭耸耸肩，摊摊手。好吧，他今日再不说话了，免得惹了这位爷，狗账算在他身上。

“海棠亭的海棠不值一提，自然不及秦铮兄的狗。秦铮兄想要什么，直接说吧。”谢墨含说话间，偏过头，拿出帕子，捂着嘴低低咳嗽了两声。

秦铮忽然笑了，随手一指谢芳华，漫不经心地道：“虽然子归兄话如此说，但我可不能真拿狗讹你什么。既然是这个小厮不小心轧死了我的狗，就将他赔给我吧！”

谢芳华身子一僵，顿时咬牙切齿，秦铮他可真敢要！

谢墨含身子亦是一僵，不过很快就恢复常态：“按理说秦铮兄这个要求不意外，子归理应答应。但是这小厮毕竟不是忠勇侯府的人，恐怕要漠北戍边的舅舅答应才行。”

“那你就修书一封给漠北戍边的武卫将军，就说这个人我要了。”秦铮道。

谢墨含顿时犹豫。

“子归兄还犹豫什么？不就是一个小厮吗？忠勇侯府和漠北的武卫将军亲如一家。难道轧死了英亲王府二公子的狗，赔偿一个小厮，武卫将军还不答应？”程公子出声劝说。

“不错！”宋公子附和。

谢芳华感觉额头的青筋跳了跳。若她真是一个小厮，那自然被秦铮要了没什么，但是她是谢芳华、忠勇侯府的小姐、谢墨含的妹妹，这海棠苑的主人，怎么能随手给了秦铮当作赔狗的补偿？

“看来子归兄不乐意！”秦铮看着谢墨含。

谢墨含揉了揉额头，一时间分外头疼。

谢芳华知道哥哥是认出了她，此时犯难了。她深吸一口气，低声道：“别说铮二公子要小的去您身边侍候，就是要小的命，小的也应该赔偿。但是小的不是武卫将军府的小厮，而是隶属漠北军营。小的在军中是有正规编制的。此次不只来给忠勇侯府送年货，还带了任务，要觐见皇上的。”

几人闻言齐齐一怔。

秦铮扬了扬眉。

谢墨含暗暗松了一口气，看着秦铮道：“秦铮兄，军中编制的人我可没权力给你。”

“那就记债好了，记着你欠了我一笔债。不是小债，也不是什么东西都能还得起的债。”秦铮大手一挥，算是将这一页揭过去了。

谢墨含苦笑，只能答应：“好，今日忠勇侯府欠了秦铮兄一笔大债，秦铮兄什么时候想到了赔偿的价值，什么时候开口，只要能做到，一定赔。”

秦铮勾了勾嘴角，对燕亭等四人道：“你们作证。”

“我们作证。”燕亭、李大公子、程公子、宋公子四人齐齐点头。

谢墨含捂着帕子又咳嗽了几声。永康侯府的小侯爷燕亭、右丞相府的公子李沐清、户部尚书府的公子程铭、礼部尚书府的公子宋方，都是新一辈首屈一指的人物，有他们作证，这是板上钉钉的事儿了。

“可是我们都到这里来了，子归兄，你真忍心将我们拒之门外，不让我们看一眼海棠？”燕亭心心念念看海棠，见秦铮没多大兴趣，他深恐白来一趟。

谢墨含叹息一声，无奈地道：“你们既然已经来到了这里，我又怎么好意思拒之门外？”话落，见燕亭一喜，他对那两个婢女吩咐：“你们回房去告诉妹妹，让她别出房门。就说哥哥的朋友前来观赏海棠。”

“是！”那两名婢女立即扭头回了前院。

“侍书，你带着王银去见爷爷，既然是漠北军营来的，身负任务，要觐见皇上，得先让爷爷过过目，了解一些情况。”谢墨含对自己身后跟着的贴身小厮吩咐。

“是，世子！”侍书颔首，看了谢芳华一眼，头前带路。

谢芳华得了解放，跟在侍书身后离开。

谢墨含见妹妹走了，邀请秦铮、燕亭等人入海棠亭。

荣福堂里汤药味浓郁。

谢芳华随着侍书进了荣福堂，闻到浓郁的药味不由皱了皱眉。

侍书脚步顿了一下，微微偏头低声解释：“自从两个月前世子收到小姐的信笺，恰巧老侯爷当时也在世子处，看到了信笺，从此后便病了。”

谢芳华恍然，原来她爷爷是被她的信给吓病了。

“侍书，你不在海棠亭侍候世子，怎么跑来了这里？这个人是……”一个年约四十、做厨娘打扮的女子从里屋走出来，看到侍书和他身后黑不拉几的小厮不由疑惑。

侍书左右看了一眼，见院落里无人，小声地开口："福婶，这位是……"

"噢，我知道了，听前院的人说漠北戍边的武卫将军派人给咱们府送年货了，来人是个小厮。莫不是他？"福婶截住侍书的话。

侍书一噎，有些为难地看向谢芳华。

谢芳华笑了笑，上前一步，恭敬地道："正是！"

"老侯爷刚刚还让我去前院将人找来，他要问话，你正巧便来了。"福婶一笑，伸手挑开帘子，对里面笑盈盈地道，"老侯爷，您要见的人来了。"

"让他进来！"里面传出苍老的声音。

福婶示意谢芳华进屋。

谢芳华理了理衣襟，抬脚进了房门。

屋中光线昏暗，汤药味扑鼻，谢芳华被熏得头有些晕，掏出绢帕捂住口鼻。房间依旧是她离开时的陈设，里侧的床榻上躺着个骨瘦如柴的老头，若不是那威严的眉眼，她都几乎认不出来这是她八年前离开时那个虎步生风满面红光的爷爷。

果然岁月催人老啊！

"跪下！"忠勇侯怒喝一声。

谢芳华暗吸了一口气，这个老头还跟以前一样不讨喜。她不理会他，而是走到窗前打开窗子，清新的空气顿时吹进来，散去了几分刺鼻的药气。她回转身，站在窗前，静静地看着床上的老者。

"我说的话你听到了没有？"忠勇侯满面怒意。

谢芳华叹息一声，挽起袖子，露出两只手臂，然后，又弯身挽起裤腿，露出两截膝盖，然后站在光线比较好的地方。

两臂的小肘处擦破了皮，两腿的膝盖血污一片，比两臂严重。

忠勇侯本来半仰着的身子腾地坐直了，眉头猛地皱紧："怎么弄的？"

谢芳华放下袖子，落下裤腿，走到一旁桌前为自己倒了一杯茶，然后坐在了椅子上，将在宴府楼门前发生的事儿简单说了一遍。说罢，她对忠勇侯委屈地道："不是孙女不孝，不想给您叩头，实在是如今不能再折磨这膝盖了，若是弄不好，没准这两条腿要废掉。"

忠勇侯闻言大怒："那你还磨蹭什么？还不快请太医？"

"我如今这副样子，如何能请太医？暴露了身份总归不好。"谢芳华道。

忠勇侯顿时横眉怒目："你离开这八年，如今才知道暴露了身份不好？"

谢芳华顿时笑了，一别八年，她的爷爷还是她的爷爷，她的哥哥还是她的哥哥，一切还在。她心里蓦然轻松了几分，不想再让他担心："爷爷放心，我懂些医术，包扎之事不难，稍后我们说完话，我简单包扎一番就好。"

忠勇侯闻言面色稍霁，但口气依然有些硬："别拿身体不当回事儿！你总归是女儿家，将来要嫁人的，留下伤疤怎么办？”话落，对外面道：“福婶，将我的药箱取来。”

福婶在外面应了一声，转眼拿了药箱走了进来。

忠勇侯示意她递给谢芳华。

福婶将药箱递给谢芳华，打量她一眼，忽然笑了，悄声道：“小姐刚才一进来，奴婢就觉得是您，但是不敢乱认。八年了，老侯爷和世子日日担心您，如今您回来就好了。”

“这些年辛苦福婶照顾爷爷了。”谢芳华笑了笑。

福婶面色柔和，连连摇头，抹着眼睛笑着走了出去。

谢芳华打开药箱为自己包扎。她的手法熟练，像是这样包扎的动作做了没有千次也有百次一样。不多时，便包扎好了。

忠勇侯全程看在眼里，心里的怒火忽然就泄了，待她包扎完后，语气也缓和很多：“这些年你是怎么过来的？吃了很多苦吧？”

“没什么。爷爷您知道，当年我混进了选拔皇室隐卫的队伍里，便被带去了无名山。无名山里面到底如何，不用我说，爷爷也该知道几分，无非是狠者出头，强者出彩，弱肉强食。不想死，就只能拼命学东西，拼命比别人厉害，然后拔得头筹，就无人敢惹了。混着混着也就过来了，没有太苦。”谢芳华云淡风轻地道。

“你是我侯府的小姐，锦衣玉食，金尊玉贵，偏偏去受那份苦！”忠勇侯挖了她一眼。

谢芳华弹了弹茶盏的杯壁，漫不经心地道：“爷爷可还记得我父母是如何死的？哥哥是如何落下了一身毛病？”

忠勇侯身子一僵：“自然没忘。”

“那就是了！”谢芳华淡淡道，“您是忠勇侯，哥哥是世子，都没办法悄无声息离开京城，有些事情只能我来做。咱们忠勇侯嫡系这一脉，也就仅余哥哥和我了。我不能让忠勇侯府有朝一日消亡。”

忠勇侯顿时沉默下来。

谢芳华不再说话，屋中气氛有些冷寂。

许久，忠勇侯喟叹一声：“难为你那时才七岁，就看清了局势，忠勇侯府若是不能稳于这一代，便会没落下去。旁支族亲只知道日日争夺家产，斗个你死我活，却看不见高门大院外面的危险，以为生来我们忠勇侯府就是尊贵的。可怜几百年的世家，这一代却堪堪出不来个自立自强的男儿，偏偏需要一个女孩子去外面受苦以求将来稳住家业。”

“哥哥比我聪颖，不过是被身体所累而已。我没有爷爷说的这么崇高，只不过是知道覆巢之下焉有完卵罢了。”谢芳华笑了一声，放下茶盏，“为我自己而已。”

忠勇侯一噎，瞪了谢芳华半晌，蓦然笑了，有些骄傲："为这份家业也好，为你自己也罢，你总归是姓谢，我的孙女！"

谢芳华这些年在无名山养成了一个毛病，那就是能见得人受苦，见不得人得意。她看着忠勇侯骄傲的脸道："明日爷爷陪我进一趟宫吧！"

"你刚回来，进宫做什么？"忠勇侯果然收起了笑意。

谢芳华从怀里拿出一封密函，抖了抖，解释道："我的身份如今是漠北军营的王银，奉武卫将军之命，明里是来给忠勇侯府送年货，暗中实则是躲过驿站兵部排查，进宫觐见皇上，直达天听，呈给皇上一份密函。"

"什么密函？"忠勇侯有一种不好的预感。

谢芳华笑容淡淡，实话实说："无名山被天雷给毁了，山体崩塌，宫阙付之一旦。无名山在漠北，自然是戍边的武卫将军先发现了，这是天大的事儿，武卫将军不敢大肆宣扬，只能呈上密函，请皇上示下了。"

忠勇侯闻言腾地站起来，伸手指着谢芳华，颤抖着一个字也吐不出来。

第二章
觐见

京　门　风　月

谢芳华从荣福堂出来，天已经黑了。

侍书站在门口等着她，恭敬地低声道：“铮二公子和燕小侯爷等人都离去了，世子命人做了您最爱吃的菜，在芝兰苑等着您呢。”

谢芳华点点头，嘟囔道：“爷爷最是小气，连一顿饭也舍不得给我，还是哥哥疼我。”

侍书回头看了一眼，刚刚他站得远，但也能听得老侯爷大口的喘气声，显然是又气着了。没打罚小姐就不错了，怎么还有心情留她吃饭？

二人来到芝兰苑，谢墨含已经站在门口等着了。晚风甚是清冷，他只穿着轻裘，并未披斗篷，看起来身形虽然颀长，但有些孱弱。

谢芳华想着今日所见的这些公子哥里，她哥哥算个彻头彻尾的病秧子。就连那秦铮看着虽然瘦，但绝对不是弱，那个人和她哥哥身量差不多，却是比她哥哥精神多了。

果然从古到今都是恶人比较顽强。

“妹妹！”谢墨含上前一步，声音有些压抑。

“哥哥！”谢芳华笑着温暖地喊了一声。

谢墨含想要伸手抱她，才想起如今已经不是小时候。这个妹妹如今十五岁了，比一般少女身量高些，算是大姑娘了。他即便是哥哥，也不能无礼。怅然片刻，他收回手，摸了摸她的头。

谢芳华握住谢墨含的手，拉着他向屋子里走去。

兄妹二人进了屋，侍书关上房门，退在门外守着。

谢墨含将谢芳华从头到尾打量一遍，又拉着她询问了这些年的情况，谢芳华简单说了。谢墨含看着她云淡风轻的模样，有些难受。谢芳华知道哥哥是觉得自己无用，才让她去无名山受苦了，便转移话题，问起他这些年的事情。

谢芳华七岁那年离开后，三年没传回信。谢墨含一度以为妹妹去了那个地狱般的地方定然熬不住活不了，伤心不已。不承想，三年后，收到了她暗中的信。以后每半年都会收到她传回来的信，他才渐渐踏实了。

既然能从无名山森严的防控中传回信，说明她在无名山之中定然不是无能之辈了。

但是用鹰传信，毕竟只能写只言片语，相互只知道安然无恙，不能多说别的。

所以，兄妹二人对于彼此这八年的生活都知之甚少，一时间有说不完的话。

谢墨含从来没想过有朝一日妹妹能大摇大摆地回来，更不会想到她竟然毁了无名山。无名山是什么地方？那是地狱一般的存在，从来没有想过它有朝一日能被毁，而毁它的人还是他的妹妹。

久别重逢，兄妹二人不知不觉叙话到深夜。

谢芳华明日还要以王银的身份由忠勇侯带着进宫觐见皇上呈上密函，便暂且不能恢复身份了。于是，当晚谢墨含命侍书在他隔壁收拾出了厢房，她就住在了芝兰苑。

这一晚，谢芳华睡得极好。

第二日一早，福婶来喊谢芳华。谢芳华依然是昨日小厮打扮，不过换了一身新衣，脸色依然是黑里透红，走路迈的步子也大，半丝看不出女儿家的模样。

福婶看着她几次欲言又止。

谢芳华心思通透，知道她担心什么，笑道："福婶您不用担心，我能从地狱一般的地方活着回来，便做得来这侯府的小姐。如今是这般行止做派，待恢复身份，便不会如此了。以前学的闺仪半丝没忘。"

福婶闻言松了一口气，连连道："那就好。如今您回来，不比以前了。以前您未及笄，这些年来老侯爷对外只说您身子骨不好，体格娇弱，不禁风雨，怕出意外，故而养在深闺，足不出户，每逢宫里的宴席和各府的宴席都给您推了。外面人都猜测您是得了了不得的怪病，故而不敢见人。有人打探，老侯爷和世子瞒得严实，也打探不到什么。这些年相安无事。如今您已经过了及笄的年岁，成人了，就该择亲相看了，不能再捂着藏着不露面。否则，您以后的婚事儿怕是就不好求了。所以，您既然回来了，还是要守得闺仪，以免到时候人前出错，惹了笑话。"

谢芳华点点头，暗暗想着议亲对她来说遥远得很，她这一生没打算将自己嫁出去。

来到荣福堂，忠勇侯已经穿戴妥当，等着她了。

忠勇侯年岁已大，三年前从朝中退了下来，虽然不再听朝议政，但是忠勇侯府是世袭侯爵，老侯爷依然有着随时能觐见皇上的权力。

谢氏这一脉，流传至今，虽然根系不比太祖高祖时庞大，但一直人丁兴旺，每代嫡系都有人才辈出，所以，稳稳当当地过了两百多年。只是到了老侯爷这一脉时，适逢朝局动荡，北齐边境不太平，老侯爷掌管兵马，坐镇军中，老夫人又去得早，耽误了子息，所以，就只留下一儿一女。那一儿就是谢墨含和谢芳华的父亲，偏偏在生了谢芳华半年后她父母双双出了事故身亡，只留下一对儿女。而老侯爷的那一个女儿代替先皇的大长公主远嫁去了北齐。所以，嫡系一脉到了谢墨含这里，竟然成了一脉单传。

其余谢氏旁支却日渐子嗣繁茂，比起来，嫡系一脉显得形单影只。

旁支一直想壮大排挤嫡系夺了爵位，而谢墨含身子又不好，时常病倒。所以，老侯爷一个人这些年顶着偌大的侯府，极不容易。

谢芳华看着忠勇侯头发白了大半，惆怅了片刻，垂下头，规矩地站在他身后。

忠勇侯昨日大半宿没睡好，越想谢芳华的胆子越是来气。她亲手毁了无名山也就罢了，不悄悄躲着藏着掖着，竟然还要亲自将这个消息递给皇上，果然是他老了，和这个孙女待在一起，竟然还不及她沉稳有气度。辗转反侧思量再三之后，还是想不出好办法，只能依了她进宫。

出了忠勇侯府的门，忠勇侯上了轿子。

谢芳华牵过门口的马，踩着脚镫子，略微一偏腿，利落地坐在了马上。

忠勇侯瞪了谢芳华一眼："你怎么骑马？"

谢芳华恭敬地道："老侯爷，小的是武将，军营里无懦夫，小的自然不能坐轿。"

忠勇侯看她一板一眼像模像样，噎了半晌，落下轿帘子。

轿夫抬着忠勇侯走在前面，谢芳华骑马跟在后面，一前一后向皇宫而去。

忠勇侯府坐落在皇宫外围，距离皇宫不远，不多时，便来到了宫门口。

忠勇侯下轿，谢芳华下马。忠勇侯递了宫牌，有内侍领着二人向南书房走去。

南书房门口，等候着几名官员。

谢芳华打量了几人一遭，一个都不认识。

前世她虽然不是养在深闺闭门不出，但是识得的无非是京中贵裔圈子里的夫人小姐，自然不识得朝官，这一世她七岁离开京城，如今八年后刚回来，不识得也正常。

几人见到忠勇侯今日竟然来了南书房，都不约而同地露出讶异之色，齐齐上来寒暄。

忠勇侯的地位自然不必说，家世是几百年的勋贵，年轻时镇守漠北，数次驱逐了北齐兵马来犯，保卫了疆土，又将唯一的女儿代替公主嫁去了北齐，所以，皇上对其甚是爱重。自从三年前他身体不大好，皇上便免了他朝议。三年来，虽然忠勇侯可以随时觐见皇上，但是一次没出现过，今日却出现了，说明定然有大事儿。

一番寒暄之后，众人都将目光看向他身后的小厮，探究意味浓郁。

忠勇侯当作没看到众人的眼神，圆滑地与众人周旋。

谢芳华自从进了皇宫，眼观鼻，鼻观心，规规矩矩，低垂着头做恭谨状。

不多时，南书房里面出来一位老太监，见到忠勇侯眉开眼笑："老侯爷，听说您今日儿来了，皇上命奴才出来迎您，这大冷的天，您赶快进去吧！”

忠勇侯点点头，跟随老太监进了南书房。

忠勇侯前脚进去，后脚便有一位大人走到了谢芳华跟前：“你是何人？怎么看着面生？忠勇侯何时有了你这么一个小厮，还带来了南书房？你可知道这里并不是谁都能来的。”

谢芳华抬头看了一眼，只见面前之人四十多岁，圆脸，有些矮胖，五官并不出彩，但却有一双犀利的眼睛，刚刚听爷爷称呼他左相，想必就是激愤请谏逼走四皇子秦钰的左相卢勇了。她垂下头，恭敬地道：“小的王银，是漠北军营的人，并不是忠勇侯府的人。”

卢勇一愣，眯了眯眼睛：“你是漠北军营来的人？要见皇上？漠北有军情了？”

谢芳华看着脚尖，并不回答他的话。

卢勇眸光冷厉地盯着她，沉声问：“你怎么不回话？”

谢芳华低声道：“小的还没见过皇上，不知道该如何回答您的话。”

卢勇一僵，冷厉的眸光缩了缩。既然是从漠北来的人，要觐见皇上，皇上还没见到人，他自然不能公然逼问，否则就是打探军情了。他有些意外，没想到这小厮在他面前竟然丝毫不胆怯慌乱，有几分定力，不由得又仔仔细细打量了一遍。

“哪个是王银？皇上让进去！”早先那老太监又走了出来，扫了一圈众人。

谢芳华走上前，对老太监恭敬地一礼：“回公公，是我。”

老太监上下打量了谢芳华一眼，点点头，挑开帘子进去了。谢芳华抬脚跟了进去。

南书房自然如传言中一般富丽堂皇，书墨馨香。

正中一排书架，一张明黄的桌案，一个大约四十多岁，身穿明黄龙袍的人坐在桌前，桌子旁设了一把椅子，忠勇侯坐在那里。在这南书房里，能被皇帝赐座的人，少之又少。

谢芳华跪在地上，规规矩矩地叩头。

“抬起头来，让朕看看。”皇帝看着下方十四五岁的少年，威严地开口。

谢芳华缓缓抬起头来。

皇帝看了谢芳华片刻，对她道：“朕听忠勇侯说你是从漠北戍边军营而来，有密函要呈递给朕？”

“是！”谢芳华低下头。

“兵部的密函向来都走驿站，八百里加急，为何武卫将军独独命你来？”皇帝挑眉。

“回皇上，小的也不知缘由。武卫将军只命小的以给忠勇侯府送年货为由顺便带一份密函进京呈给皇上，其余的并不知道。”谢芳华摇摇头。

皇帝点点头：“有什么能证明你是漠北军营的人？”

谢芳华伸手去怀里摸令牌，摸了个空，忽然想起昨日秦铮等人验明她身份，拿了令牌，却没还给她，她也忘了要了。愣了片刻，她放下手，低声道："回皇上，小的昨日入城，在宴府楼门口出了些事情，令牌被英亲王府的铮二公子给取走了，至今没还回来。"

"哦？"皇上倒是意外了一下。

谢芳华只能硬着头皮将昨日的事情经过简单重复了一遍。

皇帝听罢，忽然笑骂了一声，对一旁的忠勇侯道："这秦铮从小就是个皮猴子，一年到头，总听到他欺负人。五年前在京郊被一只疯狗给咬了，回宫后便闹着让母后赐给他一只比疯狗还厉害的狗，母后疼他，便命人寻了一只狼狗给了他。从此以后，别说人横着走，狗都横着走了，谁也不敢惹他。如今却被这王银的车给轧死了，那小子定然是气坏了。他昨日一定不依不饶地追到忠勇侯府去了吧？"

忠勇侯斟酌地道："孙儿和铮二公子有些交情，倒也没大难为。"

皇帝别有深意地看了忠勇侯一眼："我可听说了，他扬言忠勇侯府从今往后欠了他一笔大债。这还叫没大难为？"

谢芳华想着果然是皇帝，有点儿风吹草动都瞒不过他，昨日的事情想必早就有人禀告。

忠勇侯叹了口气，无奈地道："那狗毕竟是太后赐给铮二公子的，昨日偏偏赶巧了。"

皇帝点点头，对此事似乎不打算置喙，对守在门口的老太监吩咐："吴权，你去英亲王府将那小东西给我宣进宫来。"话落，又补充："记着让他带上昨日从人家手里霸占的那块令牌。"顿了顿，又道："让外面的人都散了吧！朕今日和忠勇侯叙话，不理会别的事儿。"

"是！"吴权应声退了出去。

外面等候的左相等几位朝官得到皇帝的话，对看一眼，都默默离开了南书房。

忠勇侯虽然三年不上朝，但是皇上对其恩宠犹在，鲜少有人比得了。

"你也起来吧！先一旁候着。"皇帝十分宽宏地对谢芳华摆摆手。

谢芳华谢恩，站起身，默默地站在一旁。

皇帝似乎和忠勇侯许久未见，有很多话要说，二人你来我往拉起了家常。

谢芳华感受着二人君臣和睦。若不是重活一世，面对此情此景，她一定想不到会有一日龙颜大怒，下令诛了忠勇侯府九族，几百年的世家在一夕之间便化为了烟尘。

她这些年最不愿意的就是想起前世，尤其还是在这个深不可测的皇帝面前。于是，她很快便敛心凝神，盯着地面的金砖，一心要将金砖盯出个窟窿。

半个时辰后，吴权从外面回来，禀告道："皇上，铮二公子来了！"

皇帝停止了和忠勇侯叙话，摆摆手，随意地道："让他滚进来！"

皇帝话落，外面叽里咕噜滚进来一个人。

那个人滚过门口，滚过谢芳华脚边，滚过忠勇侯的椅子，滚到了皇帝的书案前。

皇帝愣了一下，斥道："胡闹，滚出去！"

那个人又叽里咕噜地滚了出去，如来时一般，很快便滚出了门口。

谢芳华只看清了一团绣花锦缎和一双镶嵌着白貂皮毛的靴子。敢在皇帝面前如此施为的人，怕是独一个。怪不得能在南秦京城横着走。

皇帝蓦地气笑了，伸手指指门口，对忠勇侯道："你看看！就是这么个皮猴子似的东西！他何时如此听朕的话了？"

忠勇侯也笑了，捋着胡子道："宗室皇亲里面，皇上的子侄孙息辈，就属铮二公子钟灵毓秀。实属难得！"

"你倒是会夸他！"皇帝不置可否，对外面道，"还不规矩地进来！"

帘幕挑开，一个颀长的身形规规矩矩地走了进来，分外好看的眉目上挂着三分笑意七分得意，跪在地面上叩头："皇叔万福金安！"

"万福金安？"皇帝冷哼一声，"不被你气死就是朕命大！"

"哪儿能呢！侄儿每次见皇叔都能让皇叔开怀大笑。古人云，常笑之人长寿嘛！"秦铮抬起头，对一旁的忠勇侯眨眨眼睛，"侯爷好！"

"铮二公子好！"忠勇侯笑着点头。

皇帝嫌恶地摆摆手："起来吧！"

秦铮笑着站起身，颀长的身形如芝兰玉树。

"都成七尺男儿身了，竟然还如小时候一般，朕看你是长不大了。"皇帝扫了他一眼，数落两句，对他道，"还不将霸占了人家的令牌还给人家！"

"我说皇叔怎么想起见我了，原来是托了这令牌的福气。"秦铮从怀里掏出令牌，扔给垂着头站在不远处的谢芳华。

谢芳华伸手接了，看了一眼，是她那块令牌，从怀中掏出密函，连令牌一起递给吴权。

吴权接过令牌和密函，检查了一遍，呈上前递给皇帝。

皇帝先看了看令牌，放在桌案前，又拿起密函，密函是用蜡封着，上面写着"皇上亲启"，他抬头看了谢芳华一眼，撕开了密函。

只看一眼，皇帝晴朗的脸色倏地大变，坐着的身子腾地站了起来。

忠勇侯隐在袖子里的手指颤了颤，险些也跟着站起来。

秦铮疑惑地看着皇帝，须臾，又扭头打量谢芳华。

谢芳华依然低垂着头盯着地面的金砖，如个木头桩子，一动不动。

皇帝看罢密函，身子蓦地颤抖，抬起头，看着忠勇侯问道："你可知道发生了何事？"

忠勇侯立即站起身，看着皇帝的脸色摇摇头，疑惑地问：“难道是漠北边境有军情？”

“若是军情也便罢了。”皇帝仔细分辨忠勇侯神色，见他疑惑不像作假，叹息一声，将密函递给了他。

忠勇侯伸手接过密函，只看一眼，也是面色大变，一张老脸极其不敢置信，颤抖着问：“这……这怎么会？”

“武卫将军向来沉稳，不会做弄虚作假捕风捉影之事。他既然呈上密函禀告，这便是真有此事了。怪不得不走兵部的加急文书，而是令人悄悄带回来给朕。”皇帝缓缓坐下身，脸色发白，“无名山自太祖时候建立到如今过了两百七十八年，历经十一代帝王，从未出过丝毫差错。曾经朕以为就算这江山守不住了，无名山也会延续下去，不想竟然遭了天雷。”

忠勇侯拿着密函沉默，不知如何接话。

“武卫将军守卫漠北边境，漠北有风吹草动理应被他先察觉，更何况出了这么大的事儿。我看武卫将军这密函上写的日期，却恰恰是朕下圣旨令秦钰出京的日期。”皇帝说到这，猛地顿住，似乎想到了什么，脸色晦暗不明。

忠勇侯将密函递给皇帝，不敢轻易开口评论此事。

“你们先出去候着吧！”皇帝沉默半晌，似乎才想起秦铮和谢芳华，对二人摆摆手。

秦铮扭头走了出去，谢芳华倒退着出了门。

外面的空气自然比书房里面的空气舒服，谢芳华轻轻吐了一口气。皇帝让她先出来候着，没准许离开，自然不能离开。

“第一次见到皇叔没被吓尿裤子，你的确是有几分本事，怪不得敢独自一人带密函进京，还敢轧死我的狗。”秦铮挑眉看着谢芳华。

谢芳华心里骂了他两遍，当没听见，垂着头不应声。

“无名山竟然被天雷毁了，岂不是便宜秦钰那小子了？”秦铮压低声音自言自语道。

谢芳华扭头瞅了他一眼，想着秦铮和秦钰有仇？一副恨不得他死的模样。

“你是不是很疑惑秦钰怎么惹了我？我告诉你，三年前我看上了一个女人，想带回府去，偏偏被秦钰捷足先登了。”秦铮冷笑一声，“抢了我的人，得罪我大发了。”

谢芳华收回视线，三年前他才十三四吧？就知道抢女人？果然是纨绔子弟，风流荒唐。

“你在想什么？”秦铮忽然凑近谢芳华。

谢芳华倒退一步，摇摇头。

“没想？鬼才信！我看你脸上明明写着骂我的话。”秦铮脚步逼近。

谢芳华蹙了蹙眉，想着这尊瘟神，怎么才能摆脱他？一不小心退下了台阶，险些栽倒。

秦铮嗤了一声，停住脚步，不屑地道："还以为你有多大的本事儿，原来不过如此。"话落，从怀中掏出绢帕，扔给谢芳华，"给你擦擦汗！"

谁稀罕用你的帕子擦汗？谢芳华挥手想甩掉。

"你敢不用试试！信不信爷将你踢下九天台阶摔死你！"秦铮恶狠狠地看着她。

谢芳华手一顿，看了他一眼，默默地拿过帕子，擦了擦额头根本没有的汗。

秦铮倏地笑了，嘱咐她："好好将帕子留着！以后每次见到我都拿出来用，若是有一次我看不到你用，忠勇侯府的大门就别想开了，爷定然砸了它去。"

谢芳华深吸一口气，点点头。

秦铮转开身，看向天空，从侧面看似乎他刚欺负完人心情极好。

谢芳华想着若这里不是南书房外，若非里面的皇帝此时正心情不好，她敢保证，秦铮敢在这里哼小曲唱小调。上一世她可没碰见这样的恶人，这一世无名山上的活僵尸也比面前这个人看着顺眼。

擦完根本就没有的汗，谢芳华忍了忍，还是将秦铮的帕子揣进了怀里。

秦铮扭头看到她的动作，顿时笑逐颜开。

谢芳华当没看到他恶劣的笑，垂下头，默默数着时辰，想着什么时候能出宫，又想着皇帝怎么处理这件事儿。是藏着掖着不让世人知道，还是公开这件事儿。

幸好没用等太久，内廷大总管太监吴权出来喊二人进去。

进了南书房，气氛霎时压抑很多。

"王银，你明日便起程回漠北军营，给武卫将军传一句朕的口谕，就说令他派一队人马守死无名山，不让任何人探查消息。朕会尽快派人前去核实此事。"皇帝道。

"是！"谢芳华垂首。

"小东西，你回府将你爹喊来，就说朕今日晚上和他议事。"皇帝吩咐秦铮。

秦铮点点头。

"忠勇侯留下，你送王银回忠勇侯府！"皇帝摆摆手，眸光一凛，威严地道，"给我闭紧了嘴巴！说出半个字，你们俩的脑袋以后不用长在脖子上了。"

秦铮看了谢芳华一眼，规矩地应声，走了出去。

谢芳华是一百个不愿意被秦铮送回忠勇侯府，奈何皇帝发话了，她没有反驳的余地，只能跟在他后面退了出去。

出了南书房，秦铮大步走在前面，没有再欺负她的打算。

谢芳华暗暗松了一口气，脚步也轻松了些。

二人一前一后出了宫门，有侍卫立即给秦铮牵来马，秦铮利落地上了马。谢芳华自然享受不到有人给牵马的待遇，从远处拴马的柱子上解下马缰绳，踩着马镫上马。

秦铮一马当先，嗖地奔离了皇宫。

谢芳华暗赞了一声纨绔公子的马术，快速打马，尾随在他身后。

疾驰过一条街，拐角处，一辆马车横着停在路中间。谢芳华清晰地看到左相府的车牌，眯了眯眼睛，想着恐怕左相大人是故意等在这里套话的。皇帝才是最了解自己臣子的人。

秦铮来到车前，跟没看到一般，扬鞭打马，身下坐骑四蹄扬起，从马车上越了过去。

谢芳华愣了一下，也跟着他做了一样的动作。

两匹马转眼间就疾驰过左相的马车跑远了，等左相从车里探出头，只听到两匹马踏踏的马蹄声，连马影子也没看到，脸顿时寒了下来。

这天子脚下，京都四方，谁人敢不买左相的面子？就连英亲王见了左相也要和气三分。只有秦铮一人，向来天不怕地不怕，从来见到他半分面子不给。

谢芳华这一刻倒有些佩服走在她前面那个张扬狂妄的人了，能踩着左相的马车横着走，还让左相不曾派人追来找他理论，他的确有嚣张的本钱。

两匹马很快便来到了忠勇侯府。

门房探出头来，见是秦铮和谢芳华，立即打开了侧门。

“今日爷辛苦送你回来，明日记得请我喝茶。”秦铮扔下一句话，掉转马头走了。

谢芳华待他走远，冷哼一声，明日他王银就要离京了，请他喝个屁茶。

进了府门，侍书已经迎了出来，对她低声道：“小姐，世子一直担心您和老侯爷，半日来坐卧不宁，连药也没喝，您既然回来了，赶快去报个平安吧！”

谢芳华心中一暖，点点头，大步向芝兰苑走去。

来到芝兰苑，谢墨含听到脚步声立即打开房门，见到她回来，喜色爬上眼梢。

谢芳华进了屋，喝了一盏茶，便将今日的情况简单与谢墨含说了一遍，当然略过去了秦铮拿帕子欺负她那段。

谢墨含听罢长舒了一口气：“幸好皇上英明，不滥杀无辜，否则你今日凶多吉少。”

谢芳华不以为忤。她自然了解当今天子性情，否则也不敢冒这么大的风险自己送密函。

“皇上留下爷爷，又让秦铮宣召英亲王入宫，显然是和他们一起商量无名山的事情了。”谢墨含分析，“不知道皇上若是派人查实后，会怎么处理无名山。”

“那就不是我们管的事情了。”谢芳华不甚在意地道。

谢墨含笑了笑，点了她额头一下：“你呀，胆子可真大，不过无名山毁得好，否则难保以后你不会被暴露去过无名山的痕迹，届时麻烦就大了。”

谢芳华笑着扬了扬眉。对于毁掉无名山，是她八年前到无名山那日就拿定的主意。

用了八年的时间，若毁不掉无名山，她也太废物了。

“不过你是怎么成功毁了无名山的？据说无名山有五座山脉相连，可不能一夕之间毁掉。”谢墨含一直疑惑，“而且还给按了个天雷的名头。”

谢芳华品了一口茶，淡淡道：“不是按了个天雷的名头，而是真正引了天雷将五座山脉毁去了，就是一夕之间的事儿。入冬之后，那里下了场大雨，电闪雷鸣。我在五处山脉顶端埋了引雷电袭击的东西。一夜之间，无名山彻底倾覆了。除了提前出来的我，无一人存活。”

谢墨含身子震了震，默然半晌，看到谢芳华云淡风轻的脸，伸手握住了她的手，心疼地道：“我的妹妹小时候连踩死一只蚂蚁都要伤感半天，却为了支撑起忠勇侯府，连无名山也敢毁了，还杀了那么多人。都是哥哥没用。”

谢芳华笑着推开他的手：“哥哥的病大部分是心病，郁结于心，所以久积成疾。你心宽一些，就不会总是吃药了。”话落，无所谓地道：“无名山从古到今埋了多少人的骨头，我杀的人不过是百分之一。而且那些人自从进了无名山后，就不再是人了，而是死士，活僵尸，杀人的工具。我不杀他们，放出来的话，他们一人能杀百人甚至千人。”

“这么说你倒是做了一件积福的事儿。”谢墨含闻言心里轻松了几分。

“自然。”谢芳华点头。

谢墨含叹息一声，肯定地对她道：“我妹妹如此聪明，受了如此多的苦，一定会受上天眷顾，后福无边的。”话落，补充道：“上天不会总让一个人受苦的。”

谢芳华看着哥哥，想着上天已经很眷顾她了，这一世就是上天的眷顾，否则她哪里还能看到爷爷和哥哥好好地活在眼前，哪里还能看到忠勇侯府的牌匾完好地挂在门口。

谢墨含见谢芳华神色恍惚，以为她想起了无名山上不愉快的事情，立即转移话题：“明日皇上要你离京，我已经给你找好了替身，乔装一番，代替你回去。”

谢芳华摇摇头：“不行，必须我自己出京。”

谢墨含一惊：“好不容易回来，你还要离开京城去漠北？”

谢芳华看着谢墨含紧张的神色，笑着宽慰他：“我不会走远，就走出京城三百里地，在三百里地外，真正的王银等在那里。我与他会合，他回漠北军营，我再回来。”

谢墨含闻言松了一口气，只要不是再离开就好。

第三章

请旨

京　门　风　月

当日夜，忠勇侯被皇帝留在皇宫并未回府。

第二日辰时，谢芳华收拾好行囊，出了忠勇侯府。

谢墨含清点完给漠北戍边的武卫将军府回送的礼物，亲自送到门口，对谢芳华低声嘱咐：“虽然三百里地不远，但你只身一人回京送密函，皇上隐瞒了无名山被毁的消息，连左右相都未曾召见议事，所以，你此番出京怕是会被人盯上打探消息。要多加小心。”

谢芳华点点头。

“要不然我派人护送你一程吧！”谢墨含与谢芳华打着商量。

谢芳华顿时笑了：“在无名山待了八年我都自己回来了，哥哥有什么不放心的？”

谢墨含叹了口气。就因为这个妹妹太让人放心，所以才显得他这个哥哥无用。

“哥哥不要心思太重，古人云慧极必伤，你的病大多是因为多思多虑导致好药用尽也不见起色。如今我回来了，自然就不会再走了，你就不要再忧心难安了，按照我昨日给你开的方子好好调理，总有一日我能想到除了你病根的法子，给你一个好体魄。”谢芳华叮嘱他。

谢墨含点头，心里暖融融的，想伸手摸她的头，但碍于大门口人多眼杂，只能作罢。

谢芳华转身上了马车，坐在车前，一挥马鞭，载满货物的马车离开忠勇侯府。

直到马车走得没影，谢墨含才转身进府。

刚回到芝兰苑，侍书匆匆走进来禀告：“世子，不好了，小姐有麻烦了。”

“嗯？怎么回事儿？”谢墨含一惊。

侍书立即道："属下刚刚打听到铮二公子去了北城门，据说要跟小姐一起去漠北。"

谢墨含一怔："秦铮？如今年关将近，漠北路途遥远，他去漠北做什么？"

侍书摇摇头。

"备车，不，备马，我要跟去北城门看看。"谢墨含一边吩咐一边快步出了芝兰苑。

侍书立即跑到他前面去马圈牵马。

谢墨含来到门口，侍书已经牵来马，他翻身上马，这时一顶轿子来到，堪堪拦住他的路，忠勇侯从里面探出头询问："你要去哪里？"

谢墨含看着轿子内："爷爷，我要去……"

"哪里也不准去，随我回府。"忠勇侯打断他的话，下了轿子，进了门。

谢墨含话语僵住，看着忠勇侯稳健的背影挣扎片刻，还是下了马，跟他回了府。

忠勇侯脚步不停，一路回到荣福堂。

谢墨含跟着他进了屋，关上房门，终于忍不住询问："爷爷可知道秦铮要跟随妹妹去漠北？"

忠勇侯嗯了一声："昨日晚上他跑去皇宫请旨，说长这么大没去过漠北，想去看看。皇上不准，他就去求了皇后，皇后自从四皇子离开后病倒在榻，一句话没和皇上说过，听说他要去漠北，便帮他去求了皇上。皇上难得见皇后与他说话，于是便准了。"

谢墨含皱眉："皇后怎么会帮他？"话落，他立即道："对了，是因为四皇子。"

忠勇侯点点头："四皇子去了漠北，至今无丝毫音讯传来，皇后听说秦铮要去漠北，自然希望他去了顺便探查她儿子情况，为了儿子，自然帮着秦铮去求。皇上对皇后还是爱重的，哪里会不答应？"

"如今都快年关了，京城到漠北最快也要一个半月，如今满打满算距离过年也就月余，他此一去，根本不能赶回京城过年了。英亲王怎么会同意？"谢墨含不解。

"皇上、皇后都准许了，英亲王自然拦不住。"忠勇侯喝了一口茶，揉揉眉心，"这个秦铮，英亲王规矩了一辈子，没想到有这么一个不规矩的儿子。"

"这可怎么办？妹妹只走三百里地就要返回来，秦铮跟去的话，她如何在他面前脱身？孙儿认识秦铮许久，他可不是真正的纨绔不通事务。"谢墨含担忧地道。

"你就算现在追去北城门，也阻止不了他。"忠勇侯道。

谢墨含一屁股坐在椅子上，想着对策："必须要想个办法。妹妹易容得虽然奇妙，声音也与少年无二，若不是看到她腰间挂的娘亲给编织的络子，我也不能一眼就认出她。但她毕竟是女儿身，久不在京中，不了解秦铮的性情，在他面前露出破绽就麻烦了。"

"不急，若不是你娘编织的络子，我也不能一眼认出她。她在无名山待了八年，都未曾被人认出，秦铮那小子就算眼睛再毒，也不会毒过无名山那三个宗师去，那三个宗师还不是一样被你妹妹引了天雷给毁了？”忠勇侯比谢墨含镇定，“如今他去漠北，不止咱们担忧，英亲王府他那个视他为眼珠子的娘恐怕更是坐立难安地在想着法子留下他。”

谢墨含稳了稳心神：“英亲王妃只有秦铮一个儿子，漠北遥远，路途中万一出点事儿，英亲王府内有庶长子，她可就没指望了。”话落，叹息道：“只求英亲王妃快些想到法子召回他，妹妹才能尽快脱身。”话落，又奇怪地道：“秦铮怎么会想到要去漠北？”

忠勇侯老眼深邃：“这就值得探究了！”

“据妹妹昨日回来说，皇上当时看到密函后言语并没有避讳他。无名山的事情他既然知道，也就不必找妹妹打探消息了。是不是妹妹有哪里露出破绽被他盯上了？”谢墨含疑惑，“否则这个时候他不该去漠北才是。”

忠勇侯冷哼一声：“若不是你娘编织的络子，你我也认不出来，他难道有剔透的眼睛认出她是女儿身？我看不见得。只不过是与她接触之下对她好奇罢了。”话落，不看在眼里地道：“毛头小子而已，能掀起什么风浪？就算盯上，也要看他本事。你妹妹可不是软柿子。”

“那我们什么也不做？任由他跟去？万一英亲王妃拿不出办法呢！”谢墨含询问。

“英亲王妃不行，你妹妹定然也会有办法对付他。”忠勇侯摆摆手，“皇上昨日只召了我和英亲王在宫中议事，左右丞相，一众朝臣都没得宣。忠勇侯府又让人看到了比肩英亲王府的恩宠，这不是什么好事儿。近来还是莫出风头了，咱们府被别人盯上不是一日两日了，免得帮不了你妹妹，还给她惹了麻烦。”

谢墨含点点头。

当今皇上未登基前，兄弟众多。其中英亲王生下来便脚跛，虽然是皇后所生，才华满腹，但注定与皇位无缘，早早就封了王。本来无论谁坐皇位，他都可以一世安稳，但偏偏相助了当今皇上，一力扶持他登基，夺权之日，被刺伤了一箭，身体自此落下病根。皇上对其情分深重，分外信任恩宠，英亲王府的地位南秦上下无人可比。

而忠勇侯府则是几百年的勋贵累积和忠勇侯年轻时守卫疆土军功以及代替先皇嫁去了北齐一个女儿得来的。虽然大功赫赫，但是总归有功高震主之嫌，再加上谢氏太过繁华，所以，和英亲王虽然可比，但也不可比。皇上对忠勇侯府不是真正的宠信。

所以，从儿女上来说，英亲王府出了个天不怕地不怕的秦铮，还有一个被皇后抱去养在身边的郡主。而忠勇侯府谢墨含则墨守成规，谨慎小心，不敢出丝毫差错，谢芳华离京八年跑去无名山地狱一般的地方苦苦学艺。

这就是区别！

谢芳华赶着车来到北城，一眼就看到了骑在高头大马上的秦铮。

虽然年关将近，出城进城的人流极多，但是秦铮少年隽秀，一身贵气，人群中独树一帜，分外惹眼，恐怕不是骑在马上也能叫人在人群中一眼认出他。更何况他的旁边还停了一辆飘着彩带的香车，想不让人注目都难。

谢芳华眯了眯眼睛，移开视线，打算视而不见出城。

城门士兵过来排查，谢芳华递了文书，守城士兵看了她一眼，放她出城。

“王银，昨日爷辛苦送你回府，今日你便不认识爷了？”秦铮面色不豫地看着谢芳华。

谢芳华从怀中掏出帕子捂住鼻子，嗡嗡地道：“铮二公子恕罪，不是小人不认识您，而是小人昨日染了风寒，怕传染给您。”

秦铮看到她用的是自己昨日给她那块帕子，脸色晴转，顿时笑了：“爷不怕。”

谢芳华垂下头，恭敬地道：“小人要回漠北了，您多保重。”

秦铮笑了一声，打转马过来她车旁，对她道：“正好我也要去漠北，一起了。”

谢芳华身子一僵，不敢置信地抬头。

秦铮对她挑了挑眉：“听说漠北风沙满天飞，爷还没见过，想去看看。你对京城前往漠北这一道肯定熟悉，爷就拜托你照顾了。”

谢芳华气血往心口涌了涌，硬生生憋住，真是阴魂不散啊！

“二公子，漠北此去遥远，关山险恶，你怎么一个护卫都没带？”不远处的香车里传出一个声音，三分娇软，七分担忧，“你这一走，英亲王妃一定寝食难安。”

秦铮眸光动了动：“关山险恶爷也不怕，爷本来就是恶人，还怕得谁路上欺负我不成？”话落，摆摆手，“卢小姐请回吧！我娘亲的事儿用不到外人挂心，自有我父王疼她。”

香车内的人本来还想说什么，闻言脸一白，没了声。

秦铮看也不看一眼，用马鞭抽了谢芳华的马车一下，怒道：“有什么可看的？没见过女人？还不快点儿给爷起程？”

谢芳华正好奇地看香车内的女子，冷不防被他怒喝，撇撇嘴，收回视线出了城。

卢小姐应该是左相卢勇的女儿吧？前来北城门送别，可见心意所属，可惜这心意白给了一个浑蛋，空负一腔情意，喂狗了！

秦铮骑着马踏踏跟了上来，浑然不觉让谁碎了芳心。

出了城门走了一段路后，谢芳华才想起来他早先说的话，他要去漠北？去漠北做什么？她疑惑地转头瞅他：“铮二公子，去漠北可不是说着玩的。”

“你以为爷跟你说着玩？”秦铮拿眼睛斜她。

“漠北遥远，路途极不好走，最快也要走上一个半月才能到，还是别遇上大雪封山的情况下。”谢芳华猜测这个公子哥的目的，难道是皇帝有任务派给他？

“你一个人能从漠北来京城，爷就去不得漠北了？你放心，爷没有忠勇侯府子归兄那么弱，不是害怕吃苦的人。”秦铮骑在马上，悠悠哉哉。

谢芳华无语，暗暗想着该怎么摆脱他。她可不回漠北去，而且就算她和王银交换，也要先处理了他，否则这样的一个人，真正的王银可应付不了他。

正想着，忽然一个包裹对她扔来，砸到了她的头上。

谢芳华皱眉，抬头看向包裹来源处。

秦铮松了松肩骨，对她道：“包裹里装的是我的衣服和盘缠，你给我收着，这一路爷的吃穿住用行都包给你了。”

谢芳华脸色凝了凝，忍着气道：“铮二公子，小人生活在军营，做不来侍候人的活。”

“做不来就学，若是皇上下令要你照顾我，你也对皇上推脱说不行？”秦铮冷哼。

“皇上可没下旨让我照顾您。”谢芳华拿开包裹，扔在一旁。

“我既然出京去漠北，就是向皇叔请了旨意的，皇叔知道我要与你一同上路，这路上我若是出了什么事情，你也难逃干系。”秦铮慢悠悠地道，“所以，为了你的身家性命，你还是将我照顾妥当为好。”

谢芳华听说他向皇帝请了旨意，这么说不能杀了他或者让他出意外了。

“我若是出了意外，毕竟是与你一起的，你也要有意外。否则，我出了意外，而你好好的话，那么武卫将军府和忠勇侯府可就因你而有麻烦了。”秦铮似乎在与她闲话家常。

谢芳华垂下头，脸色阴了阴。这么说她要让王银死了才能摆脱他?

其实也不是不行!

“你怎么不说话？难道真希望我出意外？”秦铮忽然问。

谢芳华抬起头，笑了笑，黑里透红的脸分外平静：“铮二公子可不要说不吉利的话。小人还是很惜命的。”

“那就好。”秦铮盯着她看了一眼，点点头。

一车一马并排着走在官道上，路面上的积雪早已经化了，今日天气分外晴朗，两旁的树上有麻雀叽叽喳喳地叫得欢快。

谢芳华专心赶着车，秦铮颇有兴致地看着官道两旁的枯枝麻雀。

晌午时分，二人来到五十里地外的一个小城。谢芳华本来想买两个馒头继续赶路，奈何秦铮公子对馒头嗤之以鼻，非上好的酒楼看不上眼，于是，谢芳华只能跟着他进了酒楼。

秦铮一身贵气打扮，谢芳华跟在他身后，地地道道地像他的小厮。

掌柜的满面笑容地迎了出来：“铮二公子，您今日儿怎么来了这里？”

“爷要出远门，路过这里。拣上好的席面来一桌。”秦铮径直往二楼雅间走。

掌柜的点头哈腰，匆匆跑下去吩咐了。

谢芳华打量了这家酒楼一眼，想着秦铮恶人的名声传出五十里地外也不奇怪，毕竟这里距离京城很近。皇家猎场就在这里的北山。

进了二楼雅间，秦铮不止要了一大桌席面，还额外点了唱曲的，又要了两壶酒，纨绔贵公子的排场摆得十足。

谢芳华虽然对他的行为不屑，但是也不排斥好吃好喝，跟着他一起享受了一番。

唱曲的姑娘声音婉转如莺啼，缠绵悱恻。容貌也是极好，又娇又媚。

吃饱喝足后，秦铮大手一挥，慷慨地道："打赏十两银子！"

谢芳华瞅了他一眼，坐着没动。

"爷的话你没听到吗？"秦铮看她。

谢芳华心平气和地道："爷，您包裹里的银票我查了，只有五千两。这一顿饭就吃了百两银子，再加上酒水和打赏，又去了五十两。总共一百五十两。一日三顿饭，若都是这样花的话，一日就要四百五十两，加上住店五十两，一日就要五百两，您的银票只够您这样花十日。十日之后，您要喝西北风吗？"

秦铮愣了愣，半晌后，忽然笑了："你若是女子可就好了，一定会管家理账。"话落，他摆摆手，高兴地道："好吧，以后我不做主张了，你说如何吃就如何吃，你说如何睡就如何睡。一切由你做主。"

出了酒楼，二人继续赶路。

谢芳华想着刚出京城，摸不透秦铮跟随她去漠北的心思，也没看到她周围是否有谁的人马盯着，自然不能急迫地出手对付秦铮，以免惹祸，看来今日晚上要和他一起落宿了。

走了一段路，秦铮忽然道："你来骑马，我帮你赶车。"

谢芳华抬头瞅他，推拒道："不劳烦铮二公子贵手！"

秦铮嗤了一声："你以为爷是想帮你赶车？爷是累了困了，不想骑马了，想要睡觉。"

谢芳华顿了片刻，才道："您若是困了，就该雇一辆车，小人这车装的全是货物，没地方让您睡觉。"

"荒郊野外的，哪里有车让我雇？"秦铮松开马缰，下了马，不给谢芳华反驳的余地，来到车前将她一把推下了车，自己代替她坐了上去。

谢芳华勉强站稳，只见秦铮已经靠着货物闭上了眼睛。她无奈片刻，只能自己骑上了他的马。人若为恶，一般情况下别人是拿恶人没辙的。

不多时，秦铮便在车上睡着了，脑袋随着马车一晃又一晃。

谢芳华只能跟在车旁寸步不离，帮他掌控路线，不想自己一车货物被他赶到沟里。

天黑时分，走了百里，来到一座城池。

这座城比上一座小城繁华，虽是夜晚，但街上行人甚多，有几处门面外高挂着灯笼，身着彩衣的女子倚栏招呼客人，不用想也知道是什么地方。自古这样的地方最不愁客人上门。

谢芳华将马车停在一处不起眼的小客栈门外。

一个头发花白的老伯从里面出来，颤巍巍地问：“客官，您要住宿？几位？”

“两位，两间普通客房。”谢芳华道。

“好嘞！您随我来。”老伯点点头，头前引路。

谢芳华拴了马缰绳，过来推醒秦铮：“铮二公子，醒醒，到客栈了。”

秦铮睁开眼睛，打了个呵欠，四下打量了一眼，皱眉问：“你就让我住这儿？”

“我也住。”谢芳华道。

秦铮有些恼怒：“这是什么破地方？爷不住这里。”

谢芳华掂了掂他的包裹：“您今日已经花了五百两，若是不住这里，您自己找地方去吧！小人可管不了您这样的大佛。”

秦铮一噎，瞪着谢芳华。

谢芳华不理他，走到不远处抱了两把干草喂马，然后拍拍衣服，进了客栈。

秦铮在车前站了半晌，挪动脚步跟她进了客栈。

客栈不大，有两进小院，不如外表看着那般破败，院里被打扫得干净。老伯将二人领到最里面的两间厢房，打开门，让二人观看环境。

谢芳华满意，对老伯道：“麻烦您给我们简单弄两个小菜上来，再温一壶酒。”

“两个小菜怎么能够？要十个菜，两壶酒。菜要好一点儿的，酒要烈一点儿的。”秦铮对屋内的整洁环境基本满意，回头改正谢芳华的话。

“听我的还是听您的？”谢芳华拿眼睛瞅他。

秦铮看着她，见她一副“你若不听我的自己找地儿”的模样，哼了一声，转头进了屋，口气不好地道：“给我来一桶热水，我要沐浴。王银，你总不会这个也苛刻我吧？”

“还照我刚才说的上酒菜，给我家公子抬一桶热水。麻烦老伯了。”谢芳华依了他。

老伯笑呵呵地点点头，转身去了。

不多时，一个五大三粗的伙计抬了一桶水进了秦铮的房间，之后离开了。

秦铮伸手解衣带，对隔壁喊：“王银，过来侍候爷沐浴。”

谢芳华当没听见。

“王银，你聋了吗？”秦铮又喊。

“爷，小人除了练兵打仗不会侍候人，您若是自己侍候不了自己，就喊刚才那个憨大哥进来侍候您。他是这个店主老伯的儿子，力大无穷。”谢芳华站在自己屋子窗前，面无表情地道，“保准侍候好您。”

秦铮一噎："算了！"

谢芳华冷笑一声，关上了窗子，坐在桌前喝茶。

秦铮向门外看了一眼，脱了衣服搭在椅子上，指尖轻轻敲了敲桶壁，转身进了木桶里。

除了房中的水响，再无其余动静。

半个时辰后，秦铮沐浴出来，换了新衣，去敲隔壁的房门。

谢芳华不开门，对外面道："稍后老伯会将酒菜送去您房间，铮二公子吃过后早些休息吧！明日我们一早起程。"

"我要和你住。"秦铮道。

谢芳华眸光瞬间冷厉，但声音却更是平静："铮二公子不要开玩笑，就算是男子，没有忌讳，也要顾及身份。您的身份和小人的身份可是天上地下，怎能同住？"

"我在家中睡觉，屋中都有守夜的人。"秦铮道，"你的身份给我守夜正好。"

"可是如今不是在您家里，出门在外，一切从简。铮二公子若是这点儿苦都受不了，小人看您现在返回京中还来得及。"谢芳华讥讽道。

秦铮半晌没出声，在谢芳华以为他打消念头时，外面忽然传来他的怒喝声："王银，刚出了京城百里，你就不拿爷当个人物了是不是？你的胆子哪里来的？敢讥笑我？"

谢芳华默然片刻，尽量让自己声音听起来和气："铮二公子息怒，小人说话向来直言直语。您别生气。您若是不敢一个人住，就去喊憨大哥给您守夜，老伯家开门做生意，一定不会拒绝您的要求。"

秦铮闻言气得一脚踹向了房门。

房门发出一声响动，咯吱了两声，但依然稳稳地关着。别看门破，但贵在结实。

谢芳华盯着木门想着不知道他的脚疼不疼，最好疼死他。

"你最好保证这院子里没有老鼠，保证爷的房间不进老鼠，否则明日早上爷咬死你。"秦铮丢下一句话，气恼地回了自己房间。

谢芳华眨眨眼睛，原来他不是怕一个人住，而是怕老鼠？

那么她要不要抓一只老鼠扔进他的房中？

这事儿要好好想想。

老伯端来了两份饭菜，比谢芳华说的丰盛很多，至少有肉有鱼。秦铮祭了五脏庙之后，气也消了大半。但他白天睡多了，晚上却睡不着了，只能睁着眼睛躺在木板床上，听着隔壁那人睡得呼吸均匀，显然极香，忍不住直磨牙。

磨着磨着，他忽然乐了，这样的王银，这样的……才有意思……

谢芳华一夜好眠，第二日精神极好。

秦铮前半夜没困意，后半夜认床，折腾到天明才睡下。虽然房中没有老鼠，但是他同样没睡好。打着呵欠起身，两只眼睛下方落了两片青影。

谢芳华瞅了他一眼，意思意思地请了个安，便收拾行囊起程。

秦铮抢先一步上了马车，闭上眼睛补眠。

谢芳华也不与他争，骑马走在马车旁。

出了城，走了一段路，身后追来一匹快马，马上坐了一人，还未到近前，那人便扬声高喊："二公子，二公子，停车！"

秦铮仿佛未闻，谢芳华伸手勒住了马缰。

那一人一马很快来到近前，人马皆气喘吁吁汗流浃背，看着马车上的秦铮急促地道："二公子，王妃病了，从您走后高热不止，王爷派奴才追来，请您赶快回京。"

秦铮睁开眼睛看了那人一眼："我回去也不能做了她的止烧药，京中不是有太医吗？"

"关键是王妃不让请太医，就想见您啊。"那人立即道。

"既然还能阻止人请太医，证明没烧得太厉害。我用不着回去。"秦铮摇摇头，像挥苍蝇一般地挥手，"你回去吧！告诉我娘，让她别闹了，好好在家等着我带漠北的姑娘回来。"

那人苦下脸："二公子，小人可是带了王爷的死命令请您回去啊，您不回去，小人可不敢回去了。"

"你不敢回去就找个地方猫着，等我从漠北回来顺便捎你回去。"秦铮又闭上眼睛。

那人垮下脸，从漠北回来何年何月？

秦铮伸手拍了马屁股一下，对他道："告诉我娘，将在外，君命有所不受。她使什么招也没用，我是不会回去的。"

那人闻言，一张脸顿时拧成了麻花。

马车继续向前走，秦铮不受丝毫影响地陷入睡眠。

谢芳华看着他打定主意十头牛也拉不回来的模样，想着看来英亲王妃这边行不通。

晌午时分，他们来到一处小城，秦铮睡得雷打不动，任谢芳华喊他也不起来，谢芳华正乐得安生，自己停车买了两个肉包子吃了，继续赶路。

秦铮睡醒后，太阳已经偏西，睁开眼睛，发现马车走在前不着村后不着店的地方，他摸着肚子对谢芳华嚷："我饿了。"

谢芳华回头瞧了他一眼，从包裹里拿出一个肉包子扔给他。

秦铮接过肉包子，张嘴咬了一口，嘶地吸了口气："王银，你想硌掉我的牙是不是？"

谢芳华耸耸肩，无辜地道："铮二公子，我喊您的时候，您睡得正香不想吃饭，我只能多买了个肉包子留起来，如今天寒，走了这么远的路，肉包子被冻住可怪不得小人。”

秦铮盯着她看了半晌，又看看四下荒凉，冷风嗖嗖，扔了肉包子，坐直了身子：“还有多久到下一个城池？”

“四十里。”谢芳华道。

“那岂不是还要再走两个时辰？”秦铮声音拔高。

“您可以骑马提前走。”谢芳华给他出主意。

秦铮看了她骑的马一眼，又看了自己坐的车一眼：“算了，忍着吧！”

谢芳华不再理他，想着昨日睡了半日，今日睡了一日，天寒地冻，冷风吹着，他竟然没发热头疼，身子好得也太人神共愤了。

一个时辰后，天彻底黑了。

秦铮挨不住了，不停地拿鞭子抽马。

数次之后，谢芳华忍不住提醒他：“铮二公子，这马辛苦了一日，您再抽下去，它保不准就此累趴下，不用走了。”

她话音刚落，马脚底一滑，趴在了地上。

“你个乌鸦嘴！”秦铮气得瞪眼。

谢芳华看着他，马都趴下了，他屁股有多沉还在马车上坐着？不由无语。

秦铮下了马车，牵着缰绳拉马。

马车装的东西太多，太重，马走了一日，未曾得到休息，任他怎么拉都不起来。

半晌后，秦铮招呼谢芳华：“你下马，我们一起来拉。”

谢芳华摇摇头：“没用的，马累成这副样子，您就是抽死它，它也不会起来。”

“那怎么办？”秦铮看着谢芳华，有些恼怒，“你怎么早不提醒我。”

“您抽得起劲，我若阻拦的话，怕您一怒之下拿鞭子抽我。”谢芳华左右看看，荒无人烟，冬天的天总是比夏天的天黑得早，她建议道：“如今有两个办法，一个办法是您骑马先一步入城，找个人来帮我拉车。还有一个办法是我骑马先一步入城，然后找人来拉车。”

“为何不是将车扔在这里，我们一起入城？”秦铮挑眉。

谢芳华摇摇头：“不成，马车上装的是忠勇侯世子给武卫将军府的回礼，都是贵重物事儿，万一扔在这里丢了，小人十个脑袋也赔不起。”

“我帮你赔。”秦铮不屑地道。

“您赔得起银两，但是赔不起心意。”谢芳华端坐在马上，催促道，“二公子尽快拿主意。否则天越来越黑，也越来越冷了。”

秦铮一口气憋在心口，盯着谢芳华看了片刻，眼珠子动了动，道：“还有一个办法，你下马，让我那匹马拉车，这匹马轻松了自然就能起来走了。”

谢芳华眨了一下眼睛，认可地点点头，翻身下马。

二人动作利索地卸了马车，将那匹马解救出来，又将秦铮的马套上车。

马车能够走了，秦铮坐在车上扬扬得意：“怎么样？爷聪明吧？”

谢芳华难得对他笑了笑：“您的确聪明。”

“将马拴在车后，爷让给你个地儿，你也上来坐着吧！”秦铮大方地挪挪屁股。

谢芳华也不犹豫，上了车坐在了他旁边。

秦铮不敢拿鞭子再抽马，只让马自己拉着车慢慢走，似乎肚子也不饿了，悠闲地找话说：“从漠北来京城，你难道就是这么一路赶着装了满满货物的车来的？就算你命好没有遇到劫匪，也遇到沟沟坎坎的地方吧？都怎么走的？”

谢芳华瞟了他一眼，说道：“自然不是自己赶着车走的，您没听说过有镖局这样的行业吗？从漠北到京城，关山迢递。只山匪窝穴就有五百多处。若是这样走，早就被洗劫一空了。”

秦铮闻言偏头：“既然有镖局，你如今回去怎么不用？难道不怕被洗劫一空？”

“如今您不是跟着小人一起吗？您可是英亲王府的公子，何人敢劫您？镖局钱贵，能省就省些。小人家里给说了一门亲，要攒些银子娶亲。”谢芳华道。

秦铮气血往脑门冲了冲，顿时被气笑了，阴阴地道：“合着你拿爷当保镖了？”

谢芳华笑了笑，和气地道：“您也不吃亏，没有小人领路，您也不认识去漠北的路。”

秦铮忍无可忍，挥手将她拍下了马车，气怒道：“你自己走路跟着。”

谢芳华从善如流，脚步轻松地跟在马车后。高高的货物挡住了前面人的视线，她眯了眯眼睛。真正的王银就等在下一座小城，她必须今夜就解决了秦铮这个麻烦。

第四章
抢人

京　门　风　月

要解决麻烦，就需要有意外。

可是等了两日，除了拉车的马被累得趴下，一桩意外也没碰到。所谓的左相右相宫里得宠的两妃以及两位皇子还有英亲王府那个庶长子都没派人出手。看来只能自己寻找意外了。

谢芳华趁前面人不注意，掏出腰间的匕首在树干上画了个符号。

“进城后，我们先找镖局。”秦铮似乎咬着牙道，“银钱爷给你出，让你留着自己的钱回去娶媳妇。”

“谢谢二公子。”谢芳华笑着点头。

秦铮冷哼一声：“你今日别让爷再住破客栈就行。”

谢芳华咳了一声：“好说！今日一定选个好一点儿的客栈。”

马车进了城，秦铮向城门口守城的人打听了一番，赶着车去了镖局。

到了镖局，谢芳华拿出礼单，镖局的人见来了生意，利落地清点了货物，谈好了价钱，留了一份单子备份，说保证货物一个半月后送到。

二人满意地出了镖局的门。

秦铮一身轻松，伸手一指主街一家辉煌的门面：“今日住那里。”

谢芳华点点头。

二人向那一处门面走去。

刚走不远，身后忽然冲出几名黑衣人，人人手里提着剑，齐齐刺向秦铮。

秦铮反应很是灵敏，转眼抽出腰间的宝剑，避开了杀招，快速地与人周旋起来。

谢芳华似乎没料到会出现这种情况，呆了呆，半晌，反应过来，立即抽出腰间的匕首，上前帮助秦铮。不料她刚一动，有一名黑衣人弃了秦铮，转眼来到了她身边，夺了她的匕首，钳住了她的胳膊。

谢芳华痛呼一声，那黑衣人夹着她转身向一条胡同跑去。

“放下他！”秦铮面色一变，身子灵活地摆脱纠缠的几名黑衣人，追了去。

那几名黑衣人也立即追着他跑向那条胡同。

前面黑衣人夹着谢芳华跑得快，秦铮同样跑得快，眼看就要追上人，前面黑衣人忽然弹出一个烟幕弹。秦铮眼前一黑，猛地闭眼，再睁眼，眼前已经没了黑衣人的身影。他顿了一下，后面的黑衣人已经追了上来，齐齐对他发起了攻势。

秦铮气怒，手下的剑招凌厉起来。

但他毕竟一人，难敌四手，很快就落于下风。眼看危机，黑暗中忽然出现了几名同样黑衣打扮的人，他们一出现，顿时将秦铮护在后方，局势转眼扭转。

早先那几名黑衣人知道不能得手，对看一眼，齐齐撤去。

后来几名黑衣人要纠缠去追，秦铮摆摆手，沉声道：“不必追了。”

几名黑衣人立即顿住，齐齐单膝跪地：“公子。”

秦铮有些恼怒，看着前面有三条胡同，不知道那黑衣人携了王银走的是哪条路，他沉着脸问：“你们一直跟在后方，可知道这些黑衣人从哪里冒出来？是何来路？”

“回公子，属下看这些黑衣人的身手似乎出于杀手门。”其中一人道。

“嗯？杀手门？”秦铮眯了眯眼睛，“江湖上的组织怎么会来杀我？何时不怕死了？”

“杀手门虽然拿钱买命，但似乎不杀朝廷中人，这是立门的规矩，想来不会作废。依属下看，他们应该是在于抓人。”那人分析道。

秦铮眸光瞬间冷厉：“原来是为王银而来。”

“正是，想来是引开您，抓走王银才是目的。”那人点头。

秦铮面色冷沉：“你现在就立即去查，看看何人跟杀手门做了这笔买卖？”话落，又对其余人吩咐：“你们分头去找人，掘地三尺，也要将王银给我找回来。”

“是！”几人齐齐领命。

秦铮收了宝剑，转头向那处辉煌的门面走去，脚步踩在地上，发出重重的响声。

辉煌的门面叫作来福楼。

秦铮进了来福楼，要了一间上房，沐浴之后，连吃饭也无心情，坐在桌前等消息。

一个时辰后，一名黑衣人前来禀告：“公子，打听清楚了。杀手门今日没有买卖。”

“嗯？”秦铮眸光一黑。

“杀手门今日的确没有买卖，杀手门势力分属江湖，门主说胆子再大，也不敢打主意到您头上。”黑衣人低声道，“属下只是看着身手像杀手门的人，看来不是了。”

秦铮脸色清寒："既然不是杀手门，还有什么组织可疑？再去打探。"

"是！"黑衣人退了下去。

秦铮手叩着桌面，发出一下一下的响声。

两个时辰后，黑衣人再度现身，禀告道："回公子，江湖排得上号的厉害组织只有十个。能四人合力跟您过招让您处于下风的组织不过五个。除了杀手门外，属下打探到，这几个组织在前年都暗中立了一条规矩，凡是涉及您的买卖一律不接。"

"哦？"秦铮嗤笑，"这是为何？"

"您忘了，您在前年为了您的狗一怒之下带着王府隐卫铲平了青衣楼，那是比杀手门还厉害的组织。自此后，江湖组织人人惧怕，立了这条规矩也不奇怪。"黑衣人道。

秦铮脸色凝了凝："既然不是他们，还能是谁？"

黑衣人沉默片刻："属下猜测，若不是新出现的组织，就应该是官场府邸的隐卫。"

秦铮目光定在桌面上："左相那只老狐狸这么快便坐不住了？不可能是他。他要动手，也不会这么快动手，这里距离京城才三百里地，有点儿风吹草动还是会立即传回京去的。右相没必要动手，他想立于不败之地，就不会站队，更不会动我。倚翠宫的柳妃和玉芙宫的沈妃不敢动手，她们为了儿子恨不得拉拢我，自然不敢从我手里抢人。至于我大哥，我若是真去漠北，他巴不得，又怎么会多此一举在这里出手？"

"难道江湖上又新出现我们不知道的组织了？"黑衣人脸色凝重起来。

"再去探消息，我就不信谁还能在我眼皮子底下翻出天去。"秦铮冷哼一声。

黑衣人领命，退了下去。

秦铮饿极了，拿起筷子吃了两口桌上的冷菜冷饭，片刻后，忽然想起什么，顿住筷子，定了半晌，将筷子一扔，站起身，出了房门。

"公子，属下们去找人就好，夜黑风高，您身子贵重，就别出去了。"一名黑衣人本来留下暗中保护他，见他要出去，立即现身劝说。

秦铮摆摆手，下了楼，牵过马缰绳，翻身上马，出了城，从来路返回。

黑衣人只能跟在他身后保护。

出了城门，走了大约十里，秦铮忽然在路旁一棵树下停住，对身后道："点火把来！"

黑衣人立即点起了火把。

秦铮拿过火把，靠近那棵树木，只见树干上用匕首画了两道符号，符号特别，纵横交替，冷眼一看像是乱画的，细看之下，像个"夺"字。他看了半晌，忽然冷笑一声："敢在爷眼皮子底下玩这种抓不到把柄的花样，倒是小看她的本事了。"

黑衣人不解地看着秦铮。

秦铮伸手一掌震碎了树，大树轰然倒下，他对身后命令："将人都招回来吧！不用去查了。”话落，又道：“将这块刻字的树皮给我扒下来，爷要好好留着，来日给她扒皮！”

黑衣人打了个激灵，很快就扒下了那块刻字的树皮。

深夜，花街柳陌灯火如昼。

来福楼后街最繁华的门面是胭脂楼，每逢入夜便笙歌曼舞不断，笑语欢声不绝。

相较于前面的繁华，胭脂楼后方有一处极为幽静的小院。

小院被高深的院墙围住，外面看与胭脂楼是一体，其实内部另有乾坤，与胭脂楼隔绝。胭脂楼的热闹喧嚣和胭脂脂粉气半丝也传不到小院来。

有前面胭脂楼做陪衬，这里深夜亮着灯也不显突兀。

谢芳华站在窗前，目光越过胭脂楼，似乎看到了来福楼，浓郁的夜色里，来福楼散发着沉冷的气息，她盯着那里看了许久，才冷静地开口：“你说他出城原路返回了？”

“是！”一个黑衣人站在她身后，整个人包裹得除了眼睛什么也看不见。

“咱们的人都撤走了？没有让他查出半丝破绽吧？”谢芳华淡淡问。

“都撤走了，没有！”黑衣人摇头。

谢芳华轻吐了一口气：“倒是小看他了，短短时间将江湖各大组织排查了个遍。若非你们隐藏的功夫不错，今日第一遭出手可就栽了。”

黑衣人沉默。

谢芳华回转身，看着黑衣人，忽然笑了：“这也不是坏事儿，让我们知道人外有人天外有天，我们不是天下第一，要学习的地方还多的是，从今以后更要小心谨慎。”

“是！”黑衣人颔首。

谢芳华手指敲了敲窗棂，思索片刻吩咐：“先将王银隐藏着吧！待我离开回京后，将他暗中送去岭南，他是不能回漠北了。这个人从此以后就当被人杀了吧！”

黑衣人点点头，抬头看了她一眼，第一次开口询问：“你什么时候回京？”

谢芳华静了静：“秦铮恐怕不会善罢甘休，这京不怎么好回。”

黑衣人再度沉默下来。

“他出城不为连夜回京，定然是沿途排查线索去了。”谢芳华又道，“如今唯一留下的也就是那棵树了。”顿了顿，她揉揉额头，“没想到这个人如此聪明。”

“若非你想刻意留下痕迹，我早已经在看完就除去了。”黑衣人声音难得波澜了一下。

“我一是想试试他，毕竟将来在京中，交手的机会多的是，不看清他底细，会吃亏。二是不想他不依不饶地追查你们，究根究底，毕竟我还没打算将你们暴露。”谢芳华笑了笑，“这笔账就让他算在王银的身上好了，隐藏一个人，总比隐藏一个组织容易。”

黑衣人点点头。

谢芳华走到火炉旁，拾起一块木炭扔进了火炉内，本来已经要熄灭的炉火遇到木炭顿时又燃了起来，她顺势蹲在火炉边道："据我所知，每逢年关，各地有名的戏班子都会进京，各府择选戏班子，年节时会唱戏压岁。时刻打听着，这两日若有戏班子进京，我混进去跟着进京也就是了。总归忠勇侯府也是要请戏班子的，正大光明地进府，也能避开人的耳目。"

"也好！"黑衣人犹豫了一下，点头。

"言宸，这里不是外面，你也别蒙着脸了，怪难受的。我也无睡意，不如坐下来，我们下一盘棋。"谢芳华站起身，拍拍手，随意地道，"五年前你下山后，我最想的就是你的棋艺。睡不着的时候，时常自己练着，如今正好验证一下水平。"

黑衣人眸光动了动，站着没动。

"怎么？你不会是这五年来只顾着看胭脂楼的姑娘，忘了棋艺了吧？"谢芳华笑问。

黑衣人瞟了她一眼，坐在了桌前，并没解开面巾。

谢芳华笑了笑，也不强求他解面巾，坐在了他对面，动手摆棋盘。

第二日，漠北王银在距离京城三百里地外的平阳县被人劫杀掠走的消息传回了京城。

忠勇侯府和英亲王府同一时间得到了消息。

忠勇侯和谢墨含对看一眼，都长吐了一口气，这两日京中无人出手，一定是她自己的脱身之术了。能脱身就好办。

英亲王得到消息很镇定，但是英亲王妃就不镇定了，她知道她的儿子是与王银一起离开的，竟然刚走三百里就遇到劫匪，不顾英亲王劝阻，连妆也顾不得上，便令人备车进宫。

英亲王劝不住她，只能陪着她进了宫。

英亲王妃的身份自然可以随时进宫，进了宫后，直奔皇帝所在的地方冲去。

皇帝正在御花园陪着皇后叙话，听闻英亲王和王妃进宫，笑着对皇后说："朕就说秦铮那毛小子去不了漠北，你偏偏还帮他和朕求情。你看，这才不过两日，英亲王妃就闹进宫来了。朕是答应她召回秦铮，还是不答应？"

皇后在和皇上和好那日就从他口中得知了无名山被毁的消息，虽然也震惊不敢置信，但是想到既然无名山毁了，她的儿子就不用去那里受苦了，便不由得欢喜起来。虽然知道无名山是皇室的支柱，但是也没有她儿子重要，她可不想自己唯一的儿子毁在无名山，无名山被毁，如此一来，她的儿子不必受这个苦，就能回来了。她精神也好了很多，心也踏实了，闻言笑道："王嫂就这么一个儿子，看得跟眼珠子似的，若是真在漠北出了事儿，臣妾也对不起王嫂，既然王嫂来求，皇上就答应召回秦铮吧！"

"你不想用那小子探查钰儿消息了？"皇上反问。

皇后垂下头，有些黯然地道：“不管钰儿是被人陷害也好，自己不知收敛性情惹下祸端也罢，总归事情已经出了，他自己要承担后果，不能总让臣妾为他操心一辈子。无名山被天雷毁去，不必他受苦了，臣妾虽然替皇上难受，但也为儿子侥幸，躲过了这一劫。以后他是好是坏，路总要自己走。经过这件事儿，臣妾想明白了，皇上是爱重臣妾的，臣妾闯上金殿，皇上也没怪罪，这就够了。臣妾远在京城，就算他在漠北有什么，也是鞭长莫及。秦铮就算去了，臣妾知道消息，也帮不了他什么，还是不想他了。”

皇帝叹息一声，握住皇后的手拍了拍，欣慰地道：“这就是你得朕心的地方，能刚能柔。不枉朕爱重你一场。你放心，钰儿是你的儿子，也是朕的儿子。朕不会轻易让他死了。”

皇后用帕子拭了拭泪，笑着点点头。

若不看退在远处侍候的上百人，远远看来，二人如寻常夫妻一般。

英亲王和英亲王妃来到近前，拜见帝后，未等英亲王妃哭诉，皇帝大手一挥，当着她的面，吩咐人传旨，召回秦铮。

英亲王妃破涕为笑。

皇帝的御前侍卫当日便快马加鞭前去三百里地外的平阳县。

当日晚，秦铮便得到了皇帝召他回京的消息，他看着站在自己面前的御前侍卫笑了笑：“劳皇叔挂念了！你回去传话，就说无人引路，我自然不去漠北了，过两日就回去。”

御前侍卫得了话，起程返京。

秦铮转身靠在躺椅上，一只腿搁在矮凳上，一只腿跷在另一只腿上晃悠，神色分外悠闲。

平阳县守来到来福楼的时候，看到的就是这样的秦铮，他愣了半晌，上前见礼：“铮二公子，下官不知您来了敝县，让您屈身待在这里，多有怠慢。还望二公子恕罪。”

秦铮抬起头，打量了他一眼，摆摆手：“爷若是刚一到这你就得了消息，爷定然怀疑你居心不良了。”

平阳县守惊了一下，随即醒过来，顿时赔笑：“二公子难得来一趟平阳县，还请二公子移驾敝府，下官已备酒菜，略表心意。”

秦铮挑眉：“有红烧鳜鱼没有？”

“有！”平阳县守立即点头。

“那就走吧！”秦铮不客气地站起身。

平阳县守没想到秦铮如此好请，立即眉开眼笑，头前带路。

平阳县守的府邸今日分外热闹，平阳县守不止请了平阳县有名望的人物，也请了戏班子，摆了上好的酒席，宴请英亲王府打算去漠北没去成的铮二公子。

秦铮一到来，众人纷纷上前将他团团围住见礼。

秦铮虽然性情怪异，往往行事不近人情，但不会轻易发难于人，无论是朝廷勋贵，还是三教九流，只要合他脾性，投他所好，他都能和人谈得来，不如一般勋贵眉眼孤高，看不上下层人物。所以，虽然他名声不怎么好，人缘却不错。

这一顿宴席自然吃得宾主尽欢。

宴席吃罢，秦铮无意地对平阳县守询问："这是哪家的戏班子？唱得不错。"

平阳县守立即回话："这是南阳来的戏班子，本来要进京的，我娘喜欢听那白面小生的戏，所以，下官截留了两日。"

秦铮挑眉："可是南阳的钱家班子？"

"正是那有名的钱家班子。"平阳县守点头。

秦铮不再说话。

当日，平阳县守得知秦铮要在平阳县逗留两日，便再三挽留他住在舍下。秦铮盛情难却，分外好说话给面子地住了下来。

平阳县守的府邸因为住了这尊贵客，扫雪拾榻，一时间分外热闹。

住了两日，秦铮在平阳县守的陪同下玩遍了平阳县，第三日，终于起程回京了。

平阳县守十里相送，秦铮骑着马，优哉游哉地踏上了回城的路。

秦铮前脚离开，谢芳华便得到了消息。她放下了茶盏，站起了身。

言宸看了她一眼："已经打听清楚了，未来几日里，没有外来的戏班子进京，唯一有一家是五日前来到这里被平阳县守截住的钱家班子。钱老夫人爱听戏，留下唱了几日。据说明日起程进京。"

谢芳华皱眉，钱家班子因为太出名，所以分外张扬，不是个好选择。

"其实你只身回京也无不可，你如今已经恢复女儿身，与王银相差十万里不止，没有人会怀疑你的。即便遇上了秦铮也不怕他。"言宸道。

谢芳华手指叩了叩桌面，发出当当的响声，她摇摇头："单身女子上路，总会引人注意。谁家的豆蔻少女会一人出行？我不只是王银，还是忠勇侯府的小姐。秦铮不可小视，我刚从他手里脱身，不能大意了。"

"我乔装一番，与你一起同行入京。"言宸道。

"算了，我一个人尚且觉得累赘，又何苦拖上你出面？秦铮虽然看似回京了，暗中监视平阳县动静的隐卫却没撤回去，你还是不要露面，免得被他的人盯上。"谢芳华摇摇头，"大隐隐于市，小隐隐于野，最张扬的地方未必不安全，就钱家班子了。"

言宸皱了皱眉。

"我爷爷虽然最不喜欢钱家班子那白面小生，但旁支族亲几位老太太喜欢得紧，每年过年时各大有名的戏班子轮番在各府唱戏。这个钱家班子虽然盯着的人多，但若我提前给哥哥传信，就说旁支族亲几位老太太等不及先想看两场，待钱家班子一进京城就让哥哥先下手请去府里，也是可行的。我也可以顺便进府了。”谢芳华摆摆手，“你去钱家班子查查人手，看看哪个位置适合我钻进去。”

言宸点点头，退了下去。

晌午时分，言宸回来，对她道：“钱家班子内用的都是往年的老人，底细颇深，不好贸然替换。只有那个白面小生的身边几日前侍候的婢女得病死了，新买了一个哑女。”

“就是她了！”谢芳华笑了。

言宸点点头，下去安排了。

入夜，言宸将那个哑女弄到了谢芳华面前。哑女与她的年岁相差无几，被下了药，昏迷着。谢芳华盯着她的模样看了片刻，便照着她的模样为自己易了容。

言宸带着哑女下去，谢芳华趁着夜色出了房门，按照探好的路线进了平阳县守府邸。

哑女侍候的白面小生名叫小凤祥。十五岁出道成名，如今二十岁。当真长得一副白面小生的模样，油头粉面，唇红齿白。高门府邸的老太太们大约就爱这副模样，所以，他极其出名。因为他，钱家班子在一众戏班子里排行第一。

小凤祥独自住了一个小院，侍候他的婢女待遇也跟着提升，住在他隔壁房间。

当日夜，谢芳华代替了哑女，睡在了平阳县守府。

第二日，小凤祥起来，喊哑女过来侍候他梳洗。

谢芳华端了一盆清水进了屋子，小凤祥不知是接连几日唱戏累了，还是夜晚没睡好，精神不是很好，坐在床上，眼睛也不睁，懒洋洋地道：“将水端过来。”

谢芳华端着水走过去，递到了他面前。

小凤祥坐着等了半晌，不见水泼到脸上，他睁开眼睛，有些恼怒：“都到我身边几日了？还学不会侍候人？你当你是哪个高门大院里的小姐呢！这么小的事儿再学不会，我今日就将你打发了，你信不信？”

谢芳华垂下头，放下盆子，默默地拿过帕子，沾湿了水，往他脸上抹去。

“哎呦，凉死我了。”小凤祥激灵地打了个寒战，挥手打开了帕子，气怒地大叫，“班主，我要将这个笨手笨脚的丫头撵出去。不用她了。”

谢芳华皱眉，因为一盆凉水将她赶出去，她白折腾一场了。多年来她都用凉水洗脸，倒一时忘记这个小凤祥细皮嫩肉的，比千金小姐还要金贵了。

唱戏的嗓子都很好，小凤祥一喊，外面就有一个人冲了进来，是个头发花白的老者。

老者进来后，很快就了解了眼前的情况，叹了口气，安慰小凤祥：“如今不是在南阳，婢女不好买。买机灵了没准趁机踩着你的肩膀爬到了京中哪个贵人的床上，招了祸端。傻一点的贵人们看不上眼，也不会为你惹祸。这个哑女不会说话，脑子不太灵光，才正合适如今跟在你身边。你先将就用着，顶过了今年的年节，若年后你还想换了她，等回南阳，我定给你找个好用的。”

小凤祥熄了火气，点点头：“那就先将就用吧！”

谢芳华暗暗松了一口气，只要不现在赶她就好，进了京，请她留着她都不留。

班主见小凤祥不再闹脾气，又说了两句好话，便出去吩咐戏班子拾掇起程。

一个时辰后，戏班子出了平阳县。

钱家班子不愧是坐着戏子行业的第一把交椅，拉拉杂杂，百多号人，队伍浩浩荡荡。

哑女是小凤祥的贴身婢女，寻常活计用不到她，所以，谢芳华只需要跟在他身边就成。一路上小凤祥都在马车里睡觉，谢芳华跟着车夫坐在车前。

路途平坦，相安无事。该吃饭吃饭，该住宿住宿，都知道这个戏班子得京城高门府邸夫人们的喜欢，所以，无人前来闹事打主意。

小凤祥得了班主的劝，就算谢芳华哪里做得不如他的意，顶多不满训斥两句，也不再出声说赶她走了。

谢芳华不疼不痒地挨两句训斥，也不在意。

这样走了三日，来到了京城。

远远看到城门，谢芳华难免怅然了几分。往日只知离家不容易，今日才知回家也难。

守城的士兵排查了戏班子，见无异常，也就放了行。

进了城门，忠勇侯府的马车停在那里，一个小厮迎上前，高声询问：“哪位是班主？”

“老朽正是班主，请问这位小哥找老朽何事？”头发花白的班主闻声出了车厢。

侍书摇摇头：“不是我找你，是我家世子找你。”

班主自然也看到了忠勇侯府的马车，眼睛亮了亮，刚进京就来生意，谁都喜欢。

“你跟我来吧！”侍书领老者往马车旁走。

老者笑呵呵地跟着侍书来到了马车旁。

马车帘幕挑开，谢墨含从里面走出来，对老者和气地道：“老人家，去岁钱家班子在我家唱了几日戏，我家几位奶奶伯母婶娘甚是喜欢。如今得知钱家班子进京，早早让我前来等着。不知钱家班子可有安排了？若是没有的话，先去忠勇侯府如何？”

老者心中欣喜不已，忠勇侯府的世子亲自前来城门迎接，这是给自家班子做脸。他连忙摇头：“回忠勇侯世子，钱家班子还未曾……”

“钱家班子在四日前就被我定下了，子归兄，你可不够意思，竟然来城门跟我抢人。”秦铮的声音忽然从后方传来，伴随着一阵响亮的马蹄声。

小凤祥的马车正在前面，谢芳华猛地抬头，便看到了那个骑在高头大马上的人，正是秦铮。他身后带着一队护卫。她心下顿时一沉，有再好的定力此时也有些坐不住了。

她得有多倒霉，才能每每遇上他，还如此阴魂不散？

她怎么没听谁说过秦铮四日前就定下钱家班子了？

谢墨含也是一怔，猛地回头看向骑马而来的秦铮。

钱家班子的班主也是微愣。这位铮二公子他几日前在平阳县守府邸是见过，可是他当时并没有说定下啊？如今这话是从何来？

秦铮来到近前，甩开马缰绳，轻轻一纵，跳下了马。

“秦铮兄，你刚刚所言是何意？”谢墨含稳住心神，他总感觉有哪里不对。

秦铮微微一笑，扫了一眼面前百十号人的戏班子，拍拍谢墨含的肩膀：“我刚刚的话说得很清楚。四日前在平阳县守府邸，我已经定下了这钱家班子。我娘因为我要去漠北，如今还生我的气，我回来之后她一句话都没和我说。为了哄她，子归兄，你可不能不厚道硬夺了这戏班子去。”

谢墨含蹙眉：“可是我家那几位奶奶伯母婶娘极想听这个戏班子的戏。”

“你那些都是旁支族亲，求到你面前，你心意尽到了，晚几日，她们也不敢怪你。毕竟你是世子嘛。”秦铮不以为意，扬了扬眉道，“再说，她们若问起，你就说我先定了，她们还敢来和我抢戏班子不成？若是她们胆子大，闹到英亲王府去，我也就依了她们。”

谢墨含一时哑口无言，旁支族亲的人自然不敢闹到英亲王府去。

“来人，将钱班主和钱家班子请去英亲王府。”秦铮对身后一摆手。

今日跟随秦铮出来的都是英亲王府的护卫，有几十号人，闻言立即围住了钱家班子。

钱班主一看这阵势，吓了个够呛，他自认没得罪秦铮，还以为犯了事，自然不敢推脱，也不敢出言反驳秦铮的话，到了这会儿，秦铮就算早先没请他，也只能当作是请了。

英亲王府的护卫很快便护着钱家班子离开了城门，向英亲王府而去。

谢墨含隐在袖子里的手指用力地捏了捏，才使得面色平静，对秦铮笑道：“若是早知道秦铮兄先一步请了钱家班子，我也不必来城门受这半日冷风了。”

秦铮洒脱地一笑，上前勾住他的肩：“子归兄两个多月未曾出府了，趁机散散心难道不好？我见你气色比以前大好了，可是寻到了什么良方？”

谢墨含笑笑：“是舅舅和年货一起捎来的一个方子，确实管用些。”

“原来如此！”秦铮恍然，哥俩好地道，“今日天气极好，我也心情好，你气色也好。不如我们喊了燕亭、李沐清，一起去宴府楼喝酒。”话落，补充道：“好久没找你喝酒了，你可不能不给面子拒绝。今日小弟对不住你，拦了钱家班子，以酒赔罪！”

谢墨含看着他，说不出什么拒绝的话来，只能依了他。

秦铮不骑马了，跟着谢墨含挤着上了他的车。侍书暗暗叹息一声，赶着车去了宴府楼。

英亲王府的护卫护着钱家班子往英亲王府走，一路上相当惹人注目。

谢芳华低着头坐在车前，心里的气血一波波地往头上涌。若是进了英亲王府，高门高院，护卫森严，可不是能够让人轻易溜出去的，可是如今离开的话，这几十号护卫眉眼盯着，她是断然没法子在他们眼皮子底下如隐形人一般地失踪的。只能进了英亲王府再想办法了。

谢芳华忍不住揉眉心。秦铮上辈子和她无冤无仇，这辈子怎么跟阴魂似的？她想不明白，她重生一回，命相哪里和他犯冲了？怎么就躲不开他了？

谢芳华一路也没想明白。

钱家班子来到英亲王府，英亲王府的大管家迎了出来。钱家班子的人下了马车，将人员牲畜全部排查了一遍，没发现问题，英亲王府的大管家将钱家班子请进了府里。

戏班子被视为高门大院里打发时间的娱乐，虽然受到各府礼遇，但身份也是下等，自然不可能得到贵客般的对待。所以，落脚之处被安排在了英亲王府西北角的两所偏院。

远离王府前后主院，虽得王府监控，但只要不出院落，还是很自由的。

小凤祥与以前一样，依然自己独居了一个小院，谢芳华依然住在他隔壁。

小凤祥虽然是唱戏的，但把自己养得身子娇贵，刚收拾好房间，他便累得睡下了。

谢芳华却是不累，坐在窗前想着对策。

第五章
困局

京　门　风　月

天色彻底黑下来，谢芳华也没想到好主意。

正如她早先猜测，整个英亲王府守卫犹如铜墙铁壁，堪比南秦的皇宫，只钱家班子落脚的西北小院就布置了百名暗卫，别说整个英亲王府了。她做不到悄无声息出去。

既然不能硬闯，只能等待时机再谋出路了。

谢芳华想明白后，定下心神，上床睡了。

深夜时分，寂静的夜里忽然传来一阵哄闹声。她睁开眼睛，听了一阵，猛地坐起身，推开被子，赤着脚走到窗前向外看。

只见前方灯火通明，似有一群人说笑着吵闹着向这里走来。

谢芳华蹙了蹙眉。

“哑女！”隔壁传来小凤祥的喊声。

谢芳华转身走回床前，穿好衣服鞋子，出了房门，来到隔壁。

隔壁的房门已经打开，小凤祥披了衣服站在门口，见她来到，一脸不满：“怎么来得这么慢？去问问班主，前面怎么回事儿？”

谢芳华点点头，转身向外走去。

她刚走到门口，花白胡须的钱班主跑来，见到她立即催促：“快去告诉小凤祥准备，铮二公子带着几位贵客上门了，要我们立即搭台，给贵客们唱一出戏。”

谢芳华眯了眯眼睛，抬眼看看天色，深更半夜唱戏？

“哎呀，忘了你不会说话了。还是我去吧！这可是大事儿，耽搁不得。”钱班主见谢芳华站着不动，一拍大腿，绕过她跑了进去。

谢芳华看向前方，灯笼火把将某一处照得极亮。钱家班子所住的这两处相邻的院落一时间沸腾起来，显然人人都得到了立即搭台的消息，在准备了。她恍惚听到了有人在招呼铮二公子和永康侯府小侯爷，不屑地撇撇嘴，转身往回走。

刚走两步，她猛地顿住脚步。既然燕亭跟着秦铮来了，那么她哥哥是不是也来了？

冷静的心顿时跳跃了两下，摸了摸脸，脚步沉稳地向小凤祥的房间走去。

“哑女，哎呀，你还磨蹭什么？快点儿帮他做准备。燕小侯爷点了《春风记》，这可是需要花费工夫打扮，也颇费心神。你动作利落点儿。几位贵客今日看起来都吃了很多酒。要是唱得好有赏，唱不好的话，我们钱家班子没准今日夜里就得滚出京城去。这些爷们可都是不好相与的主。”钱班主将谢芳华猛地往门里一推。

谢芳华勉强站稳，走到小凤祥面前，侍候他梳洗。

小凤祥一扫昨日疲惫，半丝看不出舟车劳顿的模样，支使谢芳华按照他的要求依次帮他上妆。不多时，镜子中出现了一个倾国倾城的美人。

“别看你人哑巴看着笨，这上妆的手法倒是极好。”小凤祥满意地看着铜镜夸奖她。

谢芳华暗自唾弃，《春风记》是什么戏？偷梁换柱，暗度陈仓，也亏燕亭点得出来？不过这小凤祥千娇百媚的模样倒是招惹人爱看，半丝看不出个男子的模样，怪不得红火。

“准备妥当了吗？前边戏台已经搭好了。英亲王妃听到说今夜有戏，也起身来看了。小凤祥，你可要好好表现，今年还能不能招了京中贵裔圈子的喜欢，全在这一场了。”钱班主过来催促，对小凤祥殷殷嘱咐。

“放心吧班主！”小凤祥点点头。

钱班主给哑女使了个眼色：“还不快扶着去前边！小心些侍候！”

谢芳华想着英亲王妃倒是个戏迷，半夜三更的，儿子带着人回府胡闹，也不责怪，反而立即起身捧场了，可见对这个儿子宠到了什么程度。怪不得秦铮如此嚣张。

英亲王府正中的洛华轩地方宽阔，搭建了戏台。

谢芳华扶着小凤祥到的时候，一切已经准备妥当。帷幕后戏班子的人各就各位，井然有序，帷幕前戏台下设了很多把椅子，秦铮带着十多个人已经坐在了第一排椅子上。

十多个人在闹哄哄地说着话，一阵阵酒气传出。

秦铮的左边坐着燕亭，右边坐着谢墨含，谢墨含的右边坐着右相府的公子李沐清。

灯笼火把照耀下，人人锦衣华服。

谢芳华扶着小凤祥来到帷幕后，她刚刚留意了一圈，即便夜晚这样闹腾，英亲王府的暗卫不但不松懈，反而人人警戒。她想趁热闹出去是不可能不被发现的。看来只能想办法看看怎么能在戏散场后跟哥哥顺便回府。

钱班主走到秦铮身边请示：“一切准备妥当了，铮二公子，是现在开唱，还是……”

"唱吧！"秦铮摆手。

"二公子，王妃说也过来。"一个书童在秦铮身后提醒。

"我娘啊，先不用管她。反正戏班子给她请来了，她想听多久就听多久，不在乎这一出戏。"秦铮无所谓地道。

小童退后一步，不再说话。

"既然王妃也来听戏，还是等等吧！深夜起身不容易。"谢墨含温和地道。

"子归兄，若你是我娘的儿子就好了，你一定比我孝顺。"秦铮拍拍谢墨含肩膀。

谢墨含脸色微微一黯。

"臭小子，浑说什么呢？忠勇侯府的世子就是比你强。明明说给我请的戏班子，这来府的第一出戏你却不让我看？幸好你父王今夜没在府里，否则你看他如何拿鞭子抽你。"一声又笑又骂的叱喝声从左侧回廊处传来。

"拜见王妃！"谢墨含、燕亭等一行人听闻声音，立即起身向左侧作揖。

秦铮偏头，只见一行侍候的人簇拥着英亲王妃缓缓走来，他站起身，走过去，两旁的人见了他立即退后一步。他扶住英亲王妃胳膊，嘻嘻一笑："娘，您终于和我说话了？"

"混不吝的东西，就知道气我。"英亲王妃照他脑袋猛地拍了一下。

秦铮也不躲开，着着实实被她打了一下，笑嘻嘻地扶着她坐在首位。

"我只是来凑热闹，你们都坐吧！不用拘束。"英亲王妃坐下之后，对众人摆摆手。

十多个人都坐下身，虽然没有特别拘束，但到底不如早先喧嚣胡闹说笑了。

"点了什么戏？"英亲王妃笑着询问。

燕亭脸色顿时尴尬，左右看了一眼，见无人答话，他只能硬着头皮道："伯母，我点了《春风记》，您要不喜欢，换别的。"

"你个浑小子！点这样有辱风气的戏。"英亲王妃瞪了他一眼，见燕亭脖子缩回去，她摆摆手，"算了，既然点了这个，今个儿就唱这个吧！我也好多年没听这出戏了。"

燕亭松了一口气。

钱班主见英亲王妃来了，立即对后台摆摆手。

鼓乐笛声霎时响起，有人打着拍板，《春风记》拉开帷幕。

小凤祥刚一出场，英亲王妃便叫了一声"好"。紧接着燕亭大喊了一声"好"。

谢芳华看着下面的人，想着用什么方法跟哥哥见一面。她一直在帷幕后待着自然是见不着，她哥哥别说是忠勇侯府世子，就是一般下人，也不会来戏班子的后台。

打定主意，谢芳华出了帷幕。

因是夜里唱戏，英亲王府的下人们不用干活，也都起身前来听戏。

洛华轩偌大的空地被人头挤得满满的，大约有几百号人，可见英亲王府之兴旺鼎盛。

谢芳华出了戏班子后台，很快就挤进了英亲王府下人的人群堆里。趁人不注意，悄无声息地往谢墨含所在之处挤。

一炷香后，她立在人群最前方，看着与她隔了三丈距离的谢墨含，那里是主人客人的贵席，自然没有下人胆敢挤到主子贵客身边的位置去看，所以，空空荡荡，她若是就这么冲到谢墨含身边，所有人的眼睛都能看到她。只能停住脚步，想着主意。

想了片刻，她拔下头上戴着的一支荆钗，从上面抠下一颗珠子，捏在手里。刚要对着谢墨含扔出去，身后伸出来一只手，她猛地顿住回头。

钱班主花白的胡子有些抖翘，看着她恼怒道："你怎么跑来这里看了？稍后小凤祥下场，你是要给他补妆的。麻利跟我回去。"话落，不由分说，将她拽着出了人群。

谢芳华皱眉，四下有人看过来，她不敢反抗弄出动静，只能无奈地跟着他回到了幕后。

钱班主松开她的手，又教训了她两句，转身去盯着别处了。

谢芳华一屁股坐在椅子上。

不多时，小凤祥从前面撤了下来，额角都是汗，招呼谢芳华为他擦汗重新补妆。

谢芳华只能为他上妆，上妆后，小凤祥人又精神了些。

谢芳华看着他的脸，他头上的头面明晃晃惹人刺目，忽然计上心来，从怀里拿出一个编织了有些年代的络子，从上面扯下来一缕丝线，系在了他头面上。

小凤祥恍若不觉，不多时又上场去了。

谢芳华坐在椅子上，透过帘幕缝隙看着台下人的表情。

只见秦铮醉眼蒙眬地跷着二郎腿坐在椅子上，一手抚着额头，一手放在腿上，那神情像是盯着台上，又像是要睡着了。他左边的英亲王妃连连点头，看得专注。英亲王妃左边的燕亭摇头晃脑，津津有味。谢墨含看起来也喝了不少酒，眼神有些迷蒙，虽然也看着台上，神色却有些心不在焉。

谢芳华看了片刻，犯难地想着哥哥这副样子，明显是喝多了酒，如今怎么指望他？她刚叹息着想撤回，只见谢墨含忽然站起了身，眼睛直直地看着小凤祥。

"子归兄，你怎么了？"燕亭被吓了一跳。

英亲王妃也立即看过来。

秦铮偏头看向谢墨含。

谢墨含眸中的情绪一刹那涌出又立即褪去，定下神，转过头歉意地对英亲王妃等人道："酒水吃多了，我想去方便一下。"

英亲王妃松了一口气，笑得和蔼地道："这孩子，快去吧！"

谢墨含告了一声罪，转身出了座位。

"等等，我也跟你同去。"秦铮站起身，抬脚跟上谢墨含。

谢墨含脚步顿了顿，回头看了他一眼，点点头。

人群中立即让出一条道，二人一前一后离开。

谢芳华在帷幕后咬牙。她敢保证，哥哥刚才一定看到小凤祥头上的丝线了，想要救她。只是这秦铮跟屁虫一般，真是惹人生厌。这个机会自然不能错过，她必须跟上他们。趁着钱班主不注意，她立即跳下了后台，悄无声息地顺着二人离开的方向离开。

刚要挤出人群，侍书突然出现在谢芳华面前，将她一把拽住。

谢芳华停住脚步，看着侍书。

侍书左右看了一眼，见无人注意，他立即拉着谢芳华到一处昏暗僻静处，低声道："小姐，您不能跟去。英亲王府的铮二公子这些日子有些不对劲，似乎盯上咱们忠勇侯府和世子了。您这般追上去，也许会中了他的圈套，没准他正等着拿您呢。"

谢芳华心神一醒，皱眉看着侍书："你怎么认出我的？"

"小人自小跟在世子身边，世子时常拿出夫人编织的络子翻看，当时夫人用了最好的丝线。小人识得络子，也识得那丝线。咱们府中能认出小姐的，除了老侯爷身边侍候的福婶，也就是世子身边侍候的我了。"侍书低声解释，"您放心，您的易容很妙，若不是小人打听到小凤祥贴身侍候的人只有哑女一人，也不能猜到是您。"

谢芳华点点头，向谢墨含和秦铮离开的方向看了一眼，淡淡地问："秦铮为何会盯上忠勇侯府和哥哥？"

"小人也不知道，本来世子前日里接到小姐传回的消息，昨日等在城门口迎您，可是却被铮二公子带着人将戏班子给劫了。世子早先还不曾留意，昨日他这番动作，世子才发现他不对劲，似乎暗中派了人盯着忠勇侯府和他的一举一动。所以，小人来劝小姐，千万别贸然动作。"侍书低声道。

谢芳华脸色有些寒："秦铮以前也盯着忠勇侯府和哥哥吗？"

侍书摇摇头："不曾，自从您回京之后，以王银的身份露面，铮二公子便不对劲了。"

谢芳华深吸了一口气，看来秦铮是不死心，要从忠勇侯府和她哥哥身上抠出王银的下落了。找到王银下落的话，他想从王银身上得到什么？去漠北？还是另有企图？

"总会有办法脱身的，小姐切记不可急躁。"侍书低声嘱咐。

谢芳华想着既然忠勇侯府和哥哥被盯上了，那么她真不能轻举妄动去找哥哥了。虽然她已经不是王银，已经易了容，但还是需要小心谨慎。万一被秦铮看出破绽，以他的性子怕是什么都做得出来。她点点头："我知道了，你回去吧！告诉哥哥，不用管我了，我目前安全，会自己想办法出去。"

侍书点头，低声道："英亲王府有小人的一个小时候玩伴，以前走散了，不久前才相认。他认了这府里大管家做干爹，是这府中的跑腿。小人不曾对外说，也嘱咐他别与人说认识我。小姐今日怕是走不了，再忍耐两日寻机会吧！这府中鹰鸟之类传信不方便，任何飞鸟都进不来英亲王府就被府中护卫射下了。您若是需要给世子传话，就找那个人。他叫林七。”

“好，我知道了。”谢芳华点头。

侍书不敢再多逗留，溜进了人群里。

谢芳华稳住心神，揉了揉额头，回到了后台。

不多时，只见秦铮和谢墨含一起回到了坐席。秦铮目光醺醉，谢墨含脸色看不出异常。

两个时辰后，一出《春风记》落幕。下面叫好声一片，掌声一片。

英亲王妃笑着命人喊了班主和主角小凤祥上前领赏。百两的赏银花白一片，钱家班子众人心头欢喜。这一场戏总算是不负钱家班子名号，得到了英亲王妃的认可。

钱班主和小凤祥谢恩。

英亲王妃忽然问：“何人给这角儿上的妆？手法真好，第一次见戏子这样好的妆容。”

钱班主一怔，随即大喜，恭敬地回道：“回王妃，是祥儿身边侍候的哑女。”

“叫上来我看看！”英亲王妃兴趣浓郁。

钱班主立即对后面招手：“哑女，快上前来，王妃叫你。”

谢芳华暗啐了一声，在众人的目光下，走到英亲王妃面前。

所有人的目光都落在谢芳华的身上。

谢芳华看了端坐的英亲王妃一眼，缓缓跪下身。

“是个哑女？”英亲王妃看着谢芳华。

“回王妃，是的。”钱班主立即回话。

“是个标致的小姑娘，可惜了。”英亲王妃叹息一声，“看起来年纪和我家的怜姐儿一般大，却随着戏班子四处飘零。”

谢芳华知道英亲王妃口中说的怜姐儿是她的女儿，英亲王府的小郡主，秦铮的妹妹秦怜。在她出生时，宫中的皇后亲自来了王府相贺，据说秦怜本来一直哭，见到皇后就笑了。皇后曾经早殇了一个女儿，一下子就喜欢上了小郡主。皇上怜惜皇后，询问了英亲王和王妃的意见，便将其抱进宫由皇后抚养了。

所以，虽然英亲王妃有个女儿，但也如无女儿一般，自小就不长在她身边。

后来，英亲王妃伤了身子，再未有孕，膝下承欢的也就秦铮一人了，是以极宠。

“娘若是喜欢她，就留她在身边吧！”秦铮忽然道。

谢芳华心里咯噔一下子，想要抬头，又忍住不动。

“你这孩子说什么呢？我喜欢就非要夺人所爱？这般的手法化妆，可是钱班主的宝贝。怎么能夺了给我？”英亲王妃瞪了秦铮一眼。

秦铮懒洋洋地道："那有什么？这京城里还有谁和娘一般心肠好？今日你见了她不要，明日别人没准也见到了她的手法妆容喜欢讨了她去。到时候这个你看起来怜惜的丫头指不定有什么下场呢。"

英亲王妃皱了皱眉。

钱班主见二人脸色，也极为意外哑女的化妆手法被王妃看上，愣了片刻，猛地醒过神来，跪地请求道："这哑女能被王妃看上，是她的福气，也好过随着小人们四处飘零。既然王妃喜欢，就留下她吧！"

英亲王妃显然早先没有要人的打算，不过就是想见见人，如今见钱班主跪下请求，不由起了几分心思。沉默片刻，她见低着头的谢芳华规矩地跪在那里，不响不动，不见欣喜，看起来不是个想进高门大院的主，便取消了心思，笑着摆摆手："算了，我今日若是找你要了人，他日传扬出去，堂堂王妃讨戏班子的人，被人笑话。人你还是留着吧！莫要慢待了她。"

谢芳华暗暗松了一口气。

钱班主心想只能怪这哑女没造化，若是能被王妃要在身边，那是天大的好事儿。

"娘你若不要，儿子可要了啊！"秦铮忽然道。

英亲王妃一怔："你要？"

秦铮点点头，醉眼虽然有些迷蒙，但有几分认真，慢悠悠地道："她不会说话，跟在我身边也不会如山雀一般叽叽喳喳惹我厌烦。这年头哑巴虽然好找，但是这样乖巧的哑巴可不好找。孩儿这些年一直缺一个近身侍候的人，不如就她吧！"

"这……"英亲王妃有些惊愕地看着秦铮。

谢芳华只感觉大脑轰轰作响。若她不是在无名山待了八年，如今恐怕会晕倒。

谢墨含一瞬间白了脸，侍书悔得肠子都青了，早知道早先他该不管不顾拉了小姐离开。

一时间洛华轩数百人无人言声，分外静寂。

"都怎么了？这么看着我？这个哑女我见了喜欢，要了又能如何？"秦铮扬了扬眉，对钱班主问道，"你买她的时候多少银子？"

钱班主也极其惊愕，不明白单单一个化妆手法，怎么就能入了英亲王妃和铮二公子的眼了，见秦铮问话，立即结巴地回道："回二公子，十两银子。"

"听言，给钱班主一百两银子，这个哑女我买了。"秦铮对身后挥挥手。

身后的小童似乎也惊了个够呛，听见二公子传话，连忙看向英亲王妃。见英亲王妃似乎还没反应过来，没有反对，他立即取了银票，数够一百两，上前递给了钱班主。

钱班主看着递到面前的银票，惶恐地道："这……这怎么能要二公子的银两，一个哑女而已，您想要给您就是了……"

"那可不行，若是白要了你的人，说出去好像我讹诈了你似的。"秦铮打了个呵欠，“拿着吧！回头你拿了银子再买个机灵点儿的侍候你家的角儿。”

钱班主看向英亲王妃。

英亲王妃看着秦铮，怀疑地道：“你真要了这小姑娘？”

“自然！钱都拿出来了，娘还以为儿子和您开玩笑？刚才说好让您要的，您不要可不就我自己要了。您这个时候可不能反悔了啊。”秦铮醉醺醺地看着英亲王妃。

英亲王妃斥了他一句：“我看你真是醉了，别醒来自己后悔身边收了个人就好。”

“待后悔了再还给钱班主。”秦铮没什么正经地回了一句，“反正现在是要了。”

英亲王妃瞪了他一眼，对下面跪着的钱班主和气地笑道：“钱班主，既然这浑小子找你买了人，银票你就收下吧！本来不该要你的人，但是难得这小子开窍想寻个贴身侍候的在身边，做娘的我也只能依了他。你可不要见怪。”

“不怪，不怪，哑女能跟随铮二公子身边侍候，是她的造化。”钱班主连连摇头。

秦铮嫌恶地道：“哑女这名字难听，既然跟了我，从今以后就得改个名字。”话落，盯着垂着脑袋的谢芳华沉思片刻道：“就叫可人儿吧！”

“胡闹！哪有叫这个名字的？将来你可还要娶妻的。”英亲王妃恼怒地驳斥。

“那就叫听音，和听言排着，她是个哑巴，嘴不能说话，耳朵总能听声。”秦铮改口。

英亲王妃算是赞同：“就这个名字吧！”话落，看着谢芳华，语气和蔼，“小姑娘，既然二公子留了你在身边，你就要守得本分，好好侍候他，切莫做出格的事情。”

谢芳华闭了闭眼睛，在多人的视线下，只能默默地点头。

“看起来倒真是个乖孩子。好了，闹了一夜，都散了吧！”英亲王妃站起身，对英亲王府的大管家吩咐道，“府里的厢房多的是，让这些小子们今日就在咱们府里歇下吧！”

“是！”大管家颔首。

谢墨含刚想说不留宿，目光落在谢芳华身上，住了口。

英亲王妃由人侍候着离开。

燕亭待英亲王妃走远，忽然一个高蹦到谢芳华身边，伸手去抬她下巴：“抬起头来，让本小侯好好看看，你哪里得了秦铮兄的眼了？竟然让他破例收贴身婢女了。”

手还没够到谢芳华下巴，谢芳华猛地别开头，挥手拍掉了他的手。

燕亭咝的一声，痛得抖手，刚要发作，秦铮忽然怒道：“听言，将燕亭的手给我剁了！”

听言瞬间抽出了腰间的宝剑，寒光闪闪。

“喂，秦铮，你要干什么？”燕亭吓得后退了两步。

“爷的人你也敢碰，我看你的手是嫌在胳膊上待久了。”秦铮斜眼冷冷地看着他。

燕亭一个激灵，伸出的手猛地缩回了袖子里，古怪地道：“看看而已。你不让看就算了，何必恼火？”话落，见秦铮脸色不善，他扫了一眼谢芳华，只见她垂着头，依然跪在地上，看不见她的模样，他撇撇嘴，“虽然是个哑巴，但跟个小辣椒似的，还没到你身边，你就开始宝贝上了。可别被辣了眼睛，届时有你好受的。”

“那也不用你管。”秦铮冷哼一声，拢了拢衣领，转身就走。走了两步后回头对谢芳华道：“还不跟上？难道你还想在这里等着让人摸？”

谢芳华憋了一口气，默默地站起身，抬脚跟在他身后。

听言收了剑，提着罩灯跟在秦铮和谢芳华身后。

不多时，一前两后，三人的身影消失在夜色中。

燕亭从袖中拿出手，放在眼前看了看，手完好地长在他胳膊上，他才松了一口气。他奇怪地转头问身边：“喂，你们发现没有？秦铮兄这些日子尽做一些奇怪的事儿。”

谢墨含看了他一眼，脸色分外难看。

李沐清点点头，认同地道：“秦铮兄这些日子是有些怪异。”

“确切说从他死了那只德慈太后赐给的狗后就开始了。”程铭道。

“可惜了那条狗，很通人性的，就那么死了。也难怪秦铮兄最近性情有些怪异。”宋方叹了口气，“他一怒之下想去漠北，又没去成，肚子里的火大约没处发。”话落，对燕亭道：“你最近还是不要惹他为是，否则你的手怕是真的不保。”

燕亭搓搓手，有些恼怒地道：“这大冷的天，我图什么坐在这里？还不是怕他因为死了狗，又去不成漠北不开心，陪陪他吗？他倒好，竟然为了一个哑巴的女人要砍我的手。见色忘义！”

“不说话没人拿你当哑巴。”谢墨含冷冷地看着燕亭。

燕亭一个激灵，转过头，奇怪地看着谢墨含：“子归兄，我可没得罪你啊。秦铮那怪脾气死了狗心里不顺畅也就罢了，你也拿我发作，到底是怎么回事儿？”

谢墨含眸光涌动了片刻，袖中的手用力地攥了攥，撇开脸，平静地道：“你们若是想留下来休息，就留在这里吧！我必须回忠勇侯府。”

“都这么晚了，既然王妃要我们住下，就明日睡醒了再回去吧！”程铭劝道。

“不行！”谢墨含拿定主意，必须回去和爷爷商量对策。

“算了，让他回去吧！忠勇侯老爷子就剩下他这根独苗了，不回去哪能放心？”燕亭大度地拍拍谢墨含的肩膀，对侍书道：“仔细些，天黑路滑，看好你家世子，不准出差池。”

侍书点点头。

谢墨含不再逗留，转身向门口走去。

燕亭等人似乎也实在困乏了，自然不多待，由英亲王府大管家领着安排去厢房休息。

英亲王府热闹了半夜，人声渐渐沉寂下来。

谢芳华跟在秦铮身后。他走得并不快，一步一步极其沉稳，倒不像是个喝多了酒的人。

绕过了几道长廊，来到一处环境清幽怡人，梅花阵阵幽香的地方。

秦铮脚步不停地进了院子。

谢芳华抬头看了一眼，只见牌匾上写着“落梅居”三个飘逸的大字。

院内种了一院子的梅树，只中间留出了一条小道。这个季节梅花正开，香气扑鼻。风吹来，花瓣落英缤纷，真真合适了“落梅居”这个名字。

中间一排正房，两旁各一排厢房，在梅花中显得分外幽静。

秦铮走到门口，径直进了屋。

谢芳华停住脚步，看了门口片刻，回头看向跟在她身后的听言。

听言瞅了她一眼，对里面询问：“公子，这个……听音住在哪里？”

“既然是我的贴身婢女，自然住我屋子里。”秦铮懒懒的声音传出。

听言脸色变幻了片刻，对谢芳华指指屋内，意思是让她进屋。

谢芳华有些恼怒，皱着眉站在门口不动。就算她八年来早已经丢了诗书礼仪无所顾忌，但也是女儿身，如何能与一个男子同住在一个屋子里？

“站在门口干什么？还不进来？”秦铮声音有些不耐。

谢芳华站着不动。

听言上前一步，低声道：“公子的房间里外三间屋子。公子住在最里面，中间的屋子是给守夜的人留的，外面的屋子是待客用的。”话落，见谢芳华依然不动，对她道：“公子这些年没有近身侍候的人，所以，中间的屋子一直空着没人住。你不要多想，也别害怕，咱们公子看着凶，人可不坏。最近几日他心情不好，你不要触他霉头，凡事听他的话，就不会吃亏。否则惹怒了公子，那下场可是想也不能想的。”

谢芳华看了听言一眼，十四五的少年老成持重，她想说什么，碍于是哑巴，只能抿唇。

“咱们落梅居以前只有公子和我两个人，以后加上你，可就三个人了。这些年不知道多少人要往公子身边塞人，公子都没答应，如今独独选了你，你一定不要辜负公子对你的看重。”听言话落，伸手推她，“别磨蹭了，快进去吧！侍候公子梳洗睡下，你也能休息了。”

谢芳华眸光扫过这三排房子。

“你才来，不急着了解这院子的情况，等明日我与你细说。”听言指指西边的房子，小声道，“我就住那边中间的屋子，有什么不能劳动公子的事情，你可以喊我。”

谢芳华点点头，既然来了，总要听人家安排，只能这么着了。

听言见她听懂了，转身向自己的房间走去。

谢芳华深吸了一口气，挑开帘子进了屋。外间宽敞，摆着待客的桌椅长榻，几盆景致事物，为数不多的珍品古器，每一件都非凡品。中间的屋子空荡无一物，只有一张床，孤零零地躺在北墙根，连帷幔也没有。听言果然不是说假，这个屋子显然一直没有人住。

她站在中间的屋子当中，不知道是否该再往里面走去看看。

“火炉没生，你进来生。”秦铮在屋里吩咐。

谢芳华快走几步，挑开里面的帘子，屋中陈设简单冷肃。地面上摆着火炉、木炭、砍成段的干柴，还有火石。清清冷冷。秦铮靠在长榻上，慵懒随意地搭着腿，见她进来，目光定在她身上。

谢芳华不禁奇怪地看着他。他是英亲王府的二公子，一般寻常有钱的府邸身边贴身侍候的人还有一两个，像英亲王府这种门第，公子们身边的丫鬟婆子小厮应该一大堆才是。怎么能是这种没人侍候，回来后冷盆冷灶，冷屋冷室，连个火炉也没人帮生，热水也没人帮倒？他若不是英亲王妃亲生的也就罢了，可他偏偏还是英亲王妃亲生的。怎么这样？

“每日里都是听言打扫我的屋子和院子，生火炉，烧热水。既然你来了，从今以后这屋子里的事情归你，院子归他。”秦铮弹弹衣袍上的褶皱，漫不经心地解释，“我不习惯外人进我的屋子，你要记住了。以后没有我的准许，不准放任何人进来。”

谢芳华打量了他一眼，原来是有洁癖。

“快些生火吧！”秦铮站起身，吩咐了一句，褪了外衣，踢了靴子，躺到了床上。

谢芳华站在门口待了片刻，上前拿起火石和干柴，用树皮做火引子，然后有条不紊地生了火炉。不多时，火炉内的炭火噼里啪啦燃烧起来，屋中顿时暖和了起来。

“半丝火苗没溢出，也无炝烟气。不错！”秦铮躺在床上表扬，“比听言生得好。外间有铁壶，放在上面烧一壶水，沏一杯茶来，茶叶在橱柜上第一个格子里。”

谢芳华点点头，转身走了出去，来到外间拿了铁壶，在门口的水桶里舀了清水装好，进了里屋，放在火炉上。之后一屁股坐在了地上，守着火炉。

“地上凉，去那边的长榻上躺着等着。”秦铮道。

谢芳华抬眼看他。

秦铮猛地翻了个身，背对着她，像是解释，又像是不屑：“你若是刚来我这里第一天就着凉病倒，我还得给你花银子看大夫。”

谢芳华静默了片刻，站起身，走到早先秦铮躺过的躺椅上躺下，闭上了眼睛。

二人再不说话，屋中一室静谧。

大约两炷香后，谢芳华站起身，走到火炉旁，拿下铁壶，走到桌前，将茶叶从橱柜里取出，放在了茶壶里，又将茶壶倒了烧开的水，洗了一遍茶之后，又重新倒了一壶泡上。之后，站在桌前等了片刻，执起茶壶往茶盏里倒了一杯茶。

朦胧的罩灯下，茶水现出青碧的色泽。

谢芳华端了茶盏来到床前，递给背着身子躺着的秦铮。

秦铮没有动静。

谢芳华用脚尖踢了踢床沿，发出动静。

秦铮转过身，那一刹那，清亮的眸光锁定住了她。

谢芳华一怔，手中的茶盏险些脱手飞出，惊觉之后立即垂下头。

秦铮坐起身，缓缓接过茶盏，低头品了一口，双手握住茶盏，并没有说话。

谢芳华抬头看他，只见他目光蒙眬，醉意醺然，哪里还有刚刚的清亮夺目。

“你去睡吧！”秦铮随意地摆摆手，放过了她。

谢芳华转身出了内室，想直接冲出门去，走到门口又停住脚步，转道来到了床前，踢了鞋子，拿了被子盖在身上，和衣躺下。

里屋，秦铮一口一口地喝着茶，气息轻浅。

谢芳华全无睡意，躺在床上半晌，身子僵硬不已。暗自唾弃，在无名山待了八年，难道自从三年前再没遇到对手，让她不认识自己了？越活越回去了？怎么如今将自己困顿在了这里？当起人家的婢女来了？

半个时辰后，里屋内彻底安静下来，传出轻轻的均匀的呼吸声。

都说喝醉了酒的人会打鼾胡言乱语可劲地折腾，可是这些都没出现在秦铮身上。

即便这个人外表性格不讨喜，但也是个地地道道家教良好的贵裔子弟。行止做派也没越到天边去，虽然出格，但不会失了德行。

谢芳华尽量让自己放松，既然到了这步田地，就不再多想，不多时，也沉沉睡去。

这一排房中两个人睡得一个比一个沉，而西边房舍内听言却罕见地失眠了。就连他也想不明白他家公子怎么突然想收贴身婢女了，而且还是钱家班子里的哑女。这些日子自家公子的举动他是越来越看不明白了。早先要去漠北，也不让他这个随从跟着，如今身边侍候的活也不让他做了。他怕是这个天底下最轻松的随侍了。

英亲王府里还有失眠的人，那就是英亲王妃。

英亲王妃回到房间，对一直跟随她身边侍候的陪嫁丫鬟反复确定：“铮哥儿真的要了那小丫头做贴身婢女？”

“回王妃，是真的，还是您亲口同意的，如今人已经跟着二公子去落梅居了。”春兰跟随英亲王妃进了王府后许配给了王爷的长随，闻言笑道，“有人来报，落梅居里熄了灯，这个时候该是歇下了。”

“哎，这孩子自从八年前走失了两天回了府，之后就跟变了个人似的，将屋子里侍候的人都赶了出去，只留下了一个听言。按理说他今年都十六了，屋子里面早该安排丫头暖被了。可是我试探地提了两回，都被他毫不客气地拒了。宫里的林太妃也隐约提过，同样被他给挡了。宗室里有人直接送来人，被他打了出去。这回怎么开窍了？”英亲王妃不解。

“许是那姑娘真对二公子的眼缘。”春兰思索地道，“王妃您看着她不是也讨喜吗？”

“那姑娘不卑不亢，看着就是本分的孩子，是很讨喜。但她是个哑巴啊。若是真被铮哥儿收了房，这将来要抬姨娘的话，他是要承爵位的，怎么能有个哑巴做姨娘？”英亲王妃有些忧愁地道。

“王妃您想得太远了，二公子也许只是对那姑娘有些眼缘罢了，不一定将她收房。”春兰劝慰英亲王妃，“就算收了房，也不一定抬姨娘，就算抬姨娘，哑巴姨娘倒也没什么。咱们二公子生下来就是贵人，要什么不能得到？还用得着那么多顾忌？”

“说得也是！”英亲王妃眉眼间的忧愁散开，顿时笑了，“还是你会宽慰人。哎，每次和别人家府里的夫人们聚到一起，人人说起儿子来，都是防着身边的丫头，害怕将儿子早早就给带坏了身子。可是到了我这里，却是担心他看不上女人，以后一直不弄进房里可怎么办。”英亲王妃好笑地道，“如今不管他为了什么，这个姑娘既然跟在了他身边，就不能让他轻易将人打发了。铮哥儿现在都十六了，过了年就十七了，到了议亲的年龄了。倒是提前可以接触这些事情了。”

春兰闻言好笑：“这个还要看二公子的意思，您多想也没用，愿意也没用，防不防着府里的丫头，或者是上赶着给送人，都是没有用的。一句话，二公子喜欢了，您不同意，他也要做。二公子不喜欢，您就算急破大天来也是干着急，算不得数。”

“说的可不就是这个理儿。”英亲王妃也有些好笑，须臾，又有些伤感，“玉婉当年怀着她家姑娘，我们说过，若是她那一胎生了女儿，我们两家做亲家，我聘了她的闺女给铮哥儿。可惜了，只是口头之言，她生下那孩子不久后就去了。这事情如今也不能提了。”

“忠勇侯府的小姐据说日日缠绵病榻，弱不禁风，王妃这事儿还是别提了。”春兰收了笑意，低声道，“虽然您当年和婉姑娘是手帕交，但是也不能给二公子娶个身子骨如此弱的，恐难生养不说，毁了二公子就不好了。”话落，见英亲王妃不说话，低声劝道：“二公子的亲事王爷和皇上另有主张。咱们府是永远屹立不倒的，但是忠勇侯府就说不定了。即便那小姐身子骨不弱，这亲事也轻易结不得。”

英亲王妃叹了口气：“你说的我都明白。可是玉婉是我唯一交好的姐妹儿。我总不忍心她的女儿……算了，这事情还早，回头我探探王爷的口风再说吧！”

春兰点头，笑着帮她铺床叠被，扶她上床：“夜深了，您身体不好，这些事情就别想了。二公子已经是大人了，您早些休息吧。”

英亲王妃躺下，闭上眼睛，对春兰道：“今日夜色浓，没看清楚那姑娘的眉眼。明日将她叫来，我再看看，把把关。”

“好！”春兰为她落下了帷幔。

整个英亲王府陷入沉睡，但与它隔了一条街的忠勇侯府荣福堂却一直掌灯到天明。

谢墨含回府后，快步去了荣福堂，荣福堂内，忠勇侯听说他回来，起了身。谢墨含将白日里在城门口的事情和深夜在英亲王府看戏的事情与忠勇侯细说了一遍。

忠勇侯听罢，眉头紧紧地拧了起来。

谢墨含看着忠勇侯："爷爷，如今可怎么办？"

"还能怎么办？小丫头和他八字犯冲。"忠勇侯翘了翘胡子，冷哼一声。

"我们要想办法啊，总不能让妹妹真做了他的贴身婢女侍候他吧？"谢墨含有些急了，"妹妹将来可是要嫁人的，若是传出去，可怎生是好？"

"哼，传出去就嫁了他！还怕了他不成？"忠勇侯恼怒地道。

谢墨含睁大眼睛："爷爷？"

第六章

看诊

第二日，秦铮睡到日上三竿还没醒，谢芳华同样没醒。

听言早早起来，一边打扫院子一边等着谢芳华出来，好将落梅居的活计以及英亲王府里面的规矩讲给她听。奈何他将院子打扫了两遍，屋里也没传出动静。罕见地，他家公子今日也不早起练剑上早课了，竟然也没动静。

听言在打扫得干净的院子里走了两圈，不知道是不是该敲门去喊。

正当他左右没有主意的时候，春兰来到了落梅居，他立即迎了出去，紧张地问："兰姨，您怎么来了？可有什么事情？"

"你这小子，贼眉鼠眼的，在做什么？我没事情就不能来了？"春兰拿着帕子打了听言一下，看向里面，奇怪地问："怎么这么安静？二公子又扔下你一个人出去了？"

听言摇摇头。

春兰愈发奇怪："二公子带着新收的听音出去了？"

听言又摇摇头。

"你倒是说话啊，只摇头做什么？别一夜之间你也变成哑巴了吧？"春兰瞪着他。

"哎呦，兰姨，您小声点儿，别吵醒了二公子。"听言立即将她拽到了门外。

春兰一怔："二公子还没起床？"

"不但二公子没起，听音也在睡着。"听言低声道。

春兰一怔，扭头又看向落着帘幕的屋子，呆了片刻，忽然释然道："昨日二公子喝多了酒，又听了半夜戏，自然累了，如今睡得沉了起不来床也不算什么。听音才来落梅居，昨日怕是提心吊胆夜里没睡好，这会儿没起来也情有可原。"

"倒也是！"听言点头，但心里总感觉有什么不对劲，往常公子和别府的公子成宿喝酒，早上照样练剑上早课，一日不曾懈怠过。

“既然二公子和听音没起，你也不用喊了，什么时候醒了再说吧！”春兰寻思片刻，嘱咐他，“王妃想再见见听音，待她醒来后，你带着她去王妃那里。”

听言点点头。

春兰不多逗留，出了落梅居。

谢芳华自然在听言起来打扫院子的时候就醒了，但是她不想动，一直闭着眼睛窝在床上。春兰和听言的声音虽小，但是瞒不住她这些年练就的听力，心里寻思着英亲王妃要找她做什么？训诫？还是嘱咐她好好侍候秦铮？

她正想着，里屋传出动静，须臾，秦铮对外面喊：“听音，进来生火炉。”

谢芳华推开被子，穿鞋下床，走进了里屋。

秦铮没披外衣，穿着锦绸的宽松睡袍围着被子坐在床上。十六岁还是个少年，却已隐隐有几分风骨。刚睡醒的神色有几分懒意，目光不像昨日醺醉，也不如曾经一刹那的明亮，而是那种漆黑幽静，让人猜不透心中所想的感觉。

谢芳华看了他一眼，蹲下身，依照昨日的手法将火炉生了起来。

“今日将绣坊的人找来，给你量几身衣服。”秦铮看着她道。

谢芳华抬眼瞅他。

秦铮别开头，随意地道：“我可不想我身边侍候的人白天黑夜只穿一套衣服。传扬出去，还以为我如何苛刻了你，使得你连件像样的衣服都没有。”

谢芳华垂下头，默默地将铁壶加满水，放在火炉上。

“稍后再找个大夫来，给你看看这哑巴的症状是天生的还是后天造成的。”秦铮又道。

谢芳华身子微微一僵，似乎没听见，转身走了出去。

“我让你出去了吗？回来！”秦铮喊住她。

谢芳华停住脚步，回头看着他，目光平静。

“你将我这屋子熟悉一遍，我的衣服用具，一应收藏之物都过过目。免得你如黑瞎子一般，我让你找什么找不到，用起来不好用。”秦铮挥挥手，“就现在熟悉吧！”

谢芳华盯着他看了片刻，转身向屋中摆着的一排橱柜走去。

橱柜没落锁，她由一边轻轻打开，前面四个橱柜里面分别放着春夏秋冬四季的衣服，每一件都是织锦刺绣，上等的华服。随意翻了一下，有骑装、劲装、常服、宫服……类别繁多。逐一看过放下后，又看向其他的柜子。里面分别有笔墨、字画、收藏玩物、书籍等。有的是宫中御赐的东西；有的显然是别人所送，标注了姓名；有的是自己收藏，后面题了备注。琳琅满目，可见他极其富有。

将屋子全部熟悉了一遍，一应事物所放的地方大致记住后，谢芳华回身看向秦铮。

秦铮目光一直盯着她，幽静的眸子有几分莫测。见她全部熟悉完，他似乎笑了一下：“给我选一套衣服今日穿。”话落，补充道：“我今日一整日会待在府里，哪里都不去。”

既然不出府，那么也就是穿常服了。谢芳华从第四个柜子里拿出一套黛青色的云缎。

秦铮眸光闪了闪，接过衣服，倒是没劳动她为他穿戴，口中道：“看来你是惯常侍候人，心思竟是通透。这套衣服是前不久我娘为我做的，这种颜色带祥纹的锦缎甚是紧缺，是蜀地进贡来的，还没到达尚衣局，就被我娘闻到消息，利用我爹职权之便将这匹布劫下来给了我。今日既然不出府，穿着它去给我娘请安，她必然欣喜。”

谢芳华扭开头，蜀地的所有锦绣早就被她控制了，她自然知道这匹黛青色的云缎。

“去打水梳洗吧！用过饭我们去娘那里请安。”秦铮穿戴好衣服，对她随意道。

谢芳华皱了皱眉，那一瞬间，她有几分恍惚，但很快就转身出去了。不多时，打了半盆冷水放在木架上，又到火炉边拿起铁壶中的热水往冷水里面添。

“我一直用冷水净面，热水只用来沏茶，记住了。”秦铮拦住她。

谢芳华住了手，想着人和人真是不一样。小凤祥一个下等戏子却将自己捧得极高，非温水不用，而秦铮这个贵裔的公子锦衣玉食长大却是耐打耐磨，非冷水不用。

秦铮自己动手，净了面，谢芳华递给他帕子，他擦罢，坐到了镜子前道：“梳头！”

谢芳华走过去，拿起玉梳，依照当下男子梳头的风格，为他梳了头。

秦铮满意地看着收拾妥当的自己，对外面喊：“听言，摆饭。”

听言早就等着秦铮喊了，以前秦铮身边侍候的活都是他干，虽然穿衣梳头这种活秦铮向来自己动手，但是生火炉烧水沏茶这样的活都是他，如今他没了用处，顿时觉得闲得发慌，只能将院子扫了一遍又一遍。如今听到秦铮喊，立即跑去外院的厨房端饭。

不多时，听言将饭菜端了进来，谢芳华也自己洗了脸，梳了头，收拾妥当了。

秦铮坐下身，对二人摆手：“从今以后，你们二人与我一起用饭。”

“这……这是不是不合规矩，男女未婚不同席，若是让王妃知道……”听言结巴地道。

秦铮瞥了他一眼：“我娘知道也不怕！废什么话？”

听言立即噤了声，看向谢芳华。

谢芳华瞅也不瞅他，毫不客气地坐在了桌前。

听言呆了半晌，也跟着坐了下来。

饭后，秦铮对听言吩咐：“你去绣坊找两个人带去我娘那里，再去宫里请孙太医带来这院子里候着。然后去喜顺叔那里报备，将中间的屋子好好收拾一番，叮嘱他，不可应付。回来之后我若是没见中间的屋子装扮得像个样子，拿他问话。”

听言彻底惊了，睁大眼睛，好半晌，才愣愣地点头。

秦铮抬脚出了房门，见谢芳华没跟上，不耐烦地催促：“还不快跟上？磨蹭什么？”

谢芳华盯着他愣神了片刻，才在听言傻愣愣的模样中跟着他出了落梅居。

出了落梅居，一路上，秦铮走在前面，谢芳华跟在他后面，路过的丫鬟婆子小厮见到秦铮都老远躬身见礼。二公子的身份地位无人敢慢待。

谢芳华想着这不只是因为英亲王妃是他亲娘的关系，也因为他这个人本身就无人敢触逆鳞。即便他什么也不做，就那么悠闲地缓缓走来，气质娴雅如寻常贵公子，但是也让人凭生一种宝剑随时出鞘砍断人脖子的感觉。

果然是恶人，骨子里就是让人畏惧的。

府中的人对秦铮分外恭敬谨慎，但当秦铮走过去，这些人将目光落在谢芳华身上的时候，都齐齐变成了好奇的打量，显然都不明白她怎么由一个钱家班子侍候人的哑女一夜之间成了二公子贴身侍候的婢女了。

地位简直是由地上直上九天！

尤其是昨日府中数百人亲眼目睹燕小侯爷要碰触她，二公子恼怒之下要让人砍了燕小侯爷的手。呵护之心是瞎子都能看得出来，更何况他们根本就没瞎。

这府中什么东西都能藏得住，唯独藏不住的就是流言。

昨日的事情早已经在府里悄悄地流传开，更甚者已经流传到了府外。

今日一早，京中各大府邸很多人怕是都知道了铮二公子昨日收了一个贴身婢女。尤其是宗室里面曾经给秦铮送过女人的人，更是分外好奇，什么样的哑女竟然得这位二公子青眼相待，破例收进了房。

就连宫里都已经得到了消息。

林太妃是德慈太后的表妹，曾经对皇帝登基有扶持之功，所以虽然无儿无女，但一直安养在宫中，得皇上尊重，尤其是德慈太后去世后，她就是宫中仅余的一位老太妃。

皇帝去给林太妃请安，皇后和一众妃子也都在林太妃处。大家便说起了英亲王府流传出来的稀罕事儿。人人都觉得搁在秦铮身上真是罕见。

“赶明儿将铮哥儿叫进宫来，让他将那小丫头带来，我也见见。”林太妃说道。

“就算他收了一个贴身婢女，也不算是大事儿，当不得太妃特意召见。”皇帝道。

“皇上，您当是老太妃很乐意见一个婢女吗？是我们好奇而已。”倚翠宫的柳妃笑着道，“这些年英亲王府的二公子身边可一直没有侍候的人。别说侍女，连个老妈子都没有。这回突然要了一个哑女，可不是稀奇？”

玉芙宫的沈妃看了柳妃一眼，接过话笑道：“可不是，铮二公子一直不近女色，以前年纪小，还不觉得怪异，如今年纪大了，再不近女色，可就是麻烦。去年他十五岁满，英亲王妃每次提到他，急得跟什么似的，我们都是有目共睹的。连皇上在今年夏天的时候不也说过他吗？”

“那孩子自小性子便古怪，这也不算是什么稀奇事儿，倒不值得专门惦记。更何况谁说他不近女色？虽然身边没有侍候的婢女，但是外面的笙歌曼舞可没少看。”皇后端庄地笑了笑，“既然老太妃稀罕，明日就让他带进宫来见见。”

林太妃摆摆手，笑着道：“还是算了！一个婢女而已，就是再稀奇，我们也不能太给脸。否则如今都叫人进来看了，当个新媳妇一般，将来待人家正经的媳妇进门，知道了这事儿，脸面往哪里搁？我们不能忘了自己的身份。”

“正是这个理！所以，你们就别打他的主意了，免得那浑小子被惹毛了拿剑砍人。他没去成漠北，那个王银半路被劫生死不明，他的气正没处发呢。”皇帝笑着起身告辞。

皇后和一众妃嫔躬身相送。

皇帝走后，太妃和众人又叙起话，说说笑笑，其乐融融，丝毫看不见底下的刀锋剑影。

同一时间，秦铮带着谢芳华来到了英亲王府的正院幽兰苑。

院子宽阔，整洁干净，窗明几净。院中有打扫的婢女，有来往穿梭的婆子。每个人做着自己的活，规矩井然，偌大的院落人员虽多，但不见杂乱，可见英亲王妃治家有方。

春兰听见脚步声，迎了出来，笑着给秦铮见礼，之后细细打量谢芳华。

谢芳华低垂着头，默默地给春兰弯身见礼，不见惶恐，也不见欣喜，更不见局促不安。

春兰暗暗点头，想着昨日见了就觉得是个本分的孩子，今日一见还如昨日一般。怪不得二公子要去了身边，如今还特地亲自带来了这里，可见真是喜欢。

“我娘呢？在做什么？”秦铮询问。

春兰笑着道：“王妃在摆弄新得的两盆仙客来，知道您今日不出府，正等着您呢。”

秦铮点点头，回身看了谢芳华一眼，走了进去。

谢芳华本来不想跟着，但接收到他的眼神，只能跟了进去。

进了屋，只见英亲王妃果然在侍弄两盆花，听见脚步声，回头看了一眼，对秦铮摆手：“铮儿，你过来看看，我将这两盆花摆在这里可好？如今已经打了骨朵，过年的时候应该是正开花。”

“仙客来性喜温暖，怕炎热！娘，您放在火炉边烤着，不等三日，就会将它烤死。”秦铮瞅了一眼，懒洋洋地道。

英亲王妃一怔，纳闷道：“送花的人只说这花怕冷，可没说怕热。”

“人家也没说要你拿火炉烤着吧！”秦铮挑眉。

“那倒是。”英亲王妃皱了皱眉，忽然眼睛瞅到了跟进来站在门口垂着头的谢芳华，笑着摆手，“可是听音？到我面前来，我好好看看你。”

谢芳华踱步走过去，站在了英亲王妃面前。

“怎么不抬头？你别怕！我又不吓人。”英亲王妃对她笑道。

谢芳华抬起了头。英亲王妃打量她，她也是第一次如此近距离地打量英亲王妃。前一世她和英亲王妃接触得少，见面请安问礼也是距离远。这一世算起来她是见了英亲王妃三面。第一面是她娘死的时候，那时候她刚重生，睁开眼睛，看到的就是哭红了眼睛抹眼泪的夫人，就是她。第二次是昨日，第三次就是现在了。

她记得，她和她娘似乎是手帕交。当初的京城双姝，一个嫁入了英亲王府，一个嫁入了忠勇侯府。可惜同人不同命，英亲王妃如今健在，事事如意。而她娘早就成了一抔黄土。

谢芳华看了两眼，便垂下了头，不露出丝毫情绪。

“如昨日一般，真是一个乖巧的孩子。”英亲王妃看了半晌，打量够了，褪下手腕的镯子，拉过谢芳华的手，戴在她手上，笑道，“还是那句话，以后好好侍候你家公子，要规矩本分，不要做出格的事儿。”

谢芳华愣了愣，反应过来，立即就要褪掉镯子。

她不过是一个小婢女，这英亲王妃的见面礼未免太大了。通体碧绿的镯子，不用想也知道价值连城。英亲王妃就这么给了她，什么意思？

“让你拿着你就拿着。”秦铮挥手打掉了她要摘镯子的手。

谢芳华手一痛，扭头看向秦铮。

秦铮懒洋洋地倚在炕头一角，身子靠着墙，打完人随意地道：“既然娘这么大方，不如将您新得的这两盆仙客来也给了她吧！”

英亲王妃闻言一怔。

谢芳华忘了再褪镯子，她平生最怕侍弄花草，让她侍候花，两天就得死。英亲王妃如此喜欢这两盆花，若是她给侍候死了，没离开这里之前还如何在这府里立足？

“儿子院子里可是一盆花草也无呢。”秦铮又道。

英亲王妃瞪了他一眼，嗔道：“你什么时候喜欢花草了？”话落，扫了谢芳华一眼，蓦地笑了：“好，就依你，这两盆仙客来就给了听音吧！”

谢芳华脸顿时一白，立即摇头，不能说话，两只手摆动推却。

“你不会侍弄花草？”英亲王妃见了，笑着询问。

谢芳华立即点头。

“这两盆仙客来的品种可是罕见，既然你不会侍弄花草……”英亲王妃犹豫起来。

“她不会您儿子会，娘您怕什么？侍候死了儿子再给您淘弄两盆来。”秦铮大言不惭。

英亲王妃不信：“这两盆仙客来可是岭南运来的，千里之遥，你若弄死了去哪里弄？”

“您是不相信儿子得了您侍弄花草的真传，还是不相信您儿子有淘弄两盆花的本事？”秦铮揪着趴在炕头角落里睡懒觉的一只小白猫的尾巴挑眉。

“罢了！说不过你，就给了你们吧！”英亲王妃摆摆手。

谢芳华顿时觉得眼前一片灰暗。

“除了燕亭和李沐清外，昨日住在府里的小子们都离去了。你今日既然不出府，就找他们去玩吧！不用在这里陪我了。”英亲王妃挥手赶人。

“等等再走也不急。”秦铮坐着不动，指指谢芳华，“娘，你看她穿什么颜色的衣服好看？”

英亲王妃愣了愣，看向谢芳华，只见她又低下了头。她打量片刻，笑道：“听音秀气，文静，正值豆蔻的年龄，即便穿着粗衣布裙看起来也是亭亭玉立的。鲜艳一些的颜色会看起来如红梅一般娇俏，素雅一些的颜色看起来会静若西子。穿什么颜色的衣服都好看。”

“那就每个颜色都给她做一套，每天换着穿。”秦铮道。

英亲王妃讶异了片刻，回头打量秦铮，似乎第一次认识这个儿子。

“娘看我做什么？她是我身边唯一一个侍候的婢女，穿得寒酸了，不是打我的脸？自然要体面一些，我才能带得出去。”秦铮扬了扬脖子。

英亲王妃看着他一本正经的模样，看不出丝毫异常，点点头，赞同道：“也是。”

谢芳华闭了闭眼睛，真是不明白这个恶人这样对她要做什么？

“王妃，绣坊的人来了。”春兰在外面低声禀告。

英亲王妃看了秦铮一眼，见他点头，她知道人是他派人请来的，对外道：“请进来。”

春兰应了一声，不多时，带着两个绣娘打扮的妇人走了进来。

二人给英亲王妃和秦铮见礼。

英亲王妃摆摆手，笑着指着谢芳华道：“你们过来给听音姑娘量量尺寸，每一个颜色的布料做一身衣裙。”

“是！”两位绣娘极有眼色，连忙走到谢芳华身边给她测量。

谢芳华站着不动，任二人摆布。

不多时，两位绣娘测量好了，对英亲王妃点头。

英亲王妃坐在椅子上，温和地询问：“多长时间能够做好？”

一位绣娘回话：“回王妃，因是年底，各府的夫人小姐都要裁制新衣，最快也要……”

“别人的都先靠后，我这个靠前。”秦铮开口。

两位绣娘齐齐一怔，顿时面有难色。

“怎么了？有什么犯难的？可是有谁的衣裙不能拖延？”英亲王妃笑着询问。

一位绣娘立即回道："别的府邸夫人小姐的衣裙倒是都可以拖后一些，但是左相府卢小姐的衣裙三日后就要，另外永康侯府燕小姐的衣裙也急着催促了。"

"都推了靠后！不管是谁！只要是爷想要，其余人都等着。"秦铮霸道地说道。

谢芳华暗暗翻了个白眼。什么是纨绔公子？这就是！

"你这孩子，好的不学，偏偏学了强抢豪夺！"英亲王妃似乎也看不惯，打着商量道，"既然这么多人等着，就先做出两三套拿来，其余的不急，慢慢做来。"

"不行！"秦铮拒绝。

英亲王妃对他瞪眼："是不是娘要急着做衣裙，也要等着你先做完？"

"您要是做的话，儿子自然先紧着您，其余人都是外人，凭什么让着？"秦铮不买账，对两位绣娘吩咐，"就按照我说的办，所有人的都停了，先做我要的，谁若是问起，就照实说我让的，若是有哪个不服，只管来找我。听到了没有？"

英亲王妃似乎拿他没办法，摇摇头，不说话了。

"是！"两位绣娘不敢说不。

"要最好的布料，不能以次充好，也不能拿来是破针线制出的东西。若是急着赶出来应付，被我看到，你们清楚后果。"秦铮眉头挑了挑，冷声道。

"铮二公子放心，绣坊出来的都是精良衣物。"两位绣娘保证。

"去吧！"秦铮摆摆手，放了人。

两位绣娘看向英亲王妃，英亲王妃点点头，二人抹着汗退了出去。

一时间屋中静了下来，三人谁也不说话。

英亲王妃再一次认真仔细地打量谢芳华，除了秀气本分规矩外，实在看不出什么。这样的婢女扔在人堆里都找不出来，她不明白哪里得了她这个儿子的心了。如此特意叫了京城有名的绣坊前来给量做衣裙，一件就要百两银子，每个颜色都做一件，全部做下来的话就得两三千两。虽然王府不缺这个钱，但是花在一个婢女身上，还是一个哑巴婢女，连她都觉得怪异了。

秦铮这哪里是养婢女，分明就是在养千金小姐。

谢芳华也觉得秦铮这件事情做得过分了，尤其还特意在英亲王妃的屋子里做。这是摆明了让英亲王府甚至京城各大府邸里面的人都知道，她不止得他青眼相待，还极入心了。连左相府的小姐和永康侯府的小姐在她面前都要靠后。英亲王妃不管儿子，别人谁敢来管？

秦铮似乎不觉得自己做了一件多么过分的事儿，跳下了炕，拍拍衣服上的褶皱，神色随意地道："娘，我回去了。听音笨手笨脚的，您那两盆花就不用她拿了，稍后您让人送到落梅居去。"

英亲王妃似乎不知道说什么了，听音既然笨手笨脚，他还要了她没稀罕够的两盆花给听音？这个死孩子！她没好脸色地摆摆手："知道了！"

秦铮得了话，脚步轻快地出了房门。

谢芳华默默地行了个告退礼，跟随他走了出去。

二人离开幽兰苑后，英亲王妃还有些回不过神来，叫过来春兰问："铮哥儿是不是真受了什么刺激？我进宫求皇上将他调回京来是不是做错了？他心里在怨我？"

"哪儿能呢！据奴婢所知，您就算不进宫求皇上，二公子没人引路，也是要回来的。"春兰笑着摇头，"您是觉得二公子突然对这个钱家班子来的婢女太好，所以心下不安吧？"

"是啊！"英亲王妃点头，"铮哥儿可从没对谁这么好过。"

春兰笑道："您还不知道吧？刚刚奴婢得了消息，听说二公子命听言去宫里请太医院的孙太医去了落梅居，又去找了我家那口子报备，给听音拾掇屋子呢。我家那口子从来没布置过女儿房间，可给急坏了，怕做得不好，二公子不满意，特意跑来找我问了。"

"嗯？竟有这事儿？刚刚没听他说。"英亲王妃果然愣了。

"二公子自小就是个有主意的孩子，恐怕这里面有文章。"春兰低声道，"王妃也别乱猜，寻个机会探探二公子的话，若是二公子那里探不出什么，还有听音那里不是？我已经命人去钱家班子那里打听听音的底细了，慢慢来，总能弄明白为什么。"

英亲王妃点点头，蓦然笑了："就听你的，咱们静静观看，看看他到底要做什么！"

出了幽兰苑，秦铮踱步返回落梅居。

谢芳华跟在他身后想着事情，不知不觉便跟着他脚印走了。

秦铮回头看了她一眼，嘴角翘了翘，又快速地收了回去，扭过头继续向前走。黛青色的锦缎被风吹起，冷风中，似乎有一种罕见的温柔。

"那是秦铮兄吗？我眼睛没花吧？"燕亭的声音从不远处的凉亭里传来。

"你没看花，是秦铮兄。"李沐清的声音随后传来。

"秦铮兄！这里！"燕亭眨了眨眼睛，确定是秦铮，清喊了一声。

秦铮停住脚步，向不远处的凉亭看去。

谢芳华也停住脚步，抬头看向不远处的凉亭。

燕亭和李沐清也都是贵裔公子，家世身份不比秦铮差多少，容貌也是不差。但气质上来说，燕亭偏放荡不羁，李沐清偏书生文弱，而她哥哥谢墨含偏温润孱弱，他们的身上都没有秦铮这种可刚可柔可冷硬可潇洒的气质。

不得不说，单从外表上，这是一个很吸引女人的人。也难怪令卢小姐芳心欲断了。

秦铮只是看了一眼，便收回视线，并不理会，继续往落梅居走。

谢芳华也收回视线，跟在他身后。

"喂，秦铮兄，你也太不够意思了吧？我们两人怕你昨日宿醉，今日不舒服，等着见见你再回府。你没看见我们也就算了，偏见了还当不见。”燕亭不干了，向这边走来。

李沐清跟在燕亭身后。

秦铮停住脚步：“我回落梅居办些事情，你们先在这里待着，我稍后就过来。”

“什么事情啊？非要你回去？我听说你派人请了孙太医进府了，你生病了？”燕亭问。

“没有！”秦铮摇头。

燕亭走到近前，上下打量他，又看向他身后：“难道太医是……”

“你有一天如果死了，一定死在你这颗好奇的心上。”秦铮瞟了燕亭一眼。

“是不是兄弟？我活得好好的，你干吗咒我？”燕亭不满地沉下脸，“我这些日子日日被你训，爷不是犯贱，非要来你面前找不快！”话落，恼怒地甩袖就走，“你不待见我就算了，以后我和你老死不相往来行不行？”

李沐清见燕亭真的恼了，想想这些日子他尽受秦铮的脾气，劝也不是，不劝也不是。

秦铮一把拽住燕亭胳膊，笑道：“发什么脾气？这些日子是我不对，谁叫你每次都要往我刀口上撞了？”话落，见燕亭依然沉着脸，他解释道：“是给我身后的这个女人请的太医，看看她的嗓子。”

燕亭罕见地得到秦铮赔不是，顿时没气了，唾弃了一口：“有女人没兄弟！”

“兄弟是兄弟，女人是女人。不过若是兄弟抢我的女人，我自然不干。”秦铮道。

李沐清顿时睁大了眼睛。

燕亭也是深感意外，惊异地看着秦铮：“喂，不是吧？你真的收了这个哑巴做女人？”

谢芳华险些吐血。

秦铮捶了他一拳，怒道：“胡说什么！我说的是将来，将来我若是有了看重的女人，兄弟谁要抢，问问我手中的剑，砍断他的脖子。”

“你……”燕亭深吸一口气，眼睛睁大又缩小，片刻后，对着地上吐了一口，上下打量一眼秦铮，呵呵笑了，“好兄弟，看不出来啊，你什么时候喜欢女人了？”

“我何时不喜欢女人？”秦铮挑眉。

燕亭扭头问李沐清：“他何时喜欢过女人？”

“三年前有一个女人，得了他的喜欢，被当初还是四皇子的秦钰给抢去了。自此他和秦钰水火不容了。”李沐清想了想道。

“屁个女人！那是个厨娘，三十好几了，做得一手好菜！”燕亭呸了一声。

“除了这个，就没听说过他喜欢哪个了。”李沐清道。

“眼前不是正有一个吗？我看看都不让看，宝贝得不行。”燕亭显然还为昨日的事情气不顺，斜睨着眼睛打量谢芳华，“你是会做得一手好菜啊，还是会捶得一手好背啊？”

“她会化妆容。”李沐清道。

“没问你，瞎答什么话！”燕亭瞪了李沐清一眼，对谢芳华道，“我是问她呢。”

李沐清不怕燕亭，叹了口气道：“人家是哑巴，回答不了你，只能我帮着说了。”

燕亭顿时一噎。

“行了，既然你们好奇，就跟着我去落梅居吧！”秦铮扫了谢芳华一眼，对二人招手。

二人对看一眼，正想看他葫芦里卖的什么药，怎么就看上了这个其貌不扬的婢女了，怎么可能拒绝，立即点头。

谢芳华如今易容的容貌在他们看惯美人的眼里自然算是其貌不扬。

一行人来到了落梅居。

听言守在门口等着，见秦铮回来，立即上前禀告：“公子，孙太医就在外厅画堂等候。大管家也带着人来布置房间了。就在里面。”

秦铮嗯了一声。

虽然早上听言打扫了几遍院子，但冷风吹过，这么大会儿落梅居又落了一层花瓣。

“你的落梅居可真是好，煮了梅花来喝酒，一定有味道。”燕亭踩着花瓣说道。

秦铮回头看了他一眼：“你的兰花阁更好，夏季盛开的时候，怎么不邀请我们温酒煮兰花？”

“我那兰花值钱着呢，百金一株，若是煮了，岂不是暴殄天物？”燕亭怪叫一声。

“燕亭兄，秦铮兄是在告诉你己所不欲勿施于人！他这里的梅花也不是寻常梅花，千金一株怕是也要得。这梅花除了夏季，可以开春秋冬三个季节呢。”李沐清笑着道。

燕亭扁扁嘴，嘟囔道：“我是觉得落在地上被扫了可惜了。”

“不落在地上被扫走，就不是落梅居了。”李沐清温雅地说道。

说着话，三人进了屋。

屋里画堂等候的孙太医立即站了起来给三人见礼。虽然这三人如今还处于学习之龄，未在朝堂谋官职，但是依照家世地位，将来的成就也不会小了。他自然不敢慢待。

“听音，还不进来让孙太医给你看看嗓子。”秦铮坐下身，对外面喊。

谢芳华一百个不愿意进去，更不愿意见太医，但是由不得她，只能挑开帘子进了屋。

孙太医见是给她看病，愣了一下，他显然怎么也没料到秦铮特意派人请了他来是给一个婢女看病。呆了半晌，直到秦铮催促，他才回过神，温和地道：“姑娘将手给我。”

谢芳华看了这太医一眼。孙太医她知道，是太医院有名的太医，专门给皇上、皇后看诊的。她缓缓伸出手递给了他。

孙太医刚要伸出手握住她手腕，忽然一块帕子搭在了谢芳华手腕上。

孙太医一怔，谢芳华看向帕子来源处。

秦铮坐在椅子上，为自己斟了一杯茶，又给燕亭和李沐清斟了一杯，头也不抬地道："你是一个婢女，怎么能污了孙太医的贵手，孙太医他日还是要给皇叔看诊的。"

谢芳华立即垂下了头。

孙太医脸色怪异地扭曲了片刻，将手指小心谨慎地按在了谢芳华的脉搏上。

燕亭和李沐清对看一眼，心想秦铮他是怕他的婢女污了孙太医手的人吗？他恐怕是怕孙太医的手污了他婢女的手吧？

第七章
闺房

京　门　风　月

屋内一时分外安静，无人出声。

谢芳华不知道这孙太医有多少斤两本事，但是他能给皇上、皇后看诊，多年立于太医院首席太医的位置，自然不是个只知肤浅药理的赤脚医生。

把脉片刻，孙太医本来扭曲的脸色渐渐变得凝重，眉峰也紧紧地揪起。

秦铮靠着椅背懒洋洋地坐着，缓缓地喝着茶，将孙太医的表情看在眼里。

李沐清还从来不曾见过孙太医如此表情，盯着看了片刻，看向一旁的秦铮和燕亭。

燕亭盯着谢芳华猛瞧，左瞧右瞧，无论如何也瞧不出这个哑巴女人除了身段玲珑外有什么特别之处。若说身段玲珑是优点的话，那么在这南秦京城一抓一大把。

许久，孙太医抬眼看谢芳华，对她提出要求："姑娘，劳烦换一只手。"

谢芳华换了一只手递给孙太医。

孙太医有了早先秦铮那番举动，自动拿过帕子给她盖在手腕上。

谢芳华看着放在她手腕上的帕子，想起了早先被秦铮强迫留下的那块帕子。秦铮的帕子每一块都绣了一枝枯梅，针法极其细腻，边角处绣了个精致的"铮"字梅花篆，独一无二。

也许是她盯着这块帕子太入神，秦铮看着她开口解释："每一个月我娘都会给我绣一块帕子，非她绣的帕子我不用。"

谢芳华心神一凛，顿时收敛思绪，她在秦铮面前走神，简直是找死！

燕亭闻言扭过头，盯着秦铮："秦铮兄，是不是没去成漠北，你心里一直不顺畅？"

“像吗？”秦铮挑眉。

“像！”燕亭点头。

“那就算是吧！”秦铮不置可否。

这叫什么话！燕亭撇撇嘴，端起茶喝了一口，有些不耐烦地对孙太医道：“你诊了半天了，到底诊出什么名堂没有？”

孙太医手一颤，抬起胳膊用袖子抹了抹额头的汗，摇摇头。

“难道她的病情如此厉害，让你都觉得棘手？”李沐清此时也认真地打量谢芳华。他的家世虽然不如英亲王府、忠勇侯府、永康侯府世代勋贵，但是家中从曾祖父到父亲也是三代为官。尤其如今他爹是右丞相李延。右相比左相尊贵，百官之首。他自幼读书，人也聪明。

孙太医摇摇头，又点点头，继续换了手给谢芳华诊脉。

秦铮难得有耐心，一直喝着茶不催促孙太医。他不催促，燕亭和李沐清只能跟着他等。

孙太医换手把脉片刻，又换回手继续把脉，神色越来越沉重端凝。如此反复，大约过了三盏茶的工夫，他才罢手，但罢手后久久不语。

谢芳华得了解放，瞅了孙太医一眼，将帕子叠起来，递给秦铮。

秦铮放下茶盏，漫不经心地摆手：“赏你了！”

谢芳华手一顿，盯着他，他不看她，而是看向孙太医，她等了片刻，扫到燕亭和李沐清看过来的视线，只能将帕子收到了自己的怀里。

“这位姑娘的脉象甚是奇特，老夫行医半生，从未见过这样的脉象。”孙太医沉默许久，才斟酌地开口，“我们寻常人奇经八脉均是正向游走，而这位姑娘的脉络却是倒行逆施，偏偏还极有章法。”

秦铮挑眉，燕亭和李沐清神色均有些惊异。

“她的嗓子有哑症不是先天之因，像是后天经过某种药物或者是气劲冲击导致声线不能发出。”孙太医又道。

“不是天生的哑巴？那依照你说的这么奇怪，可能治？”燕亭看着孙太医。

孙太医保守地道：“因这位姑娘体质经络奇特，若是治疗的话，不敢把握。”

“是不敢把握，而不是一分把握没有了？你能有几分把握？”秦铮问。

孙太医怔了怔，拱手道：“三分。”

“你向来保守，说三分也就是能有五分了。”秦铮手指敲敲桌面，断然道，“开方子吧！你如何想，就如何用药。”

孙太医一惊：“铮二公子？”

“既然是你行医半生未曾见过的体质，岂不是难得？难道不想试一把？”秦铮平静的声音像逼迫更像是诱惑，“我不求你治好她的嗓子，只求你尽力而为。”

孙太医眼中的惊异缓缓散去，不禁有点跃跃欲试，但似乎还是有顾忌，谨慎地道："万一用错了药，不但医不好这位姑娘，反而酿成了错，毁了这位姑娘……"

"你不用担心！她如今是我的人，以后也是我的人，这个主我能做。就算出了事情，也怨不得你，是她的造化。"秦铮道。

燕亭和李沐清对看一眼，齐齐打个激灵，显然被他那句"我的人"给劈了个够呛。

谢芳华暗自磨了磨牙。他的人？做梦！

"既然铮二公子这样说，那老夫就为这位姑娘试一试。"孙太医猛地一咬牙，"我今日先开个方子，给这位姑娘用七日的药，七日后我再来把脉。若是能成，三个月也就会好了，若是不成，铮二公子若是想治好她的嗓子，只能另请高明了。"

"好！"秦铮痛快地点头。

孙太医走到桌前，提笔写了一个方子，递给秦铮。

秦铮看了一眼，对外面喊："听言，进来！"

听言立即走进屋。

秦铮将药方子递给他，吩咐道："以后你每日亲自抓药、煎药，盯着听音喝药。不准出一点儿差错。"

听言手一抖，这个任务可不轻松，立即点头："是，公子放心。"

秦铮摆摆手："送孙太医，给孙太医多点酬劳。"

"是！"听言拿了一个早就封好的厚厚的红封递给了孙太医。

孙太医倒也不推辞，笑着谢了，由听言送着告辞出了落梅居。

燕亭凑近秦铮，捅捅他胳膊，低声道："喂，你对这个听音……什么意思？"

秦铮扬眉，淡淡道："就是你看到的意思。"

他看到的意思？他只是看到了奇怪而已。燕亭扭头示意李沐清过来套话。

李沐清却站起身，对燕亭道："燕亭兄，既然秦铮兄昨日的酒已经醒了，安然无事，我们该告辞了。昨日先生留的课业我还未完成，想来你也没完成，今日又耽搁了一日早课，明日去上书房，怕是要交一大堆课业。"

燕亭见李沐清不配合，只能扁扁嘴，站起身："说得也是，那就走吧！"

"不留着吃午饭？"秦铮看着二人。

"不留了，听听你里屋闹出的动静，为了你的听音，整个英亲王府怕是都快被你掀了，我们哪儿还能好好留着吃饭？"燕亭摆摆手。

"那我就不留了，也不送了，你们自己出去吧！"秦铮靠回椅子上。

燕亭和李沐清自然也用不到他客气相送，二人说走就走，转眼便出了落梅居。

谢芳华见少了两双一直盯着她打量的眼睛，顿时轻松了几分。

秦铮则闭上眼睛，靠着椅背假寐，片刻后，他忽然睁开眼睛，对谢芳华问："你怕不怕喝药？"

谢芳华想点头，想起什么，却摇摇头。

秦铮又闭上了眼睛："既然不怕，那就不用吩咐听言给你喝药的时候准备蜜饯了。"

谢芳华觉得气不顺，懒得再和秦铮待在屋子里，扭身出了房门。

落梅居的梅花在白日里看着如红色的云海一般，争妍竞开，分外绚丽。

谢芳华站在门口，看着满院的梅花，轻轻吸了一口气，又轻轻吐了一口气。如今她这个身份怕是尽人皆知了。尤其秦铮有了个名正言顺圈困她的身份。若是要离开，比曾经的王银怕是要艰难数倍不止。

可是有什么办法？连她自己都不明白到底是哪一步走错了。

"听音姑娘！"外面传来一声清脆的喊声。

谢芳华抬头，只见两个婢女各自端了一盆仙客来走进落梅居，一个娇俏，一个丰腴，两人的样貌都是极好，十七八岁，看着分外水灵。

谢芳华知道这二人应该是英亲王妃派来的，抬脚迎上前。

"我是翠荷，她是翠莲，在王妃跟前侍候。王妃命我二人来给公子和你送花。"其中一个瘦一些看起来有些玲珑机敏的女子笑着问："公子在吗？"

谢芳华点点头。

翠荷却不再往里走，将仙客来递给她，低声道："你接过去吧！公子的屋子从不准我们进入的。"

谢芳华伸手僵硬地接过仙客来，抱在一个臂弯处，又伸出一只胳膊去接翠莲那盆。

"哎哟，听音姑娘，你一个人怎么能抱两盆？小心给摔了。"翠莲立即躲开，惊吓道。

谢芳华眨眨眼睛。

"你先送回去一盆，然后再出来拿这一盆吧。"翠莲催促她。

谢芳华只能抱着一盆仙客来进屋，秦铮依然在闭着眼睛假寐，她将仙客来放在桌案上，又走了出去，抱了另一盆回屋。

秦铮忽然开口："仙客来养植不难，性喜温暖，怕炎热。要每日里保持盆里湿润，但不可太湿，太湿便会烂根。每日太阳升起的时候，要搬到有阳光的地方给它晒太阳，放置的地方一定是空气清新略微有风处，烟尘和污浊空气它会不喜，不爱生长，或者造成干枯。不能太冷，会冻死，也不能太热，会烤死，更不能放在风口，会吹坏。"

谢芳华听着，几乎想把这两盆花扔出去。这还叫不难？这么娇气！

"记住了？以后每日你就照我说的做。"秦铮道。

谢芳华不点头，无声地反抗。

秦铮看着她，勾了勾嘴角："虽然你若是将这两盆花养死了也没什么，左右我能再给你淘弄两盆来，但是我可不想被我娘说我连两盆花都不会养，惹她笑话。”话落，他顿了顿，“另外，你若是将这两盆花养死了，难免我会再给你多弄几盆来让你锻炼。这样一来，我娘定然心疼花，一定会忍不住将你叫去，手把手教你养花。”

谢芳华打个激灵，英亲王妃爱花是有名的，几乎成痴，被她手把手教她能有好日子过？

“你若不想有这个下场，就好好侍候好这两盆花。”秦铮丢出结语。

谢芳华盯着面前的两盆仙客来磨牙，看来她必须好好地侍候好这俩祖宗了，不能弄死。

“现在就将它们摆到既有阳光又略微通风的地方去吧。”秦铮摆摆手。

谢芳华四下打量屋子一眼，一起抱起两盆花放在了靠窗的位置，阳光正好照到它们。

“你会做饭吗？”秦铮又问。

谢芳华摇头。

“咱们落梅居有个单独的小厨房，但是一直都空置着，以前这里没有女人，也就罢了。但是既然你来了，从今以后自然要利用起来，再不能浪费了地方。”秦铮慢慢地道，“你不会没关系，可以学。稍后让听言去将宴府楼的大厨请来，每日抽出一个时辰教你做饭。”

谢芳华恼怒地转头瞪着秦铮。谁说她要学做饭了？不会做饭也不会饿死！用得着学？

“不想学？还是不想跟宴府楼的大厨学？”秦铮挑眉。

谢芳华瞪着他，不能说话，只能用眼睛传递信息。都不想，怎么着？

秦铮支着额头，看着她道：“比起侍弄花草来，学做饭哪个容易？”不等谢芳华有表情，他又道：“比起和宴府楼的大厨学做饭，皇宫的御厨若是来教你，哪个容易？”

谢芳华只感觉眼前冒火，若是他将皇宫的御厨找来只为了教她做饭，那么她听音的名字不只皇宫知，京城知，天下也都该知道了。

扬名天下对她半分好处没有！

“嗯？你好好想想，要不要学做饭。”秦铮静静地看着她，不见逼迫的恶霸形象，却是将恶霸的行为做了个十足十。

谢芳华终于在他的目光下败下阵，不想让英亲王妃手把手教养花，她只能好好养那两盆花，不想将皇宫的御厨劳动来这座小院，她只能跟着宴府楼的大厨学做饭。

“你同意了？那就这么定了。”秦铮声音有几分愉悦。

谢芳华不看他，无论是冷眼还是无声的反抗对于面前的这个人都没用。无论用什么办法，他一定会达到自己的目的。

“公子，药抓来了。”听言匆匆跑进落梅居，手里拿了一堆包好的草药。

“嗯，去煎吧！稍后听音就可以服用了。”秦铮点头，吩咐道，“下午你去一趟宴府楼，告诉那里的大厨以后每日午饭后一刻来府里一个时辰。”

听言一怔：“公子要大厨来咱们府做什么？您想吃那里的饭菜随时可以去啊。”

“虽然与宴府楼仅隔一条街，但总归没有自己府里方便。以后听音学会了做菜，你也是有口福的。”秦铮对他道。

听言一呆，看向谢芳华，谢芳华往火炉里添炭火，用的劲极大，火炉里一阵噼里啪啦响，他脖子一缩，干干笑了两声：“公子您英明，我煎好药就先去宴府楼。今日您在府，盯着听音喝药有您在，用不到我。”

“嗯！”秦铮同意。

听言提着药包退了下去。

谢芳华添完了炭火，提着铁壶，给秦铮倒了一壶滚烫的水，然后将茶盏端给他。

秦铮也不推却，伸手接过，似乎不知道烫，品了一口。

这时，英亲王府的大管家喜顺从里屋带着人走出，抹着汗对秦铮哈腰道：“二公子，听音姑娘的房间收拾好了，您进里屋看看，可满意？”

秦铮嗯了一声，放下茶盏，站起身。

谢芳华看到大管家喜顺和他身后两个婆子向她偷偷看来的眼神，目光平静任他们打量。

“听音，你也过来看看。”秦铮走进里屋的同时吩咐了一句。

谢芳华抬脚跟着他进了里屋。

入眼处，这间屋子再不是昨日那般空空荡荡只有一张床，今日简直换了一番天地。

屏风画墙、珠帘古翠、绢纱帷幕、锦绣被褥、梨花桌椅、菱花铜镜、绣荷妆台、美人软靠、贵妃躺椅、紫烟香炉、玉石书案……分门别类，一应用具，均是上乘，无一次品。

谢芳华呆了呆，看向秦铮，这是婢女的房间，还是千金小姐的闺房？弄成这样？

“喜顺叔，将我小书房收着的冰玉琴和岐山白玉棋以及紫玉砚台和徽菱宣纸喊听言拿来摆上，你再去我娘那里将我去年让她收着的《青云岚山》的那幅画拿来这里。做完这些，算你过关了。”秦铮扫了一眼房间，径直对外面吩咐。

喜顺大管家闻言倒吸了一口凉气，脸庞抽搐片刻，应了声是。

有琴有棋有书有画，秦铮这是要教她做大家闺秀？谢芳华脸色有些难看。

秦铮不理会她的神色和想法，在屋中走了一圈，回头对她道：“你躺去床上。”

谢芳华警戒地看着他。

秦铮对她挑了挑眉，似乎无意识地说道：“那两盆仙客来不如就放你这屋子里？”

谢芳华立即抬脚走到床前，踢了鞋子，三两下便直挺挺地躺在了床上。

秦铮缓步走到床前，听得她呼吸窒了窒，他轻轻勾手，放下了帷幔的绢纱，将里侧的身影遮挡住，隐隐约约，顿时看不清了。他在床前盯着看了片刻，蓦地转过身，声音清凉："起来吧！以后不准白日里躺在这里偷懒不干活。"

谢芳华用手指抠了抠被褥，有些恼怒地起身下了床。

这时，外面传来听言的结巴声："公……公子……"

"嗯？"秦铮看向外面。

"大管家说……说您要将小书房的琴棋砚台宣纸都拿来听音的屋子？"听言结巴地问。

"嗯，你没听错，快去拿来。"秦铮颔首。

听言脚下似乎站不稳，一个屁墩儿坐在了地上，又立即爬起来，向小书房跑去。

秦铮回转身，懒懒地躺在美人靠上，对谢芳华道："每日我卯时起床，起床后去后院场地练剑，一般半个时辰。回来之后梳洗用膳，辰时出府去上书房上半日的课程。午时回府用膳，用过膳后，未时去校场学骑射。酉时回府，晚膳后去小书房完成先生留的课业。"

谢芳华看了他一眼，贵裔子弟不轻松，的确每日时间都安排得很满。

"以后你每日卯时起床，陪我去练剑，回来之后为我梳洗。我去上书房就不用你跟着了，有听言跟着。辰时我离开后，会给你请四位女教习前来教你琴棋书画。每一样各半个时辰，正好两个时辰。午时我会回府用膳，顺便检查你学习的结果。未时我去校场，宴府楼的大厨来教你一个时辰的厨艺，另外晚上我去娘那里，会请她抽出时间每日下午教你一个时辰的针织女红和闺中礼仪。酉时回府，晚膳后我去小书房完成先生留的课业，你跟着我去，我顺便检查下午你学习的成果。"秦铮又道，"每七日休息一日。"

谢芳华听完后睁大眼睛看着他。

"我的贴身婢女不是容易做的，不但要精通琴棋书画，也要精通针织女红，另外厨艺也不能差了。届时带你出去，我才拿得出手。"秦铮看着她道，"有信心学好吗？"

信心你个鬼！谢芳华别开头，秦铮不是缺婢女，他是缺女儿！

"没有信心不打紧，时间长得很，我们慢慢来。"秦铮笑了笑，似乎为自己的安排满意。

谢芳华看着窗外，想起了前世，她过的似乎就是他安排的这种日子。每日关在忠勇侯府里学习琴棋书画、针织女红、闺中礼仪。只不过这世多了一样厨艺罢了。忠勇侯府是钟鸣鼎食之家，比当今的南秦皇室发迹得早，谢氏一脉膏粱锦绣，富贵逼人，自然用不到女儿去学厨艺讨好他人。她的身份要做的只是端庄有礼，将来撑得起夫家门面，做一位尊贵的夫人。

可是上一世她学了十几年，最后未到嫁人，便一抔黄土了却一切，去了黄泉。

可见琴棋书画、针织女红、闺中礼仪这些东西在某一种东西笼罩下都是无用的。

所以，这一世，她暗中跑出了府，混进选拔暗人的队伍去了无名山。无名山是皇室暗卫的起源地，藏书数万册，包罗万象。她要学皇权天网，要学机谋善变，要学兵法谋略，要学刀剑武艺，要学如何杀人，如何杀死人，如何杀了人还不偿命。

八年的时间，她利用所学，回报给无名山的是一记天雷，算是谢师礼！

“在想什么？”秦铮忽然盯住她的眼睛。

谢芳华没有情绪地转过头，看着秦铮。若说早先被他缠住脱身又被他劫来困在府里，她还有些慌乱，这个时候忽然不慌了。不管他这些日子的举动和今日的举动是为了什么，总归不至于要了她的命，也要不了她的命。那还怕什么？

不就是待在这里做他的贴身婢女吗？

回到忠勇侯府去做的不也是这些？那里的身份是小姐，这里的身份是顶着婢女名头的小姐。多了侍候一个人外，没什么区别。

站在京城脚下，回不回去其实也没什么分别。

总归只要她在，今生就不让忠勇侯府倒塌，也不会叫谁得逞捧了忠勇侯府的烟灰下酒。

“公子，东西取来了。”听言捧着东西小心翼翼地进了屋。

秦铮转开头：“放在桌案上。”

“是！”听言将琴棋笔墨砚台宣纸小心地一一摆好。

“二公子，王妃说您放在她那里的东西一直仔细地收在库房了，听说您要，她命人去拿了，晚上您若是过去，自己带回来就成。”喜顺站在门口恭敬地回话。

秦铮点点头：“你去回话，晚上我会去娘那里陪她用膳。”

喜顺应了一声，见他再没吩咐，带着两个布置房间的婆子出了落梅居。

“药煎好了没？”秦铮问听言。

“正煎着呢，我这就去看看，咱们小厨房第一次生火，不太好用。”听言跑了下去。

“对了，以后我换下的衣服都你洗。”秦铮对谢芳华又道。

谢芳华不看他，走进最里面他的屋子，拿了他昨日换下的衣服，抱着出了房门。

听言从小厨房探出头来，对她招手：“听音，我这旁边的屋子就是洗衣房，有水池。”

谢芳华点点头，走了过去。

来到洗衣房，里面有木盆、搓板、水池、皂角，她舀了水，将外衣、里衣逐一分开，一不小心一件亵裤掉地上，她脸色蓦地寒了下来，盯着那件锦绸的亵裤好半晌不动。

“听音，你会洗衣服吗？”听言悄悄探过头来，低声询问。

谢芳华扭头看向他，脸色沉得如六月的霜雪。

听言看到她的脸色吓了一跳，顺着她的目光，也看到了地上的亵裤，猛地一惊，立即跑进来将亵裤捡起来放在盆子里，对她道：“公子的衣物一直都是我洗，如今公子让你洗，是没拿你当外人，嗯，不对，从今以后你就是公子的人了，不会洗没关系，洗洗就会了。”

谢芳华静默半晌，蹲下身，拿了皂角沾了水抹在衣服上，用搓板搓起来。

“原来你会洗，这是最好了。”听言高兴地掉头走了出去。

谢芳华没用多长时间便洗了一件外衣，之后又拿起里衣，用力地揉起来。

隔壁小厨房传来浓浓的药味，熏得鼻子发呛。

外面传来一阵脚步声，谢芳华没抬头，听言探出头，见到来人，惊异道：“王爷？”

谢芳华手一顿。

“怎么这么大的药味？”英亲王大踏步迈进落梅居的门，皱了皱眉毛。

听言立即见礼，恭敬地回话：“给听音煎的药。”

“听音？”英亲王停住脚步，看着听言，声音端严，“铮儿新收的那个婢女？”

“是！”听言弄不明白王爷今日怎么来了落梅居，规矩地点头。

英亲王眉头动了动，对他问：“二公子呢？”

“在屋里。”听言指指屋子。

“那个婢女呢？”英亲王又问。

“在洗衣房。”听言扭回头，对洗衣房轻喊，“听音，王爷来了，快出来见礼。”

谢芳华本来不想出去见英亲王，奈何被他问到，听言喊她，只能扔了衣服走了出去。

英亲王她见过，她爹娘死的时候，他陪着英亲王妃一起去了忠勇侯府。四十多岁的年纪，端言冷肃，仪表堂堂。秦铮的容貌偏向英亲王妃，所以与英亲王也就两分相似。

“你就是听音？”英亲王见到谢芳华，仔细打量她。

谢芳华跪在地上，垂首点头。

“听说你不能说话？”英亲王道。

谢芳华再次点头。

英亲王皱眉：“抬起头来。”

谢芳华眉梢动了动，缓缓抬起头，目光平静地看着英亲王。

英亲王目光落在她的脸上，忽然倏地定住，上前了一步：“你的……”

“爹，你怎么来了？”秦铮从里屋走出，不见脚步有多快，转眼便来到了英亲王面前。

英亲王脚步顿住，看向秦铮。

秦铮对谢芳华凝眉：“衣服洗完了吗？”

谢芳华摇头。

“还不快去洗！”秦铮声音沉了沉，眼眸掠过一旁的听言，“多嘴多舌！药煎好了？”

听言猛地一哆嗦，立即摇头，起身跑回了小厨房。

谢芳华站起身，走回了洗衣房。

“爹昨日跑出外面鬼混了一夜，这是刚回来？”秦铮斜着眼睛打量英亲王，“衣服都没换，看来没去我娘那里了？您不回去疼我娘，跑来我这里做什么？”

“混账，你怎么跟我说话呢？”英亲王大怒。

秦铮笑了一声：“被我说中了，恼羞成怒了。”

“我是你父王！你还有没有大小？”英亲王抬脚对秦铮踢来。

秦铮灵巧地躲开，嫌恶地看着他：“一身脂粉味，又去翠红楼了？”

英亲王眉头竖了起来：“我是去办案。”

“利用职权之便玩玩也没人说你什么。”秦铮道。

“你……”英亲王脸色顿时铁青。

“您不就是跑我这里看女人吗？如今人也看了，您可以走了。”秦铮摆摆手赶人。

英亲王额头的青筋跳了跳：“多日不管你，你无法无天了是不是？收一个婢女弄得人尽皆知，我去宫里给皇上回话都听到了宫中在说你的事儿。”

“乱嚼舌根子的人总是这么多。”秦铮不屑地道。

英亲王瞪着他，见他一副没形没样站在他面前的样子就恼怒：“前些年是太后宠你，这些年是皇上、皇后、太妃宠你，你娘也日日护着你，我看你越发被宠得没边了，连我都敢编排两句了。若是再不管制你，他日你还像什么样子？”

“儿子不成器，永远变不成爹希望的样子。您老留着心血可劲地栽培大哥吧！我这一辈子也就这样了。”秦铮漫不经心不当回事儿地道。

“你……”英亲王见提到他的大儿子，恼怒的气焰一时僵住。

“您快去我娘那里吧！那个女人把心都掏给了您，隔三岔五就守空房，拿花草解闷，您可要小心，若是有朝一日她不喜欢花草了，给您不小心戴个绿帽子玩玩，您就不好受了。”秦铮转身向屋子里走去。

“秦铮！”英亲王的怒火再次被成功地激了起来。

秦铮跟没听见一般，头也不回。

英亲王看着他闲闲散散，气他如家常便饭的模样，一肚子怒火无处发泄，忍了半晌，才怒道："太后三年前去了，皇上和皇后、太妃喜欢你也是有限度的，你娘身子不好，有朝一日不能护着你了，看还有谁疼你宠你？"

"太后即便死前一刻也是疼我的，皇上、皇后、太妃喜欢我不就因为我有个好爹吗？我娘身子不好，您知道啊，既然知道就别总是往其他姨娘那里跑，多陪陪她，少咒她。至于将来……"秦铮顿了一下，挑眉道："我不是还有媳妇儿疼吗？"

英亲王脸色有些绿。

"您慢走，儿子不送了。对了，您告诉大哥，让他别打主意到我的女人身上。否则他若是断了胳膊或者断了腿，您别来找我。"秦铮挑开帘子进了屋。

英亲王看着晃动的帘子，脸色不停地变换各种颜色，最后，恼怒地甩袖出了落梅居。

听言见英亲王被气走了，探出头看了一眼，又缩回了脖子。

谢芳华这是两世以来第一次见到英亲王和秦铮这一对父子的相处模式。原来竟是这般模样？让她洗着他的亵衣也不觉得难以接受了。

她知道英亲王府的庶长子极其有才华，得英亲王喜爱，甚是出众。

她知道英亲王除了有英亲王妃外，还有两个侧妃，四位侍妾，三个通房。

她知道秦铮受所有人的宠爱，能在南秦京城横着走，无人敢惹，纨绔嚣张。

但是她不知道原来背地里还有这么一出，他的每一句话都直刺英亲王，英亲王却拿他无可奈何，踢了一脚没踢到，竟然不踢第二脚了。

"听音，药煎好了。"听言端着药碗出来，脸上没任何异样表情，显然见惯了这种戏码。

谢芳华抬头看了一眼，眉头不着痕迹地皱了一下，点点头。

"我见你快洗完了，这药还热着，先给你放去屋里，你稍后进来喝。"听言道。

谢芳华再次点头。

听言端着药碗进了屋。

谢芳华听见屋中传出说话声，是听言的："公子，您又将王爷气走了。"

"这样不是如了大哥的意吗？"秦铮嘴角微带嘲讽。

"王爷这回想来是听到了外面的传言，过来看听音。连宫里都知道了，公子，会不会有麻烦？"听言忧心地问。

"知道就知道，有麻烦怕什么？爷还能顶不住？"秦铮不屑。

听言没了声。

"以后不管谁进了这落梅居，都给我拦死了，听音若是不想见谁，你不准多嘴多舌喊她出来。"秦铮下命令，"王爷，大公子，王妃，就算皇上来了也用不着她出去请安。"

"是！"听言感觉后背都冒汗了。

秦铮摆摆手。

听言立即退了出去。从昨日到今日，短短一日夜，他感觉腰间的剑都沉了几分。

不多时，谢芳华洗完衣服，舒展平整，晾在院内的杆子上，擦了手，进了屋。

“洗得不错！”秦铮从窗子向外看了一眼，翘了翘嘴角。

谢芳华看着他愉悦的表情，能大逆不道气得老子跳脚的恶人，什么他不敢做？谁敢惹？垂下头，端起药碗，眉头都不皱一下地仰头喝了。

秦铮看着她：“苦吗？”

谢芳华闻言留了个碗底递给他，苦不苦试试不就知道了？

秦铮别开头，嫌恶地道：“爷从小就没喝过药，闻着就苦死了。”

谢芳华毫不意外，大冷的天顶着冷风睡在马车上两日都不发热，体质好得令人发指，从小到大没喝过药也不奇怪。她放下药碗，不再理会他，走到不远处的贵妃榻上躺下闭目休息。

秦铮看了她一眼，倒没不同意她休息，也靠着美人靠闭上了眼睛养神。

屋中气息宁静，落梅居幽幽静静，或浓或淡的冷梅香隐隐传入屋中。

谢芳华本来只想休息一会儿，却不知不觉睡着了。睡了许久才醒来。

“既然醒了，就出去外面认认师傅。明日正式学课。”秦铮的声音在她醒来后响起。

谢芳华混沌了片刻，看向窗外，只见院中摆了桌椅，坐了四个中年女子和一个中年男子。那四个女子她今生没见过，上辈子却熟悉，正是京中有名的四位女师傅，琴棋书画独得一绝，专给公主上课。那个中年男子有一股隐隐的油烟味，不用想也知道是宴府楼的大厨了。

谢芳华出了门口，秦铮倚着门框懒洋洋地将五人对她逐一引见。

五人似乎并不是被秦铮强迫而来，面上都挂着笑意，她给五人见礼，五人给她还礼。

琴棋书画四位师傅分别叫李琴、孟棋、温书、楚画。宴府楼的大厨名叫何晏。这五人的名字自然不是生来就叫这个，据说是扬名后保留姓氏，改了后面的字，昭示其成就。

不多时，拜师礼简简单单便完成了。五人告辞出了落梅居。

秦铮回头瞅了谢芳华一眼，语气不阴不晴地道：“难道孙太医给你开的药有睡觉的药？让你一觉睡到了这个时候？自古拜师都是徒弟等师傅，你是第一遭让五个师傅等了你一个时辰的徒弟。”

谢芳华揉揉额头，孙太医的药里没有让人瞌睡的，她也不明白自己怎么睡着了。

“还没睡醒？那你继续回去睡，明日正式学课，你就不能这样了。”秦铮丢下一句话，向外走去，两步之后又道，“你今日省了一顿午饭，晚饭和听言一起吃吧。”

谢芳华看看日色，已经偏西，知道他早先说要去陪英亲王妃用晚膳，转身回了房。

不多时，听言端着饭菜进来，见她支着额头靠在椅子上喝水，顿时笑了："听音，你这样靠在椅子上的模样真是像极了公子，怪不得公子见了你就喜欢得不行。"

谢芳华身子一僵，顿时坐直了。

"你午时没用饭，虽然公子不在咱们院子用饭，但我也多盛了一份，你多吃些。"听言将饭菜摆在外间的桌子上，对她招手，"愣着做什么？还不快过来。"

谢芳华确实饿了，踱步走了过去坐下。

她不能说话，听言像是早就憋不住了，打开了话匣子与她说了起来。

他说的无非是从来没见过秦铮对谁这么好，让他这个从小跟在他身边的人都嫉妒了。从她来了，感觉这个院子都不清冷了，怀疑难道女人真有驱寒的作用。如今府里都传开了，说秦铮对她如何如何。京城外面的人将她夸得跟天仙似的，说她是因为美貌征服了秦铮……

一顿饭的工夫，听言的嘴就没停过。

谢芳华一直听他说，直到他说够了，盯着她喝了药，才心满意足地将剩菜残羹撤下去。

屋中的火炉一直燃着，暖意融融。谢芳华歪在椅子上不想动，静静想着事情。

秦铮直到天黑后才回来，挑开门帘便见到她坐在椅子上，那姿势似乎坐了许久，他挑眉："没再睡？"

谢芳华看了他一眼，百无聊赖地点点头。

"今日燕亭说煮了梅花来喝酒，想必不错。要不你去采梅花，我们现在试试。"秦铮点燃了屋中的罩灯，对她如闲话家常一般随意地询问。

谢芳华心思一动，向外看了一眼，立即起身，走了出去。

"听言，去将窖里放的那坛翠烟轻拿来。"秦铮对外面吩咐。

听言立即应声，颠颠地去了。

谢芳华先去小厨房拿了个花篮，然后站在一株梅树下，伸手去摘梅花。

片刻后，秦铮忽然出了房门，走到她身边，轻轻伸手揽了梅枝，往她的花篮里抖，数片花瓣便落在了她的花篮里，他不说话，又抓过一枝梅枝，做着同样的动作。

虽然二人相差不过一岁，但他的身影站在她身后，却足足高了一头半还多。近距离下，可以清晰地闻到他身上淡淡清冽的气息，融合了梅花香气，分外令人恍惚。

谢芳华反应过来，身子往旁边挪了两步，躲开了他。

秦铮措手不及，抖掉的梅花瓣散落到了地上。他眼睛瞬间眯了眯，偏头向她看去。

谢芳华垂下头，不看他。

秦铮忽然甩了手，踱步进了屋。

谢芳华站在冷风中，梅花落在她头上身上，她轻轻打了寒战，驱散了几分莫名的情绪。

听言抱着酒坛跑进院子，路过谢芳华的身边，往篮子里看了一眼："哎哟，听音，不过是煮酒而已，你怎么弄了半篮子的梅花？"说着，抬头看了一眼，"这里的花都摘没了，你怎么可着一个地方摘啊？怪可惜的，不漂亮了。"

谢芳华抬起头，对他笑了一下。

听言一呆，顿时捂住眼睛："姑奶奶，黑天半夜的，你满身花瓣，这么一笑像是梅花精，忒吓人了，我可禁不住吓。"

谢芳华收了笑意，抱着篮子进了屋。

听言纳闷地往地上看了一眼，厚厚的一层花瓣，让他的心都疼了起来，也跟着进了屋。

秦铮歪在谢芳华早先坐的那把椅子上，见二人进屋，没什么情绪地摆手："都扔了吧！今日不煮酒了，睡觉。"

谢芳华脚步一顿。

听言顿时愣了，抱着酒坛问："公子，那这坛翠烟轻……"

"扔了！"秦铮道。

听言脸顿时一苦："这一坛千金呢，您一直留着的，我还是放回酒窖去吧！"

"我说扔了！没听明白吗？"秦铮腾地站起身，脸色冷厉。

听言身子一颤，再不敢反驳，立即抱着酒跑了出去。

"你手里的梅花也扔了。"秦铮看了谢芳华一眼，丢下一句话，抬脚进了里屋。

谢芳华转身将手中的花篮和里面的梅花一股脑地扔出了门。

花篮落在地上滚动了数圈，里面的花瓣全部洒了出去，与早先落地的花瓣堆在一起，厚厚的一层。风吹来，一层层花瓣被吹起，满院飘着繁花。

"听音！"外面传来翠荷的声音。

谢芳华向外看了一眼，出了房门，迎了出去。

翠荷手里抱了一叠衣物，见她出来，对她笑道："这是绣坊今日完成的一件外衣，一件里衣，一件亵衣，一件睡衣。刚刚送来府中，王妃命我给你送过来，明日你与师傅学课时能穿上。"

谢芳华看着她手中捧的衣物，层层叠叠一摞，点点头。

"这下面的方盒是王妃命兰妈妈给你选出的两套首饰，也命我一并带来了。"翠荷掀开衣物，露出下面一个精致的方盒，她轻轻打开，里面珠翠首饰光华宝气。

谢芳华再次点点头。

昏暗的光线下，翠荷细细打量她的神色，心下艳羡的同时更觉奇怪。一般寻常婢女见到这样的好衣物好首饰，都会露出欣喜的表情，她却目光平静，半丝波动也无，仿佛这些东西在她眼里不算什么，更像是司空见惯，受之当然。

她暗暗想着，果然被二公子看中收在身边的贴身婢女不是她们寻常的婢女能比的气度。

谢芳华收了衣物和方盒，翠荷告辞出了落梅居。

听言悄悄走过来，悄声询问：“听音，公子刚刚怎么突然发脾气了？”

谢芳华对他摇摇头。

听言似乎才想起她不会说话，无奈地叹息一声，回了自己的房间。

第八章
培养

京　门　风　月

谢芳华回到屋子，秦铮已经睡下了。

一夜无话。

第二日卯时，秦铮起床。谢芳华听到里屋的动静，也立即穿了衣服起身。秦铮的屋子在最里面，若是出门的话，一定要经过她的屋子。她自然不想他走出来看到她还躺在床上。

旧的衣服换下，穿了一身新衣。

即便多年不穿这样的绫罗绸缎，尾曳罗裙，她也不会不习惯。

秦铮从里屋走出，看了她一眼，脚步蓦地顿住。

谢芳华在菱花铜镜前拢了拢头发，用簪子轻轻绾住，回头来看向秦铮。

秦铮别开头，一言不发地走了出去。

谢芳华抬脚跟在他身后出了房门。

听言同一时间出了房门，看到谢芳华顿时呆了，揉揉眼睛，露出不敢置信的神色。

秦铮横了他一眼，沉声道：“听言，将小书房挂着的那把宝剑拿给听音。”

听言回神，应了一声，跑去了小书房。不多时，拿了一柄精致的宝剑递给谢芳华。

谢芳华接过宝剑，看着秦铮。

“让你陪我练剑，不是让你看着我练。是陪，懂吗？”秦铮扫了她一眼。

谢芳华手僵了僵。她不出手则已，出手就是杀人的剑招，他很想死吗？

秦铮迈步出了落梅居，走到门口，没见谢芳华跟上，回头催促她。谢芳华吸了一口清冷的空气，缓步追上了他。

落梅居后面有一处跨院，连着落梅居，里面地面空阔，无杂草杂物，显然是单独开辟出来给秦铮练武的地方。

“会用剑吗？”秦铮解了外衣，只着里面的紧身衣，看着她询问。

谢芳华摇头。

“我教你。”秦铮拿了一柄软剑对她道。

谢芳华点头。

秦铮站定，挽了个剑花，平平缓缓递出剑招，清晨本是清冷，冷风吹起他锦衣墨发，宝剑寒光闪闪，比清晨的风更是冷冽。他的剑如他的人一般，刚柔相济。柔处如行云似流水，刚处如疾风似劲草，缓处如飘花，急处似飞雨。映着他的容颜，如幻莫测。

谢芳华静静地看着，两世里，她的确是没见过剑还可以这样练，如此赏心悦目。她学的是怎么一招致命，一招杀人无痕，一招出手快、狠、准。

秦铮走了一遍剑招，收剑入鞘，问道：“看清楚了吗？”

谢芳华看着他一滴汗也无，清清爽爽，摇摇头。

“那就再看一遍。”秦铮又提剑演练了一遍。

这一次比刚才那次快很多，一时间剑影翻花，衣袂飘逸，空阔的场地人如剑，剑如人。

片刻后，秦铮收剑，看着她挑眉：“别告诉我你还没看清楚，我可不收笨死的婢女。”

谢芳华瞅了他一眼，她若是真笨死了的话，是不是就能被赶出去？

“别做梦了！若是笨死了，就板子打死。你这一辈子都别想被赶出去。”秦铮冷声道。

谢芳华垂下头，无名山的读心术她自认炉火纯青，可是面前的这个人又是在哪里学的？

“出剑！”秦铮催促她。

谢芳华定了定心神，回想一遍他刚刚练剑的模样，轻轻迈步，挽了个剑花，平平缓缓递出一剑。须臾，摒除杂念，一招一式按照他刚刚的剑式演练，虽然极慢，但是分毫不差。

秦铮看着她，神色不动。

谢芳华走了一遍剑招，刚要收手，秦铮忽然提剑刺过来，她反手应激性地挡了他的剑。秦铮勾了勾嘴角，灵巧地绕开了她的剑招，之后又斜斜刺来。谢芳华不动声色地又勾手绕回。每挡一招出一招都是按照他的这套剑路。

二人很快便在空地上你来我往对打起来。

谢芳华本来全无感觉，对于这样乱花迷人眼的剑招她虽然觉得赏心悦目，但也仅此而已。可是渐渐地却发现全然不像她所想，这样的剑招可攻可守，自然也可以杀人。

无名山毕竟只是皇室培养暗卫之处，皇室最不缺的就是人，死了一个再有一个。所以，只能教杀人，不会教保命，只求出手一击必中，不得手就是失败了，等着被人杀。而这样的剑却在杀人的同时有自保的能力，就算败了，也能立于不败之地，甚至还有翻盘的机会。

渐渐地，她在与秦铮的对招中严肃起来。

时间一点一点地过去，太阳升起，场地中的两人恍若不觉。

直到听言久等二人不回，忍不住跑来这里，才打破了二人沉浸的气氛："公子，别再练了，您再不出府，就误了早课了。"

秦铮闻言收剑。

谢芳华也同时撤回了剑。

"听音，你太厉害了，是第一次拿剑吗？竟然能和公子对打，我和公子对打，十招必败。"听言佩服地看着谢芳华，眼睛晶亮，"刚才我乍一来到，险些花了眼认不出是你。"

"以前怎么不知道你多嘴多舌？"秦铮将软剑收回腰间，大步离开。

听言摸摸鼻子，他已经被公子嫌弃两次话多了，看了谢芳华一眼，立即跟上秦铮。

谢芳华拿着剑站在原地没动，脸色在阳光下变幻不明。

"听音姑娘。"门口一个人探出头，声音低低地喊了一声。

谢芳华抬眼看过去，只见是一个和听言差不多年龄的小厮，她抬脚走了过去。

"我是林七。"那小厮见她来到近前，四下看了一眼，紧张地道。

谢芳华心思一动，她哥哥身边侍候的侍书前日夜里与她说过这个名字，是他小时候的一个同伴，走散了，如今是这府里大管家喜顺的干儿子，在府中跑腿。如今找来这里，定然是她哥哥传话了。她向前看了一眼，秦铮和听言已经离开，她伸手拽了他躲进里院的墙角，低声道："我知道你，侍书与我说了。可有什么话吗？"

林七一喜，讶异地道："您真的会说话啊？"

谢芳华点点头。

"那怎么会……怎么连孙太医给您诊断都说您是哑巴呢？"林七不解。

"我自然有我的办法，有什么话你快说。"谢芳华知道这府中传遍了昨日的事情，林七就在这府中，知道这些事情如今见了她产生好奇并不奇怪。

林七心神一凛，也知道这里不是长久说话之地，连忙压低声音道："侍书今日早上在我外出采买的时候找到了我，让我找您传一句话，就说他家世子和老侯爷正在商量对策，让您安心待在府里，您目前的身份不同别的，千万不要轻举妄动。"

谢芳华点点头："还有吗？"

林七摇头，低声道："您有什么话要捎回去的吗？我给您捎回去，稍后我还会出府。"

谢芳华想了一下道："你传话给侍书，就说让爷爷和哥哥不用担心我，也不用想办法救我出去，我暂时就待在这里了。你将我在这里的情况仔细地与他们说一遍。”

“就这些吗？”林七问。

“嗯，就这些。”谢芳华不再多说，拿着剑出了院子。

林七在她离开后，谨记了一遍她的话，探出头看看四下无人，悄无声息地离开了。

谢芳华回到落梅居，秦铮和听言已经出府了。

她将剑挂在墙上，简单用了饭，刚收拾下去碗碟，李琴便来了。

谢芳华虽然对学习琴棋书画没什么感觉，但是对于人家师傅亲自来教，自然还是要尊重的。请了李琴进屋，摆好了昨日秦铮摆在她房中的琴，恭敬地请她落座。

李琴笑意温和，拿出琴谱，对她询问：“你该是识字的吧？”

谢芳华点点头。

“那就最好不过了，你先看看这些琴谱，选一首你喜欢的学。”李琴对她道。

谢芳华拿过琴谱，轻轻翻看，半晌后，指了一首《清平调》。

李琴讶异地打量她片刻，蓦地笑起来：“清平调最简单，一般想学琴的人都不屑于学它。宫中的公主们第一次学琴，首先就排除了它。大公主当初选了《翠屏曲》，三公主选了《玉归来》，四公主选了《香风颂》，六公主选了《咏兰春晓》，七公主选了《平湖送波》，九公主选了《九天玄女令》，怜郡主选了《慈母吟》。”

谢芳华知道二公主、五公主、八公主都早殇，不被她提到也是应当。

“应是懂琴律的人才会喜欢《清平调》。”李琴笑道，“我幼年学琴，起初也不喜欢《清平调》，但随着年岁增长，琴艺到了一定程度，再不提高的时候，看透了世间很多东西，便喜欢这平平无意的《清平调》了。”

谢芳华微微低下头，当哑巴有一样好处，可以不用答话。

“好，我们就学这《清平调》。”李琴摸着冰玉琴拍板。

谢芳华点点头。

李琴先弹了一曲《清平调》，之后又让她来弹。

忠勇侯府钟鸣鼎食，前世给谢芳华请的女教习虽然不如宫里皇上给公主请的教习有名，但也是才艺高绝。她对琴棋书画这些东西本身就有天分，不像是侍弄花草，半丝天分也无。所以，这些东西早就融入了她骨子里，虽然放置了多年，拿起来也不难。

李琴显然生平未曾遇到这样的徒弟，半个时辰的时间到了之后，罕见地有些舍不得走。

谢芳华恭敬地起身送她，因为她看到孟棋掐着点来了落梅居。

李琴离开，孟棋进来。

孟棋手里拿了一盒棋子，当看到桌案上摆着的岐山白玉棋时眼睛一亮，对她道：“既然你这里拿出了这个罕见的棋子，自然用不到我这个了。”

谢芳华点点头，恭敬地请孟棋坐下。

孟棋先是拿着岐山白玉棋摸索了半晌，然后似乎才想起她不会说话，动手摆了一局棋，道："别人都是由简入难，我们就由难入简。这一局古棋我一直没参透，我们一起参吧。"

谢芳华自然不反对，与她坐在了对面。

半个时辰后，一局棋还是完好地摆着，没动一个子。孟棋也舍不得地离开。

温书同样掐着点来到了落梅居，谢芳华恭敬地送出孟棋，恭敬地迎进温书。

"紫玉砚台和徽菱宣纸除了皇宫皇上的桌案上有，英亲王府二公子的书房是独一份。"温书爱不释手地摸着砚台和宣纸，好像遇到了宝贝，对谢芳华道，"二公子给了我一个任务，先学写他的名字，用各种字体，虽然这有点儿难为我，但是为了用到这砚台和宣纸。倒也勉为其难。"

谢芳华点点头，铺了宣纸，为她磨墨。

半个时辰后，温书同样不舍地离开，楚画掐着点进来。

"《青云岚山》的画啊，我找了许久，不想收在了铮二公子这里。"楚画看着墙上挂的那幅画，走上前去摸，似乎又怕碰坏了，眼睛舍不得离开。

谢芳华静静地等着她，也不催促。

"我们就学临摹这幅画，就不信今人比不过古人。"楚画半晌回过神来，对谢芳华道。

谢芳华没有意见。

半个时辰后，楚画恋恋不舍地离开了落梅居。

谢芳华坐在椅子上，为自己倒了一杯茶，看着屋子里的琴棋书画文房墨宝笑了笑。

不多时，秦铮和听言回到了落梅居。

秦铮进得房门，就见谢芳华悠闲地坐在桌前喝茶，他挑了挑眉："学得如何？"

谢芳华看了他一眼，若是实话实说的话，就是李琴一遍遍爱怜地摸着冰玉琴，孟棋一遍遍珍视地摸着岐山白玉棋，温书一遍遍地把玩紫玉砚台和徽菱宣纸，楚画盯着那幅《青云岚山》总也看不够。

她终于明白昨日四人为何甘愿等了她一个时辰，而且给她这个婢女教学毫无怨言。

入其道太深的人，总会执迷于某些东西。

她们显然是被秦铮用这些绝顶的好东西诱惑来了落梅居。

"看起来不错了？"秦铮走到她近前，细细打量她。

谢芳华敛了神色，点点头。

秦铮走到桌案前，抬手翻看桌案上的东西，入眼处是几张字和一幅画。他随手放下，轻嗤了一声："都是沽名钓誉之辈，将世俗玩物供得比天王老子还高。"

谢芳华瞅了他一眼，沽名钓誉之辈还请来这里？

"能混到她们四人这个名声地步也不容易。"秦铮坐下身，示意谢芳华倒茶，径直道，“肚子里确实有些糊弄人的东西，就忍了她们吧！”

谢芳华给他倒了一杯茶，不置可否。沽名钓誉也不是一般人能做成的。

听言端来饭菜，摆在桌案上，秦铮洗手，坐在了桌前。

饭后，秦铮不急着离开，对谢芳华道：“昨日我与娘说了，她下午睡觉的时间免了，会过来教你针织女红和闺中礼仪。”

谢芳华很想问他拿什么说动了英亲王妃，让堂堂王妃亲自教导她这么个小婢女，传扬出去，她的名声怕是又高了一层。

“她那两盆仙客来总归不希望被你养死了。”秦铮道。

谢芳华垂下头，原来如此！爱花如命也是债！

休息了半个时辰，秦铮便带着听言出府去校场了。

谢芳华没等多久，英亲王妃由春兰陪着来到了落梅居。谢芳华迎了出去。她笑着打量她，微微点头：“你是我见的第一个穿粗衣布裙和绫罗绸缎看起来神色没什么分别的人。”

谢芳华低下头，无论是好的，还是坏的，她早已经学会了收纳，自然没分别。

“晾着的衣服是你洗的吗？”英亲王妃笑着看向不远处杆子上晾的衣服问。

谢芳华点点头。

“我一看就像是你洗的，听言那孩子我让人教了多次，他总学不会将衣服展平整。”英亲王妃松了春兰的手，对她道，“你回去吧，一个时辰后来接我。”

春兰犹豫了一下，点点头，将装了针线绢布的篮子递给谢芳华，离开了落梅居。

谢芳华看了篮子里面的东西一眼，无声地接过。

英亲王妃将手递给谢芳华，谢芳华顿了一下，一手拿着篮子，一手上前轻轻扶了她。

二人进了屋。

英亲王妃先是将谢芳华所在的房间打量了一遍，回头感慨地对谢芳华道：“铮儿这孩子从小脾气秉性就怪异，渐渐长大，脾气性子便暴露无遗，不但不收敛克制，反而愈发霸道。”话落，见谢芳华低着头规矩地站着，她蓦地笑了，“你知道昨日他跑去找我时说了什么吗？”

谢芳华抬眼看英亲王妃。

英亲王妃和蔼地解惑：“他说落梅居的梅花如何模样，让我就照着那个模样来教你。”

落梅居的梅花是罕见品种，千金一株，关键是长在落梅居。

谢芳华看向窗外，冷风中，枝上梅花如乱琼碎玉。

英亲王妃拍拍她的手，笑得温柔：“铮儿就是我的命根子，他要求什么，喜欢什么，我这个当娘的就要为他办到，没能给他一个独占的父亲，总要多给他一份宠爱。”

谢芳华转头看向英亲王妃，她温柔的笑容里有丝怅然忧伤，她想起昨日出现在落梅居的英亲王，虽然有些跛脚，但是他走得不快的时候并不明显，与常人无二。他对英亲王妃据说很是爱重，但是即便再爱重，也不能给她独一无二的爱，依然被分了数份。

“来，我们开始吧！”英亲王妃放开她的手，坐在椅子上。

谢芳华点点头，将盛着针线的花篮拿来递给她。

英亲王妃学的是双面绣，谢芳华前世也学过，但针法不如英亲王妃精细。她从分线开始仔细地为她讲解，其中偶尔会穿插两句如今京中谁家夫人的绣品好，谁家小姐的闺仪好。

不知不觉，一个时辰便过去了。

英亲王妃见外面宴府楼的大厨准时来了，笑着道：“你这孩子总给人规矩本分的感觉，虽然你不能说话，但是不知为什么让人相处着舒心平和。”话落，她站起身，又道：“明日我再来，铮儿这样安排你也别觉得苦，如今苦些不算什么，学了东西将来总会有好处，对你受益不尽。”

谢芳华点点头，恭送英亲王妃。

春兰准时来落梅居接人，英亲王妃由她扶着离开了。

谢芳华给何晏见礼，何晏立即给她还礼，之后二人去了小厨房。

小厨房内早就被大管家带着人准备好了食物等一应所用，只是弥漫着浓浓药味。

谢芳华对于琴棋书画针织女红样样拿来顺手，所以学着自然不难，但是对于厨艺就差了。她没下过厨房，没动过锅碗瓢盆，没动过菜刀菜板，只会烧火。

何晏细心地从切菜开始教。

谢芳华不小心切了手，鲜血顿时流出来，何晏见了吓了一跳，谢芳华对他笑笑，摆摆手，示意自己无事儿，转回房从秦铮的柜子里拿了创伤药，撕了一块布，简单利索地给裹了。

何晏再不敢让她学切菜，于是自己切了，改为教她用料的步骤和掌勺。

铁锅铁铲不小心烫了她的手，手心红起一片，起了小泡，何晏的脸顿时白了。

谢芳华将小泡用针挑破，抹了药粉，简单拿布裹了，示意他继续。

何晏看着她，刀切的口子很深，她却眼圈没红一下，烫伤的泡虽小，但是有好几个，她却眉头没眨一下，他不由肃然起敬，点点头，没再用她动手，着重先讲做菜的大致步骤。

做菜可以归于很多种类，炒菜、凉菜、汤菜、蒸菜、煮菜……每一类菜必须放什么样的调料，每一类菜可以选择地放什么样的调料，多少菜该放多少料等等。

谢芳华认真地听着。她有个很好的习惯，既然学了某一样东西，浪费了时间，就要不遗余力地学好。不是什么人都能请得动宴府楼的大厨亲自手把手教导做菜的。

一个时辰很快就过去，何晏准时离开了落梅居。

谢芳华看着厨房里被做出的一道菜，想了一会儿，按照早先何晏教导的方法，动手切菜，布置材料，架锅烧火，拿铲掌勺，开始重新温习这道菜。

秦铮回到落梅居的时候，谢芳华正在小厨房，一阵阵菜味从厨房里飘出来。他脚步顿了一下，径直来到小厨房。

谢芳华正往锅里放调料。

秦铮站在门口看着她，她身上的绫罗绸缎刺绣罗裙并没有换下，胸前拿了一块布围了当围裙，目光专注，心无旁骛地盯着锅里。

灶膛的柴火掉了出来，她似乎没察觉，放完一种调料凝眉想下一种。

秦铮看了片刻，她似乎没发现他回来，他走进小厨房，蹲下身，将干柴放进灶膛里。

谢芳华想了片刻，拿起一个白色的罐子用小勺舀了里面的东西往锅里放。

"那是盐，你确定你做的这道菜需要放那么多的盐吗？"秦铮开口。

谢芳华扭头看他，又看了一眼手中，这是盐？她需要糖。

"糖罐是那个！"秦铮指了白色罐子旁边的一个白色罐子，对她建议，"你分不清可以写了字帖贴在上面，下次便能分清了。"

谢芳华点点头，这是个好主意。换了糖罐，往里面舀了一勺糖。之后，又寻思着陆续拿了调料放了，之后翻动铲子，盖上锅盖，焖了一会儿，将菜铲出锅装盘。

秦铮看着两盘菜，颜色上差了个天上地下，因为一个火候正好，一个糊了。

谢芳华抹抹额头的汗，走到水池净手。

秦铮看到她包裹露出血印的手，眼睛眯了眯，并没有说话，自己端了两盘菜出了厨房。

谢芳华避开伤口，清洗了手，解了胸前的大块布料，跟着他出了小厨房。

听言站在门口，待她出来立即眼尖地问："听音，做菜是不是很辛苦？"

谢芳华想了一下，摇摇头。

"你的手都受伤了，还不苦？"听言不相信。

谢芳华笑了一下，她八年来受过的伤比这个多得多，这个伤算得了什么？两日就好。

听言嘟囔道："你两手都裹得跟粽子似的，可怎么弹琴作画？"

谢芳华不甚在意，学琴棋书画不一定要动手的，耳清目明就是了。

听言得不到回答，暗暗替谢芳华可惜，好好的一个姑娘，公子也喜欢，可是不能说话。希望孙太医的药管用，让她早些治好嗓子。

二人进了屋。

秦铮已经坐在了桌前，他的面前摆着两盘菜，他正盯着看。

"公子，这一个菜怎么能够吃？我再去府里的大厨房端两个菜来。"听言扭头又跑了出去，转眼就出了落梅居。

谢芳华为秦铮倒了一杯茶，自己也倒了一杯，径直坐在了他的对面。

“我娘下午可来了这里？”秦铮开口问。

谢芳华点点头。英亲王妃那么爱她这个儿子，怎么会不来？

秦铮笑了，身子往背后椅背一靠，得意地道：“我爹昨日说今日下午要带她出去骑马，她寻常最爱骑马，恨不得我爹陪着，可是却给推了。我爹又说改明日下午，她又给推了。并且说若是以后找她都要上午，下午要教导你，没有时间。”

谢芳华睫毛眨了眨。

“哼，老头子能比得过我在她心中的地位？她清楚地知道他这个丈夫靠不住，不如靠儿子。”秦铮冷哼一声，有些罕见的孩子气。

谢芳华难得认真地瞅了他一眼。

秦铮喝了一口茶：“明日我大哥若是回府来这里，你不必理会他。”

谢芳华知道英亲王府的庶长子这些日子不在府中，他已经够了年龄，去年下场应试，得了第三甲，皇上命他在户部任职主事，从六品。一个月前外出办事儿，据说办得好这个差事儿，就会升职为员外郎，从五品。有能力，起点也高，进步也快。这里面不乏有英亲王的器重和栽培，以及私下里的教导和帮助。

户部是历朝历代的肥缺。

他至今未娶亲，虽然是庶长子，但是英亲王府的门槛从去年开始几乎就被媒婆踏破了。

听言从府中的大厨房里端了两菜一汤回来，三人坐下来吃饭。

谢芳华尝了一口何晏做的菜，又尝了一口自己做的菜，何晏的菜自然色香味俱全，而她的菜糖放多了，太甜，吃了一口之后，就让她再不想动第二筷。

秦铮却与她相反，别的菜不吃，只吃她做的那一盘，甜得发腻的菜很快被他吃得见底。

谢芳华不由抬眼看他，这么爱吃甜的？

秦铮扫了她一眼，端起茶喝了一口，没说话。

听言眼珠子滚动了数圈，之后埋头大口吃别的菜，也没言声。

三人落筷之后，秦铮靠在椅背上闭目养神，谢芳华出外收拾洗的衣服，听言收拾碗碟。

谢芳华抱了衣服往回走，正碰到听言从屋中出来，他凑近她，低声道：“你大约不知道，咱们公子从小就不爱吃甜。”

谢芳华一怔，从小不爱吃甜刚刚还吃了那么多？

“公子对你可真好。”听言见她迷茫不懂，有些酸酸地走开了。

谢芳华站在原地停顿了片刻，抱着衣服进了屋。

秦铮依然闭目养神，谢芳华将衣服叠整齐放入柜子里，为火炉添炭。

“快喝药，然后跟我去书房。”秦铮忽然道。

谢芳华走出里屋，只见听言已经端着药碗过来，她接过，仰脖喝了。放下药碗，只见秦铮已经睁开眼睛，正一瞬不瞬地看着她。她垂下眼睫，将空碗放在桌案上。

秦铮站起身，出了门，向小书房走去。

谢芳华微微抿唇，片刻后，跟上了他。

听言叹息一声，拿着空碗下去了，以前里屋外屋书房院落洗衣倒茶的活都归他，如今他清闲下来，怎么都感觉不自在。

小书房与秦铮的寝居一般，整洁干净，藏书不是很多，但是本本精品。

秦铮进了书房后，便懒洋洋地坐在桌案前开始完成今日留的课业。

谢芳华见他没什么吩咐，便随意地将整个小书房的藏书浏览了一遍，然后拿起一本在无名山没见过的孤本靠着书架散漫地看了起来。

二人各做各的，书房内安安静静，并不违和。

秦铮很快就完成了课业，然后也找了一本孤本看了起来。

深夜，秦铮放下书，将怀里的一串钥匙扔给谢芳华。

谢芳华接过钥匙看向他。

“既然你这么爱看书，这书房归你管吧！”秦铮丢下一句话，站起身，出了房门。

谢芳华将钥匙在手中把玩了一圈，收了起来，也放下书，出了房门。

一夜无话。

第二日，依然如昨日一般，谢芳华早起陪秦铮练剑，之后他带着听言离开，她学习琴棋书画、针织女红、闺房礼仪、厨艺，所有的事情都按部就班，准时准点，分毫不差。

晚上，秦铮回来进了小书房，谢芳华随他进去看书。

日子平静如流水，一晃七日，秦铮所说的英亲王府的大公子根本就没出现在落梅居。

谢芳华在落梅居闭门不出，已经喝了七日的汤药，这一日，秦铮休课，闲在府中。

孙太医计算着日子，不用派人去请，准时前来英亲王府为谢芳华把脉。

燕亭、李沐清二人跟随孙太医一起来了府中，那日孙太医给谢芳华把脉，他们是亲眼所见，大约也想观看后续进展。跟随他们二人一起来的还有谢墨含和程铭、宋方。

一群人浩浩荡荡进了落梅居。

秦铮得到听言禀告，皱了皱眉，看了谢芳华一眼，挥手将人请了进来。

燕亭走在最前面，大踏步进了屋，眼珠子扫了一圈，一下子盯在谢芳华身上，愣神了片刻，转头对看着他面色不善的秦铮讶异地问：“你确定她是被你从钱家班子要来的那个贴身婢女？”

秦铮挑眉，没答他的话。

燕亭扭过头，继续看着站在窗前给仙客来浇水的谢芳华唏嘘一声："果然是人靠衣装，佛靠金装，啧啧，变了一个人一般。"

秦铮看着他，凉凉地道："你今日就是特地来看我的贴身婢女？那么你可以滚了。"

燕亭脖子一缩，立即收回视线，呵呵一笑："不是，兄弟我是来关心你，这些日子你下了课就急着回府，以前午饭我们是一起在外面吃的，如今你却跑回府吃，扔下我们。我们来看看你府里有什么好吃的，让你如此惦记。"

秦铮轻哼一声。

燕亭坐下身子，凑近他，悄声道："果然你的眼光不错，这样看起来，这个曾经的小哑巴……"见秦铮眼神骤冷，他立即撤回脑袋改口，"听音，你的听音堪比大家闺秀了。"

秦铮脸色好转，勾了勾嘴角，没说话。

李沐清随后走进来，见到谢芳华穿戴着绫罗锦绣，长发用精致的珠钗高高绾起，长裙拖地，身影纤细，婀娜娉婷，手里拿着水壶，玉腕如雪，虽然容貌只能算是清秀，但是气质优雅清然，阳光照耀下，仙客来盛开的花也不及她十分之一，不由一时怔住。

程铭、宋方走进来，也顿住了脚步，视线凝定。

谢墨含最后走进来，目光也落在谢芳华的身上，极力地压制住情绪。他的妹妹本该这样的穿戴居住在忠勇侯府的海棠苑，可是如今却在英亲王府的落梅居给人做婢女，虽然她看着安好，不曾受气，但他心中依然难受自责，她受了八年的苦回京，他和爷爷久居京城，却不能帮助她脱困回家。

谢芳华不理会多少双眼睛落在她身上，专心地浇着花，仿佛不知道来了客人。

秦铮面色又有些不善，开口说话的口气不怎么好："你们若是看女人，回你们自己的府中看去，少在我这里看我的女人。"

几人惊醒，几乎同一时间收回视线，互相尴尬地看了一眼，对秦铮露出歉意的笑。

秦铮冷哼一声，面色是自己所有物被侵犯了的那种不快表情。

听言躲在门口看着他家公子的表情，想着若今日来的人不是与公子交好的几位同窗，他的剑怕是早就挥过去了。听音在公子心中的地位他这些日子早看清了，接受了，更习惯了。

"我们想着数日没出城游玩了，今日休息一日，难得天气晴好，才过来邀你一起。"李沐清坐下身，对秦铮和气地笑道。

"对，对，我们是来邀你一起出去玩。"程铭、宋方连连点头。

秦铮看了三人一眼，点点头，算是领了情，对依然看着谢芳华的谢墨含道："往日出去游玩，子归兄都是不参与的，今日难道有兴致了？"

谢墨含闻言神色如常地移开视线，温和平淡地道："我身子如今也大好了些，与你们一起出去该是无大碍。"

"子归兄所用的药方子如此神奇吗？竟然让你短短数日气色就如此大好。我记得你有数年没与我们一起出城游玩了吧？"秦铮看着他，见他抿唇，笑了笑，扫了一眼跟进来被晾在一旁的孙太医道，"若是孙太医看不好听音的嗓子，不如子归兄就帮我请教令舅，看他寻的是何方医术高绝的神医给你开的药方，竟然让太医院的太医煞费苦心医治了多年还不见好转的隐疾有了起色。"

第九章

心仪

京　门　风　月

谢芳华放下水壶，背着的身子扭过来，看向秦铮。

谢墨含神色微顿，瞬间恢复如常，淡淡一笑：“好说，秦铮兄有求必应。”

秦铮嘴角弯起，心情愉悦地对谢芳华招手：“听音，过来，让孙太医给你把脉。”

谢芳华点点头，走了过去。

“那天给你的帕子可还留着？拿出来遮上！”秦铮丝毫不顾忌孙太医的表情，吩咐道。

谢芳华从怀中拿出那日他给的帕子，盖在自己的手腕上，将手伸出递给孙太医。

孙太医缓缓伸出手，小心谨慎地为谢芳华把脉。

画堂里无人说话，几双眼睛都落在孙太医给谢芳华把脉的手上。

孙太医的神色不复那日初把脉的沉重深凝，而是面孔幽深，看不出情绪，片刻后，他落下手，对秦铮作了一揖：“铮二公子，药该是用对症了，有了些起色。”

“哦？就是说能治好了？”秦铮身子坐正了些。

孙太医微微摇头：“老夫不敢十足打包票说能医治好听音姑娘，但是继续用药试上一段时间还是没问题的，只是这次的药方子要加两味别的药，再换掉一味药。”

“那好，你开药方子吧！”秦铮摆手。

孙太医颔首，走到书案前提笔开药方，不多时便写好了药方，递给自动走上前的听言。

听言拿出预备好的诊金，恭送孙太医离开，之后拿着药方去抓药。

“真的能治好哑症？”燕亭怀疑地看着秦铮。

“看孙太医的神情该是能治好，这是最好不过。”李沐清接过话道。

程铭、宋方觉得新奇，不由又多看了谢芳华几眼。

这些日子京中上至皇宫下至百姓都流传开了英亲王府铮二公子身边收了个天仙似的婢女的消息。不只宫中为公主授课的四位女师和宴府楼的大厨被请进落梅居为其授课，就连英亲王妃也每日抽出一个时辰亲自教导礼仪。一时间京中因为她的出现，一下子就冲淡了四皇子纵火烧宫闱被贬黜出京前往漠北的言论。

不只京中各大勋贵府邸皇室宗亲的人都想见见这个婢女听音，就连皇宫的娘娘们也是好奇想要窥探她被传扬得天仙似的容貌。奈何七八日以来，英亲王府闭门谢客，英亲王妃推阻了一众打着与她叙话却想进府窥探这个婢女的拜帖。落梅居外围更是被王府护卫守护得固若金汤，谁也进不来，就连府中的下人也是见不到她的面。

这样一来，更是增添了她的神秘色彩。

"去将我的骑装拿出来！"秦铮对谢芳华吩咐。

谢芳华撤下了手腕上的帕子，转身回了里屋。

"虽然容貌不好，但是就凭这一份气度，也当得起外面说的天仙了。"燕亭啧啧称赞。

秦铮扫了他一眼，慢悠悠地道："听说永康侯夫人给你选了一门亲事儿？"

燕亭脸上的神色一顿，语气有些罕见的忿然："我奶奶和我娘看中了范阳卢氏的女儿。就是左相卢勇的侄女。"

"右相虽然尊贵，但为人中庸，比起来行事倒不如左相了。"秦铮看了一眼李沐清。李沐清见说到他爹，笑了笑，并不接话。他扭过头，看着燕亭，继续闲闲淡淡地道："左相锋芒毕露，范阳卢氏水涨船高。永康侯府的小侯爷配范阳卢氏的女儿，也是般配。"

燕亭哼了一声，怒道："我都跟她们说了多少次了，我喜欢忠勇侯府的小姐，就是子归兄的妹妹，将来要娶她为妻。谁稀罕范阳卢氏的女儿！"

谢墨含闻言一怔。

秦铮端茶的手倏地一顿。

谢芳华抱着秦铮的骑装从里屋走出，闻言脚步也猛地顿住。

李沐清讶异地看着燕亭，脱口道："你何时喜欢了子归兄的妹妹？我们怎么从不曾听你说过？"

"是啊！"程铭、宋方也讶异地询问燕亭，"那日我们一起去忠勇侯府，你还说子归兄的妹妹病秧子似的，你怎么会喜欢她？"

燕亭被几双眼睛齐齐地看着，脸上瞬间染上一层羞赧之色，避开几人的眼神，微垂了头，不好意思地道："多年前，忠勇侯大寿的时候，我……见过她一面。"

"我爷爷大寿是在九年前吧！后来再不曾办寿了。"谢墨含奇道。

"你今年和秦铮兄同岁，生日差了一个月而已，九年前你才不到八岁。"程铭也惊奇。

“八岁的时候我们在做什么？我记得我还央求着奶娘吃奶。”宋方也一样惊奇，“你那时候竟然就起了娶妻的心思？”

“那是你没出息，你还比我大一岁呢，八岁了还吃奶，你羞不羞？”燕亭有些抹不开面子，甩甩袖子，大有掩饰之意，“我那个时候也没起什么心思，就是觉得她好，后来虽然再没见到她的面，但是不知道为什么，这么些年就记住了她。”

“怪不得每次听说忠勇侯府的小姐病倒，你都一副神思不在的情形，每次都送一大堆好药去忠勇侯府给子归兄，原来不是为了子归兄，是为了他的妹妹。”李沐清恍然大悟。

程铭、宋方也齐齐露出原来如此的神色。

谢墨含皱了皱眉，眼角余光扫了谢芳华一眼，见她神色平静，他松了一口气，对燕亭道：“燕亭兄，对于这个事情，今日就我们几个人在场，说说倒也无碍，以后在人前，万不可说了，损害吾妹的闺誉。”

燕亭立即保证：“那是自然，你当我是那等不知轻重的人吗？今日你们在这里，都不是外人，我才敢说出来。这么些年，你们哪里见我说出来过？”

谢墨含点点头。这些年燕亭一直往忠勇侯府跑，他只当他对朋友同窗热心肠，倒没想到妹妹身上，如今想来，口风的确是严，心思也埋得紧，连他这样自诩心思细的人也没察觉。

秦铮忽然当的一声放下茶盏：“永康侯府的老夫人是出了名的严厉，娶的儿媳也是出了名的厉害。忠勇侯嫡系这一脉只有一个孙女，宝贝得紧，连往年的宫宴都推了不让参加，这么些年一直娇养在深闺，不见外人。你确定就算你家的奶奶和娘同意，忠勇侯就愿意结你家这门亲事儿？他就不怕他的孙女被你奶奶和娘欺负？”

燕亭脸色顿时一垮，随即又仰起脖子道：“若是我能娶了她，自然由我护着她。”

秦铮忽然站起身，语气有些清冷：“就怕你护不住。”

燕亭脸色萎靡了一下，须臾，不服气地看着秦铮。

秦铮不看他，眼眸扫了几人一眼：“不是要出城去玩吗？是去南山的猎场还是去北山的猎场？”

“自然是北山，五十里外的皇家猎场好玩。”程铭道。

“好，就那个。”秦铮走到谢芳华面前，当着众人的面道，“侍候我穿衣。”

谢芳华抬眼，看到他面色清俊冷峭，她微微皱眉。来落梅居这么些日子，虽然闲杂活都是她干了，但是他可从来没要求她近身帮他穿衣，每次她起床，他自己就穿戴好了。今日竟然如此要求，他想做什么？当着这些人的面传扬出去，还嫌她的名声不够大吗？

“不如稍后你也跟我一起出城去玩？”秦铮看了她一眼，似在商量，又像是隐着意思。

谢芳华想着只要跟他出城，就有机会能跟哥哥说上话，立即不再顾忌，动手为他穿衣。

谢墨含看着二人，身子僵了僵，但他又不能出去阻止，只能抿着唇，气色有些不好。

燕亭的气色也不好，大约是被秦铮刚刚两句话给打击的，不服气的同时又不得不承认秦铮说得很对，他的奶奶和他的娘都很厉害，忠勇侯府的小姐身子柔弱，隔三岔五便缠绵病榻。这也是他奶奶和娘亲不同意结亲忠勇侯府的原因之一，怕将来嫁进府后不但不能操持家务，反而是累赘，拖累了他。第二个原因就是忠勇侯如今年老了，三年前退下了朝堂。虽然受皇上器重，但是能活多少日子？忠勇侯世子谢墨含身子极差，恐难支撑起忠勇侯门面，即便再聪明有才学，没有好的身体，也是枉然，将来若是他娶了忠勇侯府的小姐，妻子的娘家无人支撑门面，也是对永康侯府没有好处，所以，为了家族，他奶奶和娘亲，更甚至懂得审时度势的父亲都是不同意他娶忠勇侯府小姐的。胳膊拧不过大腿，若是他们早同意，他早就去忠勇侯府提亲了，也不用等到现在去选范阳卢氏的女儿，不由心头一阵烦躁。

李沐清打量秦铮的神色，眸光闪过一丝探究和深思。

程铭和宋方已经站起了身，心思早就放在了皇家的猎场上，恨不得立即出门就去。

谢芳华褪下秦铮的外袍，展开骑装，见他伸开胳膊，她动作有些生疏地给他穿上，之后微微踮脚帮他系上衣领，又束上锦带，虽然动作缓慢，却不慌不乱。

秦铮满意地看着她前后为他打理，冷峭的嘴角松了松，眼底有了些暖意。

谢芳华给他打理妥当，退后一步。

秦铮漫不经心地看着她拖地的罗裙道：“今日你就先穿这个，回头我再让绣坊的人给你做几套骑装，今日你跟我出去，便规矩地跟在我身后。”

谢芳华点点头，打猎她没兴趣，主要是和哥哥说上话。

“真是让人羡慕，不过可别忘了，你将来是要娶妻的。”燕亭撇撇嘴，站起身。

秦铮没说话，当先一步出了画堂。

李沐清、谢墨含、燕亭、程铭、宋方几人也随后而出。

除了谢墨含一身宽松的长衫外，其余几人都是紧身骑装打扮，脸色不好的燕亭因了一身劲装看着也分外精神。

谢芳华走在几人后面。

南秦建立以来，每一代帝王都能文能武，所以，朝中文武两派的官员都各有千秋，南秦之所以国盛兵强也是因为文武兼备。京城有两所皇家书苑，也有两处皇家猎场，只对勋贵和皇室宗亲以及世家大族开放。

这样的时代，寒门子弟很难有出头之日，即便能出头位列人臣，也是凤毛麟角。

所以，秦铮、燕亭之流，都是天之骄子，生下来就有着别人做梦也无法企及的富贵。

出了落梅居，转过几道廊桥水榭，走出后院，来到前院，正碰到一个人迎面而来。

秦铮的脚步顿了一下，便若无其事地向前走。

“弟弟，你们要出去狩猎？”那人却停住脚步，含笑对几人打招呼。

谢芳华看向那人，只见比秦铮大了两三岁，容貌虽然不及秦铮清俊，但是与英亲王有几分相似，比秦铮和英亲王的相似度多，不难猜出，他就是英亲王府庶出的大公子了。他叫秦浩。

英亲王给两个儿子起名，秦浩，寓意心胸宽广，不拘泥于尺寸之地。大约也是因为他是庶出，没有资格继承英亲王府的爵位，希望心宽些，自己开辟一方天地。而秦铮，取铁骨铮铮之意。该是希望他有男儿骨气，撑起英亲王府偌大的门庭。

秦铮扫了他一眼，并未答话，越过他走向门口。

燕亭似乎还为早先的事情不快，懒懒地看了秦浩一眼，也没答话，跟着秦铮离开。

李沐清、谢墨含、程铭、宋方四人不好不说话，都齐齐点头，招呼了一句。

秦浩对于秦铮无视的态度不以为意，对谢墨含微笑，和气地询问：“子归兄身子大好了吗？可以出城狩猎了？”

“许久不出城了，我跟出去凑凑趣而已，不狩猎。”谢墨含摇头。

“我刚从外面回来，正巧碰到了卢府的小姐和永康侯府的小姐带领着几位交好善骑射的小姐出城狩猎了。你们若是也去狩猎，大约会遇到。”秦浩又道。

谢墨含左右看了一眼，见无人答话，笑了笑：“我们尽量避开就是了。”

秦浩点点头，与几人道别，往府里内院走去。

他路过谢芳华的身边，脚步顿了顿，仔细地看了她一眼，见她微低着头，规矩本分的样子，看不出所以然来，气质却是比这京中大家闺秀的气质还要好，不由眸光动了动。

“听音，磨蹭什么？还不快跟过来。”秦铮回头冷斥了一句。

谢芳华不理会秦浩，立即快走几步，追上他，跟在他身后。

一行人浩浩荡荡出了英亲王府的大门。

秦浩顿足片刻，情绪莫名地看着门口，须臾，他回转头，挥手招来一人，对他吩咐：“你跟着他们出城去，有什么事情回来禀告我，仔细些，别被发现。”

那人点头，立即跟着出了门。

秦浩本来要去内院的脚步却转了道向西北角两处偏僻的院落走去。

大管家喜顺从内院与英亲王妃交账出来，看到秦浩的身影，立即追上他：“大公子，西北角两处小院住的是钱家班子，您……”

“喜顺叔放心，我不是去找麻烦，只是好奇那个白面小生而已，过去看一眼。你知道，这几年每逢年节，我不是忙于读书就是外出。不曾目睹过这戏班子的名角。今年难得闲下来几日，便想去看看，以免过几日年关听戏，我却恐防没有眼福。”秦浩笑着道。

喜顺犹豫道：“可是这些人是二公子请来的，吩咐过，任何人不准去打扰，这也包括王爷，若是您去了，二公子知道了，恐怕惹了不快……”

秦浩抿唇，见喜顺为难的模样，他忽然一笑：“算了，既然弟弟不喜人去打扰，那我便不去了。左右不过一个下等的戏班子而已，还没有必要为了这个伤了我们兄弟情分。”

喜顺松了一口气，连连道：“正是。”

“我去给王妃请安。”秦浩果然不再去西北角，转了道，重新向内院走去。

出了英亲王府的门，有几匹皮毛发亮的马拴在那里。

秦铮对守门的小厮吩咐：“去将那匹南番进贡而来被皇叔赏赐给我的红棕金牵来。”

小厮应了一声，立即跑了下去。

“喂，秦铮兄，你不会要将那匹马给你的听音骑吧？”燕亭怪叫一声。

秦铮点点头：“就是给她骑！”

“那可是匹烈马，曾经多少人驯服不了它，也就是你不怕它，但也险些被它伤了筋骨。如今你要将那马给她骑，你不怕那马吃了她？”燕亭像看怪人一样地看着秦铮。

“她若是没本事骑那匹马，也就没本事待在我身边了。”秦铮道。

燕亭一噎，看向谢芳华。

谢芳华静静地站在那里，还是一副规矩本分的模样，身条柔弱纤细，真是难以想象她骑在烈马身上的样子，到时候是否会吓得惊慌失措泪水涟涟。

谢墨含脸色微微青白，抿唇道：“毕竟是女儿身，还是要仔细为好。”

秦铮扭头瞅了谢墨含一眼，扬唇一笑：“有我在，就算烈马能吃人，你当我会让它吃？谁说女子不能骑烈马了？巾帼不让须眉是怎么来的？”

谢墨含闻言叹了口气：“你有把握就好，这可是人命关天的事儿。”

秦铮点点头：“自然有把握！”

不多时，小厮牵来一匹皮毛红如血的马，这马身量比一般马高大，膘肥体壮，被牵出来的时候是昂首挺胸，像是将军得胜归来的模样。

“你骑它，敢吗？”秦铮对谢芳华询问。

谢芳华点点头，走过去，沉静地接过小厮手里的马缰，但并不急着上去，而是伸手去摸马头。红棕金张口就对她的手咬来。

“小心！”谢墨含脸顿时白了。

谢芳华的手轻巧地躲开，马嘴咬了个空，她转回手来又去摸它，它又张口咬来，谢芳华再次躲开，之后又去摸它，执着地做着一个动作。如此反复十多回，红棕金失了耐性，抬起前蹄对她踢来，她顺势踩着脚蹬，灵活地跳上了马背，高头大马顿时抓狂一般势必要将她摔下马。

“抵不住它的话就赶快下来。”谢墨含身子微颤，面上不由露出急色。

秦铮伸手拍在谢墨含的肩膀上，懒洋洋地道：“子归兄，你的胆子何时变小了？我记得小时候你也淘气地背着忠勇侯骑过烈马。”

谢墨含猛地转头瞅他，不由震怒：“我们是男子，这是个女孩子，能一样吗？”

“怎么就不能？你看她坐在上面半晌了，也没被甩下来不是吗？”秦铮扬眉。

谢墨含甩开秦铮的手，看向谢芳华，只见高头大马发疯一般地踢前后蹄子，尥蹶子，英亲王府门前的石路被它踩得啪啪地响，而谢芳华稳稳地双腿夹住马腹坐在上面，神色平静，不见半丝惊吓慌乱。他想起她只身在无名山八年，怒气顿时一泄，急色也退去。

燕亭、程铭、宋方都睁大眼睛，有些不敢置信地看着这一幕。

李沐清眸光轻轻流转，也有着惊异之色，但更多的是将目光探寻地定在秦铮和谢墨含的身上，将二人刚刚争执的表情看在了眼中。

大约过了一炷香工夫，红棕金败下阵来，不再闹腾，安静下来。

谢芳华伸手摸它的头，它显然不习惯别人摸，晃了晃脑袋，但再没张嘴咬她的手。

“奇了！”燕亭大赞，看着谢芳华的眼睛亮了亮。

“我还是第一次见有女子能驯服烈马，秦铮兄，比你当初省事儿多了，用的时间也短。”宋方大声赞扬地道。

“是啊，全南秦京城，恐怕没有哪个女子能驯服它。就是卢小姐，也不敢碰这红棕金。”程铭也赞扬地道。

秦铮得意地扬了扬眉，哼了一声：“卢小姐吗？她想碰也碰不到。”

谢墨含忽然想起早先秦浩说的卢小姐和燕小姐带着几位相好的小姐也去狩猎了，不由对秦铮道：“我听说七日前你让绣坊的人拖延了卢小姐和燕小姐的衣裙，致使她们至今也没拿到，似乎气得不轻。如今她们也去狩猎，不如派人去打探一下，最好不要遇到，以免生事。”

“我还怕了她们不成？”秦铮不以为然。

“你是不怕，听音如今是你的婢女，难道就不怕？”谢墨含瞪着他，“别忘了你那些衣服是给她做的。她们不敢惹你，难道不敢惹她？”

“她也用不着怕。”秦铮牵过自己的马翻身上马，对谢芳华霸道地吩咐：“若是遇到了她们，敢生事惹你的话，你就拿剑砍过去，砍断了胳膊手脚我给你担着。”

谢芳华点头，有人顶在她头上，若是有人招惹她，她还怕什么？

燕亭闻言顿时大叫一声："喂，秦铮兄，你可真够意思，她们中有一个是我妹妹。"

"那你就告诉你的妹妹别惹我的婢女。"秦铮对他道。

燕亭冷哼一声，不忿地道："我看你是魔怔了。"话落，也牵了自己的马翻身上马。

李沐清、程铭、宋方三人也齐齐上马。

谢墨含揉揉额头，暗暗想着不知道今日能不能寻到机会让妹妹走脱，也上了自己的马。

一行人离开英亲王府门口向北城门而去。

因到了年关，街上人流如潮，家家店面门前摆满了各种年货，一派红红绿绿，颇有些年尾辞旧迎新的喜气。很多人都上街采买，商贩们也抓准时机售卖。

秦铮一行人刚一上街，街道上走着的人立即避在两旁。

大部分人都恭谨中带着好奇，恭谨自然是对秦铮等人，好奇自然是对骑马走在秦铮身边的唯一女子谢芳华。

这是自从谢芳华做了秦铮的贴身婢女后，传言满天飞的情况下，第一次露面。

宽广的街道，偌多的人流，一时间鸦雀无声。

秦铮一如既往，神情中透着几分霸道张狂，对街上的人们的目光视而不见。

谢芳华神色平静，纤腰坐姿笔直，锦绣罗裙随风飘飞，高头宝马皮毛红如血，她的裙装华贵明艳，容颜霎时成了其次，当真应了那天仙的传言。

燕亭看着并肩骑马走在前面的两人，撇撇嘴，暗暗想着不知道秦铮有了这个婢女，将来要娶什么样的媳妇才能入他的眼。

李沐清、程铭、宋方、谢墨含四人则心思各异。

一行人在沿街无数人的目光中畅然地出了北城门。

北城门的士兵见到几位公子爷要出城狩猎，自然不会排查，立即放行。

"五十里路，狩猎之前我们先赛马热热身？"秦铮扭头问身后。

"好啊！"燕亭等人立即附和。

"子归兄身体刚大好，不能赛马受风的话，就跟在我们身后漫步吧！"李沐清道。

"不必！我可以。"谢墨含摇头。

"那好，走着！"秦铮扬鞭打马，身下坐骑嗖地蹿了出去。

谢芳华还没动作，她胯下的红棕金天性不甘被落下，也嗖地与秦铮的马一起蹿了出去。

两匹马转眼间便驰出了百米之远。

"果然是好马！"燕亭一夹马腹，伸手在马屁股上拍了一掌，大叫一声，也追了上去。

谢墨含、李沐清、程铭、宋方四人齐齐打马，也冲向官道。

秦铮身下的马叫作流云驹，虽然性子不如红棕金烈，脚力却是不次于红棕金，也是一等一的快，如流风飘云一般，奔跑起来分外轻快。

两匹马迎着冷风奔驰，一时间似较着劲地要赛过对方，难分伯仲。

燕亭、李沐清等人座下的马虽然也不次，但到底比不过御赐下来的上等好马。流云驹是前年北地进献上来的，只一匹，被秦铮跑到皇上跟前撒泼耍赖强取豪夺地给抢了，当然这里面有皇帝纵容的原因，而红棕金是去年南番进贡来的，贵裔圈里的子弟除了秦铮外，无一人驯服得了，当着南番使节的面，秦铮驯服了这匹马，皇帝脸上光彩，理所当然就赐给了他。

三炷香的时间，秦铮和谢芳华就将几人远远地甩在了身后。

跑了一阵，那二人没了影，燕亭泄气地勒住马缰，不服气地道："没想到女人也能骑术这么好。怎么什么好东西好人都能被秦铮兄弄到手？"

李沐清等人也勒住马。

程铭接话道："当初英亲王妃将给那小凤祥化妆容的女子叫上前的时候，我们可都亲眼目睹。你们看到她都不以为然。就算落在手里，恐怕也只拿她当个草，不会发觉是个宝。"

"我们当中也包括你。"燕亭哼了一声，不得不承认，当初除了秦铮，他们这里面的几人可没人看得上那么一个身份低微到尘埃里的婢女。毕竟小凤祥就是下等戏子，作为侍候他的婢女，身份更不必说了。

"今日没带护卫出城，我们还是快追上他们，不要出了意外。"谢墨含道。

"子归兄，我怎么突然发现你好像很关心那个听音？"燕亭奇怪地看着谢墨含。

谢墨含神色一顿，若无其事地道："有吗？"

"有点儿。"燕亭道。

"她与我的妹妹有些像的原因吧！"谢墨含有些含糊地道。

燕亭恍然大悟："原来如此。"话落，又寻思道："说实话，我只记得你妹妹小时候的样子，她长大的样子一直没见到，不知道是否与小时候一样。"

谢墨含瞅了他一眼，谨慎地道："燕亭兄若是不能说服家里去我府里提亲，以后还是莫要想着我妹妹了。万一口风不紧，泄露出去，对你对她都不好，我只有一个妹妹。"

燕亭点点头，神色有些黯然："我知道。"

"走吧！若是我们耽搁太久不到猎场，保不准秦铮兄不等我们先去狩猎。"李沐清道。

几人齐齐点头，秦铮是个很难把握的人，相识多年，谁也不能保证说自己了解他。若说他没耐性，但偶尔就会发现他耐性惊人，谁也敌不过；若说他有耐性，但有时却又半丝耐性没有。有没有耐性，全然看他的心情。行事好坏，也看他的心情。

一行人打马奔跑了半个时辰，来到五十里地外的皇家猎场。

秦铮和谢芳华已经坐在马上等候几人，相比于几人的气喘吁吁，二人实在太悠闲清爽。

燕亭嫉妒地看着二人："不是我们骑术差，是你们的马脚力太好。"

秦铮斜睨了他一眼，打击道："当初驯服红棕金的时候我可是让给你们优先的权利，是你自己没驯服。这不是你骑术差？"

燕亭一噎，顿时哑口无言。

"哪来的香酥香饼味？"程铭忽然嗅嗅鼻子道。

"卢小姐爱吃香酥，我妹妹爱吃香饼。她们来的定然是这个猎场，如今该是进去了。"燕亭看向程铭，"你的鼻子对吃的怎么这么灵敏？"

程铭腼腆了一下，回道："我也爱吃这两样。"

燕亭翻了个白眼："甜甜腻腻的，只有女人爱吃。看你是托生错了。"

程铭从马鞍袋里掏出一个果子对燕亭扔去："堵住你的嘴，就不信你不吃饭饿不死。"

燕亭接了果子，放进嘴里，两口便吞下了肚，对几人道："走，我们进去！再晚的话好猎物都被她们猎走了。"

秦铮嗤之以鼻："她们恐怕没这个本事。"

"小看女人。"燕亭回了一句，扫过谢芳华，"别忘了你身边还有个驯烈马的女人。"

"她特殊。"秦铮一马当先冲进了猎场，丢下一句话对谢芳华道："跟在我身后！"

谢芳华这回并没有听他的话跟上。

燕亭、程铭、宋方等人在秦铮冲出去的第一时间也跟着冲了出去。

谢墨含没打马，自然要落后下来好跟妹妹说几句话，李沐清却也没打马，等着谢墨含。

"刚刚来的时候跑得太急，我总之不狩猎，就落后一步吧！沐清兄与他们先走吧。"谢墨含对李沐清说道。

李沐清笑了一下："我几日前染了风寒，如今刚好，出门的时候我娘嘱咐我不准过度吹风，免得再引起不适。我今日就陪你吧！"

谢墨含顿了顿，一时找不到借口，点头："也好。"

谢芳华瞅了李沐清一眼，对其正视了几分。这个右相府的公子行止温雅，性体温和，书生气虽然浓郁，但显然不是真正的书呆子，精通骑射，该是也会些拳脚。善于察言观色，若论心思，他怕是极其精细的一个，该是比她的哥哥谢墨含只多不少。

“听音，我叫你跟上！你没听到吗？”秦铮忽然打马回头，对谢芳华不满地皱眉。

谢芳华见有李沐清在，留下来恐怕不能和哥哥说话，也就作罢，打马跟上秦铮。

除了谢墨含和李沐清没追去外，一行人很快便跑进了林荫深处，没了影踪，只听得踏踏的马蹄踩着地面上积雪的声音，渐渐远去。

第十章
狩猎

京　门　风　月

皇家猎场占地几千亩，几个半坡的山体相连，珍禽走兽品种多样。

几人骑马冲入山里，在枯树枝桠空隙中穿梭，看到猎物便纷纷射箭。不多时，燕亭、程铭、宋方三人的马上便各自挂了几样小动物。

秦铮箭筒里的箭一直没放出去。

“喂，秦铮兄，你怎么不出手？”燕亭兴致昂扬地回头瞅秦铮。

“这等小东西，我不屑要。”秦铮道。

燕亭不满，瞪了他一眼：“那你想要什么？紫貂？白狐？那也得山里有，有也未必在这日子里出没。如今有十多日不曾下大雪了，有猎物能射就不错了，别要求太高。”

秦铮哼了一声。

“我们还照旧比赛，届时结束后，你的猎物不多，或者没有的话，要请客。”燕亭道。

“好！”秦铮不以为然。

燕亭扫了他身旁的谢芳华一眼，眼珠子一转，补充道：“不去宴府楼，也不去别处，就去你的落梅居，要你的听音亲手给我们做饭。这京城谁不知道你请了何晏教她厨艺？你日日回府吃她做的饭，如今也让我们尝尝，是否真的那么好吃。”

秦铮挑眉，看着他，并没拒绝：“那也得你们有本事赢了我。”

“兄弟们，听到了吗？我们今日就要赢了他。”燕亭对程铭、宋方招呼。

“必须赢了他。”二人齐齐点头，神色兴奋。

“咦？沐清兄和子归兄怎么没跟上来？子归兄这些年虽然总是缠绵病榻，但是骑术武艺倒也没落下，尤其箭法精准，承袭了忠勇侯年轻时马上的英姿。沐清兄文武双全，箭术更是不用说。右相虽然是文官，但是他可生了个能文能武的好儿子。”燕亭看向身后。

“我们在这里等等他们。多两个帮手，赢的胜算也大。”程铭道。

“正是这个理儿。”宋方应和。

秦铮见他们气势高涨，并不反对，静静等候。

谢芳华看着这几个人，心里翻白眼，若是他们知道她至今盐和糖还分不清，哪怕两个罐子上贴了字帖，也会弄错，学了七八日，炒出的菜不是甜得要死就是咸得要死，会不会就不会如此兴奋了？

等了没多久，李沐清和谢墨含骑着两匹马姗姗而来。

“你们可真有闲情逸致，本来是来打猎，你们跟漫步似的，这是干什么？”燕亭不满。

二人一怔，显然没料到几人都在前面等候他们，不由疑惑。

“既然都来了这里，就别再顾忌了，我们敞开了玩。沐清兄，子归兄，你们两个如今好好的，又不是弱不禁风真不能拿箭的软柿子，锻炼一下也不怕的。”程铭怂恿二人，将刚刚与秦铮打赌的规则说了一遍。

二人闻言都看向秦铮和谢芳华。

秦铮漫不经心地道：“你们只觉得我会输，怎么就不想我会赢？我若赢了呢？”

“你若是赢了我们，有求必应。”燕亭痛快地道。

秦铮不客气地道：“我若是赢了，你们每个人给我拿一块紫貂和一块白狐的皮毛来。”顿了顿，又道：“别说你们没有，我知道你们每个府里都收着几块的，就算收藏得少，也有一两块。”

“真被你说准了，我府里有。”燕亭立即拍板，转眼怀疑地问，“你要这个做什么？”

“难道是又给你的听音做衣服？”程铭立即询问。

秦铮不答话，算是默认了，提醒道：“总之我若是赢了，你们记得今日回府后给我送去就是了。”

“可真有你的，紫貂和白狐的皮毛珍贵，我娘每年顶多用来做一两个暖手给她自己和妹妹，哪里舍得做衣服？那得多少块拼凑一起才能做一件披风？”燕亭哼了一声，眼角扫过谢芳华平淡的脸色，提醒他，“别宠坏了女人。”

“宠不宠坏不是你管的事儿，你要做到说话算数就是了。”秦铮道。

“好！我应了。你们应他吗？”燕亭问向几人。

程铭和宋方齐齐点头：“我们应了。”

“沐清兄，子归兄，你们呢？”燕亭看向不说话的李沐清和谢墨含。

李沐清笑了笑：“既然有赌注，我舍了被我娘回府唠叨的麻烦也陪你们打赌。”

谢墨含也从善如流："既然如此，今日我就舍命陪君子了。"

"那就开始吧！"秦铮待几人话落，打马冲进了山里。

谢芳华身下的红棕金见流云驹奔跑，也立即撒开蹄子追了上去。

燕亭、程铭、宋方、谢墨含、李沐清五人也都驾马争先恐后地奔进丛林深处。

不多时，两匹马又超过了另外五匹马。

两匹马驰过，惊起了树林中从洞穴里出来觅食的一众小动物。

秦铮对于这等小动物视而不见，纵马驰过。

谢芳华看了他一眼，红棕金寸步不离地跟着流云驹，她也只能寸步不离地跟着他。

大约纵马疾驰了半个时辰，来到一处深山老林处，有一紫一白两道小小的影子从树林缝隙里嗖地奔了过去。

"是紫貂和白狐！"秦铮道。

谢芳华自然也认出了是紫貂和白狐，不得不敬佩秦铮的好运气，紫貂和白狐罕见，不但让他今日遇到了，而且还一次就遇到了两只。

秦铮纵马追了过去。

谢芳华自然也跟了过去。

追了一炷香的时间，那一紫一白的小身影大约知道一起逃脱不掉，只能逃出一个是一个，所以对看一眼，分头跑开。

秦铮这时拉弓搭箭，两支箭羽共同搭起，分头射了过去。

与此同时，从斜侧方传来一声娇喊声，"是白狐！"话落，那边一支箭羽飞了过来。须臾之间，与秦铮的一支箭撞到了一起，那只白狐从两支箭的缝隙中跑开了。

紫貂被秦铮的一支箭羽射中，趴到了地上。

秦铮勃然大怒。

谢芳华忽然从马前抽出秦铮给她的那柄精致的宝剑扔了出去，宝剑带着一道寒光，穿透了浓密的灌木丛，只听一声清响，那是宝剑刺破肉皮的声音。

"好！"秦铮转怒为喜，转头看着谢芳华，一双眸子清亮。

谢芳华瞥了他一眼，打马走向那一处浓密的灌木丛。

秦铮的流云驹立即跟上了红棕金。

二人来到近前，只见那只小白狐小腿上中了剑，剑刺得虽然不深，但它伤了筋骨，已然不能跑了，趴在地上，哀愤地看着二人。

这时，斜侧方有几匹马也冲上前来，马上几人是清一色的女子，均穿着锦绣骑装，枯树白雪荒草中，女儿脂粉香气浓郁，一个个娇颜红扑扑，水盈盈，香汗淋漓，煞是明媚。

几名女子乍然看到二人，目光落在秦铮身上，有人惊异，有人惊喜。

谢芳华瞅了几名女子一眼，卢小姐她以王银的身份离京时在城门见过。她身旁身后的几名女子她有的在前世见过，有的则没见过，无非都是这京中贵裔圈子里的大家闺秀。

“铮二公子，你怎么在这里？”卢小姐惊喜地看着秦铮，水眸明丽。

“铮哥哥！”卢小姐身旁一个粉衣女子也欣喜地称呼了一声。

其余女子虽然不如二人欣喜，但一个个定下魂后也是秋波盈盈地看着秦铮。

秦铮抬眼扫了几人一眼，嗯了一声，面色微微不善：“你们打扰我狩猎了。”

这话说得恁的张狂，都是来狩猎的人，偏偏说人家打扰了他。

有人却立即顺着他的话自责起来，有些歉然地道：“不好意思，我们不知道你也来这里狩猎了。”

谢芳华看着卢小姐小心翼翼的样子，别开头，懒得再看。

喜欢一个男人到什么份上才会如此卑微？刚刚在众人中一马当先冲出来的女人虽然不是天仙绝色，但也是容丽明媚，如今转眼之间哪里还有刚刚的模样？

“以后若是知道我来这里就避开，这回原谅你们了。”秦铮不再看她们，扭头对谢芳华问：“要活的要死的？”

谢芳华平静地看了他一眼，自然是要活的，若是要死的，刚刚她扔出的那一剑就是一剑毙命了，哪里还能让地上那个小白东西现在哀愤地看着她。

“我也觉得是要活的。”秦铮颔首，打马围着小白狐走了一圈，又看向不远处趴着的小紫貂，似是商量地道，“不过回去你负责养它们。”

谢芳华不看他，养一只白狐和紫貂总比照顾两盆仙客来容易。

秦铮又道：“每日你在何晏离开后多做出两个菜来，给它们吃。”

谢芳华面部抽搐了一下。若是这两个小东西吃她做的菜的话，不出几日，估计就变成糖白虎或者盐白虎了。

秦铮嘴角勾了勾：“总不能一直我一个人受你的罪。”

谢芳华轻哼一声，那也是他愿意吃，人家听言就不吃。

秦铮眸光动了动，盯着她的脸道：“孙太医的药果然是见效了，看，你都会哼了。”

谢芳华顿了一下，扭开头，挥出马鞭，地上的小白狐转眼间便被卷上了马，她伸手托住它，放在了她的马前。

“那是我看中的！”卢小姐见秦铮旁若无人地和谢芳华说话，神态语气随意平和，偶尔还见到他微露笑容，这样的秦铮是她从来没有见过的，他何曾在哪个女子面前和颜悦色？她以为他天性如此，却原来不是。她不禁醋意翻滚，见谢芳华将白狐抓上马，终于忍不住发作。

秦铮挑眉看着她：“看中不代表你有本事猎到，谁猎到算谁的。”

“我的箭明明刺中这只白狐了。”卢小姐不甘心地道。

“你的箭只不过是破坏了我射出的箭而已。”秦铮挥手一指，“你的箭在那里。”

卢小姐顺着秦铮的手指转头，便看到了她的箭被一支黑色的箭羽从中间击破，黑色的箭羽完好，显然被阻了力，没发挥效用，而她的箭躺在灌木丛下，一分两半，脸色霎时一白：“这……怎么会？”

“怎么不会？若不是你的箭捣乱，我的箭下不至于放走了这只小狐狸，让我的听音费心出手了。”秦铮冷叱一声。

卢小姐一噎，瞬间没了反驳的话，尤其是秦铮那句他的听音，让她的身子晃了晃。

秦铮新收了一个叫作听音的贴身婢女她知道，而且请了给公主们授课的女师傅和宴府楼的大厨进府给她授课她也知道，更甚至为了给她每个颜色都做一套衣裙她都知道。英亲王妃亲自教导闺中礼仪她不想知道都不行。

最近一段时间，京中传言最多的就是铮二公子和他的婢女。

说的都是他如何如何宠爱他的婢女，他婢女的闺房礼仪比她左相府的小姐还要受重视。

她只觉气血往胸口顶了顶，用了很大的力气才将之压住，定下神，打量谢芳华。

其他几个女子的视线也落在谢芳华的身上。

女人看女人，有时候要比男人挑剔得多，她们不只看她的容貌，还看她的穿戴，更看她的举止和气度。她们想从中找出这个女人不及自己的地方。可惜，几名女子看了半晌，除了容貌还算清秀，距离天仙的容姿差远之外，其他地方没挑出一丝半点儿违和感。

哪怕她的身份是一个男人的贴身婢女，出身不高，但她笔挺纤细端坐在最烈的马红棕金上，与她身下的马似乎合为一体，有着让任何人也不敢轻视的骄傲。

锦绣绸缎下的纤纤玉手就那么闲闲散散地扶着小白狐，却让小白狐半丝反抗不得。让人恍惚地觉得，若是一个人，她也能轻轻地按住，不让其反抗半点儿。

这样的婢女听音足够让见到她的所有人既意外又不意外。

意外的是她一个婢女就有这样的气度尊华，似乎是与生俱来的。

不意外的是她是秦铮的贴身婢女，若是上不得台面，铮二公子怎么会将她捧在手心里？

“你的剑，别丢了！”秦铮见卢小姐不再反驳，提醒谢芳华。

谢芳华再度挥出鞭子，转眼间便卷了地上的剑入鞘，宝剑一闪而逝的光芒，映着她的脸。

秦铮不知是故意还是怎的，也学了谢芳华的样子，用鞭子卷起了不远处的紫貂按在马前，之后将他的两支箭羽也取回放入箭筒，树荫透过的阳光下，他的脸色清俊异常。

一众女子无声地看着二人。

“走了！”秦铮吩咐一句，纵马离开，方向是出口。

谢芳华自然不再耽搁，红棕金几乎并排与流云驹一同离开。

两匹马脚程如来时一般较着劲地奔跑，转眼间就消失了踪影，只听到一致的马蹄声。

“原来她就是铮哥哥收的婢女听音啊！”燕小姐目送二人身影走远，声音微喃。

卢小姐不说话，娇美的脸庞几乎白得透明，握着缰绳的手攥得极紧。

其他女子显然都知道卢小姐心仪秦铮，但是秦铮向来不给她面子，如今更是一腔芳心空负，都默不作声。

“卢雪莹，别看了，人家都走远了。”燕小姐是永康侯府的小姐，燕亭的同胞妹妹，回过神，见卢小姐还看着秦铮离开的方向，动了动眸光，大声道。

卢雪莹缓缓转过头，看向她，声音有些沉冷：“燕岚，别以为我不知道你的心思。”

燕岚一顿，忽然嗤了一声：“知道又如何？别说我们托生在这样的人家，就是平民百姓家，也要父母之命媒妁之言。我们喜欢谁，不喜欢谁，自己说了不算。”

卢雪莹脸色暗了下来，不甘心地道：“我便不信，也有的人能在父母之命媒妁之言下找到自己喜欢的人。”

“那也要看人家喜不喜欢你。”燕岚哼了一声，有几分嫉妒地道，“我们这样的身份在如今看来，还不如托生一个婢女的命好。”话落，见卢雪莹不再说话，她一鞭子打在马身上，“走，我们也追出去看看。铮哥哥既然来了，我哥哥他们应该也在。我们没打到多少猎物，看看他们的猎物有多少。”

卢雪莹和几名女子齐齐点头，纵马向出口追去。

秦铮和谢芳华很快就来到了猎场出口。

出口处空无一人，显然燕亭、谢墨含他们还没从里面出来。

秦铮视线扫了一圈，将拇指和食指捏在一处，放在唇边打了个响亮的口哨。

谢芳华瞅了秦铮一眼，低下头，伸手去扯自己的袖子。

“你要干什么？”秦铮看到她的动作蹙眉制止。

谢芳华抬手指了指被她按在身前的小白狐，虽然她刚刚那一剑刺得不深，但是这样冷的天，不赶快给它包扎的话，它流血也会流死。

秦铮意会，对她道：“我给你的那块帕子呢？就用它，用不到你扯衣服，露了胳膊像什么话。”

谢芳华看着自己长长的水袖，不以为然，别说扯一块布，就是两块布，她也露不到。既然他阻止，也便不扯了，从怀中掏出他给的那块帕子，左右看了一眼，英亲王妃精致的绣工让她怎么也不忍心拿给这只畜生包扎，给它包扎后就不能要了，遂作罢，放回了怀里。

秦铮一直看着她，将她小小的挣扎看在眼里，蓦地笑了，一瞬间心情极好。他伸手从自己袖子上扯下了一块布扔给她："用我的袖子。"

谢芳华毫不客气地接过他的袖子布片。

"还有这个创伤药也给你。"秦铮又从怀里扔给她一个瓷瓶。

谢芳华又接了瓷瓶，将瓶塞打开，里面的药粉倒出来撒在小白狐的伤口上，之后动作利落地拿了秦铮的衣袖锦布给它包扎。

小白狐眼中的敌意褪去了几分，扭头打量谢芳华。

"这小东西倒是通人性。"秦铮笑了笑。

谢芳华不置可否。狐狸本来就比一般的动物有灵性，更何况还是这样难得一见的白狐。

"咱们两个换换，你将这只紫貂也包扎了吧！"秦铮见她包扎完小白狐，将紫貂扔给了她，又从自己的另一只袖子上扯下一块布来，也一同扔了过去。

谢芳华接过紫貂，紫貂挣扎了一下，很快便在她手下老实不动了。秦铮的箭射得比她刺小白狐那一箭深，几乎露骨，只上药包扎的话怕是难好，她将伤口处打量了一下，将小白狐扔给秦铮，从自己头上取下一根绣花针，又从怀中拿出两根绣线，低头给紫貂的伤口缝针。

秦铮眸光闪了闪："你还会做这个？"

谢芳华自然不回答他。

秦铮盯着她手上的动作，眸光灼灼。

不多时，猎场内传来一阵马蹄声，由远及近。

谢芳华不理会，秦铮也不回头，亦不理会。

很快，马蹄声从后方来到近前，燕亭一马当先，刚一出来，就大声嚷道："秦铮兄，我听妹妹她们说你猎到了一只小白狐和一只紫貂？你还是不是人？有人守在猎场几个月都未必见到一只。"

秦铮扭头瞥了燕亭一眼，扬了扬眉。

"喂，你的听音在做什么？绣花？"燕亭好奇地看向谢芳华，待看清楚后惊异地道，"你竟然会缝针治伤？看你这动作，太医院的那帮子老太医都不及你。我可亲眼见过一回孙太医给人缝伤口，那手抖的啊。"

"你看的那回是孙太医给我家老子缝伤口，一只畜生能比英亲王？"秦铮懒洋洋地道。

燕亭干咳了一声，呵呵一笑，对秦铮道："我可没有不敬英亲王的意思，我说的关键不是人和畜生的区别，而是这手法，孙太医的针法的确比不过她这么细密。"

"你让孙太医拿一段时间绣花针绣花，他的缝针术也能有进步。"秦铮轻哼一声。

二人说话间，谢墨含、李沐清、程铭、宋方以及卢雪莹、燕岚等大批人从猎场驰马而出。每个人的马前马后都挂了猎到的小动物，收获甚丰。

“我们到底是输了，不得不说秦铮兄运气好。”李沐清苦笑一声。

“得想想回府之后如何从我娘手里要出两块皮子来给他，这个才难。”程铭道。

“就是！我们这么多人，偏偏输给他，传扬出去忒没面子。”宋方泄气地道。

“我府里虽然往年没人出去狩猎，但是漠北的舅舅每年都会随年货捎来几块珍贵的皮毛。若是你们谁府里犯难的话，我可以帮出两块。”谢墨含擦着额角的汗，浅笑道。

“那怎么行？愿赌服输！我们府里又不是没有，干吗让你出？”程铭摇头。

“就是！再难也要拿出来给他讨好他的听音姑娘。”宋方应和。

谢墨含闻言不再说话。秦铮虽然困了他的妹妹在自己府里，到底是没亏待，不但没亏待，还给了千金小姐大家闺秀都比不了的礼遇尊重，让他心里略微舒服些。但到底白狐和紫貂的皮毛珍贵，他知道这个赌是给妹妹做衣服，自然比别人要甘愿得多。

“听音姑娘这是……在给紫貂的伤口缝针？”李沐清乍然看到谢芳华的动作也怔了怔。

“可不是吗？你看她，针法比太医院的孙太医都强，厉害吧！”燕亭有些佩服地道。

李沐清点点头，眸光沉淀了些心思。

秦铮扫了李沐清一眼，掠过燕亭，漫不经心地道：“这算什么，我的听音会的东西多的是。待有朝一日你们谁伤了胳膊腿或者身子，就让她给你们缝针，免得你们羡慕这只貂。”

燕亭勒着马缰立即后退数步，一副敬谢不敏的模样：“还是算了，我们但愿不求她。”

李沐清笑了笑，没说话。

卢雪莹、燕岚等人自然也看到了谢芳华的动作，听着燕亭等人左一个“你的听音”，右一个“听音姑娘”，心中都涌上不舒服。

今日这几个人，都是京中拔尖的贵裔子弟，他们几乎惹得京中多少春闺少女思慕不能自禁，秦铮的清俊张狂、玩世不恭，燕亭的风流不羁、侠骨心热，谢墨含的温和孤傲、淡泊平静，李沐清的温雅清贵、君子之风，程铭的口快心直、热血热肠，宋方的为人随和、性情易处，虽然各自都有优点，但是也有着一个共同的缺点，就是有着勋贵世家子弟的眼高，寻常人根本就入不了他们的眼。

这样极其挑剔的他们，纷纷对听音尊称一声姑娘，虽然这里面不乏有不愿意得罪秦铮的成分，但也有着听音自己本身的长处和特别，才让他们对她另眼相看。

“婢女总归是婢女，虽然称呼一声姑娘，到底是婢女，铮二公子将来可是要娶妻的，还是不要将一个婢女的身份抬得太高，免得到时候不是对她好，而是害了她。”卢雪莹看着秦铮，见他猛地转头向她看来，她心跳慢了半拍，继续以平和寻常的语气柔软规劝道，“否则一旦被捧上了天，摔下来的时候才最是难活。”

卢雪莹说的是事实，但也是极其诛心。

任谁听到这样的话，就算再好的性子，再平和的心态，也如被狠狠地刺了一剑。

谢墨含面上瞬间动怒，忍了又忍，才紧紧攥住马缰绳别开头，他的妹妹自然不是婢女，是比她左相府的小姐还要尊贵的大家闺秀。范阳卢氏虽然也是望族，左相府的根基数代，但是也比不起谢家。

李沐清眉峰动了动，就连向来不善于计较的燕亭也皱了皱眉，程铭、宋方觉得这话虽然说得隐晦，但实在不该出自卢雪莹的嘴里。若是该说，也该是长辈级别的人说，轮不到一个闺秀小姐出言规劝。更何况这样的话虽然是在说一个婢女的荣辱，但实则是暗指秦铮玩物不知轻重，拿个下等的婢女做天仙，滑稽可笑。

几人都不约而同地看向秦铮，同时眼角余光看向谢芳华。

谢芳华仿佛没听见，给紫貂缝针的动作根本没停，手中的针法丝毫不乱。

而秦铮盯着卢雪莹看了片刻，不但不恼，却蓦然笑了，对她道："我大哥一直很欣赏卢小姐的爽直性子，快人快语。"

卢雪莹一怔，没想到他突然冒出这么一句话来，她刚刚的话是对他说的，和英亲王府的大公子秦浩八竿子也打不着，不知道他为何忽然扯到他身上来。

"英亲王府的门槛都被给我大哥提亲的人踏破了，但都没有卢府的媒婆上门，实在有些可惜。"秦铮慢悠悠地又道，"待我回府，禀明娘亲，让她请媒婆去卢府给我大哥提亲，届时，卢小姐若是做了我的嫂嫂，便有资格教训我了。"

卢雪莹脸色唰地一白，身子晃了晃，险些栽落马下。

秦铮看着她又笑了一声："我大哥能文能武，应试位列三甲，如今在户部的差事儿亦是肥缺，若是能与卢小姐缔结良缘，也是郎才女貌，佳偶天成的一对。"话落，转头问向已经呆了的数人："你们说是不是？"

几人对看一眼，再看卢小姐一副要昏倒的泫然欲泣模样，不知道该不该说是。

"你们哑巴了？怎么不说话？"秦铮忽然动怒。

"自然是好姻缘！"谢墨含微微一笑。

"的确是好姻缘，想必左相一定会乐意。"李沐清也含笑点头。

"没有比这个姻缘更好的了。"燕亭回过神，暗暗捏了一把汗，笑着附和。

"自然，自然，极好，极好。"程铭和宋方只觉得背后嗖嗖冷风，连忙点头。

秦铮不再看卢小姐已经全无血色的脸，转回头，扬了扬眉梢，一锤定音："既然你们也都觉得极好，走，现在就与我一起回府找我娘，今日就让我娘安排人去左相府提亲。"

李沐清、燕亭等人对看一眼，脑中冒出一句话：秦铮出手，这卢小姐势必要嫁给秦浩了。就算左相不乐意女儿嫁，英亲王不乐意秦浩娶，他也能有办法促成此事。

卢雪莹还是太不了解秦铮了！

秦铮能为了一只狗毫不含糊地灭了曾经的第一杀手组织青衣楼，更何况如今是被他放在心坎上，捧在手心里的女子？她怎么可能只单单是一个小小的身份低微寻常的婢女？怎么可能任谁都能践踏她？虽然他们也不明白这女子怎么就入了秦铮的心了，但都明白一点，若她真寻常，怎么可能入铮二公子的眼？

秦铮可不是别人！能在南秦京城横着走，踩着左相的马车越过去，不是谁都能做到的。

往秦铮的心坎上捅刀子，也要看自己有没有本事全身而退。

显然，她没有全身而退的本事，而秦铮也不会让她全身而退。

她不是想管他的事儿吗？那就嫁给他大哥，长嫂才能有资格管小叔子。

一时间猎场门口十数人鸦雀无声。

"给它处理好了吗？处理好了就回府。"秦铮对谢芳华询问。

谢芳华正好缝完最后一针，收了线，从瓷瓶倒出些药粉抹在紫貂的伤口上，又拿秦铮另一块半截的袖子给它包扎了。手法极快，转眼就弄好了，她抬起头，对秦铮点了点头。

"走！"秦铮双腿一夹马腹，流云驹奔出了三丈远。

红棕金几乎同一时间随着流云驹起步，并排跟上了秦铮。

"我们真跟去英亲王府瞧瞧？"燕亭扭头问谢墨含、李沐清四人。

"自然！"谢墨含颔首。

李沐清和程铭、宋方点头。这等秦铮给他大哥做媒的事儿恐怕不出半日就要轰动京城。这等热闹怕是有的看，他们怎么能错过点滴？

于是，一行人打马跟在秦铮和谢芳华身后，转眼就没了踪影。

几名女子扭头看向卢雪莹，只见她娇颜惨白，一张俏脸再不复明媚，全无血色。攥着马缰绳的手已经隐隐攥破露出血印，冷风吹过，她摇摇晃晃似乎要栽倒，不过是勉强支撑，才不掉下马而已，不禁心里震了震。

卢雪莹继承了左相夫人的美貌，继承了左相的圆滑坚韧，也有自己的特别之处。左相虽是文官，但她自小就求左相请了武师学武，可谓是文武双全。

秦铮在男子中张狂无忌，她便在女子中独树一帜。

但是，终归秦铮看不上她！

即便往日里遭他冷眼淡漠，但也不如今日，被他随意几句话就将她推给了他的大哥。

秦铮向来看不上秦浩，兄弟不和，这在南秦京城甚至地方各州郡县都不是秘密。

卢雪莹从没有一刻觉得自己在他眼里轻如浮尘，残败不堪。一瞬间，她死的心都有了。但是她能死吗？自然不甘心就这样死了。

"你也是，偏偏这个时候招惹他，铮哥哥宠那个婢女到了心尖上，连英亲王妃都被他请动教那个婢女闺中礼仪，你就算嫉妒，也该在这个时候避避。人无千日好，花无百日红，说不定过了一段时间后他就不新鲜了。你何苦让他厌恶你到这个地步，如今看你怎么办。”燕岚终究和卢雪莹交好一场，虽然私下里也因为秦铮闹过不愉快，但两人共同喜欢一个男子，自然不希望她落得这般凄惨模样。

卢雪莹眼角两滴清泪滚落，闭了闭眼，无力地说道：“他眼中没我，我追了这么久，也看明白了，追够了。今日才骤然看清了，就算我低声下气讨好他，他也不见得领情，不如就让他厌我怒我。”

“我看你真是魔障了。他哪里只是厌你怒你？你没听到他的话吗？他是要将你嫁给他大哥秦浩。”燕岚提醒她，“如今已经回府请英亲王妃去卢府给他大哥提亲了。”

卢雪莹咬了咬唇，有一种痴狂在她心口勃发，她重重地道：“就算是让我嫁给他大哥，这也是他为我做的事儿，也没有什么不好。总好过他什么也不做，对我一直无视。”

燕岚瞬间失了声。

“不过想我嫁给他大哥也没那么容易！”卢雪莹发狠地挥了一鞭子，身下坐骑顿时被打出了一道深深的血痕，她破釜沉舟地丢出一句话，一人一马冲了出去。

燕岚等人骇了一跳，对看一眼，立即催马跟上了她。

第十一章
做媒

京 门 风 月

半个时辰后，秦铮回到了英亲王府。

跳下马，他将马缰绳扔给守门的小厮，拎着小白狐往里面走。

谢芳华抱着紫貂犹豫是否跟着他去英亲王妃那看戏，毕竟这个事件的起因是她，真要究起来，她是有好处还是有坏处。

“还不快跟上！”秦铮回头瞅了一眼，对她竖眉。

谢芳华见他开口，便不再多想，大踏步跟上了他。

不多时，二人绕过前院，来到了后院。

燕亭等人为了看一出好戏，玩命地打马追秦铮，几匹马跑得大汗淋漓。他们来到英亲王府的时候，秦铮已经进了内院，几人扔了马缰绳，匆匆往里面闯。

喜顺大管家迎了出来，见到几位公子爷急匆匆气喘喘，不禁奇怪发生了什么事儿，他刚要开口询问，几人已经越过了他冲进了内院，他心下惊异，连忙追了上去。

因谢芳华的休息之日与秦铮的休息之日是一并安排的，所以，今日英亲王妃也得了闲，邀了几位相交不错的夫人来府中赏花。

英亲王妃的身份所交往的人自然是与她身份相差无几的贵妇，其中就有永康侯夫人，也就是燕亭和燕岚的娘。也有大长公主的儿媳，大长公主膝下一子两女，一子被封了仁郡王，两女都被封了郡主，今日来的也就是仁郡王妃。其中还有右相夫人，也就是李沐清的娘，另有两位忠勇侯府一脉的谢氏夫人。

忠勇侯府流传到这一代，族亲不下万人。偏远的别支不说，只说忠勇侯这一辈，就分了六房。忠勇侯是二房嫡出一脉，另外他还有一个嫡出兄弟，也就是最小的六房。

忠勇侯膝下只得一子一女，一子丢下谢墨含和谢芳华早亡，一女代替长公主嫁入北齐。六房因身体不好，在壮年就早亡，留下六房的老太太和她膝下的一子三女，但那一子体弱，即便腹有才华，也不能下场应试，所以，自然没入朝，亦不能多余劳作，日日只能在府中将养，多年来靠忠勇侯帮衬。虽然三个女儿都嫁得不错，也娶了个能干的儿媳，善于经营店铺，日子还算好过些，但这儿媳能干归能干，偏偏只生了两个女儿，无儿子，也是不得圆满。

而其他庶出的长房、三房、四房、五房则是嫡出庶出子女众多，每房不只十人。

所以，旁支如此繁茂，就显得嫡出一脉子息单薄，这也是忠勇侯的伤痛。

今日来英亲王府的两位谢夫人，其中一位是大房的大儿媳敏夫人，她膝下三子两女。大女儿比谢芳华大两岁，已经与荥阳郑氏的嫡子定了亲，据说明年三月的婚期。她的小女儿与她同岁，刚刚及笄，还未择亲。另一位就是六房的儿媳明夫人，她膝下两个女儿。大女儿比她略微大一些，小女儿小两岁，都还未许婚。

若说这两位谢夫人的身份自然与英亲王妃尊贵的身份差了一格，但是因大房的谢夫人出身赵郡李氏，虽然是庶出，但出身比一般人家高贵，而英亲王妃出身清河崔氏，她的表弟娶了赵郡李氏的嫡女，也算是和大房大夫人沾了一层亲戚，大房大夫人又善于交际，说话逗趣，英亲王妃给几分面子，所以，有了交往。而六房明夫人出身清河崔氏旁支，虽是旁支嫡女，但到底不如英亲王府嫡出的嫡女尊贵，基于对族妹的照拂，又因为是她最好的手帕交谢芳华她娘的亲支妯娌，所以，英亲王妃自然多与她交往几分。

几位夫人无论是真正喜欢花的人，还是不喜欢花的人，在英亲王妃面前都要表现喜爱。

英亲王妃的画堂客厅里气氛融洽，笑语不断。

秦铮带着谢芳华进了正院幽兰苑，仿佛没听到里面传出的说话声，大踏步闯了进去。

“哎哟，二公子，您不是狩猎去了吗？这么快就回来了？呀，还带回来了一只小白狐。”春兰听到脚步声，从里面匆匆迎了出来，立即为他挑开了珠帘。

秦铮不答春兰的话，直接进了屋。

英亲王妃和几位夫人齐齐一怔，都向他看来。

英亲王妃见到儿子，一怔过后，瞬间露出了笑意，开口骂道：“你这孩子，莽莽撞撞的像什么话？没得冲撞了几位夫人。”

“娘！”秦铮对英亲王妃喊了一声，将小白狐扔到地上，抖了抖衣袖，对几位夫人笑了笑，“几位夫人好。”

“铮二公子好！”几位夫人顿时和颜悦色起来。

“这是你猎的小白狐？如今有数日没下雪了，竟然有白狐出没，可真漂亮！”英亲王妃顿时被地上白成一团雪的小东西吸引了，口中夸赞着，但还没忘了谢芳华，问道：“听音呢，不是跟你一起出去了吗？她可也狩猎了？”

“这个小东西就是她用剑打的，儿子猎的是紫貂，她抱着呢。”秦铮懒洋洋地坐在椅子上，对外面喊，“听音，你还磨蹭什么？还不快进来！”

谢芳华虽然是来看戏的，可没打算见这么多人，本来止住脚步想等在外面，此时听英亲王妃询问她，秦铮喊她，只能跟进了屋。

“这只紫貂也漂亮！”春兰给她挑着帘子夸奖。

谢芳华对春兰笑笑。春兰是英亲王妃的陪嫁丫鬟，身边第一红人，之所以亲手给她打帘子，对她好，也是因为秦铮和英亲王妃的态度。

“还真是一只紫貂！”英亲王妃笑着对谢芳华招手，“铮儿说你竟然使剑了，快过来让我看看，可伤了手。”

谢芳华放下紫貂，走过去，伸出两只手给英亲王妃看。

“还好没伤到手，否则明日让你拿针与我一起绣百福图就不方便了。”英亲王妃松了一口气，看见秦铮的袖子，对他瞪眼，“两只袖子怎么都少了一截？”

“被她扯了给这两个小东西包扎了。”秦铮随手一指地上趴着的两个小东西。

英亲王妃看一眼，不再怪罪，对几位打量谢芳华的夫人介绍道：“这个孩子就是听音，铮儿前不久收的贴身婢女，想必你们都知道了。”

“原来这位就是听音姑娘！”谢氏长房的大夫人八面玲珑地道，“果然是个标致的人儿，看着本分规矩，没有小家子气，怪不得王妃您和铮二公子喜欢。”

其他夫人也连连开口附和夸奖。

“这孩子是个老实本分的，也心实，这些日子被何晏教导厨艺每天手上都烫伤起泡，她生生挨着，连个眼圈都不红。”英亲王妃正夸奖着，听到外面又有脚步声闯进来，不禁转头向外看去，疑惑道：“这几个孩子怎么急匆匆跟被谁追赶一般？出什么大事儿了？”

秦铮向外瞅了一眼，没做声。

燕亭、李沐清、谢墨含等五人进了幽兰苑，恍惚见到里面坐着很多人，齐齐犹豫了一下，对看一眼，燕亭传给几人一个“怕什么”的眼神，当先走了进去，几人只能跟上。

春兰挑开帘子请几人进屋。

燕亭冲进屋，一眼就见到了他娘，咧开嘴角一笑：“给王妃和几位夫人请安！”话落，看着他娘，“娘，您也在啊！”

“急匆匆的不稳妥，像什么样子。”永康侯夫人笑骂一声。

燕亭挠挠脑袋，侧开身子，让后面几个人进屋。

李沐清、谢墨含进来，齐齐对英亲王妃等人见礼。

右相夫人见李沐清额角都是汗，不禁训斥：“你出门的时候我怎么告诉你的？如今看看你满头大汗的样子，将我的话早就当作耳旁风了吧？”

李沐清温和一笑："出些汗倒觉得身子清爽了些。娘别担心，儿子无碍。"

"别到时候还要劳烦太医！"右相夫人当着这么多人的面也不便过于训斥儿子，嗔了一句便放过了他。

"墨含身子如今大好了？怎么也跟着他们一起出去胡闹？"英亲王妃对于谢墨含总是关心几分，这也是基于他是她的手帕交的儿子，怜惜他自幼丧父丧母，又体弱多病。

"舅舅从漠北让人捎回来的方子管用，吃了几天药好多了。"谢墨含笑着回话。

"你身体日渐大好就是好事儿，你娘在天之灵也能宽慰。"英亲王妃感慨地点点头。

谢墨含微微垂下头，有些感伤。

谢芳华打量英亲王妃神色，想着她娘死去多年了，还能得英亲王妃惦念，当初关系必然是极其要好，否则也不叫手帕交了。谢氏旁支各房虽然一直想夺忠勇侯府的爵位置谢墨含这个唯一嫡子于死地，但因忠勇侯护得严实，她也偶尔关照几分，他们也顾忌不敢明着动手。

谢氏长房敏夫人闻言眸光动了动，谢氏六房明夫人略微露出几分惆怅。

秦铮忽然扫了谢芳华一眼，对英亲王妃道："娘，儿子过来是有一件事情找您说说。"

"嗯？什么事儿？"英亲王妃转过头看他。

仁郡王妃和右相等几位夫人闻言不知道是不是该告辞，对看一眼，觉得还是避开为是。

"几位夫人且坐着，不必避开，我说的事情也不是什么大事儿。没准还需要几位夫人给我娘拿个意见。"秦铮看了几人一眼，一句话成功地阻止了几人起身。

几位夫人闻言只能继续坐着，也好奇什么事儿难得让铮二公子如此郑重。

秦铮嘴角一勾，愉悦地道："今日狩猎，碰到了左相府的卢小姐。"

英亲王妃等人齐齐一怔。卢雪莹喜欢秦铮的事情她们自然都知道，都不由看向他。

秦铮继续道："原来左相府的卢小姐心仪我大哥许久了，娘您竟然不知，今日在猎场她出言教训我，端的是长嫂的架子。我觉得她教训我没有身份，名不正言不顺。正巧我大哥似乎也欣赏卢小姐，这是郎才女貌，天作之合，不如娘您就成全此事。"

英亲王妃呆住，其他几位夫人也愕然。

谢芳华别开头，想着秦铮此言此举怕是会成为一记惊雷，劈死人不偿命！

燕亭等人在一旁听着不禁暗暗唏嘘，秦铮颠倒黑白的本事恐怕无人能及了！

好半晌，英亲王妃才回过神来，看着秦铮，疑惑地问："这话是怎么说的？她不是……"想说什么，碍于在座人太多，又顿住。

"娘您想想，我大哥已经十九了，过了年就二十了。媒婆几乎踏平了咱们府邸的门槛，为何他一直还没定下来？"秦铮反问。

“那是因为你爹要他先立业后成家，免得闺阁之事拖累他。”英亲王妃提起这个就生气，英亲王对一个庶长子的栽培太过上心，导致他如今的确文武全才，对秦铮构成了威胁。

“虽然是这么说，但也不全是因为这个。我爹是嫌弃前来提亲的人家门楣太低。”秦铮懒洋洋地倚在座椅上，漫不经心地说道，“立业是什么？自然是要他不但在朝中立足，还要官运亨通，他官运亨通了，娶的妻子自然不能是小门楣的人。说白了，我爹是看不上那些提亲的人家，想给大哥配个好的人家。”

英亲王妃愣了片刻：“你说得也有道理。”

“左相府的门楣怎么样？已经够高了吧？背后还有范阳卢氏家族支持，配我大哥可是蛮好的。”秦铮道。

英亲王妃蹙眉：“你大哥虽然是英亲王府的长子，但也是庶长子。配左相的女儿，还是高攀了。左相会同意？”说句不托大的话，要是她儿子还差不多，左相乐不得的。但庶长子就差了些，左相未必看得上。

“左相为何会不同意？我大哥有才有貌，如今任职户部，连番做出了几个政绩，皇叔都直夸奖，不出多久就会提升，有爹爹帮衬，他以后气候怕是大了去了。”秦铮毫不吝啬地夸秦浩，“左相府只这一个女儿拿得出手，他的儿子们都是废物，顶不起大梁，将来老了还不是要多依仗女儿女婿？”

英亲王妃面色有些不善，听别人说秦浩聪明多才有前途也就罢了，如今听得自己儿子夸他，便忍不住胸闷，压不住怒意地道：“他能有什么气候？有气候也只能是这王府的庶长子，大得过皇子去！”

其他夫人知道英亲王妃动了怒，都不好出声劝说，毕竟这是英亲王府的家务事儿。自古嫡庶便是忌讳，哪家都有本难念的经。她们作为嫡母，哪怕是旁支的嫡母，也是深有体会。

“娘，您气什么？我大哥有本事，也是咱们英亲王府的光彩，他光耀的也是咱们家的门楣，光耀不到别处去。他的确大不过皇子，但他也是宗室子息，他有了出息，皇叔和我爹脸上也有光。”秦铮无所谓地笑笑，“您亲自出马，给大哥将卢小姐娶回来，大哥得感谢您不说，卢小姐进门，孝敬的也该是您这个嫡母。”顿了顿，他又道，“而且以后这京城再也没人觉得儿子和大哥不和了，您看，我连妻子都帮他娶了。”

英亲王妃被他两句话将怒气打消了，闻得最后一句话扑哧笑了，伸手点点秦铮额头，对几位夫人说道：“你们看看，他帮大哥娶妻子，传出去像什么样子！”

几位夫人都齐齐回笑，不知道这个事儿该怎么评说。

“你们急匆匆地赶来又是为了什么事儿？”英亲王妃看向燕亭、李沐清等人，怀疑地问，“你们不会也为了这个事儿吧？”

燕亭干咳了一声，扫见秦铮的眼风，立即嘻嘻一笑：“正是，我们几个人也是为了这个事儿前来作证，卢小姐的确喜欢大公子秦浩，王妃赶快请媒婆去左相府提亲吧！”

燕亭一言一出，几位夫人的神色都动了动。

英亲王妃看着燕亭，又看了看谢墨含、李沐清四人，见四人面上都现出尴尬之色，她忽然笑了起来：“卢小姐真有那么喜欢大公子？值得让你们都跑来我面前作证帮人娶妻。”

“自然极其喜欢！”燕亭豁出去了，在猎场门口卢雪莹是真的惹恼了秦铮，他这个时候要是不力挺他，回头没准就挨秦铮收拾。

“卢小姐怕是的确喜欢大公子，这种婚媒之事儿，本来该父母之命媒妁之言，不该我等小辈到长辈面前插手说和，但是……”谢墨含缓缓开口，斟酌隐晦地道，“为了二公子的婚事儿，大公子的婚事儿还是早定下来为好。”

英亲王妃心思一动，本来认为秦铮他们今日纯属来胡闹，此时闻言也不禁思量起来。

她虽然不知道今日秦铮为何突然跑来有此一举，但是毫无疑问，她的儿子一定是厌恶透了左相府的卢小姐，所以，要将她嫁给他面不和心也不和的大哥。

左相这些年锋芒毕露，形态尖刻，她甚是不喜。若说他寻哪位皇子站队吧，他又没有，却一力将四皇子打压贬黜去了漠北，心思奸猾深沉，实在不宜招惹。英亲王也看不上左相的作为，说他是真正的小人。

毫无疑问，英亲王即便给秦浩选妻，要门楣高一些的勋贵，也不会选左相府。

因为英亲王府得皇上器重，子孙三代以内都不必担心门庭倒塌，所以，英亲王也没必要巴结谁，联合谁，结亲左相更没必要。

处在左相府的位置，其实太过风雨飘摇。依照左相的尖锐行事，也许左相府荣华会更上一层楼，权倾朝野，也许有朝一日会崩溃坍塌，覆水东流。这都不好说。

关于朝堂和政治向来是个敏感的话题。

英亲王喜欢秦浩，栽培他，断然不想他娶左相府的女儿，哪怕他儿子是个庶出，这也算高攀。

“娘，您想什么呢？这事儿有那么为难吗？”秦铮不耐烦地催促。

英亲王妃看着秦铮。她的儿子眉眼清俊，眉梢冷峭坚毅，唇瓣极薄，说这话的时候像是浸染了两分冰雪。眼尾三分讥诮，五分不屑一顾，还有两分沉怒，可见对这件事儿势在必得。她忽然笑了，和悦地道：“难得你一片心为你大哥着想婚事儿，娘怎么好推托了你。”话落，又扫了燕亭几人一眼，“这事儿你们既然特意来做证明，我这里自然没意见。”

“既然您没意见，就赶快遣个媒婆去左相府吧！”秦铮道。

“媒婆哪里是说遣就遣的？怎么也要准备一番，才能登左相府的门。”英亲王妃道，“毕竟左相府尊贵，一般媒婆可不能使唤。”

"啰唆！"秦铮斥了一句，眸光一扫在座的几位夫人，忽然计上心来，笑道："娘，既然是给大哥求娶左相府的女儿，管媒婆的确不行，不如您就亲自走一趟，以示诚意。"

英亲王妃皱眉。她儿子的婚事儿她还没张罗，凭什么给个庶出的长子亲自张罗婚事儿？那也太长他的脸了！

"媳妇儿娶回来也是孝敬您的嘛！"秦铮眸光转了转，"依儿子看几位夫人既然今日来咱们府里和您赏花，想必都有空，不如趁着天色还早，您邀请几位夫人帮大哥做媒，一道去左相府坐坐。"

几位夫人闻言眼皮齐齐一跳。

英亲王妃愣了愣。她本来心思剔透，转眼就想明白了秦铮的意思，她若是联合几位尊贵的夫人一道去左相府给秦浩做媒，左相和夫人就算再不甘愿，也不好拂了她们的面子。而英亲王今日不在府中，去皇宫和皇上议事了，一时半会儿回不来。就算届时知道了气怒，也不敢拿她如何，任谁看来，英亲王府庶长子和左相府小姐缔结婚姻都是一门善缘。她这个嫡母可没亏待了庶长子。凡是让儿子高兴，让丈夫不快的事情，不管为什么，她都愿意做做。这样一想，她立即看向几位夫人，笑道："不知几位夫人现在可否和我走一趟左相府？"

几位夫人对看一眼，她们全程目睹了这一桩婚事儿的商定，此时自然说不出个不字来。

"娘，这还用问？这是做好事儿，几位夫人自然同意。"秦铮懒洋洋地道。

"的确，这是一桩好事儿，我们自然同意。"谢府大房大夫人笑着应和。

其他夫人虽然觉得这事儿好坏不好说，但想想有英亲王妃打头，她们不过是帮衬说媒而已，就算惹了谁的怒，也不是一个人一家的事儿，也没什么，这样一想，都痛快地答应了。

"那我们就走吧！"英亲王妃站起身来。

几位夫人也齐齐站起身。

一行人说走就走，不多时出了英亲王府，坐车的坐车，坐轿的坐轿，往左相府而去。

"真有你的，给皇子说媒怕是也不会有这样大的排场，你给你大哥的排场可够大。"燕亭拍拍秦铮的肩膀，唏嘘不已，又幸灾乐祸，"几位夫人出马，这事儿成了一半了。"

秦铮冷哼一声："给他天大的排场，他的出身也更改不了。"

"的确！"燕亭赞同地点头，优哉地坐下身。

"你们打赌输了，现在就回府将东西给我送来，这里没什么戏了，你们要看，不如就趁机跑去左相府看。"秦铮挥手赶人。

燕亭屁股还没坐稳，就遭了他赶，顿时瞪眼：“肯定给你，急什么赶我们走？”

“你娘今日不在府里，你才好拿东西，否则你确定能拿得来她收藏的皮毛？”秦铮道。

燕亭一噎，一拍脑门，立即起身：“对，我得赶快回去，趁我娘不在，将赌注给你。”话落，问向其他几人：“你们走不走？”

“走吧！今日这事儿不出多久各府就会得到消息，我娘估计无暇理会我，正好奇打探怎么回事儿呢，我也好下手先斩后奏。”程铭立即道。

李沐清、宋方也笑着点点头。

谢墨含看了谢芳华一眼，今日秦铮看得紧，他又没和妹妹说上话，不过见她在这府里得英亲王妃喜欢，秦铮护着，倒也令人放心，遂也点头。

几个人同样说走就走，不多时，出了幽兰苑，离开了英亲王府。

本来热闹的幽兰苑霎时一空，静了下来。

秦铮踢了靴子，躺去了暖炕上，对谢芳华拍拍身边的位置：“你也躺上来！”

谢芳华瞅了秦铮一眼，站着没动。

秦铮看着她，眸光明灭，半晌后，闭上眼睛道：“娘亲这里的是火炕，冬天烧了火，整个炕都是暖的，比我们落梅居的床好多了，我们今日出去吹了一肚子的冷风，如今躺躺能驱散几分寒气。”

谢芳华别开头。在漠北待了八年，漠北的风一年四季地吹，这么点儿的寒气她还不惧。

再说，这里是英亲王妃的屋子，秦铮能在这里随意躺着，她怎么能和他一起躺？就算春兰跟着英亲王妃走了，贴身侍候英亲王妃的头等婢女也都随着她去了左相府，下等的打扫洗涮丫鬟不敢跨进门槛，屋中除了秦铮再无一人，但她也不能真躺上去，像什么话！

秦铮等了半晌，没见她动静，睁开眼睛，瞧着她忽然乐了。

谢芳华莫名其妙地看着他。

“我娘一直夸你乖巧，但凡见到你的人都说你规矩本分。有时候我看着你，几乎也与他们一样认为了。”秦铮盯着她，“今日你扔出的那一剑，别说猎狐，就是杀人也足够了。”

谢芳华缩了缩眼眸，想着他突然说这样的话是什么意思。

秦铮重新闭上眼睛：“你既然天不怕地不怕，还惧怕这土炕？躺上来又如何？”

谢芳华转过身子，不再理会他。

“还是说你怕我？”秦铮又道。

谢芳华觉得他今日大约被卢雪莹刺激得狠了，说动他娘带着一众夫人去左相府给庶长子提亲还不够，如今还有些火没发出去，冲她来了。她虽然是他的贴身婢女，可没必要受他的余气，于是弯身抱起地上的小白狐和紫貂抬脚往外走去。

秦铮躺在炕上，听到她脚步声离开，倒没阻止。

谢芳华出了幽兰苑，迎面碰到了急匆匆走来的秦浩，若不是谢芳华躲得快，二人恐怕会撞到一起。秦浩脚步猛地顿住，倏地看向已经躲在一旁的谢芳华。

那一双酷似英亲王的眸子一瞬间极为冷厉。

谢芳华神色不动，平静地瞅了他一眼，微微弯身，算是给他见礼。

秦浩盯着她看了片刻，似乎才认出她的身份，眸中的冷厉缓缓褪去，对她和声微笑："原来是听音姑娘！你怀里抱的可是今日猎到的白狐和紫貂？"

谢芳华点点头。

"我也有一个贴身婢女，她叫依梦，听音姑娘有空的话可以去我的院子里找她坐坐。她脾气性情极好，你们定然合得来。"秦浩从怀中掏出一块玉佩，递给谢芳华，"赏你了。"

谢芳华避开他的手。俗话说，君子无故，玉不去身。这玉佩一看就价值不菲，秦浩凭什么对她出手阔绰？这玉佩别说她还看不上，就算看上了也不能收。

"嗯？怎么不接？"秦浩看着她。

谢芳华摇摇头，扭身离开。

秦浩忽然错前一步拦住她，盯着她清淡的眉目，语气较之刚才更为和缓："你是怕二弟怪罪？别怕，一块玉佩而已，你不说，他不知道。"

谢芳华退后一步，今日收了他的玉佩不说，明日是不是就帮他做事儿了？

"嫌弃我赏给你的礼轻？"秦浩盯着她的眼睛，她的眼眸如一潭深湖，任他怎么看也看不清楚里面的情绪，他凑近一步，低声道，"这可是我出生时父王赏给我的紫香玉。它的价值足足值五千两黄金。"

谢芳华皱了皱眉，又后退一步。

"二弟真的让你如此害怕？连我的赏赐也不敢收？"秦浩忽然收了笑意。

"大哥，你觉得做我的贴身婢女只值五千两黄金？"秦铮的声音忽然从内院传来。

秦浩一惊，猛地抬头。

谢芳华也扭回头，只见秦铮不知何时从里屋出来，正抱着肩膀懒洋洋地靠在门框上往这边看来，看那姿势，显然看了有一会儿了。能耐的是他竟然一直没惊扰出半丝动静。

秦浩脸色变幻了片刻，忽然收了玉佩入怀，温和一笑："二弟，还是你的眼光好，选的婢女连五千两黄金的玉佩都不为所动。若是我院子里那个，早就见钱眼开了。"

秦铮挑了挑眉，清冷地道："看来爹没将我的话传给大哥知道。"

"什么话？"秦浩笑问。

"大哥以后还是少招惹我的听音，万一招惹了，你少了胳膊少了腿，别怪我没提醒。”秦铮松开抱在一起的胳膊，弹了弹衣服上被压出的褶皱，向门口走来。

秦浩眉头竖了竖，对秦铮的警告不以为然，笑道：“都在一个府里面住着，低头不见抬头见。二弟处处针对为兄也就罢了，连个婢女为兄如今也惹不得了吗？”

“她是哑巴，脾气差劲，别人更不知道的是她有失心疯。”秦铮来到秦浩面前，凑近他，邪魅地道，“若是她失心疯发作，死伤可就难论了。”顿了顿，又道，“我是为大哥好，你不领情而已。”

秦浩看着他，又扫了谢芳华一眼，显然不信。

“听音，发个疯，让大公子瞧瞧。”秦铮退开一步，对谢芳华吩咐。

谢芳华心里翻了个白眼。他们兄弟斗法，凭什么牵扯她？懒得理会，转头就走。

秦浩扬了扬眉，看向秦铮。

秦铮轻轻笑了，眼底那层冰封也因了他的轻笑染了两分光影，他对秦浩道：“大哥看清楚了！她不是你能招惹的，掂量掂量自己的斤两，别新媳妇还没进门，你就废了。到时候爹哭姨娘号，都晚了。”

秦浩脸色骤然冷了下来。

秦铮讥讽地笑了一声，沿着谢芳华离开的脚步，向落梅居而去。

二人一前一后，不多时，身影便被回廊挡住不见。

秦浩袖中的拳头攥了攥，一阵冷风吹来，他束发的玉簪被吹掉，整齐的头发松散开，他并不理会，沉沉地站在那里。

“大公子，您……头发散了。”一个书童模样的人匆匆跑来，见到他的模样一惊。

秦浩转头看向他。

那书童被他阴沉的神色一骇，立即退后一步，垂下头，低声道：“您别在这里和二公子置气了，快些想办法吧！王妃协同长公主的儿媳、永康侯府的夫人、右相夫人，还有谢府的两位夫人已经到了左相府了。再拿不出办法，您只能娶了那卢小姐了。”

“娶了又如何？”秦浩声音冷沉。

那书童抬起头，瞅了他一眼，疾声道：“这京城谁人不知道卢小姐一直以来心仪二公子？如今她惹怒了二公子，二公子就要将她嫁给您。您若是真娶了她，以后这京中指不定多少人笑话您呢。”

秦浩闻言面上的神色更是寒了几分：“他今日骑出去的马是流云驹和红棕金，我派出去的人在他回府半个时辰后才赶回来送消息。如今我就算进宫找父王，也来不及阻止王妃了，又有什么办法？”话落，他沉怒道：“卢雪莹这个愚蠢无知的妇人，自己做了蠢事儿，倒牵扯上了我。”

那书童立即道：“就算王爷不能阻止，您也得赶紧把消息送去让他知道啊。也许能阻止也说不定。”

秦浩压下怒意，弯身去捡地上的玉簪。

那书童眼见他的动作，立即快一步抢先将玉簪捡起来递给了他。

秦浩接了玉簪，将松散的头发慢慢地用簪子固定住。刚刚短时间的失态已经不见，又恢复了一丝不苟通体整洁的做派，之后，他扫了一眼英亲王妃的幽兰苑，冷冽地扯动了一下嘴角，扭头离开。

“大公子，您要去哪里？”那书童立即跟上他。

“进宫见皇上！”秦浩道。

那书童一怔，随即一喜。这事儿英亲王阻止不了，还有皇上能阻止。

主仆二人很快就离开了英亲王府。

秦浩带着他的书童前脚出了英亲王府，便有守门的小厮将消息送到了秦铮的面前。

秦铮和谢芳华刚回到幽兰苑，还没进门，闻言便顿住脚步。

谢芳华回头看了他一眼。秦铮有张良计，秦浩有过墙梯。他让英亲王妃带着贵裔圈子里身份尊贵的夫人前往左相府提亲，他便进宫去见皇上。这一局棋，谁输谁赢还真不一定。

皇上若是不赞同这门亲事儿，秦浩去求，也许便顺水推舟答应了他。毕竟是左相府的女儿，朝堂上的官员相互结亲也要在不动乱朝纲的前提下。

只要皇上金口一开，英亲王妃也要靠后站，这亲事儿自然是不成了。

“看什么？你以为他找皇上就管用？”秦铮瞥了一眼谢芳华。

谢芳华看不惯他这副嚣张狂妄的脾性，这个天底下皇上最大，他不管用，还有谁管用？

“皇上也不是最大。皇土上面不是还有苍天？皇土下面不是还有阎王？”秦铮迈进门口，顺手扯了一枝红梅，辣手摧花毫不手软，半丝不怜惜千金一株的梅树。

谢芳华眉头动了动，这话可算是大逆不道了，可是从秦铮口中说出来，也不违和。不过苍天能管今日的事儿？阎王如今闲得发慌难道要从地下上来管管不成？

“公子，听音，你们回来得正好，新换的汤药煎好了，听音正好现在喝。”听言从厨房冒出头，看到二人一喜。

秦铮将手里折断的梅花枝递给谢芳华：“拿着它喝药就不觉得苦了。”

谢芳华躲开他，向小厨房走去。

秦铮抬手轻轻一甩，梅枝便稳稳地插入了谢芳华的后衣领里，他霸道地道：“别人给的东西你都可以不要，我给的不能不要。”

谢芳华伸手拽掉梅枝，拿在手里，回头瞪了他一眼。

秦铮蓦地心情极好，对听言招手：“你过来！”

听言愣了愣，连忙将药碗递给谢芳华，颠颠跑到了秦铮面前。

秦铮背着手悠闲地对他道：“你现在放消息出去，说左相府的卢雪莹小姐和英亲王府的大公子秦浩情笃意浓，暗中私定终身，英亲王妃察觉，不想丢了英亲王和左相的脸面，前去左相府提亲了。”

听言呆了呆。

秦铮转了个身，拽住一棵梅树的枝桠轻轻踮脚，转眼间便跳上了梅树的树干，稳稳坐好，跷着二郎腿又吩咐：“再给皇后娘娘身边的安嬷嬷递个话，就说无名山虽然毁了，但秦钰若想顺畅回京还是极难，左相等人必定不会善罢甘休。要想制住左相，打蛇要打七寸，他的官路上找不到把柄，不如就从内宅入手。”

听言更是呆怔。

秦铮揪了两朵梅花打在听言脑袋上，训道：“如此呆板，怎么跟在我身边好好活了这么多年没被人弄死。还不快去！”

“是，我这就去。”听言被打醒，回过神来，立即跑出了落梅居。

秦铮优哉地倚着树干坐着，盛开的梅花中，他身影与梅花一般散发着如火如荼的艳色。

谢芳华背着身子，蹙着眉，在小厨房喝了一碗汤药后，擦了嘴角回过身，正看到这样的秦铮，脑中陡然蹦出一句话来。

半帘诗画醉烟柳，国色倾城花满楼。

第十二章

懿旨

京　门　风　月

秦铮的人和他的容貌无疑是漂亮的，若说这京城里还有谁可以与他一较高下，恐怕也就是那个前些日子火烧宫闱被降罪贬黜去漠北的传言皇室里面长得最好看的皇四子秦钰了。

“我这院子的风水难道容易养呆子？”秦铮姿态闲适地看着谢芳华微怔的模样扬眉。

谢芳华收敛视线，抬脚向屋中走去。

“你也该去看看你那两盆仙客来了，可别一日不料理，不小心就死了。”秦铮道。

谢芳华脚步顿时加快，不多时就进了屋。见两盆仙客来完好地摆在窗台上，才松了一口气。这两个祖宗还真是不能死了，否则英亲王妃明日过来见到，指不定如何心疼，她心疼倒也碍不着她，但是真若因为心疼花而教起她养花经来，她定然难挨。两日前就因为有一片叶子蔫了，她便与她叨叨半个时辰，最后看她要睡着，才放过她。

秦铮在外面清楚地看到她站在窗前松了一口气的模样，偏过头，嘴角弯了弯。

谢芳华转身去生火炉，将铁壶灌满水坐在炉子上烧着。

这时，院外传来一阵脚步声。

谢芳华扭头看去，只见喜顺大管家带着三个小厮打扮的人走进了落梅居，三人服饰都是上好的缎面，比寻常小厮穿戴看着要好。手中都抱了一个布包，布包的带子系得紧，看不见里面裹着的东西，姿态都是小心谨慎，生怕弄坏，想来是贵重之物。

“听言？”喜顺走进来，到了院中，没见到有人迎出来，不由喊了一声。

听言不在，自然不会答话。

喜顺又喊了两遍，还是不见人，便改口喊：“听音姑娘？”

谢芳华见他显然没看到坐在树上悠闲得不知道在干什么的秦铮，而秦铮明明听见了，也没打算下树，更没吱声，她只能挑开门帘走了出去。

“哎哟，听音姑娘你在啊？二公子呢？带着听言出去了？”喜顺看见她一喜，问道。

谢芳华不摇头也不点头，只对他笑了笑。他是这府里的大管家，他老婆是春兰，她自然不会不给面子甩冷脸。

喜顺问完了，似乎才想起她不会说话，一拍脑门：“你看，我这记性越来越不好了，总是忘记你不能说话的事儿。”话落，对身后一指，说明来意，“这三个人分别是永康侯府、户部尚书府、礼部尚书府三位公子的小厮，被打发过来给二公子送东西。”

谢芳华了然，原来布包里面包的是秦铮打赌赢的皮子。

“二公子不在，你在也一样，快将东西收了吧！”喜顺催促她。

谢芳华点点头，伸手去接。三人立即将怀里的布包递给她。三个布包放在一起，沉甸甸的。依照她对白狐和紫貂皮的了解，每个布包里定然不少于两块，有的怕是有三块。

“小人是永康侯府小侯爷跟前行走的长随，我家小侯爷给铮二公子四块皮子。两块白狐的皮子，两块紫貂的皮子。”一个小厮恭敬地说道。

“小人是户部尚书府的人，程铭公子跟前办事儿，我家公子给铮二公子两块白狐的皮子，一块紫貂的皮子。”一个小厮也恭敬地道。

“小人是礼部尚书府的人，宋方公子跟前侍候，我家公子给铮二公子一块白狐的皮子，两块紫貂的皮子。”剩下的一个小厮道。

谢芳华对三人点点头，大家的公子们虽然都纨绔好玩不务正业，但是在这个圈子里还是很讲信用的。打赌输了，给的东西只多不少。

喜顺已经习惯了谢芳华不是那种见了好东西就喜形于色的主，当着外人的面，他自然也不会奉承自家的二公子厉害，竟然打赌赢了几位公子府中收藏的好皮子。见三人说了该说的话，便与谢芳华又寒暄了两句，带着人便出去了。

自始至终，他和那三人都没发现秦铮就坐在距离他们不远处的那棵树上。

谢芳华抱着布包往屋里走。

秦铮歪在树干上想着什么，依然没动静，也没打算下树的意思。

谢芳华回了房间，将三个布包放在桌案上，自己坐在椅子上倒了一杯茶来喝。

一盏茶喝完，喜顺又出现在了落梅居，这次身后跟了五六个人，人人手里也是抱了个大包裹。

谢芳华从那五六个人中瞅见了侍书，坐着没动。

“听音姑娘，你再出来一趟，忠勇侯府的世子派人送来了赌注。再来接一趟吧。”喜顺走到门口，没见谢芳华出房，站在门口喊。

谢芳华站起身，走到门口，挑开帘幕，做了个请的姿势。

喜顺犹豫了一下，对身后的人道："我们二公子这里侍候的人少，劳烦几位随我将东西放进屋子吧！谢世子送来的东西有些多，听音姑娘一个人接不过来。"

侍书点点头。

喜顺带着人进了屋。

喜顺前脚走，侍书走在他身后，在进门口的时候，他挥袖擦了擦额头的汗，顺着珠帘晃动的间隙将一张字条交到了门口站着的谢芳华手里。

谢芳华趁着后面的人陆续往里面走的空隙，低头瞅了一眼。

字条上写着刚刚宫里传出消息，皇上对爷爷说今年务必让她参加宫宴。

她抬起头，扫见秦铮跳下了树，手攥紧，完好的字条刹那成了纸灰，她松开手，本来不多的灰烬顺着门外吹进来的风转眼间便消散了。

"侍书，你家世子这是将府里收藏的所有皮毛都拿来我这里了吧？"秦铮弹弹身上落下的梅花瓣，向屋中走来。

喜顺闻言顿时回身，惊诧地喊了一声："二公子？"

侍书也是一惊，想着进这府里的时候他虽然与英亲王府的大管家试探知道秦铮不在，但给小姐字条的时候还是小心谨慎，不知道铮二公子是否看到。后背惊出了一层冷汗，但是他到底自小在谢墨含身边长大，很快就镇定地回话："回铮二公子，因为这几年西北的舅老爷每年都送来几块好皮毛，从多年前就没断过。所以，我们府里库房收着的皮毛多，这只送来三分之一不到。"

"有个漠北的舅舅就是好，替我谢谢你家世子了。"秦铮进了屋，不客气地道。

侍书点点头："各类皮毛都有，白狐、火狐、白貂、紫貂、雪豹，还有漠北独特产的一种寒羊的皮毛，每一样都有几块。共计五十块。"

秦铮点头，勾了勾嘴角："未来几年我家听音都用之不尽了。"

谢芳华移开门口，火炉上铁壶的水烧开了，她走过去拿下来，将热水装入暖壶里。

侍书不敢再看谢芳华，见跟随他来的人放下皮毛，对秦铮告辞。

秦铮拿了橱柜上摆设的一个精致的小玉佛递给他："这是法佛寺住持开过光的，给你家世子带回去吧！"

"小人代我家世子谢铮二公子。"侍书连忙小心地接了。法佛寺的住持佛法高深，虽然就在距离京城几十里地外的法佛寺修行，但是很难得到他亲手开光的物件。他家老侯爷宁信祖宗的祠堂也不信佛道，他家世子自然也不进寺去求。据说就算身份高贵的人去求，也要讲究佛缘，轻易得不到。如今铮二公子送了这么一个，能保佑世子平安自然是极好。老侯爷就算见了不喜，也不会说什么。

"这个给你把玩吧！"秦铮又随手拿出一个小型的玉扇子递给侍书。

侍书犹豫了一下，便恭敬地接了。铮二公子向来行事全凭喜好，高兴了随手大方赏人，不高兴了就要人脑袋。如今给他这两样物事儿，显然是高兴，应该是没见到他悄悄递给小姐的字条，暗暗松了一口气，笑着告辞。

秦铮摆摆手，放他离开。

喜顺感叹忠勇侯府的世子出手大方，五十块上等的皮毛，价值怎么也要十万两，就这么轻轻给了二公子。而二公子也不含糊，拿了法佛寺住持开光的玉佛做了回礼。玉佛本身虽然不值太多钱，但法佛寺住持开过光的玉佛就不一样了。如今那住持已经洗手专心礼佛，再不理凡尘俗事，这玉佛更是难求，有价无市。

“看来我来晚了。”李沐清的声音伴随着脚步声从院外传来。

秦铮扭回头向外看。

谢芳华也向窗外看去，只见李沐清走在前面，三个人跟在后面。两个人抱了个包裹，一个人抱了个托盘。包裹很大，两个小厮拿得费力，托盘也不小，装满了东西，用锦绸盖着。

喜顺还没离开，眼睛不由得又睁大了几分。

“也不是太晚，你这么闲吗？亲自过来了？”秦铮扬眉。

李沐清挑帘子进屋，温和地道：“今日左右无事儿，不如就过来一趟。”说着，见到屋中堆了几乎半个屋子的东西，不由笑了，“我们和子归兄比不了，漠北距离雪山近，皮毛产得多些是当然。”顿了顿，又道：“这么多皮毛，就算做十件斗篷也够了。怎么穿得完？”

“武卫将军只有一个妹妹，妹妹早年亡了，多照顾外甥外甥女是应该。”秦铮道，“一年穿不完两年穿，两年穿不完慢慢穿。”

李沐清眸光闪了闪，扫了谢芳华一眼，又道：“我只带来了六块皮子，倒是赶上我娘回府，知道打赌的事情后，在府里的库房里挑选了两套头面首饰，说送给你的听音姑娘。另外还从她的藏书中拿来了一本奇闻趣事的孤本，说闲余时间聊以解闷，我便一同带来了。”

秦铮看着他：“你娘回府了？这么快？左相府的事情你可问了？”

李沐清笑了：“自然问了。”

秦铮眼皮挑起：“怎么说？”

“你对自己出手难道还没自信？”李沐清看着他，见他不屑地扯动嘴角，他坐下身，缓缓道，“我娘说，她们刚到左相府没多久，皇后娘娘便派人下了赐婚的懿旨，倒是省了说媒的事儿了。”

秦铮亲手给他倒了一杯茶，等着他继续说。

李沐清品了一口茶，微微一笑：“皇后娘娘既然先一步下了懿旨，你大哥就算跑进宫见皇上，皇上得到消息晚了，也不能再下旨驳回皇后的懿旨。皇后的嫡亲四皇子本来就被贬黜去了漠北，如今皇上若是下旨驳了她的懿旨，传扬出去，就是帝后失和，于朝纲宫闱都不利。皇上对皇后还是有着很重的情谊，哪怕宫里两宫的宠妃分担去了一半宠爱，但她还是皇后。皇上只要不想废后，自然不会那么做，只能驳了你大哥的请求。”

“他请求什么？总不会是见了皇上请求别让他娶左相府的小姐。”秦铮问。

“自然不是，他还不傻，就算他出身英亲王府，但总归是庶长子，一个庶长子去御前说不想娶左相府的嫡出小姐，岂不是打左相的脸面？就算左相不乐意将女儿嫁给他，也不会不恼。”李沐清如闲话家常一般地道，“他是去求娶忠勇侯府的小姐，请皇上赐婚。”

秦铮眸光骤然一冷：“忠勇侯府只有一位小姐，他想求娶谁？”

李沐清看了他一眼：“既然忠勇侯府只有一位小姐，他求娶的自然就是那一位。谢氏虽然是大族，但是能称之为忠勇侯府的也就是那一家一门一户而已。旁支族亲的府邸笼统地被称呼个谢府。他求娶的可不是谢小姐，而是忠勇侯府的小姐。”

秦铮声音倏地沉暗，冷声道：“他一个庶子也配！不知道自己几斤几两。”

李沐清打量他的神色，温和地分析：“虽然他的庶出身份配不上忠勇侯府的小姐，但是忠勇侯府的小姐常年缠绵病榻，多病多灾，多年来，足不出户，据说甚至连她的闺阁院落都不怎么踏出，也只每月去给忠勇侯请一次安，每次请安还要蒙上厚厚的面纱，恐防受风。日日院中弥漫着药味，别说这京中无人见过她，就是忠勇侯府见过她脸面的人怕是都少。很多人甚至都忘记了忠勇侯府还有一位小姐的事儿。如今她已经及笄，却无人上门提亲。你说，这样的忠勇侯府小姐，体弱至此，如今有人求娶，就算身份差些，又如何配不上？他虽然是庶子，但如今也是朝中官员，有英亲王扶持，就算求皇上赐婚有点儿逾越，但也不算过分。若不是有皇后先一步派人去左相府下了懿旨，给他赐了婚，这事儿没准还真成了。”

秦铮冷笑一声：“他倒是好打算，不得罪左相，还拖上忠勇侯，让左相府对上忠勇侯府。成了他就避开了左相府，不成的话，也落不到错处，忠勇侯府的小姐不是谁都能娶到的，左右都是高门贵女。”

李沐清点头，诚恳地道：“这些年你一直与英亲王作对，如今可知道对你没好处了？”

“与他作对又如何？”秦铮不以为然。

“他对你失望，在你的刺激下，更是煞费苦心栽培秦浩这个庶长子。即便英亲王想让秦浩眼界高远，摆脱王府，闯出一番天地，但是秦浩呢？被教导这么久，浸染了很多东西，该学的不该学的，怕是都学了，都是一个爹，出身一个王府，他甘心退让？能不起心思夺以后的爵位？”李沐清叹了口气，“英亲王什么都好，就是这事儿上犯了糊涂。”

秦铮讥讽地道：“退让？本来就不是他的，注定没有，何来退？”

“就怕他不这么觉得！”李沐清又抿了一口茶，“他虽然占个庶，但也占了个长字。”

秦铮放下茶盏，当的一声，茶杯磕在桌子上发出响声，他面无表情地道：“自古先嫡后长。除非他杀了我，但是他还没这个本事。”

李沐清笑笑，不再继续这个话题：“其实秦浩去宫里见皇上的时候并不晚，较皇后得到消息还早了一步，但是可惜赶得巧了，今日皇上不只召了英亲王、忠勇侯、永康侯、左右相，连六部的官员也都召了议事。他被挡在了宣正殿外面待了一会儿才被召见，刚出口请求，皇上还没和忠勇侯商议，便听说皇后给左相府下了懿旨，也就作罢了。”

“将这些人都叫进宫，又出了什么大事儿？”秦铮不甚关心地道。

“你可知道无名山被毁的消息？”李沐清看着他。

“知道一点儿。”秦铮颔首。

李沐清盯着他看了片刻，揉揉额头，失笑道：“我猜你也早就知道了，可是口风却紧，连我们几个人也瞒着。半个月前你要起程去漠北，是不是就因为知晓了这事儿？”

“嗯，有那么点儿原因。”秦铮不愿多说。

李沐清也不强求他多说，平和地道：“无名山被毁的消息传开了，四皇子不久前据说到了无名山，那里已经被夷平，没有地方落脚。他只能落脚在了武卫将军戍边的军中，等待皇上示下。这京中谁家府里没几个隐卫放在外面打探消息？这样一来，无名山被毁的消息自然就藏不住了。”

“无名山存在了两百八十年，也该毁了。”秦铮道。

李沐清端着茶杯的手倾了倾：“这话你若是让皇上听到，你就完了。”

秦铮勾了勾唇，想起什么，瞬间愉悦起来，笑道：“皇叔本来捂着消息，等隐卫探得情况再做定论，如今不过半个月，就被抖了出来。他可见识到他臣子们的强大了。不知道作何感想？”

“皇上心中定然不舒服，但最让他头疼的如今怕是四皇子秦钰的问题。”李沐清道，“无名山被毁了，秦钰不可能再去那里闯什么幽冥地狱历练了，若是就这样召他回来吧，左相一众人断然不同意。”

“他们好不容易将他弄倒弄走，同意他好模好样地回来才见鬼。”秦铮冷哼一声，“你瞧着，用不了明日，怕是就会传出四皇子命硬克了无名山的言论，左相等人势必请旨严惩他。他想回京没那么容易。”

“所以，你正是因为料到了这点，才拿这个说动了皇后帮忙给左相府下了懿旨？”李沐清问。

“左相一力死谏贬黜了秦钰，皇后心中对左相府早憋着气了。我不过是给她个机会报仇。”秦铮懒洋洋地靠在椅背上。

“这些年我算是知道了，得罪谁也不能得罪你。”李沐清站起身，“英亲王怕是快回来了，应该会过来找你，这出戏我可不想看，告辞了。”

“慢走！不送了。”秦铮挥挥手。

“我多给你送了几样东西，你是不是改日请我吃个饭？”李沐清扫了谢芳华一眼问。

“等她什么时候不把糖和盐再弄混，我就请你吃一顿饭。”秦铮这回倒大方了。

“原来如此！”李沐清恍然，笑道，“一言为定。”

秦铮叩了两下桌面，算作击掌。

李沐清出了屋子，外面等候的两名小厮见他出来连忙跟上，不多时，离开了落梅居。

二人说话自然没避开谢芳华，秦铮不避开她，李沐清似乎也没有意见，旁若无人地与秦铮说了半晌话，谢芳华就在屋中听了个清清楚楚，一字不差。

无名山被毁，有朝一日捂不住天下皆知，这是她早就预料到的。

皇帝虽然是天，但是子民太多，臣子太多，有心有能力有势力的臣子更多。捂得住一时，捂不住一辈子，这也正常。

短短半个月，皇帝派去无名山打探的人骑最快的马日夜兼程恐怕也就刚到那。

若是明日外面传出四皇子秦钰命硬克了无名山的话来，大臣们煽风点火，说他如此命硬，今日克皇室的背椅无名山，明日便是克江山皇权，皇帝又该如何决断？

杀了他？

恐怕不可能！皇帝还不至于老而昏聩，他还没到那地步，也不昏庸。

让他回京？

左相为首的一众人自然反对。

“在想什么？想秦钰？”秦铮忽然盯着她问。

谢芳华瞅了他一眼，点点头。

秦铮嗤了一声：“他有什么好想的？女人性子，行事软弱婆妈，否则至于被赶出京？就算死在漠北，爷也不会为他可惜那一条命。”

谢芳华看着他。人家不就是抢了他一个会做菜的厨娘？他至于记仇到恨不得他死？

秦铮深深地看了她一眼：“十岁的时候，法佛寺的住持给我和他同时批了命。说将来我们两人抢一个媳妇儿。你说我该不该恨不得他死？”

谢芳华呆了一下。若是夺妻之恨，倒也应该恨，可也不该这么早就恨上了吧？

“所以，他最好滚得远远的，死得远远的，永远别在我面前出现。”秦铮咬牙道。

谢芳华对他有些无语，扭过头往火炉里添炭火。秦铮如此霸道张狂，做事毫不手软，秦钰若如他说的像个女人，行事软弱婆妈，他们两个性情可是天大的区别，怎么会同时喜欢一个女人？

不过也不关她的事儿！

“你这一辈子都是我的女人了，若是将来见了秦钰，不准喜欢他，知道吗？”秦铮看着谢芳华警告，语气有些严厉。

谢芳华当没听见。

秦铮看着她的神色，冷哼一声："就算你喜欢他也不管用，我照样将你圈在我的院子里。他若是来夺，我就砍死他。你若是想跑，我就砍断你的胳膊腿。"

谢芳华觉得这个人才是真的有失心疯的病症，该好好治治。

"记住我的话。"秦铮盯着她。

谢芳华看了他一眼。英亲王妃那么柔弱的性子，怎么生了这么个张狂霸道的儿子？

秦铮见她听进去了，蓦地笑了，闭上眼睛靠在椅背上养神。阳光射进格子窗，落下斑驳条框的窗影，打在他的脸上。

谢芳华想着果然人不可貌相，这样看秦铮，他安静的模样明明就是一个锦绣堆里成长的漂亮贵公子，不禁风雨摧折的模样，殊不知，他内里有着人鬼共怒的邪恶。

她正撇嘴，不远处传来脚步声，脚步声急促，踏得极重，显示来人极其愤怒。

李沐清料得不错，英亲王找上门来了！

谢芳华站起身，往里屋走去。她可不想看父子二人大战，以免殃及池鱼。

"走什么？好好给我坐着！"秦铮闭着眼睛不睁开，知道谢芳华的动作出声阻止她。

谢芳华顿住脚步，向外看了一眼，只见晴朗的天空骤然阴沉，忽然飘落下星星点点的雪花，英亲王脚步一顿，迎着点点雪花冲进了院子，她抬手拿了小方凳放在火炉边，坐了下来。

她虽然不畏冷，但也不会挨着冻看戏，总要让自己舒服些。

不多时，英亲王便来到了门口，帘幕啪啦一声挑开，他一眼就看到了懒洋洋躺在背椅上闭目养神的秦铮，怒气腾地就爆发出来："秦铮，你做的好事儿！"

"爹，青天白日的，我若是做什么好事儿，也该和我的听音关上门，怎么会让您这么轻易地就闯进来？"秦铮睁开眼睛。

谢芳华闻言险些吐血。他还是人不是人？浑话张口就来！

英亲王一噎，这时也看到了坐在火炉边的谢芳华，对她猛地一挥手："你滚出去！"

谢芳华被他掌风打来，绾着青丝的珠翠簪子啪的一声掉到了地毯上，身上绫罗锦绣的绸缎飘了飘，就连袖子都摆了摆，而她的身子却懒散地坐着纹丝没动。

南秦皇室一脉传承下来，文治武功都是不错，历代帝王宗室子孙也都学文习武，所以，才能两百七十八年不衰。

英亲王自然是有武功的，而且还不错！所以，这一掌气怒之下带了五分劲道。

但令他意外的是，那个看起来柔弱纤细的女子不但没被他的掌风打得凳倒人摔，还稳稳地坐着，更难得的是，面上平静，毫无慌乱和惊惧。

英亲王气怒僵住，不由仔细打量谢芳华，这一打量，便定在她的眼睛上，有些移不开。

谢芳华微微缩了缩眼眸，想着十多日前英亲王来了落梅居的时候，也是这样看着她的眼睛，如今又是这样，这其中不知道有什么隐情。她低下头，垂下眼睫，不想让他再探究。

“爹，回神了。您有一个王妃，两个侧妃，四位侍妾，三个通房。大儿子都十九了，二儿子过年就十七了。大女儿出嫁了一个，二女儿在宫里也快及笄了。三女儿十二岁，四女儿九岁，五女儿刚五岁。一把年纪了，还盯着儿子的贴身婢女看，您觉得您像话吗？”秦铮拿起桌子上的一个物事儿在英亲王的眼前晃了晃。

英亲王回过神，一看眼前秦铮拿着的是打扫房间灰尘的鸡毛掸子，顿时竖眉，怒道：“说的什么话！我只是觉得她像一个人。”

谢芳华心思一动。

“谁？”秦铮扬眉。

英亲王犹豫了一下：“她……”

“算了，我懒得知道，无非是你年轻时候留下的哪段荒诞风流事儿。”秦铮放下鸡毛掸子，对他警告，“您可看清楚了，我的听音才十五，做您女儿都嫌小，不是您以为的什么人，而是一个跟随钱家班子侍候唱戏的小哑巴而已，您可别打她的主意，您若是敢，儿子对您可不客气。”

英亲王怒意又被成功地激起来：“在你的心里，你爹我就是你以为的这么好色不堪？”

秦铮耸耸肩：“儿子也不想以为，但是您告诉我，我该怎么以为？秦楼楚馆您没去过？花街柳陌您没待过？名妓伶人您没捧过？除了王妃，您没娶一大堆侧妃小妾？”

英亲王张了张嘴，一句话也反驳不出，只拿眼珠子瞪着秦铮。

“我娘大约快从左相府回来了，您还是赶快去门口迎迎她吧！她辛辛苦苦为了您，为了您的家，忙里忙外打理府中杂事儿不说，还要帮您打理您的儿女，操碎了心，够辛苦了。您没看见外面下雪了？她出门的时候穿得少，您还不赶紧拿了她爱穿的披风前去疼疼她？没准她见了您，辛苦和眼泪都咽回了肚子里，对你温存体贴一番。”秦铮挥手赶人。

英亲王向窗外看了一眼，愣了一下。刚刚他来的时候显然没注意，如今可不就是飘了雪了？而且雪花大片大片地落。

“怎么？您不想去迎我娘？”秦铮见他不动，看着他，“您不去也没关系，我娘冻一下也没什么，不过她本来一肚子的怨气，回府来第一时间会过来看看她的儿子我好不好，若是看到您又在欺负我，啧啧……”

英亲王眉毛挑了挑，看着秦铮，怒气发作不出来，也咽不下去。

谢芳华有些为英亲王觉得可怜，生了个秦铮这样的儿子，也是他的不幸。

好半晌，英亲王才恼怒地对秦铮道："你看不上你大哥，觉得我偏疼，从小事儿上找找他的麻烦也就罢了。他总归和你一样流着我的血脉，你又何苦非要设计他娶卢勇的女儿？"

秦铮佯装不懂："爹在说什么？我怎么设计他娶卢勇的女儿了？明明是他欣赏卢小姐，而卢小姐也心仪他，所以，儿子才禀明娘知晓。至于后面的事儿，与我何干？"

"一派胡言，他们何时互相喜欢了？"英亲王气血上涌，"怎么就与你不相干？若不是你，你娘至于拖了来串门的几个府邸的夫人去左相府给你大哥提亲？皇后娘娘至于闻风下了赐婚的懿旨？"

秦铮更不懂了，疑惑地道："就算是我的原因，这件事儿成了也是为大哥好啊！左相府的嫡出小姐是谁都能娶的吗？爹来这里是对我兴师问罪？您是不是忘了，我大哥他是庶子，就算是长子，前面也要挂个庶，若不是我娘带着一众夫人登左相府的门槛去求娶，若不是皇后娘娘下懿旨的话，他怎么能娶到人家？"

"你……"英亲王一噎，见秦铮的模样，似乎是真不明白这朝局牵扯后宫又牵扯大臣府邸内院的事儿，但他可不是傻子，不觉得他这个儿子真不懂，憋气半晌，怒道："你明知道我不想与左相府有牵扯，偏偏推出你大哥娶左相府的女儿，和左相府成了亲家，对我们英亲王府有什么好处？"

秦铮眨了眨眼睛，随意无谓地道："这又不是我该管的事儿，我哪里知道？英亲王府不是有您在吗？有您顶着，您头顶有皇叔恩宠着，能有什么坏处？"

"你可真是要气死我！"英亲王跺了跺脚，见秦铮一副死猪不怕开水烫，他没错不怕他质问发怒的模样，就算他有错，他有娘罩着也不怕他的神色，别说他能耐大了，打也打不着他，就是打着他，他的王妃还不找他拼命？他猛地甩袖出了房门，丢下一句话："你最好心中清楚，这英亲王府早晚要你继承，弄败了它，对你没好处。"

"儿子清楚得很，父王就放心吧！"秦铮悠悠地道。

谢芳华敏感地注意到秦铮这回没喊爹，而是称呼父王。虽然气他老子，但对于他老子心里始终认为他理所当然继承爵位的心里还是有着几分尊重的。只不过被气了一场，不但没教训了儿子，还被儿子反驳得无功而返的英亲王自然察觉不到。

英亲王很快就离开了落梅居，走得远了，还能听到他脚步带起衣袍飕飕的风声。

秦铮打了胜仗，得意地挑了挑眉，哼起了一首江南小调。

谢芳华心里暗骂，这个恶人，气老子被他当作家常便饭了。

不多时，听言回到了落梅居。

来到门口，他小心翼翼地挑起帘子，抖了抖身上的雪，对秦铮嘻嘻一笑："公子，您交给我的事儿办成了。"

秦铮嗯了一声。

“公子，您怎么都不表扬我？”听言有些委屈。他今日办了两桩大事儿，回来是等着被夸奖的，可是他家公子吱了一声便没音了，不甚在意的模样，枉费他跑得腿都酸了。

“你差点儿办砸了事儿，还想要表扬？”秦铮瞅着他。

听言丈二和尚摸不着头脑，不懂地问：“公子，我哪里差点儿办砸了？”

“你给皇后传递消息晚了点儿，虽然晚一点儿，但失之毫厘差之千里。若不是今日运气好，皇上带着一众朝臣在宣正殿商议无名山的事儿，我大哥等了一会儿才被召见，皇后有了时间派人去左相府传赐婚的懿旨，没准我大哥如今就娶了忠勇侯府的小姐了，哪还如我预料跟左相府的卢雪莹有了婚约？”秦铮冷哼一声。

听言脖子一缩，这么说他真是差点儿办砸，嘟囔道：“都是公子您没说先后顺序，我先去往外传了卢小姐和大公子两相倾慕的消息，才去找线人给皇后娘娘身边的安嬷嬷递话。”

秦铮拿起手边的鸡毛掸子敲了他脑袋一下：“你的脑袋是干什么使的？不会分辨轻重缓急吗？难道只是为了长着好看的？”

听言着着实实挨了一下，小声道：“不只长着好看，还是为了喝水、吃饭、说话。”

谢芳华忍不住扑哧一声笑了。

秦铮又气又笑，刚要再打听言，手忽然一僵，猛地向谢芳华看来。

谢芳华笑出声之后也惊觉过来，立即收了笑意，抿起唇。

听言也回过味来，惊诧地看着谢芳华，激动地道：“听音，刚刚是你笑吗？你刚刚出声了？你能说话了吗？”

谢芳华静静坐着，不表态。

听言打量她半晌，没发现问题，回头看向秦铮求实：“公子，您刚刚听见了吗？”

秦铮从谢芳华身上收回视线，慢慢地放下鸡毛掸子，清淡地道：“你听错了。”

他听错了？听言怀疑，见秦铮没甚波动的样子，揉揉脑袋，埋怨道：“都是公子您给我打的，脑袋愈发不好用了。连幻听也出来了。”

秦铮瞪了他一眼：“你自己脑袋长得不灵光，怨得了谁？滚出去反省去。”

“外面在下雪！”听言反抗。

“下雪也冻不死你，在院中站着反省一个时辰。”秦铮道。

听言眼珠子转了转，立即道：“公子，我还要负责给听音煎药，若是我在外面冻一个时辰，手冻僵了，便没办法给她煎药了。”

秦铮默了默，摆摆手：“那算了，这一过先记着，她的嗓子什么时候好了，你什么时候再罚。”

听言大喜，大声道：“是，公子！”

“若是再犯错，两罪并罚。”秦铮补充。

听言的喜色收敛了些，连连应声。瞧见屋中堆满了东西，他好奇地走过去瞅了一眼，惊喜道：“公子，您哪里弄来这么多好皮毛？”

秦铮扫了一眼堆了半个屋子的东西：“打赌赢的。”

“公子真厉害！”听言崇拜地拍马屁，见秦铮不置可否，他道，“公子是要做衣服吗？我去请绣坊的人来？”

“用她们糟蹋了好东西，不如就听音动手做吧！”秦铮道。

听言看向听音，立即道：“是啊，听音，你跟王妃学了多日的针线了，自己动手也无碍了吧？前两年王妃眼睛好的时候，每年都给公子和宫里的郡主做几件衣服，这两年王妃眼睛不太好了，王爷下令不让她多劳累，公子的衣服才找绣坊的人来做。王妃只做几块帕子。”

谢芳华不点头，听言说的多日也不过十日而已，她若是没有底子，十日能学成?

“哎，你不会说话真闷得慌，最好孙太医这回的药让你一下子就好起来，那就好了。我和公子能日日与你说话，也不会闷了。”听言叹息一声。

秦铮看着谢芳华，见她对自己做衣服没什么兴趣的样子，语调缓慢地道：“就这么定了。你每日也不用特别抽出时间来，只需要我娘来的时候，利用她教导你的时间，你们一起做这个正好。”

谢芳华站起身，扭头进了屋，给了他一个背影。

听言看着里屋的帘子摔得啪啦啪啦地响，佩服谢芳华，敢给公子甩脸色，她比他能耐多了。他可从来不敢给公子甩脸色。偷眼看秦铮，见他半点儿恼怒也没有，不由更是服气。

谢芳华进了里屋，躺在贵妃椅上，闭眼休息。

虽说是休息，但更多的是在想今日侍书给她传来的字条，她哥哥说今日皇上忽然对爷爷说要她今年春节一定进宫赴宴，这算是下了旨意了，而且她如今也够了及笄的年龄，自然不能再藏着掖着捂在闺阁里面了，理当露面，除了出府见世面外，也该是被各府相看议亲了。这是京中贵裔圈子里面对成年女子的规矩。她爷爷自然不能再推，再推下去，就怪异了，会惹得本来不关注她的人对她探究。

若是引得人探究，对忠勇侯府来说，捂了八年，不可能找不到她不在府中的蛛丝马迹，不是什么好事儿!

对她来说，也不是什么好事儿！毕竟一个女子悄无声息不在府中八年，干什么去了？不奇怪吗?

所以，今年的宫宴她势必要参加了！不但要参加，还要露面于人前。这也是她今年赶在及笄第一年立即毁了无名山脱身回来的一个理由。

不过，皇上今日之所以想起她，却不是源于忠勇侯府和她本身受关注。

应该是与秦浩进宫求娶她有关，至于秦浩为什么满京城的女子独独选了忠勇侯府的小姐来抵挡左相府，正如李沐清所说，是与忠勇侯府的地位，以及一直传言她体弱多病的身体有关，若是他选别的门第，不够抵挡左相，若是选别府的小姐，他一个庶子，人家健康的小姐他还配不上。

所以，细论起来，她还是成了这京中最适合秦浩的挡箭牌。

成了，他就是忠勇侯府的乘龙快婿，忠勇侯的唯一孙女婿。虽然她体弱多病，但他将来再纳几个称心如意的妾，得了忠勇侯府的支撑，他的腰杆在英亲王府转眼间就能挺起来，不能越过秦铮，也相差无几了。

若是不成，他总之不吃亏，被皇上过问了的婚事儿，即便是秦铮这个弟弟帮兄娶妻一力促成的，谁也不敢笑话他。如今弄得皇后下了懿旨，说白了，也是一样，他也不亏。

就拿今日他出手就赏赐她英亲王在他出生时给他的玉佩来说，秦浩自然也是不可小视。

谢芳华揉揉额头，她没回到忠勇侯府，却卷入了英亲王府的钩心斗角里，真是……

第十三章 选妻

京　门　风　月

谢芳华闭着眼睛没休息一会儿，秦铮便喊她去做饭。

她看了一眼外面飘着大片的雪花，不愿意动，伸手对西南的方向指了指。

“只要有你在，爷才不吃大厨房的饭菜，多年如一日，早腻味了。快去做！”秦铮站在她面前，用脚踢了踢她。

谢芳华眼白马上占据了大半个黑眼球的位置，他在这王府生活了快十七年了吧？不是也没被腻味死？她每顿饭不是糖多就是盐多，他还没吃腻味？

“我跟你一起去！”秦铮伸手拉她。

谢芳华避开他的手，打定主意不想动。

“我给你烧火！”秦铮哪里肯让她避开，一把就拽住了她，拖着就走。

谢芳华忍了忍，才没抬脚踹他，只能跟着他出了暖和的房间。

落梅居几乎被雪覆盖，梅枝上压了一层莹白。红色和白色相叠，别有一番寒彻骨的傲香。从皇家猎场弄回来的两只小动物应该是在王府转了一圈没发现能逃出去的路，便找了个空屋子安了窝，此时似乎忘了负伤，在院中追逐嬉戏，厚厚的雪地上被它们踩出了无数爪印。

秦铮在出了门口时便自然地放开了谢芳华的手，向小厨房走去。

谢芳华脸皮即便这些年锻炼得厚了些，但也有些热，看着走在前面恍然无觉刚刚举动的秦铮，颦眉片刻，手在衣裙上用力地擦了擦。

秦铮回头看了她一眼，眸光凝了凝，没说话。

谢芳华理直气壮地瞪了他一眼。

秦铮倏地笑了，倒退两步到她面前，弹了弹她头顶上被风吹起落在上面的花瓣。谢芳华以为他会说什么，他却又扭头走了。

听言闻到动静，从他的屋子里跑出来：“公子，我来给听音烧火就行，您……”

秦铮瞅了他一眼：“你不是要煎药吗？”

“今天的药煎完了。”听言道。

“那就把明天的也煎出来。”秦铮说话间已经迈步进了小厨房。

听言呆了呆，看向谢芳华。

谢芳华本来觉得物以类聚人以群分，如今看自小跟在秦铮身边的这个听言，她只能摇头。正如秦铮所说，他这么呆，这么些年是怎么跟在他身边没被人弄死的？

不多时，小厨房挤满了三个人。

一个人做饭菜，一个人烧火，一个人煎药。井然有序。

有秦铮看着，谢芳华没理由再放错糖或者盐，也不会放多或者放少。所以，这一顿饭算是吃了个不甜不咸正可口。

秦铮吃罢饭，极为满意地道：“以后若是有时间，我都帮你烧火！”

谢芳华捶捶胳膊。抡勺子也是一门学问，她每次从厨房出来就胳膊疼，纳闷拿着比勺子重几倍的剑的时候却半点儿不适没有。难道她天生就是拿剑的料？

“胳膊疼？”秦铮挑眉。

谢芳华懒得瞅他。

“走，我们去院中练一会儿剑，活动一下就不疼了。虽然天冷，爷就不辞辛苦陪你了。”秦铮站起身，将墙上挂的剑扔给她。

谢芳华反射性地接过剑。

秦铮勾了勾嘴角，扬眉道：“今日不让着你。”

谢芳华冷哼，谁让着谁？

“公子，听音又哼了。”听言立即大声道，像是发现了不得了的大事儿一般。

“她自然会哼，大惊小怪做什么？”秦铮出了门。

谢芳华随着他也出了门。

听言弄了个没趣，摸摸脑袋，哑巴出声是没什么大惊小怪的，但她是听音啊，听音往常无声无息的，被人打一巴掌怕是都不吱声，哼一声难道不觉得是大事儿吗？

他的手还没放下，院中两个人的剑已经出手。

听到剑声，听言立即从椅子上弹起，挑开帘子，站在门口看。

小白狐和紫貂也停止了嬉戏，退到一边好奇地看着二人，两双眼睛骨碌碌地转，似乎不明白这两个人怎么内斗起来了，它们会不会因为打架而被殃及。

飘雪中，二人剑雨如飞花。

谢芳华的胳膊果然不疼了！

半个时辰后，谢芳华的剑忽然挑掉了秦铮腰间玉佩的绳子，玉佩飞起来，眼看就要落在地上，秦铮却没去接，谢芳华只能又用剑挑住，递给他。

秦铮的脸在雪中更是清俊，收剑入鞘，摆摆手：“送你了！”

谢芳华手一顿，这枚玉佩晶莹剔透，雕刻着祥云神兽图案不说，还刻着他的名字，比今日秦浩要赏赐她那一枚玉佩不遑多让，甚至更精致做工更好一些。他赏给她？什么意思？

“省得你看着别人的玉佩眼馋。”秦铮向屋中走去。

谢芳华挖了他一眼，拿了玉佩，收剑入鞘，快走两步，追上他，扯过他的手，将玉佩塞进了他的手里。这样的东西她才不要！

“不要？”秦铮回头看着她。

谢芳华点头。自然不要，男人的玉佩怎么能随便要？

秦铮面色没有因输了剑招而气怒，而是扯了扯嘴角：“别人的不能要，我的可以要。”

谢芳华不屑地看了他一眼，你不是男人吗？扭头进了屋。

秦铮读懂了她眼睛里的意思，笑意顿收，抿起唇瓣，片刻后，似乎想起了什么，蓦然笑了，收了玉佩，脚步轻松地走进屋。

听言呆呆怔怔地站在门口，雪花打在他本来觉得自己很灵光如今才发现实在不灵光的脑袋上，怎么也想不明白听音那一招是怎么挑下公子身侧的玉佩的。多少年了，他还没见过谁的剑能近了公子的身。

傍晚时分，雪下得愈发大了。

整个落梅居像是都被掩埋在大雪中，红梅已经看不到红的颜色，只看到满目银白。

谢芳华将屋子里的火炉燃得极热，暖融融的火气将窗子上刚沾染的落雪一瞬就化成了水。她取了点红枣、鲜姜，放在铜壶里面和茶一起煮，不多时，满屋子的红枣香味。

三个人捧着杯子坐在屋中闲适地品尝。

听言喜滋滋地看着谢芳华，嘴里忍不住夸奖：“听音，你到了公子身边可真好，咱们落梅居就是下雪也不冷了，你不知道往年，我将炉子燃得热乎，可就是不觉得暖和，我和公子大眼对小眼坐在一起，想想就没趣味。”

谢芳华不说话。

秦铮也不言语。

听言继续感慨：“我来公子身边的时候才六岁，公子那时候才八岁，偏偏赶走了侍候的丫鬟婆子，王妃无奈，只能依了他，所以，我们两个学着做自己的事情。公子的衣裳时常反着穿，我则是鞋子分不清左右脚。王妃将我从家族里面要出来本来是让我给公子做陪读的，我那时候觉得只需要跟着公子就行，所以，哪里懂得家务琐事儿？来了之后，才发现全然不是那么回事儿。”

谢芳华挑了挑眉，斜睨了秦铮一眼。八岁了衣服还反着穿？也够笨的！

秦铮喝着茶，没阻止听言叨咕陈芝麻烂谷子的事儿，似乎不觉得八岁不会穿衣服丢脸。

听言见秦铮没反对，愈发打开了话匣子："于是我们两个都需要学，早起上书房，时常起得晚，公子总被授课的师傅罚，那时候上书房授课的可是当今皇上的师傅，那个严厉劲啊，就别提了。连皇子们都得乖乖听他的，不好好听课，迟到或者早走，都要挨竹板子。公子聪明，课业上自然难不住他，但是早上起不来就是一大关，初入上书房的半年，每日里都因为这个挨打，将手都打肿了，回府之后还要藏着掖着不让王妃看见。"

谢芳华静静听着。南秦上下勤学文治武功，这是建朝时候就流传下的规矩，已经形成了一种风气，无论是高门大户的贵裔公子，还是平民百姓的儿郎，从小都要识字学点儿皮毛功夫。是以，南秦至今强盛不衰。秦铮早起去学课不是什么奇事儿，但有侍候的人不用非要让自己受苦，就是个奇葩了。

"后来有一次，师傅打得狠了，公子的手连吃饭都不能了，王妃自然也就发觉了。说是我失职，要打我，公子护着我，我才没挨打，但从那也不敢再贪睡不早起喊公子了。可是，试了两天，我还是起不来，于是就想出主意，从府中的鸡窝里抓了一只大公鸡来。那大公鸡早上鸣早，我和公子就齐齐醒了。"听言说着，乐了起来。

秦铮瞅了他一眼，缓缓开口："那大公鸡是所有鸡的头目，你抓了它来，所有鸡都不在鸡窝待着了，都被引来了落梅居，它早上一叫，外面的鸡跟着一起在墙外叫，我们能不被喊醒？"

谢芳华抽了抽嘴角，群鸡叫早吗？也是鲜有听闻了。

"后来鸡窝由外院的西南角挪到了咱们落梅居外，即便鸡屎臭味在夏天飘进落梅居，但我和公子都不觉得臭。因为自此公子每日上早课都是最先到上书房的一个。不但不再被师傅打，还被师傅夸奖了几回。"听言嘻嘻地笑着，问谢芳华，"你知道咱们落梅居院里的梅花是怎么才种了满院子的吗？"

谢芳华扬眉。

听言给她解惑："那是因为鸡粪味太重了，王妃说派人来叫公子早起，公子却推了，说不喜欢别人随便进入他的院子，鸡粪不算什么。王妃心疼公子，又因为公子喜爱梅花，所以，王妃亲自回了一趟清河，去要崔氏族里种了几百年的落梅给公子。崔氏族长念在王妃为族里捐献了十所族学，才将收藏的珍品梅花给了王妃。怕她回府后养不活，特意派遣了看顾崔氏梅园的梅匠跟随回了王府。这么些年过来，就成了如今的落梅居。"

谢芳华点头，看向窗外，原来这些梅花来自清河崔氏的族里。英亲王妃为了她的儿子，可谓是煞费苦心了。

“一年之后，我和公子不用群鸡叫早，也能准时早起了，鸡窝才挪回了原来的地方。”听言唏嘘地道，“生火炉，烧热水，打扫院子，穿衣穿鞋，铺床叠被，收拾屋子，都是那时候学会的。一晃也这么些年了。”

谢芳华想起自己重生后，就开始学着自己做自己的事情，以便有朝一日能出府去谋得一身本事回来，所以，知道虽然平常看起来再简单不过的事情，开始做起来，也是有难度的。富贵之家的儿女，身前身后一大堆侍候的人，衣来伸手饭来张口，说句不夸张的话，去茅房方便都有人给擦屁股，不会自理之事，再正常不过。

她图的是有朝一日不受制于人，让忠勇侯府门庭不倒，才狠下了心去苦自己。

可是秦铮，他图什么？

英亲王府得皇帝器重，三代之内都不会倒塌，他一个嫡出之子为何也要苦自己？

何况她是重生之人，再活一世，不是孩子，什么事情都看得明白了，才去为之。

而他呢？听言说他那年才八岁，八岁就宁可吃苦，也要弃了侍候的人。为什么？

毕竟忠勇侯府和英亲王府不同。

“听音，你是不是奇怪公子为何放着侍候的人不用，偏偏吃这份苦？”听言忽然问。

谢芳华收敛思绪，点点头。

听言扫了一眼秦铮，叹了口气：“我这些年都没弄明白，你才来几天，自然是弄不明白的。公子的身份，按理说，侍候的人可以堪比王妃身边的配置，就连我这个书童，按理身边也会有两个打理我琐事的人。可是你也见了，偏偏公子都不用，我也只能跟着吃苦了。”

“你怨言还不小？嫌弃如今的日子过得舒服了？”秦铮看向听言，眼角斜了斜，“若不然我明日便安排两个人侍候你？”

听言骇了一跳，连忙求饶：“我就随便和听音说说，公子别当真，我哪儿有怨言呢！开始是苦些，后来这院子里除了您就我，没别人，也没杂事纷扰，想做什么就做什么，不知道有多舒服。”

秦铮微微哼了一声。

谢芳华有几分恍然，看来原因就在这里。英亲王府如此簪缨鼎盛，只阖府占地就有几十亩，府中的人更是有几千数之多。尤其秦铮是这府中唯一的嫡子，盯在他身上的眼睛岂能少了？想往他身边挤的人能少了？只要有人在身旁，就有麻烦和危险环绕在侧，他谁也不用，只留个小书童跟在身边，无形中挡去了多少对他下手的招数？

更甚者，他的武功是谁教的？

私下做些什么事情，岂不是能够隐藏和方便？

让她意外的是听言的身份，想不到他这个小书童看着不起眼，竟然出身清河崔氏。怪不得在秦铮跟前的称呼一直是我啊我的，从来不是低微的小人或者奴才属下之类的。

清河崔氏的儿郎，即便是庶出，也堪比一般大户人家的嫡出公子。

“咦，王妃这时候怎么过来了？”听言本来还要说话，无意中向窗外一瞅，立即跳起来，迎了出去。

秦铮也是一怔，看向外面。春兰打着油纸伞，挡着雪花，英亲王妃抱着手炉进了院子。他也立即站起身，迎了出去。

谢芳华对英亲王妃是尊重的，这样一位全心全意为了儿子的母亲，她两世重活，却没有福分得到母爱，也立即站起身，跟在秦铮后面迎了出去。

“王妃，这么大的雪，您怎么来了？”听言抖着手笑嘻嘻地对英亲王妃说。

英亲王妃瞪了他一眼：“本来当初在清河见你是个乖巧的孩子，我费了大劲才从二哥手里将你要来我这里。谁知道这么些年，性子竟然越长越歪了。”

听言摸摸脑袋，讨好地道：“小姑姑，我的性子是跟公子学的。”

“不学好！家族的礼仪都被你丢到天边去了。”英亲王妃狠狠地拍了他脑袋一下。

听言不敢躲，着着实实地挨了一下，想着今日他的脑袋可真倒霉，总是挨打。

“娘！”秦铮出了门，对英亲王妃随意地喊了一声，伸手接替春兰扶住她的胳膊。

“我不是你娘，别喊我。”英亲王妃作势甩开他胳膊，板起脸。

谢芳华默默地给英亲王妃见了礼。

英亲王妃虽然板着脸，但还是对她点了点头。

秦铮笑了笑，抱住英亲王妃胳膊不松开，懒洋洋地扶着她往屋里走，得意地道：“今日儿子这一出事儿办得如何？我爹是不是火冒三丈？您心里指不定怎么舒服呢，如今还对我板个脸做什么？”

英亲王妃憋不住笑了，瞪他一眼，抬手戳他脑门：“这回你怕是真招了西院的恨了，看你以后怎么应付他？”

“他若是动手只管来，儿子接着也就是了。”秦铮不以为然，“就算我不做这一桩，他就不恨？出身又不是我的错。”

英亲王妃点头。的确，秦铮若是不做什么，他也照样出手。就在铮儿八岁那年还不是被他险些……那时候他才十一，就有那么毒的心思，她想着，脸色陡然冷了下来：“你说得对！”

秦铮似乎也想起了什么，但并没有怒，而是偏头看了谢芳华一眼。

谢芳华为二人挑开帘子。

秦铮扶着英亲王妃进了屋，春兰、听言随后跟进。

“好大的枣味，还有姜味。”英亲王妃鼻子嗅了嗅，说道。

“是听音在煮茶，茶水里放了红枣和鲜姜。”听言狗腿子似的禀告。

英亲王妃恍然，面上沉怒褪去，露出笑意，对谢芳华道：“听音就是个乖孩子，心灵手巧，学什么一点就会，不用费神，教导琴棋书画的四位师傅每个人都夸奖她，我也越来越喜欢她了。”

谢芳华垂下头，若没有上一世的基础，她哪里能学东西如此快？经不得夸。

“她自然是蕙质兰心的，否则儿子怎么会选中了她？”秦铮得意地道。

英亲王妃嗔了秦铮一眼，坐在软榻上，对他道：“今日的雪下得太大，我就是不放心你，所以要春兰陪着过来看看。果然自从有了听音，你这里都与以前不一样了，倒不用我操心了。”

谢芳华给英亲王妃和春兰倒了一杯煮好的茶。

春兰尝了一口，笑道：“这茶味道可真好，还能驱寒。听音姑娘就是心巧手也巧。”

英亲王妃也尝了一口，点点头，对春兰道：“以后咱们屋里也时常煮些来喝才是。”

“王爷不喜欢姜的味道。”春兰道。

“管他呢？他不喜欢可以不喝，不想闻的话就去别的院子，他又不是没地方去。”英亲王妃轻轻哼了一声。

春兰不言声了。

秦铮慵懒地看着英亲王妃：“爹早先没去门口接您回府？”

“接了！”英亲王妃看了他一眼，“你是不是又将他气着了？”

“是他自己要找上门来生气，可怨不得儿子。”秦铮把玩着手里的杯盏，问道，“现在他去安慰刘侧妃了？”

“没有，秦浩要娶左相府的小姐，这是一门好亲事儿，他一个庶子是高攀了，刘侧妃怎么会不喜？用不着他安慰，他去书房了。”英亲王妃语气有些淡。

“原来是去安慰大哥了。”秦铮了然。

英亲王妃脸色冷了些：“这么些年了，朝局上的事情他比谁都明白看得通透，可是一到这后宅子女上头，他就是个榆木疙瘩，怎么也不开窍。你从小就会气他，秦浩从小在他面前就讨巧，你凡事不用他管束，而秦浩事事都过问他，这也就造成了今日他喜欢秦浩，栽培他的局面。也不全怪他，有你一半的责任。”

秦铮对此一笑：“娘如今还说这些做什么？”

英亲王妃叹息一声：“的确现在说这些都没用了。”话落，有些骄傲地道：“就算他喜欢秦浩又如何？栽培他又如何？秦浩还不是连自己的婚事儿都做不了主，要听我儿子的安排？”

秦铮不置可否。

英亲王妃看着他，忽然话音一转：“你告诉娘，今日到底是怎么回事儿？卢雪莹是怎么招惹你了？往日你都对她视而不见，不理不睬，今日为何偏偏就忍不住怒了她？”

秦铮动了动眉梢，没说话。

“和娘也不能说？”英亲王妃催问。

秦铮抿了一口茶，微微垂下头，脸色虽然没什么变化，但眸底有些冷。

英亲王妃转头看向听言。

听言立即摆手：“我今日没同公子一起出去狩猎。”话落，他伸手一指：“听音去了。”

英亲王妃看向谢芳华。

谢芳华对她露出无辜的神色。

“你不能说话，可真是可惜了。我听说孙太医又给你换了方子？希望这回能治好你的嗓子。既然不是先天的哑症，总有办法。”英亲王妃怜惜地瞅了谢芳华一眼，对秦铮怒道：“快说！若是连娘你都瞒，看我可还疼你！”

秦铮抬起头，忽然一笑，慢悠悠地将今日在猎场外卢雪莹说的话一字不差地和盘托出。

英亲王妃听罢，沉默没说话。

谢芳华打量英亲王妃的神色，并没看出任何情绪。

她知道英亲王妃的温婉也不过是表面而已。她出身清河崔氏嫡系一脉，崔氏的女儿向来尊贵，不是做皇后就是做王妃，最次也是进大户人家做嫡媳，自小便用宫里放出的教养嬷嬷教导，阴谋诡计、手腕筹谋比寻常贵户府邸的小姐学的要多得多。否则这么多年，她如何能稳坐英亲王妃的位置，执掌英亲王府偌大的中馈？如何能生出养出秦铮这样在南秦京城横着走的儿子？

今日这件事儿，说白了，就是秦铮为护她而起。

当时在场的不只有燕亭等几位贵裔府邸的公子，还有燕岚等大家小姐在场。用不了多久，秦铮因为护她的风声就会传出去。

虽然，从她来到秦铮身边，已然聚了无数人窥探的目光，但是将事情弄得这么大，估计也让很多人意外，尤其是宫里。因为这件事情毕竟是因为她一个小小的婢女，却牵动了左相府的小姐，又牵扯了英亲王妃的庶长子，进而牵扯了皇后下懿旨赐婚，皇上也过问了此事。

接下来，她身上的目光会更多，恐怕还会惹来麻烦。

来自别处的麻烦都好说，若是宫里……

卢雪莹说的话其实也不是全无道理，至少秦铮将来是要娶妻的话很对。

“娘在想什么？”秦铮等了半晌，不见英亲王妃再说话，微微挑眉。

英亲王妃放下杯盏，目光有些凝重，对他正色道：“铮儿，你也不小了，今年十六，过了年就十七了。你大哥如今得了懿旨赐婚，就该轮到你了。就算娘不为你张罗，想让你再放荡二年，但是也挡不住宫里的皇上、皇后、太妃过问此事。你爹心里对你的爱其实不比秦浩少，你的婚事是大事儿，他怎么也要过问的。你有什么想法？”

“没什么想法！”秦铮语气极淡。

英亲王妃哼了一声：“你别糊弄我，你是我生的，你有没有想法我还不知道？”

秦铮倏地笑了，看着英亲王妃：“娘恐怕才是有想法的那个人吧？”

英亲王妃乜了他一眼：“既然皇后的懿旨赐了婚，左相府的卢雪莹就算再怎么不乐意，也是要嫁入英亲王府来，除非秦浩死了，否则她生是英亲王府的人，死是英亲王府的鬼。她对你是休要痴心妄想了。”

秦铮闻言不屑一顾，嘴角都不动一下。

“排除她一个，这京中大家府邸适龄的女子有五十几人，但与咱们门楣相匹配的只有五人。”英亲王妃缓缓道，“右相府的小姐李如碧，永康侯府的小姐燕岚，翰林大学士的独女王妍，监察御史的二女儿郑茵，还有忠勇侯府的小姐谢芳华。”

谢芳华手一抖，握着的杯盏微微倾斜，姜枣茶水洒了两滴到她指尖。

秦铮扫过来一眼，眸光定了定，没说话。

英亲王妃闲话家常一般地道：“搁在娘的角度，只要是你点头，中意的，娶进门来，娘都能待她如亲生女儿，这五个人家，都与我家一样是钟鸣鼎食之家，最次也是富贵百年的门第。家教都甚严，养的闺女都差不了，比左相府那个强多了。虽然燕岚差一些，但也是个知道分寸的孩子。”

秦铮不说话。

英亲王妃话音一转：“前面四人若是你求娶，问题都是不大，只这忠勇侯府的小姐，要细细思量一番，恐怕最是为难。”

“怎么为难？”秦铮挑眉。

英亲王妃犹豫了一下，吐了一口气道：“忠勇侯府的小姐从七岁起得了一场大病后，一直就缠绵病榻，至今不见外人。不但京中夫人小姐圈子里的聚会不参加，每年的宫宴也被忠勇侯给推了。据说就连忠勇侯府的人都没见过她几面。体弱至此，实在忧心，不是媳妇的好人选。”

秦铮嗤了一声，不以为然。

英亲王妃看着他笑了笑：“娘亲与她娘是昔日的手帕交，哪怕她娘命苦，早早就去了，但娘亲也没忘交情，一直念着她。我们昔日倒有个口头婚约，不过未曾搁在书面上，也未曾交换信物，所以，早也算不得数了。”

秦铮抬了抬眼皮，没说话。

“若她真是大病得连屋都不能出，就算娘再喜欢，也是不能给你娶的，毕竟你将来是要继承英亲王府这门庭的，你的媳妇儿怎么也要帮你支撑起府中的中馈来。不能是在温室里养的花朵，经不得风雨。”英亲王妃道。

谢芳华喝了一口姜枣水，闻言略微松了一口气。

“她的病是其一，其二就是忠勇侯府的门庭，始终是皇上心里的一根刺。谢氏的根基太大了。南秦几大姓氏望族的门庭加起来，算上我出身的清河崔氏，恐怕也不及一个谢氏。若是再任其发展下去，保不准有朝一日南秦就改了朝，换了代，姓谢了。”英亲王妃声音略微低了几分。

“娘，这话您也说得出来？幸好外面风雪大。”秦铮叩了叩桌面，发出细微的响声。

谢芳华垂下眼眸，终于找到了前世忠勇侯府被灭门的根源了。原来原因在这里。她这些年依然想不明白忠勇侯府对皇室忠心耿耿，怎么可能会联合北齐嫁出去的姑奶奶通敌卖国？皇帝雷霆震怒，诛杀了满门，九族多少人都被拖去了乱葬岗……

一直以来，她只想到是飞鸟尽，良弓藏，忠勇侯府太繁荣遭到了皇帝忌讳，却原来是谢氏一脉的根系太大，族人太多，才是真正威胁到皇室的原因。

爷爷他心中清楚吗？

连英亲王妃一个女子都清楚的事儿，他怕是更清楚吧！

这么些年，爷爷顶着谢氏一脉最繁盛的忠勇侯府何其不易？而谢氏的其他房和族人呢？他们只羡慕忠勇侯府门第高贵，怕是不会去想同气连枝，同姓一个谢吧？只知道争夺爵位，拜高踩低，愚昧地不懂朝政和潜在的危险。

她忽然心中升起一股悲哀，这是传承了数百年的谢氏发展至今的悲哀。

人人都想做那出头的鸟，却不知道出头的鸟是最先被枪打的那个。

“就算我不说出来，有心人也是洞若明镜。”英亲王妃笑了笑，“忠勇侯府世代忠诚，忠勇侯年轻时戍边保疆，耽误了子息，唯一的儿子儿媳出了意外早亡了，唯一的女儿替大长公主嫁去了北齐，若是叫我说，忠勇侯府自然不会反。但是高坐在龙庭上的皇上可不这么想了，卧榻之侧岂容他人酣睡？这是自古为君的忌讳。谢氏和忠勇侯府正是犯了这个忌讳。”

秦铮不言声，修长的手晃动着杯盏，杯中的水一圈一圈有规律地晃。

“忠勇侯府世代入朝，立世求存。其他谢府旁支族亲则是各想方法，有能入仕的便入仕途，谋得官位，不能入仕的便经商，不能经商的就置办农田，天下但凡有收益的活计，都有姓谢的人在做。”英亲王妃说道，“这样的谢氏，焉能不被皇上忌讳？”

谢芳华握着茶盏，静静听着。谢氏有多大，族人有多少，她上一世在被灭门牵连的时候就知道了。当时还流传出一句话：“南秦倾了一个谢，半壁江山塌一空。”

这个谢，说的可不只是人，也不只是朝堂的人才，原来还有谢氏背后的士农工商。

所有谢氏族人集合起来有多少经济脉络和财力，她没计算过，但比国库，怕只多不少。

这样想来，她经历了一世之后，重活至今，若不是今日英亲王妃这样点出来，她护住忠勇侯府的想法还是有些简单了，没看清楚忠勇侯府背后这样的大背景。

谢芳华握着杯壁的手紧了紧，抿了抿唇，遮住眼中清冷的神色。

即便再难，她也要保住忠勇侯府，保住家宅和亲人平安。

否则，枉活一世。

“清河崔氏论起来，也不比谢氏族人差多少。”秦铮忽然道。

“清河崔氏秉持文人的清贵遗风，自诩清门清户，钱财和仕途乃铜臭和势力之物，不屑为之。”英亲王妃谈起自己的家族，淡淡道，“其实这世间的人，哪有哪个人，哪一家真正有清风骨气，不沾染铜臭？人要活着，钱财必不可少。清河崔氏真要这么清白，你这满院的落梅从哪里来？”

秦铮挑眉。

“开始有这个规训，不过是为了装点门面罢了，也算是为了减少帝王忌讳。久而久之，代代流传下来，族中子弟便真有了清贵风骨，很多人都不喜入仕和经商，帝王有哪个不乐见？”英亲王妃耐心地解析，“所以，这也就是清河崔氏还能再立百年的理由。而谢氏，岌岌可危。”

秦铮默然。

谢芳华不得不承认英亲王妃说的是事实。她不愧是出身清河崔氏的女儿，不仅对南秦朝堂局势了解透彻，对人心把握得当，更对自己家族了解甚深。才生了秦铮这样看起来玩世不恭、不拘世俗、嚣张狂妄，却又深不可测的儿子。

“所以，可以想象，你若是娶忠勇侯府的小姐，皇上是否会乐意？你爹是否会乐意？”英亲王妃总结，“你爹虽然不想与左相府牵扯，但范阳卢氏还只算一般望族，百年之外，也赶不上谢氏的气候，左相再尖刻，也逃不出皇上手心，秦浩也只是个庶子。而忠勇侯府就难说了，我们英亲王府百年内定是不倒的，你又是嫡子，皇上怎么乐意你娶谢芳华？”

秦铮面上神情难测，不吱声。

“行了，今日娘说得够多了，就是想给你提个醒，让你看清楚这局势，对于妻子的人选，也好有打算。”英亲王妃放下杯盏，站起身，转头拍拍谢芳华的手，笑得和气，“听音，今日的事情虽然因为你，但你也别怕，这也不是什么大事儿。你是你家公子身边的人，你被卢小姐那般言语欺负，也是欺他，以他的脾气若是不恼，谁都会觉得奇怪了。这样正好。”

谢芳华收敛情绪，规矩地点点头。

英亲王妃摸摸她的脑袋：“你是个稳重的孩子，若是一直有你在铮儿身边，我也是喜欢的。不管他将来娶了谁，我都会对你……”

“娘，别啰嗦了，要走赶快走！雪越来越大了，儿子送你回去！”秦铮打断英亲王妃的话，站起身。

“这个死孩子！”英亲王妃骂了一声，后面的话到底没继续说下去。

春兰连忙拿过斗篷给英亲王妃披上。

谢芳华将手炉递到英亲王妃手里。

“我听说今日你赢了几位公子的好皮子？”英亲王妃在屋中扫了一圈，问等着她的秦铮，“你准备怎么处理？”

“给你和听音都做衣服。”秦铮毫不含糊地道。

“那敢情好！”英亲王妃笑开了，“我儿子赢来的，穿出去也有面子。”说着，感兴趣地对谢芳华嘱咐：“你画出几套衣服的样子来，明日我过来，我们两个一起做。”

谢芳华点点头。

英亲王妃由秦铮扶着打伞出了房门。

春兰独自打一把伞提前蹚道。

“听音，这姜枣茶水我还没喝够，你别都一个人喝了，给我留点儿啊。”听言对谢芳华丢下一句话，也赶快拿了一把伞追了出去。秦铮去送王妃，回来可就一个人，他得跟着。

不多时，四个人先后出了落梅居。

谢芳华站在窗前，看着窗外，飘雪的确更大了，整个落梅居全部被雪覆盖，除了能看到梅树的枝干外，梅花是一瓣也看不到了，枝上地面一片厚厚的白。

她此时的心境就如这满目的白雪一般，凄清清的冷冽。

忽然，院中忽然传来一声细微的响动，紧接着，一句耳语传入耳畔。

谢芳华一惊，猛地顺着声音的来源看去，只见东南角的一株梅树枝干上落了一个霜白的身影，夹在雪白中，几乎看不出，她眸光动了动，瞬间离开窗前，出了房门，转眼便来到了东南角的树下，微微仰着头看着树上，低声道：“你怎么来了这里？”

言宸将她上下打量了一眼，蒙着白绢布只露出的一双眼睛动了动，低声道：“过来看看你。你是否要脱身？今日便是好机会。我帮你回忠勇侯府。”

谢芳华思量一下，摇摇头：“我若是离开，其实也是容易，秦铮并没有对我禁足。但是目前我还不想离开。”

言宸眼睛缩了缩：“你才来几日，舍不得这里了？至于连家也不回了？”

谢芳华嗤了一声：“有什么好舍不得的。这里锦衣玉食，我回忠勇侯府也一样。但是回到忠勇侯府，终究是被拴在笼子里的鸟儿，被束缚在闺阁，在这里的话，我是秦铮的婢女，可以随着他高兴随意出府。甚至可以打听到很多在忠勇侯府得不到的消息，也可以弄明白很多事儿。”

言宸紧锁的眸光渐渐放开：“今年春节宫里的宫宴据说一定要你参加。”

“到时候我会想办法去！”谢芳华道。

言宸点点头："你都探听到了什么？如此不想离开，想必有收获了？"

谢芳华嗯了一声，眸光沉了沉："我们的计划怕是要变动一下。"

言宸哦了一声，感兴趣地问："如何变动？"

"原来皇帝忌讳的不只是忠勇侯府，还有整个谢氏一族。"谢芳华低声道，"距离春年宫宴还有二十日，你趁这段时间将所有谢氏族人的所有产业和有关联的产业都打探清楚。"

言宸扶着梅枝的手动了动，一簇雪花落了下来，他凝眉："你是想……"

谢芳华脸色在飘雪中清寒凛冽："谢氏牵一发而动全身，不如这一发由我来先动。"

言宸了然："好！"

"另外，无名山被毁的消息传扬开了，四皇子秦钰如今落脚在舅舅军中，若是我所料不错的话，他恐怕未来一段时间都会留在漠北戍边的军中了，有左相阻拦，皇帝不可能顺利召回他，另外将无名山的罪加在他身上，说他相克无名山的话，实属荒谬。所以，这个言论站不住脚。皇上不久后应该会下旨让他留在军中历练。这是两全的办法。"谢芳华又道。

"所以？"言宸看着她。

"以我的名义给舅舅传话，让他务必宽待礼遇秦钰。另外，你派人避开舅舅，和秦钰单独暗中接触，联合秦钰。"谢芳华坚毅地道。

"皇帝是龙，秦钰将来未必不是另一条龙。他如今看似是绝境，也未必不会反击回朝。"言宸沉默片刻，问道，"你确定联合他？"

"就算秦钰是龙，也还是一条小龙。"谢芳华点头，冷声道，"就算皇上一直找机会对忠勇侯府和谢氏下手，我也要在他没下手之前找出一条路来。而最好的路，就是皇权更替。接班人斗个你死我活的话，他对付忠勇侯府和谢氏的心会不会缓一缓？或者打消，或者给了我足够的时间安排被我所掣肘也说不定。"

言宸颔首："有道理。"

"这里不是久留之地，你还是赶快离开吧！虽然如此大雪，英亲王府的护卫稍微有些懈怠，但不过也就是瞬息之间，你不宜暴露，今日来这里已然是冒险了，还是不要多待。"谢芳华催促。

言宸点点头，看了她一眼，不再多留，轻轻一个纵身，翻墙出了落梅居。

墙上厚厚的雪没有被惊动一点儿，只他坐的这棵树被抖落了数片雪花。

谢芳华挥手，一股风雪猛地卷起，半个院子的雪被掀起了一层，梅树上的雪瞬间被抖落了很多。白衣人在树上待过的痕迹被掩藏，分毫不剩。

她拍拍手，转身回了房间。

刚回到房中不多久，秦铮和听言一前一后回到了落梅居。

“嗨，这雪下得可真大，要是这么下个三五天的话，城外的官道和山路怕是会封个十天半个月。”听言进了屋，放下伞，到炉边烤火，看到火炉上新煮的茶，高兴地道：“听音，你可真够意思，又给我新煮了茶来喝，谢啦。”

谢芳华笑着点点头。

秦铮扫了谢芳华一眼，忽然问：“可有人来过？”

谢芳华面不改色地摇摇头。

秦铮转身进了屋，脱下被雪水打湿了的外衣，换了一件干净的软袍，又走了出来，和听言一起围坐在火炉旁喝茶。

“这么大的雪，都在屋子里猫着呢，公子没见咱们府里除了我们，连个走动的人影都没有吗？哪里会有人来？”听言搓着手，“真冷啊，我最不经冻了。”

秦铮扫了听言一眼，没说话。

谢芳华静静坐着，偶尔拨弄一下铜壶里面煮的东西，面上看不出分毫痕迹。

傍晚，听言回了自己的屋子。秦铮也进了最里屋，谢芳华给火炉里埋了两块硬实的炭火，也早早就上了床。

入夜，不只整个落梅居安静，整个英亲王府，甚至整个皇城都极为安静。

第二日，清早醒来，大雪已经封了门窗。

谢芳华向屋中的沙漏看了一眼，正是每日秦铮起床练剑的时辰，但屋中一片昏暗。

这么大的雪，不知道里面的人是否会懒一日？

她正想着，里屋传出了穿衣的动静。

谢芳华闻声知道自己不能再赖床，也只能起身穿衣。她刚穿戴妥当下了床，秦铮便从屋中走了出来。他瞅了她一眼，道：“照旧练剑！”

谢芳华点点头。

秦铮来到外屋，伸手推了一下门，没推动，他猛地用力，门咯吱一声，雪簌簌落下，才勉强开了一条缝，他向外看了一眼，门口的雪堆积得几乎与房檐一般高，整个门口都被雪堵住了。他忽然笑骂：“大雪都封门了，岂能不封山？听言这个乌鸦嘴！”

谢芳华拢好头发，走出中屋，便看到秦铮抽出腰间的剑砍雪，她撇了撇嘴，没吱声。

秦铮砍了两下，只给门口堆积的雪山劈出两道印子。他回头，见谢芳华在撇嘴，他瞪眼：“你可有办法？”

谢芳华摇摇头，就算她没办法，也不会傻得拿剑去砍，顶什么用？白费力气！

“那就没有资格笑话我笨！”秦铮对她道。

谢芳华别开头不看他。

“公子，公子快来救我啊，我出不去了。”外头听言的喊声忽然传来。

秦铮扔了剑，没好气地嚷回去：“爷还出不去呢？叫嚷什么？自己想办法！”

听言顿时没了声。

谢芳华心里好笑，这么大的雪，生生把人都关在屋子里，也是百年罕见了。

秦铮皱眉看着门口的雪，忽然对谢芳华道：“我们将门卸了，合力用门推雪，你说怎么样？就不信推不动这堆雪。”

谢芳华点点头，这的确不失为一个办法。

秦铮得到她赞同，说干就干，转眼就将门给卸了，然后自己抓住一面角，将另一面角递给她：“我喊开始，我们一起用力推！”

谢芳华点头，抓住木门的一面角。

秦铮喊了一声开始，二人一起用力。两个人毕竟是自小学武，虽然雪积压得沉重，但还是耐不住二人的合力，不多时，便将门口的雪推出了丈远，二人一起出了门。

因了屋檐下避风，适合藏雪，所以，门口堆积的雪才极多极厚。而院中的雪因风吹走一部分，所以，也就只堆积三尺来深，到半截梅树下，不是太严重。

天空依然飘着雪花，不如昨日下得大，零零星星地下着，短时间内也不见停。

秦铮抖抖手上的雪，对谢芳华道：“继续推，推到门口，通出一条道来。”

谢芳华点头，继续向前推。

这回便容易多了，不多时，二人便将正屋通向落梅居的位置开通出了一条道。

“公子，听音，你们出来了吗？快来救我！”听言在西边的屋子喊。

“你自己想办法！我们练剑回来你若是还出不来，我再救你。”秦铮走向茅房。

“不行啊，公子，我尿急。”听言大喊。

“你屋中没夜壶？没有就憋着！”秦铮不理会。

“您都没夜壶，我哪里有啊，半夜还不是出外面上茅房去？您再不救我，会尿屋子里的。”听言苦兮兮地道，“况且，您不救我出去，我怎么给听音煎药？我还要打扫院子啊。”

秦铮脚步顿了顿，没吱声，进了茅房。

“公子啊，您不能见死不救啊。”听言似乎快要哭了。

谢芳华有些好笑。

不多时，秦铮走回来，重新拿起门板，对谢芳华道：“救他！”

谢芳华想着在这里住了数日，秦铮似乎从没夜间出去过，难道他没有起夜的习惯？

“想什么呢？”秦铮忽然照她脑袋重重地打了一下。

谢芳华脸一红。

秦铮冷哼一声：“我是不想半夜起来看到你踢了被子的样子！到晚上水都不敢

多喝。”

谢芳华退后一步，同样冷哼一声，她才没有不好的睡觉习惯，踢被子的人怕是他吧？以为人人都和他一样？

“我又听见听音哼了，公子，她的嗓子有起色不只是孙太医一个人的功劳，这里面也有我的功劳啊。”听言立即道。

“记你一功，等她嗓子好了给你唱歌听。”秦铮拿着门板来到听言门口。

听言在里面大乐：“好啊！”

谢芳华揉揉额头，和这两个人待久了，她在无名山压了多年的性子似乎活络了些，情绪被他们偶尔激起波动，这么下去不是好事儿。

“还不快过来，傻站着干什么？”秦铮回头看谢芳华。

谢芳华立即走过去抓住门板一角和秦铮一起铲雪。

不多时，堆积在听言门口的雪便被铲开，听言打开门出来，对二人道了声谢，就急匆匆地向茅房跑去。

秦铮扔了门板，捡起剑，向外走去。

谢芳华也拿了他给的剑跟着他出了院门。

一个时辰后，二人额头都微微带着些汗意地回了落梅居。

听言笑嘻嘻地迎上前：“公子，刚刚宫里派人来传话了，说雪太大了，天寒路滑，上书房的课暂且免上三日。您今日不用去上早课了。”

秦铮嗯了一声，对他吩咐：“你也去给听音上课的几位师傅传话，告诉她们，三日内不用来了。何晏这三日也不用来了。”

听言应了一声，披了棉袄，跑出了落梅居。

“走，我陪你去做早饭。”秦铮对谢芳华道。

谢芳华点点头。

二人进了小厨房。

听言不多时就回来了，嘻嘻哈哈地道：“公子，今日大街上人影都不见一个。全是各府跑腿的小厮，马车出门的更是没有。这场雪下得这个大啊。我碰到了忠勇侯府的侍书，他说忠勇侯府的门也被大雪给封住了，只少数风向正吹着的门没被大雪封住。”

秦铮点点头，问道：“侍书这么早出门做什么？”

“据说谢氏六房的老太太因这一场大雪来得突然，身子骨受不住了，昨日染了寒，发热昏迷了。忠勇侯府一早得了信，侍书得谢世子的吩咐带着药品和大夫过去探视。”听言道。

秦铮挑眉：“可是和忠勇侯一母同胞的六爷遗孀老太太？”

“正是！”听言点头，“就是昨日来咱们府中做客的谢氏六房明夫人的婆婆。”

“这位老太太是个要面子有骨气的主，谢六爷亡故之后，挪出了忠勇侯府，另外辟了宅子和子孙同住。这么些年下来，日子过得也不比其他谢氏旁支差，和京中各府的关系也处得好，只是缺少孙子。”秦铮语气不带任何情绪地评价。

“你从咱们小库房挑选些祛除风寒的好药和补品，送去谢氏六房。”秦铮吩咐，“若是谢氏六房的人问起缘由，就照实说你今早碰到了侍书，知道了六老太太的身体抱恙。就说我与谢世子交好，六老太太和谢世子是近支婶祖母，我既然知道了这件事儿，理当派人看看。”

听言有些意外，更是奇怪：“公子，您和谢世子交好多年了，那六房的老太太也不是今日儿身体才不好，往日您怎么没想着派我去看望？”

“此一时彼一时，你照我说的话去做就是。哪那么多废话！”秦铮瞪了他一眼。

听言缩了缩脖子，不敢再问了。

吃过饭后，听言果然照着秦铮的吩咐，挑选了药物和补品，去了谢氏六房的宅子。

谢芳华暗暗揣测着秦铮此举的用意，唯一解释的就是，他没说是看在明夫人和他娘同族姐妹的关系，论理也管明夫人叫声姨母，但是他却说了谢墨含，这是摆明了给他哥哥这个忠勇侯府的世子撑起几分门面了。

这样的举动别说传到谢氏六房，就是谢氏族亲里所有宅院都怕是要惊上一阵的。

毕竟他们打算的是把哥哥拖下去，更何况如今哥哥已经成年，爷爷也已经老了，他退下爵位的时候，哥哥就会继承，他们若是不抓紧，机会就没了。

本来忠勇侯就护着唯一的孙子，英亲王妃看在她娘手帕交的情分上对其多有照顾，若是再加上秦铮，那么谢氏其他房再明里暗里给哥哥下绊子，就要更谨慎小心掂量着了。

毕竟秦铮一直以来无人敢惹。

毕竟他说怒卢雪莹就怒了，说让她嫁给他大哥，懿旨就赐婚了。

这样的秦铮，谁还敢惹？

“看来你今日是不得闲了。”秦铮忽然看向窗外说道。

谢芳华闻言扭头看向窗外，只见英亲王妃由春兰扶着来了落梅居。她忽然想起她昨日走时说的要一起做衣服，看来是得了其他几位师傅不用来的消息，赶早就过来了。果然是不得闲了。她只能迎了出去。

英亲王妃进了屋，开口赶秦铮：“虽然不用去上书房，你也给我去小书房温习去。”

秦铮撇撇嘴：“您儿子聪明，不用温习也什么都会，我陪你们做衣服。”

“做针线是女人家的事儿，你一个男人掺和什么？还不快去！”英亲王妃赶他。

秦铮坐着不动：“你们辛苦忙活，身边怎么也需要一个端茶倒水的人不是？”

“有春兰在，不需要你。”英亲王妃不买账。

“兰姨跟在您身边日日都辛苦侍候，今日就给她放一天假吧，儿子陪您。”秦铮道。

英亲王妃瞋了他一眼：“我看你想陪的人不是我，而是听音吧！”

秦铮蓦地笑了，看了谢芳华一眼：“娘您真聪明！”

第十四章
串门

英亲王妃冷哼一声，不再撵秦铮。

春兰极其有眼力，见此笑着道："奴婢的确也想偷懒休息一日了，王妃就交给二公子照顾了。您可务必要照顾好王妃。"

"兰姨放心吧！"秦铮拍着胸脯保证。

春兰笑着出了落梅居。

英亲王妃对谢芳华道："咱们两个先筛选皮子，皮毛虽然都是一类的，但精细度也是不同。近乎相同的皮毛色泽拼凑起来才好看。"

谢芳华点点头。

于是，二人就着屋中堆满的皮毛择选起来。

用了大约一个时辰，屋中的皮毛都被二人分出了等级和类别。

英亲王妃用帕子抹抹汗，对谢芳华问："昨日让你画样子，你可画了？"

谢芳华点头。

"拿出来看看！"英亲王妃吩咐。

谢芳华走进里屋，将昨日睡觉前随意画了的几张纸拿出来，递给英亲王妃。

英亲王妃接过看了一遍之后，笑着夸奖："怪不得琴棋书画的四位师傅总是夸你，只看这简易的几笔就勾勒出一幅画来的本事，不是什么人都能做到的。"话落，她忽然问："听音，你家里的出身一定很好吧？否则寻常人家的女儿可学不会这么多东西。这是需要从小就练习的。"

谢芳华目光动了动，不点头，也不摇头。

"娘，喝茶吗？"秦铮忽然问。

英亲王妃对他伸出手。

秦铮将茶杯递给英亲王妃，顺便将她手中的几张画纸换到了自己的手里，看了一眼道："这是前朝有名的画仙子作画的手法。"

"正是这个手法。"英亲王妃点头，感慨道，"画仙子对于画术一道，可谓是登峰造极了，可惜也无后人留下，只留了两幅传世之作。一幅就是你屋子里挂着的《青云岚山》，还有一幅就是《玉楼烟海》。听音这几幅画虽然寥寥几笔，但是隐隐有画仙子的风骨藏在其中。"

谢芳华微微垂下头。她已经很小心隐藏了，竟然还能看得出来，不得不说二人眼毒。

"《青云岚山》被你得到了，《玉楼烟海》至今无影踪，不知道被谁收藏起来了。"英亲王妃感叹道，"据说《玉楼烟海》要比《青云岚山》功法好一些，线条也要流畅一些，意境更深远一些。"

秦铮懒懒地道："在忠勇侯府呢！"

英亲王妃一怔："当真？"

"自然是真的，您儿子我还见到过呢。"秦铮颔首。

英亲王妃看着他，见他不像作假，忽然笑了起来："看我糊涂的，谢氏一脉传承要比我们皇室一脉久远，在前朝也是一等一的世家大族，金玉满堂、钟鸣鼎食、簪缨富贵，论起这些来，谁家也不及。画仙子的《玉楼烟海》再好，藏在忠勇侯府也不算什么稀罕宝贝了。"

秦铮微哼一声："就扔在海棠苑的小仓库里，尘土盖了一尺厚。"

谢芳华眸光一动，不由抬头瞅了秦铮一眼。他怎么知道那幅《玉楼烟海》在她闺阁的小库房里蒙尘了？他何时去过她的闺阁？爷爷和哥哥能允许外男进入她闺阁？

英亲王妃也是看着秦铮，奇怪道："我听说忠勇侯府的海棠苑住着的是人家小姐。你怎么知道得这么清楚？何时去了那里？"

秦铮不以为意："你儿子想去哪里还能去不了？何况区区一个忠勇侯府的海棠苑。"

英亲王妃顿时竖起眉头："胡闹！人家姑娘的闺阁能是你随便说进就进的？你虽然性情乖张，玩世胡闹，但也该知道男女之防，礼数颜面。我们英亲王府虽然顶着宗室的名头，但皇室最早也是诗礼传家。偷偷进人家女子闺院，传出去像什么话！"

秦铮咳嗽了一声，不以为然收敛回去，低声道："娘，这不是没人知道吗？你再大声嚷嚷下去，所有人该都知道了。"

英亲王妃恼怒地瞪着他。

秦铮笑了笑："这也不怪儿子，只能怪她的闺院里栽了海棠树，我想去比比，到底是我的落梅好，还是她的海棠好。"

英亲王妃闻言被气笑了："所以你就偷偷跑去看了？既然如此，看看海棠也就罢了，怎么跑人家小库房去了。"

秦铮无辜地眨眼睛："当时子归兄好巧不巧地跑去赏海棠，我躲无可躲，又不能真进人家闺房里躲，只能躲进了一间屋子，谁知道进去之后才发现是小库房。"

谢芳华暗自磨牙，一派胡言！她即便多年不在家，也知道她的小库房是上了锁的。他如果不撬了锁的话轻易就能进了那里？

"这是什么时候的事儿？"英亲王妃显然也想到了，挖了秦铮一眼，责问道。

"几年前吧！忘了。"秦铮道。

"不学好！"英亲王妃扯过他手中的画纸，"你今日午饭别吃了，罚饿着！"

"娘，听音的手艺有我在旁边看着，颜色上差些，但是味道上还算有进步了，您今日中午要不要在这里用膳？"秦铮问。

"嗯，我也尝尝听音的手艺。"英亲王妃点头。

"所以，您和听音吃着，儿子在一旁看着，您忍心？"秦铮反问。

英亲王妃抬手照他脑袋拍了一巴掌，又笑骂一句，算是放过了他，吩咐谢芳华拿针线。

谢芳华转身去拿针线，心中恼怒。她的小库房收藏了很多东西，怕是都被他看到了。偷拿倒不至于，秦铮的身份还不至于不问自取地做贼，但是被翻弄是一定的了。

拿了针线，英亲王妃和谢芳华二人便缝起皮子来。

秦铮坐在一旁喝着茶水，吃着点心看着二人，眸光一会儿落在英亲王妃身上，一会儿落在谢芳华身上，闪动着莫测难懂的情绪。

中午，英亲王妃在屋中休息，谢芳华下厨，秦铮烧火，听言煎药。

午饭后，英亲王妃休息了一会儿，又兴致勃勃地拉着谢芳华缝制衣服。

秦铮问起听言前去谢氏六房里的情况。

听言连忙回道："我去的时候，谢氏六老太太醒了，问起公子，我将您吩咐的话照实说了。六老太太道了谢，说公子若是改日得闲了，和谢世子一起过去坐坐。"

秦铮点点头："还有吗？"

听言想了一下道："我到六房的时候，正碰到了宫里林太妃派去探望的人。"

秦铮哦了一声。

英亲王妃在一旁说道："林太妃派人去探望谢氏的六老太太不奇怪，这二人曾是手帕交。林太妃嫁入了宫里做了先帝的妃子，六老太太嫁给了忠勇侯的胞弟，入了忠勇侯府。皇室和忠勇侯府向来有那么一层敏感，也就牵扯到了后宫和后宅，都是聪明人，所以，二人也就断了来往。直到先帝驾崩，六房老太爷也病逝了，六老太太脱离出了忠勇侯府，另辟了六房的府宅，二人才渐渐有了来往，但都是私下避着人的，今年才走得密一些。你向来不关心谢氏六房，所以不知道。"

秦铮点点头，原来如此！

“如今你怎么关心起谢氏六房的老太太了？这些礼尚往来的事情，你不是向来看不上眼，不愿去做吗？每年年节让你与我一同去宗室和交好的各府里走动你都不去。如今怎么转了性子了？”英亲王妃疑惑。

秦铮闲闲散散地道：“如今不是闲得发慌吗？”

英亲王妃没好气地瞋了他一眼：“不知道你在打什么主意！不过你可小心点儿，别再做过火的事情了。否则你再如此胡闹下去，这京中谁家的女儿还敢嫁给你？”

“所以说，为了娶媳妇，我以后也要多和京中各大府邸的人走动，争取挽回些分数。”秦铮道，“没准娶谁犯了难的时候，都站出来帮我说话呢。”

英亲王妃闻言笑骂了一声，不再理会他。

谢芳华如今连瞅秦铮一眼都懒得瞅，这样的恶人，最好一辈子打光棍，没人愿意嫁他！

一日一晃而过，平安无事。

第二日，雪依然未停，听言打扫了一遍院子，院中又落下一层雪，他气得甩了扫把，回屋守着火炉子听英亲王妃和谢芳华、秦铮、春兰四人闲话，不再出去了。

第三日晌午的时候，雪终于停了。

英亲王妃松了一口气，看着窗外道：“都年关了，满打满算还有十七天，这雪下了三日，路怕是要被雪封埋几日，赶回家过年的客商和百姓这回都要耽搁行程。更严重的，怕是不知道要冻死多少无家可归的孤苦百姓。”

“娘亲菩萨心肠！”秦铮道。

“菩萨心肠倒也不是，只是年纪大了，就想着合家团圆。”英亲王妃道。

秦铮不发一言。

正说着话，英亲王妃身边的一等大丫鬟翠荷进了落梅居。

“老头子准是找你有事儿。”秦铮向外看了一眼，优哉地道。

“你爹还没那么老，称不上老头子！”英亲王妃不怎么爱听，训斥了一句，见秦铮不言声了，她对外面道：“翠荷，什么事儿？可是王爷找我？”

“回王妃，正是王爷找您。”翠荷站在门口回话。

“可说什么事儿了吗？”英亲王妃问。

翠荷声音微微压低：“没说什么事儿！不过奴婢斗胆猜测，应该是为了大公子的婚事儿。皇后的懿旨是下在了左相府，没来咱们府。王妃您那日带着几位夫人前往左相府也是空手去的。如今大雪停了，王爷想必是让您再去左相府一趟，张罗纳彩下聘的事儿。”

秦铮冷哼一声：“怕是不只我爹一个人找我娘吧？刘侧妃也跟去了吧？”

翠荷低声道：“二公子说得正是！”

"让他们等着！"秦铮板起脸色。

英亲王妃却站起来："算了，我还是回去吧！剩下这两件斗篷的边角就交给听音缝吧！对于你大哥的亲事儿，我们既然做了初一，就要做全十五。不能太过分了。"

"说您菩萨心肠，您还不承认！"秦铮嗤了一声，挥挥手。

英亲王妃由春兰扶着出了落梅居。

英亲王妃刚踏出门，谢芳华就立即甩开了手边的针线。

"不做了？"秦铮看向她。

谢芳华狠狠瞪了秦铮一眼，扭头进了自己的屋，鞋子脱了，躺在美人靠上休息。

若说上一世她极爱琴棋书画这些富有风雅的东西，极其认真学习女红针织做衣衫绣品，这些东西都是不知愁滋味的女儿家做的，这一世她便没多大兴趣了。没有人在旁边盯着，她提不起兴趣做。

秦铮从外屋跟了进来，盯着她看了片刻道："还差点收尾的边角，赶快做完了事儿。"

谢芳华闭着眼睛不理他，敢情做的人不是他。

秦铮等了一会儿，忽然又道："每年下大雪的时候，子归兄的身体都要受一场寒，不知道如今这一场大雪是否因体质好些了躲了过去。你若是赶快做完了这两件斗篷的边角，饭后我带你去忠勇侯府转一遭。"

谢芳华睫毛动了动，抬眼看秦铮。

"忠勇侯府的海棠苑据说越是大雪天，海棠花开得越是鲜艳欲滴，是稀世品种的海棠，需要补药日日养着。想不想去？"秦铮挑了挑眉。

谢芳华不想被他诱惑，但偏偏他抛出的诱饵太大，只能坐起身。

秦铮勾唇笑了笑，转身出了屋子。

谢芳华穿上鞋子，脚尖狠狠地在地上碾了碾，也出了屋子，重新拿起了针线缝制起来。

一个时辰后，两件斗篷的边角收了尾。

谢芳华扔了针线，将斗篷顺便扔给不远处一直陪着她的秦铮。

秦铮接过斗篷左看右看，一件紫貂皮毛拼凑的，一件白狐皮毛拼凑的，针线针脚密集，天衣无缝，合在一起像是一块皮毛做成的，尤其是领子，做了个花边，微微竖起，像是一朵朵牡丹，极其雅致特别。他打量半晌，将白色的斗篷递给谢芳华："你穿上我看看！"

谢芳华坐着不动。

"快点儿！"秦铮催促她，"你试穿完了，我们赶紧去忠勇侯府。"

谢芳华只能站起身，接过斗篷，披在身上，随意地拢了个结。

秦铮似乎看不惯她闲散无意的作为，站起身，扯过她，将她打的结松开，立在她身前帮她重新挽了个花扣。

眼前罩下一片暗影，谢芳华垂下头，不看他。

不多时，秦铮放开手，看着她，眸光凝了凝，须臾，改了主意道："算了，今日不做饭了，我们去忠勇侯府蹭饭，忠勇侯府的厨子不错。"顿了顿，又道："你就穿这个出去吧！本来这个也是给你做的。"

谢芳华不听他的，伸手就要解开披风。

"你不穿信不信我不去了？"秦铮回头看着她。

谢芳华住了手，不去就不去，出尔反尔做小人的又不是她！

秦铮忽然笑了，语气温和下来："我为了你，恼了卢雪莹，总要有理由吧？我可不想让别人说我的眼光太差，你拿出去要比卢雪莹强百倍，我才有面子不是？"

谢芳华别开头。

"走，拿上这件紫色的披风顺便给我娘送过去，也让刘侧妃眼馋眼馋。"秦铮抓起那件紫貂披风，出了房门。

谢芳华觉得他有时候跟没长大的孩子一般，刘侧妃最眼馋的不是紫貂披风，而是英亲王妃的王妃之位。本末倒置！

二人很快就出了房间。

"公子，您又要带听音出去？我呢？"听言从小厨房跑出来，一身药味。

"你留在院子里煎药。"秦铮丢下一句话。

听言眨巴眨巴眼睛，叹了口气，可怜兮兮地缩身退回了小厨房。须臾，又探出脑袋，对谢芳华赞叹道："听音，这披风你穿起来真好看。"

秦铮走在前面，脚步一顿，吩咐道："你今天将所有的药都煎出来。"

听言顿时睁大眼睛："公子，还剩下好多包药，今天都煎不出来，何必这么急？"

秦铮不答话，也不理会他，脚步迈出了院子。

谢芳华看了听言一眼，跟着秦铮出了落梅居。跟了这么个反复无常的主子，是他倒霉。

听言苦着脸有气无力地将所有药包都找出来，纳闷哪里得罪了秦铮。

大雪后，天气虽然没乍然晴朗见日，但雪后的空气清新。冷风吹来，口中呼出的气息化成一团白雾，不多时，空气中凝结成冰珠，晶莹剔透。

这一场大雪，让温度冷冽了几分。

整个英亲王府的所有仆从几乎都活动起来打扫院落，尤其是从落梅居通向正院的路，早就被打扫干净，无一片积雪。

仆从们见到秦铮都规矩地见礼，见到谢芳华都惊艳不已，人人口中称呼一句听音姑娘。

路上遇到了须发花白的钱班主，他眼珠子定在谢芳华身上蓦地睁大，全是不敢置信。

谢芳华对钱班主点了点头，钱家班子如今还被秦铮留在英亲王府，住在西北角的两所僻静院落里。英亲王妃从那夜后再没空听戏，秦铮也没放了钱家班子出府，而且下了令，府中的人没有他的准许，都不准去打扰，无形中将钱家班子圈禁起来了。

钱班主还是老模样，显然英亲王府并没有亏待钱家班子，好吃好喝地招待着。年关听戏的少，要到过了年家家才请戏班子唱戏。钱家班子之所以赶在年前进京，也是为了早揽下雇主，不落下年后的场子。若不是秦铮直接将他们请进府里养着，钱班主则要另外租住院落养活班子里所有人，所以，如今不用花自己的钱管班子里人的吃喝，他自然极其满足。

他这些日子怎么也想不明白当初无意捡来的一个小哑巴怎么就被铮二公子看中收在身边侍候了。日日听着府中传言铮二公子如何如何宠信这个小哑巴，他更是好奇。可是往日他不能随意在府中走动，更不能去落梅居，所以不得见，今日一见，恍惚以为自己眼花了。

曾经的粗衣布衫的哑巴少女，面色泛黄，皮肤粗淡，脸色无光泽，神色木木的，扔在人堆里，几乎叫人认不出。

今日这个身穿绫罗锦绣，肩披极品的雪狐皮毛披风，头戴珠钗翡翠，走路婀娜多姿，行止淡静沉稳，容貌虽然还是依旧，但是肌理凝润几欲吹弹可破的女子，怎么能是那个小哑巴？可是她偏偏就是！

他目瞪口呆不敢置信，半晌，才试着喊了一声：“哑女？”

秦铮皱了皱眉，不悦地道：“钱班主老糊涂了吗？你看清楚，她是我的听音，不是什么哑女！她的嗓子用不了多久就会好了。”

钱班主顿时惊醒过来，连忙垂下头请罪：“是，是，铮二公子说得是，小老儿老糊涂了。她不是哑女，是您的听音。小老儿有眼无珠。”

秦铮摆摆手：“行了！下不为例！”

“是！”钱班主见秦铮没怪罪，松了一口气。

“你这是去了哪里？”秦铮向前方看了一眼问。

钱班主恭敬地垂首道：“去见了王妃！”

秦铮扬眉：“我娘召见了你？她想听戏了？”

钱班主摇摇头，斟酌了一下，低声回道：“据说今日下了早朝，左相说他的夫人想要听钱家班子的戏，听说钱家班子在英亲王府，便与王爷说了。王爷回来和王妃说了这件事情，王妃喊了小老儿前去询问是否愿意去左相府。”

秦铮眯起眼睛：“你是如何回话的？”

钱班主抬头看了秦铮一眼，又立即垂下头，谨慎地道：“小老儿说钱家班子是您请来的，小老儿做不了主。只要您同意，小老儿就去左相府。”

秦铮哼笑一声：“京城有什么事情是他左相府不知道的？钱家班子是我拦截来英亲

王府的，那日我和忠勇侯府的世子争夺钱家班子，弄得满城风声，他能不知？如今这是借由钱家班子想拿捏我了。”

钱班主闻言头垂得更低了。他一个小小钱家班子，实在是大海里的浮萍，不敢得罪这京中大家府邸的任何贵人们，尤其是铮二公子和左相，但是如今他和钱家班子都在英亲王府，自然要由铮二公子做主。

“现在你就去收拾东西，稍后整个钱家班子随我去忠勇侯府！”秦铮对钱班主摆摆手。

钱班主愣了一下，连忙应声。

秦铮不再理会他，向正房正院走去，脸色有几分清冷的寒意。

谢芳华想着秦铮不应许左相的要求，要将钱家班子送去忠勇侯府，这是摆明了不给左相的脸了。不过他不给左相的脸面也不是一回两回了。又有什么打紧？更甚至，左相府的卢小姐和英亲王府的大公子定了婚约，很快就会议亲择日子完婚。无论从哪里说，都是对立面。他不买左相的账也是应当。

来到正院幽兰苑，秦铮大踏步进了屋。

谢芳华也是熟门熟路了，跟在他身后走了进去。

屋中坐着英亲王、英亲王妃、两位媒婆打扮的人，还有一位谢芳华不曾见过的女子，与英亲王妃虽然年纪相当，但是较她更多了几分娇媚柔软，年近四十，却依然见者犹怜。

不用猜测，这位定然就是刘侧妃了，秦浩的生母。

正妻和小妾的不同就在于正妻要端庄温婉，是门庭和男人的脸面，而小妾是男人的玩物，侧妃也是小妾，所以，用娇媚来邀宠，久而久之，眉眼都带出来了几分习惯。

“铮儿？你怎么过来了？”英亲王妃讶异地开口问秦铮。

秦铮懒懒地给父母见了一礼，然后对身后一指：“披风做好了，给您送过来。”

“这么快？”英亲王妃一喜，看向谢芳华，眼中露出惊艳满意来，“听音穿着正合适。风华正茂的年纪，果然是穿什么都好看。”

“娘穿了也好看！”秦铮挑挑眉毛。

谢芳华来到英亲王妃面前，将紫貂披风递给她。

刘侧妃忽然盯着谢芳华开口：“这就是二公子身边新收的婢女听音吗？”

秦铮没理她。

谢芳华也没理她。

英亲王妃同样没理他，而是接过谢芳华递过来的披风看了一眼，喜欢地点点头，对春兰吩咐：“先收起来吧！”

“娘不现在就试试？”秦铮看着她提议。

英亲王妃摆摆手，意会地扫了刘侧妃有些僵硬的脸一眼，笑着道：“不试了，我自己手里做出的东西我还能不知道？”

刘侧妃脸色红白了片刻，别开头，有些难堪地看了英亲王一眼。

“左相府的卢小姐说的话也未必不对！一个婢女的身份，和你娘穿的东西一样，掉了你娘的身份，长了她的脸面。”英亲王看着谢芳华身上的披风，忽然不悦地道。

谢芳华抬起眼皮瞅了英亲王一眼。

秦铮顿时转过头去，对英亲王同样不悦地道：“爹这话说错了吧？今日英亲王府门楣荣华，但几百年前，英亲王府的人也还是下等，很多祖宗身份都很低微，难道说我们做后嗣的子孙荣光了，就因此不认祖宗？不供奉祖宗牌位了？”

英亲王一噎，怒道：“一码事归一码事！”

秦铮不屑地嗤了一声，似乎懒得理他，对英亲王妃道：“娘，我带着听音去忠勇侯府了。”话落，扭头要出门。

“等等！”英亲王妃喊住他，“如今晌午了，午膳你们吃过了？”

“没有，去忠勇侯府蹭饭。”秦铮道。

英亲王妃没话了，叮嘱道：“路滑，别赶车骑马了，反正忠勇侯府又不远，你们要去就走着去吧，不过一两条街。你穿得少，多穿些。我这里有让绣坊新给你做出来的袍子。”

“不冷！”秦铮摇摇头。

“等等！”英亲王想起什么，喊住他，“左相府的夫人想听钱家班子的戏，你……”

“让她排队！”秦铮头也不回。

“混账！”英亲王大怒。

秦铮顿住脚步，站在门口回身斜睨着英亲王，懒洋洋地道：“当初钱家班子进城的时候本来是忠勇侯府的世子给谢氏各房几位老太太定下的，被您儿子我半路劫来孝敬我娘了。如今在咱们府里待了十多天，是不是理应送去忠勇侯府？怎么能被左相插队？爹连先来后到都不懂吗？”

英亲王脸色有些难看：“你也是半路将人家劫来的，有什么资格说我不懂先来后到？”

秦铮像看榆木一样看着他：“子归兄和我交好，我劫了也就劫了，左相和我八竿子打不着，他凭什么来劫？”

英亲王被噎得没了话。

刘侧妃忽然开口道：“铮二公子这话就错了，如今大公子将要娶左相府的小姐，从今以后左相府和咱们英亲王府也是亲戚关系了。哪里是八竿子打不着？”

“刘侧妃这话说错了吧？左相府若是和英亲王府有关系，那也是和大哥有关系。关我屁事儿！”秦铮冷哼一声，转头迈出了门槛。

刘侧妃脸色霎时涨得通红，噎住不说话了。

谢芳华跟着秦铮出了房，二人一前一后，帘幕因了这番动静甩得哗哗地响。

“看看，你教育的好儿子！”英亲王有火无处发，转头对英亲王妃怒道。

英亲王妃端庄沉静地看着英亲王：“王爷，我儿子又没说错什么话，哪里不对了？”

“你……你看看他与我说话，像什么样子！”英亲王一僵，瞪眼道。

英亲王妃缓慢而平静地道：“他虽然玩世胡闹，但是府中的下人从不欺负打骂，他虽然性情乖张，但是与京中各府邸的公子们都合得来，他虽然偶尔不守规矩，但是也没什么，王爷年轻的时候就守规矩了？我没大婚入府的时候，您女儿都有一个了。我的铮儿至少到现在都快十七了，一个通房还没有呢。就算有个听音，也没急着拖上床去。”

英亲王脸色倏地一红，口气也不那么冲了，尴尬道：“我们在说他，你扯我做什么？”

英亲王妃无辜地看着他：“王爷怪我教导不好儿子，可是儿子也有您的一半，您只管教导，妾身对于您教导他可从来没拦着，您这时候怎么怪起我来了？”

英亲王再度没了话说。

英亲王妃理直气壮地看着他：“王爷怎么不说话了？”

“行了，行了，是我不对，不该怪你。”英亲王道歉，“咱们还是尽快商量浩儿的婚事儿吧！如今都快过晌午了，今日是去不成了，争取今日列出聘礼的单子，明日就去下聘。”

英亲王妃不高兴地甩手帕：“这件事情王爷和刘侧妃做主得了，我不管了，免得到时候哪里做得不合心思，落了埋怨。”话落，对春兰道：“春兰，走，咱们去右相府串串门。”

“是，王妃！”春兰上前扶住英亲王妃。

刘侧妃顿时露出急色来。英亲王妃是主母，府中中馈掌握在她手中，她不操办这个事儿的话，她一个侧妃是没法插手从库中拿东西的，否则今日也不必拖了英亲王来了。还不是为了给左相府的聘礼好看些吗？她连忙站起身，赔笑脸道：“大公子的事情全仰仗王妃您去提亲才一力促成的婚事儿，您做事周全，就算哪里不合心思，谁敢挑出您的不是？这件事情没有您怎么行？妾身可做不来您的事儿。”

英亲王妃板着脸不说话。

英亲王心中气闷，但又拿英亲王妃无可奈何。往日只要他教训儿子，他媳妇虽然当面不拦着，但是每回都不给他好脸色看，言语也是刺一般地扎他，甚至严重的时候还让他十天半个月不准踏入她房门。久而久之，那孩子就半点儿都不怕他了。可是他还不能说她错了，因为她的确不曾当面阻拦过他管秦铮。

“王爷，您快说句话啊！赶紧让王妃消消气。”刘侧妃伸手推英亲王。

英亲王无奈地站起身，上前拉住英亲王妃的手，软了口气道："是我不对，我都跟你道歉了，你就别气了。"顿了顿，左右看了一眼，有些抹不开面子地低声道："这么多人看着呢！"

英亲王妃见好就收，瞪了他一眼，端庄地坐下身："王爷以后还是万不要说妾身不好好教导铮儿的话了。您若是拿出对待大公子的心思来待铮儿，他也不会总是气您。"

"好，我以后见了他和他好好说话。"英亲王有些憋屈地道。

英亲王妃这才见了笑模样。

刘侧妃见英亲王对王妃低声下气，就跟她在英亲王面前对他低声下气一样，心中气闷，但是想想秦铮的确不如秦浩被教养得好，也就骄傲起来。她虽然身份不及她，但是她的儿子比她的儿子要强出许多。

于是，三个人继续商量起秦浩的聘礼和婚事来。

秦铮此时已经和谢芳华出了英亲王府的角门，他听从了英亲王妃的话，徒步而行。

也许人们都被连续三日的大雪闷得够呛，大雪过后，都外出到街上走动。英亲王府这一条街已经有官兵在清扫，刚打扫出一半来，的确马车难行。

秦铮慢悠悠地走着，如闲庭信步。

谢芳华跟在他身后半步，也缓缓地走着，虽然要回忠勇侯府，但是她心情平静。

路上的百姓显然都认识秦铮，见到他都笑着躬身见礼打招呼，看起来竟然比贵裔圈子里的人见了秦铮还要少几分拘谨。秦铮显然心情很好，一路都带着笑容，偶尔还会说上一两句话，没有那么张狂跋扈，倒显得平易近人。

谢芳华暗自琢磨，这人到底有多少性情和面具，哪一面是真的，哪一面又是假的？

秦铮忽然回头看了谢芳华一眼："在想什么？"

谢芳华收敛心神。在他身边，她需要时刻打起精神应对他，否则一个不小心就被他窥探了心思，她抬起头，比了个兰花指的唱戏动作，这是小凤祥惯用的动作。意思是他是不是忘了带钱家班子出来。

秦铮了然，解释道："稍后会有人送钱家班子到忠勇侯府。"

谢芳华点点头。

"你是不是奇怪这些百姓为何不怕我？"秦铮盯着她问。

谢芳华看了他一眼，点点头，她的确这么想的。

秦铮扬了扬眉梢，一副散漫的样子，漫不经心地道："贵裔圈子里的人维护我，因为我是英亲王府的嫡子，将来要继承英亲王府，都给我几分面子。而交好的朋友，比如子归兄、燕亭、李沐清等人，那是因为身份相当，又脾性相投，说得来，才亲近如兄弟。这京城的店铺、商铺、酒楼、画舫，甚至宫里和各府邸里当差，或者是官职不上不下讨生活的人怕我、惧我、怒我、忍我，甚至讨好我，那是因为他们的身份使然，有利益牵扯，知道得罪我没好处。而百姓们，他们身份太低，几乎低到尘埃，没有利益相碰，我也不随意打骂人找人发作，他们何必怕我？”

谢芳华赞同地点点头，对这个恶人第一次佩服了几分，难得将他自己和身边的人看得这么通透。她两世至今，还有些事情没明白，他才不足十七，就如此已经很不容易了。

秦铮说完了一大段话，不再言语。

谢芳华根本就不需要说话，只需要跟着他静静地走就行。

大街上的人除了给秦铮行礼打招呼外，更多的是将目光注视到了她的身上，好奇又羡慕地打量这个被铮二公子收在身边的贴身婢女。百姓们的眼里，她就跟仙子没两样。

虽然短短的路，秦铮却是走了半个时辰，才来到了忠勇侯府。

谢墨含早已经在秦铮从英亲王府出来的时候就得到了消息，知道谢芳华要跟着回府，连忙去了荣福堂找老侯爷。忠勇侯听罢消息吩咐他沉住气，切莫露出马脚。哪怕不知道秦铮打的什么主意和心思，哪怕觉得这事儿最近都透着古怪，也要把表面上的台面稳住。

过了半晌，谢墨含才稳住有些慌乱紧张的心思。他和秦铮交好多年，越来越看不透他了。若是不牵扯了他的妹妹，他倒没那么多心思放在秦铮身上，但是如今既然牵扯了妹妹，自然就不同了。他妹妹一日不回府，他这心怎么也踏实不了。

“走一步看一步吧！秦铮这个臭小子，可比他老子强多了，也比秦浩那个表面上看起来门面硬实，实则豆腐渣一般的东西强多了。”忠勇侯评价道。

谢墨含点点头：“妹妹其实能回府，可是她至今不回来，也不知道在想什么。”

“那丫头也是个有主意的主。让她闹腾吧！她总有办法收场。”忠勇侯宽心地道。

谢墨含点头，叹了口气：“他们应该快到了，我出去迎迎。”

忠勇侯摆摆手。

谢墨含出了荣福堂，对福婶吩咐让厨房加做几个菜，福婶连连应声。他带着侍书前往门口。来到门口，秦铮和谢芳华正好来到。

“你既然要来，该派个人早些来知会我一声。”谢墨含对秦铮道。

“我又没带礼物上门，就是过来转一圈，将劫了你的钱家班子还给你，顺便蹭口你家厨子的饭菜吃，提前知会你做什么，岂不是见外了？”秦铮挑眉。

“也是！”谢墨含笑着点头，趁机看了谢芳华一眼。

“看来漠北武卫将军传回来的方子真管用了，这一场大雪你不但没病，气色看着也是极好，如今还能走出来接我。”秦铮打量谢墨含面色。

“多亏了舅舅。”谢墨含笑了笑，将秦铮和谢芳华迎进府中。

二人一路说着话来到了荣福堂。

荣福堂里面酒菜飘香。

秦铮嗅了嗅鼻子，顿时乐了：“千金一壶的笑迎客，多谢老侯爷抬爱了。”

忠勇侯在里面哼了一声："铮小子，我的好酒可不是那么好喝的，喝了之后你总要付出点代价来。"

"好说！"秦铮也不推让，当先迈进了屋。

谢墨含落后一步，和谢芳华交换了一个眼色，二人一同进了屋。

忠勇侯已经坐在了桌前，秦铮甩了外衣，毫不客气地坐在了忠勇侯身边。

"听音姑娘也坐吧！"谢墨含动手挪了挪椅子，对谢芳华招手。

谢芳华看向秦铮。

秦铮挑眉："不是说带你来蹭吃蹭喝的吗？坐吧！老侯爷和子归兄都不是眼界低的人，你是我的人，对于他们来说，来者是客。"

谢芳华眸光动了动。

谢墨含早已经被秦铮"我的听音"的话给听得提不起波动了，闻言只是看了他一眼。

忠勇侯却第一次听到，闻言瞪了眼睛："铮小子，你的婢女就是你的婢女，什么你的人？不像话！"

秦铮轻笑，也不反驳。

"坐吧！"忠勇侯对谢芳华摆摆手，不介意她一个婢女身份的人跟着一起坐的模样。

谢芳华缓缓落了座。

这时，侍书在外面禀告："世子，英亲王府的喜顺大管家亲自带着护卫将钱家班子送来咱们府了。您看，安置在哪里？"

"安置在北院吧！"谢墨含想了一下道。

"是！"侍书连忙去了。

谢墨含转头看向秦铮，对他道："我听说今日左相下了早朝后对英亲王提起了钱家班子，如今你将钱家班子给我送来……"

"忠勇侯府还怕了左相？"秦铮回看他。

忠勇侯冷哼一声，神色不屑。

谢墨含笑笑："怕倒不至于，但是麻烦还是越少越好，谁嫌弃麻烦少？"

秦铮拍拍他肩膀："放心，就算他找麻烦，也是先找我的麻烦。我让他栽了个跟头，他不会善罢甘休的。更何况他如今还没有心思找我的麻烦，先忙着嫁女儿呢。"

"其实左相也不算是栽跟头，他一直想将女儿嫁给你，结亲英亲王府，如今虽然没嫁给你，但是嫁给了你大哥，和英亲王府同样有了姻亲关系，也是差强人意。"谢墨含思量着。

"那也要他帮助他女婿夺了我的权才算是，否则他还拴不住英亲王府。"秦铮撇嘴。

谢墨含点点头。

谢芳华一直默默地吃着饭。对于左相，她上一世不曾关心朝局，知之甚少，但是基于这一世的了解，有一点她很清楚，左相若是没本事，也不可能坐到左相的位置，也不可能引得朝中大部分群臣巴结应和他，更不可能职权几欲越过右相，秦钰在他的死谏下被贬黜出了京城，他恨上秦铮是一定的。

记得忠勇侯府，前一世就是他带着人来抄的家……

谢芳华想起这个，眸光冷了冷。

“左相那是只狐狸，不只是狐狸，也是真小人。”忠勇侯看了谢墨含和秦铮一眼，“你们还嫩着呢，不要小看了他。他只不过将女儿嫁给了一个庶长子而已，也不算是真损失，对他就是面子难看些，不影响什么。这样的事情不过是小打小闹，他不反击则已，若是反击，你们就要小心了。”

谢墨含点点头。

秦铮不以为然。

忠勇侯对秦铮道：“铮小子，你还别不爱听，也别觉得自己本事。我告诉你，你若是给他机会，他能让你怎么死的都不知道，年轻气盛不是坏事儿，但是过刚易折的道理你可要清楚。你如今为什么能在南秦京城横着走？那是因为你的出身，若是你将出身混没了，或者是不受皇上宠了，那么，你想想，你是否还能横着走？”

秦铮不以为然的神情收起，神色恭谨了几分：“老侯爷教训得对。”

“你能听进去就好。范阳卢氏能在短短的时间就跻身名门望族的行列，靠的可不是运气，而是脑子和手腕。”忠勇侯道，“卢勇虽然是文臣，但是能将一众文武全才的臣子都踩在脚底下做了左相，朝局动辄瞬息万变，他能做了二十年不倒，可不是靠献媚君主。”

秦铮放下筷子，洗耳恭听。

忠勇侯半生戎马，一生立于朝堂，他口中的话都是金玉良言。

“行了，总说一个小人做什么，喝酒吃饭！”忠勇侯摆摆手，却是不说了，端起酒杯和秦铮、谢墨含碰杯。

秦铮顿时笑起来，眉眼微微合上一条缝。虽然忠勇侯只说了这两句话，但是对他足够受用了。虽然心中清楚是一回事儿，但不在意看不上又是另一回事儿，被别人点透再是一回事儿了。

谢墨含看了秦铮一眼，也笑着摇摇头。他就是佩服秦铮这点儿，心性宽敞。

忠勇侯说不谈左相，果然不再谈论一句。秦铮、谢墨含二人也不再谈论，一边喝酒，一边谈起了好酒。老少三人，隔了一代，但是竟然话语投机。

秦铮不见拘谨，竟然跟在自己家一般，甚至比在自己家还自在。

谢芳华有些看不过去，但也拿他无可奈何。

说到好酒，谢墨含突然问秦铮：“你那坛从皇上手里撬回去的贡酒翠烟轻呢？”

秦铮三杯酒下肚，面色有些微醺，闻言道：“扔了！”

谢墨含一怔：“扔了？”

秦铮嗯了一声，忽然偏头问谢芳华：“是真的扔了吧？”

谢芳华点点头，提起这个人的脾气就让她忍不住唾弃，那日说好要温酒煮梅花，可是他后来竟然说翻脸就翻脸，命听言将酒给扔了。

“可惜了！”谢墨含也不问原因，叹了一声。

“臭小子，糟蹋好酒！再有好酒都拿到我这里来，多少都帮你喝了，省得你浪费。”忠勇侯骂了一句。

“好，再有好酒都来孝敬给您。”秦铮支着额头道。

忠勇侯点点头，没觉得“孝敬”二字有什么不对。

谢墨含却是看了秦铮一眼，忽然道：“我命福婶加菜了，如今怎么还没过来，我去厨房看看。”

忠勇侯摆摆手。

谢墨含站起身，又道：“不如听音姑娘与我一起去吧！忠勇侯府因为只有爷爷和我，所以侍候的人少，尤其爷爷与我都喜静，跟前跑腿的人更是少。侍书去安置钱家班子，福婶一个人恐怕忙不过来。你与我去看看，正好可以借用一下，帮我端菜了。”

谢芳华闻言知道哥哥要单独和她说话，看向秦铮。

秦铮扭头，端着酒杯道：“子归兄不如喊我一起去？”

“你去做什么？陪我喝酒！”忠勇侯拍了拍桌子，“你们都去了，扔我一个人在这喝酒有什么意思？铮小子留下，你们去吧！”

秦铮放下杯子：“好吧！”话落，又叮嘱谢墨含：“你可要好好照顾我的听音，不准将她弄丢了，若是将她弄丢了，我就找你要人。若是你拿不出来人，我就日日住在这里，不回去了。”

谢墨含闻言哭笑不得：“秦铮兄，我不过借用听音姑娘端菜而已，不至于将人给你弄丢了。放心吧！”

“那就去吧！”秦铮终于挥挥手放了人。

谢墨含转身出了屋门，谢芳华跟了出去，二人不多时离开了荣福堂。

秦铮扭头往外看，一直到人走得没影了，才收回视线，正对上忠勇侯看着他的老眼，他眨了眨眼睛，没说话。

忠勇侯冷哼一声，也没说话。

二人继续喝酒。

谢墨含走在前面，谢芳华跟在后面，忠勇侯府的下人看到二人，都齐齐对谢墨含见礼，都知道今日秦铮带着听音姑娘来了府里，又好奇地打量谢芳华。

走了一段路后，四下没人，谢墨含才回头看着谢芳华，喊了一声："妹妹！"

谢芳华笑意漫开，喊了一声："哥哥！"

谢墨含看着她的笑意，叹了口气，怅然道："本来离开八年，你终于回了京，该回家才是，可是偏偏被秦铮劫了你去。如今他将钱家班子给送回来了，你却留在了英亲王府。这可真是……当时你不跟着钱家班子进京就好了。"

谢芳华笑笑，倒没了开始进入英亲王府的排斥："如今在英亲王府也没什么，我总归是回了京。英亲王府对于南秦朝堂来说地位特殊，能探听到许多忠勇侯府得不到的消息。哥哥就别再为这件事情忧心了。"

"我忧心的不是这件事情，而是这背后秦铮的心思。"谢墨含道。

谢芳华沉默下来。

谢墨含盯着谢芳华："妹妹，你与我说实话，你是否也觉得秦铮别有用心？若说他要借此害忠勇侯府，我认识他这么多年，敢担保，他定然不会，可是偏偏劫了你。这么长时间，从你以王银的身份回京，到如今，事事件件，都与他脱不开关系，你真觉得他没有目的？"

谢芳华似乎不知道说什么，缄口不言。

谢墨含看着她，打量她的神色。他这个妹妹容色沉静，心思隐匿得极好，看起来平平静静，他窥探不出半点儿她的心思，在他这个哥哥面前都如此，更何况在别人面前？她不觉得这样的她特别吗？也许正是因为如此，才真惹了秦铮青眼相待？

"你是怎么想的？难得见面能说上话，你总要与我说，我才能知道如何应对。"谢墨含口气温软，"爹娘不在了，爷爷老了，忠勇侯府的门庭我一个人支撑不来，才让你外出受了这么多年的苦，哥哥还不是废人，你不要什么事情都自己扛着，这样我会觉得自己无用。"

谢芳华闻言忍不住笑了："哥哥别胡思乱想，我刚刚是不知道怎么说。"

"有什么话你就说。你跟在他身边这么些日子，以你的聪明，定然能猜透几分他的心思。"谢墨含正了颜色。

谢芳华抿了抿唇，低声将秦铮曾经进过她的海棠苑小库房的事情说了。

谢墨含脸色顿时微变。

"哥哥，你可记得你何时去赏海棠？可有察觉小库房被人动过？"谢芳华见此询问。

谢墨含仔细想了一下，皱眉摇摇头："你不在家这些年，我每个月都要去几趟海棠苑。一是为了让府中的人觉得你就在海棠苑，二是我也想念你。至于秦铮去过海棠苑，我这些年竟然丝毫不知，你的小库房在你走后，我就没去清点过。更是不知道了。"

谢芳华揉揉额头，想着秦铮这贼做得可真是高明。

"怪不得燕亭等人每次提到各府的花园，都向往咱们府中的海棠花，而他却每回都没有多少兴趣的样子，原来是早已经看过了。连你的小库房都进去了。”谢墨含有些恼怒，“我以前还一直觉得他就算没那么多礼数规矩，但也该知道女子闺房的忌讳，谁知道他竟然……他可真是……”

“哥哥别气了，你要想想，他真的是因为要看海棠才去了我的院子吗？”谢芳华看着谢墨含。他的气恼显而易见。当然，哪个哥哥都不愿意听到自己的妹妹闺阁竟然有外男随意进去看了一遍他还不知道的事儿。

谢墨含怒意顿收：“你是说……”

“还不敢确定他是不是知道什么。”谢芳华叹了口气。

谢墨含脸色变幻了片刻，凝重地道：“若他是知道你不在府中，那么如今你的身份，他怕是也已经知道了，否则的话，这种种迹象，可没得解释。”

谢芳华再度沉默。

“他到底是想要做什么？”谢墨含有些急了，“若是他知道，他这般困你在英亲王府，目的是什么？让你不能回府？那然后呢？他想做什么？”

“我若是回府，还是很容易的，他没圈锢我。”谢芳华道。

谢墨含稳了稳气息，想到此，也有些不明白了。

谢芳华虽然不自诩聪明，但也是活了两世，对于秦铮，这么久，也还是看不明白。她见谢墨含也是苦思冥想，遂抛开这茬，对他道：“哥哥，先不想我的事儿了，他对我没恶意，走一步看一步吧。目前要紧的是，你可知道，皇上要对付的不是忠勇侯府，而是整个谢氏一脉。”

谢墨含一惊。

谢芳华对他点点头，肯定地道：“本来我也未曾想到，只觉得皇上有心对付忠勇侯府，但是前两日英亲王妃却说了一句话，让我觉得我想的还是太简单了。”

“英亲王妃说了什么？”谢墨含毕竟是忠勇侯府世子，很快就恢复常态。

“她说，南秦几大姓氏望族的门庭加起来，算上她出身的清河崔氏，恐怕也不及一个谢氏。若是再任其发展下去，保不准有朝一日南秦就改了朝，换了代，姓谢了。这样的谢氏，皇室焉能不忌讳？”谢芳华道。

谢墨含脸色顿时一白。

“爷爷应该是有些清楚，只不过皇上不揭破这层面纱，他也不点破罢了。”谢芳华道。

谢墨含抿唇点头：“是啊，爷爷大约怕我忧心，心思过重，拖累身子，才不曾对我透露这处。从你离开之后，这八年来爷爷不再扶持谢氏一脉，几乎与谢氏各房都断绝来往了。”

“但是即便忠勇侯府与谢氏各房断绝来往，谢氏依然还在壮大。”谢芳华道。

谢墨含叹了口气道：“谢氏几百上千年的传承，膏粱锦绣的弟子多，也是没法。原来子弟太出息，也是罪。”

谢芳华冷笑一声：“所以，既然避无可避，何必要避？”

“你是说……”谢墨含看着她。

谢芳华一字一句地道：“结合谢氏所有族亲，所有绳子都拧起来，一根绳子容易砍，那么一千根一万根呢？是不是就难砍了？”

“话虽然如此说，可是皇室岂不更是忌惮我们府？更甚至，如今谢氏的族亲不说也罢，恨不得我们忠勇侯府倒塌，怎么会团结？”谢墨含泄气地摇摇头。

“一笔写不出两个谢来，若是他们知道自己头顶上已经被架了一把刀呢？还会争权夺利？不是应该先把这把刀挥开吗？”谢芳华反问，见谢墨含不语，她平静的声音布满凛冽和杀意，“不上道的人，白担了一个‘谢’字，留之何用？不如我们先杀了来磨刀！”

第十五章
立约

京　门　风　月

杀同脉族亲？他从来没想过。谢墨含闻言整个身子顿时僵住。

谢芳华看着谢墨含，眸中杀意和冷冽隐去，上前一步，握住他的手，低声道：“哥哥，我们输不起！输了的话，也许连爹娘的坟地都会被掘地三尺刨出来，哪怕他们已经成了白骨，也难逃抛骨荒野的下场。”

谢墨含脸色瞬间苍白，脱口道：“妹妹！”

“哥哥不信吗？”谢芳华笑了笑，脸色平静，“我曾经也不相信，但这世界上的事儿，哪有什么一定不会发生的？万一发生了，也就晚了。”

谢墨含动了动嘴角，没说出一个字。

“世界上没有卖后悔药的，太过良善仁慈，总要被欺，不想被人欺，我们只能先下手。”谢芳华看向天空，“八年前我离开去无名山，你可知道那里面高门府邸里出生的孩子不止我一个？只要能被你知道的名门望族的姓氏里面，都多多少少有他们的子嗣。”

谢墨含不敢置信：“为何？他们难道也与你一样的目的？还是受家族支使？”

谢芳华冷笑一声：“皇室隐卫选人，哪个家族不要命了敢支使子嗣混进去？”

谢墨含看着她：“那他们是……”

“不是被族亲迫害，用贵子顶替了孤儿，就是被继母姨娘小妾姐妹兄弟逼迫得走投无路混进去求个活路。”谢芳华目光森凉，“这些人里面哪个不是家人？不是亲人？不是血脉之缘？可是又如何呢？往往对你下手的人，都是自己人。”

谢墨含顿时惊诧得说不出话来。

“当年，五千人的人选中，我所知道的贵裔子弟就有几百人。”谢芳华平静地道，

“到了无名山之后，这些人里面，第一轮训练死了的就有半数之多。第二轮的时候又折损一半，第三轮的时候陆续减少……待闯过了九重炼狱之后，剩下的也就是几十个人。”

谢墨含身子微颤。

“第三年的时候，也就是五年前，无名山曾经发生了一次内乱，当时死伤不计其数。”谢芳华平静地陈述，“本来有的人已经成为合格的隐卫了，马上就要等着被放出山门，哪怕成为皇室杀人的刀，但也是活着。但没等出山门，内乱一起，便再也没机会出山了。”

“还有这样的事儿？为何不曾听说？”谢墨含震惊不已。

“我的好哥哥，无名山内乱的事情，三位宗师和头目怎么会报与皇上知晓？更何况天高皇帝远，漠北遥远，不是什么事情都能让皇室知道的。若是皇室隐卫的老巢真那么严谨的话，我又怎么会混进去？和我一样身份不低的别人又怎么会被迫害进去？”谢芳华笑了一声。

谢墨含却笑不出来，追问：“后来呢？”

“后来，无名山一半的隐卫死的死，伤的伤，逃的逃，元气大伤。”谢芳华沉声道，“否则，你以为，就算你妹妹有通天的本事，能以一人之力借天雷毁了无名山？”

谢墨含紧紧抿起唇。

“哥哥，树欲静而风不止。”谢芳华看着他，认真地道，“你当谢氏所有人都是族亲，可是别人只当你是忠勇侯府的世子，多少人想从你手中夺得爵位，想要你死，你不是天生就有隐疾的，这些你永远不能忘记。”

谢墨含看着她，闭了闭眼睛，再睁开，眼中的其他神色已经不见，只剩下坚韧：“妹妹说得对，是我一叶障目了。”

谢芳华欣慰地笑了笑。有些事情，哥哥不是不懂，只不过是不愿意太狠绝而已。

“既然我们先出手，你想好如何做了吗？”谢墨含低声问。

“我已经吩咐人去查谢氏所有的人和财产了。除夕之前就会有结果，到时候再视情况而定。”谢芳华听到两个脚步声从拐角处向这边走来，低声回了一句话。

谢墨含点点头，不再追问，而是向拐角处看去。

不多时，侍书领着英亲王府的喜顺大管家从那边走过来，看到二人，喜顺大管家一怔，脱口喊了一声：“听音姑娘？”

谢芳华对他点点头。

喜顺意外地看着他，又疑惑地看向谢墨含。

谢墨含笑笑：“爷爷拉着铮二公子喝酒，我吩咐厨房加几个菜，一直没端来，过去看看，铮二公子吩咐听音姑娘与我一起去帮忙端菜。”

喜顺大管家恍然，收起惊讶疑惑，弯身给谢墨含见礼。

谢墨含摆摆手，问道："喜顺叔可用过午膳了？"

喜顺连忙回话："天色还早，府中留了膳，我这就回府去，用饭也不晚。"

"天色已经偏晌午了，喜顺叔就在府中用过午膳再走吧！"谢墨含转头对侍书道，"你带喜顺叔去咱们的芝兰苑用膳吧！稍后我去厨房，吩咐福婶给你们送过去。"

"这可使不得，不劳烦谢世子了。"喜顺大管家连连摇头。

谢墨含笑笑："不劳烦，喜顺叔别客气了，你家铮二公子和我交好多年，他今日在这里。你辛苦给我来送钱家班子的人，理当留饭。"

喜顺大管家犹豫："这……"

"您别犹豫了，我家世子的院子里有一坛竹叶青，我早就想喝了，您就给小辈一个机会，寻常时候，世子可不让我拿出来喝的。"侍书伸手拽住喜顺大管家。

谢墨含笑了一声："今日让你喝了，去吧！"

侍书大喜。

喜顺大管家见推托不过，不太好意思地由侍书拽着往芝兰苑走去。

谢墨含和谢芳华见二人走远，对看一眼，不再说话，向厨房走去。

来到厨房门口，福婶也正端着两个托盘出来，见到二人一怔，随即试探地看着谢芳华低低喊了一声："小姐？"

"福婶！"谢芳华点点头。

福婶顿时笑开了："小姐可回来了，这些日子老侯爷和世子都不曾睡好觉。"

谢墨含接过她手中的盘子，一盘拿在自己手中，一盘递给谢芳华，温声道："妹妹如今还是铮二公子身边的听音姑娘，暂时不回府里。"话落，见福婶忧心地看着谢芳华，吩咐道："还要劳烦您再做几个菜送去芝兰苑给侍书，我留了英亲王府的大管家在院中用饭。"

"好！我这就去做！"福婶也不再多问，扭头回了厨房。

谢墨含和谢芳华端着几样菜往荣福堂走。

僻静无人之处，谢墨含想起半个月后就是新年了，宫里的宫宴谢芳华今年势必要参加的，出声询问："宫宴之前，你得想办法脱身。"

"哥哥放心吧！那日我定然回府和你一起去宫宴。"谢芳华道。

谢墨含点点头，不再说话。

二人回到荣福堂，刚迈进门槛，秦铮的声音便传出："子归兄，你总算将听音给我完好无损地带回来了。虽然慢些，我也就原谅你了。"

谢墨含进了屋，笑道："看来无菜不欢，爷爷和秦铮兄没喝下多少酒！"

"等着你了。"秦铮道。

忠勇侯冷哼一声："这小子跟屁股上坐了针垫子似的，若不是我拦着，早就出去找你们了。瞧瞧他的出息，一个婢女还如此看着怕跑了。"

秦铮不觉得不好意思，看着进屋的谢芳华理所当然地道："听音可是我捡的宝贝，自然要看好了，不能弄丢了，否则到时候我身边没了人，找谁哭去？"

忠勇侯噎了噎，瞪了他一眼："人回来了，菜也来了，这回你该踏实下来喝酒了吧？"

"自然！"秦铮点头，对谢芳华眨眨眼睛。

谢芳华瞅了他一眼，将菜放下，拿起酒壶，给他斟了满满一杯的酒。

秦铮眸光动了动，扶额叹息："听音，你不能如此心实，子归兄和老侯爷说什么你就信什么，我已经喝了五六杯酒了，再喝下去，我们今日怕是要住在忠勇侯府走不了了。"

"走不了就住下！"忠勇侯道。

"不错！难得你来蹭饭。不是谁家都得铮二公子如此赏脸的。"谢墨含玩笑道。

秦铮翻了个白眼，对谢墨含道："你离开这么久罚酒三杯！"

"好！"谢墨含也不推脱。

谢芳华坐下身，慢慢地吃着菜。

老少三人推杯换盏，言语和谐，喝了个痛快。

饭后，忠勇侯喝醉了，说话也不利索了，但难得还理智地赶人："老了，几杯酒下肚就醉了，想我年轻的时候，五斤塞北的烧酒下肚也能骑马打仗，如今不行了。你们该干吗去干吗去吧！我要上床去睡了。"

谢墨含看向秦铮："秦铮兄今日就别回府了，住在我的芝兰苑吧！"

秦铮缓缓站起身，摆摆手，醉眼微醺地道："不用，我虽然喝了酒，听音可没喝，我们回府。你的芝兰苑虽好，但是也不如我自己的床睡得舒服。"

"一定要回？"谢墨含看看天色。

秦铮嗯了一声。

"那我派车送你吧！"谢墨含道。

"不用！几步路而已。"秦铮挥了挥手，出了荣福堂。

谢墨含见秦铮虽然醉了，但脚步沉稳，不见踉跄，也就不再强留，送他和谢芳华出府。

来到忠勇侯府门口，秦铮对谢墨含做了个止步的动作，带着谢芳华离开。

谢墨含站在门口目送二人走远，许久，才收回视线回府。

走了一条街之后，秦铮忽然停住脚步，对谢芳华低声道："我走不动了。"

谢芳华对他瞪了一眼，哥哥说派车送，他不同意，如今来跟她说走不动了？晚了！

"你拽着我走吧！"秦铮对她提出要求。

谢芳华扭过头不理他。

秦铮忽然一屁股坐在了地上，对她道："真的走不动了，你不拽着我，我不走了。"

谢芳华没想到堂堂英亲王府的公子，说坐在大街上就坐在大街上了，冬天的白日短，在忠勇侯府不过待了两个多时辰，如今却是已经要傍晚了，但大街上还是依稀有人在走动，他是半点儿也不顾及身份，也不怕传扬出去被人笑话。

秦铮眼睛一眨不眨地看着她。

谢芳华瞪了秦铮半晌，见他打定主意坐在地上不起来，眼中醉意蒙眬，不是喝醉了是什么？她知道很多男子喝酒了都耍酒疯，而他这样虽然不耍酒疯，但是耍赖也让人无语。

有过路的人奇怪地向二人看来，当认出是秦铮，都睁大眼睛，但是没过来问询。

谢芳华不想留在这里待久了让人观看，只能对他伸出手。

秦铮高兴地一把拽住她的手，身子利落地站了起来，嘴角勾勒出深深笑意道："就知道你不会不管我。"

谢芳华挖了他一眼，想要抽出手，却被他攥紧。

南秦自立朝来日渐强盛，发展至今，民风和国风都带着几分士气和风流。虽然世家大族和勋贵门第里面有男女七岁不同席授受不亲的说法，但是到底没有那么严苛。个别的贵裔公子，自诩风流，时常宅院里、大街上总会传出些风花雪月的事儿来，就譬如左相府的卢雪莹喜欢秦铮，只要秦铮出现的地方，她必定出现，只是秦铮不喜欢她，才造成了如今将她推嫁给他人的后果，若是秦铮喜欢，那就不同了，便是一段风月之事。

今日，秦铮这样的要求，对于谢芳华来说觉得过分，但是他醉酒了，而她又在无名山里待了八年，早已经不是当初大门不出二门不迈谨守闺中礼仪的忠勇侯府小姐了。所以，倒不觉得拽一下手就失了什么礼仪。

街上路过的人都意会地笑笑，也不觉得奇怪，毕竟铮二公子娇宠婢女听音的传言早已经人尽皆知。如今这样拉着手走在路上，只当是一段年少轻狂的风月之事。

就这样拖拽着又走了一条街，终于回到了英亲王府。

正碰到英亲王回府，看到了二人拉在一起的手，他脸色顿时板起来，斥道："秦铮，你看看你像什么样子！"

"爹！"秦铮懒洋洋地喊了一声。

"你又去哪里喝酒了？"英亲王闻到一股酒味，不悦地问。

"忠勇侯府！"秦铮大约今日喝醉了，英亲王问话，倒是认真地答了。

"以后少去忠勇侯府！"英亲王道。

秦铮动了动眉梢，忽然甩开谢芳华的手，上前两步，将胳膊担在英亲王的肩膀上，脑袋凑近他，与他耳语："爹，我知道您的秘密。"

英亲王许是很久或者从来不曾得到秦铮如此靠近过，身子顿时僵硬："你说什么？"

"我说我知道您的秘密。"秦铮重复了一遍。

英亲王偏过头，对他瞪眼："既然喝醉了，赶紧回你的院子里，不要胡言乱语。"

秦铮轻轻一笑，小声道："您喜欢的人不是我娘，也不是哪个侧妃小妾，其实是……"

"闭上你的嘴！"英亲王伸手捂住他的嘴，脸色难看。

秦铮眨了眨眼睛，果然闭上了嘴。

"你送他回去！"英亲王看向谢芳华。

谢芳华揉着手腕点头。她本来也要送他回去，若不是碰上他这个爹，也没事儿。

"你娘若是知道你胡言乱语，怕是会扒了你的皮，看这府里还有谁护着你。"英亲王警告一句，见秦铮无辜地看着他，确定他不会再胡说了，才放开他，对谢芳华道："既然王妃和二公子都喜欢你，相信你能侍候好二公子，我便也不追究你的来历。只要你不犯错，就能好好地留在府里。若是不规矩，仔细后果。"

谢芳华平静地垂下头，看起来分外规矩。

"好好看好他，今日他的话，不准泄露一个字。"英亲王又道。

谢芳华无辜地看着他，似乎听不懂。

英亲王这才想起她不会说话，拍了拍被秦铮在肩膀处压出的褶皱，向正院走去。

秦铮目光一直落在英亲王的背影上，他的脚步走得有些快，一踱一踱的不稳定。他就那么看着，直到他走了个没影。

谢芳华则是看着他，想着秦铮是真的醉了还是根本就没醉。

她正想着，秦铮忽然转过头来，扣住她的手，没什么力气地道："继续走！"

谢芳华猛地甩开他的手。

秦铮一个趔趄，站立不稳，砰的一声栽到了地上。

谢芳华一愣。

守门的人大惊失色，齐齐惊呼着冲上前："二公子？"

秦铮捂着脑袋躺在地上，闻声唔了一声，痛苦地呻吟："好痛！"

"二公子，您摔到哪儿了？"有人顿时扶起他，紧张地问。

"头，好痛！"秦铮道。

"坏了，二公子的脑袋出了一个包。"那人伸手去摸秦铮的头，顿时吓得脸色发白。

"这可怎么办？"有人立即问。

"还能怎么办？快点儿去禀告王妃，快给二公子请太医啊！"那人立即道。

有人连忙向正院跑去，有人也立即出了英亲王府去请太医。

秦铮闭着眼睛，眉头皱着，一副极其难受的样子。

谢芳华看了片刻。自己刚刚用多少力自己知道，秦铮就算摔倒，也不至于被摔坏，但看着他的样子，以及众人出了大事儿的脸色神情，她只能上前，扒开守着秦铮的人，蹲下身子去摸他的头。

秦铮在谢芳华的手刚碰到他的脑袋时，便发出唔的一声痛声。

谢芳华手下的确摸到了一个大包，她按了按，秦铮更是发出痛苦的声音。她颦眉，扯过他的手，给他把脉。脉象平和，不见异常。她才放下了手。

秦铮忽然睁开眼睛看向她。

谢芳华对上他的眼睛，只见一瞬间，他的眸光极亮，须臾，很快他又闭上了眼睛，一把拽过她的身子，抱在他怀里，痛苦地哼哼："娘，我好疼啊。"

谢芳华的脸顿时黑了。

守在门口的人目瞪口呆。

霎时，门口一切焦急担忧紧张的声音静止。

谢芳华恼怒地伸手推他，他抱得紧，纹丝不动，她气怒，猛地用上了力气。

这时，秦铮的脑袋忽然搁在了她肩膀上，低低地求饶："娘，别推我，真的好疼。"

谢芳华的脸色顿时由黑转青。

守门的人纷纷成了木头桩子，一动不动了。

谢芳华手顿住片刻，胸口的火气腾腾地蹿了上来。喝醉的人果然不可理喻，娘都喊上了，她若是做他娘，下辈子吧！她发狠地伸手推他。

"听音姑娘，你可别再推了，二公子怕是摔傻了，您再推一下子就更严重了。"有人立即出声阻止谢芳华。

"是啊，你快别动了，等着王妃和太医来吧！"有人也立即劝说。

"二公子看起来很痛苦，这若是真摔傻了，可怎么办？"有人也道。

一时间，又有几个人连声附和。

谢芳华听着你一言我一语的劝说，再狠的手劲也推不下去了。

秦铮仿若不觉，一直双手抱着她的腰，脑袋枕着她的肩膀上哼哼唧唧地喊疼。

一时间情形僵持。

谢芳华不再推开秦铮的时候，身体才顿时敏感起来，他少年的气息无孔不入地流向她，让她本来涨青的脸渐渐发红发紫，仗着天色已黯，四周围着的人忧急才没发现，但她自己都觉得耳根子似乎着起了火。

"铮儿？"远处传来英亲王妃焦急的声音。

谢芳华的身子蓦地僵硬。

秦铮喊疼的声音忽然低了低。

"王妃，您慢点儿，仔细摔着。"春兰的声音听起来也一样焦急。

"怎么能慢？再快点儿！"英亲王妃说着，脚步似乎又加快了。

"刚刚还好着呢，怎么这么一会儿就摔着了？"英亲王的声音也有些急。

“什么也别说了，先看到他要紧。去请太医了吗？赶快去请太医！”英亲王妃催促。

“回王妃，已经有人去请了！”有人回话。

谢芳华听着一阵零碎急促的脚步声渐渐走近，大约有二三十人，英亲王、英亲王妃，连带二人身边侍候的人怕是都被惊动来了，她顿时头疼起来。

秦铮却依然如故，抱着她喊疼，一声高一声低的，断断续续，委屈至极。

谢芳华想拍死他的心都有了，随着脚步来到近前，她再也顾忌不得，用力去推他。

手刚碰到他，他就大声地哎哟了一声。

“铮儿？你怎么了？你别吓娘啊！”英亲王妃来到近前，一下子扑了过来。

谢芳华的手再次僵住。

“摔在了哪里？快让娘看看！”英亲王妃蹲下身看着秦铮，天色昏暗，看不清楚，只看到抱在一起的两个人，她分辨出一个是她儿子，一个是谢芳华，也顾不得询问二人怎么这副情形，焦急地盯着秦铮问。

“头……疼……”秦铮委屈地回答，脑袋却没挪地方。

“摔到了头？”英亲王妃伸手去摸他脑袋。

“唔，痛……”秦铮在英亲王妃手刚碰到头的时候，痛呼了一声。

“竟然摔出了这么大的一个包，这到底是怎么回事儿！”英亲王妃身子晃了晃，颤声问，“怎么个疼法？是像裂开了一样地疼吗？”

秦铮唔了一声，算是回答。

英亲王妃顿时六神无主，眼泪噼里啪啦掉了下来，连声急道：“太医呢？太医怎么还没到？快，王爷，快再派人去请！”

“快去请太医！”英亲王闻声也急了，紧迫地命令。

又有几个护卫立即蹿出了府门，向太医的家里跑去。

“这到底是怎么回事儿？谁来告诉我！”英亲王看着哭成一团的王妃，又看着抱着谢芳华直喊疼的秦铮，心乱如麻，恼怒地询问。

四周人被他的怒意震慑，鸦雀无声。

“说话！二公子怎么会在门口摔倒了？”英亲王又怒喝一声。

守门的人齐齐扑通一声跪在了地上，其中一个人仗着胆子哆嗦地回道：“王爷离开后，铮二公子要拽着听音姑娘回院子里，不知道怎么着，大约没拽住，二公子就摔到了地上……成了这样了。”

“没拽住？”英亲王竖起眉头。

“天太黑，小人没看清楚……”那人道。

“有谁看清楚了，出来说！”英亲王脸色发寒。

“小……小人看清楚了，铮二公子拽听音……听音甩开了二公子，二公子没站稳，就摔倒了……”又一个人结结巴巴地说道。

“确实？”英亲王怒问。

“小人的确看得清楚，不敢胡言乱语。”那人哆嗦地道。

“来人，将听音给我押下去打！”英亲王暴喝一声。

有人听命冲上前，伸手去拽谢芳华。

“别拽我娘！”秦铮蓦然大叫了一声。

上前伸手的人猛地一僵。

英亲王也是一僵，哭着的英亲王妃更是一僵。

春兰吓坏了，回过神，连忙道：“二公子，您抱着的是听音姑娘，王妃在您旁边呢！”

秦铮哼哼了两声，喊着疼，死死地抱着谢芳华，就是不松手。

春兰见此情形，看向英亲王，英亲王没料到是这个情形，看向英亲王妃。

英亲王妃呆呆的，片刻后，才回过神，伸手去拽秦铮：“铮儿，娘在这里。”

秦铮脑袋搁在谢芳华肩膀上，口中哼唧道：“疼……别碰我……娘……”

英亲王妃蓦然止住手，心都快碎了。她想起了八年前他丢失了两天回来的时候全身脱了一层皮，几乎认不出人，见到她后就昏倒了，高烧昏迷喊着“娘，我疼”的话来，又想起五年前在京郊被一只疯狗给咬了，当时整个小腿都给咬烂了，他也是这样抱着她喊“娘，我疼”，又想起三年前喜欢他的德慈太后殡天的时候，就是这样的冬天，他在太后的棺木前顶着大雪跪了三日夜，后来她怕他跪伤了腿，拉他起来，他也是这样喊着“娘，我疼”，如今又听到这样的话，她的心如针扎一般地揪了起来。

“分开他们！”英亲王恼怒地吩咐。

“都住手！谁敢给我上前，仔细你们的脑袋！”英亲王妃忽然站起身，含泪的脸上怒意明显，转过头对英亲王道，“王爷，你没看到铮儿说疼吗？还让别人挪动？你想要他死是不是？”

英亲王怒意一僵：“你说的什么话？我如何会盼着我的儿子死？”

英亲王妃冷哼一声：“多少年了，你只知道他不听话，不乖巧，不孝顺，不遵父训，却从来没想过他几次险些死里逃生，你几次险些丢了儿子吧？”

“你在说什么？”英亲王板起脸。

“我在说什么？我在说你！如今是等着太医来的时候，你却这时候不关心铮儿，只想着惩罚人，你心里到底有没有这个儿子？”英亲王妃疾言厉色，“八年前，铮儿丢失了两日，我派人找了两日，那两日你在哪里？你在翠红楼！醉倒在歌妓的房里！五年前，铮儿在京郊被狗咬得险些废了一条腿，你在哪里？你在府中忙里忙外给你的大公子请太医瞧病！三年前，德慈太后殡天，铮儿因为守了三日夜染了寒疾，在送殡的路上昏倒，你当时做了什么？说他不争气，太后白疼了他，送殡这么短的路都坚持不了。这么些年，你除了指责他还是指责他，你还做过什么？”

英亲王后退了一步，脸色发白。

英亲王妃失望又寒冷地看着他：“你心里只有一个大公子，只他一个人是你的孩子，我的铮儿不成样子，你若是再看他不顺眼，可以休妻，可以赶我们娘俩出门，你的爵位谁稀罕！谁爱要谁要去！”

“紫箐，你胡言乱语什么？住口！”英亲王沉怒，承受不住地打住她的话，“我何时不当他是我儿子了？爱之深责之切，你不明白而已！”

英亲王妃猛地转过头，不再看英亲王，身子不停地轻颤。

下人们都吓蒙了，一个个跪在地上，垂着头不敢抬起，恨不得将耳朵捂上听不见声，更恨不得将嘴巴堵上不让出气。多少年来，即便在英亲王府当差了几十年的老人，从英亲王妃进门那日至今，从不曾见过英亲王妃如此对王爷发过脾气。她虽然护着铮二公子，但顶多不给王爷好脸色，不让其进房，过后却依然言笑晏晏，待下人也和气心善，没人见过怒火中的英亲王妃。

如今见了英亲王妃怒火，他们恨不得将眼珠子挖去，从没见过。

“王妃，您快别气了，太医来了，还是赶紧给二公子看病要紧。”春兰上前扶住英亲王妃，也忍不住红了眼眶。这些年王妃的苦她都看在眼里，王爷对王妃不是说不好，总觉得欠缺了什么，王妃本来也没求他全心全意，但是二公子却是王妃的软肋。

英亲王妃闻言立即点头，看向门口被一个侍卫架来的孙太医急道：“孙太医，你快来，快救救我的铮儿。”

英亲王也立即对孙太医看过来。

“王爷，王妃，您们先别急，老夫这就给二公子看诊。”孙太医被英亲王府的侍卫一路夹着跑来，胃里被颠倒了个七荤八素，虽然一肚子怨言，但是也知道这是人命关天的事儿。脚落地，他身子晃了晃，勉强站稳，连忙走到秦铮身边。

谢芳华心里将秦铮骂了千百遍，这个祸害明明就只是将脑袋摔了个包，小时候谁没摔过？至于疼成这样？还惹得父母打架？

秦铮此时不知道是被父母打架给镇住了还是如何，一声不吭了。

“二公子，您将手给老夫。”孙太医见秦铮两手抱着谢芳华，只能对他和气地道。

秦铮一动不动，连脑袋也没挪动一分。

“铮儿乖，你先放开听音，让孙太医给你把脉！”英亲王妃凑前去，柔声哄秦铮。

秦铮仿佛没听见，依然不松手。

“铮儿？听娘的话！”英亲王妃去拿他的手。

“娘，我喜欢德慈太后，太后死了，我喜欢狗，狗也死了。”秦铮忽然道。

英亲王妃手一僵，忽然死死地抿了抿唇，看着抱在一起的二人，发狠道：“你放心，有娘在，娘给你看着听音，谁也带不走她！老天爷也不行，更不让人欺负了她，再不从你手中夺走她。以后只要你喜欢谁或者什么东西，娘就算拼死也要给你守住。”

秦铮没了声。

“铮儿，娘已经答应你了，让太医给你看看好不好？”英亲王妃再度轻哄。

“您答应了，爹还没答应呢。”秦铮低低地道。

英亲王妃猛地转头看向英亲王。

英亲王心中虽然来气，觉得今日的事情叫他难堪下不来台，但毕竟是他的儿子，他也忧急，事已至此，他也再发不出怒意，闻言沉了沉气息，保证道：“爹也答应你。”

“您答应我什么？”秦铮忽然扭过头，问英亲王。

英亲王看着他，缓了半拍：“你娘答应你什么，我就答应你什么。不带走你的听音。”

“只这个不行。”秦铮又埋下头，痛苦地道，“我今日喜欢听音，若是明日喜欢别人了呢，听音你不带走，别人你若是带走呢。”

英亲王皱眉。

“你快些都答应他！”英亲王妃急了。

英亲王深吸一口气，板着脸道：“好，我都答应你。”

“我娶谁也要听我自己的，到时候你不能不同意，也不准欺负我媳妇儿。”秦铮又道。

英亲王忍受不住地青筋跳了跳：“自古都是父母之命媒妁之言，你娶妻也是给英亲王府娶门面，哪儿能由得了你？”

“娘，我爹不疼我。不像你什么都喜欢我，什么都依着我。”秦铮对英亲王妃委屈道。

英亲王妃竖起眉头，看向英亲王：“王爷，我的儿子金尊玉贵，得天独厚，凭什么不能按照自己的喜欢行事？若是这个王府他这个嫡子的身份连自己喜欢的人都娶不到，我看我们娘俩不要这个王府也罢！您现在就给休书，妾身立马带子出门。再不干扰您疼别人！”

英亲王怒火上涌，瞪着英亲王妃说不出话来。

“王爷，您就答应了吧！王妃今日一整日都在操持大公子的婚事儿，连一口水都没顾得喝上呢。二公子如今摔成这样，还是赶紧要孙太医看过当紧。可别真摔坏了脑袋，那就坏了，耽误不得。奴婢可从来不曾见到二公子这个模样过。”春兰出声劝说。

“好，都由了你！”英亲王败下阵来。

英亲王妃扭过头，对上秦铮，脸面声音顿时温柔：“铮儿，你爹答应了，你快让孙太医看诊吧！”

“真的？爹答应了？”秦铮回过头，眸子认真地看着英亲王。

谢芳华竟然从他的眼睛里看到了孩童才有的纯真，忍不住唾弃，趁机要挟？什么破人！

“嗯，我都答应你！”英亲王肯定地道。

“要写字据立约交给我的听音保管，否则你若是反悔不承认怎么办？”秦铮忽然又道。

“你……”英亲王的怒火再度升起来，“我看你根本就没摔到脑子！”

“娘，我疼。”秦铮扭过头，委委屈屈低低浅浅地喊了一声。

英亲王妃的心肝儿顿时都要疼化了，怒道：“王爷答应都答应了，还怕写个字据？”

“就算不写，你们是我的妻子和儿子，我堂堂男子汉，还能赖账不成？”英亲王训斥。

英亲王妃不买账，冷哼一声：“那可不保准，您又不是只有一个女人和一个儿子。”

英亲王气得身子都颤了起来，大怒道：“来人，去拿纸笔来！”

立即有人跑去拿纸笔。

秦铮搂着谢芳华身子的手紧了紧，不吭声了。

谢芳华趁人不注意，死死地在他肋下掐了他一下，他又痛苦地哼了一声，她立即住手。

“铮儿，你别胡闹，先让孙太医看诊。”英亲王妃闻声心再度揪起来。

秦铮固执地摇头：“爹还没给字据呢。”

英亲王气得肝都疼了，看着秦铮的样子，他的心也放下了大半，他若是脑子摔坏了，还能如此要挟他要字据？只有他这个娘看不清楚事实，或者看清楚了也由得他胡闹。

不多时，一个下人拿着纸笔来到。

英亲王哼了一声，接过纸笔，那下人立即将背弯下在他身前，他铺了纸，提笔在他背上唰唰写了起来。

谢芳华看着英亲王，即便是天暗，也能看到他的字极好，笔走龙蛇，力透纸背。

他是个极其有才华的王爷，若非天生脚疾，如今的皇位就是他的。

不多时，英亲王便写完了字据，扔给秦铮：“给你！”

秦铮不接，偏头看了一眼，低声道：“您还没盖您的私印！”

英亲王火气蹿了蹿，又压下去，有人将纸捡起来递给他，他拿出腰间的私印盖在上面，又扔给了他：“这回行了吧？”

“行了！”秦铮放开谢芳华，拿过字据，看了一眼，递给她，郑重地嘱咐：“听音，你可收好了，这是我的命根子，不准弄丢了。”

谢芳华想甩手给他一巴掌，但鉴于人多，她只能默默地接过字据，放入怀中。

“孙太医，快给他把脉吧！”英亲王妃早就等急了，见此立即催促。

谢芳华站起身，站开了道，顺便活动活动被秦铮抱了半晌僵硬的胳膊和腿。

孙太医连忙上前抓住秦铮的手。

秦铮这回低垂着头乖巧地坐在地上。

孙太医把了左手的脉又换右手，片刻后，又松开脉摸他的脑袋，眉头凝着，神色沉重。

“孙太医，铮儿……他到底……”英亲王妃不想说出不好的话来。

“是啊，孙太医，你就照实说！”英亲王沉声催促。

孙太医抬头看了秦铮一眼，秦铮的睫毛轻轻闪了一下，他站起身，退后一步，对英亲王和英亲王妃斟酌一下道：“回王爷、王妃，铮二公子摔得不轻，脑袋……”

“怎么样？”英亲王妃由春兰扶着，几乎站不稳。

孙太医看了英亲王妃一眼，叹了口气道：“没摔坏了心智，只不过怕是会造成淤血，需要卧床休养三五日。老夫开一个方子煎药给二公子服用，这期间再不能饮酒，更不能受风，否则于身体不利。”

“好，好，只要没摔坏心智就好，你快开方子！”英亲王妃松了口气，连连点头。

英亲王对孙太医道：“请随我去前厅开药方吧！”

孙太医应了一声。

“春兰，你跟着王爷和孙太医去拿药方，备一份厚礼给孙太医。”英亲王妃吩咐。

“是，王妃！”春兰立即颔首。

英亲王本来已经领路，闻言回头看了英亲王妃一眼，英亲王妃没看他，他脸色有些不好，离开的脚步有些重。

“听音，你过来扶起二公子，我随你们去落梅居。”英亲王妃对谢芳华招手。

谢芳华点点头，走上前，伸手扶起秦铮。

秦铮将手搭在她手上，慢慢地站了起来，不再喊疼了，也不再强抱谢芳华了，要多安静有多安静，要多乖巧有多乖巧。

翠荷上前扶了英亲王妃，英亲王妃四下扫了一眼，温婉的声音端严：“今日的事情，你们都给我闭紧了嘴巴，不准传出半个字去！若是让我在外面听到丝毫风声，查出来是谁在散布传言，乱棍打死！”

“是，王妃！”聚在这一处的下人们立即应声。

英亲王妃向喜顺大管家看了一眼，喜顺大管家领会，他今日在忠勇侯府也吃了酒，但是没敢多吃，如今脑子自然是清醒着，知道王爷和王妃这一番争吵一定不能传出去。他这个大管家势必要再规矩教训一番这群人，当然，他做了二十年的大管家，这份魄力还是有的。

英亲王妃满意，带着几个近身侍候的婢女随着秦铮、谢芳华走向落梅居。

一路上，秦铮走得缓慢，一声不吭。

谢芳华心中暗骂这个恶人，英亲王妃可是个聪明的人，孙太医几句话说得隐晦，她听不出来才怪。定然知道他只是磕了个包而已，没什么大碍，之所以开方子，当然是给秦铮面子，意思意思。

回到落梅居，英亲王妃将包括翠荷、翠莲在内的大丫鬟都推在了门外，自己进了屋。

谢芳华扶着秦铮在她身后进了屋。

刚一进屋，英亲王妃坐在椅子上，对秦铮怒喝："跪下！"

谢芳华想着果然料对了，英亲王妃要收拾秦铮，她立即松开了手，退后了两步。

秦铮抬眼看了英亲王妃一眼，缓缓地跪在了地上。

"喝酒装疯，趁机要挟，撒泼耍赖，胡闹胡为，你可知道错了？"英亲王妃往日温婉含笑的脸色寒着，如要滴出冰。

秦铮动了动眸光，低声喊："娘！"

"别喊我娘！"英亲王妃更是恼怒。

秦铮看着她显然被气得不轻，他扯了扯嘴角，嘟囔道："我若是不喊您娘，难道去喊西院的女人娘？"

"你敢！"英亲王妃猛地一拍桌子。

秦铮顿时笑了，看着她，眸光清然，笑意盈盈，问道："娘，您今日发作了爹，憋了多年，心中畅快吗？"

英亲王妃顿时恼怒地对他瞪眼。

秦铮得意地对她挑眉："若是他当时真给您一封休书，将我们娘俩赶出去，您如今就算再后悔，也没用了。世界上可没有卖后悔药的。"

英亲王妃骤然冷哼一声："他不会！"

"您为何笃定他不会？他万一会呢？"秦铮挑眉。

英亲王妃挖了他一眼："我跟他过了二十年，你父亲是如何脾性我还能不清楚！你当没有把握的话我敢说？"

"这就是了，没有把握的话您怎么敢说？没有把握的事儿，儿子怎么会做？"秦铮蓦然笑了，"他的心这些年一直在偏着，我帮娘矫正矫正，又有什么不好？总不能让他这么一直偏下去，让别人有机可乘，利用他在我的婚事儿上做文章，到时候我娶不到称心如意的媳妇儿，岂不是亏大了。"

"所以你就趁机要挟？你可真是我的好儿子！"英亲王妃想伸手打他，但是又怕碰了他头上磕的包，只能敲桌面，"如今我当着府中那么多人的面让你爹下不来台面，他心里指不定怎么恨呢！你让我以后怎么做？"

秦铮无辜地看着她："娘怕什么？总之这些年是他亏了您亏了我，不是您该怎么做，该怎么做的人应该是他吧？”

“胡言乱语！”英亲王妃训斥一声。

“爹如今生气，等他回过味来，就该会做什么了。恩怨又不是一日两日养成的，他的确亏待了您不是？”秦铮笑了笑，目光清凉，“我那年丢失两日，您将事情瞒下了，他一直都不知道，今日才知道。五年前，我被狗咬，他来的时候，伤口已经被太医包扎好了，没看到。三年前德慈太后离开，他的亲娘，他比谁都伤心，顾及不上我，不知道我跪了三日夜也是应该，送殡路上恨我不争气昏倒也是应该。他这些年，一直没觉得自己做错什么，如今被您点破，他怎么也要寻思几日了。”

英亲王妃的怒意退了些：“合着你今日胡闹还是做对了？没做错？”

秦铮眨眨眼睛，忽然委屈地道：“听音她推我。”

英亲王妃似乎这才想起事情的根源来，看向谢芳华，只见她低着头站在一旁，眼观鼻，鼻观心，她和秦铮说了这么半天话，她就静得跟没在这儿似的，顿时问：“她为何要推你？”

“我拉她的手，她不让！”秦铮据实以告。

“你活该！”英亲王妃骂了他一声。

秦铮垂下头，一副沮丧的模样。

“行了，你滚起来吧！”英亲王妃摆摆手，似乎懒得再和他生气。

秦铮将手递给谢芳华：“听音，扶我起来。”

谢芳华不上前扶，暗叹英亲王妃就是疼儿子，他这么胡闹，她简单训了两句就完了？她还没看够听够呢。最好让他去跪祠堂，跪个几天。

“自己滚起来！”英亲王妃道。

“腿麻了。”秦铮看了英亲王妃一眼。

“还装？谁信你！”英亲王妃瞪着他。

秦铮无奈地叹了口气，揉了揉额头：“娘，我这回真没装，腿是麻了。您知道，酒喝多了，身子总不灵便，酒劲上来，不听使唤。”

英亲王妃看着他做难的模样，顿时又气又笑，对谢芳华吩咐：“听音，你拽他起来。”

谢芳华只能上前，伸出手拽起了他，这回他的身子较前两次她拽着都沉，还真是麻了。她只能将他扶在椅子上坐好，刚要离开，秦铮一把拽住她，指了指他的腿：“给我揉揉！”

谢芳华虽然这些日子以来端茶倒水、打扫屋子、收拾杂物、做饭洗衣的活都干过了，但是可没干过这么近身捶腿揉腿侍候人的活，顿时不愿意，甩开他，不动手。

秦铮似乎拿她无奈，只能自己伸手揉。

英亲王妃看着二人，忽然笑了：“你日日欺负听音，活该她不听你的。”

“娘，我是您儿子，她是我的贴身婢女，她推了我，不管我做得对不对，您不是该向着我，惩罚她吗？您儿子是什么人想拽手就拽手，想扶着就能扶得到的吗？她可是不识抬举。”秦铮一边揉腿一边道。

谢芳华翻了翻白眼。

英亲王妃眼皮也翻了翻，骂他道：“我若是向着你，你更是无法无天了！女儿家的面皮子薄，你再这么轻狂下去，看谁还敢嫁给你！”

秦铮忽然想起什么对谢芳华道：“听音，那张我爹写的字据呢？”

谢芳华看了他一眼，将字据从怀里拿出来递给他。

秦铮接过字据，仔仔细细地看了一遍，得意的神色染上眉梢：“我爹虽然人不怎么样，但是这字却写得好，尤其是娶妻之事由我自己做主的字写得更好。这枚私印他轻易不拿出来，如今盖在这上面，看着可真顺眼。”

谢芳华无语地别开头。

英亲王妃却拿过去也仔细地看了一眼，点头附和秦铮：“那当然，你爹的字在南秦宗室里面算是出了名的好，这枚私印是我们订下婚约下聘的时候，他得了一块罕见的寿山紫玉石送给了我。我画了样子，命人打造了一枚印章给了他，他收到之后，又找人专门刻了字，自此成了他的私章，用到至今。”

“这么说我爹心里还是有你了？”秦铮挑眉。

英亲王妃闻言脸一红，训斥了一句：“那当然，否则你以为他能由着我将你宠得没边？只不过他的身份是王爷，寻常人家的子弟还三妻四妾，更何况他是堂堂亲王，我也需要为王府的子嗣考量，怎么可能专房独享？他能对我尊重，让别的侧妃贵妾不越过我去，这王府内宅我说了算，已经算是极好的了。”

秦铮不屑地撇嘴：“您可真容易满足。”

“那还能怎么样？”英亲王妃嗔了他一眼，“等你继承了爵位，做了王爷，你就明白了。哪有什么事儿能尽如人意？你将来对你的妻子能够尊重，做到你父亲这个样子，你的妻子也是够满意幸福的了。”

“不一定。”秦铮道。

英亲王妃哼了一声：“怎么不一定？”

秦铮眸光转了转，见谢芳华去给火炉添炭火，他道：“我娶的妻子不一定有您这么大度，我也不一定娶了她一个还不够，还想纳什么侧妃小妾通房，我的儿子将来也不一定和别人争夺一个父亲。总之是不一定。”

英亲王妃闻言扑哧笑了，点了点他的头：“死孩子，你的头不疼了？”

“有点儿疼！”秦铮道。

英亲王妃将手中的字据递给他：“不过这一摔也值过，这个你好好留着吧！”

“娘不出手帮我留着？”秦铮看着她。

英亲王妃扫了他一眼："不管你打什么主意，将来娶妻，娶什么样的妻子，都是你自己的事儿，是你要过上一辈子的人，你总不会轻慢亏待自己。我帮你留着做什么？"

"娘，您可真好！儿子不知道哪辈子积了德，托生在您的肚子里。"秦铮顿时笑开。

"我不知道哪辈子倒了霉，欠了你的债，这辈子让你做了我的儿子。"英亲王妃笑骂了一句，站起身，打了个呵欠道，"我听到外面听兰来了，你让听言将药给你赶紧煎了服下。你虽然摔得不重，但还是得听孙太医的，在家养伤五日吧！这五日不许出门，明日早上我派听言去上书房给你请假。"

秦铮点点头，乖巧地应了一声。

"王妃！药方子拿来了！将孙太医送走了奴婢才离开，王爷和孙太医都没说什么，开了药之后，王爷就让人送孙太医回府了。"春兰来到门口，在外面轻声道。

英亲王妃应了一声，走到门口，挑开帘幕，春兰立即将药方子递给她。她看了一眼，递给门口守着的听言。

听言接过药方，连忙跑去小厨房。心想他今日可真是命苦，公子带了听音跑去忠勇侯府喝酒，他守着小厨房煎了大半日药，刚将所有的药煎好，以为能歇歇，却又得给公子煎药。

春兰上前扶住英亲王妃。

英亲王妃问："王爷呢？如今在哪里？"

"王爷去了书房！"春兰声音低低地道，"今日怕是歇在书房了，我离开时，王爷的脸色很不好看。您这么些年可从来没这么对他过。王爷他会不会因此寒了心？不再对您和二公子……"

"都一把年纪了，还求他什么？寒心也好，心不再偏秦浩也罢，我还有什么看不开的。走，我累了，咱们回去休息吧！"英亲王妃无所谓地道。

春兰点点头，扶着她向院外走去。

谢芳华看了秦铮一眼，如以往一般，送英亲王妃到落梅居门口。

这时天彻底黑了，虽然不下雪了，但是冬日里的风如刀子一般冷冽。

英亲王妃来到门口，没有立即离开，而是停住脚步，回头对谢芳华道："听音，我派人查了你的来历。"

谢芳华心思一动，抬头看着她。她自然知道英亲王妃会查她，她如此聪明的女人，如此爱自己的儿子，怎么可能对儿子身边的贴身婢女不查清楚底细？

"大约月前，你被钱班主在暗市上买了回去给小凤祥做婢女，他看中你是哑巴，也是孤女，所以才放心地放在小凤祥身边。"英亲王妃看着她，"但我查去了暗市之后，你以前的所有过往都被人抹去了，隐藏了，蛛丝马迹再也查不到了，你是怎么在暗市里被人买卖，怎么长了这么大，以前生活在哪里，习性如何，都没有经历，白纸一张。这任何人见了，都是不正常的事儿。”

谢芳华低着头，静静地听着。

“我动用了王府的线人，也动用了清河崔氏的家族势力，偏偏还是查不到什么。”英亲王妃盯着她，“从你的举止做派、琴棋书画、针织女红等等方面，可以看出，你出身定然极好，甚至不只是极好，这些你虽然知道，惹人怀疑你的身世，但是都未曾隐藏，观察你数日，也不像对铮儿不利，才让我对你放下了心。”

谢芳华无声无息地扯动嘴角笑了笑。

“连英亲王府的线人和清河崔氏的势力都查不出来的人，定是有不次于这两家的势力，所以，你的来头定然不小。”英亲王妃沉了沉声音。

谢芳华看着脚尖，等她继续说，是赶走她，还是如何办了她。

“我的儿子如何，我也清楚。你的性情如何，我也能体会几分。”英亲王妃却话音一转，“所以，你是何来历，为何落在钱家班子，进而被铮儿要在身边，我都不想再过问了，只要求你答应我一件事儿，那么明日之后我待你还如以往一般。”

谢芳华抬头看向她。

“你只答应我，不准伤害铮儿，无论什么时候！”英亲王妃一字一句地盯着她道。

谢芳华目光动了动，抬头向天空望了一眼，黑漆漆一片，又看向地面，同样黑漆漆一片，就如偶尔屋里的那个人黑漆漆的眸子望着她的时候，她忽然笑了笑，对英亲王妃点点头。

英亲王妃松了一口气，再不多逗留，由春兰扶着向正院走去。

第十六章
遮掩

京　门　风　月

谢芳华站在落梅居门口看着英亲王妃带着人走得没影，才收回视线。

她不得不承认她从到了英亲王府之后心里是羡慕秦铮的，羡慕他有个好娘，总有一个人无限度包容他。

她两世荣华富贵，侯门嫡女，生在钟鸣鼎食之家，簪缨富贵之门，可是却独独缺双亲。

她注定两世都得不到父母的疼爱。

她垂下头，看着脚尖，并没有立即走回屋里，寒风中，却丝毫不觉得冷。

“听音，多冷的天啊，你还站在外面做什么？还不赶快回房？”听言跑出来，催促谢芳华，“王妃都走远了，你用不着这么送。”

谢芳华回头瞅了他一眼，忽然想起，他出身清河崔氏，是英亲王妃要过来给秦铮的陪读，却成了他名副其实的小奴才，待了这么多年。

清河崔氏的下人都比寻常家的公子身份高一筹，更何况他那日管英亲王妃叫小姑姑，显然不是清河崔氏的下人，而且在她面前嬉皮笑脸，应该是个公子，才有资格喊王妃姑姑。

听英亲王妃的话音，他应该也是有双亲的，当时他的双亲还不同意，是被硬要过来的。

他自小离开双亲，可曾想家？

“喂，你这眼睛深幽幽地看着我做什么？怪吓人的。”听言后退了一步，胆小地道。

谢芳华撇开视线，望向天空。

听言纳闷地跟着她看向天空，黑漆漆一片，他立即收回视线，见她还在看，不解地问："黑漆漆的，连星星都没有，你在看什么？有什么好看的。"

谢芳华不理他，继续看着。

"喂，你不会是摔伤了公子，害怕不敢回去吧！公子疼你，怎么会罚你？还是快回去吧！你若是冻着了，染了风寒，我得伺候你们两个，累死我啊。"听言劝说她。

谢芳华想不透秦铮这样的人身边怎么养成了这样性子的听言，什么都写在脸上，高兴了就笑，被训了就哭丧着脸，天天跟个小蜜蜂似的，乐此不疲地做着事情。怕是秦铮现在赶他，他都不想回清河崔氏了。

"走吧！一会儿公子看你待得久了该出来了。"听言搓着手催促。

谢芳华点点头，转身往回走。

听言又钻去了小厨房看着药锅。

谢芳华回到屋子，见秦铮歪在椅子上闭着眼睛，呼吸均匀，竟然就这么睡着了。他的手里还攥着那张英亲王立下的字据。她静站看了他半晌，走过去，扯他手里的纸。

秦铮倏地睁开了眼睛。

谢芳华吓了一跳。

秦铮松了手，又闭上眼睛，懒洋洋地道："我娘与你说了什么？"

谢芳华自然不答话。

"不管她说了什么，你都要记住了，记好了。"秦铮声音虽然听起来漫不经心，但里面却隐藏了一丝情绪，凝重地道，"这字据我说让你收着，你就给我收好了，不准丢了，更不准在我要娶媳妇儿的时候拿不出来，知道吗？"

谢芳华动了动眉毛，点点头。他今日以这么伟大的手笔拿到了这字据，她自然要给他好好地留着。到时候他娶媳妇儿的时候，给他送上这个作为贺礼。

秦铮不再说话，继续又要睡去。

谢芳华推推他，他睁开眼睛，她伸手指了指里屋，他又闭上眼睛："懒得动。"

谢芳华看着他，半晌，伸手去拽他。

秦铮也不抵抗，被她拽着站起身，半个身子的重量都靠在她身上。

谢芳华暗暗磨了磨牙，艰难地将他半扶半拽地送进了里屋，刚碰到床，他便身子一仰，直直地要摔上去，她连忙扶住他，如今脑袋上有一个包，明早再多出一个包来，英亲王妃不责问才怪。

秦铮被她扶着坐在床沿，半睁着眼睛看着她笑："听音，你有什么心愿没有？"

谢芳华动作一顿，目光动了动，看了他一眼，抿了抿唇。她自然有心愿，她的心愿就是这一辈子好好地守护住忠勇侯府，哪怕是南秦这个王朝倾塌了，忠勇侯府也要完好地存在。

"看来你是有心愿了！"秦铮垂下头，收了笑，低声道，"我也有个心愿。"

谢芳华挑眉，铮二公子要什么没有，还有没达成的心愿？不过也是，人活一世，最难满足的便是心，很难做到知足，完成了这个心愿还有那个心愿，总有做不完的事儿。

“给我倒杯水来！”秦铮道。

谢芳华转身走到桌前，倒了一杯白水递给他。

秦铮接过来，一口气喝了，将空杯子递给她，醉意浓浓地道：“困死了，睡觉。”然后慢慢地仰倒在了床上，闭上了眼睛。

谢芳华见他连外衣都懒得脱，她也不给他动手脱，为他落下帘帐，扯过被子盖上，转身走了出去。

小厨房的灯依然亮着，听言在里面忙活。

谢芳华出了门，来到小厨房，只见听言靠在火炉边呵欠连连，火炉上煎着的药在咕嘟咕嘟地冒着气，旁边的桌案上放好了一大坛子煎好的汤药，都是给她喝的。冬日里，汤药煎出来，能放几日，喝的时候热一下就行了。可见他今日真是听了秦铮的话没闲着。

“听音？你过来做什么？公子想吃夜宵了？”听言见谢芳华来了，立即问。

谢芳华摇摇头，给他比画了一个手势。

“你让我回屋去睡？”听言纳闷地问。

谢芳华点点头。

“不行！”听言摆摆手，“公子的药我还没给煎出来，得让公子一会儿服下。”

谢芳华指指自己。

“你帮我煎药？”听言眼睛一亮。

谢芳华点点头。她如今不困，帮他将这药煎完了没什么。

“不用，药味这么大，你日日吃药本来就很辛苦了，还守着煎药，还是我来吧，我熬得住。”听言摇摇头。

谢芳华笑了一下，伸手将他推出了门外，之后关上了门。

听言在外面喂了两声，之后搓着手乐道：“听音，你可真好，谢谢你了，既然你要帮我，那我就不客气了，我去睡了啊。”

谢芳华自然不做声。

听言立即跑回了自己的屋子里。

谢芳华蹲下身，坐在火炉前，盯着汤药，静静地看着。

落梅居甚至整个英亲王府都陷入静寂。

一服药煎完，谢芳华依然没睡意，便将第二服药洗净，又放在火炉上煎。

既然逼她喝了这么久的苦药汤子，秦铮也应该尝尝苦药汤子的味道了。

夜深了，外面忽然起了风，风声呼啸，吹得门窗唰唰作响。

谢芳华向外看了一眼，收回视线，靠在身后的锅台上，闭目眼神。

不多时，外面忽然传来推门声。

谢芳华睁开眼睛。

“给我开门！”秦铮的声音从外面传来。

谢芳华皱眉，想着这个人不睡觉跑来这里干什么，她站起身，打开了门。

秦铮靠在门框上，冷风嗖嗖，吹得他头发散乱，衣服飞扬，整个人掩在暗影里，有一种说不出的感觉。见她打开门，目光就那么直勾勾地盯着她。

谢芳华愣了一下，扬眉看着他。

秦铮盯着她看了片刻，忽然垂下眼睫，问道：“药煎好了吗？”

谢芳华点点头。

“我来喝药！”秦铮道。

谢芳华眼皮翻了翻，让开了门口。

秦铮走进了小厨房，一屁股坐在谢芳华坐的位置上，对她伸出手。

谢芳华将早先煎好的药倒了一大碗递给他，不得不说他来得可真是时候，这药如今不热不冷，正好喝。本来她想着他既然睡了就算了，反正脑袋磕了个包而已，也不是大事儿，明早再喝药也没什么，不喝也死不了。可是人家既然追来了厨房，当然要满足他。

秦铮看着一大碗药递到了自己的面前，手僵了僵。

谢芳华往前面又递了递。

秦铮的手指似乎缩了缩，不过又很快僵直。

谢芳华看着他。那日他说从小到大他就没喝过药，这回就能试出真假了。

“算了，不喝了，我回去睡觉。”秦铮忽然撤回手，站起了身。

谢芳华快走一步挡在他面前，扰了她的清静，就这么走了？想得美！

“你真让我喝了它？”秦铮看着她。

谢芳华不摇头也不点头，药是他来这里主动要喝的，如今怎么能怪她？

“你今日的药喝了没？”秦铮忽然问。

谢芳华眸光动了动，她还没喝。

“你既然没喝，与我一起喝，我就喝。”秦铮道。

谢芳华闻言将药碗塞进他手里，转头自己倒了一碗药，放在火炉边上温热。

秦铮看着她，扫见手中的药，眼底露出难受的情绪。

谢芳华当没看见，不多时，药温热了，她端起来，一口气喝了，之后对他挑眉。

秦铮端着药碗放到口边，然后又嫌恶地扭过头，身子有些僵硬。他似乎想将药碗扔了，但看到谢芳华的神色，又憋了一口气，猛地将药碗端起，倒入嘴里。

喉结滚动，许久，一碗药终于见了底。

谢芳华看着他，炉火映照下，他清俊的脸忽明忽暗，忽然，他扔了碗，一下子抱住了谢芳华。谢芳华面色一变，他还抱上瘾了是不是？刚要挥手打他，他先一步握住她的手，难受地道："你最好别动，否则我吐你一身。"

谢芳华果然不动了。

秦铮拥着她，深吸一口气，又深吸一口气，再深吸一口气，气息极其不规律。

谢芳华脸色黑了红，红了黑，不多时，又变得涨紫，傍晚在英亲王妃大门口的一幕又被她想了起来，只觉得气血往上涌了涌。

"原来喝个苦药汤子也没有我想象的那么难，是不是某些事情我若是想做，也不会太难？"秦铮忽然放开她，又坐回了火炉旁的矮凳上，再不见难受的神色。

谢芳华平复自己的情绪，懒得看他一眼，蹲下身看熬着的药。

秦铮瞅着她，倏地笑了，肯定道："定不会太难的！"

谢芳华不理会他又在打什么主意，只想着是不是该听从哥哥的建议不继续留在这里了，否则的话，秦铮想抱就抱，她能一而再再而三随便让他抱吗？

若是将来她这个身份传扬出去……

她虽然打定主意这一辈子不再嫁人，但是也不想把自己忠勇侯府小姐的名声弄坏。

"你在想什么？"秦铮忽然凑近她，盯着她的眼睛道。

谢芳华垂下眼睫，摇摇头。

秦铮轻轻哼了一声。

谢芳华对他指指门口，意思是他该回去睡觉了。真不知道喝醉了酒的人本来已经困成靠着椅子就睡着的样子了，这么一会儿怎么就不睡了？看起来还很精神。

"不困了！等着你。"秦铮摇头。

谢芳华不再理会他。

小厨房静了下来，再无人说话，外面的风吹得更烈了。

半个时辰后，谢芳华将第二服药煎好，收拾妥当，熄灭火炉，看着秦铮。

秦铮懒洋洋地站起身，当先出了小厨房的门。

谢芳华关上门，二人向屋子走去。

来到门口，秦铮忽然提议："咱们练会儿剑怎么样？"

不怎么样！谢芳华当没听见，迈进了门槛。

秦铮只能跟进了屋，又道："下棋吧！"

谢芳华直接进了自己的中屋。

秦铮又跟进中屋，见她站在镜子前弄头发，凑上前："要不我们……"

谢芳华猛地瞪着他。

秦铮退后一步，懊恼地发作道："睡觉就睡觉！爷什么也不做了！睡觉成了吧？"话落，转身进了自己的里屋。

珠帘随着他进入，发出叮当悦耳的响声。

谢芳华扭回头，披散开头发，回到了床上，落下帘幕躺下。

她刚躺下，秦铮忽然又从里屋走出来，直奔她的床前。

谢芳华倏地坐起了身，抓紧帘帐，冷厉地看着他。

秦铮站在床前顿住脚步，沉默了一会儿，看着她问："那张字据你收好了吗？"

谢芳华心中有气，不言声。

"我就是再确定一遍，怕你不当回事儿给胡乱扔了。谁知道你躺下得这么快？"秦铮嘟囔了一句，安慰她道，"你睡吧！我不扰你了。"话落，转身又回了屋。

谢芳华等了片刻，听见里屋他躺上床的动静，才松开帘幕，缓缓躺下身。

秦铮这个人，他不但毛病多，还偶尔抽风，依她看，他是失心疯偶尔发作！

她正想着，里屋传出均匀的呼吸声。

谢芳华闭上了眼睛，心中暗骂，他不是不困吗？不是精神吗？不是还要练剑、下棋吗？怎么转眼就睡了？果然是个疯子！

平静下呼吸，不多时，她也睡了过去。

英亲王这一日待在书房，一夜无眠。他细细回想着这些年发生的事儿，这么一想，才恍然觉得这些年他疏忽了很多事儿，很多本来应该能弄得很明白的事儿，却稀里糊涂被他绕过去了。

他自诩算是一个好丈夫、好父亲，如今看来，他不算是个好丈夫，也不是个好父亲。

英亲王书房的灯亮一直亮着没熄灭。

同样，刘侧妃所居住的西院的灯也一直亮着。

秦浩在大雪过后便去了左相府拜见左相，既然事已成定局，尽管左相府的小姐卢雪莹不满意，但是皇后下了懿旨，皇上应许了此事，除非秦浩死了，否则她嫁给他的命运怎么也不可能更改了。但是秦浩是那么容易死的吗？不可能的，英亲王宝贝这个长子比他的嫡子更甚，苦心栽培多年，怎么可能让旁人伸出手害他？连英亲王妃这些年都不能动他丝毫。所以，她嫁也得嫁，不嫁也得嫁。

卢雪莹将自己关在房里不出来。

左相和左相夫人看得明白这中间的事儿，所以，秦浩刚一登门，左相和夫人便吩咐府中人上下打扫，迎接他，当真是对待准女婿一般地对待他。

秦浩彬彬有礼，面带笑容，待人和气，说话谈吐不俗，左相夫人虽然不满意他的身份，但是见此，也对他喜欢了一半，至少是个心里有主见的，没有因为是庶子而自卑，而且如今在户部任职，听说快要晋升，有英亲王在后面扶持着，左相再帮衬一把，若是他有了前途，庶出又算得了什么？就算秦铮那个嫡子继承了英亲王的爵位，若是个没能耐没才学的主，也一样能被他踩在脚底下。

这样一想，左相夫人心里便畅快了，愈发觉得秦浩比卢雪莹自己看上的秦铮更合适她。

左相虽然不如他夫人热情，但也是面带笑容，以岳丈的身份和气地和秦浩叙话。

除了卢雪莹没出现外，左相府宾主尽欢。

左相府留了秦浩午膳又留了晚膳，直到深夜，微微醺然的秦浩才回到了英亲王府。

门房给他打开门，他往里面走，看到英亲王书房的灯亮着，不由问："父王还没睡？"

门房摇摇头，低声道："王爷今日据说要歇在书房。"

秦浩怔了怔，问道："王妃又给父王脸色看了？为了二弟？"

门房向里面看了一眼，悄悄点点头。

秦浩微微冷哼一声，但他的声音太小，被嗖嗖冷风吹来，挡了个无形，门房自然没听见，他抬脚往书房走去。

来到书房门口，他对里面喊了一声："父王！"

英亲王很快就说了话："秦浩？"

"是我！"秦浩回话。

"你半夜不睡觉，过来做什么？"英亲王问。

秦浩规矩地回话："儿子刚从左相府回来，左相留了儿子用膳，回得晚了些。"

英亲王沉默了片刻，吩咐道："既然刚回来，赶紧回去睡吧！"

秦浩见英亲王没有见他的意思，便点头应声，往自己的院子走去，走了一段路，忽然觉得不对，猛地转回头。英亲王书房的灯依然亮着，虽然刚刚短短几句话，但长久待在他身边，他还是分辨出几分与往日的不同。

若是往日，即便再晚，他也会叫他进去问问今日在左相府都做了什么，左相与他说了什么，他是怎么表现的，怎么回答的。可是如今，他一句话没问。

当然可以理解成他又被王妃落了脸面，所以心情不好。

但是他总觉不只是这样，一定还有哪里不对，尤其是他对他说话的语气和情绪不对。

这样一想，他顿时打了个激灵，酒意醒了大半，见西院的灯也亮着，他立即抬脚向西院走去。

来到西院，他叩了叩门。

有守夜的小婢女立即打开门，见到他深夜来此，顿时惊讶："大公子？"

秦浩点点头："我娘睡了吗？"

"侧妃还没睡！"小丫头收起讶异，往日这么晚的时候，大公子从不出现在这里。不过想想今日大公子去了左相府，午膳和晚膳都派人回来传话说不回府了，如今大约是要和侧妃商量什么事情，连忙去屋里禀告。

刘侧妃本来无心睡眠，侍候她的婢女陪着她说话，如今听闻秦浩回来了，而且来了她这里，立即吩咐："快请大公子进来！"

门打开，秦浩进了屋。

刘侧妃看着他，面上神色这才好转了些。她的儿子虽然不及秦铮长得面相好，但是贵在有才华。这京中的贵裔公子里面，论起有才华，她儿子当算是排在前面的，让她这个娘脸上不知道光彩多少。

"娘的气色不太好，怎么这么晚还没睡？"秦浩坐下身，撤掉披风，出声询问。

刘侧妃憋了一口气，努努嘴："还不是正院那人和落梅居那个小子惹事儿。"

"他们又怎么了？"秦浩问。

刘侧妃知道秦浩今日不在府中，而且府中又封锁了消息，自然还不知道英亲王府大门口闹的那一场，只得将过程简述了一遍，尤其是秦铮要挟英亲王写了字据立约重点说了。

秦浩闻言沉默不语，脸色有些难看。

刘侧妃脸色更是难看，气闷道："他自己不要卢雪莹，推给了你，也就罢了。明明知道宫里的皇上和咱们府的王爷定不会放过他的婚事儿，总要过问的，但是如今竟然要挟王爷写了字据。他是想做什么？"

"他心里定然是有喜欢的人了，而且还一定是皇上和父王不准许他娶的。"秦浩思量片刻，沉声道。

"他？"刘侧妃一怔，脱口问，"她连左相府的嫡出小姐都看不上，他能喜欢谁？"

秦浩嗤笑一声，早已经不见在左相府的恭敬小心，冷嘲道："左相府的小姐又不是什么一等一的好女子，他看不上有什么奇怪？"

刘侧妃又怔了一下。

秦浩收敛神色，冷漠地道："论起门第来，左相府不及右相府尊贵，不及永康侯府勋贵，不及翰林大学士府清贵，不及监察御史府宠贵，不及忠勇侯府富贵。"

刘侧妃回过了些神，叹了口气："的确不及这几家，但左相府也是能和这几家一起平起平坐的。你能娶卢雪莹，也已经不错了。"

"我差点儿便能娶成忠勇侯府的小姐。"秦浩道。

刘侧妃顿时不满："忠勇侯府的门第是高，甚至究起根源，连南秦皇室的发源踪迹也不及谢氏，但是忠勇侯府的小姐到底是个病秧子，娶回来岂不晦气？门第身份好又顶什么用？哪里如左相府的小姐，人家文武双全。"

"娘没见过忠勇侯府的小姐，不过是传言她病弱而已，事实到底如何，也不好说。"秦浩看了刘侧妃一眼，缓缓道。

刘侧妃顿时讶异："你是说这里面有隐情？"

"有没有隐情我不知道，但是总归不会没有文章。"秦浩到底是在英亲王身边被栽培多年的，自然不会人云亦云，凡事善于思考，“难道忠勇侯府的小姐真的病得连人都不能见？可是她生下来一直长到几岁，都没听说她有什么难症不是？忠勇侯那年的寿辰，她可是露过一面的，当时儿子也远远地见了一眼。”

“你这么说倒是有几分道理。”刘侧妃点点头。

“可惜，赶上了无名山被毁的消息传进京中，皇上召集朝臣议事，我官职还是太低，被挡在了外面等候，便叫皇后趁机去了左相府，这事情到底让二弟做成了。”秦浩道。

“事已至此，别想那些了。你今日不是去了左相府了吗？左相和左相夫人待你如何？”刘侧妃还是最关心这个。虽然秦铮捣乱将卢雪莹推给了她儿子，但她还是对这桩婚事儿满意的，若非如此，卢雪莹眼里只看得见个秦铮，看不见她儿子，怎么能攀上左相府这门婚事儿。

“待我很好！”秦浩道。

“有多好？怎么个好法？对你仕途可有帮助？”刘侧妃立即问。

秦浩点点头：“事已成定局，左相和夫人是明白人，我们只能拴在一条线上了。虽然皇上有意要提拔我，但是如今秦钰在漠北军营等待皇上定夺处置，这一场大雪下得又大，不少地方受了雪灾，折子如雪花一般地堆在玉案上，怕是年前想不到我的升迁之事。而左相透露了，年后定然上折子升我的职。”

刘侧妃松了一口气：“距离过年还有半个月，也就是半个月的事儿了，快了。”

秦浩点点头。

刘侧妃从左相府待秦浩的态度来看，心里总算安慰些，问道：“那卢雪莹呢？”

秦浩淡漠地道：“没出来见面！”

“她是准备议亲待嫁的姑娘，自然不宜再出来见你。”刘侧妃道。

秦浩冷笑一声：“她是不愿意嫁我！”

“她不愿意这事儿也是板上钉钉的事儿！由不得她。”刘侧妃看着秦浩，宽慰道，“你别往心里去，女人嘛，还不就是那么回事儿，等她被你娶进门，无论在娘家如何金尊玉贵，但是嫁了丈夫，就是以夫为天，届时你说了算，她不得不听你的。”

秦浩倒是不以为意，站起身：“娘早些休息吧！我回去了。”

刘侧妃看看天色，已经子夜过了，她有心不想让他奔波再回自己的院子，让他歇在她隔壁的厢房，但是想到虽然私下他喊她娘，但是外人面前也是叫一声侧妃，而叫王妃母妃。深夜留宿，虽是亲子，但到底不合礼数，传出去对他仕途不好，也就作罢。

秦浩出了西院，走回自己的院子。出门口时，他回头看了一眼，只见刘侧妃倚门送他，他目光暖了暖。以前他一直想着为何他没秦铮好命托生在王妃的肚子里，如今他不那么想了。没有好命怕什么？他想得到的一样能得到。

谢芳华睡得正熟，忽然听到窗外传来一丝动静，闭着的眼睛瞬间睁开了。

“公子！”一个黑影站在窗外，低低喊了一声。

秦铮在里屋细微地嗯了一声。

谢芳华向里屋看了一眼，原来秦铮一样警醒，深夜而来，外面的人几乎无声无息，屏息的功夫显然不次于她的言宸。看来有要事禀告了。

“大公子午时去了左相府，左相和夫人留了午膳和晚膳，晚膳之后，左相又在书房里和大公子叙话。大公子半个时辰前回了府，先去了王爷的书房，王爷没见，他又去了西院，与刘侧妃叙话半个时辰，如今回了自己的院子。”外面人用极低的声音禀告。

秦铮又嗯了一声。

“王妃今日晚上从公子这里回去之后，吩咐人撤回了查暗市的线人，同时也派人给清河崔氏那边传了话，下令不必再查了。”外面人又道。

秦铮又嗯了一声。

“除了王妃之外，还有几股势力在查暗市，属下发现其中有两股势力来自皇宫。”窗外人说到这里，转头看向谢芳华这边的屋子，似乎有所犹豫。

“无碍，继续说！”秦铮声音淡淡的，刚睡醒，有些低沉。

“属下觉得，应该是来自皇上和皇后。”窗外人道，“但是似乎也与王妃和咱们一样，蛛丝马迹不曾查到，皇上心中怕是会对听音姑娘有想法，皇后也是。”

谢芳华眯了眯眼睛，她没想到连皇上和皇后也查她这么个秦铮身边的小人物了。

秦铮静默片刻，吩咐道：“你想办法给皇宫的势力那边略微透露一点儿消息，就说她是我隐卫营的人，自小培养，不过趁机被我给个身份带在了身边抵挡别人不停地给我送女人而已。”

“公子？”外面人惊讶。

谢芳华闻言也惊讶了。秦铮这是在帮她遮掩，将她的身份划入自己的阵营，不让皇上再针对她？若说她是秦铮隐卫营的人，那么很好解释她以前的空白了。

对于在暗市抹去了她的身份之事，应该是言宸在她被秦铮劫入英亲王府之后做的。因为她被秦铮要在身边，她哑女的身份不只引人注目，背景来历更会被人所查，若想不被人查到蛛丝马迹，只能全部都抹去，这虽然最引人怀疑，但也最有效。可是她没想到连皇上、皇后也惊动了。

到底是秦铮的身份太重要，还是因为秦铮为了她一怒之下将卢雪莹推给秦浩引了皇帝对她的彻查？不管如何，得皇帝的注意，不是好事儿。

“皇上会信吗？”外面人又问。

“英亲王府有隐卫，嫡子有隐卫营，可以私属监管，听音只碍着我，不碍着皇权，皇叔有什么不信的？”秦铮声音平静，“就算他不信，他目前也没有过多的精力去更深地查她，他还有更重要的事儿，比如秦钰，比如雪灾。”

外面人点点头：“属下稍后就放出消息去。”

秦铮应了一声。

外面人似乎再没事可禀，见秦铮再没什么吩咐，他撤了下去。

里屋的秦铮坐起身，似乎为自己倒了杯水，喝了之后又躺回了床上。

谢芳华睁着眼睛看着帐顶。秦铮应该料到她醒来了，虽然二人交谈声音小，但势必会让有武功的她听见，可是他还是没避着她。一时间有些莫名的情绪堵在她心口，不上不下。

秦铮不多时便又睡了去，均匀的呼吸声传出。

谢芳华久久无睡意，快天明时，方才睡着。

谢芳华再度醒来，已经天色大亮，外面吹了一夜的冷风停了，屋中生了火炉，极其温暖，她坐起身，挑开帘幕看了一眼，这个时辰怕是连早饭都用过了。

她穿戴妥当下了床，拢好头发，走出里屋，正碰到秦铮和听言二人拿着剑回来，秦铮一身清爽，听言满头大汗，她挑眉看着二人。

"睡醒了？"秦铮问。

谢芳华点点头，不明白他是怎么出的门，半丝动静没惊扰她。

"听音啊，你可醒了，公子说昨日你为了帮我煎药，熬夜太晚，今日睡得沉了，他为了不惊扰你睡觉，从窗子出的门，拉了我去练剑。我多日不陪公子练了，如今胳膊都快抬不起来了。"听言抱着剑对谢芳华诉苦。

谢芳华见听言如同奔波了多少路赶回来的一般，实在有些惨，忍不住笑了笑。

"你竟然还笑？"听言顿时不满地道，"你的武功是怎么练的？我真是怀疑了，我自小陪公子一块儿长大，每日陪他练武，可是与公子比起来，我还是差得远，每次都在他手下过不了几招，而你就不同了，竟然能和公子对打，还能挑掉公子的玉佩……"

"不说话没人拿你当哑巴！"秦铮对听言挥挥手。

听言立即缩了缩脖子，拖着疲惫的腿一步三晃地走回自己的屋子。

"既然醒了就去做饭了，下了早课燕亭他们会来，今日势必要在这里用膳了。"秦铮进了屋，放下剑，对谢芳华吩咐了一句。

谢芳华看着他，燕亭他们又来？做什么？

"我娘给我去上书房告了伤假，他们自然是要来看我的。"秦铮道。

谢芳华点点头，简单洗漱，之后去了厨房。

秦铮径直洗漱，之后自己梳了头发，也来到厨房帮她烧火。

果然不出秦铮所料，半个时辰后，燕亭、李沐清、谢墨含、程铭、宋方，还有三个谢芳华没见过的少年来到了落梅居。

听言闻声，连忙迎了出去给众人见礼。

"秦铮兄呢？真磕坏了脑袋下不来床了？"燕亭是不怎么相信秦铮摔一跤能摔坏的。

“没有，我家公子在小厨房。”听言立即道。

“哦？”燕亭来了兴趣，见小厨房冒着烟，隐隐有菜香传出，立即转道走去。

“燕小侯爷，您们还是进屋等着我家公子吧！我家公子稍后就回屋。”听言不想让这些人看到公子烧火的样子，这会毁了他的形象，连忙阻止。

燕亭扒拉开他：“我看他在小厨房做什么。你该干吗干吗去，不用管我们了。”

听言阻止不了，只能让他去。

李沐清、谢墨含对看一眼，也跟着燕亭去了小厨房。

谢芳华自然听到了外面的声音，知道燕亭等人来了，她正炒着菜，看了一眼秦铮，秦铮跟没听见似的，依然蹲在灶膛边，专心地烧着火。既然他都不在意别人进来看，她更是不需介意了，便也不理会。

“咦？秦铮兄，不会吧？你……你竟然在烧火？”燕亭来到门口，往里面看了一眼，顿时大叫起来，不敢置信地看着秦铮。

李沐清、谢墨含等人来到，看到里面的情形，也都齐齐愣了。

秦铮抬头看了他们一眼，寻常地挥手：“你们若想今日留在这里吃饭，就去屋子里等着，若不想去等着，可以进来帮我烧火。”

燕亭顿时摆手：“我可不会烧火！”话落，他回头问：“你们会吗？”

几人齐齐摇头：“不会！”

“果然不愧是秦铮兄，都说君子远庖厨，你这根本就不是君子嘛！”燕亭道。

秦铮冷哼一声，显然对君子之说不屑一顾。

“闻着味道挺香，不知道吃起来怎么样？”燕亭吸了吸鼻子看着谢芳华说道。

秦铮扫了他一眼，没说话。

燕亭回头看向那三个谢芳华没见过的少年道：“你们三个可真是有口福，往日不见你们空闲，今日跟着我们来了，竟然就能吃到听音姑娘做的菜。”

“她就是听音姑娘吗？”一个陌生的少年好奇地打量谢芳华。

“是啊！听音姑娘，他们三个人今日不只是来看秦铮兄，还是为了来看你的。你转过身来，让他们看看。我说你长得一般，他们三人还不信，说既然一般，为何外面的人将你说得跟天仙似的？还说秦铮兄看上的婢女，怎么可能一般了？定然极美。”燕亭对谢芳华道。

谢芳华仿佛没听见，头也不回一个。

那三个人等着她回头，等了半晌，不见人家转过身，只看到一个背影，只觉得分外窈窕纤细，身穿绫罗绸缎下厨也不觉得沾染油烟气，不由更是好奇。

“喂，听音姑娘，你给给面子嘛！”燕亭不满地道。

“要面子回你家锅里炒去！”秦铮瞪了燕亭一眼。

燕亭顿时干干一笑，回头对三人道：“看见了吧！我说得没错吧！什么主子找什么样的婢女，这个听音姑娘脾气可大着呢，跟秦铮兄一个样，眼睛在天上，想理谁就理谁，想不理谁就不理谁。”

那三人不说话，心里却也是认同燕亭的话了。

“走吧！你们没看到听音姑娘和秦铮兄正忙着做菜不得分心吗？别闹了，我们进屋里等着吧！”谢墨含说话了，他最不愿意妹妹被人观赏，可是她如今身份在这，也没办法。

“不错，我们也帮不上什么忙，进屋吧！”李沐清道。

几人齐齐点头，向屋子走去。

燕亭却没有离开，而是站在门口，看着里面，对秦铮说着话：“今日早朝将秦钰的安置确定了。皇上念其早先贬黜秦钰出京时说过的话，他闯出无名山的九堂炼狱便回京恢复宗籍和身份。但是如今无名山毁了，他没什么炼狱可闯，算是他的劫数由无名山抵挡了一半，也就是抵一半的罪责，恢复他的宗籍和四皇子的身份，但是将其留在漠北军中服役。”

秦铮点点头，显然早有预料，并不意外。

“左相和一众朝臣都同意了皇上的决定，圣旨已经下了，皇上派了身边的亲信带着圣旨前往漠北。骑快马日夜兼程，过年的时候应该能到达漠北戍边的军中。”燕亭又道，“这回他真是不知道什么时候能回京了，皇上没定日期，可能是一年，也可能是两年，也可能是数年。”

秦铮哼了一声：“他最好一辈子别回来！”

燕亭看着他，怪异道：“你不会还记得法佛寺那老和尚给你们批的命吧？”

秦铮看了他一眼：“记得！”

燕亭一拍脑门，哀呼道：“秦钰这回倒了霉，又有你这么盼着他不得好活。他不知道何年何月才能回来喽！”

秦铮扔了一把干柴进灶膛里，没说话。

“喂，听音姑娘，你知道今日多出这三个人都是谁吗？”燕亭不再与秦铮说话，而是对谢芳华道，“他们三人的身份可是不低啊。你看，你的名声已经这么大了，他们三个如今终于都受不住来瞧你了。”

谢芳华不理会燕亭。

燕亭习惯了她的态度，也不计较，继续道：“反正你也不会说话，但其实心里一定想知道的吧？我就好心告诉你吧！他们三个分别是翰林王大学士的次子王芜，监察郑御史的长子郑译，太妃跟前抚养的八皇子秦倾。”

谢芳华炒菜的手顿了顿，没想到这三人的来头还挺大。

朝中自古以来，都是多个派系林立。

有左相这样不安稳锋芒毕露的派系，也有右相这样中立保全的派系，更有忠勇侯府、永康侯府这样世家勋贵谨慎求存的派系，还有英亲王这样保皇得皇室器重的派系，便也有监察院、御史台、翰林院、大理寺这样实权清贵的清流派系。

派系越多，皇上越乐见其成。帝王不需要他的臣子都是一种声音，一个腔调。

所以，随着皇子成年，皇上日渐变老，朝中的各府邸官员和所在的官职便敏感起来。

尤其是四皇子秦钰被踢出京城，这京中的水便更深了些。

官员们的官职，也决定了府中子女的交往圈子。

但是南秦京城，独有一家不怕与各种官员府邸的人交往，那就是英亲王府。哪怕是皇子，或者是宗室王爷、郡王等皇亲，更甚至是朝中各官员子弟。

英亲王得皇上器重，自然不需要站队，别人想拉拢，哪怕是皇后，也拉拢不来，更何况后宫其他人了。三皇子的生母是倚翠宫的柳妃，五皇子的生母是玉芙宫的沈妃。这两位是后宫与皇后分一杯羹的皇帝宠妃，又有成年皇子傍身，所以，四皇子出京后，她们也算是赢了一筹。

除了三皇子、五皇子外，皇帝还有三位小皇子，分别是八皇子、十一皇子、十三皇子。八皇子刚刚十四岁，十一皇子和十三皇子分别十岁和七岁。

八皇子母妃身份虽然是贵妃，但是母族无背景，是从平民女子选上去的，也许因为容貌太好，太得宠，从平民女子到贵妃一步登天，惹了后妃嫉妒，所以，在生八皇子的时候被人祸害丢了命。林太妃怜惜八皇子，抱去了身边抚养，八皇子才安然长大。

十一皇子和十三皇子均由嫔所生，母亲依然安在，但是身份到底低微，没有人扶持。

宫中如今没有太后，林太妃资格最老，连带着八皇子的身份也是尊贵。可是他无母族背景，林太妃不参与后妃争斗和朝堂的事情，他也就不被皇后和柳妃、沈妃盯在眼里了。

所以，他能跟监察御史的长子和翰林大学士的次子一同走动来这里看秦铮也不稀奇。

他不像是三皇子、五皇子，因为有私心，到底不敢拉帮结派，与谁明面交好，甚至别人都不会谨慎交往的英亲王府，反而对于他们来说更是谨慎几分，连门也不轻易来。

“喂，秦铮兄，你的听音可真是了不得，她听到这三个人的身份，连个表情都没有。”燕亭走进小厨房，站在谢芳华身边，侧头打量她半晌，敬佩地道。

秦铮拿起一根干柴向他砸去。

燕亭立即后退了两步躲开，看向秦铮：“你干吗打我？”

“离她远点儿。”秦铮脸色有些难看。

燕亭顿时意会，嘿嘿笑了两声，露出了解的表情：“你放心，我不会打你的听音的主意。她不过是个闷葫芦而已，也就你喜欢。我不会喜欢她的。”

“记住你的话！”秦铮脸色稍霁。

“当然会记住！我什么时候说话不算数过？”燕亭扬了扬眉，走近秦铮，跃跃欲试地道：“来，让我烧两把！我也学学！将来娶了媳妇儿，我也要她下厨，我给她烧火。”

秦铮立即让开了身。

燕亭没想到秦铮这么好说话，拍拍他肩膀：“好兄弟，你可真给面子。”话落，他往里面扔了几根柴火，一下子将火苗压死了，他顿时傻眼，问秦铮：“怎么办？”

“你放的干柴太多了，拿出来！”秦铮道。

燕亭连忙将干柴抽出来几根，但火苗还是不着，他又看着秦铮。

秦铮道：“用嘴吹。”

燕亭立即趴下身子，脑袋凑近灶膛，深吸一口气，又使劲吐出。

顿时灶膛里呼的一声，一股火苗蹿了出来。

燕亭啊地叫了一声，捂住眼睛，滚出了老远。

谢芳华偏头看他，只见他滚到了水缸边，好半晌才松开捂着眼睛的手，虽然躲得快，额前的头发被烧掉了一缕，两只手沾了灰，他又将灰蹭到了脸上，顿时将白净的脸弄得五花三道。她心中好笑，收回视线，顺带看了秦铮一眼。

只见秦铮嘴角不着痕迹地弯起，显然燕亭遭难，他心情愉快。

谢芳华想着他一定是故意的！故意耍燕亭！

燕亭经过这个教训，恐怕这辈子都不愿意踏进厨房了，烧火更不用想了！

这个恶人！

“喂，秦铮兄，你可真够意思，欺负我不会烧火吗？”燕亭显然也回过味来了。

秦铮无辜地看着他：“我第一次烧火的时候也和你一样。”

“是吗？”燕亭怀疑地看着他。

秦铮点点头，一本正经地道：“做什么事情都不是那么容易的，你以为烧火做饭容易？若是这么想，你就错了！这个最难！”

燕亭吐了一口气，拽拽被烧焦了的一缕头发，站起身，在水缸里照了照，泄气道：“当真如此，果然是不容易啊！”

“所以，下次再吃饭，别挑食糟蹋饭菜了！只要能熟的东西，都不错了。”秦铮道。

燕亭认同地点点头。

“听言！”秦铮教训完人，对外面喊了一声。

“公子！”听言本来在正屋侍候客人茶水，闻言立即跑来了小厨房。

“带燕小侯爷去洗漱！他的衣服不能穿了，将我新做的衣服给他拿一件换上。”秦铮吩咐。

“好嘞！”听言看着燕亭，对他狼狈的样子在心里笑了一番，连忙做了个请的姿势。

燕亭灰头土脸地出了小厨房，一边走，一边给身上拍灰。

秦铮在他走后，慢悠悠地拿了干柴，慢悠悠地放进了灶膛里，里面的火灭着，冒着烟，他用烧火棍将底灰挑起，露出红红的炭火，干柴立即燃了起来。

谢芳华想着论起不是人，非秦铮莫属了！欺负人欺负得这么让人抓不到把柄的，也该对他竖起大拇指了。谁要做他仇敌，倒霉了。

不多时，最后一盘菜炒好，谢芳华盛在盘子里，走到清水盆洗手。

秦铮拾掇利索炭火用底灰埋了灶膛，站起身，也净了手。

二人一人端着一个托盘，里面各放置了四个菜，向正屋走去。

听言闻声立即出来挑开门帘。

“好香！”李沐清赞了一句。

“吃到嘴里才知道好不好吃，只香不管用。”谢墨含暗暗想着，他的妹妹离京八年，他还担心回来之后不适应京中的大家闺秀生活，如今看来是不用担心了。没用忠勇侯府私下费工夫培养，秦铮便大明大摆地培养了，千金小姐一般的婢女，南秦再挑不出第二个来。

程铭、宋方点点头。

燕亭已经收拾妥当，他比秦铮稍微矮一些，秦铮的衣服穿在他身上略显长，他不满地看着端着菜进来的秦铮道：“身量长这么快做什么？我记得我小时候比你高来着。”

“你这些年没好好吃饭挑食的原因。”秦铮放下菜。

燕亭顿时没了话说，他的确挑食得厉害。

八皇子、王芜、郑译三人对于秦铮下厨烧火的动作本来就觉得稀奇了，如今见他竟然亲手端菜，眼珠子都睁大了一倍，如今再看他身后跟着进来的谢芳华，三双眸子一瞬间齐齐露出几分惊艳来。

有时候，一个女子身上的特别之处掩盖了她的容貌的时候，她的容貌可以忽略不计。

听音就是这样的女子！

让看到她的人无法说她不美，她的美不在容貌，而在通体的行止和气度上。

三人对于这样的她有些意外，又觉得并不意外。

“喂，你们三人小心点儿，可别总是做这副呆样子，跟没见过女人似的，仔细秦铮兄发恼，他的听音被他护得跟宝贝似的，可不是谁都能盯着看错不开眼睛的。”燕亭提醒三人。

王芜咳嗽了一声，首先移开了视线。

郑译愣了愣，笑了笑，也移开了视线。

秦倾倒是没立即离开视线，又盯着她看了一会儿，才转头对秦铮说道："铮哥哥，我听说她竟然随手扔了宝剑就能猎到白狐，是这样吗？"

秦铮坐下身，嗯了一声。

"那只白狐呢？"秦倾问。

"和紫貂在外面玩耍。"秦铮对秦倾说话倒是多了几分和气。

"我刚刚怎么没看见？"秦倾立即站起身，走出了门，眼睛扫了一圈院子，对门口站着的听言问："在哪呢？"

"应该跑去后园子玩了，那里的雪没打扫。"听言道。

"走，你带我去找它们。"秦倾立即吩咐听言。

听言看向秦铮。

秦铮扫了秦倾一眼："先用膳，一会儿饭后你再去看！"

"别呀，铮哥哥，你知道我喜欢白狐，一直想看活的。"秦倾的模样恨不得立马看到。

秦铮微微皱眉，随即扫了一眼去倒水的谢芳华，吩咐道："听音，这里不用你侍候，听言来侍候，你带八皇子去找白狐吧！"

谢芳华放下水，点点头，出了门。

秦倾自然欢喜，连忙跟在她身后。

燕亭睁大眼珠子，不敢置信地看着秦铮："喂，秦铮兄，往日你都看得紧，今日怎么就这么放她单独陪秦倾出去了？你就不怕那小子喜欢了她？"

秦铮轻哼一声："你以为人人都如你一样，见个女人就喜欢？"

燕亭一噎，顿时不忿："我何时见个女人就喜欢了？我不是就喜欢那个……"话要出口，见谢墨含蹙眉，立即吞了回去。

"谢谢你们辛苦跑来看我！听言，拿两坛好酒来。"秦铮吩咐听言。

听言立即应声去了。

李沐清看着秦铮笑道："还喝酒？我可听说了，昨日你在忠勇侯府喝得大醉，回来在门口摔了脑子，喝酒伤脑，你不怕？今日还喝？"

"你们喝，我看着！"秦铮道。

"看来没摔得太严重。"王芜接过话笑笑。

"那是自然，否则英亲王妃早急了！还能除了派人去上书房给他请了假，便没半点儿声音传出了？"郑译笑道。

秦铮挑了挑眉，不置可否。

不多时，听言搬来了两坛酒，一群人围坐在桌案前。

这些人均是青春年少，最大的郑译和谢墨含也都不过十九。其余人都年岁相当，十六七岁，可说的话很多，可谈的事儿一样不少，所以，很快就哄哄热闹了起来。

谢芳华走出落梅居，走向后园子秦铮每日练剑的院落。

那里被秦铮封锁了，除了他练剑，里面也放着他收藏的兵器，任何人不准进入。

秦倾刚踏出秦铮的视线，便胆子大了些，快走两步，来到了谢芳华面前，将她拦住，仔仔细细地看着她。

谢芳华对他挑眉。

秦铮对她面色端详半晌，才纳闷道："容貌的确很一般啊，为何外面的人都将你传得跟天仙似的呢？"

谢芳华自然不言声。面前的少年眼神清澈，对她只是纯粹的打量，她倒没什么反感。

当年宠冠六宫连皇后都要避其锋芒的贵妃据说不是什么倾国倾城的美人。这个少年长得不如秦铮漂亮，但一双眼睛倒是如九天清华池里面的净水，分外清澈。她见过皇帝，皇帝可没有这样的眼睛，他大约随了他的母亲。

"呀，那是小白狐！"秦倾忽然转过身，惊喜地喊了一声。

谢芳华抬头看去，只见一白一紫两个小身影正在追逐玩耍，她想着畜生果然不知愁滋味，被困在这里，它们像是找到了安乐窝一样。

秦倾兴奋地看了半晌，忽然想起什么，垂下头，叹了口气，黯然地道："本来四哥与我说好，今年大雪的时候，他要给我抓一只活的小白狐回宫将养，但是如今他却去了漠北。"

谢芳华心思一动，看着他。

"哦，你还不知道我是谁吧？我是八皇子秦倾，我的四哥是四皇子秦钰。"秦倾解释。

谢芳华收回视线，淡淡地点点头。

第十七章
娶她

京　门　风　月

看来四皇子和八皇子的关系极好，否则不会如此让八皇子惦记着，想起他便神色黯然。

“你真不像是个婢女！”秦倾见他自己报出身份，谢芳华也不给他恭敬地见礼，好奇地又打量她，“我可从来没见过哪个婢女如你一般不怕人的。”

谢芳华神色不动，她不是真正的婢女，骨子里的血液让她注定不畏权贵。即便当前是婢女身份，但是有些东西她想隐藏更改也改不了，便顺其自然。

“不过想想又觉得没什么奇怪的，铮哥哥那样的人，所要求的人或者物件都是最好的，挑中了你自然不能拿来当一般婢女相比。”秦倾释然道。

谢芳华笑了笑。这南秦京城似乎人人都了解秦铮，但怕是人人都不了解他。他能冷风里坐在堆满货物的马车上睡觉，吃她做的不是甜死人就是咸死人的菜，非冷水不用来洗脸，也没见他多把自己娇贵和挑剔得配合他的身份。

“我若是找铮哥哥要了这一对小东西，你说他给我吗？”秦倾看着白狐和紫貂忽然问。

谢芳华摇摇头，这个她还真不知道。

“走吧！我们回去问问他。”秦倾扭头往回走。

谢芳华其实不怎么想回去，落梅居里定然一屋子人闹闹哄哄，不如这里清静。

秦倾走了两步，忽然又回头问她：“你喜欢铮哥哥吗？”

谢芳华怔了一下。

秦倾忽然一笑，不再等着她答案，扭头走了。

谢芳华颦眉，看着他少年的背影，想着皇室里长大的人哪里有真正纯澈的眸子？秦倾才十四岁，但也是不小了。该知道的他知道，不知道的事情恐怕也知道不少。

回到落梅居，里面果然推杯换盏热闹成一片。

“呦，秦倾回来了！”燕亭呵呵一笑，“我们都喝了一圈酒了，你罚酒三杯。”

秦倾立即做了个求饶的动作：“我若是醉醺醺地回宫，父皇怕是会罚我跪天阶。”

“你到时候偷偷溜回去不就得了？不被皇上知道。”燕亭不以为然。

“你说得轻巧，皇宫里的一草一木，一人一花，何时能瞒得住父皇？”秦倾摇头。

“那你只能看着我们喝了！”燕亭对他露出可怜的神色。

秦倾点点头，坐在给他留出的椅子上，对秦铮问：“铮哥哥，那一对小东西你送给我吧？好不好？”

秦铮闻言偏头看着他，挑了挑眉。

秦倾立即凑近他，讨好地道：“我拿父皇赏给我的黄金剑和你换。”

秦铮嗤了一声：“黄金剑华而不实，我要它做什么！”

秦倾立即挠挠脑袋：“那你说，只要我有的东西，都能换给你。”

李沐清忽然笑着插话道：“燕亭兄，你早先说错了，八皇子看上的可不是听音姑娘，而是他们合猎的白狐和紫貂。”

“既然是合猎的，你以为我会换给你？”秦铮闻言问秦倾。

秦倾顿时耷拉下脑袋：“从四哥走了之后，皇宫里半点儿趣味都没有了。我想着若是有两个小东西也能给我解闷。”

秦铮冷哼一声：“他走了才好，否则没得在我跟前碍眼。”

秦倾顿时泄气，抬起头，哭笑不得地道：“铮哥哥，你就因为法佛寺一个老和尚的批命处处看四哥不顺眼。他都去漠北了，如今还怎么和你抢一个媳妇儿啊？”

秦铮道：“那可说不定。”

秦倾看着他：“再说你的媳妇儿还没影呢！”

“正因为没影才要防着嘛！”燕亭笑呵呵地道，“我也正好奇着呢，都说法佛寺住持佛法高深，能洞察某些天机，不知道这批命到底能不能应验，准不准。”

“等着吧！准不准到时候就知道了。”李沐清笑着道。

“不错！”燕亭拍拍秦倾，见谢芳华并没有进屋，而是去了小厨房，他悄声道，“你虽然没挖人，但是拿人家一起猎的小白狐和紫貂也是挖墙脚，你也真敢开口？你没见到他将听音宝贝成什么样？那两个小东西过了她的手，能给你吗？”

秦倾嘟起嘴：“我也就问问，不能给就算了呗。”

燕亭松开手，打包票地道：“改天我活捉一只送给你！”

“那敢情好！说话算数啊！太妃对我看得紧，狩猎的事儿向来不准许我参加，否则我也不至于眼巴巴地看着你们玩耍了。”秦倾道。

燕亭拍拍胸脯：“自然说话算数！”

“燕亭兄，牛皮可别吹破了！你能活捉一只白狐吗？我们这些人可都是长耳朵的。”程铭大声道，“到时候你别拿不出东西来送给八皇子。”

“怎么就不能？你小看我！”燕亭一拳挥了过去。

程铭连忙躲开。

“别闹了，喝酒吃菜吧！”秦铮止住二人打闹。

一时间，这茬揭过，众人又说起别的事情来，依然其乐融融。

谢芳华进了小厨房，在火炉旁坐下，屋中有听言穿梭着侍候众人倒酒，用不到她，她落得清静，闲来无事，便将秦铮剩余的几服药拿来煎。

不多时，小厨房弥漫起浓浓的药味。

“喂！”后窗子忽然传来一个细微的声音。

谢芳华敏感地转过头，只见后厨房的小窗子外面露出一个小脑袋，喊声来自那里。她看着那人，面相上看不过十四五岁，有些秀气，戴着太监的帽子，但她眼睛毒辣地看出她脖子上没有喉结，是个假扮小太监的女子。她神色不变地对她挑了挑眉。

“喂，你打开窗子，让我钻进去。”那女子见她看来，顿时一喜，对她道。

谢芳华坐着不动，她又不认识她，凭什么将她放进来。

“你叫听音对不对？”那女子见她坐着不动，眨了眨眼睛，低声问。

谢芳华眉峰不动地看着她。

“我若是不说我是谁，你一定不放我进去了。告诉你吧！我叫秦怜。”女子叹息地道。

谢芳华挑了挑眉，仔细地打量她片刻。前一世她见过秦怜，也不过两面，都是参加宫宴，在皇后身边规矩地坐着，不是公主却胜似公主，皇后将她教养得端庄贤淑，隐隐有皇后的气派，倒和她的生母英亲王妃除了面相上相像外，其他一切都不相像，也不怪她如今这副模样叫她几乎认不出来。

“我是趁着皇后睡着了才溜出宫来的，可不容易，你快放我进去啊。”秦怜着急道。

谢芳华回头看了一眼厨房门口，意思是她既然回家，既然来了这里，怎么不走进门？偷偷摸摸跟做贼似的。

秦怜见她哪怕在她报出自己身份之后也没显现出多余的表情来，顿时泄气，小声地道：“我没请旨，偷溜出来的，怎么敢大摇大摆地进府？而且落梅居正屋里一群人，我在这里都听到声了，我一出去，准被他们认出来。”

谢芳华想想有理，但觉得她还没尽言，便坐着不动。

秦怜看着她，败下阵来，又悄声道：“哥哥不让我总是回府。”

谢芳华挑眉，秦铮不让妹妹回府？

秦怜脸色有些黯然：“哥哥说我每次一回来，走后都惹娘伤心，娘不见到我，眼里就只有他一个儿子，整天围着他转，乐呵呵的，我回来一次，她就几天不开心。所以，就不让我回来了。”

谢芳华想着秦怜到底是英亲王妃的女儿，本来她应该儿女环绕在侧，却是被皇后分去了一杯羹，心中自然舍不得。更甚至，当年皇后怕是就防了一手，想借秦怜郡主将英亲王府拖入她的阵营支持她的儿子。但是皇上和英亲王不知道当时是作何打算。

“我说了这么多，你怎么还不给我开窗子？”秦怜见她还坐在那里不动，急了。

谢芳华回头看了一眼，里屋那群人还在热闹，她拿起桌案上的纸笔，写了一行字，展开给秦怜看。

秦怜看到那行字，几乎气晕过去。

只见她写着：“既然你哥哥不让你进来，那我更不能放你进来了！”

秦怜在宫里生活得久，看得多了，听得多了，尤其是心眼也长得多了，她从来没见过这样的婢女。这是婢女吗？比她这个郡主的架子还大。

谢芳华放下纸笔，不再看她。

秦怜趴在窗子上，气了半晌，又可怜兮兮地道：“听音姐姐，我再跟你说一件事儿。你知道这件事儿后，就放我进去好不好？”

谢芳华闻言再度转头看向她。

秦怜提起精神，低声道：“其实哥哥不只因为我娘见了我伤心，还有就是怕我再将他的小书房盗劫一空。”话落，她补充道：“你知道的，哥哥善于收藏宝贝，我看了就忍不住想拿走，他不给我，我只能偷偷拿走。”

谢芳华垂下头。

“喂，我都喊你姐姐了，你也答应我了，不能说话不算数。”秦怜敲窗。

谢芳华抬头看着她，神色无辜，意思是她什么时候答应放她进来了？她是郡主，这声姐姐她可当不起。

“你刚刚抬头看我了。”秦怜道。

谢芳华又收回视线，抬头看她就算是答应了吗？有这样的说法？

秦怜磨牙，从来没见过这样油盐不进的女人，又气了半晌，做最后的挣扎道：“好吧！我再告诉你一件我哥哥的秘密。”

谢芳华来了些精神，又看向她。

秦怜这回学乖了，跟她要保证：“你听完一定答应放我进去啊。”

谢芳华不摇头也不点头，平静的眸子传递给她意思，得看她的秘密值不值得她开门。

秦怜深吸了一口气，四下看了一眼，没有人，她才用蚊子似的声音低低地道：“右相府的小姐李如碧要比左相府的小姐卢雪莹还喜欢我哥哥。”

谢芳华收回视线，喜欢秦铮的女人再多有什么稀奇。

秦怜见她不屑一顾，立即眨了眨眼睛，道：“我哥也喜欢她。”

谢芳华眸光动了动。

“快打开窗子吧！这件事儿可就我知道，别人谁都不知道。我哥瞒得紧，我娘怕是都不知。若是知道，早跑右相府给我哥提亲去了。”秦怜道。

谢芳华看着她，并没动身。

“哎呀，你到底给不给我开窗？”秦怜急得跳脚，但又不敢大声，见谢芳华不相信，她解释道，“因为李如碧还没及笄，我哥定然是怕传扬开毁了她名声，所以，等她过了年及笄后，你等着瞧吧，他一准坐不住了。毕竟李如碧貌美如花，很多人都排队等着求娶呢。”

谢芳华在脑中细想李如碧的模样，发现只有浅浅的一个影子，便不再想。

“这个秘密也不能打动你吗？”秦怜几乎要绝望了，“你怎么这么难对付啊！”

谢芳华静静地看着她。

秦怜忽然摆摆手，豁出去了：“好啦好啦，我糊弄不了你。我刚才说的秘密不对，李如碧喜欢我哥哥是真的，我哥哥不喜欢她。我哥哥喜欢的人是……”

“秦怜！”主屋里忽然传出秦铮的声音。

秦怜脸色唰地一白，啪嗒一声，身子栽下了攀爬的小窗子。

谢芳华听到哎哟一声痛呼，想着这一下该是摔得不轻。因为小厨房的窗子挂得足有两米高，她趴在窗沿上，突然摔下去，怎么也要带点儿伤。

“秦铮兄，你突然喊什么？”燕亭有些醉意的声音忽然传来。

秦铮漫不经心地道：“没什么，忽然想起妹妹，就喊了一声她的名字。”

“你可真是……”燕亭指着他，“你可没喝酒啊！难道昨日在忠勇侯府喝的酒还没醒？不至于吧？没事儿瞎喊什么，吓我一跳，差点儿呛到。”

秦铮哼了一声，站起身：“你们先喝着，我去小厨房看看听音在做什么。”

“人都说是一日不见如隔三秋，你这是才只有半个时辰没见吧？就想了？”燕亭怪叫。

秦铮不理他，转身出了房门。

“来，来，我们接着喝，甭理他！他的宝贝听音大伙儿以后都少看，少招惹啊！否则惹毛了他，没准就拿剑剁了谁的手。”燕亭嚷嚷了两声。

程铭、宋方想起那日他险些被秦铮剁了手的事儿，纷纷附和点头。

秦铮径直来到小厨房，只见谢芳华坐在矮凳上煎药。他挑了挑眉。

谢芳华看了他一眼没说话，心中清楚，恐怕秦怜刚一回府，他就得到了消息，秦怜来了他的落梅居，他更应该第一时间就知道了。他手下的隐卫营的人可不是吃干饭的，进来只蚊子怕是都要过目三遍，何况一个人？

“你在给我煎药？”秦铮站在门口问。

谢芳华瞥了他一眼，明知故问。

“这就给我端来吧！我喝了它。”秦铮道。

谢芳华从砂锅里倒了药，将碗底放在冷水里冰了一下，端给他。孙太医开的这一服药中有八分的东西都是补品，他身体壮得跟一头牛似的，也不怕补过了。

秦铮接过药碗，放在嘴边，皱着眉头，往嘴里倒。

谢芳华想起昨日，明智地退离他三步的距离。

秦铮扫了她一眼，喝药的动作一顿，眸光黑了黑：“走近些！”

谢芳华站着不动，脸色微微难看。

“你走近些，我不像昨日那样抱你了。”秦铮道。

谢芳华眯了眯眼睛。

“我何时说话不算话？”秦铮看着她。

谢芳华想着这个人虽然为恶，但似乎还真没有做过什么说话不算话的事儿，既然他答应了，她怕什么？便又走近两步。

秦铮满意地勾了勾嘴角，将剩下的药一喝而尽。之后，他将空碗递给她，掏出绢帕擦了擦嘴角，扭头往外走去：“这小厨房来了一只觅食的老鼠，你跟我出去看看。”

谢芳华听到后墙传出磨牙声，她暗自唾弃，将妹妹当作老鼠，可真有他这样当哥哥的。

秦铮出了小厨房的门，径直绕到后墙。

谢芳华跟着他走到后墙。

只见秦怜一身小太监的服饰，跌坐着靠在后墙根处，抱着腿，咧着嘴，恼怒地瞪着眼睛看着二人。

秦铮看到她，忽然笑了：“哪来胆子大的小太监，化作老鼠来偷食？”

秦怜哼了一声，别开头，恼怒道：“有你这样的哥哥吗？你哪里有秦钰像我的哥哥。”

秦铮脸色一黑：“我不像你哥哥你找秦钰去，他在漠北，怕是一辈子都回不来了。”

秦怜挖了他一眼，气道：“才不会，他用不了多久就会回来的！”

秦铮眼睛眯了眯。

秦怜看着他，忽然身子颤了颤，之后咬了咬唇瓣，嘤嘤哭了起来：“我从小就被抱到皇后身边，想娘也不敢回来，好不容易回来一次，你还欺负我，我要去找娘告状。”

秦铮眼睛慢慢睁开，冷哼道：“你找娘告状的话，娘就会闹到宫里，到时候你夹在娘和皇后之间难做可不要来找我闹。”

秦怜身子顿时一僵。

“趁着无人发现你，赶紧回去吧！”秦铮转身走了回去。

秦怜顿时羞恼道：“我摔到了腿，否则你以为我会等你过来搀？”

“活该！自己想办法回去，别指望我会帮你。偷偷出宫，你以为皇后不知道？在皇宫待了多年，半丝聪明没学到。”秦铮脚步停顿也不曾，片刻便回到了前面。

“喂！”秦怜喊了一声，没喊住秦铮，气得干瞪眼。

谢芳华亲眼目睹了一场兄妹相处的戏码，想着英亲王府也是分外有意思。英亲王和秦铮父子不和。秦怜自小被抱去皇后宫里，秦钰是皇后的嫡子，和秦怜亲近自然正常。秦铮和秦钰却是水火不容，怕不全是因为老和尚批命，有一部分也是基于这个妹妹让给了他的关系。他最后一句话分明是在点醒这个妹妹，可是从头到尾说话的语气却是半丝不近人情。

这一刻，她忽然觉得，秦怜其实也不比自己幸运多少。

她的父母虽然健在，却看得见够不着。

“喂，你看我那是什么眼神？”秦怜对秦铮咬牙切齿半晌，转头看到谢芳华的神色，顿时大怒，“看见他欺负妹妹你高兴是不是？”

谢芳华认真地打量她一眼，转身就走。

“喂，我今日是专门来看你的，否则你以为我愿意来这里，还被他给奚落一通？你就这么扔下我走了，你什么意思？”秦怜见她也要走，立即急了。

谢芳华当作没听见，她来看她，出于好奇，她就该领情？

“喂，你不能扔下我不管，我的脚崴了，走不了了，他不管我，你也不管我的话，我今日怎么也回不去宫里的。”秦怜眼圈顿时红了。

谢芳华仿若没听话，身子转过了墙角。

秦怜没想到两个人都如此冷血，见她如此当真不理，本来早先对着秦铮的时候还是假哭，此时委屈得真哭起来。

谢芳华转过了转角，便看见秦铮神色平静地站在那里，并没有回去。她挑了挑眉。

秦铮盯着她看了片刻，倏地笑了，对她伸手指指身后，用唇语道：“她交给你了。”

谢芳华翻了个白眼。

秦铮扭头走了回去，越过小厨房，不多时，便进了闹哄哄的屋子里。

谢芳华站在原地停顿片刻，听着后墙的哭声越来越委屈，而且似乎也不敢哭大声被里面的人知道，分外压抑。想起她刚刚爬墙的动作和话语，她不由得笑了笑，在皇宫里从小待到大，还能保留一份本真，实属不易了。她转身走了回去。

秦怜手抱着胳膊，将头埋在臂弯处，肩膀抽抽颤颤，哭得伤心。

谢芳华走到她近前。

秦怜察觉，猛地抬起头来，眼帘被泪水蒙住，一时僵在那里。

谢芳华静静地看着她。

秦怜大约从小到大不曾在人前哭过，顿时伸手抹了泪，怒道：“你不是走了吗？怎么又回来了？来看我笑话？哥哥欺负妹妹，他算什么哥哥！没有秦钰哥哥对我一半的好。”

谢芳华忽然笑了笑，她不明白吗？秦钰对她再好，也只是堂哥，不是亲哥哥。秦铮对她再不好，也是亲哥哥。

秦怜似乎看懂了她的意思，脸色变幻片刻，别开头，重新埋下脑袋，不做声了。

谢芳华蹲下身，拿开她的手。

“你要干什么？”秦怜顿时警惕地看着她。

谢芳华指指她的脚。

秦怜立即怀疑地看着她：“你会帮我治脚？”

谢芳华自然不答话，意思不言而喻。

秦怜紧张地看着她：“你懂医术吗？我可不想伤上加伤。”话落，见谢芳华要起身，她立即伸手拽住她，大义凛然地道：“算了，死马当作活马医吧！反正我在这里又不能叫太医。我还要赶回宫里去的。皇后因为秦钰哥哥留在漠北军营了，无名山毁了也没能让他回京，她心里正不舒服呢，我更不能惹她心下不快。”

谢芳华见她同意，示意她脱了鞋子。

秦怜咬牙将鞋子脱了。

谢芳华双手按住她的脚脖，她顿时痛得抽气一声。谢芳华轻轻按了按她各处部位，须臾，手腕猛地一转，只能咯嘣一声，秦怜痛得叫了一声，眼泪哗地流了下来，她撤回手，站起身。

秦怜流了一会儿泪，伸手去抱脚，咦了一声，扭动脚脖，顿时不疼了，也灵活了，她抬起头，惊喜地看着谢芳华：“你真厉害！我的脚好了！”

谢芳华淡淡一笑，崴了脚也不是什么大事儿，扳正了自然好了。她转身离开。

秦怜快速地穿好鞋子，一下子蹦起来，拦在她面前。

谢芳华看着她。

秦怜上上下下左左右右打量她半晌，忽然嘻嘻一笑，一张小脸分外明媚地道：“从听说你来了英亲王府，被哥哥要在身边做贴身婢女，我一直想来看看你什么样，竟然入了那个眼高于顶的家伙的眼。本来开始见你木讷地坐在火炉边煎药，长得只能算是一般清秀，你这样的婢女，哪个府里都是一抓一大把，我还挺失望，没想到你还真是让我意外。果然不愧是他看上的人。”

谢芳华看着她，刚刚哭得明明很伤心，转眼就这么一副笑逐颜开的模样，难为她了。

“你知道法佛寺住持曾经给我哥哥和秦钰哥哥批命说他们将来会争夺一个女人做媳妇儿的事儿吗？”秦怜忽然问。

谢芳华想着她可真不急着回宫。

“看这样子你是知道了。”秦怜看着她，神秘兮兮地笑道，“我要将今日见到你的事儿写信传给秦钰哥哥。”

谢芳华眯了眯眼睛。

“你可真和我哥哥有些一样，就这眯眼睛的动作，他也总是做。”秦怜嘟囔一句，似乎有些不满，但很快就消失了，颇为感兴趣地道，“别看我哥哥和秦钰哥哥脾性不同，但他们从小到大，看人和看东西的眼光都极其独到，非好的不要。你说，如果秦钰哥哥见了你，会不会也看到你的特别？”

谢芳华不以为意。

“你看着也就比我大一点儿而已，却这副老成持重的性子，可真是不招人喜。”秦怜哼了一声，拍拍屁股上的土，对她道，“宫里的人除了我和里面与他们一帮子人玩闹的小八弟，还都没有见过你。恐怕春年的时候，会有人让哥哥带你进宫。你可得有所准备啊。”

谢芳华眸光动了动。

“我今日来看你，却因为你受了伤，又被你治好，但是又因为你而受了我哥哥的冷眼冷语。算起来，还是你欠了我一笔。以后记得还我。”秦怜看看天色，丢下一句话，往西北墙角的后门跑去。

谢芳华看着她一蹦一跳灵活的小身子，不多时便消失了，她转身回了小厨房。

这样算账的法子，她自然是不认欠的！

谢芳华重新坐在小厨房的矮凳上煎药，刚坐下不久，春兰便来到了落梅居，向里面看了一眼，里屋一群人玩耍得正欢快，她径直到了小厨房。

谢芳华看到春兰，站起身，用眼神询问。

春兰笑容和气地道：“听音姑娘，我过来问问，怜郡主是不是回来了？”

谢芳华想到英亲王妃主持这府中中馈，自然各路都有耳目，尤其是她的宝贝儿子这里，秦怜来了自然瞒不住的，她笑着点点头。

“又走了？”春兰问。

谢芳华再次点点头。

春兰叹了口气：“每次怜郡主来，都是匆匆而来，又匆匆而走。虽然皇后说她想要回府就可以随时回府，只要跟她报备一声就好，宫中也给了她随时入府探望的牌子，可是一年到头，也不见她用两回。以前还去王妃那里露一面，如今回来便每次都跑来这里，明明知道二公子赶她，她还巴巴地过来气一通再回去。”话落，她笑了起来，“这些年来，王妃都习惯了，便也任由这两个孩子这样相处了。”

谢芳华静静地听着。

“这次怜郡主回来一准是来看你的。”春兰笑着道。

谢芳华不置可否，外面想看她的人怕是多了。

“行了，我不多留了，你仔细煎药吧！我就是过来问一声，王妃知道怜郡主回来了就行了，见不见的，这么些年过来，倒也无所谓了。”春兰丢下一句话，出了小厨房。

谢芳华将她送出门口。

“听音，公子不用我侍候了，念着我们还没吃饭，让我们俩吃饭。”听言走出来，对谢芳华笑嘻嘻地道，“我是托了你的福了，公子怕饿着你，往日公子们这般来耍闹，我都是侍候得人走了才能吃得上饭。”

谢芳华向屋里看了一眼，透过帘幕，正好看见秦铮正对着帘幕向外投来的一瞥。

“走，小厨房清静，有火炉，也暖和，我们就在小厨房吃吧！”听言端着菜道。

谢芳华点点头。

二人回到小厨房，搬了桌凳，摆上几样菜，坐了下来。

听言显然饿了，一阵狼吞虎咽之后满足地叹一声：“真香！听音，你炒的菜越来越好吃了。”

谢芳华慢慢地吃着饭菜，想着她炒菜如今味道好，那是因为有秦铮给她烧火，盯着她放糖放盐，否则菜出来一准不能吃。

“我知道，这里面有一半是公子的功劳。”听言也认同地点头，“你说你也奇了怪了，明明学别的东西一学就会，过目不忘，偏偏这下厨做菜，糖和盐你怎么都分不清。”

谢芳华也觉得无力，她就是分不清，又能怎么办？仔细辨认后，下次还是放错。

听言看着她的神色，笑呵呵地道：“哎，要我说，这人就没有十全十美的，总要有些缺点，你看，你的缺点就是这个。”

谢芳华也笑了。的确，人哪能没有缺点？她重活一回之后，想要做万事难不倒的那个人，可是到头来，一个厨房就难倒了她。

“不过人生一世草木一秋，哪有谁能十全十美的？连天王老子都有困难的事儿，更何况我们凡夫俗子？我们跟在公子身边，什么事情都有公子给顶着，已经算是头上撑起一片天了。”听言满足地道。

谢芳华想着他可真是乐安天命。

“要说公子爷们，怕是还不如我们开心呢！你看着燕小侯爷日日笑容满面的，其实心里苦着呢，我刚刚可听说了，燕小侯爷喝高了，和大家诉起了苦。家里的奶奶和爹娘一起相中了范阳卢氏的女儿，就是左相卢勇的侄女，燕小侯爷不同意，这几日在和家里闹腾呢。”

谢芳华听燕亭那日说起了这事儿，她动了动睫毛。

听言叹了口气：“不知道永康侯府是怎么想的，和谁家结亲不成，偏偏要和范阳卢氏，卢勇的侄女。难道他们以为卢勇这回将四皇子打发去了漠北，就厉害了，无人能奈何他了？你看着吧，好事情还在后面呢！皇后饶不了卢勇。”

谢芳华不以为忤，皇后是饶不了卢勇，但是倚翠宫和玉芙宫那两个宠妃也不是吃素的，皇后总归是困顿在深宫，她的手伸不太长，若说饶不了卢勇，除非依靠外援，否则她还真奈何不了卢勇。

“不过这也不是咱们管的事儿。”听言话题一转，笑嘻嘻对她道，“你知道我刚刚听到了什么吗？八皇子不小心说漏了嘴，说皇上有意借今年的年宴要给公子安排亲事儿呢。”

谢芳华挑眉。秦铮过了年就十七了，自然是到了说亲的年龄了。

她哥哥比秦铮还要大上一岁，因为她这八年来一直在外，哥哥身体又不好，爷爷和哥哥都没主张理会这事儿，所以，他的婚事儿至今还悬着。若是她爹娘在，她哥哥今年十八，及冠已经过了，也是该将妻子娶进门的时候了。

“哎，我可真不希望公子娶妻，公子娶妻之后，这院子里就有了女主人管着了。到时候是个好说话的人还好，若是个不好说话的，我们怕是都不会好过。”听言的脸垮了下来。

谢芳华笑了笑，不觉得这事儿有什么值得担忧的，年龄到了，娶妻是很正常的一件事。

“喂，听音，你是不是不喜欢公子？”听言忽然道。

谢芳华不置可否，她自然不喜欢秦铮！

“你为何不喜欢公子？”听言又问。

谢芳华纳闷地看了他一眼，她为何要喜欢秦铮？

听言顿时一拍脑门，气恼地道：“公子对你这么好，你为何还没喜欢上公子？”

谢芳华瞥了他一眼，放下筷子。对她好的人多了，她难道都要喜欢？

“哎呀，你怎么不吃了？”听言看着她。

谢芳华转身将熬好的汤药倒出来，将砂锅撤下。

听言看着她，眼睛一亮：“你知道吗？公子多年来，从不喝药。哪怕被疯狗咬伤了腿，也坚决不喝一口药。就算是他在德慈太后棺木前跪了三日，后来高热不退，王妃往他嘴里灌药，他也给吐出来，这回算是为你破例了。”

谢芳华嗤之以鼻，苦药汤子进了他的肚子，补药居多，他算是破的哪门子例。

“这南秦满京城地数数，多少家的闺秀偷偷地喜欢着咱们公子，偏偏公子拿你当宝，你却不拿公子当个好的。”听言又扒了两口饭菜入口，放下筷子，对谢芳华强硬道，“不行，你必须喜欢公子！”

谢芳华挖了他一眼，将他随手推出了小厨房，关上了门。

听言在外面拍门，喂喂了两声，泄气地嘟囔道：“什么破脾气，简直和公子一个样！说犯脾气就犯脾气，如此竟然还不喜欢公子，难道是性情太相像了？不容易生出喜欢？”

谢芳华在小厨房里听着听言絮叨，对他有些无语。他可真有闲心！

“可是不对啊，公子明明就喜欢你。”听言揉揉脑袋，“闹不明白了，不过你不喜欢公子也行，可千万不要喜欢四皇子，若是喜欢了四皇子，公子非杀人不可。”

谢芳华拿了两团棉球堵住耳朵。

听言又嘟囔地说了一句什么，往里屋走去。

谢芳华简单地收拾了厨房，听到正屋还在闹腾，懒得回去，便靠在锅台上闭目养神。

不知不觉，睡着了。

直到感觉有人推开小厨房的门，来到近前，对她伸出手，似乎要抱她，她才醒来。她睁开了眼睛，入眼处，是秦铮清俊异常的脸，眸光辉映，不见醉意，显然今日滴酒未沾。

他设了席面，做了东道主，却当了一回不喝酒的陪客。

谢芳华眸光动了动，错开视线，看向他近在眼前的手。

秦铮自然地撤回手，微微弯着的身子直起，对她道：“既然醒来，就回房吧！如今人都走了，你也不必躲着了。”

谢芳华活动一下胳膊脚，站起身。

“既然你不喜欢闹腾，下次我便不让他们来我这里了。”秦铮又道。

谢芳华看了他一眼，她在这里待不了多久，下次是什么时候？她摇摇头，用不着顾她！

秦铮没说话，转身出了小厨房。

谢芳华在小厨房里窝了半日，终于回了屋。

听言早已经将屋子打扫干净，开窗透了风，空气中除了淡淡的酒气没散掉，倒是没有任何污秽的杂气。

她洗了把脸，回了自己的屋子。

秦铮似乎也累了，走进中屋，见她不管不顾地躺去了床上，他脚步顿了顿，没进自己的屋子，而是在她房间的美人靠上躺了下来。

谢芳华和他相处得久了，倒是也没了那么多的在意，若说什么男女之防，这些东西，早在她八年前出了忠勇侯府的门混进无名山时就给扔了。

“在想什么？”秦铮忽然问她。

谢芳华懒洋洋地躺在床上，将帷幔放下，朦胧的帘幕间，隔了一段距离，看着外面美人靠上躺着的人也是有些朦胧，她扫了他一眼。这个人最爱问她的话就是你在想什么。如此简单，却又处处有掌控她心思的嫌疑。

“你说，燕亭和他家里的抗争能不能赢？”秦铮盯着她的帷幔问。

谢芳华不以为意，燕亭的事儿她还用不着去上心思量，唯一与她牵扯的不过就是燕亭那日说钟情于忠勇侯府的小姐而已。

秦铮见她眼神平静，连半丝波澜也没有，蓦地笑了，收回视线，闭上眼睛。

谢芳华还没睡醒，也不再管他，闭上了眼睛继续睡，果然还是床比较舒服。

听言从窗外悄悄往屋里看了一眼，缩回了脑袋，打了个呵欠，也回了自己的屋子。

落梅居热闹了大半日，终于归于安静。

傍晚时分，有缓缓的脚步声由远及近走来。

谢芳华睁开眼睛，屋中一片昏暗，她首先看到了半躺在美人靠上睡着的秦铮，他就那样躺在那里，安静地睡着。她移开眼睛，转头看向窗外。

只见英亲王身穿通体黑色的锦缎蟒袍踏着地面上的落梅走进了院子，脚步比前两次来落梅居时慢许多。

她看着英亲王，想起了昨日在英亲王府大门口他被秦铮威胁被英亲王妃逼迫立约的事儿。事隔一日夜，不知道他此番前来，可是有了什么想法？

她正思量的空当，英亲王来到了屋门口。

听言大约也去睡了，想来睡得沉，没有听见他出来迎接。

谢芳华收回视线，看向秦铮，见他安静地睡着，似乎也没听到英亲王来的脚步，她便也不理会，又闭上了眼睛。

英亲王在门口站了片刻，推开门，进了屋。

外间画堂空无一人，他又停顿了片刻，来到了中屋，挑开帘幕。

入眼处，便看到二人一个睡在床上，帷幔遮掩住，一个睡在美人靠上，姿势轻松。屋中暖炉的炉火已经熄灭，但室内气息却是温暖，二人看似处在两个世界，却又如此和谐。

他蓦然愣了，挑帘幕的手就那么顿在了那里。

许久，他才慢慢地收回视线，缓缓放下了帘幕，转身出了门，没做出半丝动静。

谢芳华睁开眼睛，英亲王就这样来了又走了？她看向秦铮。

秦铮的睫毛动了动，此时也睁开了眼睛，目光第一时间看向窗外。

只见英亲王一步一步地走出了门，一阵风吹来，他的锦缎蟒袍扬起一角，不多时，走出了落梅居，消失了身影。

秦铮闭上眼睛，再睁开，忽然坐起身，扭头对谢芳华问："睡醒了？"

谢芳华不置可否。

"走，既然睡醒了，我们去练剑！"秦铮走入里屋，转眼便拿出了墙上挂着的剑。

谢芳华揣测着秦铮的心思，他明明就知道英亲王来了，偏偏继续装睡躲着他。如今又去练剑？是想借练剑来排泄自己心口积压的情绪？还是什么意思？她躺着不动。

秦铮走到床前，伸手挑开帷幔，一把扯起了她。

谢芳华想甩他胳膊，没甩开，对他瞪眼，见他脸色执拗，她只能下了床。

秦铮见她妥协，松开她的胳膊，当先出了房门。

谢芳华拿着剑跟了出去。

刚到院中，秦铮猛地抽剑回身对谢芳华刺来，谢芳华应变及时，瞬间错身，宝剑出鞘，拦住了他的剑。两把宝剑相碰，一声清响，交叉之后快速地分开，再度出招。

冷风卷起落梅，零星未化的雪星飘起点点，锦绣衣袂飞扬，剑影如繁花。

听言被吵醒，从床上蹦起来，蹿出了屋，睁大眼睛使劲地对着二人瞧。

这次的过招，比以往来得都迅疾猛烈。枝上梅花被剑气所伤，纷纷飘落。

听言看了一会儿，便忍不住大叫："公子，听音，你们两个再这样打下去，我们的落梅居就要变成秃梅居了。手下留情啊！"

秦铮仿若不闻。

谢芳华视而不见。

剑雨纷飞，花落如雪，乱琼碎玉齐齐滑下枝头，纷纷叠落，铺成软软花被。

听言见了急得跳脚，他虽然每日里打扫院落很辛苦，但是也不想落梅居变成空空无落梅。想上前分开二人的打斗，却又知道自己没那个能力，心念电转间，立即拔开腿跑出了落梅居。

院中二人不理会他的离去，打斗依旧。

大约过了两盏茶的时间，英亲王妃急急走来，见到被毁了一半的落梅，立即大喝："铮儿，听音，你们给我住手！"

秦铮倏地撤回了宝剑。

谢芳华对秦铮挑了挑眉，也缓缓收剑入鞘。

秦铮看了谢芳华一眼，清晰地将她挑衅的神色看在眼底，眸底染上一丝笑意，缓缓转过身，对着门口的方向，笑如春风："娘，您怎么来了？"

"我怎么来了？你明知故问！"英亲王妃柳眉竖立，提着裙摆走进来，对他怒道，"明明给你安置了练剑的场地，你却偏偏在这落梅居里胡闹，若是这些梅花都被你毁了，被清河族长知晓问起，你让娘有何话说？"

"不过是玩闹片刻而已，怎么能被毁了？就算毁了花瓣，也有根基不是？"秦铮扬眉。

英亲王妃瞪了他一眼，对他指指地上："你看看，地上落了厚厚的一层花瓣，我虽然不会武功，但也不是傻子，你们的剑气那是只伤花瓣不伤根基的剑气吗？我若不来，没准明日一棵梅树都看不到了。"

秦铮扬唇一笑，不惧英亲王妃的薄怒，凑近她，低声问："娘，你刚刚见了，听音的武功好不好？"

英亲王妃闻言看向谢芳华。

谢芳华默默地站在一旁，用剑鞘翻动着地上飘落的梅花，风吹来，她四周形成碎碎的花瓣风潮。脸色因为刚刚的打斗，微带盈盈粉红，在昏暗的夜色里，有几分清冷的丽光，煞是夺目。

英亲王妃打量片刻，顿时一笑，点点秦铮的额头道：“我本来觉得我生的儿子是天底下最辣手摧花的人，没想到这里还有一个听音。”

秦铮勾唇一笑，低声道：“我让隐卫营的人将听音是我的人的消息递进宫里了。总要做些什么，才能证明。”

英亲王妃一怔，含笑的面容忽然收起，看向谢芳华的目光多了几分凝重。

谢芳华垂下头，一瞬间，神色淡淡。

“进屋去说！”英亲王妃沉默片刻，抬脚走向房间。

秦铮看了谢芳华一眼，跟进了屋。

“听音也进来！”英亲王妃走到门口，对站着不动的谢芳华吩咐。

谢芳华点点头，也跟进了屋。

听言气喘吁吁地跑回落梅居，便正看到三人进屋的身影，他对着满院飘落的梅花轻吐了一口气，就知道王妃来了管用。

进了房间，英亲王妃落座。

秦铮亲手给她倒茶。

谢芳华关上了门窗，走到火炉边点燃火炉，奄奄一息的火炉不多时便着了起来。

英亲王妃品了一口茶低声开口：“皇上和皇后不是那么好糊弄的，铮儿，你可要想好了。自从无名山被天雷毁了，皇上的疑心便更重了。”

“帝王都有疑心病，娘怕什么？难道皇叔为了我要一个侍候的婢女而对付我不成？”秦铮一笑，根本不在意。

“你要一个婢女是不算什么，但是连皇上、皇后都查不出身份的婢女，你觉得这是小事儿？”英亲王妃看着谢芳华，见她神色依然平静无波澜，她心下赞扬，“英亲王府为何会不受帝王猜忌？皇上为何会器重依仗英亲王府？并不是外界以为的皇帝登基你父王的立业之功和兄弟之情，不过是英亲王府不管在外界眼里如何，但是在帝王眼里，从没有秘密而已。”

“娘是说，就因为我放出消息说听音是我隐卫营的人，在皇叔的眼里便是有秘密了？”秦铮挑眉，嗤笑一声，“天底下哪里有真正的白纸一张？皇叔即便贵为天子，也不该做这个梦！”

英亲王妃挖了他一眼，暗暗一叹：“你是嫡子，你出生百日之后，你爹就已经上折子请封立你为世袭小王爷，按理说，皇上没有道理不批准。但是当年皇上就是没有批准。至今，你不过是英亲王府的二公子而已。这道请封的折子并没有批下来，皇上当时应了说等你及冠大婚之前下圣旨，可是如今你大哥受器重，娘怕皇上另有打算。”

秦铮眼睛眯了眯，没说话。

谢芳华目光动了动。

“今日傍晚，我收到皇后从宫里递出的消息，询问对于你亲事儿的打算。问我若是中意谁家的女儿，她可以在皇上面前提起以作试探，看看是否可行，再做商论。毕竟如今皇子们都成年了，无名山又被天雷毁了，不比昔日，英亲王府也要谨慎才是。你的婚事儿也是大事儿，千丝百线纠缠，不选好了，怕是以后的路不好走。”

秦铮闻言嗤笑：“皇后当年抱走了妹妹，拉了你入她的阵营，为了妹妹，你总要帮她。她如今没了秦钰在身边，借由妹妹，手倒伸到我身上来了。”

英亲王妃忽然笑了：“这也没什么，我不怪她，换作是我，为了儿子，没准也会那么做。怜儿在宫里能平安长大，她这些年担的心不比我少。”

秦铮轻哼一声，不再言语。

英亲王妃看着他，话音一转：“刚刚你爹是不是来了你这里？”

秦铮嗯了一声。

“你躲了他？没说话？”英亲王妃问。

“有什么好说的！”秦铮道。

“你呀！”英亲王妃放下茶盏，轻叹一声，“秦浩今日一大早就去了书房，侍候你爹洗漱，陪他一起去上朝。下朝后，他们一起又去了左相府，一直待到傍晚才回来。比起秦浩，你在你爹身上就没下过工夫。”

秦铮笑了一声：“娘想让我学他？日日追在我爹后面？”

英亲王妃一时失语。她的儿子骨子里傲气得很，怕是下辈子也做不来秦浩的模样。

“行了，娘回去吧！我和爹以前如何，以后还如何，有些东西我没指望他改，我也不想改。这样也没什么不好。”秦铮摆摆手，看了谢芳华一眼，见她安静地坐在一旁听着他们说话，他满不在乎地道，“至于听音，她是我的人，就算皇叔不相信我放出的消息，要动她，也是不行的。”

英亲王妃闻言佯装薄怒：“我怎么生了你这么个儿子？油都烫不热乎你！”

“你这油能烫热乎我爹就行了！”秦铮站起身，扶起她，“让听言送您回去。”

“罢了！若不是为了这落梅不被你们毁了，我也懒得跑来和你絮叨这些事儿。忿地心烦。”英亲王妃顺势站起身，笑着嗔了一句，出了房门。

秦铮喊了一声听言，听言立即屁颠地跑来，扶着英亲王妃小心地送出了落梅居。

秦铮站在门口，倚着门框，看着英亲王妃身影离开，并没有立即进屋。

谢芳华将火炉烧得噼啪响，火光打在她的脸上，幽暗难测。

皇帝要英亲王府没有秘密，是不是也要忠勇侯府没有秘密？或者更要天子脚下他所有朝臣的府邸都没有秘密？无名山培养的隐卫，有一半都是专司用来暗中监查各府私事儿，皇帝若是连秦铮身边一个小婢女都要查得一清二楚的话，那么对于忠勇侯府的监视可想而知了。爷爷和哥哥在皇上的眼皮子底下护了她这么多年，何等不易？

也就是说，她如今回京了，万事都要一再谨慎，不能出一丝纰漏。

未来要打的仗还长远得很！

秦铮在门口站了片刻，转身回了屋，来到火炉旁，坐在谢芳华对面，看着她道：“每年的宫宴文武百官及其家眷都要进宫，除夕之夜宫门落锁才回府各自过晚宴，也就是说，今年春年我会进宫，你想跟我一起去吗？”

谢芳华抬眼看了他一眼，摇摇头。

秦铮懒洋洋一笑，意味不明地道：“猜你也不去。”

谢芳华轻挑眉梢看着他。

秦铮忽然凑近她：“今年的宫宴和往年多有不同，例如，也许我会被皇叔指婚，你就不怕我给你娶个主母回来？”

谢芳华瞥了他一眼，轻轻哼了一声，他以为她还要侍候他一辈子不成？

秦铮打量她神色，眸光缩了缩，又笑了，低声道：“听音，你的心是石头做的吧？爷我这么喜欢你，捧你在手心里，怕你冷了，又怕你热了，怎么就对你不管用？”

秦铮伸腿踢了踢炉边，慢悠悠地道：“忠勇侯府的小姐今年也要入宫，不知道在春闺里躲了多年的人儿，是不是分外怜人？”

谢芳华用铁钩拨动着炉火，半丝波动也无。

秦铮又道：“我娘那日说的话你可还记得？”

谢芳华脸色淡淡，英亲王妃说的话多了，她记着的也多了，谁知道是哪句？

“我娘说，与我身份匹配的，这南秦京城只有五家门第，其余四家门第都是好说，只忠勇侯府的小姐我难娶。”秦铮倏地笑了，目光盯着她，“你说，若是宫宴上，皇叔要给我指婚的话，我就说非忠勇侯府的小姐不娶。他会怎么样？”

谢芳华目光凉了凉。她不是皇帝，哪里知道会怎样？不过有一点儿她倒是知道，忠勇侯府的小姐一定会成为众矢之的了。

“我那日给你放一日假出去让你自己玩一圈，但是午夜子时之前你必须到城墙上陪我看烟火。”秦铮忽然站起身，丢下一句话走进里屋，悠悠然道，“那日，忠勇侯府的小姐若是真做了你的主母的话，你可要亲手点烟火恭喜我！”

谢芳华啪地放下铁钩，脸色有些黑。她是那么好做人家主母的人吗？做梦去吧！

第十八章
打架

京　门　风　月

大约是白日里睡多了，晚上谢芳华睡不着了。

她躺在床上听着里屋传出均匀的呼吸声，秦铮不仅睡得着，而且睡得熟，还睡得香。她心情十分不好，故意很大动静地翻身，搅得床板一个劲地响动。

可是无论床板怎么响动，里屋的人就是睡得很沉，半丝动静没有。

谢芳华辗转折腾到深夜，才幽幽沉沉地睡了去。

可惜，她刚睡着，里屋便传出了动静，床板与她早先的动作别无二致地响动了起来。

谢芳华被吵醒，愣了片刻，才觉得秦铮早先一定没睡着，如今这是在报复，心情顿时很好，闭上眼睛，不再理会他，继续睡。

可惜，无论她怎么想睡，里屋的动静越来越大，她即便躺着，能使得呼吸均匀，却再也睡不着。心下不由气闷，她推开被子猛地坐起了身。

里屋这时忽然传出一声低低的咳嗽。

谢芳华动作一僵，想起了什么，忽然又猛地躺了回去。

里屋的人咳嗽片刻，床板又有规律地传出响声。

谢芳华打了个呵欠，在响动中忽然困意浓浓，沉沉地睡了去。

半个时辰后，里屋的帘幕哗的一声被挑开，秦铮快步走了出来，几步便来到了床前，一把挑开帷幔，满面怒意地道：“起来！”

谢芳华翻了个身，背对着他，睡得沉。

秦铮瞪着她，片刻后，一把将她胳膊扯了起来：“你弄了半夜动静，如今想睡？没门！给我起来！”

谢芳华甩开他的手，瞪了他一眼，啪地落下帘幕，又躺了回去。

有本事他随便闹，看她能不能睡着！她闹，他睡不着，是他没本事！

“今日你别想睡了！”秦铮踢了踢床板，发狠地道。

谢芳华裹着被子，闭着眼睛，愈发觉得困意浓了。

秦铮看着她又气又笑，半晌后，忽然眸光一转，凑近她，低声道：“你若是不起来，我就上床与你一起睡！”

谢芳华一个激灵，睡意顿时没了，猛地睁开了眼睛。

秦铮抱着肩膀得意地对她挑眉。

谢芳华看了他片刻，又闭上了眼睛。

“起来！”秦铮盯着她，危险地半眯起眼睛，“爷说过的话从来没有不算数的，若是不信这个邪，你就尽管试试！”

谢芳华躺着不动，不理他。

秦铮扯开被子，身子转眼间就上了床。

谢芳华腾地坐了起来，对他猛地挥出了一掌。

秦铮侧身躲开，身子灵巧地进了床里。

谢芳华脸色一沉，掌风变幻，对准他的面门。秦铮立稳身子，出手迎接她的掌风。

顷刻间，二人围绕着床沿两侧对起招来。

谢芳华招招狠辣，秦铮亦不遑多让。

开始的动静小，不多时，动静便大了，床榻砰砰的响动声传出了中屋。

西偏房的听言睡得正香，隐隐被正屋传出的动静吵醒，他愣神片刻，才激灵灵地爬起床，连外衣也顾不得穿便跑出了门，来到了正屋。

落梅居极静，衬得正屋的动静愈发清晰，尤其是床板咯吱咯吱作响。

听言跑到门口，伸手敲门：“公子，听音，你们怎么了？”

“没你的事儿！滚！”秦铮没好气地对他吼了一句。

听言本来要破门而入，闻言手脚顿时僵住了，呆呆地站在了门口。

谢芳华狠狠挖了秦铮一眼，传递给他一个眼神，意思是她不打了，和解！

“你吵得我不能睡觉，如今你想自己睡？休想！”秦铮不买账，见她有停手不打的势头，他却出招更为凌厉。

谢芳华暗暗骂了他一句，前半夜没睡着的火气被他激了起来，打就打，谁怕谁？

转瞬间，二人掌风扫到了帷幔，嘶啦一声，帷幔撕开，裂响清晰地传出了门口。

听言又呆了呆。

谢芳华见帷幔被扯撕了，手中正没东西，于是拽过帷幔，当了兵器使。

秦铮与她同等想法，也扯过帷幔，拿来当兵器。

二人各占据帷幔一角，拉锯之下，帷幔再次撕裂开。

听言回过神，忽然伸手猛地一拍脑袋，哎哟一声，红着脸转身跑了。他的身影极快，不多时，便跑回了自己的屋子，关上了门，动作利索地上了床，将整个人蒙在了被子里。尤其是一双耳朵，还用双手给捂住了。

中屋的动静持续了一个时辰才休止。

秦铮到底被打下了床榻，谢芳华也没比他好多少，跟着掉下了床榻。

两个人都坐在地上看着对方喘息，再没有力气继续打。

“每次练剑都不够过瘾！今日才叫爽快！”秦铮靠在已经熄了火的炉子边，浑身汗如雨下，明明看起来很凌乱狼狈，却偏偏有一种光风霁月之感。

谢芳华冷冷地哼了一声，爽快？她刚刚那一招没拧掉他的手是客气了！

“你那是什么表情？”秦铮捡起火炉边一块干柴对着谢芳华砸来。

谢芳华偏头躲过，那块干柴啪地掉到了地上。

“你昨日白天睡多了，晚上睡不着，怪我何来？是你先吵得我睡不着觉的，如今我以牙还牙，是你活该！”秦铮不客气地道。

谢芳华抬脚将那块干柴对他猛地踢了过去，心中恼怒。若不是他睡前丢下那么一句要娶忠勇侯府小姐的话，她就算白天睡再多的觉，也不会睡不着。

秦铮扬起双脚，夹住了谢芳华踢来的干柴，慢慢地放下，看着她黑暗中恼怒的神色，眸光动了动，流过一抹华彩，忽然愉悦地勾起嘴角道：“我知道了！”

谢芳华看着他，知道什么？

秦铮缓缓站起身，拍拍衣袖，整理了一下散乱的衣袍，在谢芳华面前蹲下身，看着她。

谢芳华也看着他，面无表情。

秦铮伸手勾了勾她微微散乱的头发，缠绕了一缕在指尖，不等谢芳华挥手打开，他便随意地松了手，对她神秘地一笑，温声道：“你喜欢上我了！”

谢芳华麻木地瞅了他一眼，喜欢？这个词她上辈子在忠勇侯府灭门的时候就扔了！

秦铮似乎没看到她麻木的表情，语调轻松地道：“我晚上说要娶忠勇侯府的小姐做你的主母，你夜里便翻来覆去睡不着了，不是喜欢上了我是什么？”

谢芳华嗤笑一声。

秦铮扬了扬眉：“不是吗？”

谢芳华面色冷然，自然不是。他有什么值得她喜欢的？肆意无忌？狂傲不羁？不拘世俗？霸道任性？喝醉酒后撒泼耍赖，装疯卖傻，都是缺点！喜欢他的女人眼睛都瞎了。

秦铮揉揉额头，轻叹一声：“本来我也觉得你若是喜欢上我，对我来说有些麻烦。如今你不喜欢我，其实最好不过。”

谢芳华看了一眼外面的天色，东方已然见白，她站起身，准备睡觉。

秦铮依然蹲在原地，目光追随着她的脚步，径直道：“我喜欢对女人专心一些，不会像我爹那么花心，娶了一个又一个，侧妃小妾排排坐。你若喜欢了我，我又如此宝贝你，自然很高兴，就不好再去喜欢忠勇侯府的小姐了。”

谢芳华走到床前，铺好乱得不成样子的床，直直地躺了上去。

秦铮站起身，对她道：“要不你再仔细想想，你真不喜欢我吗？距离宫宴还有几日，我这几日还见不到忠勇侯府的小姐。你若对我表明心意，我还是可以考虑不去找她的。届时皇叔若是给我指婚，我也可以考虑不拉她出来给我挡剑。”

谢芳华翻转身，当没听见。

“明日又得喊喜顺叔来了！我娘不知道会不会高兴。”秦铮扫了一眼因为打斗而变得乱七八糟的房间，忽然笑了一声，打了个呵欠，转身进了屋。

谢芳华恶毒地想着她屋中的物事儿被破坏了一半，价值怕是万儿八千两，英亲王妃能高兴才怪，明日知道后怕是会劈了他这个败家的儿子。

大约是架打得累了，不多时，二人都很快地入了睡，里屋中屋再无动静。

听言却是自回屋之后就失眠了，脑袋闷在被窝里，一会儿笑，一会儿愁的，直到天亮，他爬起被窝，穿戴妥当，悄悄推开了房间的门。

正屋一片安静。

听言站在门口琢磨了半晌，蹑手蹑脚地出了落梅居，往正院英亲王妃处走去。

如今距离过年不过十来日，府中已经开始打扫屋脊房舍回廊院落，布置年画彩釉等装饰，所以，清晨里，英亲王府各个院落的下人们便热热闹闹地忙活了起来。

喜顺正指挥着下人干活，看到听言表情怪异地从落梅居出来，心下奇怪，上前喊住他：“听言，二公子如今不用去上书房上课，在府中养伤，难道还起这么早？这是差你去王妃那里办事儿？”

听言摇摇头：“不是！”

喜顺看着他，低声道：“我昨日半夜听到落梅居有动静，难道是公子半夜又起来练剑了？落梅居的梅花都谢了？”

听言又摇摇头，若是公子半夜练剑还好了，他哪至于后半夜没有觉睡？

“怎么了？你这副样子，可是二公子出了什么事儿了？”喜顺谨慎小心地低声问。

听言点点头，又摇摇头，须臾，摆摆手，没好气地道：“没有！”

喜顺更加疑惑，盯着他不放。

听言瞪了喜顺一眼，颇有气势地道：“喜顺叔，你瞎打听什么？被我家公子知道你打听他的事儿，你就完了！”

喜顺一噎，连忙后退了一步，四下看了一眼，见下人们都忙着，无人看这边，他才松了一口气，低声道：“哪里是我想打听二公子的事儿，实在是你今日表情不对，叔还不是关心你，怕你出什么事情？”

听言垂下头。

喜顺看着他的样子，推了他一把：“算了，算了，我不问了，你小子若是找王妃赶紧去找。晚了的话，王妃就和王爷出府了，小心你扑个空。”

听言立即抬起头：“王妃要和王爷出府？王爷带王妃玩去？”

喜顺照听言脑袋捶了一下，哼道：“玩？你的小脑袋瓜子里就知道玩！你这么不机灵，不知道二公子怎么容了你这么些年。”话落，他压低声音道：“昨日里王爷和大公子去左相府商议妥当了，今日王爷和王妃带着媒婆和大公子前去左相府过纳彩之礼。”

“纳彩？”听言奇怪地道，“今日？”

“是啊，就今日！”喜顺感叹道，“要说咱们王妃，可真是端庄贤淑大度。前两日刘侧妃把着王爷来找王妃商议礼单，王妃没难为不说，还痛痛快快地给多添加了些礼。虽然前日里为了二公子被撞了脑袋一事儿，和王爷起了争执，生了气，但第二日就将那一页揭过去了，和王爷和好如初，不拿这事儿难为王爷。这不，昨日将去左相府纳彩准备的礼都办妥当了，王爷和大公子找左相议了今日的日子，回来跟王妃一说，王妃便同意了。”

听言扁了扁嘴角，问道：“那大公子呢？他去吗？”

“这是大公子的喜事儿，他怎么能不去？”喜顺立即道，“大公子天还没亮就出城去抓活雁了。这个时候该是快回来了。只要大公子回来，王爷和王妃定然就会去左相府。”

“那我得赶紧去找王妃！”听言瞅了一眼天色，立即拔开腿往正院跑。

喜顺见听言转眼就跑得没了影，回头往落梅居的方向看了一眼，想着大公子的婚事儿定了，该轮到二公子了。两位公子都是要娶贵女的人，怕是用不了多久，这王府就会换个样子。他这个大管家虽然忠于王爷王妃，但是有些事情也是不好做啊。

听言来到正院，径直往正屋闯。

春兰正从正屋出来，差点儿被听言撞倒，立即伸手拽住他，训斥道：“做什么这么急？愈发没规矩了！王爷在屋里呢。”

听言脖子一缩，往里屋看了一眼，后退了一步。

春兰立即将他拖到一旁，低声问：“可是二公子那里有什么急事儿差你过来？”

听言摇摇头：“没有！”

“那你这么心急火燎地跑来做什么？”春兰竖起眉毛。

听言搓了搓手，讷讷半晌，在春兰紧盯着的目光下才低声道：“昨日晚上，那个……公子和听音……”顿住不说了。

“公子和听音怎么了？”春兰看着他，“又练剑了？落梅居的梅花都毁了？”

“没有！”听言连忙摇头。

春兰松了一口气：“只要落梅居的梅花没毁就好。到底是什么事儿，你快说，没看到我正忙着吗？稍后大公子回来，王妃要和王爷去左相府，我也得陪着去过礼。”

听言看着她，又往里屋瞅了一眼，忽然道：“没事儿了。”往外走去。

春兰哪里肯让他走，一把拽住他胳膊，瞪眼睛：“说清楚！你定然是有事儿前来。”

听言只能停住脚步。

春兰的声音有些大，惊动了里屋的英亲王和王妃，二人一起向外望了一眼，英亲王妃从里屋喊：“听言，可是铮儿有什么事儿？你进来说！”

听言立即道：“没事儿！”

“进来！”英亲王妃低喝了一声。

听言身子一颤，乖乖地进了屋。

画堂内，英亲王和英亲王妃对坐，正在用早膳。

“说吧！”英亲王妃和蔼地瞅了听言一眼，帮英亲王盛了一勺汤。

英亲王看了听言一眼，端起汤来喝。

听言踌躇半晌，才鼓起勇气，用蚊子似的声音道：“昨日夜里，公子他和听音……”

英亲王妃立即丢开了汤勺，看着听言。

听言深吸了一口气，尽力地描述自己听到的事实：“半夜的时候，我听到中屋有动静，就赶紧跑了出去，便听到听言的屋子里传出床板咯吱咯吱的响声，还有东西砸落的声音……我以为出了什么事儿，喊公子，公子让我滚……不多时，我听到了那个……撕扯衣服的声音……后来我回了屋……”

英亲王妃一双美目睁大。

英亲王啪嗒一声放下了汤碗。

春兰也呆了片刻，回过神，立即凑近听言问：“你说的是真的？”

“哎呀，千真万确！兰姨，我虽然傻乎乎，但也不会说谎话啊。”听言立即道。

“昨日半夜的时候你怎么不来告诉？”春兰立即质问。

听言脸腾地一红，细若蚊蝇地道：“那个……大半夜的……我……我没想起来……”

春兰看向英亲王妃。

英亲王妃回过神，看向英亲王。

英亲王顿时一拍桌子，怒道：“胡闹！”

听言吓了一跳，身子缩后了两步。

“二公子过了年马上就十七了，也不小了。一般人家，通房早就有了。咱们二公子不爱这个，落梅居才一直半点儿脂粉颜色不沾，清清静静。如今听音是二公子自己要到身边的，这事儿是早晚的事儿。”春兰连忙对英亲王妃笑着道，“王妃早先不是还担心二公子过于冷情，不近女色，怕出了事儿吗？如今这般，岂不是更好？”

“好是好，可是……”英亲王妃一时还有些愣神，不太相信地看着听言，“当真铮儿将听音……千真万确？你没弄错？”

听言摇摇头：“没错啊！公子要我滚……”

英亲王妃闻言立即站起身，对英亲王道：“王爷，我去落梅居一趟！”

“我也跟你去！”英亲王也坐不住了，站起身。

二人一前一后快步出了屋。

春兰推了一把呆愣的听言，低低训道：“还不快跟上！”

听言回过神，立即拽住春兰，有些紧张地道：“兰姨，王爷和王妃会不会责怪公子和听音？”

“王妃不会责怪！王爷就不知道了，反正听音已经是二公子的人了，这种事情是早晚的事儿，也没什么。”春兰丢下一句话，快步跟出了屋。

听言点点头，也立即跟上了春兰。

刚走出幽兰苑不远，秦浩提着一对活雁回了府，迎头碰上英亲王和英亲王妃，连忙见礼：“父王，母妃！”

英亲王点点头，对他道：“你先去用膳，梳洗换衣，回头去左相府。”

秦浩颔首，见二人神色不对，试探地问：“可是出了什么事情？父王和母妃这是要去哪里？”

英亲王抿了抿唇，对秦浩摆摆手，没说话。

英亲王妃扫了秦浩一眼，忽然笑了：“昨日夜里，你弟弟和听音闹出了些动静，我和你父王过去看看。”话落，见秦浩一怔，她又道：“也不是什么大事儿，耽误不了多少时候，你收拾妥当，在门口等着我们就行。”

秦浩收敛心神，立即垂首点头。

英亲王和英亲王妃向落梅居走去。

二人走远，秦浩直起身子，面无表情地看着落梅居的方向。英亲王妃说得虽然隐晦，但他不是傻子，自然瞬间就听出了这里面的味道。也就是说昨日秦铮将听音拖上了床？他冷笑一声。他自诩看不上小妾通房，连他娘刘侧妃也看不上，如今却做了和父王一样的事儿，他有什么资格嘲笑别人纳妾？

“大公子，刘侧妃知道您回来了，请您赶紧过去！她今日虽然不能跟您去左相府，但是也私自备了礼物给卢小姐。”一个婢女急急走来，对秦浩低声道。

秦浩点点头，将活雁交给了随从，抬脚向刘侧妃的院子里走去。

英亲王和王妃不多时便来到了落梅居。

落梅居一如听言离开时一般安静。门窗紧闭，片丝声音不闻。

英亲王来到门口停住脚步，看向英亲王妃。

英亲王妃伸手推门，门根本没从里面插着，而是虚掩着，她轻而易举地打开了门，抬脚往里面进去。

“王妃，公子和听音还在睡着呢！”听言立即拦住英亲王妃。

“睡着也是我儿子！我怕什么？”英亲王妃瞪了听言一眼。

听言缩了缩脖子，后退一步，让开了道。

英亲王妃走到中屋，挑开帘幕，入眼处，一片杂乱，地上扔了好几样摔碎的瓷器，桌椅掀翻，茶壶茶杯滚在地上，最醒目的是一片片帷幔碎片散乱地扔在各处。她呆了一下，看向大床的方向，只见谢芳华躺在床上，眉头紧锁，沉沉地睡着。除了她一个，没见到秦铮。

“咦？”春兰在英亲王妃身后露出讶异的表情。

英亲王妃回过神，迈步进了屋，来到床前，看了一眼，又转身去了里屋。

挑开里屋的帘幕，只见里屋完好无损，秦铮躺在床上，被子一半盖在身子上，另一半耷拉在床头，他睡得极香。

“咦？”春兰又奇怪地呆了一下。

英亲王妃来到床前，伸手拍秦铮的脸，用的力道不小，半丝不客气：“铮儿，醒醒！”

秦铮被吵醒，挥手推开英亲王妃的手，不睁眼睛累倦地道：“娘，别吵我，困着呢。”

“都什么时辰了，你还困？”英亲王妃伸手拧他的脸，“给我起来！”

秦铮脸上一疼，咝地抽了口冷气，困难地睁开了眼睛，不满地看着英亲王妃：“您让我在家养病，我乖乖养病，没糟蹋您的梅树和您的花，您这是干什么？”

“你是没糟蹋我的梅树和花！”英亲王妃收回手，对外面一指，“我问你，昨日夜里是怎么回事儿？听音的屋子里遭了打劫了吗？”

秦铮往外屋看了一眼，眨眨眼睛，挥走睡意，忽然笑了：“儿子的院落是谁想打劫就能打劫的？”

“那是怎么回事儿？糟蹋成那个样子！”英亲王妃对他瞪眼。

秦铮打了个呵欠，懒洋洋地伸了伸腰，不甚在意地道：“还不就是那么回事儿。”

“哪回事儿？”英亲王妃竖起耳朵。

秦铮扫了一眼院中门口站着没进屋的英亲王，用惊讶的眼神看着她：“娘，您不会不懂吧！屋子里就我和她，自然是打架了。”

“打架？”英亲王妃盯着他，“你给我好好说！”

秦铮不耐烦地道：“就是打架了，从床上打到了地上。有什么好说的！”

英亲王妃一噎。

院中英亲王气息沉了沉。

秦铮闭上眼睛，挥挥手："您该忙什么就忙什么去！我刚睡着一会儿，如今正困着呢。"话落，见英亲王妃站在床前不走，他伸手推她，"您还有什么不明白的，问听音去！"话落，不满地恼道："凭什么她睡得香呼呼的，我就该被您吵醒。要吵您吵她去！"

英亲王妃被推离了床前，站稳脚后，见秦铮翻了个身，扯过被子，蒙上了脑袋，继续睡去，她无言了片刻，转身出了里屋。

中屋内，谢芳华依然沉沉地睡着，似乎根本就不知道她来。

英亲王妃对春兰吩咐："去喊醒她！"

春兰点点头，走到床前，伸手去推谢芳华："听音姑娘，醒醒！"

谢芳华唔了一声，翻了个身，继续沉沉睡去，盖着的被子随着她翻身的动作掀起半边，身下错开的床褥上一片深红。

春兰一眼就看到了那片红色，呀了一声。

"怎么了？"英亲王妃走过来。

春兰侧身让开床边，伸手指了指谢芳华被褥上那片深红。

英亲王妃也呆了一瞬，忽然又笑了，亲手扯过被子，帮谢芳华盖在身上，对春兰道："让她睡吧，别吵她了。我们出去！"

春兰意会，点点头。

二人出了中屋。

英亲王看着英亲王妃，见她脸色愉悦，他脸色却极其不好，忍不住道："铮儿过了年也不过十七，男女之事你急什么？就算他喜欢这个听音，也要等着议婚之后再抬举。如今这事儿若是传出去……"

"传出去怕什么？我还怕传不出去呢！"英亲王妃不满地嗔了英亲王一眼，"试问这南秦京城，如铮儿这般年纪的孩子，哪家的公子不是十五六就抬举了丫头？如今除了忠勇侯府的世子谢墨含和右相府的公子李沐清是个例外，燕亭身边可是都有个侍候的小丫头呢。大公子抬举依梦的时候才十六。这些年铮儿在外面没少招惹闲言碎语，都说他不近女色，怕是身子有问题。听音没来的时候，我日夜着急，跟个猴子似的，就恨不得他拖了这府中的一个丫鬟拐进屋子里，你又不是不知道我的着急。如今他如了我的愿，我这心也就放回了肚子里，你又担的是哪门子的心！"

英亲王顿时失了声。

"走吧！我们先去左相府办大公子的纳彩之事，回头铮儿的事儿，再另外理会。"英亲王妃轻松地招呼英亲王。

英亲王看着屋子里，总觉得这事儿哪里不对，但是又说不出哪里不对，半晌后，叹了口气，跟着英亲王妃出了落梅居。

英亲王妃走到落梅居门口，忽然停住脚步，对春兰吩咐："你今日就留在这里吧！

让翠荷几个大丫头跟着我去左相府就行了。你去吩咐大厨房，给听音做些好吃的，今日你在这里看着，等他们醒了，你告诉铮儿，这两日都不准他欺负听音下厨做菜了。”

春兰有些犹豫，建议道：“王妃，听音不过是二公子的一个婢女，您这样重视她，未免抬举得太高了。这将来……”

“就是！你这样安排简直胡闹！一个婢女而已，铮儿今日抬举她是给了她脸面。你如今这样关照，传出去的话，届时他还如何娶妻？”英亲王闻言再度不满。

“听音可不同于别的婢女！”英亲王妃向院里看了一眼，隐晦地道，“我这样对她，必是有我的道理。”话落，对春兰吩咐：“就按照我说的办！”

“是！”春兰毕竟跟随英亲王妃久了，闻言立即领会颔首。

英亲王闻言也想起了什么，目光变幻了一番，不再言语。

二人离开了落梅居。

春兰待英亲王和王妃身影走远，回头对听言吩咐：“你去打扫院子，烧热水，我去大厨房吩咐厨子炖补品。动作小点儿，别吵到二公子和听音姑娘。”

听言点点头，低声问：“兰姨，二公子和听音如今那个什么了……过两日，会不会听音就有别的身份了？”

春兰摇摇头：“二公子的事情向来都是自己做主，二公子若是给听音别的身份，那么她就有别的身份，二公子若是不给别的身份，她就没有别的身份。”

“公子没娶妻之前，不是不准许抬举姨娘的吗？应该是不给吧！”听言道。

“贵裔府邸里的惯例是这样，但是我们二公子何曾遵照过惯例？他说抬举，就抬举了又如何？这事儿你瞎琢磨什么？好好做事儿就行了。”春兰道。

听言有些伤感地道：“以后我估计不能和听音一起说笑了。”

“你的嘴是该谨慎些！”春兰戳了戳他额头，往外走了两步，忽然想起什么，又回过神，对他低声道：“清河崔氏又来信了，二老爷有意让你年后回去。王妃说要问你的意思。”

“不回去！”听言断然道。

“你不同于我，我是清河崔氏的家生子，生下来就是为奴为婢的，在小姐跟前长大，随着她来到英亲王府，一晃也这么多年了。小姐就是我的根，她在哪里我在哪里。”春兰叹息地道，“而你不同，你出身清河崔氏，是二房正儿八经的嫡子。只不过当初二夫人生你难产，早早去了，二老爷续娶了二房，二房偏偏没两年又生了个嫡子。王妃顾念你娘当初在娘家时作为嫂子对待她不错的情谊，才将你要来做二公子的陪读。说是陪读，其实也就是想护你不被欺负。若不是二公子性情怪异，身边不要侍候的人，拿你当了个彻底的小厮，你这个陪读也是公子哥的待遇。你可想好了，回清河去，你就是正经的嫡子，将来娶的是高门贵女。可是一直留在二公子身边的话，你只是个小厮。”

“那又如何？我这个小厮活得比公子们还要舒服。”听言摆摆手。

“算了！我也不说你了。要说二公子这些年虽然让人看着是奴役你，可是将你养成了这个性情，那是半点儿没亏了你。清河崔氏的嫡出公子虽然金贵，但是要我说，也的确不如你这般跟在二公子身边舒服。搁我身上，没准也不会回去。”春兰丢下一句话，去了大厨房。

听言向清河的方向看了片刻，便丢开此事，转身回院子拿了扫把打扫院落。扫了一会儿，不知道想起了什么，嘿嘿笑了起来。

两个时辰后，秦铮睡醒了，穿戴妥当，出了房间。

谢芳华依然沉沉地躺在床上，眉峰拧紧，睡得沉且气息浊。

秦铮站在门口看了她片刻，见她脸色比往常潮红，气息也不对，这才疑惑地走到床前，伸手推了推她：“喂，别懒着了，就算昨日欠缺了觉，如今睡了大半日，也该起床了！”

谢芳华随着他推动晃了晃身子，困难地睁开眼睛，又眼皮极沉地阖上。

秦铮感觉手碰到她身体滚烫，怔了怔，将手放在她额头上，额头烙铁一般的烫。他缩回手，立即推她：“喂，醒醒！”

谢芳华挣扎片刻，才睁开眼睛，眼睛如蒙了一层雾，迷蒙蒙的。

“你发热了！”秦铮对她道。

谢芳华点点头，想起身，却是浑身疼，胳膊腿都酸软得难受，挣扎半晌，也没起来。

秦铮好心地伸手扶起她，但他刚松手她又倒下，他立即扶住她对外面喊：“听言！”

“来了！”听言立即跑进屋。

“去请孙太医！”秦铮吩咐。

听言一呆，透过帘幕缝隙，见秦铮扶着谢芳华的模样唏嘘一声，立即怯懦地道：“公子，那个什么……这种事情，不用请太医来吧！兰姨已经让大厨房炖补品了，听音休息两日就好了。”

“哪种事情？”秦铮回头看向门口。

“就是这种事情呗！听音是被您累的。”听言状似很懂地给秦铮解释，“您昨日闹了那么大的动静，听音本来就瘦弱，怎么受得了？孙太医来了也就开些补品而已，不管用……”

秦铮忽然笑了，瞪了他一眼：“滚！”

听言顿时委屈：“公子，您有了听音，当成是宝贝，也不能不要我啊，总让我滚……”

“赶快给我去请孙太医，请不来唯你是问！”秦铮板起脸吩咐。

听言叹了口气，应诺了一声，转身跑出了落梅居。

他刚到落梅居门口，春兰端着鸡汤等补品正巧来到，见到他急匆匆的，立即询问。

“公子让我去给听音请孙太医！”听言道。

春兰顿时笑了，摆摆手：“既然二公子吩咐了，你赶快去吧！我将补品端进屋去。”

听言应了一声，不敢耽误，跑出了英亲王府。

春兰进了屋，将鸡汤等补品放下，来到中屋门口，喊了一声：“二公子！”

“兰姨啊，进来吧！”秦铮随意地道。

春兰进了屋，一眼便看到谢芳华浑浑噩噩，秦铮扶着她靠在他身上的模样，笑意便怎么也拢不住了，走到床前，对秦铮道：“二公子，这女儿家最是娇贵，您再怎么疼宠听音，以后还是要克制一些，别把人给折腾得病了。”

秦铮扭开头，咳嗽了一声：“我再不与她半夜打架就是了！谁知道她这么不禁折腾。”

春兰抿着嘴笑，低声道：“半夜打架倒也没事儿，只是别过度，着了凉就会惹病了。”

秦铮眸光闪了闪，嗯了一声：“我听兰姨的。”

春兰笑意满满地伸出手去扶谢芳华，口中笑道：“二公子，您刚起床，快去梳洗吧！听音这里我侍候，王妃和王爷去左相府之前，吩咐我守在这里，大厨房炖了补品，我侍候听音，稍后给她喝了，她也就能精神了。”

秦铮点点头，顺势将谢芳华推给春兰，自己出了中屋。

谢芳华虽然将二人说的话都听得清楚，但是脑子浑噩，不能深思，只觉得这副身体被她拿药物调理着，一根弦紧绷着，多年没闹毛病，连个感冒也少有，如今这怕是彻底发作出来了，才会这么来势汹汹，让她连起床的力气也没了，沉沉的难受，只能听之任之。

“哎哟，怎么这么热！”春兰扶住谢芳华，才感觉她身体虚弱得厉害，而且隔着衣料温度也是烫手，骇了一跳，早先轻松的笑意立即收起，稳稳地扶住她靠在自己身上，心中暗暗责怪。二公子从没碰过女子，如今到底是年少轻狂，初次便孟浪了些。听音到底是小女儿，虽然有武功，但这种事情上，也是柔弱不禁风雨，这场病来得烈，不请太医还真不行。

谢芳华唔了一声，用力打起精神，却觉得身子重如千斤。

“我先侍候你简单洗漱穿衣，稍后孙太医来了，赶紧开方子。”春兰对谢芳华道。

谢芳华点点头。

春兰拿过靠枕，让她半躺下，连忙走出里屋打了热水，沾湿了帕子，给谢芳华擦脸。

秦铮收拾完自己，精神地走进中屋，来到床边，看了谢芳华一眼，对春兰道："兰姨，将帕子给我。"

春兰手一顿，犹豫了一下，还是将帕子递给了他。

秦铮轻轻拿了帕子，给谢芳华擦脸，须臾，又勾开了她衣领一个纽扣，给她擦脖子。

春兰清晰地看到了谢芳华脖子上有一道细微的手指划出的红痕，她立即别开头，感叹道："二公子长大了，想当年，您出生的时候，王妃和我也是这样给您擦脸。"

秦铮笑了笑。

"瞧您，如今都会侍候人了。"春兰语气颇有深意地道，"不知道将来谁有福气嫁给您，这南秦京城多了去的高门府邸里，公子哥们无数，但怕是也就您会亲自伸手侍候女人。别人家的公子哥儿都金贵着了，贵手从不轻易拿出来侍候人，连自己的事儿都不做一点儿。"

秦铮直起身子，对春兰道："兰姨，人无贵贱，有的不过是门第之见。"

春兰一怔，笑着点点头："二公子您的性子生来便与别人不同，能说出这个话来也不奇怪。人虽无贵贱，但到底门第之见也不可小视。"

秦铮沉默，不再言语。

"听音遇到二公子您，是个有福气的，但到底身份有别。"春兰打量秦铮脸色，见他神色不动，她意有所指，"将来不知哪个女子有福气嫁给您做妻子。"

秦铮闻言伸手一指谢芳华："就她吧！"

春兰笑意一僵。

秦铮放下帕子，动作随意地点了谢芳华的额头一下，面色轻松，语气自如地嘲笑道："昨夜你不是不服气吗？有本事如今起来再和我打架！"

谢芳华即便浑身难受，但也是不服气，闻言气闷地冷哼了一声，说风凉话，怎么不闪了他的舌头！

"兰姨，你去盛鸡汤吧！我看她还是有力气喝下的。"秦铮吩咐春兰。

春兰回过神，见秦铮姿态随意闲适，刚刚"就她吧"那三个字就如随口说出来的玩笑一样，让人既摸不着头脑，又觉得这话里话外都有音，不甚简单。她觉得脑袋一时不够寻思，只能应了一声，走了出去。

秦铮坐在床头，端详着谢芳华，忽然笑道："到底是女人，往日厉害也不过是表面。不过是晚上打了一架，便如此受不住了。看来我以后真该对你温柔些。"

谢芳华没力气搭理他。

春兰端着鸡汤走进来，对秦铮道："今日这鸡汤香着呢，温而不热，正好喝。"

"给我吧！"秦铮对春兰伸出手。

春兰将鸡汤递给秦铮。

秦铮用勺子搅拌片刻，舀了一勺汤递到谢芳华嘴边。

谢芳华脑袋沉沉地抿着嘴，闻到鸡汤的香味，困难地睁开眼皮看秦铮。

秦铮对她挑眉："爷可不是轻易侍候人的，你不喝了它，稍后孙太医来你连看诊的力气都没有。"

谢芳华闭上眼睛，张开嘴，将一勺汤吞下了肚。

秦铮又舀了一勺汤递给她，她照样张嘴喝了，紧接着，一勺一勺地下了肚。

春兰站在床边看着二人，想着她一直觉得英亲王对王妃很好，可是如今和二公子比起来，还真是差得远。这么些年，王妃每年都会病上几次，二公子时常给王妃喂药，如今这个活才如此熟练。当年德慈太后病的时候，王爷也侍奉母亲汤药，对于喂人喝药，也是能做到滴水不漏。可会是一回事儿，做又是一回事儿了。这么些年，王爷可从来没给王妃喂过一回药。

一碗鸡汤见了底，秦铮将空碗递给春兰。

春兰立即接过，问道："再盛一碗？"

"病了就要多吃清淡的食物，这个汤补一补力气就够了，不能喝多。"秦铮道。

"炖了一锅呢！"春兰觉得没人喝岂不是可惜了。

"一会儿我都帮她喝了。"秦铮站起身。

春兰忍不住笑了，没听说过喝补汤还有代替喝的。见谢芳华又垂下眼皮，她笑着走出了中屋。

秦铮果然跟出去喝汤了。

谢芳华只听得外屋画堂碗勺轻轻碰撞，她混沌的脑袋连骂人都觉得费力。

半个时辰后，听言气喘吁吁地拖了同样气喘吁吁的孙太医来到了落梅居。

春兰立即迎了出去，将孙太医请进屋。

秦铮吃饱喝足，对孙太医懒洋洋地打了个招呼，吩咐春兰、听言在外面等着，不必跟进去，自己则带着孙太医进了中屋。

听言不甘心地往中屋跷脚看，用很小的声音和春兰嘀咕："兰姨，这落梅居总共才几个人，公子挡了我们在外面不让去听孙太医问诊，什么意思？"

春兰低声对他道："二公子的面皮子也是薄的，定然有话要私自嘱咐孙太医。你我帮不上忙，跟着进去掺和什么？等着就是了。"

听言只能闭了嘴，乖觉地等在外面。

中屋内，孙太医给谢芳华把脉，照旧老习惯，她的手腕上盖了一方秦铮的帕子。

秦铮站在床前盯着孙太医的手。

片刻后，孙太医放下手，对秦铮道："二公子，听音姑娘是受了寒凉，突然发热，来得虽然凶猛，但是没有大碍，我开个方子，她吃了就能好。"

秦铮点头："她身体可还有别的症状？平时看着挺好的，怎么小小的着凉就发了热？"

孙太医捋了捋胡子，看着谢芳华，谨慎地道："老夫的医术有限，听音的姑娘脉象一直奇异，老夫也探不太准，但是隐约估摸，听音姑娘的身体像是长期服用很多药物控制。要知道，是药三分毒，药穿肠而过，无论怎么清除，都有些痕迹留下，时日一长，便成了害处。虽然百毒不侵，但偶然一个小风寒，也能引起大的反应。就是这个理儿。看着强硬，实则也是脆弱。"

秦铮皱起眉头："百毒不侵？"

孙太医点点头，斟酌地道："听音姑娘这副身子，据我估摸，该是百毒不侵的。"

"长期用药？"秦铮忽然脸色难看地看了一眼谢芳华。

谢芳华靠在软枕上，鸡汤大约起了些作用，除了头脑昏沉外，让她有了些力气。想着宫廷的太医院里也不是没有能人，孙太医医术虽然不是绝顶，但也能算上七八分火候。

这些年，她为了在无名山活下去，钻研了很多东西，不只是谋术、权术、武术，还学了医术和毒术。万物相生相克，她要学如何生存，就要学会让她生存的克星。

八年来，她的身体就是下毒再解毒的过程，残留药物是一定的。

否则为何没让孙太医诊断出她装的哑巴？否则孙太医开的药她为什么敢毫不犹豫地喝下去，那是因为她吃了自备的哑药，压制住了咽喉和脉象，令医者看起来就是哑了，又因为她不怕任何药，无论是毒药，还是治病的药。

她的身体，早已经被自己调理成了药体。

"老夫的医术，查探像是长期用药。"孙太医微带几分保留地道，"当然也可能会出错，铮二公子要知道，作为大夫，老夫也不敢十拿九稳说成定数。"

秦铮沉着脸点点头。

孙太医走到桌前开方子，写了一半，忽然又道："听音姑娘癸水初至，也是引发她身体虚弱，受了寒气，发病的一个原因。最近些日子，要谨记不能让她着凉，尤其是洗衣物、碰凉水、喝凉茶、吃凉饭，都是要不得的。"

秦铮愣了愣。

孙太医看着他，意识到他还年少，也许还不懂女儿家的事儿。这二年秦铮行事太过狂傲霸道，让他几乎忘记他还是个少年，连忙又解释道："二公子可能不懂，女子和男子不同，癸水是女子每个月都要经历的，长则七日，短则三日。初次可能会长一些。听音姑娘大约这些年一直用药，所以导致癸水来得晚。一般女子十二三岁左右就来了。听音姑娘看起来该是过了及笄的年龄了，这么晚来，定然跟她用药有关。"

秦铮反应过来，脸顿时腾地红了，咳嗽了一声："我知道了。"

孙太医不再多言，继续开药方。

不多时，一张方子开好，孙太医递给秦铮，对他嘱咐："老夫前些日子开的治哑症的药就别让听音姑娘喝了，先喝这个药。"

秦铮点点头，接过药方子，送孙太医出门。

听言早已经准备了诊金，递给孙太医，孙太医接过离开了落梅居。

秦铮将药方子递给听言："去抓药，赶紧煎来。"

听言连忙点头，拿了药方子跑了出去。

春兰打量秦铮脸色，见他眉宇间颇显沉郁的黑色，不由开口试探地问："可是听音姑娘的病很重？"

"有点儿，不过没事儿！"秦铮摆摆手，没什么好心情地道，"兰姨，你回去吧！不用待在这里。"

"王妃去左相府给大公子过纳彩之礼，嘱咐我留在这里，我回去也是无事。"春兰道。

"那您就去找喜顺叔，让他帮忙收拾听音的屋子，将破坏的东西都补齐它。"秦铮道。

春兰见秦铮是真不愿意自己留在这里侍候听音，点点头，出了落梅居。

秦铮转身回了房间，见谢芳华又昏昏沉沉地睡去，他走到床前，一把拽起了她，怒道："喝了这次的药，你好了之后，以后没什么事儿再不准给我乱喝药！"

谢芳华被秦铮吼醒，抬起沉重的眼皮扫了他一眼，又闭上眼睛。她如今若不是生病，或者被他逼迫着看哑症的话，哪里用得着喝苦药汤子，那个东西谁愿意喝？

秦铮冷哼一声，松开她的手，任她跌回了床上，砸得床板响了一声。

谢芳华嗞了一口气，浑身疼得厉害。

秦铮看着她皱眉，忽然想起了什么，耳根子再度红了，眸光涌动半晌，忽然低声问："喂，刚刚孙太医说你癸水来了，你……"

谢芳华猛地一个激灵，昏沉的头脑清醒了几分。她癸水来了？

"你这是什么表情？难道你自己不知道？"秦铮看着谢芳华，对她的神色莫名其妙。

谢芳华缓缓伸手去摸身下，须臾，身子猛地僵住。身下湿湿的、潮潮的、黏黏的，不是血是什么？前一世她被养得金娇玉贵，十三岁的时候就来了癸水，那时候福婶带着人里里外外小心翼翼地侍候她，怕她落下什么病根。这一世，奔波去了无名山，故意把自己的身体特征掩藏，忽视是女子的身份，到头来，却也忽视了这癸水。

"喂！你不会真不懂这个女人才有的东西吧？"秦铮试探地戳戳她的脸。

"出去！"谢芳华低叱了一声。

秦铮手一僵，眸光定在她嘴上，沉默片刻，忽然一笑："你终于会说话了！"

谢芳华有些难堪。这样的事儿她虽然前一世经历过，但女儿家的事儿，都是被捂着藏着，连兄长爷爷都是不能说的，可是偏偏让秦铮就这么当着她的面说了出来。她虽然早已经丢了很多礼仪闺仪顾忌，但是还没冲破底线。如今秦铮这是挑破了她的底线，一时间只觉得被火烧了起来，眼前黑沉沉的，窘迫不已，哪里再顾忌什么哑巴的事儿。

秦铮看着她，眸光紧紧锁着她的脸，欣赏着她脸色变幻，片刻后，笑盈盈地凑近她道：“声音真难听，沙沙哑哑的，怪不得你会哼了也不开口说话，若是我，有这样的破嗓子，宁愿哑一辈子也不说话。”

“滚！”谢芳华不知道哪里来的力气，扯了枕头对着秦铮砸了过去。

秦铮轻松地接过枕头，对她微笑，有些邪恶地道：“你最好别乱动，孙太医不是说了吗？你初次来癸水，需要好好地养着身子。”

谢芳华潮红的脸顿时烧黑了，气怒地瞪着他。

秦铮慢慢地放下枕头，将她身子摆正放平稳地躺在床上，忽视她的脸色，对她低声问：“那个……你……是不是需要些东西垫着？”

谢芳华恨不得一巴掌抽死他，可是被他轻轻按住半丝力气没有，于是，死死地闭上了眼睛，当听不见。

秦铮低低一笑：“我也不是太懂，就是知道每个月兰姨都给我娘缝制些布包，里面包了棉花。我曾经好奇，问了一句，我娘说那是女人才能用的，让我别问，我想该是来癸水的时候用的。”

谢芳华扭开头，想死的心都有了。

秦铮笑吟吟地问：“你需要吗？你若是需要，我稍后让兰姨给你去拿几个来用？”

谢芳华不答话，感觉耳朵被他的话刺激得嗡嗡作响。

“你这副样子，如今起床都困难，抬胳膊都费力，若是让你自己缝制的话，恐怕根本不可能。而咱们落梅居从没有过女人，所以没有那个。”秦铮直起身，“算了，我还是吩咐兰姨去给你拿吧！虽然我一个男子帮你要那个东西有些难为情，但谁叫你是我的人呢。我便忍忍，大不了被兰姨嘲笑两句，也就过去了。”

谢芳华一口气憋在心口，上不来，下不去，就如一根鱼刺生生地卡在了那。

秦铮转身向外走去。

谢芳华一把扯过他衣袖，将他的脚步成功地拖了回来。

秦铮扭头看着她。

谢芳华深吸了一口气，低声道：“你不准去找人要。”

秦铮无辜地看着她：“那怎么办？你如今又缝制不来，我也不会给女人缝制那东西。”

谢芳华脸上火辣辣的，咬牙低声道：“你悄悄去王妃那里帮我拿几个，别让人发现。”

“你让我去偷？”秦铮睁大眼睛。

谢芳华狠狠地瞪了他一眼，也顾不得女儿家的矜持脸面闺仪顾忌了，在他面前，她早就脸皮练厚了。她涨红着脸道：“谁让你去偷了，就是去拿。”

“只不过不能让别人知道的拿是吗？”秦铮问。

谢芳华松开手，闭上了眼睛，不再看他，也不再说话。

秦铮看着谢芳华，眸光染上满满的笑意，嘴角勾起，弧度扯开，片刻后，愉悦地道：“好吧！听你的，我去拿！争取不让我娘和兰姨知道。”话落，他叹了口气，“幸好我娘的私物都有固定的地方，这些年我都知道放在哪里，否则你就算让我去拿，我也找不着搁在哪里。算你命好！”话落，他脚步轻松地走出了门。

谢芳华暗暗磨牙，她命好？若是命好怎么今日赶上了这个事儿？

第十九章
云雨

京　门　风　月

秦铮出了落梅居，在门口碰到抓药回来的听言。

听言提着药包跑得气喘吁吁，见到秦铮要出门，立即问：“公子，您要去哪里？”

“去我娘那！”秦铮道。

“王妃和王爷去左相府给大公子过纳彩之礼了，幽兰苑如今没人。”听言连忙道。

秦铮笑了一声，语气愉悦：“就因为没人我才去！”

听言一呆，不明所以，幽兰苑没人公子去干吗？

“赶紧去煎药！”秦铮手指敲了听言的额头一下，向幽兰苑走去。

听言捂着脑袋，小声嘀咕了一句，跑向了小厨房。

谢芳华在屋中将二人在门口的对话听了个清楚，暗暗松了一口气，秦铮果然自己去帮她拿东西，不让这种事情弄得人尽皆知，还算仁义。

她在床上又躺了片刻，抛开积压的情绪，掀开被子，挣扎着坐起身，果然见身下被褥一片湿红。她揉揉额头，刚要下床换衣，便见春兰带着喜顺大管家领了几个粗使婢女进了落梅居，她立即又盖上被子躺了回去。

听言在小厨房听到动静迎了出来。

“没你的事儿，你去煎药吧！这里有我。”春兰对听言挥手。

听言点点头，又回了小厨房。

“你就别进去了，我带着她们将听音的屋子收拾妥当就行了。如今听音躺在床上，你进去不方便。”春兰对喜顺道。

喜顺点点头，对身后拿着东西的婢女挥挥手。

春兰带着几个粗使婢女进了屋。

谢芳华在几个人进屋前又闭上了眼睛，如今她想浑噩继续睡觉也睡不着了。

“你们两个先将屋子清扫一遍，你们两个摆东西换事物。听音姑娘在睡觉，你们动作都小心些，别吵到她。”春兰对几个人吩咐。

几个人齐齐点头，分头行动，动作果然极轻。

不多时，中屋再度焕然一新。

春兰满意地点头，挥手低声道：“行了，都出去吧！”

几个人鱼贯而出。

春兰看了睡着的谢芳华一眼，也出了门。

不多时，一行人都出了落梅居。

半路上，遇到从幽兰苑走回来的秦铮。

春兰讶异：“二公子，您去幽兰苑了？”

秦铮嗯了一声。

“王妃不在，您去幽兰苑做什么？”春兰奇怪地问。

秦铮道：“我屋子里的麝香不够了，去娘亲那里寻了些。”

春兰顿时笑了：“您告诉我不就得了？我给您拿过去，还用得着自己跑一遭？”

“反正没什么事儿，如今日日闲在家里，活动下手脚。”秦铮偏过头，咳嗽了一声，扫了一眼喜顺和他身后带着的粗使婢女，问道：“听音的屋子都收拾妥当了？”

“回二公子，妥当了！”喜顺立即道。

秦铮点点头，不再多话，越过一行人向落梅居走去。

喜顺待秦铮身影走远，才疑惑地对春兰道：“你没发现二公子神色有些不对？”

春兰笑看了他一眼，嗔道：“你娶我那一天神色不对了一整日，二公子年少，初经情事儿，神色不对些，哪里不正常？”

喜顺猛地咳嗽起来，老脸通红，没了声。

“走吧！该干什么干什么去！”春兰笑着挥手，“往各府送的年礼清单你可罗列出来了？若是弄出来了，等王妃回来，赶紧给王妃过目，回头还要往各府派人去送发，有你忙的呢。哪有闲心打听二公子的私事儿。”

“也是！”喜顺连连颔首。

一行人远去。

秦铮回到落梅居，往小厨房看了一眼，见听言正在煎药，他缓步进了屋。他挑开帘幕，便见屋中焕然一新，帷幔重新换过，帷幔里躺着的人正睁着眼睛看着帐顶，眼珠子一动不动，看不出来在想什么。

他咳嗽了一声，走了过去。

谢芳华在他进落梅居的时候就知道他回来了，此时转头看向他，以眼神询问。

秦铮走到床边，低声道：“我给你拿来了，没有人发现。你要怎么谢我？”

谢芳华瞪了他一眼："谢？若不是昨日你非要打架，我至于染了寒气卧床不起？"

"也是！那我如今帮你拿来了补救的东西，也算是有功，两笔抵消了吧。"秦铮道。

谢芳华哼了一声，对他伸出手。

秦铮从衣袖里抖了半晌，抖出一个凹凸长形的布包来给她。

谢芳华立即红着脸拿过，塞进被子里。

秦铮轻笑一声，对她道："本来我想多给你拿几个，但是我娘那里就只有这一个了。想来这个月她的癸水该是才过去不几日，都给用了，兰姨还没给她新缝制。"

"够了！再用我自己会缝制。"谢芳华难堪窘迫地低声道，"你出去。"

"好！"秦铮应声，乖觉地走了出去。

谢芳华见他出了屋，去了小厨房，立即坐起身，褪下染了血的衣物，将布包垫上，换了一身新衣，做好一切，她看着床上堆叠的杂乱衣物和被褥皱眉。

前一世，福婶告诉她，女人来了癸水，一定不要劳累操神，尤其是不能碰凉水。

可是，如今落梅居里除了她一个女人，就剩下秦铮和听言两个男人。她不碰水的话，谁给她洗？她可没脸拿这些东西让春兰找人去洗。

犹豫片刻，她还是扯下了床单子，抱着衣物出了门。

头脑虽然还是有些沉，但是某些东西主宰了神经，让她想浑噩都浑噩不下去了。

秦铮站在小厨房门口，第一时间便看见谢芳华抱着衣物出来，他眉头顿时拧起，质问道："你出来做什么？"

"洗东西！"谢芳华吐出三个字。

秦铮目光落在她抱着的衣物上，点点血迹，让他面色红了红："你不知道你如今不能洗吗？赶紧扔了，给我回屋去躺着。"

谢芳华瞥了他一眼，她这一世早已经不那么娇气了，癸水也没那么可怕。再说落了她初癸水的衣物，怎么能随便扔？

"我的话你没听到？"秦铮见她不以为意，竖起眉头，抬脚向她走来。

谢芳华知道他是好心，低声道："没事儿！"

秦铮一把夺过了她手里的衣物，对她冷声道："回去！"

谢芳华脸腾地一红："你管得太多了吧？"

"你是我的人，就该被我管！"秦铮理所当然地看着她。

谢芳华瞪了他一眼，纠正道："是婢女。"

秦铮眸光闪了闪，忽然笑了，温声道："你若是有力气，就回屋去缝制你需要的东西。我听孙太医说，女人第一次来癸水，是比较多的……"

谢芳华脸一黑，扭头走了回去。当她很愿意洗吗？既然他不让，就算了。

秦铮见谢芳华听话地回了屋，嘴角勾了勾，露出笑意。

听言从小厨房探出头来，疑惑地询问："公子，您刚才在和谁说话？"

"没谁！"秦铮不看他。

听言摸摸耳朵，看到他手里抱着的女人衣物，顿时一怔："公子，您怀里怎么抱着听音的衣物？你要帮听音洗衣服？"

秦铮低头看了一眼，面上染上奇异的颜色，没说话。

"我的药快煎完了，您给我吧！我以前一直洗您的衣物，如今帮听音洗，手到擒来。您没洗过衣物，不会洗。"听言拍拍手上的灰，向秦铮走来。

秦铮立即抓紧衣物，对他瞪眼："你洗什么？好好煎药。这衣服扔了再换新的就是。"

听言骇了一跳，立即道："公子，女儿家的衣物怎么能随便说扔就扔？再说听音的衣物可都是一件好几百两银子啊。"

秦铮面色一僵，目光扫到衣物染的血红上，想起了什么，抿了抿唇："那就我洗。"

"您不会洗啊。"听言惊异地看着他。

"不会洗不会学吗？"秦铮丢下一句话，抱着衣物走进了洗衣房。

听言丈二和尚摸不着头脑，呆了半晌，听到洗衣房传出水声，他才恍然想起，如今公子和听音的关系不一般了，乐意做某些事情。他咂了咂嘴，回了小厨房。

谢芳华没力气没精神地窝在软榻上，身上盖了薄薄的被子，听到外面的对话，脸色涨红，又涨紫，又涨白，许久后，她吸了一口气，又吐了一口气，认命地闭上了眼睛。

她是听音！秦铮的婢女！侍候他这么久，他为她做些事情是应该的！

她现在不是谢芳华，不是忠勇侯府的小姐，不是膏粱锦绣府邸里守得闺仪的女子！

所以，即便秦铮帮她洗血衣，也没什么！

一炷香后，听言端了一碗药从小厨房出来，径直来到洗衣房门口，向里面看了一眼，顿时睁大眼睛："公子，您会洗衣服啊？"

秦铮抬头瞅了他一眼，脸色潮红，没说话。

"洗得还不错！"听言嘿嘿一笑，见秦铮要黑脸，他立即收了笑，试探地问："药煎好了，是我给听音送去，还是您送去？"

"你去！"秦铮继续洗手里的衣物，搓得有些用力。

"好嘞！"听言得了话，端着药碗立即走进了屋。

来到中屋门口，听言刚要闯进屋，想起什么，伸手敲了敲门。

谢芳华嗯了一声。

听言立即挑开帘幕，走了进来，见到谢芳华没精打采地躺在软榻上，顿时笑了，走到她面前，将药碗递给她："听音，药好了，你赶紧喝了吧！"

谢芳华知道是治风寒的药，接过药碗，张嘴往嘴里灌。

“公子在给你洗衣物，你知道不知道？”听言悄声问。

谢芳华手一顿，她自然知道，怎么可能不知道？

“哎，这么些年，我可从来没见过公子洗过衣服。他的所有衣物，都是我洗的，我一直以为公子不会洗衣物。以往落梅居就我们两个人，公子不想别人碰他的衣物，都丢给我。有时候公子闲得无聊，我洗衣服，他就在旁边看着，要么和我聊天，要么玩水，可是也没动过一个手指头洗衣。我一直以为他不会洗，哪曾想到，今日算是让我开了眼界了。公子洗衣服，不仅洗得好，还洗得快。你那一堆衣物，才这么一会儿，如今就剩一两件了。”听言感慨连连。

谢芳华默不作声。

“不过依着你和公子的关系，如今是比我近。你昨日夜里又因为公子遭了大罪，被折磨得今日这副样子。你趁机奴役公子，也不为过。”听言嘻嘻一笑。

谢芳华听着这话怎么觉得不对味，放下空碗，看着他。

“行了，你歇着吧！王妃嘱咐你好生歇着，这两日不准公子让你下厨做饭菜劳累，我们吃大厨房的饭菜。不过照你这样，就算王妃不吩咐，公子也是不会让你下厨的。”听言拿过空碗，丢下一句话，走了出去。

谢芳华听见不用她再下厨，便也就丢开了前话，不再理会。

不多时，秦铮将衣物都洗干净，用木盆抱出来，凉在竿子上。

谢芳华扭头看向窗外，阳光明媚，照在衣服上。她不得不佩服，秦铮这个人若是想做一件事情，似乎没有他做不到的。

秦铮洗衣服晾衣服显然比听言做得好，每一件都被他学着谢芳华的样子展得平整。

这时，外面有脚步声走来落梅居。

秦铮并没理会，径直专心地晾着衣物。

谢芳华看向门口，不多时，只见英亲王妃由四大近身婢女随同着走了进来。

只见她刚到门口，一眼便看到了晾衣服的秦铮，愣了一下。

秦铮回头看了她一眼，挑眉：“娘回来了？给大哥办的纳彩之礼可顺利？”

英亲王妃回过神，走到秦铮身边，看着竿子上搭的衣物，疑惑地问：“谁洗的？”

“我！”秦铮道。

英亲王妃偏头打量他，见他神色不是说假，顿时唏嘘一声：“我儿子连衣物也会洗？”

秦铮倏地一笑，得意地道：“您儿子若想做什么，什么做不来？”

“也是！”英亲王妃点头，伸手摸摸他的脑袋，有些酸地道，“你是娘的儿子，养你这么大，你可没给我洗过衣服。”

“您有丈夫，我总不能给您洗血衣。”秦铮指指晾的衣物，言语无忌。

英亲王妃想起早上在谢芳华床上看到的血红，脸色一红，顿时有些挂不住，嗔了他一眼："你可真是我的好儿子，无论是好的，还是坏的，都被你学了。"

秦铮不置可否，展平最后一件衣物，搭在竿子上。

英亲王妃不再继续这个话题，而是回答他早先的问话，低声道："今日纳彩之礼，卢雪莹要求和秦浩比文武艺，说秦浩若是赢了她，她抛却前尘，心甘情愿下嫁。若是秦浩赢不了她，这个婚双方共同去宫里求旨毁了它。秦浩应承了。二人当着双方议亲的亲属和媒人的面，便过了场子，摆了擂台。"

秦铮哦了一声，示意英亲王妃进屋。

英亲王妃向屋里走去，一边道："这个卢雪莹我以前见过几面，除了痴心你之外，倒没觉得这姑娘有什么，今日算是长了见识了。她的剑差点儿杀了秦浩。"

秦铮不屑地道："她的武功还杀不了秦浩。"

英亲王妃看了他一眼："但是今日所有人都亲眼所见，秦浩不敌她的剑，被她挑断了一缕头发，脖子划了一道血痕，若是躲得慢一些，险些毙命。"

"做戏做得倒挺真。"秦铮挑开帘幕，让英亲王妃进屋。

英亲王妃迈进门槛，不像往日一般坐在画堂里，而是径直走向中屋："论文，卢雪莹输了，不敌秦浩。论武，秦浩输了，不敌卢雪莹。所以，算作平局。卢雪莹要求再比一场。但那一场要在今年宫宴上比，要皇上来评。放言否则就算她死，也不嫁。秦浩又应了。"

"她倒是能折腾。"秦铮冷笑一声。

"依我看，怕是为着你。宫宴你总是要参加的，不能避开她。"英亲王妃叹息一声，来到中屋门口，挑开帘幕，走了进去。

秦铮跟了进去。

谢芳华见英亲王妃进了她的房间，推开被子，从软榻上起来，给她见礼。

"这脸怎么瞧着这么白？"英亲王妃见到谢芳华，惊了一下。

谢芳华笑笑。这一场大病来得急，又赶上初葵，她如今能起来床就不错了，气色自然好不了。不用照镜子，她也知道自己的模样。

"女儿家娇气是正常的，快躺下吧！"英亲王妃走过来，对她摆摆手。

谢芳华不客气地又躺回了软榻上，重新盖上薄被。

"可喝药了？"英亲王妃询问秦铮。

"喝了！"秦铮坐在一旁的椅子上。

英亲王妃也坐下身，面色轻快了些，笑盈盈地道："初次就是这样，往后时日长了，便就好了。"话落，对秦铮道："女儿家有时候需要爱护着，你向来粗鲁，以后多学着些。"

秦铮咳嗽了一声，点点头。

谢芳华不由皱眉。初次？英亲王妃知道她来癸水了？知道丢了布包？她看向秦铮。

秦铮并不看她，而是对英亲王妃道："娘接着说。"

"接着说什么？秦浩吗？"英亲王妃看了一眼秦铮，见他默认，也就不盯着谢芳华了，继续道，"这件事儿也算是打了秦浩一个脸面。但是偏偏咱们大公子被打得情愿，半丝怨言没有。对左相和夫人依然恭恭敬敬。"

秦铮笑了一声："他惯于伏低做小，左相和夫人估计对他满意极了。"

"是啊，左相当时就训斥了卢雪莹，脸色极其难看。左相夫人一直疼宠女儿，今日也罕见地不向着她。哪怕往日对秦浩的身份还有几丝轻视，今日便半分没有了。"英亲王妃揉揉额头，"就算他今日是做戏，但是这出戏也是做得极好。以后卢雪莹若是真进了咱们府，他钳住了她，左相和夫人也不会说他什么。咱们府有这样的庶长子，对你将来继承爵位，可不是什么好事儿。秦浩的心可不像你父王培养他当初所想的那样另立门户。这份家业，怕是要争上一争。"

秦铮眯了眯眼睛："爹今日呢？做了什么？"

英亲王妃闻言缓和了面色，笑道："你爹这两日还是有转变的，虽然别人看不出来，但我与他相处多年，总是有几分体会。他的心如今被你闹了一场还真给纠正了几分。从那日到今日，自始至终，没对此事再置喙半句。"

秦铮挑了挑眉。

英亲王妃又道："以前，内院的事儿，他虽然也是听我的，但是私下里，总要为秦浩和西院的刘侧妃说上两句。我也总是依了他。如今纳彩之礼，单子列出来，刘侧妃虽然有些地方不满意，背地里找他说过，但是他却只言片语没往我这露一句。"

秦铮撇撇嘴："没出息！这您就满意了？"

英亲王妃顿时瞪眼："我不满意还能让他如何？他是你爹！"

秦铮轻哼一声："拿出你照料那些花草一半的心思用在拴男人身上，看他还往别的院跑？这些年他不尽心，您也没尽心对他。"

英亲王妃伸手敲了秦铮脑袋一下，佯怒道："我的心都尽在你这个兔崽子身上了。你倒教训起我来了。管好你自己吧！别欺负了人，到时候喜新厌旧。"

秦铮翻了个白眼："我没那么花心。"

英亲王妃扑哧笑了，扭头看向谢芳华，见她仿佛没听见他们说话，闭着眼睛，懒洋洋地躺在软榻上，即便是这副苍白的颜色，但眉宇间也一派沉静，她满意地点点头，笑着站起身："我就是过来看看，顺便与你说说今日的事儿。喜顺稍后还要给我拿给各府送年礼的礼单过目，你好好照顾听音，我回去了。"

秦铮摆摆手，起身送英亲王妃。

英亲王妃带着四名近身大婢女离开了落梅居。

秦铮回到屋子里，对谢芳华吩咐："去床上歇着。"

谢芳华瞅了他一眼，摇摇头，没力气地道："给我拿针线来。"

秦铮眨了眨眼睛："你要缝制那个东西？"

谢芳华点点头，不缝制待身上这个用完了之后就没有用的了，她不做谁做？

秦铮沉默片刻，对她道："你上床去歇着，我想办法再给你弄些来。"

谢芳华无语地看着他。这种东西是说弄到就能弄到的吗？有些好气又有些好笑，对他道："累不着，不过是几针而已，喝了药我好多了。用不了多大会儿就能做几个。"

"那好吧！"秦铮犹豫了一下，也觉得这个东西没那么容易去弄来，便去给她找针线。

谢芳华的针线都是固定地放在一个地方，不多时，秦铮便给她拿了来，顺便还找了棉花和上等的绢绸。

"这个绢绸不行，给我找麻布或者棉布来。"谢芳华道。

秦铮皱眉："这个是上等的，你用那下等的布料做什么？爷又不是供不起你。"

谢芳华白了他一眼，忍着脸红解释道："这个不是供不起供得起的事儿，而是……"顿了顿，咬牙道："绢绸不易吸水。明白吗？"

秦铮恍然："哦，明白了，你等等。"话落，他动作利索地走了出去。

谢芳华想抽自己，落梅居除了她没第二个女人，对她来说可真是遭罪。

不多时，秦铮果然找来了一大批棉布和麻布。

"公子爷，用不了这么多。"谢芳华语气怪异地提醒他。

"不是月月来那个吗？你又不是今天用完明天就不用了，留着慢慢用。"秦铮道。

谢芳华无言半晌，对他道："你该干吗干吗去吧！不用管我了。"

"我帮你裁剪好，你缝起来才会快些。"秦铮说着，便拿起了剪子。

谢芳华本来想说不用，想想都到这个地步了，不用他白不用，便也不再阻止。

秦铮大约在英亲王妃那里对这种布包见得多了，或者是他本来就聪明，看一眼就知道多长尺寸。所以，不多时，他就裁剪出了一大堆长度一样的布块。

谢芳华拿起针线，在布块里放了棉花，里面又夹了一层吸水的麻布，缝制起来。

秦铮将一匹布都裁剪成了长度一样的布块，堆叠起来，整整一大堆，他留出几个给谢芳华，剩余的全部抱起来放在了柜子里，对她道："你今日就缝制这几个，够用了吧？剩余的明日你伤寒好些再缝制。"

谢芳华点点头："够用了！"

秦铮回身，洗了手，坐在椅子上，喝着茶，看着她。

谢芳华的脸早已经不红了，虽然还是有些别扭，但到底她多年来学了很多不拘世俗的东西，便也不理会他，任他在一旁待着。

秦铮喝了三盏茶，谢芳华将六个布包全部缝制完。

秦铮走过来，将针线收起，顺带将布包拿起来看了一眼，一起收进篮子里，对她吩咐："去床上歇着。"

谢芳华起身，去了床上，盖上被子，缓缓躺下。

秦铮将篮子放进柜子里，回身往火炉里添了些炭，忽然想起什么，转身走了出去。不多时，他拿了一个牛皮制作的水囊进来，将铁壶里的热水倒进水囊里，然后拧紧囊塞，走到床前，递给谢芳华。

谢芳华看着他。

“我娘生了秦怜之后，每个月那几日都手足发冷，兰姨便灌了热水囊给她暖身子。”秦铮看着她苍白的脸色，“你手足也是冷的吧？强撑着做什么？女人就是女人，娇弱也没人笑话你。拿着！”

谢芳华垂下眼睫，接过水囊，放入了被子里。

“你睡吧！我去书房。”秦铮丢下一句话，转身出了房间。

谢芳华将水囊放在脚下，冰凉的脚顿时暖了几分，不多时，疲惫晕眩感再度袭来，她闭上眼睛，又沉沉地睡了去。

落梅居安静，没有半丝吵闹。

谢芳华这一觉总算睡得舒服了些，醒来的时候，发现天色已黑，她出了一身的虚汗，将身下的被褥都给浸透了。屋中无人，只她躺在床上。

她推开被子起身，走到衣柜拿了干松的衣物换上，又拿了一个布包，出了房门。

院中安静，小厨房没动静，书房点着灯，透过格子窗，她看到秦铮坐在窗前读书。

谢芳华想着外面的传言真是不可信，说秦铮不学无术纯属胡言乱语，就她这么些日子所知，他虽然行止狂傲，性喜目中无人，但是极其聪明好学，用在学业上的时间也许没有他玩的时间多，但他若是学起来，能百分之百投入。

她拿着布包去了茅房。

不多时，她从茅房出来，便见一个熟悉的身影急匆匆地冲进了落梅居。她一怔，看清楚是谢墨含无疑。有些奇怪，哥哥有什么事情这么急？刚要出声喊他，又住了嘴，脚下踢了一个小土块，对着他打去。

啪的一声，土块打在了谢墨含的脚边。

谢墨含猛地停住脚步扭头，见到她，神色一顿，脸色极其难看地看了她一眼，没说话，径直冲去了书房。

谢芳华一怔，哥哥来者不善，这副样子像是来找秦铮打架的。她立即跟了过去。

“秦铮，你给我出来！”谢墨含来到书房门口，本来要冲进去，想起什么，又顿住脚步，对里面低喝了一声，声音带着沉沉的怒意。

秦铮在书房里向外看了一眼，清晰地将谢墨含的怒意看入眼底，微微一怔，放下书本，站起身，推开房门，微笑道：“子归兄，你这副气冲冲的样子来寻我，可是出了什么事儿？”

“出了什么事儿？你做的好事儿，你自己知道。”谢墨含恼怒地瞪着他，目光喷火。

秦铮疑惑不解，慢悠悠地笑问："我这两日都未曾出府，不知道做了什么好事儿，招惹了子归兄如此动怒了。你说明白一些，让我不至于被你冤枉。"

"冤枉？你觉得我会冤枉你？"谢墨含看着他含笑的样子就有气，猛地对他挥出一拳。

秦铮自然不会等着挨打，偏头躲过，轻松地道："那可说不定，我时常被人冤枉。"

谢墨含一拳没打着人，听到他的话，住了手，死死地盯着他："我问你，你可是对……"话说到一半，见谢芳华来到近前，他猛地住了嘴，转过头恼怒地看着她。

谢芳华挑了挑眉，他眼神传递的信息是与她有关了？她神色不动，对他微微一礼。

谢墨含怒意一僵，动了动嘴角，没发出声来。

秦铮拍拍谢墨含的肩膀，笑道："子归兄，不是我得罪了你，难道是我的听音得罪了你？有什么事儿你只管说出来，若是哪里我们做得不对，向你赔礼道歉。"

谢墨含猛地打开他的手，气恼地道："若你真做了什么，赔罪管什么用！"话落，他死死地抿住嘴角，眸底闪过片刻挣扎，须臾，似乎强力地压下，归于平静，扭头就要离开。

秦铮一把拽住他："子归兄，就这么走了？"

"我不走难道还留在你这里用晚膳？"谢墨含冷冷地打开他的手。

秦铮倏地一笑："是该晚膳的时候了，你留下用膳也无不可。"

"不用！"谢墨含不领情，转身大步离开。

谢芳华立即给谢墨含让开道。

谢墨含脚步匆匆，走的时候比来的时候还快，不多时，身影就出了落梅居。

谢芳华目送他来了又离开，有些莫名其妙，收回视线看向秦铮。

秦铮懒洋洋地靠在门框上，眸光涌动，片刻后，对谢芳华询问："你说，我哪里得罪了他，你可知道？"

谢芳华轻哼一声。她今日在床上睡了一日，哪里知道他做了什么得罪了她哥哥？

秦铮低下头，沉思片刻，忽然勾了勾唇角，笑吟吟地道："你不知道，我也不知道了。他来了又走，又不说原由，这可麻烦了。我若是想娶忠勇侯府的小姐，他就是我的大舅哥，我该在他面前多留些好感，不能造成什么误会，否则的话，他就是我的一大阻力啊。"

谢芳华狠狠地瞪了他一眼，转身向屋里走去。

秦铮见她身影很快就进了屋，将珠帘摔得噼啪响，忽然扯开嘴角，无声地笑起来。

"公子，您傻笑什么？"听言从大厨房端晚膳走进院子，就见到秦铮在笑，不由疑惑。

秦铮收了笑意，挖了听言一眼："爷乐意笑就笑，你管得着吗？"

听言咳嗽了一声，委屈地道："我哪里敢管您？就是觉得，您可别让听音看见您这副傻笑的样子，实在是太不爷们了，会降低您的格调。”

秦铮挑了挑眉，轻哼一声，关上书房的门，问道：“今日大厨房都做了什么菜？”

“今日可都是好吃的。王妃特意吩咐大厨房了，给咱们落梅居做了四个荤菜，四个素菜，两个羹汤。”听言乐呵呵地道，“八宝桂鱼、酱烧牛肉、雪菜烧鹅、蜜酿醉虾，都是您爱吃的菜。”

“大晚上的，太荤了。”秦铮皱了皱眉。

“您嫌弃荤，您可以吃素嘛！我可不嫌弃，您不吃，我吃。”听言端着菜往屋子里走。

“你最好吃成胖猪。”秦铮看着听言美滋滋的，嗤之以鼻，嘴毒地道。

“胖猪也不怕。”听言回了一句，进了屋。

秦铮跟着走进了屋，见谢芳华已经坐在了桌前，怀里抱着他早先给她的那个水囊。他笑了笑，坐在了桌前。

谢芳华看了他一眼，没说话。

听言摆好菜，絮絮叨叨地说话：“听音，我今日可是沾了你的光了呢。要不是王妃特意吩咐，大厨房可不给咱们另做这样的好菜。”

“平日也没少了你好吃的，用不着这副馋鬼的样子。”秦铮将素菜推到谢芳华那边，瞥了听言一眼。

听言夹起一块鹅肉，大口地咀嚼，口中含糊地道：“您不懂，对我来说，日日都得有好吃的祭奠五脏庙，生活才有滋味。”

秦铮似乎懒得理他，不再说话。

谢芳华懒洋洋地一边吃着菜，一边想着刚刚离开的谢墨含。从上辈子到这辈子，她所认识的哥哥都是温文尔雅的人，他心思虽然敏感细腻，但是身为忠勇侯府世子，而且是唯一嫡子，他很早就学会了控制自己的脾性和情绪，很少有能让他动怒的事情，除非是什么让他失去控制的大事儿，他才会怒气冲冲地跑来找秦铮算账。

会是什么大事儿呢？还是关于她的事儿？谢芳华百思不得其解，暗暗想着，看来明日她该私下里找侍书小时候的玩伴林七让他递过话去问问。

秦铮扫了谢芳华若有所思的眉目一眼，并没打扰她的思绪。

“公子，给听音治哑症的药如今停了，孙太医说什么时候再让她喝吗？”听言忽然问。

“以后她都不喝那个药了。”秦铮道。

听言一愣：“不喝药了？为什么？那她的哑症什么时候才能治好啊？”

“治不好就一直哑着，总之药是不能再喝了。”秦铮没点破谢芳华已经开口说话的事儿，今日英亲王妃来了她没说话，英亲王妃也没发现，如今听言问起，他却是给瞒了。

听言睁大眼睛，看了秦铮半晌，又看向谢芳华。

谢芳华没有什么食欲，吃了个半饱，放下筷子，不理会听言，回了中屋。

听言呆了片刻，又想要说什么，忽然听见外面传来熟悉的声音："秦铮兄，你不够意思啊，你和听音姑娘有了云雨，开了荤腥，应该庆祝不是？你却悄悄猫在院子里不出来，我们等不到你招呼，只能集体来给你道喜了！"

谢芳华刚要往火炉添炭火，闻言手猛地一顿，转头看向院外。

秦铮筷子亦是一顿，同样看向院外，只见以燕亭为首，一群人顶着夜色进了落梅居。

京门风月

❶ 芳华归来

[下]

西子情 | 作品
XI ZI QING WORKS

江苏凤凰文艺出版社
JIANGSU PHOENIX LITERATURE AND ART PUBLISHING, LTD

第二十章

交易

京　门　风　月

屋中有一瞬间静寂无声，院外吵闹走来的凌乱脚步声分外清晰。

谢芳华一怔过后，脸色瞬间黑透，猛地扔了炭火，火炉里啪的一声清响，她挥手盖上炉盖，站起身，走出中屋，挑开帘幕，恼怒地看着秦铮。

什么叫作他和听音姑娘有了云雨？

什么叫作他开了荤腥？

她忽然明白，外面到底有了什么样的传言，才致使早先她的哥哥气成那样冲来英亲王府的落梅居找秦铮？敢情是这样的事儿！怪不得听言言语怪异，春兰看她的眼神既荣幸又感叹，英亲王妃如此的眉眼带笑，关心她的身体，亲自嘱咐秦铮照料她。

她竟然还蒙在鼓里！

秦铮听到中屋的动静，缓缓回过头，见谢芳华一脸铁青地看着他，他慢慢地放下筷子，对她露出无辜的神色，莫名地道："你这样看着我做什么？我昨夜到今日都做了什么，你心里最清楚不过。"

"既然你没做什么，为何有这样的传言？若是没有风，浪能起来？"谢芳华死死地盯着他，语气极低，似乎沿着唇瓣磨着牙齿发出来。

"咦？听音，你竟然会说话了？"听言呆呆地看着谢芳华，嘴里叼着吃了一半的鹅腿愣在那里，惊讶地看着她。

谢芳华不理会听言，只看着秦铮，听他解释。

秦铮踢开椅子，站起身，不再看她，面无表情地道："我也需要别人给我解释。"

谢芳华眯了眯眼睛，不再出声。

秦铮走了两步，来到门口，挥手挑开了帘幕，看向院外，冷冷地对着燕亭等一群吵闹的人道："哪里听来的荒谬言论，让你们如此来我这里胡言乱语？"

燕亭等人本来笑笑闹闹，闻言齐齐停住脚步，怔在了院中。

"荒谬言论？"燕亭呆了一下，须臾，他看着秦铮好笑，"秦铮兄，我娘听你娘亲口说的，难道还有假不成？"

"你娘听我娘说的？"秦铮扬眉。

"是啊！"燕亭点头，叙述消息来源，"英亲王和王妃今日不是去了左相府给你大哥过纳彩之礼吗？回来的路上，碰到我娘邀几位别府的夫人一起出去采买首饰，聊了几句，否则我哪里知道你这么快就动手了？"

秦铮顿时沉着脸没了声。

谢芳华心中呕血，英亲王妃不是胡说八道的人，难道什么事情让她误会了不成？

"喂，你黑着脸做什么？难道……你没有？"燕亭奇怪地看着秦铮。

"燕亭，我看你是吃饱了撑的没事儿干了！"秦铮冷眼看着他，"你对忠勇侯府的小姐也不过如此，有闲心盯着别人的私事儿，不如去理会自己的事儿。若是宫宴的时候，你还做不出什么来的话，到时候别怪我不客气。"

燕亭笑意猛地僵住。

"届时你有不如意的地方，别怪我今日没提醒你！"秦铮转身回了屋，帘幕啪地落下，冷冷吩咐："来人，将他们都给我赶出府去！"

暗中忽然蹿出十道身影，一人提起一人，转眼间就送出了落梅居。

燕亭等人还没反应过来，人已经被甩开，扔在了落梅居外。

落梅居的大门顷刻间关上，里面转眼间紧紧落了锁。

高墙阻隔，再看不到院里的情形，只闻得梅花香气阵阵。

燕亭本来今日邀了几个同窗喝了一场酒席，如今酒顿时醒了，通体激灵灵打了个寒战，这是这么多年来，他第一次被秦铮扔出落梅居。同样也是第一次，他从秦铮的眼神里看到了不屑和冷漠，他顿时如被一根棍子捅到了心窝，戳到了他的痛脚，那是关于这么些年来他心里藏着的那个人儿和那个秘密，潮红的脸霎时变成了白纸的颜色。

临近过年，各府都忙碌，公子们也是不得闲的，唯独燕亭和家中争执闹婚事儿。秦铮自从有了个听音，便懒得再和他们出去玩耍了，而谢墨含和李沐清都早已接手各自府中打点年礼的事情，忙得不可开交，没时间总出来玩，所以，他强拉了程铭和宋方，又聚了几个平时关系还过得去的公子，跑出去吃酒，发泄心中的苦闷。

一群人喝酒之后，齐齐将他送回了永康侯府，在门口的时候，正碰到永康侯夫人回府，便与他说了英亲王妃所说之事，他一听之下，头脑一热，便邀了大伙一起来了英亲王府找秦铮。哪里想到，却得了被秦铮扔出落梅居的对待。

被扔出落梅居，他倒不觉得落了面子。秦铮从小性情就怪，这么些年，他时有得罪他，他经常说翻脸就翻脸，也习惯了。可是最让他难受的是他最后那句话。

“若是宫宴的时候，你还做不出什么来的话，到时候别怪我不客气。”他虽然不比谢墨含、李沐清聪明，但是从小也是与他们混在一起，耳濡目染。秦铮的话语也许别人听不出什么味道来，但是他却是听了个清楚明白。

其一，对忠勇侯府小姐之事上，秦铮在看不起他。

另外，还有一层意思，他不敢去猜测——

“燕亭兄，我就说让你别来，你非闹着要来，如今惹急他了吧？”宋方连连叹息，“这么些年，秦铮兄的脾气我们谁不清楚？他看着脸皮厚，其实薄得很。算了，我们被他扔出来，虽然没面子，但他月前踩着左相府的马车穿街而过的事儿也发生过，左相都拿他无可奈何，我们的面子又值几个钱？”

“是啊，这件事儿是人家屋子里的红粉情事儿，被我们知道了，这么吵吵嚷嚷地跑来，让他面子往哪儿搁？秦铮兄扔出我们，也不亏。”程铭也立即道，“若是搁我身上，我也不喜欢谁盯着我的屋子和女人。”

“是啊，我们走吧！”有几个公子附和，连连点头。

燕亭站着不动，脸色不停地变幻，盯着落梅居紧闭的门落，他一会儿愤怒，一会儿颓然，一会儿迷茫，一会儿又露出倔强的神色。

“燕亭兄？”程铭拍拍燕亭的肩膀。

燕亭回头瞅了一眼程铭，打开他的手，一言不发地迈步离开。

程铭笑笑，不以为意，挥手招呼众人跟上。

不多时，一行人离开了英亲王府。

秦铮站在门口，隔着一盆仙客来看着院外，落梅居冷风吹来，枝上梅花零星地飘落飞扬，有的顺着紧紧关闭的门飞出了院外，院外人的说话声清晰地传入院里。不多时，凌乱的脚步声渐渐走远，直到无声音再传来。他一直没离开窗前，静静地站着，颀长的身影如玉竹般清傲孤高。

谢芳华看着秦铮的背影，所有的怒意忽然就泄去了。

不管英亲王妃误会了什么，或者传出了什么，都不是事实，她是听音，扣在她头上的称号如今就是秦铮的贴身婢女。外面早已经将她当作秦铮的人，至于别的，有没有发生，到底如何发生的，别人只当意料之中。

既然如此，她又怒什么？

谢芳华这样一想，便不再理会此事，转身回了中屋。

秦铮听到帘幕响声，回过头来，只看到晃动的帘幕，他眸光缩了缩，没说话。

“公子，您……您什么意思？您和听音难道没……什么……”听言回过神，不敢置信地看着秦铮，他家公子是做了不承认的人吗？才不是！可是也不至于听音如此恼怒吧？今日白天公子给听音洗衣服，听音病着睡了一日，公子对她多有照料，他们怎么也不像是什么也没有发生过的啊。

秦铮扫了听言一眼，面色倏地变冷："今日早上，你去找我娘了？"

听言被秦铮眼神吓得一哆嗦，连忙点头："是，是啊。"

"我早就告诉你，管住自己的嘴巴和腿脚，你将我的话当耳旁风了？"秦铮挑眉。

听言干干一笑，挠挠脑袋，低声道："可是王妃在我来英亲王府那日也告诉我，让我无论有什么事儿，都不准瞒她啊。"

"她的话你倒是记得清楚，我的话你怎么就不长记性？"秦铮看着他。

听言嘟起嘴，不满地看着秦铮："没有小姑姑将我弄来这里，我哪儿能陪着您？自然是先听她的。"话落，见秦铮又寒起脸，连忙讨好地道："我也没说什么，就是将昨日夜里你将我赶走，听音屋中又闹了半夜动静的事儿告诉王妃了。王妃不怎么信，就来了落梅居，后来的事儿，公子您知道的啊，王妃喊醒了您，再然后，看了看听音，就走了。"

秦铮沉默片刻，对他沉声道："你去后院子的兵器房里面壁三日。"

听言啊了一声，顿时哭丧起脸："公子，不要啊……"

"再不治你，你哪天该将我卖了！"秦铮抬脚踢了他一脚，"给我滚！"

"大冷的天，兵器房更冷啊，三日会死人的。"听言躲开秦铮的脚，有些赖皮地讨价还价，"公子，我知道错了，我不该去找王妃告状，我该听你的话，我反省，就一日吧，好不好？一日我保准长记性……"

"来人！将这个东西拖去兵器房。"秦铮不再理听言，对外面喊了一句。

听言小脸顿时一白。

一个黑影立即进了屋，转眼便钳住了听言，拖着向外走去。

听言立即大叫起来，比杀猪的声音听起来还惨烈。

"再叫堵上他的嘴，给我好好看着，三日，不到三日，不准放他出来。"秦铮吩咐。

听言顿时没了声。

黑衣人拖着听言不出片刻便出了落梅居。

秦铮处理了听言，伸手关上门，转身进了中屋。

中屋内，谢芳华坐在火炉边煮茶。

秦铮站在她面前，看了她片刻，见她头也不抬，他挑眉问："这回你是真冤枉我了，听言告状，我娘误会，不关我的事儿，你是不是该向我道歉？"

谢芳华轻轻哼了一声，抬眼看他，眼底黑幽幽的："你确定我真冤枉了你？"

"确定！"秦铮点头。

谢芳华忽然抬起脚踹向他。

秦铮灵巧地躲开，对她黑下脸："身子不利落，腿脚倒还是挺利落，我看你是好了伤疤忘了疼。今日怎么病倒的？刚伤寒好点儿就给忘了？"

“别说落梅居，就是这个英亲王府都尽在你的掌握，你若是不想什么事情传出去，怎么可能传得出去？即便是听言，你不同意，他也跑不出去！”谢芳华冷眼看着他，陈述事实，“如今还来装模作样，你觉得你可信？”

秦铮忽然笑了，勾了勾嘴角，弧度扩大，凑近她，捻起她一缕头发，赞扬道：“不愧是我的听音，对我如此了解。就冲你这番话，我是不是该奖励你？”

谢芳华打开他的手，冷声道：“春年我要三日的假。”

秦铮倏地收了笑意，断然拒绝：“不行，三日太长了！”

谢芳华冷静地看着他，面无表情地道：“若是你不同意也可以，你最好到时候困住我，拴住我，否则，这落梅居我总是要出去的，出去之后再也不回来了。”

秦铮死死地盯着她。

谢芳华神色不动。

片刻后，秦铮忽然气笑了：“好，就依你！敢跟爷讨价还价，你是第一个。”

谢芳华撇开脸，有些面皮早就扯开了，她也不怕他了。

“不过倒是蛮新鲜！”秦铮笑吟吟地坐在她旁边，对她道，“三日时间可以应你，但除夕那夜子时，你得出现在城门楼陪我看烟火。”

谢芳华嗤之以鼻，烟火有什么好看的？女人才爱看！他是女人吗？

“你若是不同意，爷就算绑也要将你绑住。就算你不听话跑了，天涯海角也要将你抓回来侍候我。你若不信这个邪，可以试试。”秦铮懒洋洋地看着她。

谢芳华倒了一杯热茶，正准备喝，回道：“好！”

秦铮一把夺过她手中的茶，对她道：“你身子如今不宜喝茶，喝白水吧！”

谢芳华竖眉。

“你不愿意喝白水，就喝红糖水、姜汤水、红枣水。”秦铮将茶放在自己嘴边喝了一口，霸道地说道。

谢芳华站起身，只能去倒白水喝。

秦铮眸中露出笑意，满意地喝着手里的茶水。

一夜无话。

第二日，秦铮早早起了，自己去后院的场地练剑。

谢芳华昨日喝了一日的药，发了汗，伤寒好了大半，脑袋不浑噩了，身子也轻便了不少，同样早早就醒了。但秦铮没喊她去练剑，她自己也知道爱护自己，没争着跟去，而是起了床，从柜子里拿出棉布和棉花缝制布包。

这种东西会伴随她几日，她想着，以后每个月都要多一件麻烦事儿了。

她缝完了几个布包，将针线放入柜子里，秦铮也练剑回来了。

秦铮的身后跟着一个小厮打扮的人，正是侍书小时候的玩伴林七。

谢芳华看到林七，眸光微微闪烁了一下，没出声。

秦铮进了屋，放下剑，对身后一指，跟谢芳华说道："他叫林七，这几日代替听言在咱们的落梅居当值，你有什么事情，可以吩咐他去干。"

"听音姑娘，小人叫林七，您只管吩咐。"林七垂着头，恭谨地道。

谢芳华点点头。

"去大厨房端饭吧！"秦铮挥退林七。

林七应了一声，动作利索地小跑出了落梅居。

秦铮走到清水盆洗脸，之后换了一件锦袍，梳洗妥当之后，对谢芳华道："我今日去一趟忠勇侯府，你身子不爽利，在屋子待着吧！"

谢芳华扬眉，去忠勇侯府做什么？

"娘亲给忠勇侯府准备的年礼，我给送过去。"秦铮解释。

谢芳华低下头，给忠勇侯府送年礼派个管家去就成了，需要他亲自去？不知道打的什么主意，最好别又醉醺醺地回来。

秦铮看着她，忽然笑了："你放心，我今日去，怕是喝不到酒，没准还被打出来。"

谢芳华瞟了他一眼，活该！

林七端着饭菜回了落梅居，将饭菜利索地摆上，悄悄退了下去。

秦铮和谢芳华一起用膳，没了听言在旁边絮叨，清静很多。

饭后，秦铮出了落梅居，去了英亲王妃处。

谢芳华拿了一本书，窝在美人靠上看书。

林七悄悄从门口探进头来，低低喊了一声："听音姑娘！"

谢芳华抬眼看了他一眼，对他笑了笑："进来吧！"

林七走进屋，来到谢芳华面前，搓了搓手，有些局促地看着她。

"你怎么会被秦铮派来了这里？"谢芳华看着他。林七有喜顺大管家这个干爹罩着，在英亲王府也算是个混得开的，各房各院都有些脸面，油水也不少捞。

林七垂下头，有些紧张地小声道："小人也不知道原因，只是今日小人路过后院练武的场地，往里面看了一眼，铮二公子正巧从里面出来，看到我，便让我跟着来这里侍候了。"

"他没说什么？"谢芳华问。

林七摇摇头："只说让我去大管家那里报备一下，借我用三日，这三日里顶替听言。"

谢芳华点点头，道："听言被他罚了，面壁三日，也许逮住你，顶他用了。"

林七点点头，低声道："昨日晚上侍书给我传消息，说让我逮住机会问问您，外面传的……"他顿了顿，见谢芳华脸色不变，低声又道："您被铮二公子收房的事情可是真的？他家公子听到后险些将书房砸了。若是得了您确切的消息，我赶紧将话递过去。"

“你现在就给他传话回去，说没有，不过是英亲王妃误会了。”谢芳华揉揉额头道。

林七松了一口气：“那就好。我今日虽然不能出去，但是与我交好的一个大厨房采买今日出去，我赶紧去找他，让他帮着带句话去忠勇侯府。”

谢芳华点点头，对他摆摆手。

林七立即出了房间，跑出了落梅居。

谢芳华继续看手边的书，想着既然外面都传扬开了，那么言宸怕是也知道消息了。他会不会坐不住再次闯进这里？应该不会！言宸沉稳，善于分析，该不会相信才是。他比哥哥要了解自己。哥哥是关心则乱。

半个时辰后，林七回了落梅居，站在门口，低声道：“听音姑娘，消息传出去了。”

谢芳华嗯了一声：“辛苦了！”

林七脸一红，连忙摇头：“不辛苦，小人和侍书是光着屁股长大的情分，不过后来分开了。这点儿小事儿算不得什么。再有什么事儿，您只管找我就是。”

谢芳华点点头，问道：“秦铮呢？他出府了吗？”

“铮二公子刚出府，您放心，采买那人先走了一步，消息肯定比他早到忠勇侯府。”林七保证道。

谢芳华颔首：“那就好。”

林七见她没什么吩咐，退出了门外，拿起扫把打扫落梅居地面的落梅。

又过了半个时辰，院外传来一阵脚步声，不多时，一个女子的声音传来：“林七，听音姑娘在吗？”

“依梦姑娘？”林七往外瞅了一眼，点点头，“听音姑娘在。”

“劳烦你通禀一声，就说我来看望她。”依梦轻软地说道。

“这……”林七往屋里看了一眼，犹豫地道，“铮二公子吩咐了，闲杂人等，不得来落梅居叨扰听音姑娘。如今铮二公子不在，你还是改日再来吧！”

依梦闻言顿时笑了：“我是闲杂人等吗？”顿了顿，她又笑道：“就算对于落梅居来说，我是闲杂人等，但是铮二公子如今不是不在吗？听音姑娘若是愿意见我呢？就不算是我打扰了。”

林七一呆。

“你不去问问，怎么知道听音姑娘不见我？还不快去！”依梦催促他。

林七想了片刻，点点头，转身往屋门口询问。

谢芳华自然听到了门口的动静，放下书卷，抬头看向落梅居门口。

只见一个苗条的女子站在门口，只她一个人，身穿翡翠色的烟织罗裙，容貌秀美，冷风吹过，松散的云髻和罗衫扬起，显得缥缥缈缈。真应了她的名字，如梦如幻。

依梦她知道，是秦浩近身侍候的婢女，也是通房丫鬟。

据说在秦浩的跟前极其受宠，将来秦浩大婚之后抬她做宠妾姨娘，也是可能的。

她今日来做什么？还是趁着秦铮不在的情况下。

当然，如果秦铮在的话，是一定不会让她进门的，没准会将她扔出去。

可是，正如她说，秦铮不是不在吗？那么她自然可以见见的，如今秦浩有野心，秦铮也不是吃素的，二人的争斗将来势必引发到朝堂。这个依梦既然是秦浩身边的人，她见见她，也能看清几分她的作用。

"听音姑娘，依梦姑娘来看望您，您见吗？"林七在门口低声问。

谢芳华没说话。

"您如今病着，若是不想见任何人的话，小人就将她拒了。"林七这句话是说给门口的依梦听，他自然不想谢芳华见依梦，这府中谁人不知道铮二公子和大公子不对付。若是出点儿什么事情的话，铮二公子一准拿他是问。

"将依梦姑娘请到隔壁西厢房的画堂，我就来。"谢芳华对外面低声道。

林七出乎意料地愣了一下，只能按照吩咐，去门口请依梦。

依梦听说谢芳华要见她，温软地笑了笑，随着林七进了落梅居。

她第一次来到落梅居，眼神轻巧地将落梅居扫了一圈，从梅花的枝干上，落到梅花的枝头，须臾，收回视线，向正屋看了一眼，抿了抿唇。

"依梦姑娘，这边请！"林七带着人走向西厢房画堂。

依梦脚步顿了一下，从正屋收回视线，点点头，随着林七身后走。

来到西厢房画堂，林七请依梦入座，自己退出了门外。

依梦将手里拿的锦盒放在了桌案上，缓缓落座，等候着谢芳华。

谢芳华故意让她等了一会儿，才披了一件披风出了房间，提一壶茶来到了西厢房。

林七给她打起帘幕，她缓步迈进门槛。

依梦见她来到，目光第一时间落在她身上，入眼处，她看到的女子脸色微微苍白，身子纤细，姿态弱不禁风，白狐披风披在她身上，还显得有一种沉重之感。头上上等的珠钗翡翠珍奇华贵，连刘侧妃的头面首饰在她的面前都落了下乘，里衣华美，绫罗层叠，华光点点，更是上等的锦缎，英亲王妃身上所穿也莫过如此。她一时愣住。

同样是贴身婢女，她身上的穿戴比她差得远了。

她这是在听闻铮二公子收了一个婢女之后，第一次见到她，容貌寻常，却是一身穿戴任何人见了她都惊艳。

她自诩娇花照水，弱柳扶风，可是面前的人比她更甚。

她自诩秦浩对她不错，不用她要，有什么好东西都给她一份，可面前人的东西更是好。

她自诩侍候在秦浩身边，从秦浩十六岁就跟着他，如今已然三年，她自认为是福气，可是如今才知道什么叫作真正的福气。

这一刻，她忽然能体会到秦浩背地里的不甘心来。同样是出身英亲王府，他还是大公子，却是处处待遇比秦铮差了一筹。

差的这一筹，不仅仅是嫡出的身份，还有身份背后所带来的一切。

铮二公子连一个婢女都给她如此的恩宠，证明他能给！而大公子秦浩哪怕是想给她，也给不了，不能给！

如何能甘心？

自然是不甘心的！

谢芳华见她发愣，笑了笑，提着茶壶来到桌前坐下，给她斟了一杯茶水，放在面前。

依梦回过神来，神色复杂地看着谢芳华。

谢芳华视若不见，刚刚那一瞬间，她的想法她自然已经摸到了七八分。人与人，就怕比。一山还比一山高。有些人懂，所以不比，安然度日，有些人不懂，所以自寻烦恼。

秦浩怕就是那个不懂的人。

而秦浩的贴身婢女，恐怕也是那个不懂的人。

"听音姑娘能侍候在二公子身边，好福气呢！"半晌后，依梦收起了神色，笑着道。

谢芳华不置可否，示意她喝茶。

"险些忘记你有哑症，不会说话了。"依梦端起茶盏，品了一口茶，软声道，"二公子虽然不是高雅的人儿，但是论起享受来，却是比任何人都会享受，从不亏待自己。这一点大公子就比不了，我们院子就吃不到这样的好茶。"

谢芳华笑笑，自然不说话。

"不只外面的人将你传成了天仙似的人儿，咱们府的人也将你传成了天仙似的人儿。我一早就听大公子说起过你，就想过来见见，可是二公子的落梅居不是轻易就能来的，怕惹恼了二公子。昨日听说你病了，今日二公子又出了府，我左想右想，才来见见妹妹。"

谢芳华看了她一眼，这么一会儿，她就成了她的妹妹了？

"同为婢女，今日一见，才知妹妹比我有福气。"依梦笑着道，"大公子如今定下了婚事儿，过了纳彩之礼，听刘侧妃的意思，最慢明年五月，大少奶奶就要过门。大少奶奶是左相府的小姐，与妹妹你打过照面，想必比我清楚她，是个不好相与的。届时，我还不知道会怎么被大少奶奶处置。"

谢芳华用杯盖轻轻拨弄着茶叶，碧绿色的茶水划出一道道圆圈。贵裔府邸宅院里面的事儿说简单也简单，说复杂也复杂。对于公子爷们的通房丫鬟，向来有几种处置手段。

得公子宠爱的，公子大婚后，妻子不善妒的情况下，为了讨好相公，立出个贤惠的名声，都会亲自提起这个事儿，报备了婆婆，给抬举身份做妾。

不得公子宠爱的，公子大婚后，妻子不善妒，要么抬姨娘，要么还做通房婢女。

两者都不得的，妻子又善妒的，找个理由，不是打死了，就是发卖了，或者赶出府去。

高门府邸的宅院里，这等事情，要看通房的丫鬟自己本身有没有手段了。没有手段的，都简单，闹不出什么名堂来，但是有手段的，就不好说了，自认为能耐的，不需要讨好主母，只讨好男主人，和主母对着干也不新鲜。有的人则讨好主母，能分到一杯羹。

“三年来，若说大公子对我是好的，我也想一辈子侍候他，可是到底到时候也要看有没有这个命能继续服侍。”依梦有些伤感地道，“我自从三年前侍寝后，日夜提心过着日子，耐不住公子爷总要长大，婚事儿总要定，大少奶奶总要进门，这就是我们做婢女的命。”

谢芳华笑笑，掐了她一个尾音，从妹妹改成我们了，这是在说她和她其实一样吗？总有同病相怜的一日吗？若她真是听音的话，说得倒也不是不对。

“二公子过了年就十七了，也不小了。我听说宫宴的时候皇上有意给二公子择看婚事儿。不知道哪家的小姐有福气嫁给二公子。”依梦打量谢芳华的脸色，见她神色不变，气韵淡然，她移开视线，微微一笑，“不过妹妹初承雨露，来二公子身边时日还短，二公子性情怪异，对你又极好，想必就算定了婚事儿，二少奶奶嫁进府来，你也依旧如是，和我总归有不同。放眼京城，再没有一个人比卢小姐更尖刻了。”

谢芳华体味她话音里几分意思，笑意不收。

“瞧我，第一次见面，便与妹妹说这些不愉快的话，惹得妹妹病情严重，就是罪过了。”依梦打住话，将带来的锦盒推给谢芳华，“这是我的一点儿心意，是大公子特意从江南工匠艺人的手里寻来的连环扣。给我解闷用的，一共两对，我拿来一对送给妹妹。你这落梅居比我住的院子里清静得多，二公子不在的时候，该是比我更闷，玩玩能打发些时间。”

谢芳华看向锦盒。

依梦立即将盒盖打开，只见一对通体碧玉的连环呈现在眼前，连环钩扣，拴在一起。碧玉的材质通透，价值不菲。

谢芳华看着碧玉连环，想起了那日秦浩要赏赐给她的玉佩。同样是玉，秦浩想要收买她的心还不死吗？或者还是对她另有打算？她笑着摇摇头，将锦盒盖上，推了回去。

依梦面色一变：“妹妹不喜欢？”

谢芳华取过一旁的纸笔，写了一行字，递给依梦看。

“原来是二公子不让你要别人的东西！”依梦顿时笑了，“你可真听二公子的话，大公子是二公子的哥哥，不是别人。再说，这东西是大公子送给我的，就是我的了。我第一次见妹妹，没别的东西，觉得这个东西不俗，还有些用处，便拿来了。你可别嫌弃，虽然大公子给了我，这一对我可是连半个手指头还没动过呢。”

谢芳华依然摇摇头，神色淡淡。

“以后这英亲王府偌大的府邸里，和我们一样的人能有几个？怕也就是你我而已。等大少奶奶和二少奶奶一进门，我们就都艰难了。姐姐没别的意思，你别多心，不过是求个以后相互照拂罢了。你若是不收，就是不给我面子。”依梦看着谢芳华。

谢芳华站起身，将锦盒拿起来，塞回她手里，抬脚出了画堂。

依梦没料到她这么坚决地不要，而且还丢开她自己走了出去，一时愣在那里。

谢芳华出了画堂，对站在外面的林七使了个眼色，转身向正屋走去。

林七立即意会，来到西厢房门口，挑开帘幕送客，低声道：“依梦姑娘，听音姑娘说你的心意她领了，但东西是真不能收。你来看她，她是高兴的，但是二公子的规矩不能破，否则二公子知道了，她不能再在这里立足的话，你的东西不是对她好，而是害了她。”

依梦闻言有些难看的脸色顿时稍霁，露出笑意，抱了锦盒在怀里，抬脚走出画堂，见谢芳华正走进里屋，帘幕随着她进屋的动作晃动脆响，她低声道：“是我考虑不周了。谢谢听音妹妹招待茶水，以后但求帮忙处，去云水阁给我送个信儿，能帮的一定帮。”

谢芳华自然不言声。

依梦带着锦盒出了落梅居。

谢芳华回到中屋，重新拿起书卷看。这个依梦能被秦浩喜欢，放在身边三年，必有她的特别，他日卢雪莹进了门，未必没她的立足之地。

晌午时分，秦铮回到了落梅居。

谢芳华见他气色极好，衣袂无恙，想必走忠勇侯府这一遭不辛苦，哥哥没为难他。不过想想哥哥既然已经知道她没事儿，想当然也不会为难他了。毕竟他是秦铮，英亲王妃的宝贝儿子，在南秦京城横着走的人物，又是去送年礼上门，不可能将他如何。

“云水阁那边的女人来了这里？”秦铮进屋后看了谢芳华一眼，对她挑眉。

谢芳华点点头。

“你见了她？”秦铮又问。

谢芳华再度点点头。

秦铮嗤了一声，不屑地道：“你见她做什么？也不怕污了自己。”

谢芳华不理会他，若是污的话，她这个听音的身份待在他这里这么长时间早就被污了，还轮不到别人。

秦铮看着她，忽然笑了，一撩衣摆，坐在了椅子上，对她问：“给你送了什么？”

“碧玉连环！”谢芳华实话实说。

“连环？联手？他想得可真是美！手伸得也够长！”秦铮嗤之以鼻。

谢芳华瞥了他一眼，他的手伸得就不长了？不长的话将手都伸到人家婚事上面了？

秦铮身子靠在椅背上，似乎没看到谢芳华的眼神，对她漫不经心地说话：“今日我去忠勇侯府，正赶上谢氏几房的夫人去给老侯爷送年礼。”

谢芳华不以为意。谢府族人向来一边暗中想将她哥哥拉下马迫害了，一边讨好着她爷爷，还有几日过年，这时日去送年礼也不稀奇。

“谢氏一族成年的女儿据说不少，今年的宫宴想必很热闹。”秦铮又道。

谢芳华心思一动，看着秦铮。

秦铮看着她：“我今日和忠勇侯做了一笔交易，你想不想听听？”

第二十一章
威胁

谢芳华眯了眯眼睛。

秦铮盯着她看了一会儿，忽地一笑，将脑袋枕在椅子的横梁上，闭上了眼睛："料你也不想听这些闲事儿，算了，不说也罢！"

谢芳华忽然将手里的书卷对着秦铮的脑袋砸了过去。

眼看就要砸到，秦铮忽然伸出手接住书卷，闭着眼睛没睁开，对她笑道："听音，你幸好落在我手里，否则你这个性子，这样对待你主子，早就死个十回八回了。"

谢芳华冷眼看着他。

"我以为你不想知道这些闲事儿，原来你想知道啊！那爷就告诉你好了，反正也不是什么了不得的秘密。"秦铮将书卷盖在脸上，清越的声音隔着书卷传出，"我对忠勇侯说，若是他在今年宫宴上，能打消皇叔给我择婚的念头，我就不打他孙女的主意。若是他不能让皇叔打消这个念头，那么，只要皇叔给我选婚，我就将他孙女拖出来给我挡箭。"

"你可真有本事，欺负人家闺阁里的女子，不觉得脸红？"事关自己，谢芳华终于忍不住对他叱道。

"脸红？"秦铮笑了一声，"那玩意儿爷从来不需要，就算脸红，又怕什么？爷连给你偷布包垫癸水的事儿都做得出来，还怕拖出一个病秧子挡箭？"

"病秧子？"谢芳华竖起眉头。

秦铮反驳："忠勇侯府的小姐缠绵病榻多年，连人都不敢见，不是病秧子是什么？"

谢芳华没了声。

“她今年最好是晕倒在宫宴上，才不负传言。”秦铮又道。

谢芳华当听不见他的风凉话，反问道：“忠勇侯答应你了？”

秦铮顿时得意地道：“自然！”

“他怕了你的威胁？”谢芳华不觉得爷爷吃了一辈子的盐，会怕了秦铮几句话。

“他不怕，但是他的孙女怕啊，忠勇侯府怕啊。”秦铮慢悠悠地道，“我若是拖出忠勇侯府的小姐来求娶，宫宴上，千儿八百人，满朝文武、皇室宗亲，有品级的人齐聚宫宴，皇叔是答应还是不答应呢？答应的话，他怕是不想我娶忠勇侯府的小姐，不答应的话，我不干是小事儿，忠勇侯府的脸面下不来。他恩宠忠勇侯府多年，忠勇侯府的脸面是那么轻易打的吗？只能僵持。僵持的话呢，对谁最不利？我是不怕，但是忠勇侯府小姐以后还有谁敢求娶？还如何再另外结亲？本来就是个病秧子了，这样一来，她还嫁得出去吗？”

谢芳华狠狠地磨了磨牙，忽然怒道：“你和忠勇侯府的小姐有仇吗？”

秦铮忽然拿开书卷，看着她摇头：“没有！”

“既然没有，你凭什么这么欺负人家？”谢芳华压制着火气。

秦铮无辜地看着她：“因为我娘说，忠勇侯府的小姐我难娶，爷这个人有一个优点，就是越难的事儿，我越是想去办成。容易娶的，好娶的，爷不屑，就喜欢那个最难娶的。只怪她命不好，谁叫她生在忠勇侯府了？”

谢芳华别开头：“你也不怕石头硬崩了你的牙！”

秦铮笑看着她，眸光闪烁了一瞬，无所畏惧地道：“不怕，你这块石头已经够硬了，爷都受得住，难道忠勇侯府的小姐比你这块石头还硬？”

谢芳华冷哼一声，她如今算硬吗？因为在他的地盘，她几乎没作为，叫什么硬？有朝一日让他见识见识什么叫真正的硬。崩掉他的牙！

“就算比你这块石头还硬爷也不怕，爷牙照样硬，肠子也硬，肚子也硬，嚼得下。”秦铮重新将书卷盖在脸上，悠哉地道：“都说娶妻娶贤，我娘贤惠了一辈子，没见着她落个什么好处，主持偌大府邸的中馈，劳碌命而已。所以，爷可没想娶一个多贤惠的妻子。”

谢芳华看书看得累了，换了个姿势，也闭目养神。

秦铮继续道：“其实，我娶忠勇侯府小姐也有一样好处，就是万一她真是一个风一刮就倒的病秧子，我娶进门来，三两日她就一命呜呼了。那么，你没有主母管制，届时我独宠你一人……”

谢芳华忽然拽了一旁的鸡毛掸子对着秦铮砸了过去，打断了他的话。

秦铮接住鸡毛掸子，因为谢芳华的动作太用力，两片鸡毛落在了他的身上，他捏起来，移开书卷，放在嘴边轻轻一吹，两片鸡毛飞向了谢芳华。他口中道：“你可真是不解风情！我说这话的时候，你应该说，君心似我心，你遇到我三生有幸什么的。”

谢芳华狠狠地剜了他一眼，将两片鸡毛捏住，扔进了不远处的火炉里。

“弹指灰飞烟灭啊！”秦铮看着鸡毛遇火顿时烧没了，叹息一声，又闭上了眼睛，提醒道：“听音，你该有一个婢女的样子，你这样欺负主子的婢女，可从没有过。”

谢芳华瞥了他一眼，她本来就不是他的婢女，再说就算是，这么些日子，也被他教导得不是了。另外，她觉得这个恶人其实比任何一个皇室出来的隐卫都适合去无名山那样的地狱。他应该和秦钰换换身份，若是他生在皇室的话，定然不会被赶去无名山，他把别人赶去还差不多。

一日一晃而过。

第二日，秦铮本来想在落梅居再赋闲一日，奈何清早英亲王妃便派春兰过来请他，说既然亲自去了忠勇侯府送年礼，其余几家与英亲王府门第相差不多的贵裔府邸也一并去了吧。今日先去右相府，未来几日分别去永康侯府、监察御史府、翰林大学士府。

这几家正是英亲王妃选出适宜他结亲的府邸。

秦铮开始不愿，但是春兰传了两句英亲王妃威胁的话，说他若不去，她就将听音调去她的院子里，他气闷半晌，只能换了衣服，出了落梅居。

谢芳华看着他离开，笑了笑，英亲王妃最是了解她的儿子，秦铮昨日亲自去忠勇侯府送了年礼，若是今日不去别家，很容易让人猜测出他的目的。京中的风向最是变得快，传言流传开来的话，那么宫里的风向自然也要跟着变。不是什么好事儿。于是，英亲王妃要求他一视同仁。

秦铮自然也是明白的，于是只能出府继续去送礼。

谢芳华琢磨，秦铮这时候怕是对昨日跑去忠勇侯府送礼的事悔得肠子都青了。自找麻烦！

秦铮出去跑腿，心下郁闷，她自然心情极好，缝制布包针法也轻快起来。

中午，右相府留了膳。秦铮派人回来传话，让她自己用午膳。

下午的时候，秦铮微带醉意地回了落梅居，与他同来的还有李沐清。

“今日我不在，有没有乖乖的？”秦铮进了屋，询问谢芳华。

谢芳华瞅了他一眼，没有那日在忠勇侯府喝得醉，但显然也喝了不少，眼睛都有些迷离了。但还能自己走回来，证明他脑子还没坏掉。

李沐清跟在秦铮身后走进来，闻言顿时笑了：“秦铮兄，你对待听音姑娘怎么如对待个小孩子一般？她一个女儿家，不乖能乱做什么？”

“那可不一定，她本事大着呢。”秦铮坐在椅子上。

李沐清笑了笑，对谢芳华温声道：“秦铮兄有些醉了，我府里准备了醒酒茶，他却不喝，非说要回来喝你煮的红枣姜茶。”

谢芳华点点头，出了房间，去了小厨房。

“你把我安全送回来了，还不走？”秦铮见李沐清竟然坐下了，挥手赶人。

“送你一趟怪辛苦的，也让我尝尝你惦记的红枣姜茶。”李沐清笑笑。

秦铮轻哼一声：“跟你家李老头一样圆滑。”

“我爹只求门第不倒，也是不容易。”李沐清叹息一声，话音一转，低声道：“我听说前日里，你为了听音，将燕亭等人扔出了落梅居，可有此事？”

“有！”秦铮直认不讳。

李沐清凑近他：“你对燕亭说了什么？让他将自己关在家里发了疯一般地闹腾，还把自己给伤了。据说永康侯府如今一团乱，永康侯府的老太太气得病倒了，永康侯夫人也害了头疼的毛病。”

“忘了！”秦铮道。

李沐清挑眉，盯着秦铮：“你能忘？别人若是忘了我信，你过目不忘，说过的话也从来不会不记得。你老实说，燕亭这些年对你可不错，说兄弟有情有义也不为过。你不该那么伤他。”

秦铮嗤笑了一声：“我如何不该伤他？我是点醒他的自欺欺人。”

李沐清皱眉看着秦铮。

“没本事，求不得，就别求。知道不能求，还求，是痴。知道求不得，还求，是害。知道无论如何做也改变不了事实，还闹得尽人皆知，是蠢。”秦铮冷声道。

李沐清看着他，见他脸色罕见地清寒，锁了锁眉道：“就算如此！也是他的事儿。子归兄都没拿他如何，你又何必？”

秦铮笑了一声，冷嘲地看着李沐清，讥讽道：“你明明聪明，知道了什么，还拿出来对我说这个，是试探我，还是也想点醒我？直说！”

李沐清温润的面色破裂，扭开头，对他道：“我不知道你心里想着什么，只是觉得，最近几年，忠勇侯的身体不好，子归兄身体也不好，二人支撑着偌大的忠勇侯府已然艰难。永康侯府虽然是勋贵，但是世代根基不稳，子息大多没出息，皇上也不会有提拔之意。而忠勇侯府就不同了，子息都太有出息，根基日渐扩大，只有盛，没有衰的势头。对于皇上，如一根刺。忠勇侯府恩宠已极，谢氏的所有财产加起来，比国库都丰厚，国库里没有的宝贝，在谢氏那里都能找到。除了除去，还能如何？这是谁都明白的事儿。我只希望你念在子归兄与我们交好的情分上，别再去添一把柴，为难忠勇侯府。”

秦铮倏地直起身子，死死地看着李沐清，眯起眼睛：“你什么意思？”

“就是你听到的意思。”李沐清道。

秦铮凌厉地看着他：“李沐清，我认识你也不是一日两日了，你寻常都与你家李老头一样，尽量不参与争斗之事。如今这是做什么？想给你家改改门风？”

李沐清理了理衣襟，淡淡道：“改改门风也没什么不可。”

秦铮目中射出利箭：“说清楚些！”

李沐清蓦地一笑，对秦铮温和地道："说清楚什么？你自己知道。"话落，他看向小厨房道："皇上两日前将我家老头子留在御书房叙话了，询问我妹妹的婚事。我妹妹和卢雪莹年岁相当，卢雪莹议亲了，她也该议了。"

秦铮收回目光，面无表情。

"我妹妹性子温婉，右相府一直保持中立，皇上有心指婚也罢，只是询问一下也罢，总归是剑指右相府了。"李沐清陈述事实，"父亲今日留了你用膳，话里话外探了你的口风，你都搪塞过去了，可见是无甚意思。但是你要想清楚，你不只是秦铮，你还是英亲王府的嫡子、皇上的侄子。有些事情，你有把握了再去做，别届时五十步笑百步，连燕亭也不如，弄坏了人家女儿的名声，包括我妹妹的名声。"

秦铮咬了咬牙："李沐清，你给爷滚出去！"

李沐清笑了一声，温雅至极："听音姑娘端着红枣姜茶来了，我喝一杯再走。"

秦铮脸色清寒，毒舌道："你也有没脸没皮赖着的时候？"

"怎么没有？和你相识这么多年，不会也学会了。"李沐清微笑。

秦铮不再理会他，脸色难看地闭上了眼睛。

谢芳华端着红枣姜茶进了屋，走到桌前，给秦铮斟了一杯，又给李沐清斟了一杯，然后将剩下的放在火炉上热着。

"听音姑娘的脸色不太好，看来秦铮兄你养人的方法也不怎么样。"李沐清端起红枣姜茶喝了一口，赞扬道："的确好喝，怪不得你念着要回来喝。"

"你赶紧喝，喝完赶紧给爷滚！"秦铮赶人。

李沐清笑了笑，闭口不再说话。

不多时，一杯水喝完，李沐清没有要走的意思，对谢芳华道："听音姑娘，再给我添一杯可好？"

谢芳华认真地看了李沐清一眼，给他重新添了一杯。

秦铮冷哼一声，倒没挥手将人扔出去。

不多时，李沐清又喝了一杯，继续看向谢芳华。

谢芳华倒不觉得多喝杯水供应不起，便又给他添了一杯，喝多少，有多少。

"你们右相府穷得连水也不给你喝了，还要在我这里喝饱了再回去？"秦铮瞪他。

李沐清微笑道："我爹为官，占了'清廉'二字，比起各大府邸来，还真是穷的。"

秦铮白了他一眼："他穷你可不穷，你这个当儿子的这些年可没少赚产业。"

"能省还是要省些。"李沐清笑道。

秦铮抬脚踹他。

李沐清侧身躲过，翩翩温雅的公子，躲秦铮的"厉脚"倒是极快极轻松，不见丝毫狼狈。

谢芳华想着李沐清的武功定然是不浅的，否则早就被秦铮扔出去了。她刚进屋的时候，秦铮已然气得够呛，却容忍他到现在，不是没有理由的。这位右相府的公子真人不露相。

李沐清喝完第三杯茶，才放下茶杯，站起身，对秦铮道："告辞了！"

秦铮理也不理他，眼睛都不睁一下。

李沐清走到门口，忽然停住脚步，回头看着秦铮，认真地道："若是宫宴上，皇上给我妹妹和你指婚，你若是拒婚，拉出别人来求娶挡婚的话，比如说忠勇侯府的小姐，那么，我届时也会出来跟皇上求上一求的。"

秦铮倏地睁开眼睛："你求谁？"

"自然是忠勇侯府的小姐！"李沐清道。

秦铮脸色发黑，看着李沐清："你敢！"

"有何不敢？我一没娶妻，二没纳妾，三比你还多了一个优势，至少我连个贴身婢女也无，你还有个贴身婢女呢。"李沐清看着秦铮，难得俊颜严肃，"我只有一个妹妹，也是从小被父母兄长捧在手心里，同样怕摔了。换作是你，你这个哥哥虽然当得不怎么样，但事关秦怜郡主，你也会出手，不会明明识破了别人的计谋，还装作看不见，不为妹妹考量。"

"你就算求娶又如何？不过是弄得一团乱而已，也挽救不了你妹妹不被我要的名声。"秦铮冷冽无情地道。

"场面乱，皇上才能下得来台，也许，不顾你的意愿，便强硬地下了赐婚的圣旨，你总不能反了皇上的金口玉言。这南秦京城你能横着走，也是在皇上默许的情况下，他不默许，你横着走试试。"李沐清看着秦铮，戳到他的软肋。

"你可真是好算计！"秦铮怒意在眼眸中翻涌。

"若不想事情演变得不可收拾，你最好提前拿主意，不让皇上许婚，就算皇上许婚，也别许到我妹妹头上，那样我就不必出面了。"李沐清道，"兄弟也不想弄僵，但是正如你所说，女人是不能让的。也许我若求娶，皇上会将忠勇侯府小姐许给我也说不定。毕竟右相府没有英亲王府这么重要，我也没有你重要，皇上还不将我看在眼里。"

秦铮恼怒地瞪着他，须臾，怒极而笑："李沐清，你好样的！"

"不枉认识你这么多年，我自然不能比你差太多。"李沐清和颜悦色地丢下一句话，转身出了房门，不多时，身影已轻便地离开了落梅居。

他前脚出门，秦铮后脚气怒地掀翻了桌子。

桌案上的茶壶茶盘茶杯噼里啪啦落了一地。

谢芳华听着不停脆响的器具，看着掀翻的桌子和秦铮暴怒的脸，心下第一次觉得这场面实在是太让人心情愉悦了。原来世界上最厉害的不是以硬碰硬，而是以软治硬。秦铮是恶人，李沐清却懂得治他的方法。

不愧是自小相识，果然不差！

"你那是什么表情？"秦铮倏地看向谢芳华。

谢芳华对他挑眉，学他一样露出无辜的神色，看戏还能是什么表情？他昨日跑去忠勇侯府威胁了一番，一定将她爷爷气个够呛，今日便反遭李沐清威胁，被气活该！

"他说他要娶忠勇侯府小姐，你没听到吗？"秦铮看着她。

谢芳华点点头："听到了！"

"听到了你那是什么表情？幸灾乐祸？求之不得？"秦铮盯着她，气息翻江倒海。

谢芳华顿时笑了，对他道："公子爷，他若是娶了忠勇侯府的小姐，您不就娶不着了吗？那样的话，正如您所说，可以独宠我一人了，我难道不该高兴？总比您娶回来她再死了强，娶回来她还占着个主母的位置，不娶的话，这院子里可就没有主母了。"

秦铮一噎。

谢芳华站起，向中屋走去。

秦铮猛地踢了一脚掀翻的桌子，又是一阵噼里啪啦响，他怒气冲冲地道："他做梦！"

谢芳华翻了个白眼，人家是右相府的公子，与忠勇侯府结亲，也算是门当户对，不比他英亲王府的门楣差多少。满朝文武，右相为尊，怎么就是做梦了？

"好，你也是个好样的！"秦铮气极。

谢芳华心情舒畅，回了中屋，走到床前，放下帷幔，觉得虽然晌午已过，但左右没什么事儿，她补个午觉也没什么。

秦铮在画堂里径自气了半晌，才站起身，一把挑开中屋的帘幕，看着怡然躺在床上的谢芳华，忽然气极而笑："爷是对你太好了吗？"

谢芳华闭上眼睛不理他，对她太好？有吗？

秦铮大步来到床前，伸手一把将她从床上拽起来："你给我滚起来！"

谢芳华打掉他的手，板起脸，冷静地道："公子爷，欺负您的人是右相府的公子，他叫李沐清。您若是觉得气不顺，可以去找他的麻烦。您让他顺利地走了，如今回过头来欺负我算什么本事？"

秦铮冷眼看着她："你很欣赏他？"

谢芳华不由气笑，她是欣赏李沐清，能将秦铮气成这副样子的没几个人，最起码她的哥哥谢墨含做不到，燕亭只能被他气，其余人更没这个高度。可能还有一个人，就是秦钰，让秦铮想起他也恨得牙痒痒，但是如今他去漠北了。目前能让他暴怒至此的，也就一个李沐清吧！为什么不佩服人家？

"别忘了，你可是爷的人。"秦铮死死地看着她。

"是，奴婢是您的人。"谢芳华拉长音。

秦铮看她一副幸灾乐祸的模样就气不打一处来，怒火腾腾地燃起，看了她半晌，憋着气道："明日你休要在家里享福，跟着我一起去别的府邸送礼。"

"不去！"谢芳华断然拒绝。

"你信不信你若不去，我有办法治你。"秦铮恶狠狠地看着她。

谢芳华扬了扬脖子，觉得不能太过惹恼秦铮，对她的确没什么好处，遂放软了态度，低声道："您气成这样子管什么用？无非是更让李公子得意罢了。我既然是您的人，您欺负我，岂不是亲者痛，仇者快？不如您冷静下来，想想办法，怎么让皇上打消今年给您择婚才是正事儿。一切的源头不都是来自皇上吗？若是皇上不给您选婚，右相府的李公子也就不必来威胁您，您更不必拖出忠勇侯府闺阁里那个无辜被殃及的病秧子了。"

秦铮对她突然软下来的态度有片刻的不适应，但怒气到底在她的软言软语下不知不觉地消了，连他自己都纳闷这女人的话竟然有这么大的消火作用。他怒火想发也发不出来了，沉默片刻，才板着脸，语气僵硬地问："我到了年纪，该是择婚了，皇上的想法哪里是能那么好改变的。"

"就因为难，如今才是几家都愁，您愁，右相府愁，忠勇侯府也愁。"谢芳华看着他，冷静地分析，"所谓无利不起早，皇上为何盯着您的婚事？这才是根源！您将根源给掐灭了，皇上便也就不盯着您了。"

"什么根源？"秦铮冷哼一声，一屁股坐在床沿上，气怒地道："爷的根源就是我的身份，是英亲王府的嫡出，难道你要我破门而出，不要这个身份了？怎么可能？我娘不哭死，德慈太后也会从坟墓里跑出来扒了我的皮！"

谢芳华眼睛一亮："对啊，德慈太后！"

"你想打什么主意？德慈太后早死了三年了。"秦铮扫了她一眼。

谢芳华看着他道："人是死了，但是魂不是还在吗？"

秦铮警惕地看着她，训斥道："别胡说八道！这是对德慈太后不敬！"

谢芳华难得看到秦铮对谁恭敬，就连皇上他都是表面恭敬，其实心里不以为然、不看在眼里的。但是提起德慈太后，他却面色严肃了，可见德慈太后对他是真的极好。她慢慢寻思对策道："皇上如今是天，但是天也有父母亲，若是你的婚事事关德慈太后，那么皇上是不是要顾忌些，不独断专行呢？"

秦铮冷哼一声："若是德慈太后活着，自然会向着我，我不想娶谁，只需要去她老人家那里求一下，皇叔定然不会给我指婚，我爹也没意见。可关键是，德慈太后三年前就薨了。除夕那日又不是德慈太后的忌日，怎么可能让皇叔顾忌？馊主意！再换一个想法。"

谢芳华白了他一眼："这是你的事儿，又不是我的事儿，这个不行，你自己想主意。"

"你是我的人，怎么就不是你的事儿？我的事儿就是你的事儿。"秦铮霸道地道。

谢芳华扭过头，背过身子，打了个哈欠，闭上眼睛，不再理他。

秦铮见她要睡去，揉揉额头，踢了鞋子，顺势靠在她床边的墙壁上，半躺着道："李沐清这个浑蛋，他的妹妹是妹妹，别人的妹妹就不是妹妹了？子归兄若是知道他今日跑我这里来说了这么一通话，怕是会劈了他。"

谢芳华动动眼皮："你跑去忠勇侯府说那一番话，谢世子怎么就没劈了你？"

秦铮闻言忽然乐了："说明他中意我娶他妹妹！"

谢芳华冷哼一声，恶人自有恶人磨！如今这京城中不只是皇帝盯着忠勇侯府，人人都想拿忠勇侯府小姐来做挡箭牌了！可见忠勇侯府已经繁盛到什么地步了。

前一世，忠勇侯府在她十六岁生辰时被株连九族，距离如今还有不到一年的时间。

谢芳华敛下心神，上一世，她死时婚事未定，说明皇帝不会让朝中大臣勋贵府邸轻易结她这门亲，给忠勇侯府再多一重屏障。

上一世，她是真正被养得身娇体贵，深藏闺阁，谨守闺仪，不去打听各府公子的庚辰和行为，以及所娶谁家女儿。所以，竟是不知秦铮娶了谁，李沐清娶了谁，燕亭娶了谁，甚至四皇子秦钰娶了谁……

上一世，除了灭门那日，南秦京城遍布着谢氏倾覆的那句童谣外，一切于她竟都记忆模糊。

她正想着，秦铮忽地坐起身："我去找我娘！"

谢芳华被打断思绪，看着他。

秦铮穿上鞋子，对她解释："皇后抱养了秦怜多年，怎么也是对我娘亏欠了。她还有一个儿子在漠北受苦，她若是想扳正局势，让她儿子回京，势必要依靠我娘，既然早晚要被她利用，何不让她先被我所用？"

谢芳华无言地看着他，很想提醒他，为了斗秦浩，他已经利用皇后一次了。

"一次怎么够？她的儿子是她的命根子！"秦铮丢下一句话，快步出了门。

谢芳华看着他的身影很快就出了落梅居，若说早先被李沐清送回来时他还一脸醉意，如今醉意早就没了，也真正地被李沐清激起了脾气，知道早先的办法行不通，又开始想办法了。

她心里也微微松了一口气，只要秦铮、李沐清、她爷爷、哥哥、英亲王妃、皇后一起想办法，总能有一个缓兵之计，那么她也就不必被秦铮拖出来挡箭了。

只要不被他拉出去挡箭，那么，忠勇侯府小姐即便参加了宫宴，也不会太被人瞩目，也就不会被皇帝盯上。只有忠勇侯府小姐的身份不被皇帝盯上，她有些事情才能做得圆满。

"听音姑娘！"林七在门外轻轻喊了一声。

谢芳华想起早先让林七传递的话，此时立即坐起身，下了床，走到门口，看着他。

"您让我传给侍书的话，传到了，又有话传回来了。"林七左右看了一眼，见无人，用极小的声音道："谢世子问您，没几日就是宫宴了，您能脱身吗？"

“能！你再传话回去，告诉他，宫宴当日，让他在府中等着，我一定回去。”谢芳华也降低声音，语气肯定，“让他别担心，该给我准备的穿戴准备妥当就好了。”

林七点点头。

谢芳华寻思片刻，又将李沐清对秦铮说的话对林七重复了一遍，最后道：“将这件事情也原原本本地传回去。”

“好嘞！”林七能得喜顺器重，聪明劲自然是有，跑腿传话这种事情，一遍就能记住。

“去吧！”谢芳华对他摆摆手。

林七匆匆跑出了落梅居，他如今自然不能出府去，又去了大厨房找那个采买的人。

谢芳华重新躺回床上，不多时便睡着了。

秦铮从英亲王妃处回来的时候已经是深夜。他推开门，进了中屋，见帷幔内谢芳华睡得熟，走到她床前看了一眼，嘟囔了一句什么，转身回了自己的里屋。

谢芳华知道他回来，睁开眼睛看了一眼窗外的夜色，又闭上眼睛睡去。

第二日，清早起来，秦铮去练剑，谢芳华起床生火炉烧水。

秦铮练完剑，林七从大厨房端来饭菜，他吃过饭菜，便出府去给永康侯府送年礼。

谢芳华猜测永康侯府应该也会留他用膳。

果不其然，午时，秦铮派人来传话，他不回府用午膳了。

谢芳华和林七一道用膳，林七悄声对她禀告：“昨日将您要传的话送去忠勇侯府了，谢世子并没有回话，只说知道了。”

谢芳华点点头，想着哥哥大约对李沐清的话也是惊异的，一时间没有对策。

下午，秦铮一个人醉醺醺地回了落梅居。

谢芳华瞅了他一眼，日日喝酒，也不怕把脑子喝坏了。

秦铮进了房间，揉揉额头，身子懒洋洋地半躺在软榻上，盯着谢芳华看，一言不发。

谢芳华捧着书卷看书，并不理会他。

秦铮看了谢芳华许久，才开口：“给我倒杯水！”

谢芳华站起身，给他倒了一杯水，递给他。

秦铮接过，双手捧着，慢慢地放在嘴边喝。一杯水喝尽，他才开口，声音有些沙哑：“燕亭说，他若是抗争不过家里，过了年，便向皇叔讨个旨意，去漠北军营历练。”

谢芳华眉梢动了动。

“永康侯府不知得了范阳卢氏什么好处，非要让自己嫡出的小侯爷娶他家的女儿。哪怕燕亭誓死抗争，也不能让他们吐出个不字来。”秦铮脸色阴暗地道。

谢芳华蹙眉沉思，按理说永康侯府的地位要比范阳卢氏的地位高，儿子女儿都该高娶高嫁才是。可是永康侯府却给燕亭安排了一门这样的亲事，哪怕燕亭不乐意，他们也不打消心思，的确值得细细思量。

“忠勇侯府那个病秧子就是一味毒药！”秦铮又道。

谢芳华瞥了他一眼，没说话。

秦铮放下杯子，站起身，进了里屋。

一夜无话。

次日，秦铮遵照英亲王妃的指示，又去了翰林大学士府送年礼，同样留下用午膳。

这一日晚，秦铮回府后，将关了三日的听言从兵器房放了出来。

听言回到落梅居，不理秦铮，拉着谢芳华的袖子委委屈屈地说着兵器房有多冷，他有多饿，夜里的老鼠有多猖狂，枉他对她那么好，她也不去看看他云云。

谢芳华瞅着听言，见他三日来的确憔悴了不少，但是眉眼精神，根本不像是受了苦挨了饿的模样，不由好笑。

秦铮看不过眼，抬脚踹了听言一脚，怒道：“你再不听话，给我滚回清河崔氏去！”

听言一个高蹦出老远，躲开了秦铮的脚，缩了缩脖子，一脸坚定地道：“不滚回去！”

“不滚回去就听话！否则由不得你。”秦铮警告地看了他一眼。

听言闻言顿时蔫了下来，垂下头，小声道：“以后你的事儿我不告诉小姑姑了还不行吗？你别赶我，好歹我也是你表弟。”

“你回了清河崔氏才是我表弟，在这里你能是？”秦铮白了他一眼。

听言嘟了嘟嘴，须臾，嘻嘻一笑：“那我就继续做你的小厮。”

秦铮似乎懒得看他，进了里屋。

听言又凑上前，对谢芳华悄声道：“公子太不是人了，你猜他将我关在兵器房干吗？让他隐卫营的人操练我，我险些被他们扒了一层皮。”

谢芳华眸光闪了闪，对他笑了笑。

听言对她又道：“以前，公子也让隐卫营的人操练过我，但是我怕苦怕疼，总是嚷嚷，他不忍心，所以，我的武功总是没有长进，剑术也没长进。这回你来了，我又做了错事，他才对我发狠了。”话落，他得意地道：“要不咱们出去试试剑术？你看我是不是真长进了。”

“用我跟你试试剑术吗？”谢芳华还没表态，秦铮忽然在里屋阴阴地问。

听言闻言立即后退了一步，也不跟谢芳华显摆了，扭头跑了出去。

谢芳华笑着摇摇头，若说英亲王妃是秦铮的第一根软肋，听言便是他的第二根。秦铮对听言可谓是纵容至极。

转日，秦铮又去了监察御史府送年礼，同样留下用午膳。

听言在吃饭的时候和谢芳华嘀咕："不知道公子能娶了谁家的小姐，这五家王妃都给备了厚厚的年礼呢。"

谢芳华自然不答他的话，对她来说，只要不是忠勇侯府的小姐，她都无所谓。

五家年礼由秦铮亲自送完之后，他便不再出府了。临近除夕，上书房课业也停了，他自然也不必去上了，便歇在府里。

听言对于过年的兴致颇高，拉着谢芳华布置落梅居。

谢芳华有好些年没在京中过年了，对于整个京城弥漫的热闹气氛有些不适应，但还是在听言的感染下动手裁剪了窗花。秦铮则提笔写了对联。

一番装扮之下，落梅居也有了过年的气氛。

第二十二章

除夕

京　门　风　月

除夕之日，五更时分，京城各府邸便陆续放响了新年的第一炮。

南秦京城对于辞旧迎新很是重视，哪怕今年四皇子秦钰被贬黜漠北，无名山被毁，皇宫里龙颜不悦，京城好些日子都笼罩着阴云，百姓们也敏感地觉得今年冬天会有事情发生。但正因为如此，这个年节不但不能肃静，还要更加热闹，颇有些要赶走晦气的意思。

所以，从皇宫到各勋贵府邸，再到京中的大家大户，甚至百姓之家，都一派热闹的年节气象。

谢芳华被陆续放响的鞭炮声吵醒，推开被子，坐起身。她听见里屋秦铮已经起床，在窸窸窣窣地穿衣，便也披衣起身。

谢芳华穿戴妥当之后，走到窗前，打开窗子，一股清新的空气扑面而来。

这时，秦铮从里屋走出，径直来到她身后，伸手关上了她刚打开的窗子。

谢芳华回头看他。

“你身子刚刚好一点儿，便受这等凉风，是还想染上风寒？”秦铮看了她一眼。

谢芳华退后一步，对他道：“我现在就出府！”

秦铮挑眉，懒洋洋地道：“急什么！爷说话算数，说给你假就不会反悔。”

谢芳华不再言语，拿了盆子去打水洗脸。

秦铮看了一眼她打来的冰冷的水，问道：“癸水没了？”

谢芳华脸一红，不看他，掬了一捧水往脸上抹，道：“没了！”

秦铮不再言语，径自去梳洗收拾自己。

听言听到正屋的动静，跑到门口，推开门，往里面瞅了一眼，嘻嘻一笑：“公子，听音，你们起了？”

谢芳华没言声。

秦铮看了他一眼，亦没说话。

听言看着二人一点儿也没有过年的喜庆，扁扁嘴，问道：“公子，今日听音跟我们进宫吗？”

“她不去！”秦铮道。

听言一怔，道：“往年宫里的宫宴虽然没意思，但是凤凰台的歌舞可是有意思得很，各府的公子小姐们会聚一堂，届时没准还会吟诗作对比武艺，怕是很热闹。听音，你不去多可惜啊。”

谢芳华摇摇头。

“公子，我可听说了，宫里面的娘娘们似乎想借这个宫宴看看听音，皇上似乎也有这个想法，只不过他没明示而已，您不让听音去的话……”听言顿了顿，打量秦铮的脸色，小心翼翼地试探道：“您是不是怕听音太惹眼，得了谁看重，您舍不得带她出去啊？”

秦铮冷哼一声，看着听言：“你很闲？”

听言立即识时务地缩了缩脖子，退出了门外，连忙道：“不闲，我要去大厨房。”话落，转身跑出了落梅居。

谢芳华想着皇上应该是想见见她的，毕竟秦铮将她划入了他的隐卫营，虽然遮掩了她的身份，但皇帝若是那么好糊弄，便也就不是皇帝了。他没明示，应该是碍于她低微的婢女身份，他是不会屈尊降贵在明面上重视她这个婢女的。

二人收拾妥当，听言也端了饭菜过来。

三人用过早膳，秦铮起身去英亲王妃处，他要和英亲王妃一起入宫。

勋贵府邸的家眷和宗室皇亲家眷都是要提前进宫的。

秦铮走到门口，回头看了谢芳华一眼，对她道：“别忘了你答应我的事儿。”

谢芳华不看他，点点头。

秦铮出了门。

听言落后一步，悄声问谢芳华：“听音，你答应公子什么了？”

谢芳华比画了一个猫被害死了的手势。

听言顿时抽了抽嘴角，瞪了谢芳华一眼，快走几步追上了秦铮。

二人一前一后，很快就出了落梅居。

谢芳华在屋中独自喝了片刻茶，才慢慢地起身，走到中屋，从衣柜里找出一件素净的衣服换上，卸去珠钗，照着婢女的样子装扮了一番，踏出了门。

来到落梅居门口，她四下看了一眼，向大厨房走去。

虽然没来过大厨房，但是她早已经将英亲王府的地形和各院落位置摸清了。走在路上，碰到三三两两的小厮婢女或打扫院落，或拿着盘盏来回穿梭，见到她走过，都无人理会。

英亲王府太大，很多小厮和婢女互不认识，也是正常的。

不多时，谢芳华便来到了大厨房。

大厨房里面正忙得热火朝天。虽然主子们今日的午膳是在宫里吃宫宴，但晚宴还是要回府里吃阖府团圆饭的。所以，大厨房这一日依然要忙碌准备。

“哪个是桂婶子？”谢芳华站在门口轻声问。

“咦？你是哪个院子当差的？看着面生。”一个婢女探出头来，讶异地问。

谢芳华笑了笑：“我是后园子当差的人，做些修剪花草的差事。”

“哦，后园子的人不常到这里来，怪不得不识得你。”那婢女点点头，问道：“你找桂婶子有何事？”

“劳烦姐姐给桂婶子传个话，就说昨日说好的，今日她出府采买，带上我出府去看望家亲。”谢芳华从袖子里拿出二两银子，递给婢女。

婢女本来不想理会她了，但没想到谢芳华出手如此大方，顿时眉开眼笑：“你等着，我这就去给你喊桂婶子。”话落，转头进了大厨房。

谢芳华等在门口，笑了笑，有钱能使鬼推磨，这话搁在什么时候说，都是有道理的。

不多时，一个略微发福的中年女子从大厨房里走了出来。

那婢女随后跟了出来，伸手一指谢芳华，对桂婶子道：“就是她找您。”

桂婶子看着谢芳华露出疑惑的眼神。

谢芳华对她笑了笑，俯身一礼，打了个七的手势。

桂婶子顿时笑了，一拍脑门，道：“瞧我这记性，原来是你。我这就出府，你跟我走吧！”

谢芳华点点头。

那婢女疑惑地看着桂婶子，小声问：“婶子，您怎么认识后花园子的人？”

“你婶子我在这王府干了多少年？认识后花园子的人有什么稀奇？你给我回去干活去！我回来之后，你们几个若是还没将鸡毛煺出来，别怪我拔你们的毛。”桂婶子训了一句。

那婢女连忙回了大厨房。

桂婶子拿了采买的篮子，招呼谢芳华一声，向府外走去。

谢芳华跟在她身后。

桂婶子并没有走英亲王府的前门，而是向东侧的偏门走去。

一路上，府中的下人见了桂婶子都笑着打招呼，桂婶子也和气地打招呼，说说笑笑，显然她人脉极广。不多时，二人便来到了偏门。

守门的人见到桂婶子，也笑着打招呼："桂婶子，府里的东西还没采买齐吗？怎么都年节了，您今日还出府？"

"唉，别提了，昨日少买了炖肉料，府中剩余的不多了，算了一下，不够用，只能再跑一趟了。"桂婶子叹了口气。

守门的人点点头，看向谢芳华："这位是？"

"是后园子当差的，家里的老母赶着年节病了，出府去看看。"桂婶子道。

"可有王妃的许可？"守门的人问。

桂婶子摇摇头，凑近那守门人，塞了二两银子，低声道："她家里老母得病，若是去找王妃，这年节当口，岂不是惹了王妃晦气？所以，就托到我了。我也是有女儿的人，这孩子孝顺，免不得要劳累一番。你就通融她出去吧！"

守门人犹豫了一下，见谢芳华低眉敛目，一脸规矩的模样，点点头，道："都是当下人的，既然是老母病重，婶子您作保，我就放她出去吧！不过没请示王妃，还是要快些回来。"

桂婶子点点头，道："她清楚，定然不拖累你。"

守门人打开门，放了行。

桂婶子和谢芳华出了偏门。

二人走了半条街，远离了英亲王府，桂婶子回头对谢芳华悄声道："姑娘，林七托付的事儿我做到了，将你带出来了，你有什么事情，赶紧去办吧！"

谢芳华从怀中拿出一片金叶子递给桂婶子，道："多谢桂婶子了。"

桂婶子愣了一下，摇摇头，不接她的金叶子："前年的时候，我染了一场病，本来以为要死了，是林七从外面求了一位专治难症的大夫来治好了我。那孩子念在我们是同乡的情分上帮我活了一条命，如今他求到我帮你出府，我怎么也不能推托，你的金叶子留着吧！"

谢芳华摇摇头，将金叶子塞进她手里，转身向最繁华的主街走去。

桂婶子拿着金叶子在手，想着真是个倔强的姑娘，不知道跟林七什么关系。见她很快就走得没了影，便也不再理会，转头向药铺走去。她既然说炖肉的料没了，当然要采买些回去。

谢芳华来到繁华的主街，只见街上熙熙攘攘，车水马龙，人人着新装，分外热闹。

她站在街中央感受了片刻南秦京城年节热闹的氛围，便抬步走进一条最出名的花街柳巷。不多时，进了一处辉煌的门面，门面上挂着偌大的牌匾，写着"翠红楼"三个大字。

"姑娘，您……"翠红楼内，一个女子见进来人，迎了出来，话说了一半，看到谢芳华手心里面的字，顿时愣住了。

谢芳华不理她，径自走了进去。

那女子顿了片刻，连忙跟在了她身后。

虽然是除夕之日，京城各府邸忙着过新年，但是翠红楼依然有客来往，楼内管弦声声。虽然不如往常热闹，但也不见冷清。

谢芳华直接进了一间房，她进去之后，关上了门。

那个女子本来要跟进去，不想吃了个闭门羹，只得怏怏地止住了脚步。

等了一会儿，那女子不见里面有动静，也不见人出来，她试探地朝里面喊："姑娘？"

里面没有人回答。

她又喊了两遍，里面依然没人回答。

她站在门口，正踌躇着，不知道该不该推门进去时，一个年约四旬的风韵女子走了过来，朝着女子问："怎么回事儿？你喊什么？"

那女子立即转身，凑近风韵女子，低声说了一句话。

风韵女子一怔，面露凝重之色，问道："你确定？没看错？"

那女子摇摇头："没看错，她抬手让我看了。"

那风韵女子凝眉半晌，叮嘱道："既然那位姑娘没有说话，也没有吩咐，此事就是不想透露出去，也不想我们插手，你别理会了，该做什么就做什么去！"

那女子点点头，离开了房间门口。

风韵女子在房间门口站了半晌，也转身离开了。

英亲王府内。秦铮到了英亲王妃的住处，英亲王妃见他穿戴一新，满意地点点头，向他身后看了一眼，只见听言，不见谢芳华，遂问道："听音呢？"

"在院子里。"秦铮道。

"你不准备带她进宫？"英亲王妃一怔。

秦铮坐在炕上，手摸着躺在炕上睡懒觉的猫，漫不经心地道："她一个婢女，进宫去做什么？"

英亲王妃闻言瞪了他一眼，训斥道："婢女？你当她是婢女了吗？婢女比娘的排场还大？你当别人的眼睛都是瞎的呢。"

秦铮忽然笑了，看着英亲王妃："娘，您可答应我了，进宫后别只顾着找各府的夫人聊花草，忘了我交代您的事儿。"

"知道了！娘是爱花草，可更爱我儿子。"英亲王妃没好气地道。

秦铮满意地扬了扬眉，不再言语。

不多时，英亲王妃收拾妥当，站起身，对秦铮道："走吧！既然要给你办事儿，我们今日就早些进宫。"

秦铮点点头，跟着她出了门。

“我几日前跟你爹商量了你说的事儿，他倒是没说什么，今日还要看形势，最重要的是皇上的态度。若是宫宴上有不如意处，你也别跟爹了毛似的急着跳出来，有些事儿不是急跳就能管用的。”英亲王妃嘱咐秦铮。

秦铮嗯了一声。

二人来到门口，一个黑衣人悄无声息地来到了秦铮身后，对他低声道：“主子，人跟丢了。”

秦铮脚步猛地顿住，回头看向黑衣人：“怎么跟丢的？”

“她进了翠红楼。”黑衣人道。

“你没跟进去？”秦铮眯起眼睛。

“跟进去了，等我进去的时候，人已经走了，不知去向。”黑衣人道。

秦铮沉默片刻，忽然笑了：“隐卫营里你武功最好，如今可知道人外有人天外有天了？自诩京城在你们的手心里掌握着，可是到头来，连个女人也跟不住，是不是该反省？”

黑衣人垂下头。

“行了，本来也没指望你能跟住她！去吧！”秦铮挥挥手。

黑衣人悄无声息地隐退了下去。

英亲王妃待黑衣人走后，看着秦铮，对他道：“听音离开王府了？”

“娘，少操些心，免得过早变老。”秦铮伸手扶英亲王妃上车。

英亲王妃一嗐，打掉他的手，笑骂了一句，径自上了马车。

秦铮接过小厮牵来的马，翻身上马。

一车一马向皇宫的方向走去。

同一时间，谢芳华翻过了忠勇侯府的高墙，进了海棠苑。

谢墨含正焦急地等在海棠苑，见她如约回来，顿时一喜，喊了一声：“妹妹！”

“哥哥！”谢芳华不禁露出微笑。

“还以为你回来免不了一番折腾，没想到这么早。”谢墨含打量谢芳华，见她气色不是很好，不由担心，“几日前你生病如今还没有好利索吗？”

“好了！”谢芳华摇摇头，“你知道的，病了一场刚好，总欠两分气色。”

谢墨含放宽了心，对她道：“进屋吧！你的穿戴都准备妥当了。”

谢芳华点点头，进了她八年没回的闺房。

她的房间如她八年前离开时一般，珠帘翠幕，菱花镜，玉妆台，凤尾香罗帐华丽典雅。墙上挂着一幅忠勇侯府全貌的画卷，钟鸣鼎食之家的忠勇侯府在画卷里分外繁盛奢华。

她站在门口，目光落在那幅画上，久久移不开视线。

谢墨含跟在她身后进了屋，顺着她的目光看去，感叹道：“这还是你四岁时画的画，当年哥哥一直不明白你为何画了咱们忠勇侯府，后来八年前你离开去无名山时，我终于明白了，你是想守护住这个家。”

谢芳华收回视线，笑了笑，没说话。

“秦铮可不是好糊弄的，你是怎么从英亲王府出来的？”谢墨含谨慎地问。

“他给了我三天的假。”谢芳华如实以告。

谢墨含顿时蹙眉：“他为何给了你三天的假？”

谢芳华看了谢墨含一眼，平静地道：“没什么，就是给了我三天的假。”

谢墨含见她不愿多说，不由提起心：“这么说三天后你还是要回英亲王府？”

谢芳华没说话。

“妹妹，听我的，如今你既然回了府，就留在府中吧！月前你被劫去英亲王府，是迫不得已留在那，你是忠勇侯府的小姐，总不能一直留在那里给秦铮做婢女。”谢墨含劝说道。

“我自有主张，哥哥不用担心，先过了今日的宫宴再决定也不迟。”谢芳华宽慰他。

谢墨含想起今日要参加宫宴，点点头，慎重地道：“你一直没在京中各府邸露面，更没进过宫，今日是第一次进宫，很多人的目光都会盯着你，男眷和女眷是分开相处的，哥哥在宫里不能一直陪着你，你要多加小心。”

谢芳华点点头。

谢墨含双掌对拢击掌三下。

外面有两名十四五岁容貌姣好的婢女应声出现，恭敬地见礼：“世子！”

“你们过来见过小姐！”谢墨含错开身子，让她们看清楚谢芳华。

“奴婢侍画，奴婢侍墨，拜见小姐！”二人报上姓名，给谢芳华见礼。

谢芳华打量了二人一眼，只见二人灵台清明，身段轻盈，应该是身怀武功，性情稳妥。

谢墨含温声解释：“这是你八年前离开后，我亲自挑选出来的人，有八大侍婢供你回来用。不过今日你进宫，有两个人近身侍候就可以了。她们两个人不仅武功好，行事也机警稳妥。”

谢芳华点点头，早就知道哥哥想得周到，做了安排，自然不需要她自己去费力安排了。

“你们进来侍候小姐梳洗着装。”谢墨含对二人吩咐。

二人齐齐应了一声是，走进了屋。

“我先去爷爷那里，稍后你去爷爷那里寻我。”谢墨含嘱咐道。

“好！”谢芳华颔首。

谢墨含转身出了海棠苑，大约因为谢芳华赶在宫宴前回府了，他的脚步比往常轻松。

谢芳华净了面，伸手入怀，掏出一颗药，放进了嘴里，不多时，她的容貌渐渐变了。

侍画和侍墨惊奇地看着谢芳华，本来要侍候她梳洗，一时间竟然忘了，呆立着。

谢芳华走到菱花镜前，静静地看着镜中的自己，她的五官在药物的作用下，略微调整，有的地方伸展了些，有的地方收缩了些，大约过了半盏茶的时间才不再变化。

虽然这变化是极其细微的，但还是令人惊异。

本来寻常得只能算得上是清秀的容貌，转眼间，便变得不可思议。

蛾眉皓齿，双瞳剪水，朝霞映雪，月貌花容。

还是一样的五官，却奇异地变幻了一番容貌。

这一副容貌就算不是世间最美，在南秦京城里也算屈指可数了。

侍画和侍墨都张大嘴巴，她们即便是被从小调教出来的侍婢，规矩严苛，有几分遇事不变色的本事，此时也惊住了。

她们第一次知道，世间竟然有这么厉害的药物，能弹指间改变容貌，不是那种面具类的易容术可比拟的。面具遇水，或者遇到不可抗拒的因素，就会露出褶皱和破绽，可是这样改变五官的易容术却不会受外力影响。

谢芳华站在镜子前看了片刻，缓缓回过身，看了二人一眼。

二人惊醒，立即垂下头。

谢芳华笑了笑，道："你们不用拘谨，既然哥哥训练出你们给我，从今以后，你们就是我的人。只要将我吩咐的事情办到，我就不会难为你们。"

二人连忙垂首："是，小姐！"

"你们是否奇怪我这个易容术？"谢芳华询问，见二人诚实地点头，她淡淡道："这是配合我内功专门调制的易容药物，你们看到的容貌转变，不全是因药物神奇，也有一部分是我本身内功的作用。我奇经八脉倒行，才能用到这个易容术。其他人没有内功，或者没有我这般倒行的内功，即便有了这个药物，也是做不到这般易容的。"

二人又惊异片刻，点点头，暗中想着原来小姐奇经八脉与常人有别。

"梳妆吧！弱化些我的容貌，多用些白粉。"谢芳华坐在镜前吩咐。

二人立即上前为她梳妆。

侍画给她脸上上妆，侍墨给谢芳华梳头。

半个时辰后，梳妆妥当，二人收了手。

侍画看着谢芳华，低声道："小姐，您这样的容貌，我无论如何弱化，也还是显眼。"

谢芳华看着镜子中的自己颦眉，片刻后，从怀中又取出一颗药，放进了嘴里。

侍画和侍墨站在一旁看着她。

只见不多时，谢芳华本来莹润的脸色渐渐变得苍白，红润一点点褪去，整个脸色不出半盏茶的时间，变得白如纸张，全无血色。

侍画和侍墨再次露出惊异的神色。

谢芳华伸手捂住心口，低低咳嗽起来。

二人惊醒，连忙去给她倒水。

谢芳华接过水喝了一口，才止住了咳嗽，本来就纤细的身段，此时让人一眼见了更有种弱不禁风之态，似乎谁伸手轻轻一推，她就能倒下一般。

“小姐，您这个药……会不会对您有害？”侍画忍了片刻，才大着胆子开口询问。

谢芳华摇摇头：“没事儿，爷爷和哥哥为了隐瞒我这八年来的踪迹，对外一直说我体弱多病，但是外面人各种猜测都有，大多都以为我得了什么怪病，才不能见人。既然如此，不如将计就计，不逼真一些，恐被人怀疑。”

侍画点点头。

侍墨拿过一套崭新的水粉绫罗衣裙为谢芳华穿戴。穿戴妥当之后，又拿了同颜色的水粉宫绦为她挽在臂间，又在她头上盖了同颜色的水粉轻纱。

谢芳华透过轻纱看了一眼镜中的自己，孱弱得缥缈似烟，与听音的身形容貌天差地别，这样走出去，绝对无人怀疑她就是秦铮身边的那个听音。

“小姐，您看这样可行？是否还需要装饰哪里？”侍墨轻声询问。

谢芳华摇摇头：“走吧！我们去荣福堂。”

侍画和侍墨一左一右扶着她，缓步走出门外。

忠勇侯府过年的气氛同样浓郁，下人们都换了新衣，这样的日子，阳光明媚，爱美的婢女都换了轻便的裙装来回穿梭。

下人们见到谢芳华从海棠苑出来，忙碌中都露出谨慎的神色，似乎生怕惊扰了她，很远就纷纷见礼。即便她常年缠绵病榻，不出闺阁，但是无一人敢怠慢。

谢芳华扫了四下见礼的人一眼，隔着面纱，缓慢地点了点头。

侍画贴近谢芳华耳边，低声道：“小姐，从八年前您离开，我等八人被世子挑选来忠勇侯府培养。每逢不得不露面的日子里，品竹便按照世子的要求装扮成您的样子，也是戴了面纱，以假乱真。”

“品竹？”谢芳华偏头看向侍画。

侍画点点头：“我们八个人，每个人精通一样技艺，品竹形貌与您有几分相像，且精通易容。她的易容术是我们八人里最好的，但是如今比起您来，她的易容术还是差远了。不过她向来不出府，有老侯爷和世子罩着，别人也不知道内里的乾坤。所以，这些年一直相安无事。如今她和其他五个人没被世子喊来，等您从宫里回来，世子会将她们六人带给您过目的。您见了就知道了。”

谢芳华点点头。

侍画不再说话。

不多时，三人来到荣福堂。

福婶从里屋迎了出来，见到谢芳华，便皱起了眉头："哎哟，我的小姐，您怎么穿得这么薄？如今虽然即将打春了，看着天暖，其实还是寒的，您仔细身子。"话落，不等谢芳华说话，便对侍画和侍墨训斥道："你们两个丫头，怎么不知道给小姐拿件披风披着？"

侍画和侍墨对看一眼，齐齐垂下头道："世子不曾准备披风，我们也就没给小姐披。要不然，回去取旧的？"

"不用了！福婶，我不冷。"谢芳华摇摇头。

"不冷也耐不住这天寒，再浸染了凉气！"福婶嗔了一句，对侍画吩咐道："过新年，穿什么旧的？前些日子，世子往英亲王府送皮毛的时候，不是特意翻出了几块火狐的皮毛吗？据我所知，他还找人给你们小姐做了一件红披风，就去拿那个来。"

侍画和侍墨齐齐摇头："世子并不曾给我们收着。"

"是妹妹来了吗？"谢墨含的声音从里屋传来，接过话道："福婶说得对，我的确给妹妹做了火狐的披风，在我的屋子里收着了，让侍书去取来吧！"

"那赶紧取来！"福婶催促着，扶着谢芳华进屋。

侍书从里屋走出来，朝谢芳华行礼："小姐！"

谢芳华点点头。

侍书匆匆离开荣福堂，去了芝兰苑。

侍画和侍墨随在谢芳华身后进了屋。

忠勇侯也已经穿戴一新，正坐在八仙桌前喝着茶，谢墨含坐在老侯爷身旁，见谢芳华进屋，二人齐齐看向她。

忠勇侯当先眉峰拧紧，花白的胡子翘了起来，不满地道："怎么看着这般柔弱？"

"是呢！我看着小姐好像一阵风就能刮倒的样子，是不是前些日子伤寒还不曾好？今日这般进宫的话，若是磕了碰了的，怎生是好？"福婶扶着谢芳华落座，忧心地道。

"我刚刚见妹妹的时候，她不是这副样子。"谢墨含道。

谢芳华挑开面纱，笑了笑："我刚刚服了一味药，若不做这般装扮，活蹦乱跳的话，谎言便戳破了，届时惹人怀疑。这样才好。"

"脸色白得跟鬼一样。"忠勇侯看着她的脸，闻言松了一口气，"不过的确该这样。"

"妹妹这样的确是不惹人怀疑，但是……"谢墨含有些迟疑，顿了顿道："今年的宫宴，不只是去年皇上和百官同乐的宫宴，也可以说，是各府邸成年女儿的相看宴，妹妹这般模样，各府的夫人公子恐怕会望而却步。"

"可不是嘛！小姐，您这个样子，谁家的公子能上门来提亲啊。"福婶也急了。

谢芳华不以为意地笑道："你们恨不得我刚回来就将我嫁出去？"

"那倒不是，你如今还没回来忠勇侯府，我们兄妹聚少离多，我自然不想你这么快就嫁出去。可是女儿家的婚事总归是终身大事。今年的宫宴如此重要，若是你错过的话，往后亲事便难了。"谢墨含道。

"哥哥的婚事都还没着落，我的急什么？"谢芳华情绪淡淡，讥讽道："再说，就算我这副病秧子的身体，不是还有人争着要抢吗？"

谢墨含闻言，想起秦铮和李沐清各自的算计来，又想起一直和家里闹腾婚事的燕亭来，一时失了声，沉默下来。

"我听说燕小侯爷喜欢咱们家小姐，铮二公子最近也总是来咱们府里，是不是……"福婶看着谢芳华，"小姐，您的婚姻大事您自己可不能不上心。"

谢芳华看着福婶，想着年纪大了，是不是就只会操心这个了，不由好笑。

"行了，多想这些糟心的事儿做什么？车到山前必有路！总有个解决之法，我们忠勇侯府门楣鼎盛，谢氏是比南秦先祖还尊贵的姓氏，是谁想嫁进来就嫁进来、想娶回去就娶回去的吗？也要看看他们的斤两！"忠勇侯冷哼一声，对二人摆摆手。

谢芳华微笑地应和："爷爷说得正是！"

忠勇侯瞅了她白无血色的脸一眼，烦闷地挥手："将你的面纱赶紧给我盖上，多看一眼，心都能蹦出来。"话落，又道："丫头，事已至此，不得不从权，但是，你的终身大事总归是大事，你也不可马虎不在意，遇到你自己中意的，还是要争一争。俗话说，男人争女人，但是女人也没说不能去争男人。依我看，秦铮那小子和李沐清那小子都不错。至于燕亭那小子，他有那么个家，就算了。尤其秦铮那小子，你跟他相处这么久，又在英亲王府不回来，是不是心里有什么想法……"

"爷爷，我没有嫁人的心思，无论是谁！"谢芳华打断忠勇侯的话。

忠勇侯一噎，顿时骂道："混账！男大当婚女大当嫁！收起你的混账心思。"

谢芳华坐正身子，端起茶盏，抿了一口，提醒道："爷爷，不要忘了忠勇侯府潜在的危机，不要忘了忠勇侯府头顶上随时架着的大刀，更不要忘了我们谢氏一族的繁荣已经连上天都看不过去了。怎么还能有心思想那些儿女情事？和谢氏兴旺相比，和忠勇侯府兴衰相比，我不过是沧海一粟。"

忠勇侯闻言失了声。

谢墨含抬眼看了谢芳华一眼，唇瓣紧紧抿起。

室内一时无人说话，分外静寂。

许久，忠勇侯叹息一声："罢了，你说得对，与这些相比，你的亲事的确算不得什么。忠勇侯府若是倒了，就算你有一门好亲事，也是枉然。随你吧！我是老了，想改变什么，也有心无力，就看你和你哥了。"

"爷爷放心！"谢墨含沉重地点点头。

谢芳华云淡风轻地笑了笑，这一世，她做好准备归来，又岂能步前世后尘?

“世子，小姐的披风取来了。”侍书在外面轻声道。

“拿进来！”谢墨含吩咐一句。

侍书抱着火红的披风走进来，看到谢芳华的脸，吓了一跳，但他还算镇定，将披风递给她，同时说道：“谢氏其他几房的人来了，都等在门口，还和往年一样，与老侯爷和世子一起进宫。”

“让他们等片刻。”忠勇侯挥手。

侍书应了一声，走了出去。

“妹妹，快试试这件披风是否合适。”谢墨含转头对谢芳华道，“白狐、紫貂的披风难寻，但是火狐的披风更是难寻。咱们南秦所有府邸加起来，恐怕只有咱们府能拿出几块这样的皮毛。还是自娘亲年轻的时候便积攒了，想着攒够了，将来给你做嫁妆，但是我想着，未来如何还很难说，不如早早就让你穿了。那日给秦铮送毛皮时，便翻了出来，我看正好可以做一件披风的，便找人做了。”

谢芳华记忆里，她娘亲离世之前一直收藏着火狐的皮毛。火狐比寻常狐稀少，更是难寻，多年搜索下来，也不过几块而已。她前世时，一直没能穿上，如今被哥哥提前拿出来做给她了。她摸着轻滑的皮毛，掩饰住眼中的神色，对谢墨含笑笑：“哥哥，这件披风，我若穿出去，今日必然扎眼，普天下，怕是独一份。”

“我妹妹当得独一份。”谢墨含道。

谢芳华莞尔，淡淡地道：“不仅扎京中各大臣府邸家眷们的眼，也扎后宫娘娘们的眼，更扎皇帝的眼。”

谢墨含脸上的笑意顿收，他就是知道会如此，所以，犹豫之下，早先没拿出来。

“还是收起来吧！”谢芳华将披风递给福婶。

福婶舍不得接手：“小姐穿着怕什么？我们忠勇侯府本来就富贵，尤其是您，说句不托大的话，您比宫里的公主们还要尊贵，穿一件火狐的披风也是当得。就算您不穿，我们忠勇侯府在别人的眼里也是扎眼。所以，穿和不穿又有什么区别？”

“你福婶说得是！既然做了，拿出来了，还留着做什么？穿了吧！”忠勇侯想来是想起了谢芳华逝去的父母，站起身，摆摆手，断然吩咐。

福婶闻言立即帮谢芳华披在身上，笑呵呵地道：“好东西就是要拿出来穿。小姐穿上这个，才倾国倾城。”

谢芳华不再推拒，顿时笑了起来：“福婶，怎么能靠一件衣服就倾国倾城了？”

“若不是您自己把自己折腾成这个样子，您的容貌拿出去，南秦京城还真不见得有谁能比得上。”福婶为谢芳华展平披风边角，口中说道：“右相府的李如碧小姐据说天姿国色，大长公主的女儿金燕郡主据说美貌出众，难出其右，不过是因为京中百姓们没见到您，若是见了您，这说法定然要改一改了。”

谢芳华拢了拢披风，笑着站起身，将面纱盖在头上，对忠勇侯和谢墨含道：“爷爷，哥哥，时辰不早了，我们进宫吧！”

忠勇侯点点头，谢墨含也站起身。

一行人出了荣福堂。

第二十三章
进宫

京　门　风　月

今日的忠勇侯府地面无半点尘土，门楣被清扫得极为干净，显得更加耀眼。

谢芳华披着火狐的披风，由侍画和侍墨扶着出了荣福堂，下人们的视线顿时齐刷刷地向她聚来。人人都知道多年来足不出闺阁的小姐今日要去宫里参加宫宴。一身火狐的披风，有人对她艳羡，有人为她多年来缠绵病榻身子孱弱而感到可惜。

一片请安问好声中，一行人来到了大门口。

今日忠勇侯府门口车马林立，排了长长一队，几乎排了一条街。

谢芳华扫了一眼，目测有几十辆马车，暗暗叹息一声。谢氏一脉繁盛，只参加一个宫宴就能占据宫宴人数的三分之一，也难怪皇帝对于谢氏如鲠在喉了。

任谁做了这南秦江山的君主，怕是也容不下谢氏继续坐大。

“拜见老侯爷、世子！”等在门口或老或少的数十人见忠勇侯一行人出来，目光齐齐在走在谢墨含身后一袭火狐披风盖着面纱的谢芳华身上定了定，片刻后，才回过神，纷纷躬身见礼。

谢氏族人无论暗中如何不甘心忠勇侯府一直屹立不倒，明面上也是要做到恭敬的。

忠勇侯看了众人一眼，摆摆手，道：“都不必多礼。”

众人直起身。

“今年参加宫宴的人数看起来比去年要多很多，怎么回事？”忠勇侯询问。

一位老者回头扫了一眼身后林立的马车，连忙回话：“回老侯爷，今年宫里传出消息，过了及冠和及笄的少爷小姐们都有资格参加宫宴，帝后想要大办宫宴，以求热闹。您知道，咱们谢氏各房算起来，今年及冠和及笄的少爷小姐们不少，如今都来了。”

忠勇侯恍然，点点头，面容威严地道：“宫里不同于家里，你吩咐下去，要他们进宫后谨慎小心，一定不要出现差池。进了宫，别得意忘形。什么该说，什么该做，都要多考量几分，别惹了祸端。”

“正是，老侯爷放心，昨日就已经都交代过了。”老者道。

忠勇侯点点头：“那就好。”

“这位可是小姐？”老者看向谢芳华，试探地问。

忠勇侯点点头，朝身后温和地道：“华丫头，上前来见见你的叔伯兄长们。”

谢芳华闻言由侍画和侍墨扶着上前两步，浅浅地对以老者为首的众人行一礼，轻声慢语地道：“芳华见过叔伯兄长们。”

“使不得，侄女身子娇贵，快免礼。”老者错开了身子，连忙伸手虚扶了她一下。

其余人也都连连错开身子，不受她的礼。

谢芳华顺势直起身，从不曾见面的叔伯兄弟旁支族亲自然是不亲的。之所以他们不受她的礼，自然是因为爷爷和哥哥将她这个唯一的嫡女捧在手心里。外面的人们也许几乎都淡忘了忠勇侯府有一个小姐的事儿，但是谢氏的族亲不会淡忘。他们最清楚她是何等的金贵，若非皇帝下旨，老侯爷才不会舍得让她进宫去赴宴。

“时辰不早了，走吧！”忠勇侯摆摆手，发话道。

“正是！”老者颔首。

谢墨含上前一步，为忠勇侯打开轿帘子，老侯爷上了轿子。他落下帘幕，回头对谢芳华道：“妹妹，你也坐轿子吧！马车虽然宽敞，但不若轿子稳当。”

谢芳华点点头。

侍画上前一步，挑开轿子帘子，谢芳华微微探头，由侍墨扶着，坐了上去。

帘幕落下，遮住谢氏族亲许多双窥探的眼睛。

谢墨含回身对老者做了个请的手势，自己上了马车。

两顶轿子、一辆马车离开忠勇侯府门口，停驻了许久的几十辆马车也缓缓行动了起来。

队伍同样拉了长长一队，走在街上，十分壮观。

谢氏大房其中一辆马车里，坐着一名中年女子和一名少女，正是敏夫人和她膝下刚成年的一女，叫谢茵。

忠勇侯带着谢芳华走出府门的时候，男眷们都在府门口等候，女眷们都在车中等候。谢茵悄悄挑开帘幕一角，偷偷向外看。

谢芳华一身火狐披风走出来的时候，谢茵低呼了一声。

敏夫人立即伸手捂住了谢茵的嘴，将她的呼声捂了回去，看着谢茵睁大的眼睛，她低声警告：“那是老侯爷、世子、忠勇侯府的小姐，你若是这般失礼，传扬出去，就是没有闺仪和教养。娘警告你无数次了，怎么还是这般不知轻重？”

谢茵定了定神，推开敏夫人的手，惊异地低声道：“娘，那是谢芳华！”

“是谢芳华！你没看错！忠勇侯府的小姐！”敏夫人强调。

“她……真的去参加宫宴？”谢茵有些不可思议，“她不是病得下不来床吗？”

“谁跟你说她病得下不来床？”敏夫人板起脸，“忠勇侯府的事儿，我们虽作为谢氏的族人，也是窥探不到多少，耳听为虚眼见为实。就算她病得下不了床，皇帝一道旨意，她不还是得出府进宫赴宴？有些事情，哪里说得准？”

“娘，您什么意思？她难道另有隐情？”谢茵怀疑地看着敏夫人。

“你呀，说过你多少次了，长点儿脑子。”敏夫人点了谢茵额头一下，低声道：“这么多年，娘多方打探忠勇侯府海棠苑的情况，却是半点儿风声都透不出来，比皇宫看守得还严，这难道不奇怪？京中谁家的小姐如她一般藏着？若是真有病，恐怕也是了不得的大病。若是没有病，那就是了不得的大隐情。”

谢茵唏嘘一声。

“今日进宫，你多亲近亲近她。”敏夫人嘱咐谢茵。

谢茵立即摇头：“我才不要。”

“为何？”敏夫人蹙眉。

“万一她得的是传染人的病症呢？我可听说了，世界上就是有这样的病，叫麻风，是不能招风见人的，若是被她传染上，那女儿不要活了。”谢茵露出害怕的表情。

敏夫人脸上也露出些情绪，喃喃道：“若她真得的是这个病，躲着不见人，老侯爷和世子每次提到她都唉声叹气讳莫如深，就不奇怪了。”

“就是，娘，您要打探她，可别从我身上打主意。”谢茵连声道。

敏夫人点点头：“既然如此，你就暂且不要去招惹她，进宫之后，看看情况再说吧。”

谢茵松了一口气。

谢氏六房其中一辆马车里，同样坐着一对母女，正是明夫人和她的小女儿谢伊。

谢伊同样在谢芳华走出忠勇侯府大门时挑开帘幕偷偷往外看，她并没有低呼，而是露出好奇和讶异的表情看着一身火红披风的谢芳华。

明夫人也顺着女儿挑开的帘幕往外看。

直到谢芳华上了轿子，队伍向皇宫走去，谢伊才收回视线，落下帘幕。

明夫人也收回了视线。

谢伊若有所思半晌，才低声对明夫人道：“娘，那个穿着火狐披风的女子就是忠勇侯府的小姐谢芳华呢。”

“我看到了。”明夫人点头。

“按理说，谢氏一族，咱们六房是和忠勇侯府最近的族亲。”谢伊又道。

明夫人点点头。

“娘，您可知道她究竟得的是什么病？”谢伊又问。

明夫人摇摇头："不知道。"

谢伊沉默片刻，垂下头，有些忧心地道："小时候，有一次老侯爷大寿，您带我去过一次忠勇侯府，那时候我见到芳华姐姐了。"

明夫人一怔："你见过她？"

谢伊点点头："我偷偷跑去了海棠苑，记得那日您和永康侯夫人说话，后来说找不到我的事儿吗？问我去哪了，我说跑去后园子玩了，就是那时候，我其实是去找她了。"

"这些年怎么没听你说起过？"明夫人压低声音问。

谢伊抬眼看着明夫人，道："娘，那一天，我不只见了她，还见了永康侯府的小侯爷，我怕您骂我私下见了外男，没敢跟您说。"

明夫人更是惊异："永康侯府的小侯爷也去了海棠苑？"

谢伊点点头："他没进海棠苑里面，就待在门口。据说他和谁打架，伤了手，似乎是英亲王府的二公子，正巧被芳华姐姐碰到。当日忠勇侯府的人太多，他不敢去找永康侯夫人，怕挨骂，就央求了芳华姐姐帮他找药止血。于是，芳华姐姐就将他带去了海棠苑。"

"小小年纪，她竟敢不经大人同意就往自己的院子里带外男？"明夫人脸色变了。

"娘，当时芳华姐姐也是迫不得已，更何况没带进屋子去。"谢伊低声道，"老侯爷的寿宴，英亲王府的二公子和永康侯府的小侯爷大打出手，出了血，这是血光之灾，传出去，对老侯爷是个忌讳。我当时听见她警告永康侯府的小侯爷来着，说什么下次再让她见到他在忠勇侯府打架，她就帮他卸了一只手。"

明夫人松了一口气："也是这个理，老侯爷寿宴里见血光是不吉利，的确不宜闹大。"

谢伊点点头："当时我偷偷跑去了海棠苑，正好碰见他也在，所以，回来就没敢和您说此事。"

"你这孩子，就算说了，事出有因，娘也不会怪你。"明夫人低声询问，"当时的芳华小姐什么模样？"

"很好啊！"谢伊道。

"有多好？"明夫人问。

谢伊轻声道："那时候她气色好，神态也好，虽然没长开，但是比我见过的谢氏族亲里面所有的姐妹们都好看呢。"顿了顿，她垂下头，"老侯爷大寿之后，我还想央求您带我去玩，却听说忠勇侯府传出她忽然晕倒的消息，我当时还想去探望她，被您阻止了。"

明夫人点点头："当年虽然没带你去忠勇侯府看她，但是我去了，没见到芳华小姐本人。忠勇侯府一片冷清，老侯爷因为芳华小姐突然发病，也忧急病倒了，谢世子同样带着病打理着府中的大小事情，我当时就觉得，忠勇侯府实在不容易。”

谢伊看着明夫人，听她继续说。

“我回到六房后，和你祖母商量，咱们是否搬回去。多年来，忠勇侯府念着亲兄弟，对六房颇为照顾，如今有难了，我们也不该袖手旁观。而你祖母却说，既然搬出来了，就不必回去了，多去忠勇侯府照应些也就罢了。”明夫人继续道，“后来我隔三岔五就过去一趟，大约有半年，老侯爷的病好了，我便也就不常去了。”

“娘去了那么多次，一次也没见到芳华姐姐吗？”谢伊问。

“没有。”明夫人摇头，“每次问到她的病情，老侯爷和世子都讳莫如深，可见是个不能打听的病，我便也不问了。有些事情，知道得多了，没有好处。”

谢伊沉默下来。

“忠勇侯府到底还能支撑多久，谁也不知道，我们谢氏一脉到底太繁盛了。”明夫人叹息一声，嘱咐谢伊，“今日进宫，你跟在娘身边，若是实在不能跟着我的时候，你便去跟着芳华小姐，千万不要出丝毫差错。知道吗？”

谢伊点点头。

谢氏的队伍浩浩荡荡，半个时辰后，来到皇宫墙外。

忠勇侯下了轿子，有小太监守在宫门口，立即上前来传达皇上的旨意：“老侯爷，皇上早就等着您进宫了，要您进宫之后，带着谢氏的男眷们去灵雀台，皇上在那里。宫宴要午时开始，您先带着人去那里歇着。”

“好，我这就去。”忠勇侯点头，吩咐谢墨含，“你先送你妹妹去皇后那里拜见皇后，之后再去灵雀台。”

“老侯爷，不用劳烦谢世子带芳华小姐前去寻皇后娘娘，皇上吩咐了，芳华小姐进了宫，先和您一起去灵雀台，皇上要见见芳华小姐，回头是否去拜见皇后娘娘，再做安排。”那小太监打量下了轿子的谢芳华一眼，对她弱不禁风的模样暗暗唏嘘一声，连忙躬身道。

忠勇侯愣了一下：“既然如此，华丫头，你就与我一起去灵雀台吧。”

谢芳华点点头，她长这么大，从没在京中露面，更没进过宫，皇上今年既然下旨要她参加宫宴，要见她也不奇怪。

谢墨含面色凛了凛，对谢芳华低声嘱咐道：“今日小心一些。”

谢芳华点点头。

小太监连忙前头引路，忠勇侯带着一行男眷前往灵雀台。

敏夫人下了车，和谢氏旁支各房夫人聚首。若是忠勇侯府有夫人在的话，自然一切听忠勇侯府的吩咐。但是忠勇侯府除了个小姐谢芳华，多年没有女主人，谢氏大房的敏夫人便成了女眷之首，众人都听她安排。

“我们进宫吧！先去皇后的凤鸾宫拜见皇后。”敏夫人对众女眷道。

众女眷齐齐点头，一行人进了宫。

皇宫金碧辉煌，亭台楼阁，雕梁画栋，房檐廊角都雕刻着飞龙，四周边沿都雕刻着祥云瑞兽。处处彰显着帝王所居宫殿的尊贵。

宫女们穿着鲜艳的宫装衣裙，太监们穿戴的也是崭新的太监服，或端着茶点水果穿梭，或引着官眷来往。路两旁琼枝玉树上都挂了吉祥如意的灯笼，新年的氛围与京中各府邸、百姓之家的年节氛围一样浓郁。

敏夫人为首的谢氏各房夫人小姐不多时便来到了后宫之首的凤鸾宫。

敏夫人在宫门口停住脚步，谦逊地对守门的宫人递话："妾身是谢氏大房的敏夫人，带着一众姐妹侄女来拜见皇后，请通禀一声。"

守门的人看了谢氏一群女子一眼，点点头，进了宫内。

敏夫人和众人无声无息地站在凤鸾宫外等候。

不多时，那人回来，身后跟了一名衣着华丽的宫婢。那宫婢来到门口，看了敏夫人和众人一眼，笑着行一礼："各位夫人小姐好，奴婢是皇后娘娘跟前侍候的女官如意。娘娘知道各位夫人小姐来了，让我问问，芳华小姐可是也进宫了？"

人人都知道皇后娘娘跟前有个最得宠信的女官叫如意，此时见她亲自迎了出来，顿时都心神一凛，谨慎了些，不敢轻视。

敏夫人连忙回话："芳华小姐进宫了，但是没有与我等一起，皇上另有旨意，芳华小姐随老侯爷一起去灵雀台了。"

如意点点头，表示知道了，笑看着众人道："凤鸾宫里目前除了娘娘和英亲王妃外，还有几位皇子在，娘娘说，谢氏的夫人和小姐们现在进去她宫里有些不方便，不若夫人们先带着小姐们去御花园转转，时辰还早，稍后她有空闲了，再去御花园与各位夫人们坐坐。"

敏夫人闻言顿时意会，立即道："既然有皇子们在，我们此时进去拜见，的确不方便。皇后娘娘所言极是。多谢如意姑姑亲自来传话。"

"夫人小姐们请吧！御花园该如何走，想必不需要引路。"如意笑得和气。

"不需要。"敏夫人连连摇头。

如意转身回了宫内。

敏夫人对众位夫人小姐挥挥手帕，一行人跟着她向御花园走去。

走了一段路，谢茵忽然嘀咕："皇后娘娘明显就没将我们这些人放在眼里，那个如意先是询问了谢芳华，听我们说她不在，她才说皇后没空见我们。"

"你找死是不是？敢编排皇后娘娘的不是？赶紧给我闭嘴。"敏夫人怒斥了一句。

谢茵有些不服气地住了嘴。

众位夫人没见到皇后，虽然心里都有些不快，但听到谢茵的话，也还是齐齐大惊。

明夫人此时轻声道："茵姐儿也别不服气，这里是皇宫，不是什么话都能够乱说的。我们谢氏一脉，各府小姐里面，唯一能称得上是真正的谢小姐的，独独忠勇侯府小姐谢芳华。她比我们所有人多受到皇上和皇后的礼遇是应该的，毕竟身份摆在那里。”

谢茵看了明夫人一眼，咬了咬唇瓣，小声道：“六婶，我们也姓谢，怎么就她能称得上是真正的谢小姐？我们难道就不是了？外面的人也喊我们谢小姐的。”

“此谢非彼谢！你们就算进宫见到了皇上和皇后，各府小姐太多，皇上和皇后恐怕也记不住你们的名字。而芳华小姐就不同，她就算从未在京中露过面，几乎被人遗忘，但只要提起来，所有人都会知道忠勇侯府的芳华小姐。这就是区别。”

谢茵住了口，不再说话。

敏夫人看了明夫人一眼，脸色有些不太好看，但没说什么。

一行人沉默地向御花园走去，不多时，来到御花园。

只见御花园被装饰得极其漂亮，各种冬日里开的花都竞相盛开。南天竹、一品红、玉兰、蜡梅、山茶、杜鹃、水仙、凤梨、天堂鸟、滴水观音等，令人应接不暇。

水榭亭台内，三五一群，七八一伙，有早到的夫人们聚在一起聊天，有小姐们聚在一起论诗品文。人人衣着新鲜，分外热闹。

谢茵看到此情此景，心底的郁闷顿时一扫而空，惊喜地望着一处道：“娘，我看到大长公主府的金燕郡主了，我要去找她玩。”

“你呀，真是不稳重。”敏夫人瞋了她一眼，见大长公主府的两位小姐和几位别府的小姐坐在一处，都是身份尊贵的嫡女，她点点头，“去吧！但是你别自己一个人去，带上你的姐妹们一起过去，相互也有个照应。”

“娘，金燕郡主不喜欢人太多。”谢茵立即不满地看着敏夫人。

敏夫人皱眉。

谢伊笑着道：“大伯母，您就让茵姐姐自己去吧，我和姐妹们一起去别处玩，御花园这么大，不一定非要挤在一起。”

“就是！”谢茵道。

敏夫人摆摆手：“既然如此，你就去吧！不要乱说话，惹麻烦。”

谢茵连忙点头，欢快地向金燕郡主等人待的亭子跑去。

“这个孩子，不知道性情随了谁，她上面的三个哥哥一个姐姐都稳重，只有她让人操心。”敏夫人见谢茵跑远，叹息一声。

“茵姐儿是真性情，大嫂慢慢调教吧！”明夫人笑着道。

“还是你家伊姐儿乖巧。”敏夫人夸赞谢伊。

谢伊露出不好意思的笑意。

明夫人谦逊了一句，一众夫人进了御花园。

敏夫人扫视了一圈，她交好的贵裔圈子的夫人们都没在，便只能与众位夫人一起寻了一处无人的凉亭坐下来等候。

刚落座不久，一名宫女来到明夫人跟前，对她恭敬地道："明夫人，太妃娘娘知道您进宫了，派奴婢来请您和伊小姐。"

明夫人立即站起身，笑道："我刚进宫，本来打算先拜见了皇后娘娘再去太妃宫里拜见。只是皇后娘娘处有皇子们在，我怕太妃宫里人也多，便没过去，不想劳动太妃挂念来请。这就随你过去。"

那宫女笑了笑，头前引路。

明夫人带着谢伊跟在她身后，不多时，离开了御花园。

敏夫人脸色有些难看，六房的老太太和宫里的林太妃是手帕交，多年不来往，这一两年才渐渐来往起来。明夫人是六老太太的儿媳，自然得林太妃多几分看重，甩开她们，将她和她女儿召进太妃宫，她虽然心里不爽快，也只能干看着。

其他夫人对看一眼，无人说话。

过了一会儿，又有一波夫人小姐来到了御花园。

敏夫人眼睛一亮，立即站了起来，对来人招呼："侯夫人，这边坐吧！"

来的人正是永康侯夫人，带着她的女儿燕岚，还有几位庶出的小姐。她精神有些不济，眉眼笼罩着一丝青影，用了粉遮掩，但是隐约还能看得出几分疲累。见敏夫人招呼，她走上前来，笑道："你们来得可真早。"

"只比你们早了一步。"敏夫人看着她，试探地问："听说你病了，可好些了？"

永康侯夫人闻言叹了口气："这病怕是好不了。"

敏夫人一愣："这话从何说起？"

永康侯夫人看了一眼四周的人，抿了抿唇："你我有些日子不见了，借一步说话吧。"

"也好！"敏夫人上前拉住永康侯夫人的手，携着她走向别处。

不多时，二人便拐进了一处无人的凉亭。

谢氏的其他各房夫人和永康侯府的燕氏一脉各房夫人都知道二人交好，对二人就这样扔下她们也不奇怪，都不甚在意，互相寻了彼此投脾气的人坐在一起，聊起闲话来。

这一处凉亭比早先热闹许多。

另一边，敏夫人和永康侯夫人对坐在凉亭里，敏夫人迫不及待地问起因由。

永康侯夫人斟酌了片刻，对上敏夫人关心的眼神，才缓缓开口："我家的亭儿，你知道，我和我家侯爷，还有婆母，都想他娶范阳卢氏的女儿，也就是左相的侄女，可是他偏偏不想娶。"

敏夫人显然也早已经听闻了这件事，顿时笑了："原来你是为着这件事把自己折腾病了，小侯爷成年了，有了自己的想法，没看上左相的侄女，不想娶也情有可原。凭借永康侯府的地位，小侯爷不想娶，又有何难？再选一门亲事就是了。"

永康侯夫人叹息一声，摇摇头："说得轻巧，再选一门亲事谈何容易。"

“怎么就不容易了？这京中的闺阁小姐，还不是任小侯爷挑选吗？范阳卢氏虽然也是望族，但说起来，也不一定有我们谢氏旁支尊贵。”敏夫人不以为然。

永康侯夫人看了她一眼，揉了揉眉头，低声道：“你不懂，这门婚事不能不结。”

敏夫人不明白地看着永康侯夫人，问道：“为何？难道小侯爷非范阳卢氏的女儿不可？”

“是啊，多年前，我们永康侯府欠了范阳卢氏一笔债，非得娶他家的女儿不可。”永康侯夫人无奈地道，“只是亭儿不知，其实他的婚事从他出生后就定下来了，只不过一直瞒着而已，只等他及冠我府就去范阳卢氏提亲，可是不承想，他死活不同意。”

敏夫人更是不明白了，疑惑道：“小侯爷可是永康侯府唯一的嫡子，将来是要承袭爵位的，永康侯府早晚是他的。你们府到底欠了什么样的债非要拿小侯爷的婚事来偿还？”

永康侯夫人闭了闭眼睛，缄口不言。

“不能说？”敏夫人悄声问。

永康侯夫人点点头，沉重地道：“不能说。”

敏夫人住了口，不再问，拍拍她的手，宽慰道：“既然如此，看来只能从小侯爷这儿下手让他答应这门婚事了。你别急，慢慢想办法，就是石头，时间长了也能给软化了。”

永康侯夫人有些泄气：“都快一年了，我、侯爷、老夫人轮番劝他，可是他死活不松口，还说什么要是再逼他，他就去死。我们府只有这一个嫡子啊，他可是我的希望，他若是死了，我还上哪里去找儿子去？”

敏夫人顿时惊讶：“竟然一年都不同意，小侯爷为何不同意？”

永康侯夫人四下看了一眼，忽然恼恨地道：“他心里有人了。”

敏夫人睁大眼睛，须臾，笑着道：“南秦国风虽然偏严苛，但是各府邸的公子小姐们也不是见不着面。尤其是大长公主喜爱品诗会，每一年都举办一次，邀请公子小姐们论诗，开始风气还严谨，最近几年几乎成了相看会了。小侯爷年少风流，有看重的小姐也不奇怪。他有了婚约，若是门第高就不好办了，若是门第不如永康侯府，他大婚后再娶回来做个贵妾也就是了。”

“若是品诗会识得的小姐也就罢了，你可知道他看中的人是谁？”永康侯夫人拧眉。

“谁啊？难道是公主？”敏夫人猜测。

“是忠勇侯府的小姐谢芳华！”永康侯夫人几乎磨牙一般地吐出这一句话。

敏夫人睁大眼睛，一时间惊诧莫名，似乎化成了雕塑。

永康侯夫人看了敏夫人一眼，讽笑道：“你想不到吧？当时我听他亲口说出谢芳华名字来的时候，我也没想到。我一直想不明白，他怎么会喜欢上那个足不出户长年缠绵病榻的病秧子？”

敏夫人好半晌才回过神：“为何……为何是她？你如今可弄明白了原因？”

永康侯夫人含恨道：“九年前，忠勇侯寿宴，他见过谢芳华，自此一见难忘，便搁在心坎上了。简直就是冤孽！”

敏夫人呆了片刻：“九年前……很久远了。小侯爷可真长情。”

永康侯夫人冷笑一声：“长情？燕氏一脉就从来没出现个长情的主，他祖父不是，父亲不是，他能长情？恐怕是被迷惑了。想了九年，那时候他还是个孩子，简直是笑话。”

敏夫人似乎不知道该说什么了，心中掀起惊涛骇浪，怎么也想不到竟然与谢芳华有关。

“你说，他喜欢谁不好，偏偏喜欢谢芳华？这满京城谁不知道，她都病得快要死了，就是一直用好药吊着才能不死，指不定哪日就没命了。”永康侯夫人有些激动。

敏夫人顿时警醒地看了一眼四周，拍了拍永康侯夫人的肩膀，低声提醒道：“小声些，这话可不能传出去，若是传到忠勇侯的耳朵里，你我都难做。这满京城人谁不知道他和世子将谢芳华放在心坎里疼的。”

永康侯夫人气愤道：“我们永康侯府未必就怕了忠勇侯府。”

虽然如此说，声音到底小了下来。

敏夫人抿了抿嘴角，没接她的话，这南秦京城甚至天下百姓，谁人不清楚永康侯府不及忠勇侯府？无论是论家族发迹，还是财势地位，都差很多。

永康侯夫人不见敏夫人答话，脑子也冷静下来，激动气愤的情绪压回心底，对她道：“你我交好多年，这些话我也就敢跟你一个人说，事关我儿子，你可千万别给我透露出去。”

“你放心吧！我是什么样的人，你还不清楚吗？就算我算计别人，也不会算计你。我的目标是谢氏内宅和我儿子的前途。”敏夫人摇摇头，保证道。

永康侯夫人意会地颔首：“不错，你的目标一直是谢氏内宅，还有你儿子的前途。”

敏夫人点点头：“所以，你尽管放心。”

永康侯夫人看向灵雀台方向，无奈地道：“我听说谢芳华被皇上叫去灵雀台了？”

敏夫人嗯了一声。

“燕亭随我进宫后，听说她去了灵雀台，他也冲了去，我拦也拦不住。”永康侯夫人脸色难看，“没有皇上旨意，女眷们不能进入灵雀台，我真恨不得立马见到她，看看忠勇侯府传说中的病秧子小姐到底是什么样，竟然将我儿子迷得神魂颠倒六亲不认了。”

“今日她既然来参加宫宴，你早晚会见到的。”敏夫人想起谢芳华一身火狐披风，孱弱得似乎一阵风就吹倒的身段，叹了口气，“我今日倒是见到她了，与传言无二，但是到底没见到面相，也不好说，宫宴时，她总不能一直戴着面纱，届时你自己看吧！”

永康侯夫人点点头。

“小侯爷的事情慢慢来，总会有转机，你可千万不要逼急了他，失了儿子就不划算了。”敏夫人劝慰道。

“我知道。”永康侯夫人扶住额头。

敏夫人见她心情不好，想让她开心些，遂抛开此话题，谈起了最近几日京城中发生的趣事。果然永康侯夫人面色渐渐松缓了些，也露出些许笑意。

“看，卢雪莹来了呢！”远处凉亭有谁喊了一声。

敏夫人和永康侯夫人说话被打断，齐齐向御花园入口看去。果然见卢雪莹走进了御花园，她自己一个人走来，脚步匆匆，刚到御花园，便四处张望，似乎在找什么人。

“雪莹，这里！”燕岚从一众小姐中站起身，对卢雪莹招手。

卢雪莹看了燕岚一眼，扫过她身边围着的人，没立即过去，而是将四周或坐或站的所有人都打量了一遍，才慢慢地走向燕岚。

“喂，多日不见，你怎么瘦成了这副样子？”燕岚看着她，见她不说话，脸色有些难看，她奇怪地问：“你刚刚在找谁？”

“听说谢芳华已经进宫了？”卢雪莹问。

燕岚愣了一下，点点头：“是啊，你要找她做什么？”

“她如今在哪里？”卢雪莹不答反问。

燕岚呆了呆，看向灵雀台方向，小声道：“听说她刚进宫便被皇上宣去灵雀台了。”

“那我去灵雀台外等着她。”卢雪莹丢下一句话，转身向外走去。

燕岚惊了一下，立即快走两步追上她，不解地问：“你怎么想起要找她了？你脸色这么不好？难道她哪里惹到你了？”

“你猜对了，她就是惹到我了。”卢雪莹冷冷地道。

燕岚更是讶异，谢芳华多年缠绵病榻，足不出闺阁，据说连忠勇侯府的下人都很少看到她的影子，更别说外府的人了。这些年她跟卢雪莹交好，知道她的性子藏不住心思，谁惹了她，她一定要报复回来，还没听说过谢芳华惹了她，立即追着她问：“怎么回事儿？你跟我说说！”

卢雪莹不说话，只顾着往灵雀台的方向走。

“到底是怎么了？我们俩认识不是一天两天了，连喜欢铮哥哥我们两个都可以让对方知道，难道对于谢芳华还有什么不能明说的吗？”燕岚急了。

卢雪莹脚步猛地顿住：“有什么不能明说的？秦铮喜欢的人是谢芳华！”

燕岚闻言彻底惊了，整个人顿在原地，一动不动，满眼满脸的不敢置信。

秦铮喜欢的人是谢芳华?

他喜欢谢芳华?

怎么可能?

燕岚脑中迅速地消化着信息，这样想着，便不由得问了出来：“怎么可能？铮哥哥从来没有见过谢芳华，他怎么会喜欢她？别开玩笑了！”

“开玩笑？我也想他是在开玩笑！”卢雪莹声音似乎从牙缝里挤出。

“告诉我是怎么回事儿，你在哪里听到的消息？是铮哥哥亲口说的？还是谁说的？”燕岚有些激动地抓住卢雪莹的肩膀，她是无论如何也不相信秦铮喜欢谢芳华。别说在她看来，就是在南秦所有人看来，他们都是八竿子打不着的两个人。

一个是英亲王府的铮二公子，一个是忠勇侯府的小姐。

一个是横着走的螃蟹，一个是足不出户的病秧子。

就算门第相当，也不会有任何交集。

“不是他亲口说的，但是跟他亲口说的也没区别。”卢雪莹阴沉沉地道，“他要娶谢芳华为妻，这还不足以说明他喜欢的人是谢芳华吗？你当秦铮是什么女人都会娶进门的吗？”

第二十四章
求娶

燕岚顿时呆怔在原地，秦铮要娶谢芳华为妻？

卢雪莹看了燕岚一眼，伸手推开她，向灵雀台方向走去。

燕岚回过神来，卢雪莹已经走远，她立即提着裙摆快跑着追上她，一把将她的胳膊拽住，恼怒地道："卢雪莹，你听谁说铮哥哥要娶谢芳华的？怎么可能？"

"你别管我听谁说的，我就是知道了。而且就在今日宫宴，他想向皇上请旨赐婚。"卢雪莹脸色发寒，"他娶谢芳华有什么不可能？谢芳华除了是个病秧子外，她还是钟鸣鼎食之家谢氏忠勇侯府的小姐。论身份，南秦京城里面的所有女人，谁能比她尊贵？公主也要靠后站。"

燕岚脸色也跟着难看起来，低叱道："我可听我娘说了，英亲王府、永康侯府的男人，谁都不能娶了谢芳华，皇上是不会同意的。"

卢雪莹顿住脚步，看着燕岚："关你永康侯府什么事儿？难道你家男人也想娶她？"

燕岚恨恨地低声道："我哥哥喜欢她。"

卢雪莹难看的脸色顿时僵住："你哥哥？燕亭？他也……喜欢她？"

"我还能跟你说假话不成？"燕岚怒道，"你一心扑在铮哥哥身上，这南秦京城里谁家谁院的事情不知道也就罢了，怎么连你自己家的事情也不知道？我家里给我哥哥寻了范阳卢氏一门亲，就是你的族亲堂妹，左相大人的侄女。我哥哥死活不同意，闹腾了一年。我们都不明白原因，最近我娘才从他口中套出话来，原来他喜欢的人是谢芳华，非她不娶。"

卢雪莹闻言露出惊异的神色。

“连这个事情我都跟你说了，这回你该告诉我是谁告诉你铮哥哥要娶谢芳华的消息了吧？”燕岚趁机做交换。

卢雪莹抿了抿唇：“我答应她不说出去的。”

燕岚皱眉：“和我还不能说？你答应了谁？你若是不说，我以后不当你是姐妹了，你再有什么事情，也别找我，我有什么话，也不和你说了。”

卢雪莹踌躇片刻，猛地一跺脚，扫了一眼四下无人，在燕岚耳边低语道：“是李如碧。”

燕岚睁大眼睛：“是她？”

“你没听错，就是她。”卢雪莹道。

“为什么？她怎么会和你说这个？”燕岚不解。

“我今日进宫前去了一趟脂粉铺子，正巧遇到她也去拿早就订下的水粉，她气色极其不好，我多问了一句，不想这一问，从她口中问出了些事情。”卢雪莹咬着牙关，“几日前，皇上召见右相，询问了她的婚事，似乎有意将她许配给秦铮。后来，秦铮去右相府送年礼，右相试探了秦铮，秦铮却给推托了去。后来她去给右相送燕窝，在右相的书房门口，隐隐听到右相和李公子在谈论秦铮，她听到了秦铮对她无心，要娶忠勇侯府小姐的事儿。据说若是皇上在宫宴上指婚，秦铮一准会拒婚，那么她以后还如何再许亲？右相府为此事也犯了难。”

“所以，这消息可靠了？”燕岚提着心看着卢雪莹。

卢雪莹点点头。

燕岚脸色暗下来：“真是让人不明白，谢芳华一个病秧子，缠绵病榻足不出户多年，他怎么会想娶她？”

卢雪莹脸色也阴暗，道：“这也是我不明白的地方，李如碧容貌才艺在南秦京城俱是拔尖的，若说秦铮看不上我，也不喜欢你，你我痴心枉然，比不过李如碧，也就罢了。可是为什么是谢芳华？她除了家世，有哪点能让他看上？凭什么？英亲王府门第尊贵，有必要再和忠勇侯府结亲吗？”

“你说得对，走，我们一起去灵雀台门口等她，看看她到底什么模样。”燕岚道。

卢雪莹点点头：“不错！”

二人相携着向灵雀台而去。

谢芳华跟随着忠勇侯和谢墨含一行人去了灵雀台，她知道她进宫势必会惹人注目，不承想她前脚踏进宫门，紧接着便惹起了几度波澜汹涌，多少人恨不得立即见到她。

小太监领着，一路畅通无阻，不多时，众人便来到了灵雀台。

灵雀台和凤凰台是南秦皇宫两大特别之处，一个居于御花园南角，一个居于御花园北角，南北对望。灵雀台用于皇帝召见外臣，凤凰台是皇后每逢年节喜庆之日接见外妇之处。

今日的灵雀台上，除了一身龙袍的皇帝，还有早到的英亲王和永康侯、左右相、翰林大学士、监察御史几人。冬日里，皇帝和几人围炉品茶，显得分外可亲，平易近人。

小太监快跑几步上前，小心翼翼禀告：“禀皇上，忠勇侯、谢世子、芳华小姐到了。”

“哦？快快请来！”皇帝放下茶盏。

小太监错开身子，朝后面喊：“皇上有请老侯爷、谢世子、芳华小姐！”

忠勇侯面色不动，谢墨含偏头看了谢芳华一眼，见她面纱下脸色隐隐约约的青白，他怔了一下，脚步慢半拍，和她并排走在一起，低低喊了一声：“妹妹！”

虽然距离灵雀台还有些距离，但是谢芳华一眼之下便将高台上几个人的面容神态过目了一遍。尤其是一身明黄龙袍的皇帝，中年模样，气宇不凡，尊贵得惹眼，面带笑容和蔼的神情同样醒目。她收回视线，轻声道：“哥哥别担心，没有什么可怕的。”

谢墨含点点头，微微松了一口气。是啊，他的妹妹是藏在深闺久病不出府的小姐。就算八年的时间她都在无名山，但是被他和爷爷很好地遮掩了。八年都过去了，如今妹妹回来了，还是忠勇侯府的小姐，无名山虽然被她毁了，但是谁又能查出与她有关？的确没什么可怕的。是他紧张了。

“老臣拜见皇上！”忠勇侯躬身见礼，凭他的身份，是免跪礼的。

“谢墨含、谢芳华，拜见皇上！”谢墨含和谢芳华在忠勇侯身后稳稳跪下身。

“老侯爷快请起，今日过年，不在乎这些礼。”皇帝亲自站起身，走离座椅，虚扶忠勇侯一把。

英亲王、永康侯、左右相、翰林大学士、监察御史等人见皇帝亲自离座相扶，眉头都齐齐动了动。他们任何人，哪怕是英亲王受皇帝器重尊重，也从不曾享受忠勇侯这般的礼遇。

忠勇侯顺势直起身：“多谢皇上器重老臣，老臣老了，这年节的热闹劲儿，还真让老臣受不住，今日能进宫来，也是不放心我家的这个小子和丫头，怕他们惹事儿。”

“孩子们进宫，就如在自己家里一样，老侯爷不必担心。有朕在，谁还能欺负了忠勇侯府的世子和小姐不成？”皇帝哈哈大笑，看向谢墨含和谢芳华，“免礼吧！”

谢墨含站起身。

谢芳华由侍画和侍墨扶着缓缓起身。

“谢世子自然不用说了，朕是看着他长大的，除了身体差些，聪明好学，比朕的皇子们还有出息。老侯爷能有这样的子孙，朕心也甚是安慰啊。”皇帝笑道。

“这小子哪里能比得上皇子们，再聪明好学，没有一副好身子骨，也是枉然。”忠勇侯叹息一声。

“老侯爷多虑了，朕看谢世子如今的气色不错，比前几年的时候可是强多了，慢慢来，身子骨总会大好的。”皇帝拍拍忠勇侯肩膀，话落，看着谢芳华又道：“芳华丫头，昔日你父亲谢英在世时，朕和他脾气相投，称兄道弟，朕比他年长两岁，你喊朕一声伯伯也是当得的。这里没有外人，你揭开面纱，让朕看看你，据说皇后和英亲王妃都见过你小时候的样子，长得像你娘，朕一直没见过你。”

“芳华久病之身，样貌丑陋，故而戴着面纱来见皇上，扯掉面纱于芳华是无碍，但是怕因此惊扰皇上和几位大人，那样的话就是芳华的过错了。”谢芳华垂着头，声音低低地道。

皇帝一怔，盯着她面纱下隐约模糊的脸庞看了一眼，须臾，挥挥手：“朕不怕。”话落，又看向身后英亲王等人，“你们几人可怕？”

“芳华小姐多虑了，我们几人不是三岁小儿，还怕被你的样貌吓到？”左相开口道。

谢芳华似乎犹豫了一下，伸手轻轻扯掉了面纱。

一张苍白得没有半点儿血色的脸展现在几人面前，阳光打下来，白日里像鬼一般。

皇帝身子蓦地震了震。

英亲王低呼一声，脚步不由得上前了一步，又猛地顿住。

左相、右相、翰林大学士、监察御史也是齐齐露出惊异的神色，好在几人半生都历经风雨，才没失态。

灵雀台一瞬间静寂无声。

“芳华丫头，你还是戴上面纱吧！”忠勇侯撇开头，有些隐忍地痛苦吩咐道。

谢芳华点点头，抬手将面纱往回盖。

皇帝回过神，摆摆手，阻止道：“不必戴着它了，摘掉吧！”

谢芳华手一顿，不解地看着皇帝。

皇帝已经收起了面上的所有情绪，温和地对她道：“你的脸长久不见日光，太过苍白了些，也不是见不得人，做什么要一直戴着面纱度日？应该多晒晒太阳。”

谢芳华抿着唇，不言语。

“朕本以为，天下没什么事儿能够难得倒忠勇侯府，太医院的御医医术也未必高绝，能敌得过忠勇侯府私下请的神医。所以，一直以来，朕都没过问贤侄和贤侄女的病情。老侯爷，是朕对你的一对孙子孙女疏忽了，早该过问才是。”皇上叹息一声。

“皇上哪里话，他们父母早亡，是老臣没照顾好他们。”忠勇侯抹了抹眼睛。

“吴权！”皇帝摇摇头，朝身后喊了一声。

“皇上，老奴在！”一个老太监上前一步，躬身垂首。

“你去将太医院的孙太医请来这里。”皇帝吩咐。

“是！”老太监立即快步走出了灵雀台。

“皇上，您是要……”忠勇侯看着皇帝，试探地问。

“老侯爷坐吧！众位爱卿也坐吧！谢世子、芳华丫头，都坐吧！”皇帝坐回上首，和蔼地招呼众人一番，才对忠勇侯解释道："让孙太医来给芳华丫头看看病症，他前些年医术也许不怎么样，这些年一直苦心钻研，医术比以前长进多了。"

忠勇侯看了谢芳华一眼，谢芳华垂着头，看不见神色，他哎了一声，缓缓落座，应承道："今日是年节的日子，若不是皇上您早先下旨，老臣是不会把这个丫头弄进宫来惹皇上烦心的。"

"老侯爷说的哪里话？若是谢英兄还活着，恐怕早就会怪朕不管他的女儿了。"皇帝摆摆手，见左右相、翰林大学士、监察御史都恢复神色，只有英亲王一副神思恍惚的模样，喊了一声，"王兄，你说是不是？"

英亲王回过神，眼神复杂地看了谢芳华一眼，点点头，黯然道："是。"

"王兄坐吧！你不坐，这两个孩子也不敢坐。"皇帝笑道。

英亲王似乎极力掩饰了眼中的情绪片刻，才缓缓落座。

谢墨含见皇帝瞅着他和谢芳华，收敛心神，伸手拉了谢芳华一起坐在了最下首。

"这个丫头乍看令人骇其模样，但是容貌却是万里挑一。"皇帝亲手给忠勇侯倒了一杯茶，对众人询问："你们这时再看看她，是不是除了脸色白些，容貌极好？怕是这南秦京城挑不出来几个这样的样貌。"

"不错！"左相接过话道，"我看着芳华小姐倒是极像已故的谢英兄夫人。"

"那是自然，亲母女嘛！"皇帝笑了笑。

"说起来，谢英兄和夫人也死去十几年了吧？时间过得可真快。"右相盯着谢芳华的眉眼看了片刻，缓缓开口道。

"朕记得十四年了吧！"皇帝回忆道。

"回皇上，家父家母亡故十四年半了，那时候小妹才半岁。"谢墨含道。

"对，是十四年半了。时间过得可不是快？那时候朕派谢英兄为我暗访岭南，谢夫人不忍他自己长途劳苦没人照顾，硬是跟了去，后来在路途中出了事，丢下了一双儿女。"皇帝揉揉额头，"这些年，朕一直后悔。那时候根本不该让谢英兄去岭南。"

"皇帝无须自责，犬子和儿媳为国效力，理所当然，死也是死得其所。男子汉大丈夫，生不能报效国家，还有何用处？出了事情也是他们命短，怨不得别人。"忠勇侯道。

谢墨含微微抿起唇。

谢芳华低垂着头，不戴面纱的脸，除了苍白还是苍白，根本就看不出别的颜色。

"今日过年，皇上就别说这些故去的事情了，徒惹不快。"英亲王缓缓开口。

"不错，王兄说得对，逝者已矣，朕不说了。"皇帝点点头，随和地打住这个话题，话音一转，对英亲王问道："王兄，秦铮那个臭小子呢？今日可进宫了？"

"进宫了！与他娘在一处。"英亲王道。

"他可带来了那个婢女？"皇帝问。

英亲王顿了一下，摇摇头：“臣不知，臣一早便进宫了，只是得知他和他娘不久前也进宫了。”

“这个臭小子，弄个婢女还宝贝得跟什么似的，往日他得了什么好东西，一准跑到朕跟前来显摆，这次倒是例外了。朕不但没见到那个婢女，这些日子连他的人影也摸不到了。”皇帝笑骂了一句。

英亲王不答话，其他人自然也不搭话。

“那个臭小子，满京城人人都知道左相的女儿喜欢他，他可好，将人家推给了他大哥。”皇帝看向左相，没避讳左相的忌讳，当面问了出来：“左相，朕可听说了，今日你的女儿还要在宫宴上和秦浩论艺，让朕做公证？”

左相脸色僵了僵，站起身，恭敬地道：“小女顽劣，哪里知道儿女婚事能由得她说了算？这些年做出些荒唐行止，实在是让臣老脸无颜。都是老臣和夫人昔日过于娇惯她了，今日宫宴上，老臣定阻止她胡闹，皇上放心。”

“哎，阻止做什么？孩子们长大了，有些儿女心思也不是错处，若不是秦铮那小子不是东西，拉了皇后下了懿旨，朕才不会由得他胡闹。”皇帝摆摆手，脸色和缓，“左相坐吧！依朕看，王兄府中的大公子可比秦铮那个小浑蛋强百倍，你的女儿嫁了他，不会委屈的。”

“秦浩这个贤婿的确让老臣和夫人满意。”左相坐下身，面上僵色尽退。

“能不能嫁娶，也要看是不是姻缘。”皇帝笑着道，“今日宫宴朕倒要看看他们怎么个论艺法，怎么个一局定输赢。若秦浩真配不上她，朕就应了她的要求，帮她退了婚。”

“皇上，万万不可，儿女姻缘怎么能由得她胡来？”左相立即摇头。

“王兄自小栽培秦浩，不一定输了你的女儿。”皇帝抬手打断他，笑看向一处，“孙太医来了！倒是够快。”

左相只能住了口。

谢芳华抬起头看了一眼，果然见皇帝的大总管太监吴权领着孙太医来到了灵雀台。

谢墨含看着孙太医眉峰紧了紧，见谢芳华神色不变，他也稳住心神不动。

“臣拜见皇上！”孙太医跪地见礼。

“免礼！”皇帝摆摆手，看着他，“孙爱卿，朕宣你来，是想你给忠勇侯府的小姐看诊，她就在这里，你上前给她看看吧！”

孙太医站起身，眼睛扫了一圈，目光落在唯一的女子谢芳华身上。见到她苍白无半丝血色的脸愣了愣，须臾，躬身应声，走到谢芳华身边：“芳华小姐，请伸出手。”

谢芳华缓缓伸出手。

谢墨含忽然从怀中掏出一方帕子搭在了谢芳华的手腕上。

谢芳华一怔。

孙太医一僵。

谢墨含低低咳嗽了一声，对孙太医和向他看来的目光解释：“小妹自小不喜生人碰触，更何况是久居闺阁，不曾见过外男，孙太医海涵。”

孙太医回过神，连连拱手：“谢世子说得是，芳华小姐身份娇贵，又是女子，有些忌讳实属正常，您放心，隔着帕子我也能看诊。”

谢墨含点点头。

孙太医小心谨慎地将手搭在谢芳华手腕上，隔着帕子仔细诊脉。

皇帝、忠勇侯、英亲王等在场的所有人都看着孙太医和谢芳华。

灵雀台一时间分外安静。

孙太医脸色不停地变幻，各种神色都交替出现在他已经布满皱纹的脸上。过了许久，他才缓缓放下手，对上首的皇帝拱了拱手。

“孙爱卿，你可看出她是何病症了？”皇帝开口询问。

孙太医抬头看向谢芳华。

谢芳华扯掉手帕递给谢墨含，抬起头，目光静静地看着孙太医。

孙太医收回视线，对皇帝请罪：“皇上恕罪，老臣医术浅薄，实在看不出芳华小姐是何病症。”

“哦？看不出来？”皇帝扬眉，“什么病情也说不出来吗？”

孙太医垂下头：“芳华小姐的身体很是奇怪，像是有心悸之症，但又不像，像是有哮症，但也不像，像是有毒症，但还是不像。老臣实在说不出病情。”

“这可奇了！竟然是这样。”皇帝露出几分不解，“世间怎么会有这样的病症？”

孙太医垂首，摇摇头。

忠勇侯此时接过话：“皇上不必为这丫头费心了。”

皇帝看向谢芳华，见她脸色清清淡淡，孙太医诊断不出她的病，她也没什么情绪，像是经历得太多，已经习惯了，失望太多，便也无所谓了。他叹息一声：“孙太医诊断不出来不要紧，继续遍访天下医者，总有人会有神医之术。”

“皇上早先便说过，以忠勇侯府的能力，私下里神医不知道请了多少，怕是都请遍了，这绝顶神医恐怕真是不好找。”左相接过话道。

皇帝眸光动了动，沉声道：“我南秦没有神医，便去北齐找。北齐找不到，便去海外寻。普天之下，难道真就没有医术绝顶者？”

左相失了声。

“朕记得这丫头出生时没听说有什么病症，后来这病究竟是怎么得的？”皇帝忽然问。

忠勇侯叹息一声：“九年前，突然就得了这个病，老臣暗中给她遍寻医者，也是都看不出所以然来。这些年，便一直用好药养着。以前连床都不能下，最近一年她的舅舅据说寻到了一位不出世的医者，传回了一个方子，她吃了，才见了好，能下床走动了。”

“漠北？”皇帝挑眉。

“那应该是在漠北，武卫将军只有华丫头这么一个外甥女，对她的病自然也是尽心尽力地寻求医者。他多年在漠北戍边，不能离开漠北，能找到的医者，应该也是漠北的医者。”忠勇侯道。

皇帝点点头：“可将那医者请来京城？”

“华丫头吃了他的方子，半年就见了效，老臣大喜之下，派人去了漠北请，但是据说那医者去雪山采药，不幸赶上雪崩，人被埋在了雪山下。据说他还有个传人，可惜从他病逝后离开漠北去别处游历了，这样一来，自然没请到人，只能慢慢让人寻找了。”忠勇侯道。

皇帝吐了一口气，宽慰道：“只要有希望就好，没准哪天就找到那神医的传人了。”

“老臣也希望尽快找到！”忠勇侯颔首。

“丫头也宽心些，既然你的病情有了转机，迟早能被神医治好，别气馁。”皇帝又转头安慰谢芳华。

谢芳华点点头。

“皇上，燕小侯爷求见！似乎有急事要见皇上。”吴权悄声道。

“哦？燕亭？他有什么急事？可问了？”皇帝询问。

“燕小侯爷不说，说要见到皇上再说。”文公公看了一眼永康侯道。

永康侯脸色变幻片刻，看向谢芳华。见她脸上从进来灵雀台后便是一个神态，此时听到燕亭的名字，神色也是无波无澜，如听一个不相干的陌生人的名字。他想起燕亭一年来的闹腾，今日急着来这里，怕也是为了她。永康侯收敛住情绪，立即道：“皇上，犬子是个浑不吝的东西，他能有什么急事？不用理会他。”

“你这话朕可不爱听，燕亭要文有文，要武有武，朕觉得挺好。”皇帝笑着对吴权道：“宣他进来吧！朕看看他有什么事！”

“皇上！”永康侯有些急。

“爱卿急什么？难道你知道他所为何事？”皇帝看向永康侯。

永康侯心一沉，摇摇头：“臣不知道。”

皇帝对吴权摆摆手，吴权立即转身下去请燕亭。

谢墨含看向灵雀台外，想着燕亭曾经透露出对谢芳华执着的心思，生怕他今日来这里真是为了她，心微微揪了起来。

谢芳华却不以为意。

过了片刻，燕亭由吴权引着，脚步匆匆地进了灵雀台。入眼处，将所有人都打量了一遍，之后，他目光猛地定在谢芳华身上，眸子顷刻间露出惊异的神色，脚步也倏地顿住。

“亭儿！”永康侯见他盯着谢芳华看，低喝了一声。

燕亭身子一震，惊异之后，脸上闪过各种情绪。整个人除了一张脸有表情外，似乎成了个木桩子，一动不动，呆呆怔怔。

“亭儿！”永康侯又提高声音喝了一声。

燕亭身子一颤，回过神来，顺着声音来源，看向永康侯。永康侯瞪了他一眼，他收回视线，又看向谢芳华，片刻后，垂下头，跪在地上叩拜皇帝。

“起来吧！”皇帝摆摆手，温和地询问：“燕亭，你急着跑来这里见朕，有什么等不及的事？”

燕亭直起身，一时间没开口。

“嗯？”皇帝含笑看着他。

燕亭又扭头看向谢芳华。

“皇上面前，不得无礼！”永康侯训斥了一句，见他仿若不闻，依然盯着谢芳华不移开眼睛，心中气怒，“这是忠勇侯府的小姐谢芳华！她虽然多年缠绵病榻，脸色苍白些，但不至于将你吓成这副样子，你总盯着她做什么？”

燕亭身子又细微地一震。

谢芳华在这时忽然笑了，看着永康侯极怒的脸道：“任何人见了我，都是这副样子，永康侯爷恼什么？燕小侯爷是被我的模样吓到了而已。这也是我这些年不出府，今日出府蒙着面纱的原因。”

永康侯脸色一僵。

谢芳华又看着燕亭，语气平静地道：“燕小侯爷，久违了！上次爷爷寿辰，你见了血光，求到我，让我帮你遮掩，我帮了你，可是自己却从此突然惹了灾，不知怎的得了一身怪症。可能那日的血光之灾是应验到我的身上了，导致我每每想起的时候，一辈子都不想见到你，以防触及我的霉运。不想今日又见到了你。”

燕亭闻言脸色瞬间变得煞白。

“咦？这是怎么回事儿？芳华丫头见到过燕亭？”皇帝微微讶异。

在场众人也齐齐露出讶异的表情，任谁都听出谢芳华话里之音，二人有仇。

“就在九年前，我爷爷寿辰的时候，燕小侯爷和人打了一架，被打得见了血。爷爷寿辰见血，实属不吉利，这种事情，自然不能宣扬。我正巧碰到，帮他包扎了伤口，隐瞒了下来，不想从此以后我就得了怪病，这不是应了血光之灾吗？”谢芳华声音不高不低地解释。

燕亭向后退了一步，似乎有站不稳之势。

“原来是这样！”皇帝点点头，看了燕亭一眼，又看了面色僵住的永康侯一眼，又看向忠勇侯，只见忠勇侯目光露出怒意，他对谢芳华道："虽然老侯爷寿宴见血是为不吉利，但是也不该应验到你身上。"

"可就是应验了！"谢芳华平静地陈述，"从那之后我就病倒了。"

皇帝失了声。

忠勇侯腾地站起身，满面怒意，对谢芳华问："此事当真？为何我从没听说过？"

"爷爷，已经发生了，难道我说了，让您知道了，您能杀了燕小侯爷赔我的健康不成？永康侯府只有一个小侯爷，赔不得吧！"谢芳华轻声道。

忠勇侯老眼冒火地看向永康侯："燕祈，你怎么说？"

永康侯一时间愣住，他怎么说？能怎么说？他虽然知道儿子喜欢谢芳华，非她不娶，但是只觉得是在九年前被她蛊惑了，却从来不知道这中间还有内情，当日他竟然见了血光？而且被谢芳华当着皇上的面点出来，说是他的儿子害得她应验了血光之灾，他一时讷讷无话。

"究其根源，原来是燕亭害得我家华丫头病了这么多年。"忠勇侯恨恨地道，"这笔账，你们父子说，该如何算？"

永康侯脸色也渐渐白了。

燕亭又后退了一步，身子不停地轻颤起来。

"燕亭当年和谁打架了？"皇帝忽然发问。

谢芳华不答话。

"燕亭，你说，你当年和谁打架了？"皇帝看着燕亭，又问了一遍。

燕亭忽然扑通一声跪在了地上："皇上……"

"皇叔，当年燕亭是和我打架了！"秦铮的声音忽然从灵雀台外传来。

谢芳华目光微动。

谢墨含心里紧了紧，看向声音来源的方向。

燕亭本来要说什么，被秦铮的声音忽然打断，他一时间住了口。

皇帝和忠勇侯、永康侯、左右相等人也立即向灵雀台外看去。

只见秦铮伴随着话音走了进来，一身锦缎竹青色轻裘，包裹着颀长的身子，腰束玉带，行止轻缓，整个人看起来少年风流，颇有些倜傥贵公子不知愁滋味的味道。

"皇叔好！父王好，忠勇侯好，永康侯好，左右相爷好，御史大人好，大学士好，子归兄好，燕亭兄好。"秦铮来到近前，一长串话语伴随着他弯身见礼的动作轻快地吐出，不等众人反应过来，他看向谢芳华，笑吟吟地道："芳华小姐，好久不见！"

谢芳华眼神陌生地看着他，并不答话。

"你只记得和燕亭兄的仇，怎么就不记得和我的仇？"秦铮看着她，没有因为她的面无表情而减少丝毫笑意，依旧笑吟吟地道："所谓事情有因有果。燕亭是被我打伤的，才见了血，导致你应验了血光之灾，这仇该找我不是吗？"

谢芳华冷漠地看着他，沉默不语。

“铮儿，不得胡闹！”英亲王轻喝了一声。

“父王，我没胡闹，说的是事实而已。”秦铮站直身子，将双手背负在身后，一副轻狂姿态，高傲地道：“冤有头，债有主。我做过的事情我自然不能当作没做过，做错了，自然不能推脱责任，也不能让别人代替我负责任，这可是父王您从小就教导过我的。”

英亲王一时失声。

“浑小子！”皇帝忽然骂了一句，“见过躲仇的，没见过有谁找仇的！”

“皇叔，一人做事一人当！您也曾经教导过我啊，我不能辜负您的教导。”秦铮懒洋洋地道，“的确是我打的燕亭，那日他和我抢酒，我就打了他，谁知道他那么不禁打，见了血！”

“原来是你小子！”忠勇侯怒意对向秦铮，似乎下一刻就要挥手劈死他。

英亲王见此坐不住了，猛地站起身，一把拽住秦铮挡在身后，对忠勇侯道：“老侯爷，事已至此，有话好好说。”

“还能如何好好说？事情不是都摆在这里吗？”忠勇侯怒道。

“关于芳华小姐说的血光之灾应验到她身上的话，这个事情毕竟不是太有依据。”英亲王拖着秦铮退后了一步。

“什么叫不太有依据？在我的寿宴里，发生了血光，你是说应验到我身上才有依据？”忠勇侯花白的胡子翘起，怒气冲冲，“我们谢氏一族，几百年传承下来，是信奉神武大帝的。神武大帝是战神，但也是杀神。我们嫡系一脉，六十大寿是一个坎，若是见血光，就会有灾难降临。九年前，我老头子正是六十大寿。当日你们都参加了，皇上也去了。可都还记得我说过什么？我说不准有人在我的寿宴生事，更不准见血。本来我以为一切顺利，却不承想华丫头在我寿宴后没多久就得了怪症。这些年我一直不明白哪里出了错，原来是这里。”

英亲王一噎，没了反驳的话。

皇帝看向左右相等人：“你们可还记得？”

左相没说话。

右相犹豫了一下，还是点点头：“隐约记得九年前老侯爷寿宴是说过这样的话！谢氏嫡系一脉信奉神武大帝，这我知道。”

“不错！谢氏流传数百年，一直信奉神武大帝。”监察御史和翰林大学士一起开口。

“英亲王，你还有何话说？”忠勇侯眼睛喷火地看着英亲王。

英亲王从来不曾面对忠勇侯的怒火，一时间不知道该如何做。

“既然秦铮这小子今日站了出来说是他的错，你们英亲王府该如何偿还我孙女遭的罪？”忠勇侯步步紧逼。

英亲王拖着秦铮步步后退，讷讷不得言。

“英亲王，你们父子今日不给我个交代，我就去掀翻了你的英亲王府！”忠勇侯一阵掌风扫向英亲王和被他拖在身后的秦铮。

英亲王脸色僵了僵，一时间，骑虎难下。

秦铮被拖着后退到灵雀台的栏杆上，看着挡在他面前的人，翻了个白眼，终于受不了地推开英亲王，自己面对忠勇侯，清声道：“欠债自然要还的，天经地义，我又没说不还，老侯爷，您急什么？”

“还？你说如何还？你要现在就自杀赔我孙女吗？”忠勇侯瞪着他。

“老侯爷，万万使不得！”英亲王脸色霎时白了。

“自杀可不行！您的孙女又没死，虽然病了多年，如今不是还活着吗？”秦铮摇摇头，见忠勇侯闻言更是大怒，要上前来劈他，立即道：“我娶了她，她嫁给我，慢慢还这笔债，总可以了吧？”

忠勇侯一惊，挥出的巴掌僵在半空。

“铮儿！”英亲王失声喊了一声。

皇帝面色微微一变，左右相和监察御史、翰林大学士齐齐露出惊异的神色。

谢墨含眉梢动了动。

谢芳华眼睛瞬间眯起，冷冷的目光射向秦铮。他可真会借坡下驴，趁机求娶。

第二十五章 逼婚

灵雀台一时间鸦雀无声，连一根针落在地上都能听见声响。

秦铮似乎不觉得自己的话多么有杀伤力，缓步走到谢芳华近前，看着她轻轻一笑，声音轻快如风：“你因我而久病，我娶了你，用一辈子偿还这笔债，你觉得如何？”

谢芳华面无表情地看着他，淡淡道：“不如何！”

秦铮扬眉看着她。

“我久病之身，久积怪症，也许刚嫁给你就死了，届时你还可以娶别人，铮二公子，你的债还得未免太轻松了。”谢芳华讥讽地给出解释。

秦铮闻言笑了一声，道：“你若是嫁给我，我会全力治好你的病，合英亲王府和忠勇侯府之力，就不信找不到能治你病症的那个医者。若是你怕嫁给我不能享福就死了，觉得吃亏的话，那么你放心，我可以当着皇天后土和皇叔、我父王以及老侯爷和在座大人的面起誓，我秦铮这一生只娶你一人，妻死夫随，阳世还不了的债，我追随你去阴间还。”

“秦铮！”英亲王闻言骇然，大喊了一声。

皇帝面色一沉，继而勃然大怒，看着秦铮训斥道：“混账，你是英亲王府的嫡子，将来要承袭爵位，岂能这般随意地胡言乱语？”

“你答应不答应？”秦铮不理会英亲王和皇帝，目光紧紧地盯着谢芳华。

谢芳华心里咯噔一声，心跳停顿片刻，霎时血液卷起一阵波涛，对于这个以夫为天的世界的男人来说，这样的话未免太重了。尤其是从秦铮这个将来要承袭爵位的英亲王府嫡出公子口中说出，更是深重。她看着他清俊的脸，那双眸子颜色幽深认真，灼热烫人。她有片刻凝定，须臾，避开他的眼睛，收回视线，眼神染上淡漠，缓慢且冷淡地道："铮二公子的玩笑开得未免太大了，我们忠勇侯府要不起这样的还债法子。谁人都知道，我这样的女人是嫁不出去的，没有人愿意娶。若是让你因还债娶了我，传扬出去，便是我们忠勇侯府不要脸面讹诈了铮二公子的终生。"

秦铮目光一沉，瞳眸紧紧地缩了缩。

谢芳华不再理会他，转向忠勇侯，云淡风轻地道："爷爷，孙女从来没想要任何人还债，您今日又何必因我而得罪了英亲王府和永康侯府？我们忠勇侯府虽然信奉神武大帝，但一直以来也是秉承诗礼传书的簪缨之家。您爱护孙女，但是也不该丢了我们忠勇侯府的颜面和尊严。我的身体已经是这样，九年前您寿宴的血光之灾应验到了我身上，无论是铮二公子的错，还是燕小侯爷的错，已经过去了九年，就作罢吧！"

忠勇侯看着谢芳华，一时间没答话。

谢芳华转向皇帝和英亲王、永康侯，淡淡一笑："因我之身，受我之苦，时也运也命也。也许这就是我一生该应的劫数。皇上、英亲王爷、永康侯爷不必心中有负担，铮二公子和燕小侯爷的错我也不会追究，铮二公子刚刚说的话，只当是笑话听听也就罢了。谢芳华就算嫁不出去，也不讹诈任何人。只是以后，请管住他们，别让他们再去我们忠勇侯府，也别出现在我面前就是了。"

"不可能！"秦铮断然开口，语气冷冽。

谢芳华淡漠地看了他一眼，站起身，对上首的皇帝一礼："皇上，请容芳华告退！"

皇帝眉头紧紧地皱起，见谢芳华请辞，没做表示。

"爷爷！"谢芳华看向忠勇侯，轻轻喊了一声。

忠勇侯咬了咬牙，似乎有些不甘心，随即看到谢芳华一副作罢的表情，他长长叹了一口气，对上首的皇帝一礼，沉重地道："皇上，我老头子乍然听闻九年前之事一时受不住，失礼了。既然我家的华丫头都说不追究九年前的对错了，那我老头子也就只好作罢了。我家华丫头就算嫁不出去，没人娶，也不为难皇上、英亲王府、永康侯府，更不会为难铮二公子和燕小侯爷！九年都过来了，我们家自认倒霉。我家华丫头说得对，以后铮二公子、燕小侯爷不要再踏入我忠勇侯府的门槛了，也别再出现在我家华丫头面前了。"

皇帝面皮动了动，忽然觉得有些下不来台，看着忠勇侯，一时间不知如何接口。

英亲王脸上也有些挂不住，人家如此不追究了，是好事儿，可是未免亏欠了忠勇侯府。忠勇侯府是那么好亏欠的吗？他一时也不知该作何处理。

永康侯看着跪在地上从秦铮出现便开始呆怔的燕亭，觉得这件事若真能这么算了就好了。可是可能吗？忠勇侯府退得一干二净，大度至此，他们若是真让人家这么退了，传扬出去，那才是打了他们自己的脸面。

"爷爷和妹妹说得不错！此事就这样算了吧！"谢墨含此时站起身，对上首的皇帝道："皇上，墨含请求现在就送妹妹回府，她身娇体弱，受不得这种场面。今日的宫宴就不参加了。"

皇帝闻言沉默半晌，摆摆手，严肃地道："既然芳华丫头今日进宫了，不参加宫宴岂不可惜？这样吧！你送她去皇后那里休息。"

谢墨含见皇帝不答应，心念电转，立即道："宫里不适合妹妹休息，还请皇上……"

"皇后宫里温暖宜人，不次于忠勇侯府的闺阁，再说皇后也想见见芳华丫头，不要多说了。去吧！"皇帝打断谢墨含的推辞，挥挥手，对身后吩咐："吴权，你带谢世子送芳华小姐前去皇后处，着皇后仔细照看。"

"是！"吴权走上前，对谢墨含和谢芳华一礼，"谢世子，谢小姐，请随老奴来。"

谢墨含本来有心就此带谢芳华离开皇宫，见皇上没有放人的打算，只能作罢，点点头道："劳烦公公了！"

侍画和侍墨立即上前扶住谢芳华，跟随吴权准备离开。

"不行，话还没说清楚呢！怎么能一走了之？待说清楚了，不用子归兄送，我送去皇后娘娘那里休息。"秦铮拦在谢芳华面前，霸道地阻止。

谢芳华背对着皇帝等人，冷眼看着他。他要怎么说清楚？

秦铮仿若不见她的冷眼，笑了笑："我秦铮开口说出的话，别说在南秦京城里，就算在这普天之下，也没有不作数的时候。听着，谢芳华，我说娶你，不是开玩笑！"

谢芳华抿起唇，冷冷地不答话。

"秦铮兄，今日是除夕，我妹妹虽然是病弱之身，但也在乎清誉。她不需要你如何，不需要燕亭兄如何，九年前的事情已经作罢了，你该知足，不应该再为难。"谢墨含蹙眉，眼神凌厉地看着秦铮，口气极重，"你我兄弟一场，我的妹妹也是你的妹妹。"

"谁稀罕要妹妹！我要的是媳妇儿！"秦铮挥手，一副浑不吝的模样，"男子汉大丈夫，言而有信，说出去的话，泼出去的水。这般算了，叫我秦铮以后如何还有脸面见人？抛去欠债要还的道理，就论人，我还就下定决心娶她了。"

谢墨含一时无言。

"胡闹！哪里有强娶人家女儿的道理！"英亲王气怒地沉喝一声，觉得秦铮疯了。

"秦铮，给朕退下！你这样子，像什么话！"皇帝再度开口，脸色有些阴沉。

"皇叔、父王，强娶人家女儿又怎么了？若是德慈太后活着，我要什么，她老人家不答应？"秦铮抖了抖袖子，慢悠悠地道："德慈太后仙逝了，从今以后便没人疼我了。感同身受，我突然也想找个人疼，就算她疼不了我，那么我疼她，总是可以的。谢芳华这副病秧子的样子，我见到她，就想疼她。怎么才能让她被我疼？自然是娶回去。”

英亲王一时失声。

皇帝怒斥：“怎么能相提并论？若是德慈太后活着，娶妻这等大事，也不能任你胡闹。况且，你怎么就没人疼？你敢说这些年来朕没有一直宠惯着你？你想找个人疼？你府里那个婢女呢？你不是疼得紧吗？”

“皇叔也说了那是个婢女，我再怎么疼，她也是婢女，变不成媳妇儿啊！难道您能下旨将她赐给我做媳妇儿？”秦铮反驳。

皇帝一噎，怒道：“忠勇侯府的小姐岂能是你说娶就娶的？”

“的确，忠勇侯府的小姐不是我说娶就能娶的，我一个人说了不算。可我如今不是当着皇叔、父王、忠勇侯、谢世子，以及几位大人的面在求娶吗？能做主的人今日都在这里。”秦铮懒懒一笑，对着谢芳华面无表情的脸目光盈盈，“只要你们答应，我也就能娶了。”

“婚姻之事乃是大事！不仔细斟酌，岂能胡作非为？”皇帝训斥，“来人，将秦铮给朕赶出去！”

一声令下，两旁出现数名宫廷禁卫军。

秦铮一摆手，阻拦上前的禁卫军，面无惧意，笑着对上座的皇帝道：“皇叔急着赶我做什么？总该让我将该说的话说完。今日可是过年，德慈太后也会回宫过年的。她老人家若是看到你欺负我，一准不高兴。”

“你……”皇帝脸色发青。

“皇叔别恼，侄儿是在娶媳妇，又不是做坏事。”秦铮笑着转过身，对谢芳华道：“谢芳华，我秦铮决定的事，不会轻易变了。你的病从今以后我负责了，你的人我也负责了。我说了只娶你一个，你死了我随着，你还有何不满意？”

谢芳华苍白的脸色渐渐难看。她虽然知道秦铮蛮横霸道，敢在南秦京城横着走，能踩着左相马车过，能在皇帝面前插科打诨，无理取闹，但是也没想到他能在皇帝面前横行到这个地步。他这是逼婚！

“秦铮兄，你的身份尊贵，又是英亲王府的嫡子，我的妹妹病已至此，耽误不起你一辈子，还是收回你的话吧！别因为你的话，使得英亲王府和忠勇侯府敌对。”谢墨含见气氛僵持，怕对谢芳华不利，开口劝说。

“英亲王府的子嗣不止我一个，父王也不止我一个儿子，他自小栽培秦浩，我若是不承袭王位，不正是如了父王的意？皇叔不是也欣赏我大哥的才华吗？正好，我放弃爵位，由他继承，这样，我娶你妹妹，也不相干英亲王府的传承了。”秦铮满不在乎地道。

“胡说！”英亲王闻言气得大喝。

“一派胡言！”皇帝也沉声怒喝。

“秦铮兄，婚姻向来是父母之命媒妁之言。哪里有你这般自己当着人家姑娘的面求娶的？你这简直是……”谢墨含无奈地看着他，“传扬出去，我妹妹以后如何见人？”

“她成了我媳妇儿的话，只能是一段佳话，怎么不能见人了？”秦铮不以为意，“当面求娶，才显诚意。子归兄，我秦铮做事，向来不忌讳那些俗礼，你是知道的。”

“你不在意，我妹妹她在意！”谢墨含气恼道。

“她在意？我怎么看不出来她在意？你看看她，还是这副麻木的表情。”秦铮道。

谢墨含一噎，看了谢芳华一眼，见她面色的确有些麻木，他有些头疼：“我妹妹病弱之躯，不说能不能活命，就是嫁给你，也是子嗣难得。皇室宗室子息可是重要的。”

“那又如何？皇室宗室里又不是只有我一个人，子息多了去了，不差我一个的种。”秦铮扬了扬眉。

皇帝大怒，英亲王气得颤抖起来。

谢墨含见势不好，不等那二人开口，立即道：“皇上在这里，英亲王也在这里。你这等话还是不要胡说。你担得起这个罪，我妹妹可担不起。”

秦铮笑了一声，看向皇帝，款款道：“皇叔向来体恤忠勇侯府，我虽然是您的侄子，是英亲王府宗室的子息，但是谢芳华的父母因皇叔派遣的差事出了事故早亡，她又因我打伤燕亭见血光之灾缠绵病榻多年，皇叔应该也一样怜惜她。所以，皇叔若是细想之下，应该也不会阻拦我娶她才是。毕竟南秦有半壁江山是忠勇侯府打下并世代守护的，岂能因忠勇侯府有个弱女子，久病恐难有孕而置其姻缘于不顾？皇叔仁爱子民，这样的事情是不是做不出来？更不应该阻止？”

皇帝气怒的面色倏地一变，身子僵了僵。

“而父王您，数日前曾经答应我，白纸黑字，立了约定，我的婚事由我自己做主，妻子由我自己选择。父王，您不会短短几日就将立约答应我的事给忘了吧？”秦铮看向英亲王，“更何况，当年您不是也为子归兄和谢芳华父母亡故而肝胆俱痛吗？”

英亲王看着秦铮，嘴角哆嗦片刻，无言以对。

“忠勇侯，您觉得，我秦铮真不能娶您的孙女吗？”秦铮看向忠勇侯。

忠勇侯看着秦铮，又看向谢芳华，一时间难有态度。

“子归兄，我们相交多年，你是觉得我说话会不算数？是娶了她不好好对待她的人吗？”秦铮看向谢墨含。

谢墨含移开视线，秦铮自然不是！但是英亲王府的铮二公子娶他妹妹，将忠勇侯府和英亲王府拴在一起，皇上和英亲王会准许吗？皇上对忠勇侯府已经十分忌惮了，若是加上这出婚姻，实在难以想象……

“谢芳华！你不要我还债，那我就不还债。我不还债，也娶你。我当面求娶，亘古至今，无一人如我这般不讲规矩，但是那又如何？你很在意？若是你在意，只要你答应，明日我便请媒婆上忠勇侯府的门提亲，要多规矩有多规矩，如何？”秦铮看着谢芳华。

谢芳华唇瓣紧紧地抿起，不答话。

秦铮盯着谢芳华，眼睛一瞬不瞬，似乎要将她面皮剥开，看出花来。

气氛再度僵住，灵雀台四周的廊角似乎都听不到半丝风声。

永康侯、左右相、监察御史、翰林大学士以及皇帝身后侍候的宫人都心中惊骇。任谁也想不到铮二公子横行无忌数年，对任何女子不假辞色，今日见了谢芳华，竟逼迫纠缠至此，非要娶她。谁都猜不透哪里出了问题，这些年是半点也没听到秦铮和谢芳华有过关联。

就与月前他突然收了贴身婢女一样让人惊异。

这南秦京城多少闺中女儿倾慕秦铮，但是独独谢芳华不计算在内。

可是，今日偏偏在她身上发生了这种不可能的事。

一时间，灵雀台气氛压抑至极。

忽然，谢芳华捂住心口，猛地咳嗽了起来。

“妹妹！”谢墨含面色一变。

“小姐！”侍画和侍墨齐齐一惊，扶稳谢芳华。

秦铮上前一步，手伸出，又猛地撤了回去，只是看着她。

谢芳华咳嗽得弯下了身子，身体似乎承受不住心口传来的压力，剧烈地颤抖了起来，苍白的脸色即便是剧烈地咳嗽也不见半点儿红晕，一声一声的咳嗽揪心扯肺。

“华丫头！”忠勇侯凑上近前，焦急地大喊。

“药……侍画……药……”谢芳华双手捂着心口，喘息间，吐出极低的声音，似乎下一瞬她就会因上不来气而气绝。

侍画闻言立即伸手探入谢芳华怀里，摸出一颗药，递到她唇瓣，白着脸颤抖地道：“小姐，药，药在这里……”

谢芳华张口吞下了侍画递来的药丸。

药丸入口，她依然咳嗽不止，但又拼命地压制着，不让药丸吐出来。一番挣扎之下，让在场所有人都看到了她病魔折磨下撕心扯肺的痛苦，早先的压抑褪去，不由得都跟着她揪心起来。

秦铮看着她，清俊的脸上渐渐染上别的颜色，瞳眸深邃。

灵雀台一时间没有别的声音，只有谢芳华撕扯心肺的咳嗽声和压抑的粗嘎呼吸声。

“快请太医！”皇帝终于开口。

吴权立即向外跑去。

“不……不用请太医……”谢芳华捂着心口，大口地喘息片刻，才渐渐稳住，见皇帝和众人看来，她白着脸虚弱地道：“我的病我清楚……太医来了……也一样如孙太医一般……看不出什么来，我……我去休息片刻就好……”

“既然如此，吴权，快带她去皇后那里休息！”皇帝缓和了语气，连忙吩咐。谢芳华发病给了他一个台阶下。

吴权连忙跑了回来，试探地问：“芳华小姐，您能走吗？需要轿子吗？”

谢芳华靠在侍画身上，虚软地道：“若是有，那是最好，劳烦公公弄一顶来。”

吴权点点头，向外走去。

“朕的玉辇就在外面，不用去找了。让她坐朕的玉辇去皇后那里吧！”皇帝忽然道。

吴权惊骇，顿时睁大眼睛。

忠勇侯面色一变，玉辇岂能是女子轻易坐的？皇后都不曾坐过皇上的玉辇。

谢墨含脸色也唰地变了。

永康侯、左右相等人惊愕，就连英亲王也惊了。

“不行！她本来就跟个病秧子似的，怎么能镇得住玉辇上的龙气？皇叔，您糊涂了。”秦铮断然拒绝，趁侍画和侍墨不注意，一把扯过谢芳华打横抱在怀里，霸道地道：“反正我要娶她，不用找轿子了，我送她过去！”

谢芳华一惊，她本来能躲开秦铮向她扯过来的手，但是当着这么多人的面，她能躲吗？她有力气躲吗？自然是不能躲，自然是没力气躲，所以，只能被他抱了起来，一阵眩晕袭来，谢芳华被他抱在了怀里，一时间对上他霸道清俊的脸又惊又恼。

他可真是个混账！

这样当众与她举止亲密，就算皇上和英亲王不同意他娶她，现下又能如何？

女子名声最是珍贵！

这个世界上贞节牌坊满地挂，她忠勇侯府小姐养在深闺，更是不曾与男子有过半丝身体碰触，他这样突然抱了她，她的清白就没了。

从此以后，她谢芳华就要与秦铮的名字拴在一起被议论！

别说她病得嫁不出去，就算有人想求娶？还有谁再敢求娶？

皇帝还能如何撕开忠勇侯府的脸面，不应允亲事？还能如何再给秦铮许婚？

这一刻，她终于明白了。

秦铮自从被李沐清威胁那日开始，至今几日，他怕是就想出了这么个对策，先下手为强！皇帝不是想在宫宴上给他指婚吗？那么他就在宫宴之前先下手打皇帝一个措手不及，先一步来求娶她，将这件事当着朝中重臣和忠勇侯的面闹开。那么，皇帝今日想拿个别的女人来赐婚，顾及忠勇侯的脸面和忠勇侯府的势力也是不成了。

至于李沐清，只要皇帝不给秦铮指婚，他也不必维护妹妹而出来求娶她了。

早先她怕燕亭捅出不该说的话，污她名声，才故意拿出九年前的事情来阻挡燕亭，胡诌了血光之灾。爷爷配合，镇住了燕亭，可是不想转眼就被秦铮这个浑蛋给利用上了。

或者，换句话说，就算没有血光之灾的说法，他既然有打算，今日定也会闹这么一出。

而且只说求娶还不够，竟然打着干脆就当着所有人的面毁了她清白的主意。这样一来，皇帝顾及颜面，忠勇侯府顾及颜面，英亲王府顾及颜面，就算不同意这门婚事也要同意。

到底被他算计成了！

谢芳华在秦铮怀里暗暗地磨牙，几乎将口中的全部牙齿都要咬碎。她到底还是低估了他在皇帝面前的大胆和放肆程度！竟然真是传说中的天不怕地不怕了！皇帝面前也敢横行。

“秦铮！你做什么？”皇帝终于坐不住了，腾地站了起来。

英亲王骇然地看着秦铮抱着谢芳华，一张脸犹如死灰一般地颓败。

秦铮紧紧地将谢芳华抱在怀里，一副不觉得他做了什么天大的骇事一般，无辜地看着皇帝道：“皇叔，我说要娶她，说了多少遍了，您不信，如今您总该相信我想娶她的心了吧？她的清白如今在我手里攥着，难道您让我现在将她扔出去？”

皇帝一口气憋在心口，上不去，下不来，铁青着脸看着秦铮，半晌道：“你太放肆了！礼义廉耻你不知，诗书礼仪你不懂，强抢人家姑娘，横行无忌，你无法无天了！是不是让朕砍了你的头，你才安生？”

“皇上！”英亲王惊呼一声。

秦铮面无惧色，俊颜含笑：“皇叔，您别吓唬我，德慈皇奶奶的魂儿今日可是来了宫里，您没吓唬到我，没准反而吓到她了。她在天上不孤独，可没打算拉我上去给她做伴。”

皇帝闻言更是气得发颤，伸手指着秦铮，似乎想处置了他，但是又看到英亲王哀求的脸，想着秦铮背后的英亲王府，又想到英亲王妃护犊子，更想到英亲王妃的娘家清河崔氏，以及德慈太后的娘家王氏。德慈太后临终前，嘱咐王家人关照秦铮，他猛地一脚踹翻了面前的桌子，对秦铮怒道：“你滚……给朕滚出去！”

“是，侄儿告退！”秦铮抱着谢芳华转身就走。

谢墨含也给惊了个够呛，见秦铮抱着谢芳华离开，立即抬步追上。

“子归兄，老侯爷岁数大了，你还是留在这里守着他吧！别让皇叔的怒意伤了老侯爷的身子骨，至于你妹妹，有我在你不用担心。”秦铮回头看了谢墨含一眼，传递了某种信息。

谢墨含猛地停住了脚步。

秦铮脚步不停，抱着谢芳华大踏步出了灵雀台。

再无人拦阻！

吴权呆呆怔怔地看着秦铮抱着谢芳华离开，这是他在皇宫里待了几十年开天辟地头一回见着这样的场面。男女没有婚约，就如此堂而皇之地这般亲密，尤其皇上还无可奈何……

他不由感叹，不知道是皇上老了，还是他老了，或者是这灵雀台里面的人都老了。

“混账！这个混账！”皇帝见秦铮离开得快，转眼就没了影，怒意翻滚，无处发泄，更是接连踹翻了几张桌椅。

永康侯、左右相等人不敢躲避，多少被砸到了脚面。

早先有秦铮嘱咐，谢墨含在桌椅要碰到忠勇侯的时候轻巧地拉着他避开了。

燕亭依然如木头一般跪着，整个人似乎僵化了，桌椅砸到他身上，他不知避开，就那样跪着，似乎灵魂都遗失了。

永康侯想上前拉开儿子，又想着他喜欢谢芳华，如今这模样一定是失了魂魄，又气又怒，到底没去管他。他心底有些庆幸，幸好这个事儿被秦铮给揽了去，但是好是坏，就难说了。

灵雀台一阵桌椅果盘茶具脆响之后，皇帝终于住了手。

“皇上，您仔细龙体！”吴权轻声劝说。

皇帝怒意不减，看着英亲王：“王兄，这就是你的好儿子！连朕他都不放在眼里了。”

“都是臣给惯坏了！”英亲王只能请罪。

“你真的立过约定，答应他婚事自主？”皇帝克制着怒意问。

英亲王垂下头，沉默半晌，缓缓地点了点头。

“你呀！叫我说你什么好！”皇帝想发难，但是鉴于面前的人是英亲王，他清楚他今日心中比他还要气怒，也只能作罢，挥挥手，“算了，也不怪你！德慈太后生前太娇惯他了，皇室宗室里面所有的子息，包括四皇子秦钰算在内，德慈太后对他最是宠爱，恨不得捧在手心里，才是真给惯坏了，才导致他如今这副性子，如今朕也治不住他！”

英亲王沉默，他这个儿子秦铮，自小就不服他管教，横行霸道狂妄无忌是天性。

皇帝深吸了一口气，平息怒意，看向忠勇侯：“老侯爷，此事你怎么看？”

忠勇侯看了皇帝一眼，又看了英亲王一眼，忽然恼着老脸感慨道：“华丫头是奉了皇上旨意来参加宫宴，谁承想竟是被铮二公子这般要强娶。如今清白是毁在他手里了。老臣老了，皇上做主吧！”

皇帝眼眸暗了暗，沉声道：“一边是忠勇侯府，一边是英亲王府。对朕来说，手心手背都是肉。秦铮这个小浑蛋，这是故意想要朕为难。”

忠勇侯默不作声。

“按理说，依照忠勇侯府的门第，除了皇室，也就是宗室勋贵府邸的子嗣能配得上忠勇侯府小姐的身份了。本来她已及笄，到了该许婚的年龄，朕感念已故的谢英兄，今日宣她进宫来见，也是想给她指门婚事。但不可能是英亲王府的门第，你也该清楚。抛开别的不说，秦铮是英亲王府唯一嫡子，爵位是要他继承的。但是如今他跳了出来，搅了这个局，芳华丫头的清白在他手上了。朕又不能杀了他，实在对不起忠勇侯府啊。”皇帝也感慨道。

忠勇侯叹了口气：“皇上，老臣和忠勇侯府忠心数代，到这一代，嫡系子息也就含儿一个小子和华丫头一个丫头了。她的病本来就几乎要了老臣的命，若是因为今日的事情，再有个好歹，老臣没照顾好她，无颜面去九泉见她父母啊。”

皇帝点点头：“老侯爷和忠勇侯府的忠心朕自然知道，事已至此，也没别的办法了。芳华丫头自然不能再嫁给别人，只能落在秦铮这小子手里了。朕看他们的婚事也就只能如此了。你说呢？”

忠勇侯闭了闭老眼：“皇上做主吧！”

“王兄，你觉得呢？”皇帝看向英亲王。

英亲王面容已经恢复几分，点点头，颓废地道：“皇上做主吧！”

“鉴于芳华丫头病弱的身体以及秦铮这个小浑蛋尚且年少，只知道耍浑，还不知稳重成熟，这样吧！婚事先由朕做主给定下，忠勇侯府和英亲王府合力寻找神医给芳华丫头治病，以三年为限。三年若是病好了，皆大欢喜，三年后若是芳华丫头病还不好，那么秦铮这小子活该，一人做事一人当，也让他必须娶了芳华丫头。总归，英亲王府和忠勇侯府这门亲事就此定了。”皇帝缓缓地道，“王兄，老侯爷，你二人觉得朕这样决定可好？”

英亲王看向忠勇侯。

忠勇侯也看向英亲王。

半晌后，二人齐齐颔首：“皇上这样决定甚好，就以三年为限。”

“你们觉得呢？”皇帝看向永康侯、左右相等人。

几人对视一眼，齐齐点头：“臣等也觉得这样处理恰当。”

“好！那就这样吧！”皇帝挥挥袖子，对吴权吩咐：“着拟旨官来，朕现在就下旨赐婚。”

“是！”吴权连忙下去宣拟旨官。

谢墨含垂下头，心中暗暗揣测，皇帝明明早先还被秦铮的所作所为气得雷霆震怒，恨不得杀了他，但转眼间便决定下旨赐婚，虽然是被逼迫，但是雷厉风行可见一斑。身为帝王，自然不能让秦铮当着他的面逼娶谢芳华的事情传扬出去，有碍帝王颜面，转眼间就掌握了主动。三年时间，说长不长，说短不短，可以发生很多事情，谁知道届时是何情形。果然帝心难测。看来今日之后忠勇侯府更要多加小心了，包括甘愿卷进忠勇侯府的秦铮自己。他这次不给皇帝颜面，横行无忌，触及帝王不能容忍的底线，以后怕是也有麻烦了。

不多时，吴权带着拟旨官到来。

“现在你就来拟旨！”皇帝看着拟旨官吩咐。

拟旨官连连叩首，摆好圣旨。

皇帝缓缓开口，声音威严：“奉天承运，皇帝诏曰：谢氏忠勇侯府有女谢芳华，自小失去双亲，久积病体，朕甚是怜惜，念忠勇侯府世代忠心，朕不忍她终身无靠，今特此赐婚于英亲王府二公子秦铮。三年后完婚！钦此！”

拟旨官落笔极快，笔走龙蛇，皇帝念完圣旨，他两道圣旨已经写完，呈给皇帝过目。

皇帝看了一眼，拿出玉玺，盖在了圣旨上。

圣旨一式两份，英亲王府一份，忠勇侯府一份。

皇帝看着英亲王和忠勇侯，笑道：“王兄，老侯爷，接旨吧！”

“臣接旨，吾皇万岁，万岁，万万岁！”二人齐齐跪在地上，双手接过圣旨。

“免礼！”皇帝看着二人，哈哈大笑，“自此就是亲家了，都是一家人。今日是过年，正是好日子，我们待会儿宴席的时候，多喝几杯。”

英亲王和忠勇侯齐齐站起身，互相道了声亲家，均露出笑意。

早先笼罩在灵雀台上的阴云一扫而空，铺天盖地的日头霎时照进来，分外晴朗。

皇帝心情好了，众位大臣虽然心里对今日的事都有几分打鼓，但此时也不能再拆台了。于是，宫女太监们连忙收拾了地上的狼藉，重新摆上桌椅茶点，君臣同坐，一时间，喜气连连。

半晌之后，皇帝看向左右，忽然咦了一声，询问：“永康侯府那个小子呢？”

永康侯脸上的笑意一僵。

吴权看了永康侯一眼，连忙上前答话：“回皇上，就在您下圣旨的时候，燕小侯爷离开了这里，出去了。”

皇帝点头，又将在场的人看了一圈，讶异地询问：“谢世子呢？他怎么也不在这了？”

忠勇侯不说话。

吴权又赶紧接过话禀告道：“回皇上，谢世子追着燕小侯爷出去了！”

皇帝闻言若有所思。

永康侯的心顿时提了起来，他永康侯府那点儿事，自己心中清楚，没有不透风的墙。如今大半个京城的人怕是都知道了，只不过没明面上议论，都在暗处说罢了。皇上又怎么能不清楚？

忠勇侯瞅着永康侯，胡子一翘一翘，显然对他极其不屑。

“谢世子身子骨不好，是有先天之症。虽然比芳华那个小丫头强些，但也是有限。支撑偌大个忠勇侯府，朕看着他都有些力不从心。短时间内，是没办法入朝应卯的。”皇帝看了二人一眼，见忠勇侯听到这句话没什么意见，他对永康侯询问：“关于燕亭，朕看他成天活蹦乱跳的，你对他何时入朝应卯可有什么想法？”

永康侯顿时惊喜，燕亭虽然还不够年岁，但听皇上的意思，是可以破例提早让他入朝了。能让皇上破例起用的人，少之又少。这是对他的重视了，连忙道：“臣没什么想法，一切凭皇上做主。”

皇帝点点头：“既然你没什么想法，等过年，朕看着安排了。”

“老臣多谢皇上！”永康侯连忙道谢。

皇帝摆摆手。

永康侯起身，想着今日永康侯府算是从这泥潭里脱身了，他儿子燕亭如今知道娶不到谢芳华了，总应该死心娶范阳卢氏的女儿了吧！他欢喜的同时暗暗地松了一口气。

第二十六章
赐婚

秦铮抱着谢芳华出了灵雀台，卢雪莹和燕岚依然等在灵雀台外。

她们二人来到灵雀台的时候，秦铮并没有在灵雀台内。她们刚到不久，秦铮便来了灵雀台。二人连跟他说句话都没来得及，便见秦铮大步进了灵雀台。

秦铮是英亲王府的铮二公子，身份摆在那里，因为已故德慈太后疼宠，他自小在皇宫和英亲王府的时间差不多。除了皇帝的御书房他不能轻易闯外，哪怕是皇帝寝宫，他也是说进就进，更何况灵雀台了。皇宫禁卫根本不拦他。

卢雪莹和燕岚只能咬着唇看着秦铮走了进去，她们不经通报，自然是没资格冲进去。

燕岚急道：“谢芳华不是也在里面吗？这回铮哥哥也进去了，他们该碰面了。”

卢雪莹不甘心地道：“碰面又怎样？男女授受不亲，更何况当着皇上的面，就算他秦铮要求娶谢芳华，也不能说娶就娶。你以为英亲王府和忠勇侯府是那么轻易结亲的吗？”

燕岚闻言微微松了一口气：“你说得对！”

二人不再说话，继续等候。

不承想，半个时辰后，她们等出来的不是谢芳华一个人，还有早先进去的秦铮。更让她们承受不住的是秦铮竟然抱着谢芳华堂而皇之地从灵雀台内走了出来。

灵雀台今日除了谢芳华外，皇帝没召见任何女眷。

就算她们想眼瞎，想安慰自己是看错了，但是事实摆在眼前，由不得她们不相信。

一身大红的火狐披风，病态苍白孱弱地被秦铮抱在怀里的女子，即便从未见过面，但是见到她的人都会第一时间就知道，这个女子便是谢芳华。

二人又惊又骇又是不敢置信，两双美眸睁大，看着出来的二人。

秦铮为何会抱着谢芳华出来？

他怎么会抱着谢芳华从灵雀台出来？

他岂能这样抱着谢芳华出来？

本来二人一腔不甘和对于谢芳华的好奇，在看到他们这样出来的这一刻都突然消失不见，她们眼中、脑中甚至身体的每一处，都布满惊骇和不敢置信。

当人们对一件事情笃定不可能的时候，那件事情突然成为事实，才能让人们惊骇至此。

此时的秦铮和谢芳华就是让卢雪莹和燕岚如此，二人似乎化成了两个石雕，灵魂和身体已经不受掌控，看着眼前的场景，半点声音都发不出来。

秦铮似乎没看到在灵雀台门口的二人，大步流星地抱着谢芳华向凤鸾宫走去。

侍画和侍墨跟在秦铮身后，倒是将卢雪莹和燕岚仔细地打量了一番。

秦铮抱着谢芳华的身影很快就没了影，灵雀台外风声丝丝，偶尔有几片冬叶飘零。砸在卢雪莹和燕岚的头上，二人向来注重仪容，今日仿若不觉。

过了片刻，一个身影从灵雀台里面冲了出来，紧接着，又一个人影追了出来。转眼间，二人便跑得没了踪影。

燕岚被脚步声惊醒，回过了些神，惊呼一声："哥哥？"

卢雪莹一动不动。

燕岚伸手推推卢雪莹："你刚刚看清楚了吗？那个冲出来的人是我哥哥吗？"

卢雪莹木然地道："我看清楚秦铮抱着的人是谢芳华。"

燕岚闻言身子有些不稳，心中说不出是什么感觉，只觉得荒谬揪痛，不太相信地问："铮哥哥怎么会抱着谢芳华？我们是不是看错了？"

"看错也是你看错了，我没看错！就是秦铮抱着谢芳华。"卢雪莹也许是经历了和秦浩订立婚约等事情，心境再不比从前，多了一丝冰冷的平静。

燕岚脸一灰："我也没看错，那是铮哥哥，我怎么会看错？就是不相信罢了。"

卢雪莹忽然笑了一声，没说话。

"你笑什么？"燕岚看着她，"这回我们见到谢芳华了，她的样子那么难看，可是竟然那样平静且心安理得地让铮哥哥抱在怀里。这里可是灵雀台啊！皇上不是在里面吗？怎么就由得他们这般……"

"他是秦铮，就算里面有皇上，又能如何？"卢雪莹转身离开灵雀台外。

燕岚站在原地怔了片刻，僵硬地挪动脚步跟上卢雪莹，低声道："我哥哥一直想娶谢芳华，我们府内所有人都觉得他胡闹，谢芳华虽然是忠勇侯府的小姐，身份贵比公主，但是她是个病秧子，还得了不知道是什么的怪病。我哥哥是堂堂永康侯府的小侯爷，怎么能娶她？将来他可是要有子嗣传承的，可是……怎么也想不通，铮哥哥为何也要娶她？他不是英亲王府的嫡子吗？将来可是要继承爵位的，他的身份是比永康侯府的小侯爷还要尊贵啊。”

“这个世上让我们想不到的事情多了。”卢雪莹声音平静，就如她没想过会嫁给秦浩。

“你不是要找谢芳华吗？刚刚怎么能就这么看着铮哥哥带着她走了？”燕岚问。

卢雪莹回过头，看着燕岚，自嘲道：“我就是要看看谢芳华什么模样而已，就算看到了，又能将她怎么样？我能杀了她？别说秦铮抱着她，就是她自己站在我面前，我又能将她如何？这里是皇宫。”

燕岚顿时泄气：“难道我们就这样了？什么也不做？”

卢雪莹脸色暗沉片刻，看着凤鸾宫巍巍宫阙，道：“我已经和秦浩订立了婚约，过了纳彩之礼，我还争什么？还做什么？”话落，她讥讽地一笑，“李如碧心思玲珑，想借我之手为难谢芳华，或者是搅黄秦铮想娶谢芳华的心思。可是她忘了，秦铮就是秦铮，他喜欢的，可以捧在手心里，他不喜欢的，可以踩在脚底下。而我们不得他喜欢，终究都是他眼里的沙子，他眼里不容沙子。”

燕岚目光动了动，默不作声。

卢雪莹沉默片刻，看着燕岚：“我劝你也别去争了，别落得和我一样被他推给别人的下场。他秦铮若是喜欢谁，不用你去争，他自己就会攥在手里。他不喜欢谁，争也没用。我是，你是。就算李如碧，她长得再倾国倾城，再诗书礼仪俱是一流，在秦铮面前也不例外。”

燕岚抿了抿唇，低声道：“让我想想，这么多年了，我哥哥和铮哥哥交好，从我记事起，就开始思慕他。让我放弃，就如挖我的心，哪里那么容易！”

“挖心怕什么，总比被他将你的心掏出来碾碎强！”卢雪莹想起那日猎场外，她的心就是那样被他几句话给狠狠地碾碎的，半丝余地也不曾留下。挖心也许就不痛了，痛的是将活生生的心碾碎丢开。

燕岚闭了闭眼睛，再睁开，吐了一口浊气，转移话题：“我刚刚问你的话你还没回答我，在铮哥哥和谢芳华之后冲出来的人是不是我哥哥？”

卢雪莹点点头：“是他！”

“追出来的那个人是谁？”燕岚太惊异了，当时人影太快，她没看清。

“谢世子，谢芳华的哥哥！”卢雪莹道。

燕岚松了一口气：“我哥哥定然受打击了，我这一刻才明白他是真的喜欢谢芳华，该是不亚于我喜欢铮哥哥的心思。哥哥一定很难受。”

“有谢世子在，你放心吧！他不会出事。”卢雪莹看了燕岚一眼。

燕岚点点头：“我们现在去哪？是回御花园？还是……”

“吴权！”卢雪莹不答话，听到身后有脚步声，回身看了一眼，连忙见礼。

“哟，卢小姐和燕小郡主怎么还在这里？您二人是要见皇上？”吴权进出灵雀台多回，都见二人站在灵雀台外，前几回都顾不得二人，匆忙进出，如今总算有了些时间问话。

卢雪莹摇摇头：“不见皇上，我们就是来灵雀台看看，好奇灵雀台周边的风景。”

“不错！灵雀台周边的风景即便在这样的冬天也是极美。”燕岚立即道。

吴权是何等聪明的人，否则怎么能在皇帝身边侍候几十年，闻言顿时笑了：“两位小姐说得极是，这灵雀台的风景除了凤凰台能比得上外，皇宫别处的宫殿楼阁还真比不上。”

“您这是要去哪里？”卢雪莹问。

“老奴去皇后娘娘的宫里，去看看芳华小姐的病情，顺便将赐婚的旨意拿过去。”吴权抖出手里的圣旨，笑呵呵地道。

“赐婚的圣旨？”燕岚声音蓦地提高。

“是给忠勇侯府的芳华小姐和英亲王府的铮二公子赐婚的圣旨，皇上刚刚拟的。忠勇侯和英亲王爷代接了圣旨，皇上想起皇后娘娘和英亲王妃怕是还不知道这个事情，让老奴拿了这两份圣旨去给皇后娘娘和英亲王妃过目，顺便将赐婚的圣旨交给铮二公子和芳华小姐。”吴权道。

卢雪莹面色一僵，心里震了震。

燕岚身子晃了晃，险些栽倒。

赐婚的圣旨？秦铮和谢芳华被皇上赐婚了？怪不得秦铮敢堂而皇之地抱着谢芳华从灵雀台出来，原来是已经赐婚了！竟然赐婚了！

竟然如此容易？

怎么会如此容易？

忠勇侯府和英亲王府不是不能轻易结亲的吗？

二人只觉得眼前发白，若说早先秦铮抱着谢芳华出来让她们不能接受，如今这圣旨之说更是让她们觉得晴日里天空打了个霹雳，劈得她们头脑昏沉。

“两位小姐慢慢赏风景，老奴先走一步了。”吴权笑呵呵地揣了圣旨走向凤鸾宫。

“公公慢走！”卢雪莹先回过神来，道了个福。

燕岚呆呆傻傻地站着，只觉得眼前冒金星，一片心灰意冷。

“这回你该死心了！”卢雪莹看着燕岚。

“该死心的何止我一人，怕是都要死心了。”燕岚忽然笑了起来，笑中带着泪，“原来竟然是谢芳华！那日他将你推给秦浩，我还在想着，铮哥哥将来不知道会娶这南秦京城里的谁。他谁都看不上，会不会只要他身边的那个婢女，谁都不娶了？谁知道竟然是谢芳华。”

“走吧！我们去御花园，找个清静的地方让你哭。”卢雪莹向御花园走去。

燕岚跟上卢雪莹，眼泪想止也止不住。

“喂，卢雪莹，燕岚！”左侧一条路上忽然冲出来一个女子，见到二人，喊了一声。

卢雪莹停住脚步，看着一身宫装的少女，眸光动了动，招呼道：“怜郡主！”

燕岚立即拿帕子擦了眼泪，红着眼圈看着秦怜。

秦怜自小长在宫中，和公主们玩在一处，与京中臣子府邸的闺阁小姐们相见甚少，加之她又被皇后教养在身边，规矩严苛，所以，与大臣府邸的小姐们没有太多往来，交情一般。

秦怜没带着跟随侍候的嬷嬷宫女，而是一个人，显然为了什么事情，跑得有些急。此时停住脚步，掏出帕子，擦了擦额头的汗，没注意到二人脸色，立即问：“你们是不是从灵雀台的方向来，见到谢芳华了吗？”

卢雪莹一怔，看着秦怜，压制情绪问：“怜郡主要找谢芳华？”

秦怜嗯了一声。

“你找她做什么？”燕岚这时最不想听的就是谢芳华的名字，有些口冲地问。

秦怜讶异于燕岚的语气，不由看了她一眼，这才见到她眼睛红红的，基于她在皇宫待得久了，也不喜欢随意询问人情绪，便道：“我找她有点儿事儿，就问你们看到没有？”

“没看到！”燕岚转身就走。

卢雪莹却没立即走，而是对秦怜道：“看到了，她被铮二公子抱着走了。”

秦怜立即睁大眼睛：“她……被我哥哥抱着走了？什么意思？去了哪里？”

卢雪莹摇摇头：“不知道。”

“他去了哪个方向？”秦怜又急声问。

卢雪莹依然摇摇头：“没看清。”

秦怜不再询问，猛地一跺脚，恼恨地道：“这个秦铮，下手可是真快。”话落，她转身按着原路急急地走了回去。

卢雪莹站在原地看着秦怜身影被林荫遮住，她脸色变幻片刻，向御花园走去。

“你理她做什么？”燕岚恨恨地道。

卢雪莹没什么情绪地道：“我要嫁给秦浩，将来要进入英亲王府，秦怜虽然教养在皇后身边，但也是英亲王府的小郡主，是我的小姑子，你不理她可以，我不该理她？”

“你嫁的人是秦浩，又不是秦铮，理她也没用，她也不念你的好。”燕岚提醒她。

“念我的好倒不必，只要我嫁入英亲王府后不找我麻烦就行了。”卢雪莹道。

燕岚烦躁地问：“你还真打算嫁给那个秦浩了？做铮哥哥的大嫂？”

“那又如何？懿旨已经赐婚，纳彩之礼也过了，我不嫁给他，还能嫁谁？”卢雪莹道。

燕岚盯着她："今日宫宴上你不是要和秦浩……"

"我取消了，就算秦浩到时候输给我，又如何？我爹不会同意这门亲事就这样黄了的，我又何必跟未来的夫君过不去？除非我死了，只要我活着，日子总要过下去。"卢雪莹低落地道。

燕岚闻言一阵失落。卢雪莹是何等要强的女子，这些年追在秦铮身后，不怕人嘲笑，不在意别人的眼光。她以为她怕是一直都走不出阴影了，此时听见她这样的话，顿时觉得她不是看开了，怕是认命了，连往日里的锋芒都不见了。

可是卢雪莹是卢雪莹，她是她，她一直觉得她和卢雪莹不一样。

因为永康侯府和左相府不一样。

"也许我还有机会，就算铮哥哥和谢芳华有了婚约，就算谢芳华嫁给铮哥哥，可是万一谢芳华病死了呢？或者是我可以伏低做小……"燕岚低声道。

卢雪莹嗤笑一声："燕岚，若是谢芳华病死了，你觉得秦铮就会娶你？就算你伏低做小，你不顾及你的身份，你不要脸面，秦铮就会要你？别忘了，你是永康侯府的嫡出小姐！女人可以没尊严，但不能下贱。"

燕岚顿时大怒："卢雪莹，我只是爱他而已，你怎么能说我有这种想法下贱？"

"你既然执迷不悟，我也没什么好说的了。你自己愿意如何便如何吧！不撞南墙，你怕是不回头。就如当初的我一样。"卢雪莹意兴阑珊地道。

燕岚怒气霎时消了下去，沉默不再言语。

卢雪莹不再说话，二人向御花园走去。

秦铮抱着谢芳华出了灵雀台后，一路旁若无人地走向凤鸾宫。

路上遇到宫婢太监都齐齐惊异呆怔地看着二人，连对他行礼都忘了。遇上来参加宫宴的官员和其家眷，也都惊异呆愣地看着二人。

秦铮谁也不理会，大摇大摆，步履端端正正，冷风吹来，他拿袖子遮住谢芳华的脸。

谢芳华心中气闷，但皇宫这样的地方，一举一动暗中都有眼睛看着，她只能将气压在心口。反正秦铮对她的所为已经成了既定的事实，她本就被动，倒也懒得去顾及明日京城会流传出什么话了。无论流传出什么，也只能忍着了。

"谢芳华！"秦铮走了半晌，忽然喊了一声。

谢芳华不理他，当没听见。

"你不会死了吧？你若是死了，我现在就得为你殉情！"秦铮低头看着怀里安静的她。

你才死了！谢芳华隔着他的袖子狠狠地剜了他一眼，闭上眼睛，懒得说话。

"看来你也不是有多排斥我娶你，这样正好，也省得我觉得自己逼迫你像是在犯罪。"秦铮忽然笑了一声。

谢芳华额角的青筋跳了跳，忍住挥手扇死他的冲动。

秦铮将她的身子往他心口的位置贴了贴，低头凑近她耳畔："你感觉到我的心跳了吗？刚刚出灵雀台的时候，我的心一直在跳。皇叔果然是帝王，顾及权衡之术，没将我如何。我可真怕他昏庸得当时就杀了我。"

谢芳华翻了个白眼，他怕了吗？她怎么没感觉出来他怕？皇帝是恨不得想杀了他，但是他心中笃定皇帝不会杀他的吧？不过从此以后记住他会秋后算账是真的了。他活该！

"哎，你的心怎么不跳？真是病得连心跳都弱得感觉不出来了？"秦铮叹了口气。

灼热的气息就在耳边，谢芳华耳根子热了热，脸面有些绷不住了。

"秦铮兄！"李沐清的声音忽然在前方响起，微带一丝讶异。

秦铮倏地抬起头，看向前方，只见李沐清和秦倾、王芜、郑译四人正从前方走来。他直起身子，挑了挑眉，没说话。

"这是……忠勇侯府的芳华小姐？"李沐清看向秦铮怀里抱着的女子，他看不到谢芳华的脸，只看到女子身子纤细，包裹着火狐披风，红得炫目。

秦铮扬起下颌，得意地笑道："是她！"

李沐清眯了眯眼睛，忽地笑了："秦铮兄下手好快！"

"我的手向来比别人的手快！"秦铮语气神采飞扬。

"既然如此，恭喜了！"李沐清拱拱手。

秦铮理所当然承接了他的恭喜。

秦倾眨眨眼睛，似乎半天没回过神来，左右看了一眼，见除了李沐清含笑和秦铮说笑外，王芜、郑译和他一样目瞪口呆，不敢置信。他咳嗽了一声，上前一步，试探地问："铮哥哥，你……怎么抱着忠勇侯府的芳华小姐？"

秦铮容色有一抹神采："自然是要娶她，抱她算什么！"

秦倾更是呆了，伸手指着他："你……你要……娶忠勇侯府的小姐？"

秦铮看着秦倾，似乎不屑理会他的傻样子，更或许这一路上看这种惊异呆傻的表情太多了，他都麻木了，点点头，抱着谢芳华向前走。

"喂，铮哥哥，你……你们去哪里？"秦倾问。

"皇后宫里！"秦铮头也不回地道。

秦倾住了口，看着他走远，收回视线，疑惑震惊地道："怎么可能？铮哥哥他竟然要娶忠勇侯府的小姐？父皇答应？"

李沐清不答话。

王芜和郑译对看一眼，也不答话。

秦倾唏嘘一声，喃喃道："铮哥哥要娶谢芳华，四哥还在漠北。法佛寺那个老和尚给他们批的姻缘命岂不是根本就不对？他们的姻缘不是相冲吗？"

李沐清忽然笑了，伸手拍拍秦倾的肩膀：“八皇子，小小年纪，还是不要操这么多心的好，小心会老得快。”

“我巴不得赶紧长大呢！”秦倾打开李沐清的手，对三人道：“我们本来商量是要找铮哥哥说说今日宫宴，可是他……如今看来也甭商量了，我们去哪儿？”

“去御花园吧！”李沐清道，“宫里每逢这样的节日，除了凤凰台和灵雀台外，御花园都是一分为二，北御花园待的是女眷，南御花园是男眷休息的地方。”

王芜和郑译点点头。

“好吧！”秦倾似乎也被打击了，有些沮丧地点点头。

四人向南御花园走去。

秦铮不知道是不是因为碰到李沐清、八皇子等人，在李沐清面前炫耀了一番，心情突然间变得很好，脚步顿时轻快了很多。

谢芳华脸微微沉着，头枕在他胳膊上。他抱着她的姿势并不僵硬，虽然抱得紧，但也不死板，甚至还让她觉得跟躺在躺椅上没区别，不至于难受。她闭着眼睛，什么都懒得去想。

不多时，来到了凤鸾宫。

灵雀台距离凤鸾宫还是有着很长一段距离的，尤其宫里的消息传播得最快。秦铮抱着谢芳华到凤鸾宫的时候，守门的人大约早已经得到了消息，面色表情看上去没那么呆傻和惊异。

凤鸾宫门口，皇后身边的女官如意和英亲王妃身边的春兰等候着。

“哎哟，二公子，您来了？这是芳华小姐？”春兰见秦铮来了，连忙上前两步询问。

秦铮点点头。

如意笑着道：“二公子里面请吧！皇后娘娘和英亲王妃知道您要带着芳华小姐来这里，已经在里面等着了。”

秦铮勾了勾嘴角，抱着谢芳华进了凤鸾宫。

宫殿门口，有宫女连忙挑开帘幕，齐齐见礼，迎秦铮入内。

秦铮抱着谢芳华大踏步走了进去。

凤鸾宫皇后的宫殿里，走了请安的皇子和公主们，妃嫔们在各自的宫殿内打扮没来这里，她这里如今只有英亲王妃和大长公主在。

皇后一身大红凤服，容貌不是特别美艳，但也算是上等，正装穿在身上，雍容尊贵。

大长公主穿着紫金公主服，年纪比皇后大一些，因为保养得宜，容光焕发。

英亲王妃自然不必说了，本就容貌极美，王妃正装穿在身上，更显得温婉贵气。

秦铮刚踏进门槛，坐在榻上的英亲王妃立即站了起来。

“看王嫂着急的样子，你儿子是谁？皇上就算气炸了肺，也奈何他不得。”皇后笑着，看向秦铮怀里，因秦铮的袖子挡着，没看到谢芳华的脸，她眸底露出些兴趣。

“就是！弟妹，铮小子没伤到哪儿，你不必这么着急。”大长公主笑着接话，目光也落在了谢芳华的身上，眼底一片探究。

英亲王妃摆摆手，爽利地道：“我哪里是着急他？我是看看我的儿媳妇儿，被他吓坏了没有！”

“没见过你这么做娘的，事情还没定准，便急着将儿子推出去了！”皇后蓦然笑了。

大长公主也笑意盈盈。

秦铮脚步顿在门口，无奈地看着疾奔过来的英亲王妃：“娘，她跑不了，你急什么？”

“臭小子！大闹灵雀台，怎么没让皇上扒了你的皮？”英亲王妃瞪了秦铮一眼，来到近前，伸手扯开了他的衣袖，露出了谢芳华的脸，她看了一眼，顿时愣住了。

谢芳华本来闭着眼睛，只感觉头皮有些发麻，但是幸好她定力好，又有病在身，倒也是个挡箭牌。脸上秦铮的衣袖被拿去，她只能缓缓睁开眼睛，一脸苍白虚弱地看着英亲王妃。

媳妇儿见婆婆都什么样？她不知道。但她知道的是，她这样见婆婆也算是古来少有了。

英亲王妃只愣了一下，便伸手去摸谢芳华的脸。

谢芳华身子颤了一下，想躲开，但是终究因为她是英亲王妃，没有躲开。

英亲王妃从她眉眼摸到她下颌，又在她脖颈处摸了摸。

“娘，你做什么？”秦铮不满地皱眉，若不是抱着谢芳华，他怕是就打开她的手了。

英亲王妃缓缓地收回手，盯着谢芳华的脸，感慨道：“和她娘长得真是有几分相像，尤其是这眉眼，简直像了个十足十，就是脸色太苍白了，乍看之下，有些吓人。”

“她病了九年了！没成鬼就不错了，您别要求得太高。”秦铮语气不善。

英亲王妃回过神，照着秦铮脑袋拍了一巴掌：“死孩子，有你这么不会说话的吗？等我回府后再收拾你。”话落，对上谢芳华的眼睛，嗔怒转为慈爱和怜惜，握住她的手，温和地道：“我和你娘是手帕交，你别怕，这个浑小子是霸道了些，但心肠不坏，你嫁了他，有我在，不会让他欺负你的。”

谢芳华不知道是该点头还是摇头，想吱声也不知如何开口，一时间觉得头疼。

“都站在门口干什么？赶紧进来吧！”皇后刚刚也被谢芳华露出的脸色给惊了一下，但想起她病了九年，也就释然了。

大长公主也惊了片刻，细细打量谢芳华脸色几眼，口中也唏嘘道：“这孩子脸色的确太白了。难为忠勇侯九年来为她辛苦费神。”

英亲王妃让开身子，对秦铮吩咐道：“赶紧将华丫头放去暖榻上，我听说她在灵雀台发病了，请太医了吗？”

秦铮抱着谢芳华走向暖榻，边走边道：“没有，她随身有药丸，已经吃下了。”

“那就好！”英亲王妃跟着他来到暖榻前。

两个宫婢立即将暖榻收拾平整。

秦铮将谢芳华放在暖榻上，刚要抽回手，谢芳华忽然攥住了他的袖子。秦铮一怔，目光落在他袖子上，只看到一只白嫩纤细的手，他抬起眼眸，对上谢芳华的眼睛，忽然笑了，低声道：“你别怕，我不走，就在这里陪着你。”

谢芳华瞪着他，谁怕了？只是觉得今日事情被他弄到了这个地步，自然不能让他丢她在这里一走了之。既然他逼婚到这步田地，害她至此，她也豁出去了，凡事就靠他顶着了。

“对，你别怕，不让他走，就让他在这里陪着你。”英亲王妃也看到了她拽着秦铮的袖子，秦铮低声浅语，她这个当娘的顿时笑逐颜开，连连保证。

谢芳华耳根子一红，虽然因为服药让皮肤看起来太苍白，但到底脸上这会儿除了苍白还染了点儿别的颜色。

秦铮见她松开他的袖子，他顺势坐在了暖榻上，握住了她的手。

谢芳华想抽出去，他挑了挑眉，紧紧地攥住，修长的手将她的小手拢在手中把玩。

谢芳华偏开头，不再看他。

“我们还是大活人呢！眼睛都还没瞎呢！死小子！真是孟浪！”英亲王妃笑骂着转身，坐在了一旁，脸上容色比早先鲜丽了数倍不止。

皇后和大长公主对看一眼，顿时笑了起来。

皇后看着暖榻上的二人，至今没听到谢芳华说话，也没对她和大长公主见礼，但是基于她的身份和她身上的病，她倒也不怪罪，只是有些好奇，问秦铮：“铮哥儿，我们只是知道你在灵雀台逼婚，将皇上和你父王给气恼了，你给我们说说，到底是怎么逼的婚，也让我们听听。”

秦铮眉目舒展，懒洋洋地倚在谢芳华身边，闻言付之一笑：“稍后吴权来这里，你们问他不就得了，他一定会绘声绘色地说给你们听。”

大长公主被他的样子气笑了，指着秦铮，对皇后和英亲王妃道：“你们瞧瞧他的德行，若是不强娶人家的女儿，这副样子怕是没人会愿意嫁给他。”

“可不是！站没站样，坐没坐样！”英亲王妃嗔怪。

秦铮打了个哈欠，闭上眼睛，顺便拍拍谢芳华，温柔地道：“你睡一会儿吧！甭理会她们，也别紧张害怕，有我在这陪着你呢。”

“看看，他还来劲了！”大长公主笑骂。

皇后笑着摇摇头，有些伤感地道："我看铮哥儿这样子就很好，钰儿若是有他这般狂妄霸道的性情一半，也不至于被欺负去漠北吹风雪。我听说那里一到这个季节，都是北风卷地，风沙夹着风雪满天飞，对面看不见人。不知道他能不能吃得了那份苦。"

"怎么就吃不了苦？你别担心了，我看他去漠北没什么不好。无名山不是没有了吗？他如今在漠北军中，也没有什么危险。在军中历练这样的机会，不是哪个皇子都能有的。不过就是地点是漠北，环境差些，距离京城遥远些，短时间不能回来而已。"大长公主道。

"就是，是祸是福，还不一定呢。"英亲王妃也道。

皇后闻言伤感褪去，想到了什么，顿时笑了，看着暖榻上的秦铮和谢芳华，笑着道："你们还记得法佛寺住持曾经给铮哥儿和钰儿批的卦象吗？如今钰儿在漠北，看来是不准了。"

英亲王妃笑起来："说到这个，这个臭小子恼了四皇子多年，如今该不必恼了。"

大长公主也笑起来："法佛寺普云大师的佛法高深，但也保不准有错的时候。"

秦铮从鼻孔冷哼一声，大约是因为提到了秦钰，想起那副卦，一脸的不悦。

谢芳华暗暗听着，今日已是除夕，她多日前让言宸联系四皇子秦钰，该是有消息传回了。今日回到忠勇侯府后，她必须要见见言宸，让他查的谢氏所有族亲产业之事不知如何了。

三个人正说笑着，外面传来小太监的禀报："皇后娘娘，吴权来了！"

"果然被铮哥儿说对了，他来得倒挺快！让他进来吧！"皇后笑着道。

小太监跑了下去，不多时，吴权走了进来。

"老奴拜见皇后娘娘、英亲王妃、大长公主！"吴权笑呵呵地给三人见礼。

"免礼吧！"皇后祥和地摆摆手，看了一眼他胳膊下夹着的圣旨，眸光动了动，笑问："今日过年，皇上跟前需要人，你怎么不在皇上跟前侍候，跑来了本宫这里？可是皇上有什么旨意？"

吴权连忙拿出圣旨，笑得见鼻子不见眼地道："正是皇上有了旨意。老奴奉了皇上之命，来给铮二公子和芳华小姐送赐婚的圣旨。顺便过来看看芳华小姐的病好些了没有。"

"赐婚的圣旨？"皇后一怔，虽然她们在这里听到灵雀台秦铮强娶强抱谢芳华的消息，觉得这回亲十有八九皇上阻止不了了，因为忠勇侯府小姐不是一般人家的小姐，清白不能轻易被谁毁了，但是也没想到皇上会这么快就下赐婚的圣旨。

大长公主和英亲王妃也齐齐怔了一下。

谢芳华闭着的眼睛倏地睁开了，转头看向吴权，见他手里果然拿着圣旨，她立即收回视线，看向秦铮。

"将圣旨拿来，爷先看看！"秦铮懒懒地睁开眼睛，似乎毫不意外，对吴权招手。

吴权这个皇上身边的大总管谁都敬三分，唯独秦铮对之招即来挥即去，从来在他面前摆不起谱。闻言立即来到暖榻前，将圣旨递给了秦铮，笑呵呵地道："恭喜铮二公子，恭喜芳华小姐！"

秦铮伸手接过圣旨，展开，看了一眼，顿时不满地哼道："皇叔写的这叫什么圣旨？明明是我求娶谢芳华，他才赐的婚。什么叫作他怜惜她自小失去双亲，久积病体，不忍她终身无靠，特此赐婚给我。我辛辛苦苦费尽口舌争抢了半天，在他的圣旨里半个字没提。"

吴权闻言伸手去抹汗，暗暗腹诽，真是个祖宗，皇上没杀了您就不错了，法外开恩立即下了赐婚的圣旨，您竟然还不满意地纠缠这点儿不打紧的小事儿。

"拿来我看看！"英亲王妃坐不住了，对秦铮伸出手。

秦铮将圣旨甩给了英亲王妃。

皇后和大长公主立即凑到英亲王妃身边看她手中的圣旨。

三个人将圣旨过目一遍，之后俱沉默下来。

凤鸾宫殿内有片刻的沉寂。

英亲王妃不说话，皇后和大长公主也都不说话，这样的圣旨拿出来，基于圣旨对应的两个人物身份不一般，谁都会有一些想法。尤其是她们一个是皇后，一个是大长公主，一个是英亲王妃，都是距离皇权最近的女人，对政治时局自然都有着敏感。三年时间说短不短，说长不长，什么事情都有可能发生。虽是圣旨赐婚，但也是夜长梦多。

谢芳华本来提着心，看过圣旨之后，倒是松了一口气，三年啊，幸好不是今年明年。

三年的确是会发生很多事情，对于她要做的事情，时间也足够了。

同样，皇上要对忠勇侯府做什么事情，三年的时间也该足够了。

就前一世她的记忆来看，还有一年，皇上就会将忠勇侯府以通敌卖国罪株连九族。按照皇上的筹谋，她是根本嫁不了秦铮的。因为忠勇侯府若是灭门了，她虽然有赐婚，但是没过门，也不算英亲王府的人。

或者换句话说，皇上心里到底是不会同意忠勇侯府和英亲王府的亲事。

如今有这道圣旨，无非是安抚忠勇侯府和秦铮罢了！这么快就下旨，也能想透，当着臣子的面，秦铮公然逼婚的同时也算是强迫得皇帝下不来台面。他若是不立即下旨的话，秦铮大闹灵雀台的事情传扬出去，也有损皇帝颜面威仪。所以，不如干脆痛快地下旨，将灵雀台之事借着赐婚掩盖。更何况，他现在定然还没准备好对忠勇侯府出手，所以，还不能不安抚忠勇侯。

"三年后完婚，时间是不是拖得太久了？"英亲王妃脸色变幻片刻，恢复正常，看向秦铮和谢芳华。

秦铮不以为意地笑了一声，懒散地道："三年就三年，反正她被我定下了。比起一辈子，三年短得很。”话落，又道：“娘，您就我这么一个儿子，我大婚哪能简单了事？自然要多多准备。三年的时间您给我准备出千抬的聘礼来，届时我绕着京城转三圈。算起来，您要做的事情多了，三年的时间也不长。”

英亲王妃被气笑了：“千抬聘礼，将英亲王府卖了也凑不全那么多。”

“我不管，反正交给您了。三年后拿不出千抬聘礼来，您就卖了英亲王府吧！”秦铮回了一句，霸道本性一览无余，之后闭上眼睛，不再理会这事儿了。

第二十七章
旖旎

京　门　风　月

英亲王妃看着秦铮，半晌无语。

谢芳华心里冷哼一声，不屑一顾，千抬的聘礼，也要他三年后有本事娶到她才行。

皇后蓦地笑了起来：“我看铮哥儿是真的对芳华小姐一见钟情了，否则试问咱们南秦京城哪个爷们能为女人做到这个地步？千抬聘礼，咱们在座这三个女人大婚也没这样的排场呢。皇姐、王嫂，你们说是不是？”

大长公主又仔细打量谢芳华一番，见她安静地闭着眼睛躺着，苍白的面色清清淡淡，也跟着笑了起来：“可不是？千抬聘礼可谓是天价了。我大婚时，驸马家送进宫的聘礼不过百斤黄金，当时依照公主惯例来说，已经是给我多添了礼金。”

“不错，皇姐当时的聘礼是百斤黄金，王嫂的聘礼是一百五十斤黄金。皇上给我下的聘礼当时是两百斤黄金。”皇后笑着感叹道，“若是千抬聘礼，卖了英亲王府还真是不够。”

“这个死孩子！”英亲王妃骂了一句。

秦铮当没听见，气息绵长，似乎要睡着了。

英亲王妃豆蔻的指甲伸过来狠狠地掐了秦铮一下，见他皱了皱眉，她有些恼怒地道：“你若是三年后真能将这个媳妇儿给我娶到手，就算卖了英亲王府，娘也应了你。”

“只要她死不了，我就娶得到。”秦铮懒洋洋地道。

英亲王妃剜了秦铮一眼，不再说话。

“芳华小姐病了九年了，我听说今日皇上召了孙太医，可是诊出什么病症了吗？”皇后闻言看向一直没告退的吴权。

大长公主也向吴权看过来。

吴权连忙恭敬地道："回皇后娘娘，孙太医没诊出什么病症。"话落，见英亲王妃眉间染上忧色，立即补充道："但是据说漠北的武卫将军给芳华小姐寻到了一位神医，如今吃的药正是那神医开的药方，这才有起色能出来走动了。只是不巧那神医去雪山采药，赶上雪崩，埋在了雪山下，他唯一的弟子在师父伤亡之后，哀痛之下游历去了，如今忠勇侯府派人正找着呢。"

英亲王妃松了一口气："有人能治得了这个病症就好，回头我也派人出去找找。"

皇后容色也宽慰了些："不错，天下这么大，总有奇人异士，一定要好好找找。"

大长公主也点点头，看着吴权，笑着道："刚才发生在灵雀台的事儿，这个小子不跟我们说，如今你来了，将经过仔细跟我们说一遍，我们也热闹热闹。"

吴权闻言后背浸了一层冷汗，心中唏嘘，早先那个场面，他现在还不愿意想起。皇上给气得雷霆震怒，虽然下了赐婚的圣旨，但是他侍候了皇上这么些年，总能体会几分皇上的心思。如今心里定然还是憋着气的，铮二公子大闹灵雀台逼婚的事他相信皇上恨不得将在场所有的人全部封口。他知道当时侍候的宫女太监中肯定有皇后娘娘的人，消息早传来这里了。但是过程如何，却未必敢都说出来。他一时觉得头皮发麻，不知该如何开口。

"行了，皇姐，别难为吴权了！今日过年，皇上那里肯定需要人侍候，让他回去吧！这么多年了，皇上跟前离不了吴权。"皇后猜透了几分吴权的心思，笑着道。

吴权顿时如蒙大赦，感激道："皇上跟前的确需要老奴侍候，老奴这就告退！"

"如意，你送送吴权，将月前进贡的那个玉鹦鹉烟嘴赏给他吧！"皇后吩咐如意。

"是，娘娘！"如意连忙去取赏。

"多谢皇后娘娘惦记着老奴的喜好。"吴权脸色总算是开了晴光，笑呵呵地道谢。

皇后笑着摆摆手。

如意取了玉鹦鹉烟嘴递给吴权，吴权喜滋滋地拿着玉烟嘴出了凤鸾宫。

"走吧，我们去御花园坐坐，让他们两个好好在我宫里休息吧。免得我们在这里说话吵得他们不得休息。"皇后见吴权离开了，笑着道。

大长公主笑着点点头："谢氏旁支族亲的夫人们都去了御花园，我们也去热闹热闹。"

英亲王妃也应和："御花园的冬牡丹据说今日从温室里拿出来了，我还没来得及去赏就来了这里。如今距离开宴席时间还早，真得去看看。"

三人说着，齐齐站起身。

皇后嘱咐如意："你就留在这里吧！有来凤鸾宫的人，都给挡回去！不知怜儿跑去哪里了，若是她来，你就告诉她，就说本宫和英亲王妃、大长公主去了御花园，让她去那里。"

“是！”如意垂首。

“春兰，你也留在这里，好好照看着铮哥儿和芳华丫头。”英亲王妃对春兰道。

“是，王妃！”春兰也立即应声。

三人带着侍候的嬷嬷宫婢出了凤鸾宫，前往御花园。

如意和春兰送走了皇后、大长公主、英亲王妃三人，对看一眼，守在了殿外。

内殿里，早先的热闹退却，只剩下了秦铮和谢芳华。

谢芳华因为早先进宫之前服了药，造成脾软虚弱的隐疾之症。后来在灵雀台她为了尽快脱身，故意调动经络冲击心脉，引发了那颗药效。后来，为了逼真，又让侍画给她服了一颗缓解的药。一番折腾之下，自然体虚乏力，真的来了倦意和困意。知道皇后、英亲王妃、大长公主三人离开去了御花园，她彻底放松下来，打算睡去。

秦铮却在皇后等三人出了凤鸾宫后第一时间就睁开了眼睛，且手劲极大地推了谢芳华一下：“睡什么？起来！”

谢芳华被打扰，心里恼怒，睁开眼睛看着他。

“我们谈谈！”秦铮也看着她。

谢芳华又闭上眼睛，谈什么？她不觉得和他有什么可谈的。

“你若不谈，我现在就将你抱出去绕着皇宫的内苑走三圈，让所有人都看到你我。你要知道，刚才咱们两个从灵雀台来凤鸾宫，路上没见到几个人，多数人都集中在御花园。”秦铮威胁她。

谢芳华再度睁开眼睛，直直地盯着他。他不要名声，她还想要呢。

秦铮见她睁开眼睛，忽地笑了，伸手拿过圣旨，摆在她面前，低声道：“你仔细看看，这是给我们赐婚的圣旨。”

谢芳华扫了一眼，她刚才已经看过了，不觉得再看能看出什么花来。

“谢氏忠勇侯府有女谢芳华，自小失去双亲，久积病体，朕甚是怜惜，念忠勇侯府世代忠心，朕不忍她终身无靠，今特此赐婚于英亲王府二公子秦铮。三年后完婚！”秦铮一字一句地读着，声音低沉。

谢芳华静静地听着，这就是一纸皇帝随意出口的圣旨，比起真正心甘情愿赐婚的圣旨来说，少说了很多话。什么温良恭俭让，什么才貌双全知书达理，都没出现在这上面。对秦铮更是一笔带过，只说了个赐婚。不知道有什么可看的。

秦铮读罢圣旨，见谢芳华一脸淡漠，他顿时不满地将圣旨拿到离她眼睛一寸之处，对她道：“你睁大眼睛，再好好看看。看见什么了？”

谢芳华看着正对着她眼前的秦铮两个字，忍不住翻眼皮，伸手推开了圣旨。

秦铮顿时笑了，凑近她，温柔地道：“别看错了，是秦铮，不是别人。从今天开始，你就给我记住，这一辈子，除了秦铮，你谁都不准嫁，知道吗？”

谢芳华实在忍不住开口，声音有几分虚弱：“铮二公子，那也得我有命活着。”

秦铮甩开圣旨，不屑地冷哼：“你自然有命活着，从今以后，你是我定下的人，与我同寿。我活一天，你就给我活一天。就算病得要死，一脚踏进鬼门关，爷也给你拖回来。”

谢芳华闭上眼睛，心中暗骂，这个自大狂！

“行了，你睡吧！”秦铮似乎满意谢芳华终于认清了自己赐婚给他的事实，放过了她。

谢芳华当真睡了过去。

秦铮倚在她身边，勾起她一缕散乱的青丝缠绕在指尖把玩，分外自在悠闲，仿佛皇后的宫里是他家炕头，丝毫不觉得有何不妥当和拘束。

大约过了半个时辰，外面传来一阵脚步声，紧接着如意的声音响起：“怜郡主，您回来了？”

“是啊，娘娘呢？”秦怜声音微带气喘，说话间，脚步不停，往里面走。

“娘娘和英亲王妃、大长公主去了御花园，走时吩咐奴婢，若是您回来，就去御花园找她们。”如意连忙回话。

“她们去御花园了啊！我这就去！”秦怜脚步顿住，说着，转身往外走，走了两步后忽然停住脚步问：“你怎么没在娘娘跟前侍候？”不等如意开口，她又看向一旁的春兰，问道：“咦？你怎么也没在我娘跟前侍候？”

“娘娘吩咐奴婢留在这里看守凤鸾宫。”如意道。

“王妃也吩咐奴婢留在这里。”春兰道。

秦怜看着二人，疑惑不解：“你们为何都留在这里？”

二人向内殿里面看了一眼，如意不知如何开口，春兰忽然笑了，凑近秦怜，低声道：“二公子和芳华小姐在内殿里面休息，皇后娘娘和王妃便留了我二人在这里守着。”

秦怜蓦地睁大眼睛：“他们在这里？”

二人点点头。

秦怜立即转回身，恼怒地往内殿里走，边走边道：“怪不得我找了一圈都没找到人，原来他们跑来了这里。可恨！”

春兰顿时愣了。

如意也怔了一下，连忙拦住秦怜，低声道：“郡主，您要找铮二公子和芳华小姐？”

秦怜点头：“我是要找他们。”

“您找他们可有事情？芳华小姐早先在灵雀台发了病，皇上命铮二公子送她来这里休息。”如意低声道，“娘娘和王妃、大长公主走后，内殿里一直很安静。”

秦怜脚步顿了顿，又抬起，沉着脸道：“我进去看看他们。”

如意知道这位郡主的性子，寻常在皇后娘娘身边和人前的时候端庄温婉，可是无人的时候，性情便又是一个样了。她若是做什么事情，骨子里有一股执着的劲儿，你拦是拦不住的，于是便让开了道，低声道：“您脚步轻一些，芳华小姐的病看起来的确很严重，别惊了她。”

秦怜嗯了一声，向里面走去。

如意和春兰对看一眼，没跟进去。

秦怜推开内殿的门，一眼便见到画堂的暖榻上睡着的谢芳华和倚在她身边的秦铮，她一时顿在了门口。

秦铮神态轻松惬意地看着谢芳华睡着的脸，眉眼舒展，指尖缠绕着谢芳华的青丝来回把玩，青丝如绸缎，根根坚韧柔软，缠绕和脱离都有一种旖旎缠绵的味道。他似乎玩上瘾了，乐此不疲。

秦怜站了半晌，秦铮似乎没发现她来。她看着暖榻上的二人，有片刻恍惚，之后，醒过神，想用力地甩一下珠帘弄出响声，但见谢芳华睡得安静，又顿住手，不甘心地向暖榻走来，嘴里嘟囔道：“你倒是好福气，守着美人暖榻，秦钰哥哥此时怕是在漠北受苦呢！”

秦铮回头瞟了秦怜一眼，悠闲惬意的脸蓦地沉了下来：“谁是你的亲哥哥？”

“你！你是我的亲哥哥，好哥哥，天下独一无二谁也没你有本事的哥哥！连忠勇侯府的小姐你说要娶就闹着能让皇叔下圣旨赐婚。”秦怜来到近前，故意拉长音回了一句。

秦铮勾了勾嘴角：“算你识相！”

秦怜瞪了他一眼，停住脚步，站在暖榻边上打量谢芳华，将她眉目脸庞仔细地瞧了个遍，颦眉道：“她就是谢芳华？”

“她不是难道你是？”秦铮轻叱。

秦怜板起脸，睨了秦铮一眼，歪着头道：“她没有李如碧长得好看。”

秦铮扬了扬眉：“你哪只眼睛看到她没李如碧长得好看了？”

秦怜哼了一声，背着手道：“我两只眼睛都看到了，你看，她的脸白得跟鬼一样，嘴唇连半点儿红色都不见，身子弱得跟柳条一样，睡着了连呼吸声都听不着。你确定她是活人？”

秦铮冷笑一声：“不管她是活人还是死人，都冠了我的姓了，以后都姓秦。”

秦怜翻了个白眼，脖子仰向梁顶，须臾，又收回来，用对方不是人的眼光看着秦铮：“我可听说了，你们三年后才能完婚呢，她这副样子，能活到那时候吗？”

“若是她活不到，我也活不到，爹还有一个儿子，娘可就没儿子了。”秦铮语调漫不经心，“娘那么疼我，到时候势必也要追着我们去九泉，到时候你就没娘了。”

秦怜脸顿时寒了。

秦铮不看她，继续道："哦，反正你从小就没在娘和我身边长大，也没多少感情，你有皇后娘娘，跟亲娘没什么不同，你还有秦钰哥哥，跟亲哥哥也没什么不同……"

"你给我闭嘴！"秦怜恼怒地打断他的话。

秦铮偏头看着她，扬眉："你还觉得她不美，她活不长吗？"

秦怜额头的青筋明显地跳了跳，之后，深吸一口气，软了语气："好吧，我觉得她美，她比李如碧美多了，她能活得长，活个千年王八万年龟。行了吧？"

秦铮哼了一声，挥挥手，道："你可以走了！"

秦怜眉心又跳了跳，上前一步，伸手去拽秦铮："你走！"

秦铮斜眼瞅她。

秦怜拽不动秦铮，对他瞪眼睛："就算你们有了赐婚的圣旨，也不能这般同床共枕腻在一处，传出去像什么话？"

秦铮嗤了一声。

秦怜又恼怒地道："三年呢！时间还长得很，你不要名声，她还要呢！她是忠勇侯府的小姐，就算病得跟个烂秧子似的，也不能任你这般不受礼数地欺负。你该干什么干什么去，我在这里陪着她。"

秦铮眉梢动了动，却稳稳地躺着，看着秦怜道："我怎么知道你是否安好心？若是我离开后，你对她做什么怎么办？"

"秦铮！"秦怜彻底恼了，攥起拳头捶了秦铮一拳，怒道："你是娘生的，我也是娘生的。我是你亲妹妹，又不是大街上捡的，你凭什么不相信我？"

秦铮不说话。

秦怜看着他，对他瞪眼，半晌，气得一跺脚，眼泪噼里啪啦流了下来。

秦铮皱眉："你哭什么？"

秦怜偏过头，不看秦铮，用帕子抹眼泪，同时瓮声瓮气地哽咽道："我几日前听皇后娘娘提起，说你要娶忠勇侯府的小姐。我这些年在宫里，对于皇叔的心思多少猜到一些，他看起来恩宠忠勇侯府，实则心里厌恶谢氏太过昌盛，英亲王府是皇室的臂膀，你又是嫡子，将来要承袭爵位，他怎么可能让你娶忠勇侯府的小姐？今日听说你们进宫，我担心你，跑出去找你们，你倒好，眼里一点儿也没有我这个妹妹。"

秦铮手指动了动，抿起唇，没说话。

"算我白担心，算我好心当了驴肝肺！"秦怜气得转身就走，一边走一边抹眼泪。

"我何时不拿你当妹妹了？回来！"秦铮脸色终于缓和了。

秦怜脚步一顿，回头看着秦铮。

秦铮从暖榻上缓缓坐起身，看了谢芳华一眼，见她依然睡得熟，他下了暖榻，整理了一下微带褶皱的锦绣缎面袍子，对秦怜道："你在这里陪着她吧！我去寻子归兄。"

秦怜口气冲地道："你还是别找他了，他陪着燕亭呢。"

秦铮手一顿，面色清淡，没说话。

“你不会不知道燕亭喜欢忠勇侯府的小姐吧？你还横刀夺爱，我找你们的时候，看到了他们，燕亭蹲在一座荒废的宫殿里哭呢。”秦怜脸色不好地道。

“横刀夺爱？”秦铮眯了眯眼睛，眼中一抹冷意，“你不会用这个词就别用，他若是有本事娶她，也不必闹得几乎所有人都知道他府里那点儿破事儿了。”

秦怜瞪了秦铮一眼，嘟囔道：“就你本事，这回你被皇叔恼恨惦记上了，你好自为之吧！别让娘日日为你操心。”

“她就是乐意为我操心！”秦铮踱步离开床前，对秦怜道：“你看顾好她，若是她在你手里出了半点儿纰漏，你以后都别想踏入英亲王府一步。”

秦怜一噎，气血上涌，咬牙道：“你放心吧！我一定给你看好你的宝贝！”

秦铮点点头，不再说话，出了内殿。

“铮二公子？你要走？”如意惊讶地看着出来的秦铮。

“怜郡主呢？她不离开了？”春兰也立即问。

秦铮嗯了一声，吩咐道：“你们好好守在这里，看顾着，若是她们要离开，你们就跟着照料。宫里今日人多，别出事情。”

如意顿时笑了：“您放心吧！有皇后娘娘的嘱咐，奴婢也不敢怠慢芳华小姐。”

“二公子放心吧！今日芳华小姐在哪里，奴婢就跟着她在哪里。”春兰也笑了。

秦铮点点头，丝毫不觉得自己婆妈，出了凤鸾宫。

如意目送秦铮离开，悄声对春兰唏嘘道：“我从来不知道铮二公子竟然还有这等温柔的一面。看他对芳华小姐如此珍视，难以想象他昔日张狂霸道任何女子都不看在眼里的模样。”

春兰也不由唏嘘感慨：“是啊，我是看着二公子长大的，除了王妃，还没见过她珍视什么女子，郡主每回见了他，都被他气得眼泪在眼圈打转。”

如意往内殿看了一眼，低声道：“刚刚我好像听见怜郡主又被气哭了。”

春兰又气又笑，埋怨道：“没见过二公子这么做哥哥的。”

如意倒很是通透：“要我说，二公子啊，他是因为四皇子。不明白为什么，他们两个从小就互相看不顺眼，本来二公子有个妹妹，却成了四皇子的妹妹。他心中有气，憋了这么些年了。所以，每次见到怜郡主，都没有好脸色。”

春兰恍然：“怪不得呢！哎，二公子看起来狂狷清冷，其实是个性情中人呢！”

如意点点头。

二人一边说着话，一边相携着去了西厢暖阁，声音也跟着远去，听不清了。

内殿里，秦怜在秦铮离开后，便用绢帕抹掉了眼泪，走到暖榻前，盯着谢芳华使劲地瞧。瞧了半晌，见谢芳华依然沉沉地睡着，她有些不满，学着秦铮的样子，上了暖榻，倚在她身边，伸手抓了谢芳华一缕青丝，缠绕在指尖把玩。

谢芳华自然是在秦怜进了内殿的时候就醒了，但是她闭目假寐的功夫了得，依然呼吸均匀，看起来像还在沉沉地睡着。她要看看秦铮走后，秦怜陪着她到底做什么。

她等了半晌，也不见秦怜有动静，只盯着她看，不由得觉得这兄妹二人某些地方还是相像的，都有一肚子心机。别看秦怜小几岁，但是在皇后身边长大，什么都通透。至少皇上厌恶忠勇侯府，厌恶谢氏昌盛的事情她看得明白。

片刻后，感觉秦怜学着秦铮的样子倚在她身边玩她头发，她呼吸滞了滞。

“醒了？”秦怜询问。

谢芳华本不想醒来，没想到秦怜如此敏感，只从她呼吸就判断出来了，只能睁开眼睛，偏头看向她。入眼处，一张端庄秀美的容颜，气质神态与英亲王妃和皇后都有几分相像。

秦怜看着她，顿时睁大眼睛：“咦？你的眼睛……”

谢芳华想着她的易容术改得了容貌，药丸改得了声音，可是这眼睛却是难改。秦怜见过听音，且如此敏锐，不想让她探究。于是，她眯了眯眸子，用手自然地遮了一下，再睁开，眼里蒙了一层雾气，虚弱地问：“几时了？”

秦怜眼中露出疑惑，仔细地看着谢芳华。看了半晌，见她脸色苍白，气息虚弱，尤其脸庞肌理细腻，天衣无缝。她眼中疑惑褪去，看了一眼沙漏，回道：“还有一个时辰午时。”

谢芳华点点头，又闭上眼睛。

“喂，你还要睡啊？”秦怜看着她。

谢芳华点点头，距离午时开宴还有一个时辰，她还能够睡半个时辰。

“你都不问问我是谁？”秦怜伸出手指头捅捅她。

“怜郡主！”谢芳华道。

“你怎么知道？”秦怜疑惑地挑眉。

“能在皇后娘娘的宫里自如地待着的人，这般容貌举止，除了怜郡主，也没别人了。总不能是哪个京中府邸的小姐。”谢芳华缓缓道。

秦怜赞赏：“你很聪明嘛！”

谢芳华不置可否。

“别睡了，我看你也没传言所说的得了怪病需要用好药吊着才死不了的模样。我们出去玩吧！”秦怜伸手拉她的手。

谢芳华摇摇头：“不去！”

“为什么？”秦怜问。

“没兴趣！”谢芳华闭着眼睛不睁开，对于皇宫，她的确是没兴趣逛。

秦怜沉默了一下，盯着谢芳华看了一会儿，百无聊赖地道：“皇宫的确没意思，不是住在宫里的人，根本就不知道每日有多无聊。我一直不明白京中大臣府邸的那些小姐怎么那么想挤进这皇宫，就连那个李如碧、金燕郡主，每回这样的日子，进宫都是一副兴冲冲的样子，不知道她们高兴什么，真是没劲。”

谢芳华不说话。

秦怜又沉默片刻，见谢芳华似乎真要睡去，她眼珠子转了转，立即道：“今日皇叔在灵雀台，皇后娘娘去了凤凰台，要不，我带你偷偷去上书房玩吧！”

谢芳华眸光动了动，上书房是皇子和公主们上课的地方，如今这样的年节，里面空无一人，应该也是没什么趣味的，她摇摇头。

“你没去过上书房，难道就不好奇吗？”秦怜瞅着她。

谢芳华摇头，她自然不好奇，前一世她去过上书房，无非是比外面的私塾富丽堂皇高贵一些，其余的也没什么。

“御书房呢？要不我们去御书房？”秦怜问。

谢芳华心思一动，御书房是皇帝的专属地盘，在那里处理奏折，私下召见大臣议政，可谓是皇权的中心。御书房如此重要，定然是每日每夜时时刻刻都会有重兵守卫了，怎么可能轻易进得去？她摇摇头。

“你连御书房都没兴趣？”秦怜眼睛又睁大一些，诱惑道：“你难道不想看看皇上的书房什么样吗？”

谢芳华想着她自然想看，但是今日这样的日子，御书房的兵力怕是加了一倍，哪是两个女子说进就能进的？更何况，忠勇侯府的繁荣已经太过扎眼，她今日被秦铮逼婚皇帝赐婚也够扎眼，就算秦怜有办法神不知鬼不觉地进御书房，她也不能跟去。

“我有办法悄悄进去，不让皇叔知道。”秦怜悄声道。

谢芳华依然摇摇头。

秦怜扁嘴：“你真是无趣，不知道我哥哥为何非要娶你，他脑子莫不是有问题？”

谢芳华也觉得秦铮脑子有问题。

“你看看你，除了出生在忠勇侯府，身份好一些，还有什么比得上李如碧、金燕郡主、卢雪莹、燕岚的，她们的身份也不低，可是他偏偏都看不上，只选你。你这副病秧子的身体暂且不说，只说你这种无趣的样子，我就觉得没意思。他娶你，不怕被你闷死吗？”秦怜对谢芳华一通不客气地编派。

谢芳华点点头：“你说得对，我就是无趣，你有什么办法能让他不娶我吗？”

秦怜一呆，似乎没料到她这么问。

谢芳华继续道：“或者，你有什么办法能让皇上收回赐婚的圣旨吗？”

秦怜像看怪物一样地看着谢芳华：“你……你不愿意嫁给我哥哥？”

谢芳华点点头，她凭什么要愿意嫁给秦铮。

秦怜顿时拔高音：“我哥哥哪里不好了？他为了你，今日连皇叔都得罪了，你看着吧，皇叔往后指不定怎么收拾他呢！你竟然还不领情？敢不想嫁给他？你还有没有良心？”

谢芳华睁开眼睛，一时无言地看着激动的秦怜，果然是亲兄妹！

“你看着我做什么？难道我说得不对？”秦怜瞪着谢芳华。

谢芳华败下阵来，果然是母女，她维护秦铮的模样和英亲王妃一样。秦铮有个好娘，还有个好妹妹，可真是有福气！

“你现在不喜欢他，那是还没了解他的好。等你了解了他的好，你就会喜欢上他的。”秦怜摆摆手，大度地道：“我哥哥脾气臭些而已，看着像个石头，但是心里柔软着呢。”

谢芳华不答话，秦铮心里柔软可能是真的，但是硬起心肠来也是个无情的主。

秦怜转着心思，对她道：“要不我带你去藏书阁？”

谢芳华抬头看着她，皇宫的藏书阁，不知道与无名山的藏书阁相比如何。

“你是不是有兴趣？”秦怜兴致盎然地道，“我猜你平日待在府中不能出闺阁，应该是喜好读书。怎么样？皇宫的藏书阁里可是有很多的书，还有很多的孤本，忠勇侯府的藏书房里不见得有。”

谢芳华微微抿唇，轻声道：“宫里的藏书阁你能带着我随便进入吗？”

“能！”秦怜见她动心，立即喜滋滋地道：“宫里的其他公主不见得有资格，但是我小时候得了皇叔特许，可以随意出入藏书阁。”

“你能随意出入，但是带着我呢？不会被过问？”谢芳华眉头轻蹙。

“哎哟，你这样看起来，可真是个多愁的弱美人。也许我知道我哥哥为何要娶你了，你这副样子，叫人看着就想抱在怀里疼。”秦怜低呼了一声。

谢芳华板起脸。

“行了，你放心吧！这么多年，看守藏书阁的人我都熟了，只要我嘱咐过，他们就不会禀告皇叔。再说今日皇叔正被我哥哥气得呕血，在你爷爷和众朝臣面前还不能表现出来，只能忍着，哪里有空管藏书阁的事情？”秦怜立即跳下了暖榻，伸手拉她，“起来吧！用不用我搀着你？”

“不用！”谢芳华坐起身。

秦怜走到镜前整理仪容。

谢芳华下了暖榻，也走到镜子前，站在了秦怜身后，秦怜仪容没被弄凌乱，很快就打理好，让开镜子前，询问谢芳华：“你的头发被我哥哥给拽乱了，用我帮你吗？”

谢芳华摇头。

秦怜等在一旁，打量谢芳华。见她手法十分缓慢地弄着头发，一下下地将散乱的青丝拢在了云髻上，歪斜的珠钗被她轻轻转了几个弧度，便稳稳地盘住了云髻。玉步摇精致典雅，珠钗翡饰不多，但丝毫不减贵气，整个人看起来虽然弱不禁风，却是娴静怡人，说不出的赏心悦目。甚至让人产生一种错觉，她的一举一动都像是从画中走下来的一般，让人移不开眼睛，不由得屏住呼吸，怕惊扰了她。但她明明就是个病秧子，怎么会给人这样的错觉？

谢芳华整理好头发，又抚平了绸缎罗裙的褶皱，最后拢了拢火狐披风，回头看着秦怜：“走吧！”

秦怜回过神，定了定眸光，见她还是一副苍白病弱的姿态，她嘟起嘴，怀疑地道：“你的病真的很严重吗？”

谢芳华垂下眼睫，淡淡道：“我也不知道，反正是除了漠北那位神医，没人治得好。”

秦怜叹了口气：“我哥哥这么些年，除了府中的那个婢女听音，可没对谁露出要娶的心思。如今要娶你，定是你进了他的心坎了，可是你偏偏有这个病。”

谢芳华不答话。

“走吧！”秦怜伸手拽住她的手。

谢芳华任她拽着。

“你的手可真凉！”秦怜一边走一边道。

谢芳华感觉秦怜的手温暖，暗暗想着，女子有这样一双温暖的手，一定有着温暖的情怀。不像她，心境早已经被锤炼得麻木冷寒，冰冷和无情早已经被无名山训练得刻进了骨子里。即便不吃药，她也不会有这样一双温暖的手。

二人出了内殿的门，西厢暖阁里说话的如意和春兰立即走了出来。

“怜郡主，您和芳华小姐要去哪里？距离宫宴还有一个时辰呢。”如意早先因为秦铮抱着谢芳华，没能仔细打量她，此时见她和秦怜走出内殿，比秦怜高了小半个头，虽然是娇弱不禁风雨之态，可是令人一见惊艳。她不由有些吃惊，忠勇侯府的小姐除了有病外，可真是哪里也挑不出不好来，怪不得铮二公子大闹灵雀台得罪皇上也要娶她。

“是啊，距离宫宴还早，你们去哪里？芳华小姐身子好些了吗？”春兰也立即询问。

“我好多了！”谢芳华温和地点点头，声音低柔。

“她没进过宫，我带她在皇宫里转转。”秦怜拉着谢芳华往外走。

如意和春兰立即跟在了二人身后。

“你们就不必跟着了。”秦怜回头对二人摆摆手。

“那可不行，王妃走时吩咐了奴婢，一定要好好照看芳华小姐，二公子走时也吩咐了，让奴婢不要出了纰漏。”春兰连忙摇头。

“皇后娘娘离开时也吩咐奴婢仔细照看芳华小姐了，芳华小姐身子弱，怜郡主，您二人离开走动怎么行？今日人多，我们跟着，也能有个照应。”如意也连忙道。

秦怜停住脚步，不满地皱眉：“我知道她是个宝贝，我仔细一些，不会让她如何的。”

如意和春兰都摇摇头。

秦怜看向谢芳华，见她脸色平静，无波无澜，似乎对于二人跟着没有意见，便气闷地摆摆手，拉着谢芳华往前走：“好好，你们跟着吧！”

二人对看一眼，跟在她们身后。

来到凤鸾宫门口，侍画和侍墨等在门口，见谢芳华出来，齐齐喊了一声：“小姐！”

谢芳华对二人点点头：“我和怜郡主在皇宫转转，你们也跟上吧！”

“是！”侍画和侍墨齐齐垂首应声。

秦怜不由得打量了二人一眼，对谢芳华赞扬道：“你的婢女有武功？”

“学了几年吧！我身体弱，需要人照顾。”谢芳华道。

秦怜不再理会，拽着谢芳华往藏书阁的方向走去。

如意和春兰也都打量了侍画和侍墨一眼。二人一个是在皇后身边侍候的，一个是在英亲王妃身边侍候的，都是陪嫁丫鬟，眼睛被训练得极其毒辣，也不由暗暗地赞了一声。单从这两个婢女身上，就能看出忠勇侯和谢世子何其宝贝谢芳华。一般闺阁小姐可用不起这样的婢女。她们的功夫可不只是练了几年，而且礼数规矩也是半点儿不错，比生活在皇宫里的宫女还要沉稳，听说今日跟去了灵雀台，竟然见了天子也不怯阵。

第二十八章
私情

秦怜大约因为如意、春兰等人跟随不太满意，只拉着谢芳华走路不再说话。

谢芳华静静地跟着她走着，鞋底踩在青玉石砖面上发出微微沉重的声音，彰显她体弱。

走了一段路后，如意轻声道："怜郡主，您要带着芳华小姐去藏书阁？"

"是啊！"秦怜回头看了如意一眼，"如意姑姑，我不能带她去吗？"

如意犹豫了一下，暗暗打量了一眼谢芳华的脸色，见她极其平静淡漠，想着忠勇侯府什么没有，府里的藏书阁据说比皇宫的藏书阁还大，对于她来说，自然是不觉得有多大兴趣了。可是毕竟宫里的藏书阁和御书房一样，都是不能轻易让人踏足的。她一时踌躇道："藏书阁是除了御书房外的第二个重地，皇上虽然有旨意准您随时进入，但是若带了芳华小姐，万一皇上知道……"

"不让皇叔知道不就行了？"秦怜打断如意的话。

"这皇宫里面的事儿，哪里有什么能真正瞒得住皇上的。"如意轻声道。

"没事儿，今日不同往日，今日皇叔心里堵得慌，招待朝臣呢，没空理会藏书阁。你们不说，我也不说，暗中能瞒下。"秦怜摆摆手。

"这皇宫里面地方大着呢，芳华小姐没进过宫，可以在别处随意地转转，不一定非要去藏书阁。"如意试探地提议。

"忠勇侯府和皇宫比起来也不小，人家府邸里什么景色没有？还看得上皇宫的景色？"秦怜不屑地道，"如意姑姑，你若是害怕皇叔知道后怪罪，就别跟着我们了。"

如意顿时噤了声，看向春兰。

春兰也觉得秦怜带着谢芳华去藏书阁不妥当。皇上警惕忠勇侯府警惕得跟什么似的，虽然明面上做得好，但是靠近权力中心的人心里都跟明镜似的，藏书阁是皇宫的第二重地，皇上若是知道怜郡主带了芳华小姐去，不喜是肯定的。今日二公子已经招了皇上的恼火，若是怜郡主再招皇上的恼火，那么英亲王府即便是铁板一块，怕是也惹得皇上心口疼。想到此，她立即道："怜郡主，您别怪奴婢二人多嘴，这藏书阁还真不是个能随意进入的地方。不是奴婢们害怕，而是您要想想万一被皇上知道了……"

"没有万一，我不会让皇叔知道。若是连个藏书阁我都不能带个人去，这个皇宫这么些年我就白待了，皇后娘娘也白教养我了。"秦怜板起脸，恼怒道："你们别再说了，再多说一句，你们两个人都不准再跟着。"

春兰闻言只能住了口。

"我们走，别理她们。"秦怜拉着谢芳华往前走。

谢芳华明显感觉到身后两个人希望她拒绝秦怜的好意，她不以为然，秦怜既然有本事带她去藏书阁，她为什么要拒绝？皇宫的藏书阁她的确是想看看。

侍画和侍墨寸步不离地跟在谢芳华和秦怜身后，同样不言声。忠勇侯府的藏书阁，她们从被选入忠勇侯府后就开始在里面读书了，不觉得皇宫的藏书阁能比忠勇侯府的藏书阁还好。对于她们在忠勇侯府长大的人来说，见惯了忠勇侯府的玉石铺地，翡翠绫罗，钟鸣鼎食，皇宫也是不屑的。

如意和春兰见拦不住秦怜，谢芳华又不开口拒绝，对看一眼，也只能无奈地跟着二人前往藏书阁。

今日进来皇宫的人分了四部分，一部分集中在灵雀台，一部分集中在凤凰台，一部分集中在南御花园，一部分集中在北御花园。因为御书房和藏书阁都是独立的宫殿，与别的宫殿都不挨着，所以，前往藏书阁的路上空无一人，宫中的宫女太监都被集中到那两地侍候了。

如意和春兰提着的心也稍稍地落了下去。

不多时，一行人来到藏书阁。

藏书阁外围有禁卫军看守，刀剑鹰枪矗立，人人面色严肃。

"你们就在这里等着吧！"秦怜回头对四人吩咐。

侍画和侍墨停住脚步。

如意和春兰也知道这样的地方她们的身份自然是不能进去的，既然都来了这里，这时再阻止也是没用的了，于是齐齐点了点头。

秦怜拉着谢芳华走向藏书阁门口。

"怜郡主！"一名禁卫军首领模样的年轻男子走过来，对秦怜见礼，同时打量谢芳华。

秦怜点点头，对他道："李统领，我要进藏书阁看书。"

李统领点点头："怜郡主随时可以进，但是这位小姐……"

“她是谢芳华！”秦怜道。

李统领目光顿时露出惊异的神色，不过也只是片刻，便低垂下眉目道：“皇上有令，持有令牌者才能进入藏书阁。这宫中除了如今在漠北的四皇子和三皇子、五皇子，也就八皇子和您有资格进入藏书阁了。不知道谢小姐来此，可有皇上的令牌或者旨意？”

“没有！”秦怜低声道。

李统领也压低声音：“既然谢小姐没有皇上的令牌和旨意，恕卑职不敢放人进去。”

“就算没有皇叔的令牌和旨意，我今日若也要带着她进去呢？”秦怜扬眉问。

李统领摇摇头：“皇上有命……”

“去你的皇上有命，我不听这个。”秦怜松开谢芳华的手，凑近李统领，低声道：“李统领，你不放人进去也可以，只不过一年前我被你捡到的那个簪子，你至今不还给我，是不是得有个说法？”

李统领身子顿时一僵，脸色唰地白了。

“这里是你管辖的地方，你偷偷放我们进去一回不就得了，更何况，忠勇侯府什么没有？她不过是想看看藏书阁什么样？还能带走这里什么东西不成？你放心吧！有我在呢。她什么也不会带走，我保证。”秦怜低声道，“你不说，我不说，皇叔不会知道。”

李统领脸色变幻片刻，向后退了一步，眸中闪过一丝挣扎，低声道：“皇宫里面的事情，皇上耳目灵敏，几乎瞒不住。”

“你也说是几乎了！证明还是有瞒住的事情。就拿后宫来说，有多少尔虞我诈毒辣手段欺上瞒下的事情不都是神不知鬼不觉的吗？皇叔能知道多少？”秦怜哼了一声。

“后宫不能和御书房、藏书阁相比。”李统领道。

“御书房我们不去，藏书阁放的都是书，也没什么大不了的。”秦怜见李统领皱眉，不打算放人，逼近一步，恶狠狠地道：“你若是不让我带她进去，我就去找皇后娘娘，告诉她你捡了我的簪子不还。让皇后娘娘问问你，到底想对我意欲何为？”

李统领身子猛地又后退了一步，刷白的脸色蓦地红了，很快就蔓延到了耳朵根。

秦怜盯着他，一字一句邪恶地道：“你喜欢我，别以为我不知道。”

李统领身子彻底僵住，严肃清秀的容色也跟着僵住。

“快点儿！你的手下们都看着呢！”秦怜丝毫不觉得自己惊吓了这位李统领，低声催促他，“别以为我做不出来，你信不信我真去找皇后娘娘告状？”

李统领垂下头，沉默片刻，抬起头，眸中似乎闪过一丝无奈，面色调整如常，清声道：“既然是得了皇上口谕而来，怜郡主带着谢小姐进去吧！”

秦怜顿时露出满意的神色，回身拉了谢芳华的手，往里面走去。

谢芳华距离二人近，将他们的对话神色听了个清楚看了个清楚，尤其是李统领的神色，正如秦怜所说，这位李统领喜欢她，怪不得她带她来说不会让皇帝知道，有恃无恐。原来这年轻的宫廷禁卫首领有把柄抓在她手里。捡了女儿家的失物不还，尤其还是郡主的失物，若是秦怜禀告到皇后那里，自然要对他予以处置，即使是轻的处罚，禁卫首领的职位也该是不保的。不过就算他不放她们进去，秦怜也不会真的去找皇后，只不过她肯定他因为喜欢她这点儿私情，一定会放她带着她进去就是了。她淡淡一笑，对他们的事情没兴趣探究，跟着秦怜走了进去。

李统领板着脸一挥手，有人立即打开了藏书阁的门。

二人很快就进了藏书阁。

如意、春兰本来还盼着李统领将人拦住，没想到这么快就放了人进去，两人齐齐叹息一声。知道怜郡主定然是威胁了李统领，至于什么缘由，她们离得远，自然是不知道，只盼着那二人快出来。别时间太长，耽误了宫宴，那样的话，皇上一定会过问的。

皇宫的藏书阁是一座独立的宫殿，极其庞大，里面一如皇宫的表象，金碧辉煌。一排排的书架上摆满了整齐的书卷，地面桌椅被清扫得净无一尘。

“觉得比忠勇侯府的藏书阁如何？”秦怜询问谢芳华。

谢芳华实话实说：“没有忠勇侯府的藏书阁大。”

秦怜唏嘘一声，随即撇撇嘴：“皇宫自诩收揽天下群书，但是也比不过忠勇侯府。这就是皇叔为何厌恶忠勇侯府和谢氏，不想我哥哥娶你的原因了。你心中总该明镜一般。”

谢芳华不置可否。

“我哥哥虽然从小就性情古怪，可他向来是个理智的人，哪怕张狂肆意，也知道什么事情可为，什么事情不可为。这么多年，皇叔之所以能容忍他，也是因为他从来不曾触动皇叔的底线。如今为了娶你，我敢保证，他今日一定触动了皇叔的底线。”秦怜道。

谢芳华走到一排书架前，目光逐一掠过一卷卷书卷的名字，一步步往里走，对于秦怜的话无动于衷。

秦怜对于自己说起秦铮她不搭不理，有些不满，提醒她：“只有半个时辰，你快些看！”

谢芳华嗯了一声。

秦怜跟在她身后，似乎想看看她想看什么样的书，目光随着她的目光掠过一卷卷书卷。

谢芳华走过十排书架，依然未曾停留，手也不曾去够哪本书来看。

秦怜蹙眉，张了张嘴，想说什么，见谢芳华姿态娴静，目光浅淡，又闭上了嘴。

两炷香后，谢芳华走过几十排书架，在一处偏僻的角落停住，伸手拿起了一卷黑皮的残破本子。这本子只有后半片，前半片似乎是被扯掉了。

谢芳华拿在手中，前后看了一眼，伸手翻开来看里面的皮纸。

“咦，你对它有兴趣？”秦怜讶异地凑过身来。

谢芳华不答话，手指轻轻地翻动着里面的皮纸。

“这个破本子，除了破一点，我丝毫看不出有什么特别。不就是规训吗？这样的书，藏书阁里有一大堆，我相信忠勇侯府也有一大堆。不知道是哪个作古的古人留下的，而且只留了一半，大约是那个著书的人后来觉得这样的书拿出来祸害人，所以就将前一半给撕了。”秦怜见谢芳华认真地看着每一页，她哼了一声，“你果然是个怪人，和我哥哥一样，只相中这个破本子了。”

谢芳华眸光动了动。

“还有，秦钰哥哥也是。”秦怜数落着，“秦钰哥哥和我哥哥性情明明不同，可是偏偏看人和东西的眼光是一样的，总会一起争夺，而且还掐个你死我活。”

谢芳华不答话，轻轻地翻着书页。

“这本书啊，当初不是藏在皇宫，而是藏在法佛寺的藏经阁来着。皇叔多年前带着我哥哥和秦钰哥哥等几位皇子前去法佛寺礼佛，住持大师特意打开了藏经阁，让皇叔沐浴佛光。每个人走时可以选一本经书带走。别的皇子都选了自己看中的，我哥哥和秦钰哥哥两个人偏偏一同看上了这个破本子。”

谢芳华静静看着手中的半卷皮纸书卷，不说话。

“可是这个破本子偏偏只有一本，还是半卷，两个人当初为了争夺这个，在皇叔面前大打出手。别看秦钰哥哥是皇叔的儿子，我哥哥半点儿不让着他。加之那时候德慈太后还活着，纵容我哥哥，皇叔也包容，我哥哥当真是无法无天，两个人身上都挂了彩。后来还是皇叔看不过去，喝止住二人，出来调停，让他们都另外选。可是他们偏偏谁也不另外选。皇叔一气之下，便下了命令，将这个半卷的本子带回宫中的藏书阁，放在这里，他们谁来都能看，但是就不能据为己有。”秦怜道，“也就是那一日，因为这件事，普云大师才给我哥哥和秦钰哥哥卜了一卦，说他们将来还有共同的情劫。轻者京门倾覆，重者江山动摇。”

谢芳华手一顿。

秦怜见她听进了耳里，凑近她，压低声音道：“这后两句是普云大师在皇叔带着人离开法佛寺，德慈皇奶奶和我娘、我哥哥一起留下沐浴吃斋时，他私下里与德慈皇奶奶说的，并没当着皇叔的面说，怕惹了帝王忌讳，同时泄露天机。”

谢芳华偏头看着她，既然如此保密，她是如何得知的？

“德慈皇奶奶回宫后，与谁也没说，在她仙逝前，将哥哥叫到了跟前，对他说的。让他收收性情，刚过易折，以后有什么事情，别争个头破血流，退让一步也没什么。”秦怜学着德慈太后的口气，“南秦江山流传至今不易，祖宗的江山他们该守护，不该动摇。江山一动，受苦受难的还是百姓们。让他心怀善念，退一步海阔天空。”

谢芳华收回视线，继续翻动书页。

“可是我哥哥告诉她，别的他能退，但是女人，他不退，也不让。”秦怜学着秦铮的口气，“那时候我偷偷藏在德慈皇奶奶宫里的隔间里，听了个清楚。皇奶奶见哥哥语气坚决，忽然问他是不是有喜欢的人了，我哥哥点头，皇奶奶叹息了一声，没再问他喜欢谁。”

谢芳华将半卷皮纸翻看到最后一页，轻轻合上，放回了原处。

“皇奶奶离开后，我一直好奇哥哥喜欢的女人是谁，于是我不经他同意，偷偷跑去了他的书房，终于知道了。怕他发现我知道了他的秘密，便拣他书房里值钱的宝贝拿了几件跑了，但正因为如此，便也惹恼了他，从此之后，他见到我就没好脸色。整整一年不让我踏入英亲王府的大门一步，他的落梅居更是别想进了。”秦怜垮下脸。

谢芳华不说话，往藏书阁外走去。

秦怜见谢芳华往外走去，立即喂了一声，抬步追上她：“你听到我说的这些话了吗？”

谢芳华点点头：“听到了！”

“你不觉得我哥哥如今打定主意大闹灵雀台要娶你是因为喜欢的人是你吗？”秦怜问。

“不觉得！”谢芳华摇头。

“你……”秦怜顿时气恼，见谢芳华苍白的脸色清清淡淡，无波无澜，她恨恨地跺脚，问道：“还没到时间，你要出去了？不再看了？”

谢芳华嗯了一声，别的书她没兴趣，皇宫的藏书阁不过如此，没有忠勇侯府的藏书广博，没有无名山的藏书实用，大多是些治国安邦的帝王权术理论而已。不过今日也没有白来，至少她在无名山和忠勇侯府的藏书阁里没找到的孤本在这里找到了。

那个黑本子，不是有两半，而是分成了三份。无名山藏着开头的部分，忠勇侯府藏着中间的部分，皇宫藏着末尾的部分。如今她算是看齐了。

若说今日进皇宫秦铮大闹皇帝指婚让她气闷的话，那么这个藏书阁里的孤本便是她心里剔除所有气闷的安慰了。用赐婚的圣旨换这个末尾的孤本，也是值了。

秦怜见谢芳华真不打算停留了，便也跟着她出了藏书阁。

藏书阁外，李统领警惕地注意着四周的动静，生怕万一再有谁来发现秦怜带着谢芳华进了藏书阁。他做好半个时辰后就将二人请出来的打算，但是仅仅过了三炷香的时间，她们便出来了。他有些意外地看着二人。

“行了，你也不用一副担惊受怕的样子了，我们走了。”秦怜对李统领摆摆手。

李统领退在一旁，低声道：“郡主慢走，谢小姐慢走。”

谢芳华看了一眼李统领，点点头，道了一声谢，离开了藏书阁。

如意、春兰见二人这么快就出来了，都松了一口气，连忙迎上二人。

侍画和侍墨见二人如此快就出来了，想着小姐定然是不屑皇宫里面的书，更对皇宫的藏书阁不以为然。

“郡主，还有些时辰，咱们去御花园和皇后娘娘、英亲王妃会合吧！”如意试探地问。

秦怜看了谢芳华一眼，问道：“你说呢？去哪里？”

谢芳华平静虚弱地道：“距离宫宴最近的地方吧！我不想走动了。”

“距离宫宴最近的地方就是灵雀台外不远处的雨花亭了，离这里也不远。”春兰道。

“那就去雨花亭！”秦怜摆摆手。

如意虽然想让她们去和皇后、英亲王妃会合，但是见谢芳华苍白虚弱的模样，也知道御花园的确有些远。奔波去了，还没休息，届时再由御花园移驾到宫宴，寻常人无碍，但是对于有病在身的人的确承受不住，便也没有意见。

一行人向雨花亭走去。

秦怜陪着谢芳华慢慢地走着，神色显得有些闷闷不乐，她将底牌翻出来摊开给谢芳华看了，却没从谢芳华身上捞到一星半点儿的东西，心中自然不快。更甚至，她发现，无论她说什么，她都是一副寡淡默然的模样，无悲无喜，无波无澜，像是修炼了多年的老僧，让人觉得无趣。虽然是无趣，但还忍不住被她吸引，想进一步对她探究。

短暂的接触下来，她敢肯定，谢芳华定然不如传言的那般，也许得了怪病是真，但是绝不是弱不禁风，脆弱易折。否则，她怎么可能入了她那个轻狂高傲的哥哥的眼？

一行人很快就来到了雨花亭。

雨花亭清静无人，如意从凤鸾宫里出来的时候便拿了两个坐垫，上前给二人在木凳上垫好，二人缓缓落座。

今日天气晴好，风吹来，也不是那么冷。过了这个年，不几日便立春了。随着春的气息靠近，冷意便会一点点地褪去，只不过这样的日子才是真正的乍暖还寒。

谢芳华支着额头懒散地倚着木桌坐着，一副疲惫不已的模样。

“芳华小姐，这里距离九公主的住所近一些，您若是实在疲惫，不妨就去九公主那里歇息片刻？”如意见谢芳华虚弱不堪的模样，试探地建议。

春兰也忧心地道：“您身子骨太差，走这几步路便如此疲惫，可怎生是好？不如就去九公主的居所休息片刻吧！”

谢芳华摇摇头：“不必，我坐片刻就好。”

如意和春兰对看一眼，看向秦怜。

“不用管她了，小九此时肯定跑去御花园凑热闹了，我们去她那里的话，碰个锁疙瘩还得回来，岂不是更折腾？”秦怜摆摆手。

二人觉得也是，不再说话。

侍画上前为谢芳华重新系好松散的披风，将她身子包裹好，远远看来，她纤细的身子被火红的皮毛包裹成一团火，太阳光落下，似乎下一瞬就会燃着了一般。

“你这副样子可真扎眼！”秦怜扫了一眼谢芳华的火狐披风。

谢芳华偏头看着她。

秦怜对她道：“明明一副病秧子的身体，却享受世间最好的东西，不是扎眼是什么？难道我说错了吗？这个天下能穿得起这样一件披风的人，怕是就你一个。”

谢芳华笑了笑：“那又如何？享受世间最好的东西，也要付出最重的代价。我的身体如此差，要死不活的样子，不是最好的例子吗？有好东西，也要有命享受。”

秦怜一时失声。

如意暗暗叹息，谢氏太过繁荣，忠勇侯府走在繁荣的刀锋利刃上，已经不是一句话就能说得清的事情。高山压顶，皇权下的猛虎，谁不惧怕？

春兰也暗暗叹息，她想的和如意相同，却又不同，毕竟她家的二公子已经和谢芳华订立了婚约。依照二公子的性情，要想拴住的人儿，这一辈子怕是不放手了。那么夹在皇权和忠勇侯府中间的英亲王府，又该如何走以后的路？可是难说了。

“说你不讨喜，你还真是不讨喜，将什么话都说得这么明白，连对自己也这般毒舌，半丝不留情。”秦怜沉默片刻，剜了谢芳华一眼，气恼地道。

谢芳华转回头，没精打采地看向雨花亭外。

秦怜轻轻哼了一声，顺着她目光也向雨花亭外看去，只见两名女子相携着朝这边走来，她眸光动了动，伸手捅了捅谢芳华胳膊，问道：“你认识那两个女人吗？”

谢芳华静静地看着自远处走来的那两名女子，一名红粉绫罗，一名翠绿轻裳，离得远，容貌还看不太清，但只看缓步而来的姿态，行止端庄，闺仪标准严谨，便不是寻常的闺阁女子。她眼前有前世的影像依稀和二人走来的身影重叠，但是仍摇摇头道：“不认识。”

“你又不是傻子，就算是从来没踏出闺阁，足不出户，她们两个这样的容貌，你也该猜出来了才是。”秦怜伸手一指，“那个红粉绫罗的女人是右相府的小姐李如碧，那个翠绿轻裳的女子是我的表姐、大长公主府的金燕郡主。”

谢芳华点点头。

“李如碧喜欢我哥哥，金燕郡主喜欢秦钰哥哥。”秦怜凑近谢芳华又道。

谢芳华笑了一下：“知道了！”

“你这是什么表情？”秦怜不满她的态度，“这两个女人可都不是简单的主，若叫我说，左相府的卢雪莹和永康侯府的燕岚拿到她们的面前来，十个心思也转不过她们。尤其是李如碧，将你卖了，你怕是还得帮她数钱。”

谢芳华想起李沐清，也就是李如碧的哥哥，那一日将秦铮气得掀翻了桌椅，不由露出笑意。敢惹秦铮的人不多，能将秦铮给惹到那个地步的人也不多。右相如今在朝中一直保持中立，任凭左相锋芒毕露，自然不是个简单的角色，若是简单，他也坐不到右相的位置了。自古重臣难立，中立的重臣更是难立。有这样的父亲，有这样的哥哥，若李如碧真是个简单的闺阁小姐，也枉费了她出身在右相府的家教了。

不过就算她喜欢秦铮，又与她何干？

"哼，你和我哥哥虽然有婚约了，但是要大婚还得等三年，这三年里，谁知道我哥哥会不会被人夺去？你真一点儿也不担心？"秦怜对谢芳华咬耳朵。

谢芳华不以为意，她根本就没想过要嫁人，如今和秦铮圣旨赐婚，三年后如何还是个未知数。她凭什么要担心他被人抢走？婚约是他逼迫来的，就算被人抢走，也没什么大碍。

"你……你可气死我了。"秦怜脸色有些青，伸手指着谢芳华的脑袋，骂道："我真想敲开你的脑子看看你里面都装了什么东西！就算你不喜欢我哥哥，可是如今你的清白被我哥哥给毁了，你还能嫁给谁？不喜欢他也得喜欢。难道谁还能越过我哥哥娶你不成？你不怕他不要你了之后你没人要了？"

谢芳华莞尔，看着秦怜，虽然是笑着，但是唇齿有些凉意："我不怕没人要。就算没人要，也没什么。女人这一生，活着又不只是为了嫁人。"

秦怜被她突然绽开的笑意蒙得一怔。

谢芳华收了笑意，没涂抹豆蔻的指尖轻轻敲着梨木桌面，发出细微的响声。

如意和春兰心中掀起惊异，怜郡主和芳华小姐说话根本没避讳她们。所以，她们听了个清清楚楚，好奇于钟鸣鼎食之家的忠勇侯府这个柔弱缠绵病榻九年的闺阁小姐往昔是如何被教养的，否则，什么样的超然心态才能让她对婚事如此淡漠无谓？

秦怜哑然半晌，稳了稳心神，见谢芳华还是那副柔弱不禁风雨的样子，道了一句："真是怕了你了。"

谢芳华抿了抿嘴角，她不介意对秦怜说一些话，通过不久前英亲王府落梅居她扮成小太监趴在小厨房的后墙窗子上去看听音，还有今日的接触，对于秦怜这个人，她不说了解十分，也了解了八分。她很聪明，虽然对她多番试探，但是口风很严，不会将不该说的话传出去。

"不过你这副样子我现在突然觉得很好。"秦怜忽然笑了，喜滋滋地道："我哥哥那个恶人一直以欺负别人为乐，向来容不得别人欺负他。以后有了你，让他头疼去吧！"

谢芳华揉揉额头，对于秦铮，她也是头疼的，只不过秦怜显然不知道罢了。

"怜郡主，芳华小姐，李小姐和金燕郡主过来咱们这座亭子了。"如意低声道。

秦怜嗯了一声，不以为然地撇撇嘴："她们是两个伤心人，如今跑到一块去了。以前每逢这样的年节日子，她们两个向来是暗中较劲，彼此要将对方压下去。如今她们倾慕的人一个喜欢别人圣旨赐了婚，一个远去了漠北军营。”

如意不再说话。

“她们不在御花园待着，也不找个没人的角落互相安慰，而是跑来了这里，怕是冲着你来的。”秦怜对谢芳华说话的态度温和亲近了许多。

谢芳华扶着额头点点头，百无聊赖的同时又没精打采，虚弱至极。

秦怜不再说话，等着那二人走近。

不多时，李如碧和金燕来到了雨花亭。谢芳华并没有看她们，而是目光静静地瞅着别处，似乎不知道有人来这里。

秦怜则收起早先的一切情绪，此时端庄地坐着，似乎是谢芳华的陪客。

“金燕郡主，李小姐！”如意和春兰齐齐招呼了二人一句，微微躬身，见了个礼。

“老远就看见这里有人，依稀面熟，我当是谁，原来是怜表妹和如意姑姑、春兰姑姑。”金燕郡主进了雨花亭，看着几人，用帕子掩着嘴笑了一下，眼波流转，打量谢芳华，好奇地问：“这位是谁家的妹妹？怎的不曾见过？莫不是忠勇侯府的那位芳华妹妹？”

谢芳华缓缓转过头来，看向金燕郡主。

金燕郡主呆了一下，火狐的披风配上她苍白没半点儿红晕的脸，说不出的违和，乍一看吓人至极，再看之下，却又觉得她这弱不禁风之态惹人怜惜。她暗暗惊异了片刻，稳了稳心神，对谢芳华又露出如常的笑意：“可是我猜错了？若没猜错，芳华妹妹吱一声。”

谢芳华打量着金燕，前一世对于金燕郡主没有太多印象，或许她对每个人的印象都已经随着曾经忠勇侯府和谢氏的消亡而淡去了痕迹。一眼所见，她的容貌极像大长公主，金娇玉贵，短短两句话，便可以看出是个八面玲珑的女子，她淡淡一笑，不热络，也不冷漠：“是大长公主府的金燕姐姐吗？我是谢芳华。”

“原来还真的是芳华妹妹，我果然没有猜错。这么多年，我们一直对你好奇，想见见忠勇侯府的小姐到底长得什么样？今日总算是见着了。”金燕顿时笑逐颜开。

“金燕姐姐，还用得着你猜吗？这个自然是芳华妹妹。试问除了忠勇侯府，举南秦上下，哪怕是皇宫都算上，谁家的府邸里能拿出火狐的皮毛拼凑一件披风？”李如碧见到谢芳华也惊异了片刻，随即掩饰了眸中的情绪，笑着接过话。

金燕面色一顿。

如意、春兰都看向李如碧。

这里面的人都知道李如碧喜欢秦铮，皇上也有意秦铮结右相府这门姻缘，但是偏偏秦铮弃她不娶，不等皇帝指婚，便提前发作，强行求娶谢芳华。如今圣旨已下赐了婚，李如碧再好的忍耐，但关乎女儿家的心事和姻缘，面对谢芳华，也是不能有好姿态的。

人人都听出，这话语虽然含笑温和，却是带着刺的，直指忠勇侯府门第震皇权。

秦怜看了李如碧一眼，张了张口，忽然又闭上，看向谢芳华。

谢芳华清淡一笑，打量了李如碧一眼，柔和虚弱地道：“这位就是右相府的李姐姐吧？早就听闻李姐姐才貌双全，和金燕姐姐在南秦京城并称双绝。今日一见，果然姿色过人，令人倾慕。”

李如碧一呆，本来以为谢芳华会因为她的话语恼怒或者反唇相讥，没想到她却是这般淡笑盈盈，客气有礼。她一时间为自己刚刚初次见面便夹枪带棒的话语感到羞愧，毕竟她右相府也是诗书门第，家门教养极好，不允许她做些拈酸吃醋争锋要尖的事情。她脸色微微染上红晕，笑意有些勉强：“芳华妹妹说笑了，如碧不及金燕姐姐容貌才华之一二，那些名声不知怎的便传了出去，徒惹人笑话。”

谢芳华掩唇咳嗽了一下，掏出帕子擦了擦嘴角，低声道：“能传出这般名声也是不易，李姐姐不要妄自菲薄，不是哪个女儿家都能博得个才貌双全的名声的。”

李如碧刚要接话，猛然看见她手中拿着的帕子上绣了个“铮”字，顿时住了口。

金燕郡主、秦怜、如意、春兰、侍画、侍墨等人都看见了谢芳华手中的帕子，那个“铮”字在阳光下极其醒目，被她随意地擦着嘴角，众人一时间神色各异。

谢芳华喘息片刻，将帕子自然地握在手中，对如意道：“如意姑姑，我想喝水，可否请你为我找一杯水来？”

如意惊醒，连忙应声：“芳华小姐稍等，奴婢这就去给您找水来。”

谢芳华点点头。

如意转身快步离开了雨花亭。

李如碧和金燕的脸色霎时微变，她们早先以为皇后娘娘宝贝怜郡主，今日这样的日子，怕出纰漏，特意令她身边的如意陪着怜郡主，可是不承想，谢芳华随意地支使如意，如意连个停顿也不打，便痛快地去了。这南秦京城闺阁里面的公主小姐都算上，她们一直以为除了怜郡主，怕是无人敢随意支使如意这个皇后跟前的女官。可是谢芳华却支使了，而且如此随意，似乎丝毫不觉得有何不妥。

这样的谢芳华，明明没有任何姿态，却偏偏让人感觉出任何人也比不起的高姿态。

第二十九章
欺负

京　门　风　月

雨花亭一时间静寂无声。

拿出她哥哥的帕子不珍视地用来擦嘴，支使皇后娘娘身边的第一女官给她找水。谢芳华果然很好，果然将她的身份地位摆得很端正，且让人挑不出半点毛病来。

这一刻，她是真正地觉得谢芳华顺眼了，早先被她气得一肚子的闷气也烟消云散了。

南秦京城里能找出李如碧和金燕这一双才貌双全的闺仪小姐来，却是找不出一个谢芳华这样的女人来，云淡风轻地便将人踩在了脚底下，且不显山，不露水，不张扬，不狂傲。

早先她说错了，十个卢雪莹、燕岚不及李如碧、金燕一个，如今看来应该是不及谢芳华一个。

“两位姐姐坐吧，距离宫宴开始还有些时候，我们稍后再过去。”谢芳华捂着唇角，轻声慢语，温柔和气。

李如碧和金燕心里不是滋味片刻，点点头，承了她的好意，坐了下来。

春兰暗暗赞叹，果然是忠勇侯府的小姐，这般气度和弹指间将人压在手掌下的本事不是谁都能有的。二公子的帕子她随意地拿出来挡李如碧的嘴，皇后娘娘的女官被她搬出来抬高身份。不杀人，却是弹指间将对方的气势压下，如此这般连皇后娘娘和她家王妃怕是都做不到。

侍画和侍墨腰杆顿时挺直了些，心中不屑，她家小姐自然不是寻常闺仪女子可比的。

一时间无人再说话。

秦怜也不言语，悠闲地看着好戏，从没有觉得哪一日的阳光如今日这般明媚，心情也跟着轻快飞扬愉悦起来，就差哼起小调了。

不出片刻，如意端着一个托盘回到了雨花亭，里面一把茶壶、几只杯子。

她放下茶盘，先给谢芳华倒了一杯水："芳华小姐，知道您身子不好，日日用药，便没给您倒茶水，倒了白水。但是方才路上碰到了铮二公子，他见了我多问了一句，我便将您要喝水的事情说了，他从怀里拿出了一块方糖，给您放在了水里，说如今天干物燥，方糖溶水可以败败您的火气。"

秦怜闻言猛地翻了个白眼，谢芳华有什么火气？有火气的该是别人吧？

谢芳华颦眉，柔弱地不满道："我不爱喝溶了方糖的白水。"

如意顿时笑了："您就稍微润润口，稍后宫宴的时候再多喝些新鲜水果压出的果汁，如今您就领了铮二公子的好意吧！若不是他听说这里还坐着别人，他一准跟了奴婢来。"

谢芳华有些为难地点点头，叹了口气："好吧！听他的。"

如意立即将水端到了她的面前。

谢芳华伸手接了，双手捧着，放在唇瓣，一小口一小口地喝了起来，明明苍白虚弱，却是怎么看怎么姿态优雅贵气。

"怜郡主，您要喝水吗？"如意问秦怜。

"我也不爱喝溶了方糖的水。"秦怜摆摆手。

如意点点头，问李如碧和金燕郡主："金燕郡主，李小姐，您二人要喝吗？"

李如碧咬了一下唇，摇摇头："我不渴。"

金燕笑着摇摇头："不知二表哥何时学会对女子如此贴心了，这可是特意给芳华妹妹加了方糖的水，我可不敢喝，也没福气喝，我等着一会儿宫宴上喝果汁吧！"

如意点点头，笑着后退了一步，站在一旁。

"如意姑姑，你怎么会碰到我哥哥？他也在这附近？"秦怜转头问如意。

如意微笑地回答："铮二公子、八皇子、李府公子、御史府的公子、翰林大学士府的公子、程公子、宋公子，七人从御花园那边来，提前去了宫宴，走在交叉路口的时候，奴婢正好碰到他们。"

秦怜点点头，忽然问："谢世子和燕小侯爷呢？没跟他们一起？"

如意摇摇头："奴婢没看到他们二人。"

秦怜收回视线，看了谢芳华一眼，见她一杯糖水已经喝了一半，听她提到燕亭也没什么反应，不由暗骂了一句，这个女人真是个没良心的。燕亭哭成那副德行，都是拜她所赐，若不是喜欢她，也不至于如此。这回哥哥当着他的面逼婚求娶她，燕亭怕是要恨上哥哥了。多年的兄弟情义，这回估计要泡汤了。女人果然是祸水。

"永康侯府据说要给燕小侯爷说范阳卢氏的女儿？已经闹了一年了？"金燕插

话道。

秦怜无聊地道：“是吧！听说是左相的侄女，不知道和卢雪莹比起来如何？”

“今日范阳卢氏的那位卢雪妍也来参加宫宴了，刚刚在御花园，我们远远地见到永康侯夫人和谢氏长房的夫人跟一个与我们年岁相当的女子在说话，不是我们认识的人，不知道是不是范阳卢氏那个才进京不久的卢雪妍。”金燕道。

“是不是她稍后宫宴就知道了，据说卢雪妍在范阳卢氏家族里面极其出名，受家族培养宠爱，琴棋书画涉猎精深，容貌也是范阳卢氏女儿中最好看的。她这次来京城，就是为了定下和永康侯府的婚事。”李如碧看了谢芳华一眼，接过话道。

“看来燕小侯爷不中意她，若是中意，也不必折腾一年了，早就定下了。”金燕道。

李如碧意味不明地道：“大约是吧！燕小侯爷若是心里面没有人，怎么会看不上范阳卢氏的女儿、家里给说的亲事？”

金燕立即好奇地看向李如碧：“燕小侯爷心里有喜欢的人？谁啊？”

李如碧见谢芳华神色不动，摇摇头：“我也不知道，只是猜测罢了。”

金燕认真地瞅了李如碧一眼，点头：“也是，这京中的公子哥们，哪个不是少年风流，轻裘纵马？我娘喜欢每年都举办一次品诗会，燕小侯爷有时候会去参加，玩闹一场，有喜欢的人也不奇怪。”

李如碧不再说话。

秦怜突然对谢芳华道：“你不是不爱喝方糖溶的水吗？喝了一杯后怎么还喝？”

几人的视线顿时被转移到谢芳华的身上，只见她拿着茶壶又为自己倒了一杯水。

谢芳华放下茶壶，自然地道：“我发现这壶水也不是那么难喝，就多喝一杯吧！总归是你哥哥的好意，我不能糟蹋。”

秦怜闻言顿时乐了，拉长音道：“你还知道我哥哥的好意？今日半日是谁提到我哥哥便没好脸色的？是你吗？我怎么不认识你了。”

谢芳华轻轻一笑，看了秦怜一眼：“提起你哥哥没好脸色的人不止我一个，你难道不算一个？”

秦怜哼了一声。

谢芳华捧着茶杯往唇边送，不知是温热的水熏染了她的脸庞，使得她脸庞多了几分颜色，还是因为坐了片刻歇息过来了，总之，她浅笑的姿态和轻松调笑的话语让在座的人也跟着轻松了起来。

“芳华妹妹的病应该不是太严重吧？我看着你除了脸色白些，身子骨弱不禁风些，一切都还好啊。”金燕看着谢芳华，仔细打量她。

谢芳华笑笑，清浅地道：“舅舅在漠北找了一位神医寻到了一个方子让我吃着，如今才有些起色了。以前是不能这般坐在风里与人聊天叙话的，沾染不得风。”

金燕听到漠北两个字眉梢动了一下，身子蓦地一顿，抿了抿唇，声音忽然低了下来："据说漠北风沙极大，天气极坏，一片荒凉，冬日里北风狂啸，风雪漫天，甚是恶劣。四表哥如今去了漠北，不知道是否能适应漠北的环境。"

"四皇子若是个性情坚忍的人，便也没什么受不了的，我舅舅在漠北待了二十年了，至今不是还好好的？"谢芳华笑道。

金燕眼睛亮了亮，轻声道："四表哥自然是个性情坚忍的人，不了解他的人，都觉得他极好说话，待人温和，与谁相处都彬彬有礼，很少与人发怒，也很少做什么任性张狂之事。但是了解他的人却知道，他骨子里其实是个执拗的性子。"

"四皇子这一去漠北怕是没个三五年不能回来了。"李如碧道。

"那也不一定，我听我娘说了，舅舅还是最喜欢四表哥，只要他在漠北立了军功，左相和一众朝臣便没了反驳他回朝的理由了，他就能回来了。那时候军功在身，不只能抹平他醉酒后火烧宫闱的罪，也能让他身份更高一层，便不只是个皇子了。"金燕立即反驳。

李如碧顿了一下，笑道："军功不好立。"

金燕气势一矮，有些担忧地道："军功的确不好立，漠北是边境，除非边境有战争，但是有战争的话，四表哥岂不是要冲上战场？那样的话，他多危险。"

"四皇子能文能武，就算有危险，应该也能避开。"李如碧道，"你不必担心了。"

金燕本来黯然担忧，闻言被气笑了，指着李如碧道："就你这一张嘴，好话赖话都被你说了。说不好是你，说好也是你。你还让我说什么？"

李如碧也笑了："那你就别说了！四皇子知道你担心他，怕是也日夜不得安枕。"

金燕轻轻哼了一声，放下手，无奈地道："他才没工夫担心我，怕是没了我的叨扰，日夜好眠，睡得香着呢。"

李如碧不再说话。

秦怜眨了眨眼睛，忽然凑近金燕："表姐，你说对了，秦钰哥哥还真是日夜好眠。他给我回信说，终于摆脱你了，难得睡个好觉。"

金燕身子一僵，顿时转头看向秦怜。

秦怜对她眨眨眼睛，无辜地看着她："你不是也说知道吗？这副神情看着我做什么？我不过是和你说了一样的事实而已，秦钰哥哥真的不喜欢人烦他。"

金燕板起脸，看着秦怜，有些恼怒，片刻后，见秦怜一副不怕她的模样，她气闷地道："我知道他不喜欢人烦他，但是从你口中证实，我心中也不舒服，他什么时候给你来的信函？"

"昨天！"秦怜道。

"飞鹰传书？"金燕问。

秦怜点点头："是啊，否则你以为拿什么传信？若是靠人，前些日子大雪封山，怕是两个月信函也传递不回来。"

"将你的信函给我看看。"金燕盯着她。

秦怜摊摊手："秦钰哥哥说了，他给我的信函，我谁也不能给看，只有我自己能看。"

金燕冷哼一声："他对你可真是好，比亲哥哥对你还好。"

"那是自然了，我从小和秦钰哥哥一起长大嘛，堂哥堂妹，血缘更深，当然比你这个表哥表妹情分要好了。不过，谁叫你当年没教养在皇后娘娘身边呢，若是跟我一样，没准他对你也不至于避如蛇蝎。"秦怜道。

金燕脸色彻底染上怒意："秦怜，你就不能不在我面前挖苦我打我的脸面吗？你当我愿意喜欢他吗？若不是不由自主，我也不至于被你见一次嘲笑一次。"

秦怜见金燕恼了，撇撇嘴，转头对谢芳华道："嫂子，走了，我们去宫宴，不在这里待着了。"

谢芳华手一抖，茶杯险些掉在桌面上，她抬起头，看着秦怜。

秦怜哈地一笑："你和我哥哥都圣旨赐婚了，你是我哥哥定下的媳妇儿，我喊你嫂子也没错啊。提前叫着吧，免得到时候不顺口。"

李如碧的脸唰地白了白。

谢芳华眸中染上恼怒，坚决地轻叱道："不准叫。"

"为什么？"秦怜仰着脸看着她，一副打定主意要叫的样子。

谢芳华轻轻吸了一口气，慢慢地放下手中的茶杯，缓缓地站起身，拢了拢火狐披风，温和地道："因为一日没大婚，一日不成礼，一日不入英亲王府的门，我一日便是忠勇侯府的小姐。"

秦怜一怔，想到了皇帝的态度，一时间没了玩笑之意，也随着她站起身，嘟囔道："这么正经做什么？不叫就不叫，我叫你芳华姐姐总成吧？"

谢芳华嗯了一声。

秦怜不等侍画和侍墨搀扶谢芳华，她先上前一步，将手挽在谢芳华的臂弯里，笑嘻嘻地道："我今日不坐皇后娘娘身边了，有皇叔在身边看着，宫宴被他的威严束缚着，实在没意思，我陪你坐英亲王府的席面去，反正你今日和哥哥圣旨赐了婚，也算是英亲王府定下的人了。坐英亲王府的席面也是应该。"

谢芳华摇摇头："我不会去坐，我要陪着爷爷和哥哥。"

秦怜皱起眉头："你可真没趣。"

谢芳华不说话。

秦怜一副败给了她的样子，道："好吧，好吧，我陪着你去坐忠勇侯府的席面吧！"

谢芳华偏头看了她一眼，虽然宫宴的座位都有规制，但秦怜是英亲王府的怜郡主，又教养在皇后身边，比公主还尊贵，她若是想要一次特例，皇上也不会怪罪。

金燕和李如碧见二人要走，也齐齐跟着站起身。

如意和春兰对看一眼，都暗暗想着怜郡主的脾性，因为教养在皇后身边，有随皇后的地方，也因为生母是英亲王妃，骨子里也有随英亲王妃的地方，虽然看着随和，与任何人都能搭上话，也不显得高傲，但是却分外个性，不与谁关系太亲密，今日她对谢芳华可算是例外了。

一行人离开了雨花亭。

刚走出不远，迎面走来一群女人，浩浩荡荡。

“你们看，就是那个走在永康侯夫人身边被她拉着手的女子，是不是范阳卢氏的卢雪妍？”金燕看向前方，对几人示意。

谢芳华目光也看向前方，眉目清淡地扫了一圈，前世她依稀见过卢雪妍，大约也就是如今这般模样，她的确是范阳卢氏最娇贵的女儿。

“已经遇上了，是不是问问不就知道了。”李如碧笑着道。

金燕点点头，等着一行人走近。

不多时，那一群人来到近前，此时看得仔细，除了永康侯夫人和永康侯府的小姐们外，还有谢氏旁支族亲的夫人与小姐们，六房的明夫人和谢伊也在众人中间。还有几位京中府邸大臣的家眷走在后面。

永康侯夫人自然早已经看到了被秦怜挽着胳膊亲密地走在一起的谢芳华，她一身火狐披风异常醒目明艳，想不让人瞩目都难。她看着她，眼睛如被烫到了一般，偏了偏头，须臾，想起自家儿子，又猛地转过来，脚步顿住，脸色瞬间变得很是难看。

永康侯夫人身边的女子敏感地察觉到永康侯夫人的气息变化，偏头看了她一眼，见她眸光直直地盯着前方，她眼眸闪过某种了然的情绪，抿了一下唇瓣，也停住脚步看向前方。

身后走着的众人也随着二人停住了脚步。

“芳华姐姐！”谢氏六房明夫人身边的谢伊欢喜地喊了一声。

谢芳华目光循着声音转过去，见到明夫人身边的谢伊。忽然想起似乎很多年前有一个小姑娘摆脱了身边侍候的婢女偷偷跑去了她海棠苑的事儿。那时候才五六岁的模样，似乎转眼间就变成了豆蔻少女了。时间过得可真快，她忽然有些恍惚。

“芳华姐姐，你不认识我了吗？我是谢伊啊。”谢伊见谢芳华看着她不答话，越过众人，快走两步，来到她面前，仰着脸小心翼翼地看着她，“就是九年前，老侯爷大寿，偷偷跑去海棠苑找你的那个谢伊啊。”

谢芳华见她欢喜又小心翼翼的模样，拉回思绪，浅浅笑了一下：“谢伊，我记得。”

“你真的记得？”谢伊顿时欢喜不能自已，声音不由得拔高，盯着她，“你真的记得我？”

谢芳华点点头，用没被秦怜挽住的手给她正了正歪了的发钗，笑着道：“是记得，你是谢氏六房明夫人的二女儿，谢伊，是我堂妹。”

谢伊瞬间眼睛发亮，若不是谨遵闺仪，这么多人看着，她怕是会跳起来，她立即回头对明夫人欢喜地道：“娘，芳华姐姐记得我呢，你听见了吗？”

明夫人走上前，站在谢伊身边，对她笑骂道：“娘又不是老糊涂，也没有耳鸣，自然是听见了。”话落，看着谢芳华温和地道：“芳华小姐，我刚刚听说皇上下旨给你和英亲王府的铮二公子赐婚了。这可是大喜事，我给你道喜了。”

谢芳华看着明夫人，比那日在英亲王妃居住的幽兰苑里见到的时候打扮得明艳一些，她笑着点点头：“赐婚而已，大婚还要三年，算不得大喜，但是芳华也承了六婶母的贺喜。”

“三年也不是太长，铮二公子今年才十七，还有三年才会及冠，心性还需要磨砺才会稳妥。你的身子骨不太好，再好好调理三年，届时可是一门好姻缘。”明夫人暗暗称赞谢芳华，明明看着苍白虚弱不禁风雨，可是站在这里，亭亭玉立，却是最娴静温雅华贵醒目的一个，将这些豆蔻少女都给压了下去。尤其是这沉稳浅笑的气韵，无一人可比。

她早先见到范阳卢氏的卢雪妍时，也暗赞了一声永康侯夫人选儿媳妇的眼光，怪不得非要结这门亲给燕小侯爷。如今真正见了谢芳华，她除了脸色苍白得吓人外，却是有着万人中也难挑出这一个的气度。右相府的小姐、长公主府的金燕郡主、卢雪妍包括怜郡主在内，虽然都是美艳端庄各有秋色，可是论起由内里散发出的这份沉静贵气，这些人都得甘拜下风。

今日进宫的官员以及家眷们，当听到忠勇侯府的小姐赐婚给英亲王府的铮二公子时，都觉得震惊和不敢置信。不说英亲王府的门楣，就说铮二公子其人，虽然张扬狂妄，飞扬跋扈，但确实是个钟灵毓秀的人物，南秦京城里面屈指可数，谁家的女儿不想嫁给他？眼看着铮二公子即将成人，各方都在猜测谁家女儿有福气，能嫁入英亲王府做嫡出儿媳，可是这里面谁都有可能，唯一没可能的就是忠勇侯府的小姐谢芳华。

因为谁人都知道，忠勇侯府的门楣已经太高，不可能结英亲王府这户门楣，两大门第相连，成了姻亲，这对于高坐在金椅上的皇帝而言不是乐见其成的。

另外，英亲王府要娶儿媳，也不会娶个长年缠绵病榻且不知是得了什么怪病的儿媳，对于看重子息的宗室来说，这是首先要排除的。

再者，跋扈隽狂性情喜怒无常的公子哥和多愁多病身不禁风雨的弱小姐怎么想都不可能成就姻缘。

可是，谁也没料到的事情却是发生了。他们偏偏成了姻缘，而且皇上还真真正正地下了赐婚的圣旨。从此，忠勇侯府和英亲王府就是缔结姻缘的亲戚了。

怎能不让人惊异？

“恭喜芳华姐姐了，我听说铮二公子府里收藏了很多宝贝，如今他即将成为我的姐夫，以后我这个堂妹是不是能沾你的光得他赠送我两幅字画？”谢伊笑盈盈地询问。

“你这个孩子，什么时候学得不知礼数了？怎么能惦记着人家府里的字画？”明夫人嗔怪地瞪了谢伊一眼。

“就是，咱们谢氏什么没有？忠勇侯府更是藏了诸多宝贝，伊姐儿，你若是想要两幅字画，求你芳华姐姐就行，何必去求铮二公子？如今才圣旨赐婚，大婚还要三年的，届时是个什么情形，也是未知的。”一直没开口的谢氏长房敏夫人开口说道。

“我娘说得对，伊妹妹，你的眼皮子怎么那么浅，见了人就要东西？”谢茵眼里藏着嫉妒，明明是对谢伊说话，眼睛却是盯着谢芳华。

明夫人皱了皱眉。

谢伊顿时嘟起嘴，看向敏夫人：“大伯母，英亲王府有的字画，我们谢氏和忠勇侯府未必有。”话落，对上谢茵，瞪眼道：“茵姐姐，我自然没有你眼皮子高，我就是喜欢字画，见到好的就惦记着想要，芳华姐姐又不是外人，即将成为姐夫的铮二公子也不是外人。”

“刚刚赐婚而已，你怎么知道三年后不是外人？”谢茵轻轻哼了一声。

谢伊顿时气闷，刚要还嘴，明夫人拽了她一下，她不甘心地住了嘴，有些羞恼。

“是啊，我哥哥书房可是藏了很多古墨字画呢，若是芳华姐姐开口要，他怕是毫不吝啬地都给了也说不定。”秦怜不满地看了敏夫人和谢茵一眼，端庄的脸色冷凝下来，“我哥哥这个人，没别的优点，就是有一样，自己把住的东西，只要他不松手，谁也别想抢走。你们可能不知道，芳华姐姐是我哥哥在灵雀台逼婚求到手的，别说三年，就是三十年，怕是也要等着娶进府里，一辈子怕是也成不了外人。”

敏夫人没想到秦怜如此向着谢芳华，且如此不留情面地冲她说这番话。她向来觉得，秦怜教养在皇后娘娘身边，规矩礼仪俱是一等一，说话能说满分，却是要留三分，尤其谢芳华才被指婚给秦铮，她没道理转眼就偏向了她。可是如今，她却是一改往常，冲她来了，话语说了个十分满，她一时间如咽喉卡了一根刺，脸色变了变。

谢茵也没想到秦怜如此帮助谢芳华冲着她们母女来，本来就嫉妒的心里更是如添了一把火，因为说话的人是秦怜，是秦铮的妹妹，她却是什么也反驳不出来。尤其还听她说谢芳华是秦铮自己逼婚求到手的，更是比她听到圣旨赐婚的时候还要震惊。

“这是怜郡主和芳华小姐、金燕郡主和李小姐吗？”永康侯夫人身边的卢雪妍笑着打破僵硬的气氛，温婉地道：“我是范阳卢氏卢雪妍，妹妹给几位姐姐见礼了。”

秦怜不搭理卢雪妍，拉上谢芳华：“我们走！”

谢芳华笑了笑，被她挽着绕过众人向摆设宫宴的金殿走去。

卢雪妍笑容僵在脸上，一时间有些下不来台。

永康侯夫人怒火腾地便上来了，谢芳华她不过是忠勇侯府的小姐，如今就算赐婚给英亲王府的秦铮了，但在她们一众长辈面前，也不该如此不懂礼数，除了谢氏六房的夫人，她竟然任何人的招呼都不打，说走就走。尤其是当着她的面下了卢雪妍的脸面，她内定的儿媳妇，更是不能忍受，顿时喝道："站住！"

秦怜仿佛没听见，谢芳华也没听见。

如意和春兰齐齐皱了皱眉头，侍画和侍墨不屑地扫过去一个眼神。

"忠勇侯府的小姐就是这般不知礼数的吗？见了长辈连个问候的话也没有？"永康侯夫人绕过秦怜，对准谢芳华发难。

秦怜脚步猛地一顿，竖起眉头看向永康侯夫人。

谢芳华停住脚步，缓缓转过身，目光清清淡淡地看着永康侯夫人，对上她满面怒容的脸，忽然浅浅一笑，虚弱温和地道："早先我去了皇后娘娘的宫殿里休息，身体不适，连皇后娘娘、英亲王妃、大长公主的礼都不曾遵循。三位长辈念我有病在身，多说一句话都耗费心血，不曾怪罪。我以为，长辈们的肚量都是宽容的，原来不是。"

永康侯夫人脸色一白，满腔怒火顿时僵住。

秦怜翻了个白眼，对谢芳华道："你也太实心眼了，你当什么人都是皇婶、我娘、大姑姑一般的肚量吗？若是谁都能有那份肚量，都是她们了。"

谢芳华淡淡一笑："也是。"

"走吧！看你额头都冒虚汗了，可别昏倒了，我得将你好模好样地送到我哥哥面前。希望他念在我今日陪了你半日、表现好的分儿上，将去英亲王府落梅居的禁令给我解除了。"秦怜挽上谢芳华，向前走去。

谢芳华跟着她缓缓转身，慢步离开。

如意、春兰、侍画、侍墨也尾随着二人离开。

永康侯夫人脸色红了又白，白了又红，只能任二人离去，被噎得一句话也说不出来。

"娘，我们也跟着芳华姐姐去吧！"谢伊挽住明夫人的手臂。

明夫人看了谢氏长房的敏夫人一眼，暗暗皱了皱眉，谢氏一族暗中争斗也就罢了，但是在外面，一笔写不出两个谢字。她这样针对谢芳华和忠勇侯府的荣华家世，根本上就忘了自己也是谢府的人了，便任凭谢伊拉着追随谢芳华等人离开。

"我们也走吧！"李如碧看向金燕郡主，虽然她因为谢芳华赐婚秦铮，心里不舒服，但是右相府诗书门第的教养让她骨子里高傲，不想与尖酸刻薄的人为伍。

金燕郡主显然也不喜欢这一群人，不如和谢芳华待在一起轻松随意。虽然她自小学习闺仪礼数规矩，但是最讨厌将规矩口口声声挂在嘴边的人，尤其是拿规矩压人的人。尤其还不是什么真正的长辈，人家谢芳华的地位摆在那里，就连公主郡主都要靠后站，在她面前讨要规矩，真是没趣。她也懒得与她们一同走，点点头，和李如碧一起离开。

不多时，一行人走远。

卢雪妍咬了咬唇，这京中贵裔圈子里的闺阁小姐们，还是无形地在排斥她这个从范阳才来京城的小姐。无论她品貌才华教养多么好，但她们就是看不上她。被永康侯夫人看重的那颗欢喜的心一瞬间也沉到了谷底。

"我们也走吧，别耽搁了宫宴。"一位夫人道。

夫人小姐们齐齐点头，见永康侯夫人和谢氏敏夫人站着不动，只能绕过她们离开。

直到人都走得差不多了，剩下的都是永康侯夫人和谢氏敏夫人带来的人，她们才回过味来，脸色更加难看了。

"侯夫人，我们也走吧！"卢雪妍压下心底的晦暗，深吸一口气，温婉地开口。

永康侯夫人看了卢雪妍一眼，也压了压怒气，拍拍她的手，温和慈爱地道："你刚进京没几日，还没融入京中小姐们的圈子，她们对你不热络是因为跟你不熟悉，过了年，京中的聚会多了，你多出府走动走动，慢慢地和这京城里的人熟悉起来，也就好了。"

卢雪妍笑着点点头："我知道，夫人不必为了我不快了，雪妍得夫人看重，已经十分满足了。以后我留在京中的时候还长，慢慢再与京中的小姐们相处。"

永康侯夫人见卢雪妍通情达理，更是满意，欣慰地点点头。

"以后我跟你玩，金燕郡主她们也看不上我，我每逢热脸跑过去，都贴她们不冷不热的屁股。我又不是低贱的庶女，凭什么要做她们的尾巴？她们自恃身份，我也不差，我也是谢氏的小姐，你来京城正好，以后我们在一起，你还不了解的事情，只管问我，我都知道。"谢茵对卢雪妍道。

卢雪妍对她和气地一笑，亲近几分："多谢妹妹，以后我们一处玩。"

谢茵点点头，也露出笑意。

"这两个孩子，还真是应了那句话，一见如故了。"谢氏大房的敏夫人也抛开不快，笑了起来。今日见了谢芳华，她算是确信她是真的得了大病，就那副病秧子的弱样子，不是她咒她，她怕是有那个好命也没那个福气能活到秦铮三年后娶她。更何况谢墨含身子骨也弱，忠勇侯也老了，将来的爵位指不定就落在他们长房头上，因为她儿子都是有才华的主。

谢芳华自然不必去理会她和秦怜走后永康侯夫人和谢氏长房敏夫人作何想法，更不必去理会范阳卢氏的卢雪妍，她的战场不在这些女人身上，自然不屑于浪费心思和精力。

秦怜更不必去理会那些女人，她的身份摆在那里，无论是皇宫，还是英亲王府，还是宗室皇亲以及这京城勋贵府邸里的女人们对她是何态度想法，她根本就不关心。

一路上再没遇到什么人，几人来到了一处宫殿前。

殿门外留守着宫廷禁卫军和各府官员家眷的随侍。

侍书等在门口，见谢芳华来到，连忙上前，对她和秦怜见礼，之后道："小姐，皇上和老侯爷以及众位大臣还没到，如今殿里面只有铮二公子等人。"

谢芳华点点头，对侍书询问："哥哥呢？在里面吗？"

侍书摇摇头，低声道："世子在陪着燕小侯爷，宫宴怕是不能参加了，吩咐我在这里等着照应您和老侯爷。"

谢芳华蹙了蹙眉。虽然她对燕亭没任何想法，也不觉得燕亭九年前见那一面就对她种下了情根，深得不可自拔，但是燕亭总归是因她才如此，她吩咐道："你去哥哥身边吧！我这里有侍画和侍墨，用不到你。"

侍书有些犹豫："可是世子吩咐……"

"听我的！"谢芳华打断他的话，眉目微凝，"顺便带去一句话，就说……"

"来了宫宴站在门口做什么？怎么不进来？"秦铮忽然从殿内走出来，打断了谢芳华的话。

谢芳华话语顿住，看向秦铮，见他一身锦缎轻袍，似乎已经喝了些酒，容色微醺，从金碧辉煌的宫殿里面走出来，宛如一株挺拔的芝兰青竹，她眸光闪了闪，移开视线，没说话。

秦铮嗯了一声，在谢芳华面前停住脚步，歪头看着她。

秦怜立即松开了挽着谢芳华的手，将谢芳华的身子往前一推："我把她完好地交给你了，我可半点儿没欺负她，这回你放心了？"

谢芳华没防备秦怜如此，身子不受控制地倒向秦铮。

秦铮伸出手臂顺势抱住她，拥在身前，看到她一瞬间懊恼的脸，满意地笑了，对秦怜道："你敢欺负她试试！"

秦怜跺了一下脚，恶狠狠地道："好哥哥，我不敢欺负我的好嫂子，可是你不知道吧，她可不是个省油的灯，今天欺负了好几个人，以后你娶了这尊瘟神回去，等着被欺负吧！"

"是吗？我不喜欢软柿子，这样正好。"秦铮揽住谢芳华，挑了挑眉。

谢芳华伸手推他，大庭广众之下，他还抱上瘾了？

"行了，借你占会儿便宜得了，你以为如今真娶了人家了啊？"秦怜伸手，就着谢芳华的推却将她从秦铮怀里拽了出来，挽着她往殿内走。

谢芳华扫见四周看过来的视线，还有身后跟上来的人，脸面终于绷不住地染上了红晕。

秦铮却是脸皮厚，勾唇笑了笑，不置可否，扫了侍书一眼，跟在二人身后进了内殿。

第三十章
定情

侍书觉得秦铮向他看过来的那一眼颇具深意，让他突然感觉心底冒凉气。

他站在原地仔细地想了半天，恍然想起小姐本来要让他传一句话给燕小侯爷的，但是铮二公子突然出现打断了小姐的话，那么，意思是什么话也不准传了？他不由得唏嘘，这看管得未免太紧了，真是半丝风声不外露。

谢氏六房的明夫人和谢伊、金燕郡主还有李如碧本来就跟在谢芳华和秦怜身后不远处，自然将大殿门口的情景目睹了个十分，均是第一次见到秦铮那般神色，心中齐齐惊异不已。

尤其是李如碧，她倾慕秦铮，又因为李沐清和秦铮交好的关系，也常见秦铮。秦铮从来给人的感觉都是张扬狂傲，性情莫测，就算是笑的时候，也是给人狂妄冷傲的感觉，可是今日她才发现他也有那样满满溢出眼帘的笑意。

如此让人心悸，又如此灼伤人的眼。

李如碧停住脚步，心口似乎被一记重锤打中，只觉得那疼痛蔓延周身。

她自诩家世清流，右相府保持中立，她才貌双全，知礼守仪，是南秦京城大家闺秀里的翘楚，向她求亲的人踏破了门槛。皇帝有意将她许给秦铮，让右相府结下英亲王府这门亲事，她无论家世门第还是个人品行均是适合秦铮的人，可他偏偏看不上她，选了谢芳华。

“我看二表哥见到谢芳华这副模样，你怕是没机会了。”金燕偏过头看了李如碧一眼，压低声音。她和李如碧这些年暗中互相较劲，却又惺惺相惜，她喜欢秦钰，她喜欢秦铮，到头来一个关山迢递远在漠北，一个近在眼前却另外求娶他人，她对李如碧此时的难言感情也是深有同感。

李如碧垂下头，闭了闭眼睛，低声道：“我该怎么办？”

金燕的心骤然被揪起，想起了自己喜欢的人，若是有朝一日，看着他娶别人，她又该怎么办？一时间感觉连喘息都困难了。

“数日前，皇上将我父亲叫进宫里，过问我的婚事，回府之后，我听我娘提起，心中是何等欢喜。几日前，他去右相府送年礼，我父亲试探着问他的想法，他却是几句就给搪塞了过去。他走后，我父亲就对我娘说，这门亲事怕是成不了，铮二公子没看上咱们家如碧。我那时候听了觉得肝胆俱裂，可是即便那时候的心痛，也不及今日。”李如碧低声道。

金燕动了动嘴角，忽然不知道该如何宽慰她。

“我哥哥那日送他回英亲王府，回来后，摸着我的头让我死心吧！秦铮看上的人是忠勇侯府的谢芳华，不是我。我受不了地质问哥哥，凭什么是她？她从来不出府门，连京中的哪条街哪条巷、哪个府邸的门都不知道，人情世故怕是都不懂，笼中之鸟，他秦铮那样的人，怎么会看上谢芳华？我自忖家世门第人品样貌不比她差啊。”李如碧眼圈终于泛起了红意。

金燕看着她，何曾见过骄傲的李如碧如今日这般泪盈盈还流不出泪的模样？不由难受。

“可是哥哥告诉我，秦铮就是看上谢芳华了。永康侯府的燕亭与他交好多年，哪怕他也喜欢谢芳华，在他面前，也要靠边站。”李如碧哽咽地道，“他说，秦铮什么都能让，唯独女人，他是一定不会让的，喜欢谁，想要谁，一定会想方设法得到。”

“为什么？”金燕惊了一下，原来永康侯府的燕小侯爷喜欢谢芳华，因此才闹了一年多死活不同意和卢雪妍的婚事，怪不得早先永康侯夫人如此针对谢芳华。

“什么为什么？”李如碧用绢帕擦了擦眼睛，轻声问。

“据我所知，二表哥看重的人或者东西什么时候让过别人？别说是女人，什么他会让？”金燕道，“你哥哥了解他更多，应该知道他不止女人，别的都不让才是，为何这样说？”

“你还是不了解秦铮，我哥哥比我们了解。”李如碧摇摇头，“我当时也是这样问的，我哥哥说是小时候养成的性情，与环境和他经历的事情有关。对于秦铮来说，女人是自己的，其他的都是身外物。他想夺某样东西，只是有趣，夺不到，也不会使出十分力气再去夺，但女人不一样。”

金燕还是不太能理解，见李如碧情绪不太稳定，拍拍她的肩膀：“看开一些吧！二表哥可不是哪个女人能掌握在手的人，谢芳华你我今日都见了，虽然外表弱成了那个样子，但也不是个省油的灯，换成你，怕是做不到她那般。”

李如碧抿着唇不说话。

“若是不能看开，你就想办法夺到你手中，反正他们只是刚刚圣旨赐婚，距离大婚还有三年呢。”金燕低声道，“别看秦怜刚才用那番话来堵谢氏的敏夫人和谢茵的嘴，但是事实的确是三年里什么事情都可能发生，尤其谢芳华又是那么个带病的身子，你未必没机会。”

李如碧攥了攥手帕，脸色有些白：“我父亲和哥哥一定不会同意我再去夺的。”

金燕想起右相一直保持中立，李沐清聪慧清流，有这样的父亲，有这样的哥哥，自然不会允许李如碧做出夺夫之事，免得贻笑大方，她只能叹息一声：“那你就这么算了？”

“我也不知道。”李如碧摇摇头。

金燕看着她，觉得她若是今日宫宴坚持下来，怕是明日就会病倒，心病最是害人。

“若是能将他从我心里剔除，也就好了。”李如碧喃喃地看着眼前不远处的金殿，听到后面走来许多人的脚步声，她稳了稳心神，对金燕道：“走吧，我们进去。”

金燕点点头，她也觉得若是能将某个人从心里剔除就好了，也不必受相思折磨之苦了。

二人相携着走进了宫殿。

侍书一直没离开，虽然金燕和李如碧说话声音极低，距离他也远，但是根据口型，他也猜测了个大概，不由暗想铮二公子可真是个祸害，这京中怕是没有几个女子不倾慕他吧？他想着小姐若是真嫁给他，以后不知有多少女人需要她去对付，摇摇头，离开了宫殿门口，按照谢芳华的吩咐前去找谢墨含。

永康侯夫人、谢氏长房敏夫人、卢雪妍、谢茵等人来到，自然不知道就在她们到来的前一刻发生了什么事。只感觉门口守卫的宫廷禁卫军神色都与往常大不相同，有些怪异，但也探究不出什么，便陆续地进了宫殿内。

宫殿内富丽堂皇，桌椅、茶点、果盘、酒水都早已经准备好。

一桌桌的席面都有规制，每个府邸的席面前都挂了牌子，按照顺序和规矩入座即可。

谢芳华和秦怜进来的时候，里面只有以李沐清、八皇子等人为首的一众年轻公子，女眷们还没有来，她们算是第一波女眷。

她和秦怜乍一进殿门，一众年轻公子的视线顿时向二人聚来。

这些人或多或少都见过秦怜，却是第一次目睹谢芳华的容色。

李沐清看着谢芳华的眉目，眸光凝了凝，不过一瞬，便淡淡地移开了视线。

八皇子似乎在说着话，见到谢芳华，话语卡住，张着嘴、瞪着眼睛看着她。

王芜、郑译、程铭、宋方等人对于谢芳华苍白无血色的孱弱模样都有些惊异，但是对于她姿态娴静，目光沉静，步履轻缓，火狐披风披在身上又觉得有着惊艳之感。她身上融合了两种复杂的气息，让人惊而不骇，很难移开视线。

大殿内一时鸦雀无声。

秦铮跟在谢芳华、秦怜身后走进大殿，目光扫了一圈，对谢芳华伸手一指："忠勇侯府的席面在那里，你坐过去吧！"

谢芳华对于投注她身上的目光不以为意，也看到了忠勇侯府的牌子，正是在英亲王府的席面旁边，她收敛眸光，点点头，向那处走去。

"小八，你的嘴巴合上！没见过美人吗？小心哥哥帮你把嘴巴封上。"秦怜叱了八皇子秦倾一句，挽着谢芳华走向忠勇侯府的席面。

秦倾呆了呆，露出不好意思的神色，看了秦铮一眼，见他向他扫过来一眼，顿时缩了缩脖子，小声嘟囔道："我还是孩子，铮哥哥，你就算护着女人，也没必要对我也防着吧？"

秦铮轻哼一声，没理会他。

秦倾扁扁嘴，对身边的人挥挥手："都别看了，忠勇侯府的小姐，咱们可看不起。"

王芜、郑译笑了笑，收回视线。

程铭、宋方也齐齐收回视线，对看一眼，眼中闪过同一种情绪。他们和燕亭走得近，自然也知道燕亭心里藏着的人是谢芳华，如今谢芳华被赐婚给秦铮，燕亭至今没见着人，他们觉得以后兄弟们的关系怕是要有变化了。

谢芳华在忠勇侯府的席面坐了下来，秦怜挨着谢芳华也坐了下来。

"你回去自己的席面。"秦铮跟过来，对秦怜道。

"我不！"秦怜摇头。

"你若是还想在皇宫得皇叔的好脸色，不受为难，今日就赶紧规矩地回去自己的位置坐好。我的事情与你不相干。"秦铮低叱了一声。

秦怜眉头一皱，不满地嘟起嘴。

秦铮对秦怜挑了挑眉。

秦怜泄气。她哥哥大闹灵雀台逼婚，已经让皇叔记恨了，她今日这般立马靠近谢芳华跑来忠勇侯府的席面，稍后皇叔看到，即便向来疼她，怕是也会觉得碍眼，更会觉得这么多年她在宫里被养成了个白眼狼，也许还真会当着满朝文武家眷的面训斥她不懂规矩，那样皇后娘娘和她娘都会被落下脸面。她明晓事理，想透之后，磨磨蹭蹭地站起身，离开了忠勇侯府的席面。

秦铮在秦怜离开后，一屁股坐在了谢芳华的身边。

秦怜扭头看到，顿时气结："不让我坐，你怎么坐在了这里？"

秦铮理所当然地冷哼："你又不是我。"

秦怜一噎，气闷地瞪了他一眼，去了上首皇后座位后的席面。

"你也不准坐在这里。"谢芳华偏头看向秦铮，对他皱了皱眉，语气虚弱，但是坚决。

“放心，等有人来陪着你了，我就离开。”秦铮将一盘葡萄推到谢芳华面前。

谢芳华瞅见谢氏六房的明夫人和谢伊进了宫殿，对他道：“陪我的人来了。”

秦铮扬了扬眉，朝殿门口进来的人看了一眼，伸手剥了个葡萄放在她唇边。

谢芳华偏开头。

秦铮举着手，也不收回去。

“嫂子，快吃吧，否则我们都该长针眼了。”秦怜忽然来了一句。

“秦铮哥哥，你这副样子，一会儿就算有好酒好菜上来，我们怕是也吃不下去了。”秦倾也喊了一声。

“秦铮兄，你……哎……宠女人也不能这样宠啊……”程铭也插口。

“不错，我们可都看着呢，我们还都没说亲，没媳妇儿呢，你这样让我们这些人情何以堪？”宋方也一副看不下去的样子。

秦铮伸手拿了一串葡萄，对着秦怜、秦倾、程铭、宋方等人分别甩了过去。

他手法奇异，动作极快，一串葡萄被他五根手指分开，转眼间便奔着那些人各自的席面而去。一人一颗，很快就到了几人眼前。

秦怜只学了皮毛的防身之术，自然挡不住秦铮的突击，葡萄吧嗒地打在她嘴上，她顿时一疼，惊呼了一声，葡萄掉在了桌案上。

秦倾自小学文学武，但年岁还是太小，不是秦铮的对手，躲了一下没躲开，葡萄打在了他脸颊上，也掉在了桌案上。

程铭、宋方自然也不是秦铮的对手，但倒没那么没用，接个葡萄还是绰绰有余，将葡萄接在了手里，也堵住了他们的话。

还有一颗葡萄到了李沐清面前，李沐清笑了笑，张嘴接住，转眼便吃了。

秦铮扔完了一串葡萄之后，不看众人，对谢芳华道：“你若是不吃，一会儿就没了。”

谢芳华伸手去拿，秦铮躲开了她的手，示意喂她，她顿时气恼，转过头瞪着他。

秦铮看着她，笑容可掬：“只是圣旨还不够，我得让所有人都看见，并且记住，你是我秦铮定下的女人，谁也不准来抢。吃了它！”

谢芳华心里暗骂了一声，张口将他手指夹着的葡萄吃进了嘴里。

秦铮满意地撤回手，用手帕擦擦手，站起身，回了英亲王府的席面。

秦怜看着秦铮拽得没边的样子就翻眼皮，伸手拿起打了她的嘴掉在桌案上的葡萄连皮也没剥就放在嘴里吃了。

秦倾见谢芳华当真吃了秦铮剥的葡萄，不由得唏嘘了一声，也将那颗掉在桌案上的葡萄拿起来吃了，同样也没剥皮。

程铭、宋方对看一眼，以二人对秦铮的了解，这个家伙果然什么事情都做得出，这种事情当着他们所有人的面他做得一点儿也没有不好意思，自觉不如，也将手中的葡萄纷纷吃了。

王芜、郑译没得到葡萄，暗暗想着，忠勇侯府的小姐被众人如此看着，被秦铮如此做派而备受瞩目，她依然神色娴静，眉目沉静，颜色不改，就凭着这种特别，也怪不得被秦铮看上，果然是非同一般的。不知道这葡萄甜不甜，二人拿起自己桌案上的葡萄剥来吃了一颗。

谢氏六房的明夫人带着谢伊进了大殿，正看到了这一幕，一时间顿在了门口。

京城关于铮二公子的传言有很多，对其评价也是五花八门。有的人觉得秦铮跋扈张狂，不好相处。有的人觉得秦铮性情诡异，心性难测，说翻脸就翻脸，让人敬而远之。有的人却觉得铮二公子虽然跋扈，但是却不会谁都欺负。有的人觉得铮二公子极好说话，心情好的时候，满面春风，路遇不公平之事，被他撞上，他二话不说就出手帮人，且不必对他感恩。

除了他月前收的婢女听音，从未传出他对哪个女子在意。

今日，看他亲手给谢芳华剥葡萄，不让人震惊都难。自古，男人的手，男人的身份，尤其是尊贵的男人的手和身份，很多事情是不会去做的，更别说给女人做。

“娘，铮二公子离开了芳华姐姐身边，我们过去吧！”谢伊低声道。

明夫人点点头，抬步走向忠勇侯府身后的谢氏席面。

“芳华姐姐！”谢伊笑盈盈地对谢芳华一礼，喊了一声。

谢芳华笑笑，温声道：“今日哥哥不参加宫宴了，你和六婶母就坐我身边吧！”

“好！”谢伊立即坐在了谢芳华身边。

明夫人犹豫了一下，点点头，也坐了下来。

秦铮看过来一眼，须臾，收回视线，百无聊赖地倚在软垫上，跷着腿，闭目养神。

李沐清忽然伸手捏了一颗葡萄对着秦铮打了过去。

秦铮不睁眼睛，张开嘴，将葡萄给吞了。

秦倾被刺激到了，大声宣布：“我要努力学武功，将来都超过你们。”

“我们等着！”李沐清擦了擦手，对秦倾笑了笑。

秦倾哼了一声，身子趴在桌案边沿上，有气无力地道：“我想四哥了，这还是第一年他不参加宫宴，这样的年节，不知道他在做什么，怎么过，谁陪着他过，会不会想我们。”

“怕是不会想，漠北的武卫将军定然会好好招待四皇子的，他去了那里，不见得如你想象的一般受苦。”李沐清悠然地道。

“咦？对了，他在武卫将军的军营里，武卫将军不是子归兄的舅舅吗？”秦倾眼睛顿时亮了，向谢芳华看来，立即改了早先的脸色和口气，喊道：“芳华姐姐，你最近有没有收到漠北武卫将军的来信？可有提到我四哥？”

“没有！”秦铮忽然冷声回答他。

秦倾瞪眼："秦铮哥哥，你又不是芳华姐姐，你怎么知道武卫将军没给她来信？"

秦铮动了动眉梢，不屑地道："忠勇侯府的事情我就是知道，有哪里来的信函能瞒得住我？"

秦倾一噎，似乎没了话，却盯着谢芳华，想她回答。

谢芳华看了秦倾眼巴巴的样子一眼，摇摇头，虚弱地温声道："大雪封山，从漠北的王银离开后，忠勇侯府不曾再收到漠北的来信。"

秦倾顿时失望地收回视线。

"那个王银被人半路劫走了，还是从秦铮兄的手里被劫走的，如今找到了吗？"李沐清眼神向谢芳华扫过来，忽然问。

谢芳华神色不动，不答话。

"右相是百官之首，兵部的事情要先经他过目，你身为右相府的公子，这等事情难道不知？如今你在问谁？"秦铮将李沐清的话反驳了回去，"从我手中被劫走的人，你以为还能活着回来？怕是早成一堆尸骨了。"

李沐清笑笑："父亲是右相，我又不是，兵部的事情，怎么好打听？"

秦铮轻轻哼了一声，不再说话。

永康侯夫人、谢氏长房夫人、卢雪妍、谢茵等人这时进了内殿。

李沐清也不再说话。

永康侯府席面前的位置空无一人，永康侯夫人进来后将大殿内众人扫视了一圈，没见到燕亭。她想起秦铮和谢芳华今日被赐婚，她的儿子喜欢谢芳华，一直闹着想娶，如今是娶不成了，可别想不开。她就这么一个儿子，立即问向李沐清："李公子，你可知道我家燕亭哪里去了？"

李沐清摇摇头，彬彬有礼："回伯母，我进宫后就不曾见过燕亭兄，故不知。"

永康侯夫人又看向程铭、宋方："程公子、宋公子，你们可曾见到燕亭？"

程铭、宋方齐齐摇头，规矩地道："回伯母，我们进宫的时候，听说燕亭兄已经进宫了，但是至今也不曾见到他。"

"八皇子、王公子、郑公子，你们谁见到他了？"永康侯夫人又看向秦倾、王芜、郑译三人，顺带眸光扫过其他在座的公子。

"不曾见到。"三人摇摇头。

永康侯夫人心里一紧。她不想去问秦铮，就算她一直不同意自己儿子喜欢谢芳华，也不想别人谁娶了谢芳华，还是在这等日子里弄得满城风雨。但燕亭是她唯一的儿子，此时宫宴快要开始了，还没见到他，她心里担心不已，只能拉下颜面，看向闭目养神从她进来不曾看过来一眼的秦铮，问道："铮二公子，你可曾见到燕亭？"

秦铮闭着眼睛不睁开，回答她："见过。"

永康侯夫人一喜，向前走了几步，来到秦铮面前，看着他，问道："你在哪里见到他的？他如今在哪里？”

“在灵雀台！”秦铮慢悠悠地道，“我进入灵雀台的时候，他也在。九年前我们两个因为抢酒大打了一架，他见了血，惹了血光之灾，应验在了我未婚妻身上。我未婚妻一直瞒着这个事情，今日不小心说破，被忠勇侯知道了，忠勇侯要找永康侯府讨要个说法，抓住燕亭不放，我正巧进去，救了他。”

永康侯夫人一直待在御花园，早先是和谢氏长房的敏夫人吐了一肚子的不快。后来卢雪妍来了，她拉着卢雪妍说话，中途听闻谢芳华被赐婚给了秦铮，震惊不已。在她的想法里，谢芳华是个嫁不出去的女人，别说她不会让自己的儿子娶，做大梦秦铮也不会娶她。可是不想如今她却和秦铮有了婚约。她一直没见到永康侯，灵雀台的事情除了皇后、英亲王妃、大长公主外，秦铮大闹逼婚的消息被皇上身边的吴权用强制手腕给封锁了，别人都没摸到内情，永康侯夫人自然也是不知道了。如今被秦铮这般说出来，她才知道牵扯了她儿子燕亭，顿时对秦铮的不满烟消云散，急声道：“后来呢？这么说他还在灵雀台？”

秦铮摇摇头：“他如今在没在灵雀台我就不知道了。我抱着我未婚妻离开去皇后宫里的时候，他还在灵雀台。”

永康侯夫人微微松了一口气，只要在灵雀台，有永康侯在，就不会出事。

“娘，我哥哥不在灵雀台！”燕岚和卢雪莹进了大殿，听见英亲王妃和秦铮的话，立即道。

永康侯夫人心里一紧，回头看向燕岚：“岚儿，你哥哥在哪里？你知道？”

燕岚摇摇头，看了秦铮一眼，见他没看他，她咬了咬唇，低声道：“我和卢雪莹在灵雀台外看见我哥哥在铮二公子和谢芳华离开后就出了灵雀台，我喊他，他没理我，不知道去了哪里。”

永康侯夫人脸色一白：“就他自己吗？他身边的随从呢？”

燕岚摇摇头：“不是他自己，我看到谢世子后来跟着他去了，不知道去了哪里。”

“还有谢世子？”永康侯夫人声音拔高，四下看了一眼，果然不见谢墨含在大殿内。

“娘，您放心吧，谢世子和我哥哥交好，有他在，我哥哥不会有事儿。”燕岚安慰永康侯夫人。

永康侯夫人心中担心不已，没有谁比她更了解自己的儿子，这一年里，连她都觉得他若是不娶谢芳华，怕是就不是她的儿子了。可是她怎么能让他娶谢芳华？他看了秦铮一眼，见秦铮又闭目养神，不再理会她。她看向谢芳华，见谢芳华压根就没朝她看来一眼，听人提到燕亭，她睫毛都不眨一下，她心中又气又怒。她因这个女人被儿子折腾了一年，可是她如没事儿人一般，怎么能叫她不怒。她猛地转过身，来到了谢芳华面前。

“燕伯母，您走路轻些，别惊扰了我的未婚妻，她体格虚弱，不禁人吓。”秦铮忽然睁开眼睛，一双眸子有些凉意地看着永康侯夫人。

永康侯夫人身子一僵，心里咯噔一声，谢芳华不只是谢芳华自己，她还是忠勇侯府的小姐，如今还是英亲王府秦铮的未婚妻。她的恼火被秦铮清凉的话语瞬间浇灭，若是当着大殿内这么多人的面对谢芳华找碴儿被秦铮落下脸面的话，那么她以后就不用在南秦京城的贵妇圈子里混了。想到此，她温声道："铮二公子放心，我只是过来问问芳华小姐，可曾见过谢世子和我儿子燕亭。"

"这个你不用问她，我就能回答你了。"秦怜也看不过去永康侯夫人胡搅蛮缠不讲理将账算在谢芳华身上，看着她道："我见过出了灵雀台之后的谢世子和燕小侯爷。"

永康侯夫人一惊，连忙放弃谢芳华，走向秦怜，早先被她说了一通的气闷情绪消失殆尽，立即问："怜郡主，你在哪里见到过他们？"

"在一座废弃的宫殿里，我本来是为了找我哥哥，却听到哭声，循声去了那座宫殿，见到燕小侯爷在那里哭。"秦怜看着她道。

永康侯夫人面色倏地一变，有些恼怒："他哭什么？"

秦怜无辜地看着她，道："据说是因为进宫前吃坏了东西，肚子疼，受不住了，怕被人瞧见，就躲起来哭了。我想帮他喊太医，他说不用。说一会儿和谢世子出宫去找自己家里的大夫开一剂药就会好，宫宴就不参加了。"

永康侯夫人心念电转，知道这是秦怜故意瞒下了燕亭哭的原因，心中五味杂陈，缓和了面色，松了一口气道："他从小就有肚子疼的毛病，既然是肚子疼，那倒是无大碍。"

"燕伯母，既然小侯爷无大碍了，您去席位上坐吧！"卢雪妍走过来，温婉地道。

永康侯夫人看了卢雪妍一眼，点点头，走向永康侯府的席面。

卢雪妍回身看向卢雪莹，对她浅浅一礼："堂姐！"

卢雪莹上下打量了卢雪妍一眼，点点头，没与她多话，走向左相府的席位。

卢雪妍跟在卢雪莹身后也走向左相代表的范阳卢氏的席面。

燕岚走到谢芳华席面前，将她仔仔细细上上下下打量一番，并没有说话。

"燕岚姐姐，你是不是没见过芳华姐姐，所以对她好奇？"谢伊也是聪明的，自小跟随明夫人在各府走动，见识也是广泛，有些风声也有耳闻，此时见燕岚站在谢芳华席面前盯着她看，谢芳华任凭她看，神色淡淡。谢伊抬起笑脸，对燕岚笑问。

燕岚抿了抿唇，吐出一个字："是。"

"漠北的武卫将军寻到了一位神医，芳华姐姐的病得神医开了个方子，如今日渐大好了，以后说不准芳华姐姐也可以跟着我们参加聚会玩乐了呢。"谢伊开心地道，"燕岚姐姐，你最会玩了，到时候可要多关照芳华姐姐，不准欺负她。"

燕岚神色一顿，眸光扫了秦铮一眼，见他没理会这边，她袖子里的手攥了攥，意味不明地道："是吗？那敢情好。我希望她真能出来多参加聚会，这个京城以后也会更热闹。”

“芳华姐姐，你以后会多出来吗？”谢伊问向谢芳华，有些期待。

谢芳华笑了笑，伸手拿出怀里的帕子，捂着嘴咳嗽了一声，虚弱地道：“若是我身体允许，自然会出来走动，就怕……”顿了顿，又咳嗽了一声，有些揪心之感，“就怕这副身子骨不争气，辜负了大家的好意。”

谢伊脸色立即露出担心：“芳华姐姐，你要喝水吗？是不是难受？”

谢芳华点点头：“是有些难受。”

“宫宴一般需要两个时辰，你坚持得住吗？”谢伊紧张地看着她。

“能坚持多久算多久吧！”谢芳华虚弱地道。

谢伊伸手扶住她：“芳华姐姐，你身体不好，稍后要是忍不住，不要强撑着，你禀明皇上，皇上一定会让你提前离开的。”

谢芳华点点头，将帕子攥在手里，对站在她面前复杂地看着她的燕岚道：“燕小郡主，我身体不适，不能与你叙话，你多见谅。”

燕岚本来想说些什么，见到谢芳华气若游丝面上苍白无血色的模样，只能住了口，点点头，离开了谢芳华面前，回了永康侯府的席位。

谢芳华眸光动了动，将帕子往怀里揣去。

秦铮这时候忽然从一旁伸过手来，一下子夺过了她手中的帕子，看了一眼，皱眉道：“这帕子是你绣的？”

谢芳华动作一顿，看向他，没说话。

秦铮打量着手中的帕子，一株海棠，下面一个“芳华”的小篆，他看了片刻，径自揣进了怀里：“你还没给我定情信物，就拿这个抵了吧！”

谢芳华顿时有些恼怒，他也没给她定情信物啊。

秦铮随手又甩过来一块自己的帕子给她：“这个给你，作为交换。”

谢芳华不想接，她手里已经有够多他的帕子了。她就不明白了，他怎么这么喜欢给人帕子，英亲王妃一个月得缝制多少帕子才够他用？不对，她作为他的贴身婢女听音，也给他缝过不少帕子，这一块就是她给他缝制的帕子，她看着自己缝制的帕子，一时不知道该对他作何表情。

“皇上驾到！皇后娘娘驾到！”外面传来一声小太监尖着嗓子的高喊。

“拿着！”秦铮命令谢芳华。

谢芳华伸手接过帕子，拿着就拿着，还能烫了她的手？

秦铮笑了笑，撤回手，随着众人一起跪地恭迎皇帝。

谢芳华将帕子慢慢地揣进怀里，还没摆正姿势，便被身边的谢伊拉着跪在了地上。

皇权如天，任何人都要在皇权面前俯首。

谢芳华低头看着自己的膝盖，无声地笑了笑。她八年前第一次进入无名山的时候，由三位宗师领着一一跪拜了南秦皇室的先皇牌位，那时候她就在想，早晚有一日，让他们随着无名山埋葬。

皇帝同皇后缓步迈进了金殿，身后跟着有品级的妃嫔。英亲王、忠勇侯、左右相、监察御史、翰林大学士等一众朝臣尾随进入。

刚一进来，谢芳华就觉得皇帝的目光第一时间落在了她的身上。

她眯了眯眼睛，感觉到了一丝隐忍的杀机，心神顿时一醒。到底是秦铮大闹灵雀台逼婚娶她这件事情，让隐忍了多年的天子有了隐忍不住的趋势。

看来，今日在宫宴上，恐怕只要她在，皇帝便不会轻易放过她。

但是今日，她还适合让皇帝扳回一局吗？

她今日受的关注已经够多，不能再让皇帝在她身上做文章了。是好是坏是个未知数。

她不能允许不在自己掌控中的事情出现，今日已经出了秦铮这一出，她可不希望皇帝再扭转时局来一出，对她绝对没有好处。

她必须立刻离开宫宴！

想到此，当机立断，她狠狠地攥了攥手心，心口处顿时传来一阵钻心的疼。

“都免礼！”皇帝坐在上首，笑着对众人摆摆手。

众人叩谢起身，坐回原位。

谢氏六房明夫人和谢伊一左一右将谢芳华扶起，短短一跪一拜，谢芳华额头溢出一层细密的汗，汗水在她苍白的脸上凝成了水珠，转眼间，便顺着额头大颗地滚下。

谢氏六房夫人看着谢芳华一惊。

谢伊虽然教养良好，但毕竟年纪小阅历浅，见到谢芳华这样，忍不住脱口惊呼出声。

寂静的大殿中，因了这一声惊呼，众人都向忠勇侯府的席面看过来。

皇帝本来移开了目光，此时又立即看了过来。

皇后和众人的目光也向谢芳华看来。

谢芳华的模样呈现在众人的面前，似乎下一瞬她就要昏倒。

秦铮皱了皱眉，身子倾了倾，刚要伸手去扶她，忽然想起了什么，又坐了回去。

皇帝眸光动了动，盯着谢芳华看了一眼，缓缓开口：“芳华丫头，你身体可是不适？”

谢芳华虚弱地点点头，喘息困难地道：“皇上不必理会我，我能……坚持……”

“你都这副样子了，还能坚持什么？”忠勇侯勃然大怒，紧张急迫地向上首躬身：“皇上，芳华这丫头这副样子是在勉强支撑，她身体刚有起色，今日进宫半日了，该是早就受不住了。老臣给她请个旨，送她回府，免得因她而影响了大家宫宴的心情。”

皇帝看了忠勇侯一眼，又看向谢芳华，眸光深邃，莫测难解。

第三十一章

情深

京　门　风　月

谢芳华咬着唇瓣，额头的汗珠不停地滚下，她眉峰拧紧，显然极其难受，却是一声也不吭，任何人见了，都跟着她揪起心。

“皇上，让这孩子回去吧！老侯爷说得对，她进宫也折腾半日了。如今她这般模样，定是难受，还如此忍着，实在是让人看着心疼。”英亲王妃见皇上不开口放人，顿时站起身。

皇帝闻言看向英亲王妃。

“皇上，你刚下旨赐了婚，我刚有了准儿媳，可不想还没来得及高兴她就出了事儿。”英亲王妃迎上皇帝的眼神，不避不退，有些坚决。

“皇上，老臣的儿子和媳妇早亡，孙子身子骨不好，这个丫头可是老臣多年来用好药将命吊到现在的，她若是有个三长两短，老臣也没法去九泉之下见她父母啊。”忠勇侯红了眼眶。

“皇叔，侄子可是才将赐婚的圣旨拿到手里，还没焐热乎呢！她若是死了，侄子男子汉大丈夫，一言九鼎，势必要追随她去九泉了。”秦铮忽然插话进来。

“你敢！你若是死了，还让不让娘活了？”英亲王妃顿时大怒。

“您从小就教导儿子，一诺千金，儿子今日不小心已经许了诺出去，总不能收回来吧？”秦铮无奈地看着英亲王妃，“娘，她若是死了，儿子只能跟着她去，您还有我爹和妹妹。”

“混账！你爹有侧妃小妾一大堆，你妹妹有皇后娘娘，她们都不怎么需要我。你……”英亲王妃气怒道，“你若是死，我也不活了！”

“胡说！都在说什么浑话？忠勇侯府的小丫头不是好好地站在这儿吗？只不过就是

病症发作了而已。”英亲王坐不住了，他也了解皇上今日憋闷的心情。本来他不想开口，可是见他的王妃和儿子都说一块儿去了，顿时恼怒。

皇帝见英亲王一家转眼就闹开了锅，脸色沉了沉。

大殿上的群臣和家眷都屏息，大气不敢出。靠近皇权中心的人们都有几分敏锐，知道皇上不想放走谢芳华，但是谢芳华这副样子的的确确是病症发作了，任谁看了都替她揪着心。

一时间，大殿内气氛凝固。

“皇上，依臣妾看，今日芳华丫头也进宫了，我们也都见过她了。接下来的宴席无非是互相熟络熟络，看看各府小姐们的才艺，欣赏一番舞女们的舞技，热闹一番。她在忠勇侯府想必素来清静惯了，加之身子不好，多年未出府门，一番操劳下，受不住了。就让人送她回去用药休息吧！”皇后在静寂中缓缓开口，“如今她吃了漠北神医的药已经有了起色，想来以后出来走动的机会多的是。改日她身体好些了，再进宫来游玩，也是一样。”

“不错！皇上，这丫头以后可是我的准儿媳，也是咱们皇家的人了。您想见她，以后日子长着呢，不在这一日半日。”英亲王妃也缓和了口气。

“瞧瞧你们一个个的，都是通情达理，似乎就朕不通情达理一般。这华丫头是谢英兄的骨肉，与朕的公主没甚区别。朕多年不得见她，今日给她赐了婚，想多看看她热闹热闹，讨一杯她敬的喜酒罢了。”皇帝收敛起情绪，终于开口，摆摆手，对身后吩咐：“吴权，你亲自带着人，送芳华丫头回忠勇侯府！”

“是，皇上！”吴权立即走向谢芳华。

“皇叔，何必劳烦吴公公，我送她回府就成，反正宫宴对于侄儿来说也没什么意思。”秦铮站起身。

“你给朕规矩地坐下！”皇帝板起脸，威严地道：“今日朕给你们赐了婚，华丫头身体不适，朕喝不到她敬的酒也就罢了。朕宠你这么多年，难道还喝不上你一口喜酒？你若是敢给朕离开，朕现在就收回赐婚的圣旨。”

“不送就不送！”秦铮闻言顿时笑了，规矩地坐下，懒洋洋地对吴权道：“吴公公，你可要照顾好爷的未婚妻，安全给她送回忠勇侯府，若是少一根汗毛，爷扒了你的皮！”

吴权激灵灵打了个寒战，当着皇上的面对他这个皇上身边的内廷大总管威胁扒皮，举南秦上下，也就秦铮能做得出来。他顿时苦着脸对他作了个揖：“铮二公子，您就放心吧！老奴一定把人安全送回去，出不了岔子。”

秦铮满意地嗯了一声，对他摆摆手。

吴权走到谢芳华面前，小心翼翼地做了个请的姿势。

忠勇侯暗暗吐了一口气，对谢芳华嘱咐：“小心些，让侍书去寻你哥哥照顾你。”

“爷爷放心！”谢芳华虚弱地点点头，看向侍画和侍墨，示意扶她离开。

侍画和侍墨立即搀扶着她向大殿外走去。

谢芳华慢慢地走着，感觉无数目光聚在她身上，她越发虚弱，几乎将整个身子都靠在侍画和侍墨二人的身上。

吴权不敢怠慢，亦步亦趋地跟着三人出了大殿。

秦铮一直目送谢芳华身影消失，才百无聊赖地收回视线。似乎随着谢芳华离去，还没开始的宫宴更让他觉得半分味道都没有了，整个人如被抽光了精气神，一副神色不振的模样。

皇帝脸色有些青地看了秦铮一眼，吩咐开宴。

侍从们立即端着珍馐美味鱼贯而出，逐一摆在各桌的席面前。

不多时，歌舞登上了殿堂，缓缓的丝竹声驱散了早先因谢芳华离开的些许郁气。

谢伊悄声对谢氏六房的明夫人道：“娘，芳华姐姐不会有事儿吧？”

明夫人向上首面色不豫的皇帝看了一眼，又向坐在她们这一排首位的忠勇侯看了一眼，又偏头看了一眼一旁英亲王府无精打采的秦铮，捏了捏谢伊的手指头：“别说话。”

“娘，我担心芳华姐姐。”谢伊担忧地道，“她刚刚看起来好吓人。”

“她不会有事儿。”谢氏六房的明夫人摇摇头。

谢伊还是有些不放心。每次参加宫宴，她都对宫里分外感兴趣，好玩的东西太多，见识的人也多，让她与各府邸的女儿们一样，像从笼子里放出来的鸟欢喜不已。可是今日因为谢芳华，感受到了她勉强支撑的难受，心里总觉得往日很期待很美好的宫宴全然没了滋味。

谢氏六房的明夫人暗暗叹了口气。她这些年，一直暗中观察京中的局势，也不像一般高门大院府邸的夫人一般将女儿圈养着，时常带着女儿出府见世面，费了很多心力，但还是觉得女儿太实心眼太天真善良了。早先谢芳华虽然虚弱苍白，却是好模好样地坐在她们身边，面对铮二公子的时候，那一双眸子喜怒波动明显，不像是坚持不下来宫宴的人儿。可是随着皇上出现，仅仅是一跪一拜，再看她，模样似乎难以支撑，揪心得骇人。不是她多疑，而是有一种感觉，谢芳华是有意趁宫宴没开始就发病，避开皇上。可是她的模样太过真实，几乎无人会去怀疑她作假，让她也不敢更深地去猜测证实是否如此。总之，今日一见，忠勇侯府的芳华小姐绝对不是个简单的，无论她是真有病，还是有什么原因，都不能去探究。

谢伊自然不了解她娘一番心思，没了谢芳华在身旁，她有些闷闷不乐。

“哟，我说伊妹妹，我们从小一起长大，可没见过你对我这么关心过，敢情还是你和忠勇侯府最亲近，我们这一支得靠边站。”谢茵不满谢伊的模样，出言讽刺。

谢伊抬头看了谢茵一眼，又垂下头，没说话。

“怎么？你是真觉得你也是忠勇侯府的小姐吗？可别笑死人了。你虽然和忠勇侯府近一些，也不过是旁支而已。一样是旁支，你再怎么巴结谢芳华，也成不了忠勇侯府的小姐。”谢茵见她不理会，气血上涌，尖酸刻薄地道。

谢氏六房明夫人顿时恼怒，向谢茵看了过去。

谢伊猛地抬起头，抿了抿唇，一双纯澈的眸子染上怒火，却压低声音道：“茵姐姐，无论是嫡支，还是旁支，我们都姓谢。谢氏有古训，凡是冠以谢姓，便终此一生都姓谢。外人的眼里，我们是一家，一家人写不出两个谢来。你这样讥讽嘲笑挖苦我，自己就好受吗？还这么大声，不怕人看了笑话？就算我不是忠勇侯府的小姐，我也姓谢。只要姓谢一日，我就因这个姓氏而骄傲。你若是心地不纯，看不起头上的姓氏，不友爱姐妹，你就不配姓谢。”

谢茵一噎。

“说得好！”忠勇侯在前面回过头，看了谢伊一眼，和蔼地问：“你是六房的伊姐儿吧？小小年纪，难得有这份胸怀和承担，不错！”

谢伊脸一红，向她娘看了一眼，见明夫人本来恼怒的面上露出笑意，她低声道：“老侯爷夸奖了，自小父母就教导我，不可妄自菲薄，不可忘记自己头上的姓。我们是诗礼传家，所有的一切，都是谢氏历代先祖留给我们的骄傲，我们该担负起肩上的责任，对得起自己的姓氏。”

忠勇侯点点头，满眼赞赏，感慨地看着谢伊，似乎看到了多年前一个小小的身子笔直地站在他面前，对他坚定地说：“爷爷，我要去无名山。”

那时候，他是无论如何都不同意的。一个女孩子，何况还那么小。无名山是什么地方？那是地狱，皇室隐卫向来不曾收容培养女隐卫，若是被人发现，那么她只有死路一条。

但是，她却不顾他阻拦，义无反顾地混去了无名山。

一去八年。

曾经多少次，他都以为自己的孙女回不来了，肩负着谢氏和忠勇侯府的家族重担埋在了无名山上不知道哪个地方，也许尸骨无存。但是三年后，收到了她的来信，一切安好，那一瞬间他老泪纵横。

为了这一代忠勇侯府出现了这么一个孙女而骄傲！

也感谢谢氏先祖保佑，没让那个孩子魂魄陨落伤亡！

今日，他又看到了这样的一个女孩子。虽然她如今的年龄比多年前那个小身影的年龄大，已经是个豆蔻少女，但她的身上依然有着纯真和清澈，没被世俗的某些东西污浊，保持着一颗对于自己的姓氏和家族荣辱看重的责任心。虽然还只是一株嫩芽，未曾领会到世事艰辛，但让他看到了下一代潜在的生命力，难能可贵。

“好，很好。”忠勇侯收回思绪，感慨万千，对明夫人道：“你将孩子教养得很好，无论是忠勇侯府，还是谢氏旁支，都姓谢。以后让这孩子多去忠勇侯府走动，华丫头身子骨爽利的时候，也能有人陪着说说话。”

明夫人连忙点头：“只要老侯爷不觉得叨扰，侄媳妇儿就会让伊姐儿常去。”

忠勇侯点点头，转回了身子，看也没看谢氏长房的敏夫人和谢茵一眼，连一句苛责的话都不曾说。

谢氏长房的敏夫人脸色有些发白，攥着绢帕的手第一次出满了汗。

谢茵又羞又愧又是不服气，待忠勇侯转过身后，对谢伊狠狠地剜了一眼，但是到底不敢再说什么了。

谢伊往日都觉得忠勇侯是谢氏这一族人的神祇，高高地被人仰望，所有谢氏族人都不敢在他面前造次。她以为老侯爷是那种威严的老者，今日第一次觉得老侯爷是如此的可亲慈爱。心中有着小小的激动，伸手拽住明夫人的袖子，低声道：“娘，老侯爷夸我了呢。”

明夫人对她笑笑，摸摸她的脑袋，柔声道：“我家的伊姐儿长大了，像你的爷爷和父亲。他们因自己的姓氏和家族荣耀而觉得骄傲，可惜都身子骨弱，不能帮助家族分担责任，一直觉得愧对谢氏先祖，希望你不论什么时候，哪怕以后嫁人，去了夫家，也不要忘记自己姓谢。”

谢伊脸庞染上红晕：“娘，我嫁人还早呢！芳华姐姐要三年后才能大婚，我总不会比她早了，还要好几年呢。”话落，不好意思地道：“您放心吧！我不会忘记我姓谢的。”

明夫人撤回手，点点头，将一盘她爱吃的菜挪到了她面前。

谢伊对于谢芳华离席的闷闷不乐因了忠勇侯的夸奖散去，欢喜地拿起筷子。

秦铮忽然向这边看过来一眼，端起杯中的酒一饮而尽。

谢芳华自然不知道在她离开宫宴后还有这么一出事儿，她由侍画和侍墨扶着出了宫宴的宫殿，一路来到宫门。

吴权亮出自己的内廷大总管的腰牌，守门的宫廷禁卫军立即打开宫门放人。

宫门口，谢芳华回身对吴权虚弱疲惫地道：“吴公公，您回去侍候皇上吧！我有这两个婢女送我回府就成。”

吴权摇摇头：“芳华小姐，皇上有令，铮二公子也有命令，老奴得把您安全送回忠勇侯府，否则路上出了丝毫差错，就算皇上饶了我，铮二公子也饶不了我啊。”

谢芳华也就是客气一下，见他坚决，想起秦铮对他的威胁，笑了笑，上了轿子。

轿夫待她坐稳，稳稳地抬着离开宫门向忠勇侯府走去。

侍画和侍墨走着跟在轿子旁。

吴权自己独自乘了一顶轿子，跟在谢芳华轿子之后，另外点了百人的护卫队护送着前往忠勇侯府。

午时，京中的大街上没有什么人，有些安静。

一路很是太平，皇宫距离忠勇侯府不远，不多时，便来到了忠勇侯府。

两顶轿子停下，侍画和侍墨扶着谢芳华下了轿子，吴权也下了轿子，不等她开口，吴权便对她道："芳华小姐，老奴得将您送去自己的院子，方才好回去交差。"

谢芳华点点头，由侍画和侍墨扶着迈进了府门。

吴权跟在他身后。

因为过年，忠勇侯府被打扫得干净无尘。每一道门墙两边都贴了对联，凡是有门窗的地方，都贴了红绿的福字剪纸，假山石雕盆景都有吉祥物装饰。阳光照耀下，府内亭台楼阁，画楼湖畔，雅致华美，分毫不次于皇宫的精致，甚至比皇宫看起来还要典雅和华贵。

吴权暗暗叹息，忠勇侯府即便没有不臣之心，就这一份超越天子的华贵，也是扎眼。

据他在宫廷内虚度大半生、接触皇权最近的人来看，曾经南秦的江山有一半是依靠谢氏扶持才走到今日的。每一代忠勇侯府都有杰出的人才，扶持着南秦江山的同时，也让忠勇侯府屹立不倒。如今南秦的江山已经壮大强盛到一定程度，没有外面的蟒蛇之患，自然就看到内里的猛虎了。谢氏和忠勇侯府成了没有外忧的江山下那只必除的猛虎。

府内分外安静，没有丝毫吵闹。

下人们今日也放假休息，有一部分人回家过年，一部分没家的人聚在一起过年。

来到海棠苑门口，谢芳华停住脚步，虚弱不堪地道："公公留步吧！"

吴权虽然是个太监，但也不能进小姐的内院闺阁，止住脚步，和气地道："芳华小姐仔细调养身子，铮二公子钟灵毓秀，南秦皇室宗室各府邸里挑不出这样的一个人物来。虽然皇上不满意你们的婚事，但事在人为，您若是能自个儿将养好身子，铮二公子便能护住您，将来娶您过门。老奴看着铮二公子长大，错不了。"

谢芳华一怔，没想到吴权对她说起这样的话，似乎没有因为自己是皇帝大总管而对她试探或者谨慎言语。她不由得仔细打量了他一眼，见他说完后准备告辞，她立即道："多谢公公辛苦相送。侍画，我的小库房收着一个千年前的烟嘴，你去拿来，送给公公吧！"

吴权脚步一顿，看了谢芳华一眼："芳华小姐不必客气，老奴昔日得您父亲救过一命。送您回来是皇上的命令，对您说些体己话也是念着恩人的情分。"

谢芳华笑笑，虚弱地道："公公别推辞了，收下吧！侍墨，你扶我回房。"

侍墨点点头，扶着谢芳华向房中走去。

"吴公公，既然我家小姐要给您，您就在这里等片刻，奴婢去取来。"侍画对吴权一礼，向小库房走去。

吴权本想再推辞，见谢芳华虚弱得不想再因此费神，便也作罢，等在了门口。

不多时，侍画取来一个十分精致的锦盒，递给吴权。吴权接过，看了一眼，面上露出激动的情绪。谢芳华拿出来的这个千年前的烟嘴，自然比皇后今日赏给他的那个好数倍，流传千年，已然不是价值能够衡量的。他对侍画道："老奴谢谢芳华小姐了。"

侍画规矩地微笑："奴婢送您出府。"

吴权点点头，将锦盒揣进了怀里，离开了海棠苑。他一颗心全部拴在了得到的千年烟嘴上，没有听到海棠苑后院隐约传来带着醉意的熟悉的哭音。

谢芳华进了房间，侍墨立即关上了房门。

谢芳华解了披风，缓缓地坐在桌前，为自己倒了一杯清水，从怀中拿出一颗药放进了嘴里。

"小姐，您怎么样？"侍墨走过来担心地看着她，如今没人了，她额头还有细密的汗。

谢芳华吞下去药丸，摇摇头，闭着眼睛靠在椅背上，对她道："在宫宴上，我催动了内力，又强行发作了药效，没事儿，我如今服了解药，休息片刻便好了。"

"小姐，以后您能别进宫就别进宫了，这样总是吃药，体内积压药物太多，我担心您的身子受不住。"侍墨走到谢芳华身后，给她轻轻捏捏肩，低声道。

谢芳华点点头，通过今日秦铮逼婚一事，皇上对忠勇侯的忍耐已经到了极限，从目光里就透露出不悦和伪善。有些事情，必须要做了，并且刻不容缓，她不能让皇帝先于她出手。即便没有了无名山的背倚，南秦国力强盛，兵马百万，忠勇侯府哪怕再繁华势大，她学艺再多，一旦处于被动，也是不敌皇上的铁血手腕和皇权压制。

所以，此次宫宴过去，她短时间内自然不能再进宫，她从来不敢小看九五之尊的皇帝。

"小姐，海棠亭里似乎有人在哭，奴婢去看看？"侍墨见谢芳华额头不再出汗，向窗外看了一眼，轻声询问。

"应该是哥哥和燕亭。"谢芳华揉揉额头，"你去看看吧！问问哥哥有什么需要。"

侍墨点点头，出了房门。

不多时，侍画从外面回来，进了房间，见谢芳华闭目养神，气色不再苍白虚弱，有淡淡的莹润，她走到她身边，低声道："小姐，您睡了吗？"

谢芳华摇摇头："没有。"

侍画轻声道："奴婢将吴公公送走了。"

谢芳华点点头。

"吴公公离开时又说了一句话，他说，忠勇侯府嫁出去的姑奶奶在北齐病了。老侯爷想必是不知道，当初老侯爷的这个女儿是代替大长公主嫁去北齐的，一生无儿无女，北齐王虽然敬重她，但后宫里女人太多，北齐王的敬重也不过是杯水之温暖。她的病榻前怕是也没个尽孝的人。”侍画学着吴权的语气，叹息连连。

谢芳华猛地睁开眼睛，看向侍画：“他可说了姑姑什么时候病的？”

侍画摇摇头：“不曾说。”

谢芳华眸光泛起寒意：“若不是病得严重，小病小灾的话，消息怎么会传回南秦？怎么会传到了皇上的耳中？”话落，她忽然抓起桌案上的茶杯摔在了地上，冷笑道：“一个病重之人，又怎么会联合家人通敌卖国帮助北齐南下夺疆土！南秦的皇室可真是将消息瞒得紧，谢氏自诩势大如虎，威胁江山，夹着尾巴做人，可是到头来，却被骗了！明明皇帝要封锁消息的话，自家姑奶奶病重的消息都传不到忠勇侯府的耳朵里。还有什么理由不出手？”

侍画一惊，虽然与谢芳华接触时间仅仅一日。但是自小世子就与她们说一些关于自家小姐的事情，小小年纪，就能在无名山立足，且毁了无名山。这份坚忍，令她们对她不止钦佩，还有敬服。原以为小姐是个柔韧、意志坚定、但凡有事便打掉牙和血吞的人，不轻易恼怒，此时亲眼所见，原来小姐不是那样，她也与常人一样，有笑有怒，分外真实。

茶杯碎裂数瓣，散开在地上铺着的金贵的毛毯上。

谢芳华重新闭上眼睛，脸上的怒意瞬间褪去，一脸平静。

侍画看着她更是惊异不已，能转眼间便将怒火控制住，她自诩被世子训练多年也做不到。她弯下腰，蹲下身，将茶盏的碎片轻轻捡起来，放入木桶里，又将地毯上的水渍擦干净。

屋中一片静寂。

侍墨走到谢芳华身边，轻声道：“小姐，海棠亭里待着的真是世子和燕小侯爷。燕小侯爷没有喝醉，见奴婢过去，大约是猜到您回来了，说想要见见您。”

谢芳华沉声道：“没什么好见的。”

侍墨见谢芳华脸色不太好，犹豫了一下，低声道：“世子说，若您身子能支撑的话，让您去见见他。”

谢芳华睁开眼睛，看着侍墨，微微疑惑：“哥哥真是这样吩咐的？让我去见见他？”

“世子是这样说的。”侍墨点点头。

谢芳华蹙眉，静静揣测片刻，站起身：“既然哥哥吩咐，那我就去见见他吧！他喜欢我，虽然与我无关，但也是因我而起。没有个了断，他这一生便过不去这个坎，我不讨厌燕亭，所以，他没必要因我而废。”

侍画和侍墨觉得小姐说得对，赞同地陪着她出了房门。

走出门口，侍画立即道：“小姐，您等一下，奴婢给您去拿披风，您披上。”

谢芳华脚步顿住，想着数日前感冒了多天，这副身子是该好好调养了，点点头。

侍画转回屋子，捧了谢芳华早先解下的披风，拿出来给她披在了身上。

谢芳华缓步走进后院。

海棠亭满庭花开，没有落梅居里面每一株红梅白梅的铮铮傲骨，却也有着冬日里顶着严寒开放的娇嫩柔软和别样骄傲。

正中央一处海棠树下，一座小亭子里，坐着两个人，一个是谢墨含，一个是燕亭。

“妹妹来了？”谢墨含向这边看来，对她招了招手，温和地道：“过来。”

燕亭本来低垂着头，一只手搭在腿上，一只手把着桌案，不知道在想什么。此时听见谢墨含的话语，猛地抬起头，向谢芳华看来，眸光就那样定住不动。

谢芳华没有立即走过去，隔着一段距离看着燕亭，也任他看着她。

她对于燕亭，久远的记忆，无非是九年前他捂着流血的伤口找她帮助遮掩，后来她冷冷地警告了他一番之后，赶他出了海棠苑。她不知道时间过去了九年，她再未与他见面，如何就让他心中记住了她，并且闹着要娶她，是如何有这样的感情的？她一直不明白。

今日，遥远的距离里，他凝定的目光，她看着，连她自己都怀疑，若这样的目光不是深情，不是情深，不是积累的深刻的印迹，那么还有什么样的目光是？

可惜，她不是藏在深闺不知愁滋味的闺阁小姐，能为谁的情深感动。

可惜，她离开京城在无名山待了八年，早已经丢却了为谁情丝波动的资格。

更可惜，哪怕被这样的一双眼睛看着，也提不起半丝关于爱情的痕迹和伤感。

她向来觉得无名山上的活僵尸是最骇人的，这一刻，她恍然觉得，自己也许都不如无名山上的活僵尸——丢却了女儿最宝贵的情丝柔肠，却完好地活着，且有血有肉有灵魂。

谢芳华收回视线，垂下头，看了一眼地面，午时的阳光，她的影子和她的人重叠。她自嘲地笑了笑，缓步走向那座小亭子。

燕亭的目光一直跟随着她，看着她一步步走向自己，半寸不移。

谢芳华来到近前，对谢墨含喊了一声：“哥哥！”

谢墨含看了一眼燕亭，叹了一口气，温声道：“燕亭兄，我妹妹如今和秦铮兄有了婚约，我身为哥哥，将她给你叫出来，算是不合礼数。你有什么话，长话短说吧。”

燕亭倏地收回视线，垂下头，身子轻轻战栗。

谢芳华缓缓坐在谢墨含身边的矮凳上，看着燕亭，淡淡道：“燕小侯爷，人这一生，不只是为情爱而活着。对于你我来说，你应该知道，是永远不可能的。”

燕亭身子一僵，不说话。

谢芳华对谢墨含道：“哥哥，给我也倒一杯酒吧！”

谢墨含犹豫了一下，见她脸色尚可，点点头，取过一旁干净的杯子，给她倒了一杯酒。

酒从火炉上拿下来，倒入杯中，丝丝冷风中，杯中酒冒着淡淡温热的酒气。

谢芳华端起酒杯，一口一口地小酌着，就如喝水一般。

燕亭终于抬起头，眼中有着明显的血丝，看着谢芳华捧着杯子静静地坐着，他盯着她看了片刻，沙哑地问："为什么？"

谢芳华眉梢动了动，看着他。

燕亭声音加重："为什么我们永远不可能？"

谢芳华握着酒杯笑了笑："因为你是永康侯府的小侯爷，我是忠勇侯府的谢芳华。"

燕亭顿时激动起来，盯着她，紧紧地，声音凛冽："为什么秦铮就可以？为什么你们就可能？他是英亲王府的嫡子，将来爵位也要靠他继承，家世门第，比我永康侯府还要好，为什么他就行？"

谢芳华握着杯子的手缓缓松开，放在了桌案上，眉眼清淡："我和秦铮也未必可能。"

燕亭一怔。

谢芳华有些孤冷地看着眼前的海棠道："今日不过是圣旨赐婚，若得大婚，也要三年。三年里，什么事情都可能发生。也许，秦铮改变了心意，不想娶我了。也许，三年内，忠勇侯府和我就不存在了。那么，婚事自然也就没有了。"

燕亭直觉地反驳："不可能！"

谢芳华看着他，浅浅一笑，如寻常好友叙话一般反问："为何不可能？是秦铮不可能改变心意不娶我，还是忠勇侯府和我不可能不存在？"

"都不可能！"燕亭沙哑地道。

谢芳华伸手将一旁垂落的一株海棠枝桠拽住，转眼便折了一段在手里。须臾，她将一串串海棠花扯掉，不多时，海棠花瓣落在她面前厚厚的一层，她手中只剩下光秃秃的一根树枝，她拿着没有花的树枝问燕亭："好看吗？"

燕亭忽然说不出话来。

"花在枝上，看着繁花似锦，才惹人喜爱倾慕。若是，花不在枝上了，零落成泥碾作尘，融为了土，你可还觉得它美？可还会去倾慕土？我若不是谢芳华，不是忠勇侯府的小姐，不是这钟鸣鼎食之家里的一朵长在枝桠上的繁花，你可还认识我？倾慕我？想娶我？"谢芳华晃动着光秃秃的枝桠，微微挑眉。

燕亭动了动唇，想说什么，终是没开口。

谢芳华不看他，径自道："燕亭，你我相遇，也不过是九年前那一个时光剪影。你用了九年，记住了我。我却若不是再见到你，不是别人提起你的名字，我都想不起有你这样一个人。你对我深情，可觉得值得？"

燕亭看着她，眸光缩了缩。

“九年的光阴里，你已经不值，若是用一生来折磨自己，闹得家无宁日，更是不值。”谢芳华平静地放下光秃秃的枝桠，捏起一把海棠，放入火炉上温热的酒壶里，酒水融了海棠，顿时飘出海棠般的酒香，她缓慢地道：“我没有你想象的那么好，不过是这枝上花，酒中花，不想被零落成泥，不想被酒侵蚀融化，总要做些什么。”

燕亭身子猛地一震，心口钝钝地痛了起来。连他自己也不知道这一刻对她的感情是哪般。就如今日在灵雀台上，她面无表情地开口和他算起了九年前的账，说不想再见到他时的凉薄神色，让他觉得，世间还有这样的颜色，苍白得他一颗灼热的心都烫不化。

谢芳华饮干杯中的酒，对谢墨含道：“哥哥，再给我倒一杯。”

谢墨含蹙眉：“你身子不好，别喝了吧。”

“我敬燕小侯爷一杯，就不喝了。”谢芳华道。

谢墨含看向燕亭，见他捂着心口，脸色呈现一种奇异的苍白，他拿过酒壶，给谢芳华倒了一杯酒，之后，又给燕亭倒了一杯酒。

“你来尝尝，煮了海棠的酒，是不是味道不一样。”谢芳华端起酒杯，对燕亭道。

燕亭看着她，不动面前的酒杯。

谢芳华笑了笑，晃动着白玉杯中的酒，阳光照耀下，酒水融了海棠花，有淡淡的粉色，她轻声道：“也许，有朝一日，你会想明白，你喜欢的人，并不是我，而是被时间给开了一场玩笑，不知不觉地便记住了我，所以，觉得情深了。”

燕亭抿起嘴角，不说话。

“今日在皇宫，我见到你娘了，她挽着范阳卢氏里面最出色的女儿卢雪妍。”谢芳华语气平静，“我与永康侯夫人的见面并不愉快，但若是我也心中有你，也许，我会争上一争。但是很可惜，我心中没你。一个人与一个家族抗衡，也需要手中有东西，才能让家族不支配你的想法。燕小侯爷，我今日与你说这些，不是笑话你，也不是可怜你，只是想说，人这一生，心中装着的，不只有情爱，还可以有别的。朗朗乾坤，昭昭盛世，可做的事情太多，情爱不过是生命的点滴。”

燕亭忽然端起酒杯，一饮而尽。

谢芳华也仰头将杯中酒一饮而尽。

两个空酒杯同时被放在了桌子上，滴酒未剩。

燕亭猛地站起身，一言不发地离开。

谢墨含腾地站起身，急声问：“燕亭兄，你要去哪里？”

燕亭脚步顿住，静静站了片刻，不回头，声音暗哑地道：“谢芳华，我记住你的话了！我也不怪秦铮，我与家里闹了一年，他都不曾出手干涉，已经是对得起我。今日他出手，也算是帮我做了个了断。你说得对，人这一生，不光靠情爱活着，还可以做些别的。今日我没出息，不代表他日我依然没出息。”

谢芳华转过身，看着燕亭的背影，冷风里，阳光下，他背影笔直如松竹。从回京后见到他不下数次，第一次让她感觉到了他骨子里的挺拔。

“子归兄，我今日出城，去漠北戍边的军营，你不必送我了。”燕亭丢下一句话，快步出了海棠亭，转眼间，他的身影便消失在门扉处。

谢墨含挪步想要追去，走了一步，又堪堪顿住，看着他离开。

谢芳华静静地坐着，看着门扉处消失的身影，这一瞬间，她有一种惆怅。漠北，她待了八年。风雪严寒，冷风狂沙，那里的人，都被磨炼出了一份金皮铁骨，是雄鹰，是鸷鸟，注定会从那里翱翔。当然，也可能一去不回。

燕亭，他这是弃家而出，选择了一条不受家族掌控的路。

谢墨含站了许久，缓缓坐下身，叹息道：“走了也好。”

谢芳华收回视线，静静地坐着，不说话。

“京中勋贵世家子弟太多，但是能玩在一处的人却是不多。燕亭自小和秦铮玩在一处，骨子里未必没有狂狷和骄傲。只是秦铮有一个宠他至极的德慈太后，随他任性胡闹的娘，燕亭没有，他有的只是祖母和娘的事事掌控和安排，不能自主。也许不因为你，他为了摆脱控制，早晚也会离家远走。”谢墨含看了谢芳华一眼，语气带着宽慰。

谢芳华轻轻抿起唇，过了片刻，淡如云烟地笑了笑，她和燕亭不过见了几次面，了解得不多。除了刚刚他的话和他离开的背影给了她些许感慨外，再生不起别的。既然这是注定的结果，她自然不会为此庸人自扰。

谢墨含有些怜惜心疼地看着谢芳华，温声道：“回房去吧！这里凉，你大病初愈，刚好两日，别在这里待着了，仔细染了寒气。”

谢芳华摇摇头：“有火炉，不冷。”

谢墨含见她没有回房的打算，弯身往火炉里添了些炭火，火炉烧旺了些，亭子内霎时又温暖许多。他坐正身子，用绢帕擦了手，抛开燕亭，低声道：“妹妹，你和秦铮……”见谢芳华看向他，他顿了顿，皱眉道：“如今你被他……又得皇上赐了婚……你有什么想法？”

谢芳华见谢墨含吞吞吐吐，在她的记忆里，哥哥温柔、平和、心思细腻、性情温淡，是如风月一般的人，难得见他吞吐郁郁的神色。自从她回京来，哥哥一颗温和平淡的心怕是日日因她的事情煎熬劳神，倒也让他少了些敏感心思和对自己病症的负担，也不见得是坏事。想到这，她不由笑了：“不过就是赐婚而已，能有什么想法？”

谢墨含一怔，眉头更是拧紧，不满地训斥：“你是女儿家，这等婚姻大事怎么能不在意？圣旨赐婚，而且对方是秦铮，你怎么能没有想法？”

谢芳华叹了一口气：“哥哥，你让我该有什么想法？”

谢墨含一噎，看了她半晌，有些泄气，揉揉额头，道：“我这些日子总觉得秦铮不对劲，今日才知道，原来他是真的冲你来的，弄了半天，就是要娶你。你离开八年，我和爷爷认为将你隐藏得天衣无缝，连宫里都没透露半点风声，你说他到底是怎么得知你是……”

“世子！”外面传来侍书的声音。

谢墨含话语顿住，看向外面，平和了语气询问：“何事？”

侍书从门口探出头，向海棠亭看了一眼，目光掠过谢芳华，缩了缩脖子，没了下文。

谢墨含看着他的作态，不由皱眉：“到底是什么事情？妹妹又不是外人，你过来说。”

侍书挠挠脑袋，立即走过来，站在谢墨含面前，低声道：“漠北戍边的舅老爷来了书信。”话落，见谢墨含眼睛一亮，谢芳华神色一动，他看了二人一眼，慢腾腾地拿出书信，说道：“舅老爷说这封信是交给您的，不让小姐看见。”

谢芳华挑了挑眉，伸手去拿信封。

侍书不敢躲，无辜地看向谢墨含。

谢墨含对他摆摆手，有些好奇地看着被谢芳华夺在手里的信，疑惑地道：“舅舅为何说不让你看到这封信？你先拿来，给我先看看里面写了什么。”

谢芳华将信封拿在手里，前后左右随意地扫了一遍，信封上写着“墨含亲启，不准让华儿看到”的字样，笔迹的确是她舅舅的，她不以为然，不给谢墨含，自己伸手撕开了信封。

谢墨含只能撤回手，等着她先看完信。

谢芳华从里面抽出两张信纸，将内容快速地看了一遍，当看到末尾处一段话时，眼睛眯起，脸色瞬间奇异地变幻了一下，握着信纸的手一时有些僵硬。

谢墨含打量着谢芳华的脸色，更是好奇，对她伸出手：“看完了吗？给我！”

谢芳华抬起头，看了谢墨含一眼，将信纸递给了他。

第三十二章
傲骨

京　门　风　月

谢墨含拿过信纸，同谢芳华一样，快速地看了一遍，当看到末尾处，瞬间顿住，一双眸子睁大。须臾，他放下信纸，猛地看向谢芳华，脸色异常奇怪。

侍书站在一旁想，漠北的舅老爷一定在信里面说了了不得的大事，而且是关于小姐的。否则，不至于嘱咐不让小姐看到，世子和小姐也不至于看完信后俱是这般神色。

谢芳华沉默地看着谢墨含，暗暗想着这天下之大，可真是无奇不有。

武卫将军来信的末尾写着这样的话：

“四皇子向我问询华丫头婚事，意在求娶。你们父母早亡，我身为娘舅，此事理该过问。但是老侯爷健在，你身为长兄，我不能越过老侯爷和你这个兄长为其做主应承，遂来信问询你们，四皇子求娶华丫头，此事看是否能应承下来。四皇子才华横溢，为人谦逊，性情坚忍，遭此贬黜大难，终日也不见颓废困苦，很快就适应了漠北生活。凤凰落难，早晚要回转龙庭，他日回京的话，一朝冲天高坐那个位置也未可知。若是华丫头许给他，那么忠勇侯府未来至少数十年安稳不在话下。我觉得华丫头应该是倾慕四皇子，老侯爷和你若是觉得可行，也别阻拦，尽快给我回话，我也好答复四皇子。”

谢墨含放下信纸，沉默片刻，苦笑道：“妹妹，你何时又让秦钰给惦记上了？你可知道？”

谢芳华想起月前她让言宸嘱咐舅舅关照礼遇秦钰，又让他单独联系秦钰。除了这个事情，她再没做别的，这些年也未与秦钰有过任何来往，怎么就能让他惦记上了？还要求娶她……她竟不知了。

“你是否做过什么？”谢墨含盯着谢芳华的神色，不错过她神情的每一个变化。

谢芳华对上谢墨含探究的目光，只能将月前吩咐言宸的事情与他说了。

谢墨含一愣："你在无名山这些年……收服了不少人暗中建立了暗卫组织？"

谢芳华点点头："哥哥，这又有什么奇怪？都说一拳难敌四手。我这八年来怎么能没有作为？我总要做些什么，来保证我们家不被人欺负。"

谢墨含稳了稳心神，有些沉静地道："皇上忌讳的不只是忠勇侯府，还有整个谢氏一族。如今没有外忧，他身为天子，自然担心卧榻之侧。你将所有谢氏族人有关联的产业都打探清楚，这是对的。我们头大尾大，总有些族人不懂分辨政局，为我们招惹祸端，的确要先出手摸清谢氏所有根系，再酌情从内部动手整合。"

谢芳华点点头。

谢墨含话锋一转，有些头疼地道："但是你怎么会想着去联合秦钰？还让以你的名义嘱咐舅舅务必宽待礼遇秦钰。你这样，岂不是让舅舅误会你心仪他？"

谢芳华一怔，二十日前，大雪漫天，言宸找去英亲王府想救她。她那时候也是因为英亲王妃的话语，刚勘破皇帝的心思，知道他要对付的是整个谢氏，所以，没细细思量这一茬，便让言宸给漠北传去了话，难道真的让舅舅误解了她？

谢墨含揉着额头，无奈地道："妹妹，你可能不了解秦钰这个人，他和秦铮是两个性情，性格看起来迥异，外人不了解他，都觉得四皇子甚是好相处。但实则他与秦铮是一样的心思深沉，机锋谋略，各种手段，难缠莫测。被他盯住，不是好事。和他联合，就是与虎谋皮。你可知道？"

谢芳华皱了皱眉，上一世她深守闺阁，不知朝政风云。这一世她离开京中八年，无名山里，她倾尽了全部的精力活着。后来毁了无名山，她才彻底走出那个地狱般的笼子，对京中的人物自然知之不多，就算知道，短时间内，也了解不了那么深。

"你一定是不知道，他和秦铮……唉，都是不能招惹的人。"谢墨含道。

谢芳华静默片刻，看了一眼谢墨含手中的信纸，淡淡道："不能惹如今也惹了。"

谢墨含无言以对，按理说，妹妹离开京中八年，一直都相安无事。她刚回京，这才几日，不光惹了秦铮，如今还惹了秦钰。一个秦铮已经够让人头疼，若是再加个秦钰……

"你写信告诉舅舅，就说除夕之日，皇上给我和秦铮赐婚了。"谢芳华思索片刻道。

谢墨含点点头："信自然是要这么回的，你已经赐婚给了秦铮，自然不能再许给别人了。"话落，他不确定地道："只是不知道秦钰看到信或者得到京中你和秦铮被赐婚的消息会是什么态度，就怕他不会善罢甘休。"

谢芳华扬眉。

谢墨含将信纸收起，对她道："秦铮和秦钰从小斗到大，皇室里和宗室里，这两个人不对付是公开的秘密。曾经法佛寺普云大师给他们算了一卦，据说两人将来要应验情劫，争夺一人。如今……"他顿了顿，动了动嘴角，笑比哭还难看："我就怕应验到了你的身上。”

谢芳华嗤笑一声：“哥哥，爷爷不喜拜佛，更不喜这些玄之又玄的东西，也不喜我们相信它。你如今怎么倒是信了？你真当你的妹妹有多好呢？你争我夺？不至于。”

谢墨含本来心中有些郁气，闻言不由笑了：“一家有女百家求，我家有女初长成，你争我夺地求娶有什么奇怪？在我看来，我妹妹自然是天底下最好的女子。”

“因为你是我哥哥，亲哥哥，心里自然向着自家的妹妹，尽说夸赞的好话。”谢芳华也笑了，她不久前服了解药，气色恢复几分红润，阳光下，分外明媚娴静，“八年无名山，早已经磨没了我很多东西。婚姻之事，我不期待，无所谓。不嫁最好，若是逼不得已，嫁了也没什么，嫁给谁，都是一样。”

谢墨含闻言不赞同，眉峰竖起，刚要反驳训斥。但看到谢芳华平静的神态，想起她在无名山待了八年，有些东西已经在地狱般的环境里养成，不是一朝一夕能开解的，便住了口。他的妹妹为忠勇侯府和谢氏付出太多，可是又有几人知道她柔弱的肩膀从几岁起就开始扛起了家族兴衰荣辱的重担？他一时间沉默下来。

谢芳华静静地坐着，看着满亭海棠，眸光清淡幽远。

“如今你和秦铮被赐了婚，秦钰那边你已经让人联合了他，以后该如何处理？你可有想法？”谢墨含沉默片刻，理智地询问。

谢芳华从海棠树上收回视线，看着谢墨含，忽然道：“今日，皇上身边的内廷大总管吴权送我回来，临走时说了一个消息。”

谢墨含不知她话题为何突然转移到了皇上身边的内廷大总管身上，疑惑地问：“他说了什么消息？”

“姑姑病了。”谢芳华道。

谢墨含一怔：“姑姑身子骨不是一直很好吗？怎么会突然病了？不对，为何我和爷爷没得到消息？”

谢芳华似乎坐累了，站起身子，走到一棵海棠树下，仰头透过海棠树的枝桠看向天空，目光沉且静：“对啊，你说得对，为何你和爷爷没得到消息，而皇上却得到了？以我们忠勇侯府谢氏一脉繁荣的根系，忠勇侯府如今丝毫没有得到姑姑病了的消息，这正常吗？”

谢墨含抿起唇：“自然不正常！”

“他在皇上身边多年，据说曾经得我们的父亲救过一命。我送了他一个千年前的烟嘴，他走时将消息让送他出府的侍画带给了我。所以，消息应该不是假的。”谢芳华道。

谢墨含脸色变幻了片刻，倏地站起了身子，面色有些发白：“这样说，姑姑不只是病了，一定是得了重病，否则不可能连皇上都得到了消息。另外，我们不知道，一定是皇上对我们封锁了来自北齐的消息，既然是吴权得父亲救过一命，自然不是说假。”

谢芳华知道她的哥哥有着聪颖剔透的心思，只不过被身子骨孱弱所累，自小是忠勇侯府培养的世子，对朝政，对天下时局，分外了解，她刚这样说出来，他便立即猜到了原因。她点点头，沉声道："想想，皇上为何隐瞒了北齐咱们姑姑病重的消息？"

谢墨含想起了什么，脸色沉了沉。

"从爷爷不再上朝，忠勇侯府这些年自诩繁华太盛，一直夹着尾巴做人，不插手朝政之事，凡事退避三舍。可是对于南秦皇室来说，我们还是一只卧在皇权之侧的猛虎。"谢芳华转回身。

谢墨含低声道："爷爷只有一儿一女，我们的父亲已经亡故了，只有这么一个姑姑在北齐。若她也……爷爷知道的话，该会多么伤心……他怎么能承受得住？"

"按理说，姑姑病重，北齐应该第一时间给忠勇侯府传来消息。按理说，皇上不应该封锁这个消息。现在，他却封锁了这个消息，为什么？"谢芳华冷静地道，"哥哥，你可明白？"

谢墨含袖中的手轻轻攥了攥，齿缝间溢出些许低哑寒凉："皇上要对忠勇侯府出手，可能关联姑姑。这么长时间，我和爷爷一直谨慎小心，不做触怒龙庭之事，除了舅舅在漠北戍边，爷爷早已经退出朝政，我还未入仕，没有什么把柄让皇上抓住。所以，若是皇上想要找什么把柄的话，也只能从姑姑和漠北戍边的舅舅下手。"

"这就对了！姑姑在北齐，虽然当初是代替大长公主嫁去的北齐，但是北齐王对其甚是敬重，不曾亏待。如今已经将近二十年了。再加上舅舅在漠北戍边，镇守北齐边境。若是皇上瞒住姑姑病情，以姑姑和舅舅联合我们忠勇侯府，欲倾覆南秦江山，通敌卖国，安个乱臣贼子的罪名的话，那么，你说，我们还有活命的机会吗？"谢芳华轻声道。

谢墨含震了震，显然也想到了这一点，身子几乎站不稳。

谢芳华走回桌前，拿起桌面上那根光秃秃的枝桠，将其一寸寸掰断。须臾，她将所有枝桠握在手中，转眼间，枝桠在她手心里寸寸成灰。她摊开手心，看着手中的灰烬被风吹走，语气温凉地道："哥哥，我们谢氏忠君为国数十代，繁衍数百年，怎么能在我们这一代落得这样的下场？你说是吗？我不同意，你也不会同意的，对吗？"

谢墨含看着谢芳华手中的灰烬，眸光染上惊异，片刻后褪去，不发一言。

谢芳华伸手握住谢墨含的手，他的手心罕见地冰凉，她轻声道："哥哥，爷爷老了，风烛残年，若是不能安享晚年，百年之后，连入谢氏陵墓都不能够，而我们，若是如这灰烬被风吹走，碾碎成尘，便白来这世间走了一遭。"

谢墨含闭上眼睛，声音低沉："妹妹，你说怎么办？难道我们反了南秦的河山？这片国土，可是我们谢氏守护了几百年的啊，爷爷不会同意我们反的，谢氏先祖数代人杰辈出，若是想要这江山，早就要了，不会等到今日。我知道皇上忌讳咱们忠勇侯府，忌讳谢氏，但是也不应想到要利用姑姑，至少姑姑是为了皇室的女儿大长公主嫁去北齐的，忠勇侯府于皇室，忠心可表，日月可鉴。可是……”

谢芳华眯了眯眼睛，看着谢墨含：“可是没想到，皇上对我们忠勇侯府的昌盛荣华恨入骨髓，不除不快，不拔根，甚至都不快，不想给我们一丝余地。”

“早些年，父亲和娘亲意外伤亡，爷爷便看出了皇帝想除去忠勇侯府的心思，当时爷爷大怒，砸了书房，自己在书房里关了三日，但是，三日之后出来，便绝口不提这件事情。若不是你当初去找爷爷，强硬要去无名山，爷爷怕是至今也不会做什么。”谢墨含睁开眼睛，眸光有着深深的悲凉，“谢氏一脉，传承至今，立于各个朝代不倒，要的不是天下，而是子息平安。可惜，可能历代先祖都不会知道，有朝一日谢氏繁衍太盛，荣华成了天子眼中的刺。”

谢芳华倒了一杯温水塞入谢墨含冰凉的手里，冷嘲地笑了笑：“我们谢氏，既然几百年都不曾要这个天下，到我们这一代，自然也不会去要。但是，谢氏祖先维护了几百年的子息荣华，却不能拱手让之。”

谢墨含握住手，看着她。

“我们不反，但也要让皇室知道厉害，永远不敢动我们！更要让皇室知道，我们谢氏，有我们自己的傲骨，不屑要这个江山。”谢芳华沉静地看着天空，“至少，只要我活着一日，就不可能让忠勇侯府倒塌、谢氏倾覆。”

谢墨含看着谢芳华，心中油然生起一股骄傲，这是他的妹妹，只要看着她，就让他觉得她是上天赐给谢氏的符纸，也是他孱弱病体能够支撑活着的意义。

谢芳华沉默片刻，从天空收回视线，对上谢墨含温和的眼神，声音也不由温暖了几分，嘱咐道：“哥哥，你别告诉爷爷这件事情，你也别插手这件事情，我来处理。”

“爷爷年岁大了，若是知道姑姑病重，自然承受不住。我们长大了，自然不能再让爷爷忧心了。你不说，我也不会告诉爷爷。”谢墨含点点头，话锋一转：“但是，身为哥哥，怎么能什么事情都指着妹妹？哥哥虽然有病在身，但是你给我开的药方管用，已经很少犯病了。你别当哥哥是废人，将我排除在外，一个人担着。你这样都担着，我心中不好受。”

“我离开京城，去无名山八年，哥哥担负得已经够多了。况且，你的首要任务，是要将自己的身子调养好，我前几日又琢磨了一个方子，也许比你目前服用的方子更管用一些。但是还是没寻求到根治之法。但只要有我在，能保你无恙就是了。”谢芳华看着他，“而且，吴权这个人我看可以夺过来为我们一用，今日他既然能提点我，便也是念旧恩情之人。有父亲这笔恩情，我们再以诱惑招抚引导，能从他身上得到更多关于皇上的消息。毕竟他在皇上身边待了多年，更贴近了解皇上。而你，还是装作不知道姑姑之事吧！皇上一直盯着忠勇侯府，盯着爷爷和你的举动。我暗中来处理，才能不惊动皇上，钳制住他，让他不能对我们动作。”

谢墨含犹豫思量片刻，叹了口气：“你说得也有理，听你的吧！只是你小心一些。”

谢芳华点点头。

"世子，小姐！"侍画在门口轻声喊了一声。

谢墨含和谢芳华转过头去，看向侍画。

侍画恭敬地道："福婶知道您二人回来府中，在府中用膳，她已经做好了饭菜，派人来问您二人是否现在就用？"

谢墨含看了一眼谢芳华，见她点头，他吩咐道："让福婶将饭菜端来海棠苑吧，放去妹妹的房中，我和妹妹这就回去，午膳就和妹妹在她的房里用。"

侍画点点头，转回内院吩咐去了。

谢墨含将火炉倒了些温水熄灭，转身对谢芳华道："走吧！去你的房中。"

谢芳华点点头，伸手拿起温好的那一壶海棠花酒，与谢墨含一起出了海棠亭。

二人回到海棠苑，走进里屋，屋中已经由福婶摆好了饭菜。

福婶见到兄妹二人进来，顿时笑逐颜开："没想到你们二人今日没参加宫宴，一起回来了。准备得有些不足，你们先将就一下，等老侯爷回来，晚上再给你们多做些好吃的。"

"已经很好了。"谢墨含对福婶温和地笑笑。

"是啊，这些都吃不了呢。"谢芳华也笑着点头。

福婶看了谢芳华一眼，眉梢眼角都带着喜色地悄声道："我的好小姐，我还没给您道喜呢！听说您赐婚给铮二公子了？消息传回咱们府中的时候，我还不太相信。"

谢芳华笑了笑，被她的喜色感染，也不想惹她不快，便道："是赐婚了，但是大婚还要三年。"

"三年就三年，您刚回府，多在家留三年，我们正高兴。"福婶笑呵呵地道，"只要有了婚约，我这心就放下了。铮二公子我一直看着就不错，英亲王妃也好相处，您又在英亲王府待了这么久……"说到这里，她顿了顿，问道："您是铮二公子的婢女，如今回来还会再回英亲王府吗？若是不回，您的身份该作何处置？"

"我先在府中待三日，三日后再做打算。"谢芳华道。

福婶闻言有些犯难，但她也不想今日惹谢芳华心烦，点点头，道："还有一锅汤在炖着，你们慢慢吃，我再去给你们端来。"话落，出了房门。

兄妹二人对看一眼，都笑着摇摇头，安静地用膳。

不多时，福婶端了煲好的汤进来，又笑呵呵地走了出去。

半个时辰后，兄妹二人用罢午膳，各自坐在椅子上喝茶。

谢芳华忽然道："哥哥，我在皇宫的藏书阁看到那本孤本了。"

"什么孤本？"谢墨含一怔，随即一惊，"你去了宫里的藏书阁？"

"就是那本在咱们府中藏书阁里收着的那半卷孤本的后半部分。"谢芳华道，"是秦怜带着我避过了皇上的耳目进去的。"

谢墨含直了直身子，谨慎地道：“真能避开皇上的耳目吗？皇上发现不了你？”

“当时跟随我和秦怜去的人里面，有皇后的近身女官如意和英亲王妃的陪嫁春兰。秦怜威胁了守卫藏书阁的李统领，李统领喜欢秦怜。”谢芳华慢声道，“别小看后宫和后院里生活着的女人和男人，要想在皇宫里瞒住皇上一件事，还是不难的，毕竟我们没逗留太长时间就出来了。”

谢墨含点点头，低声道：“那卷孤本，和咱们府中的孤本合一起的话，可是有用？”

谢芳华顿时笑了：“自然是有用的。”话落，她又道：“无名山上藏着这卷书的第一部分，忠勇侯府藏着这卷书的中间部分，皇宫里藏着这部书的末尾部分。如今都被我看全了。哥哥，我过目不忘，你是知道的。”

谢墨含闻言叹息：“这样流传了千年的孤本，被有心人一分为三，若不是你去过无名山，又出生在忠勇侯府，再凭着身份进得了皇宫的藏书房。换第二个人，也是看不全。”

“无名山的那一卷孤本随着无名山被毁也毁了，忠勇侯府的那个孤本被我烧了，皇宫那个孤本，独木难成林，留在那里蒙尘倒也不碍事。”谢芳华向窗外看了一眼，见一个婢女走来，侍画和侍墨迎上了她，低声说着什么。

“这个孤本到底有什么秘密，你可勘破了？”谢墨含也向窗外看了一眼。

“时间太短，还不能都勘破，回头我仔细想想。”谢芳华道。

谢墨含点点头。

“世子，小姐，老侯爷回府了！”侍画走到房门外，轻声道。

“知道了！我们这就过去。”谢墨含回道。

侍画犹豫了一下，低声道：“刚刚来人说是英亲王妃的铮二公子将老侯爷送回来的，铮二公子如今在老侯爷处。”

谢墨含一怔，看向谢芳华。

“你先去吧！我晚上再去看爷爷。”谢芳华不想见秦铮。

谢墨含了然，放下茶盏，站起身，对她道：“既然如此，你休息一会儿，今日也累了大半日了。晚膳时候，我再派人来喊你。”

谢芳华点点头。

谢墨含出了房门，不多时，离开了海棠苑。

谢芳华站起身，挥手落下了窗前的帘幕，屋中的光线霎时昏暗下来。她站在窗前，透过帘幕，对外面道：“侍画，侍墨，你们将与你们一起的其他六个人给我喊来，我见见。”

“是，小姐！”二人立即应声，走了出去。

不多时，一行八个身材苗条的女子来到屋门口。

“都进来！”谢芳华透过窗前的帘幕，将声音传了出去。

侍画、侍墨打开门，领着那六个人走了进来。

“拜见小姐！”六个人齐齐跪在地上，行止一样，分外规矩。

“都起来吧！”谢芳华从窗前转回身子，和气地看着六人。

六个人站起身，齐齐向谢芳华看来，几人的目光与侍画、侍墨见到她第一面时一般无二。有着倾慕，也有着恭敬，还有着敬畏。

谢芳华笑了笑，逐一将几人打量了一番，问道：“谁是品竹？”

左侧第一个女子立即回道：“回小姐，我是。”

谢芳华看向她，只见她眉眼处还真是与自己有三分相似，最相似的是她的模样，站在那里，看起来分外柔弱不禁风雨，有一种金娇玉贵的感觉。身量与她相差不大，若是蒙上面纱，穿上与她一样的衣服，不相识或者不熟悉的人，还真会当成她。她露出笑意，对她道：“这些年我不在府中，听说一直是你扮成我？”

“回小姐，是的。”品竹垂首。

谢芳华微微转动眸光，忽然道：“你是不是也姓谢？是谢氏的女儿？”

品竹一怔，猛地抬头看向谢芳华，那一瞬间，眸光似乎亮了一分，须臾，又褪去，低声道：“我是南阳谢氏旁支的孤女。几年前，小姐离开府中，去无名山，我被世子派人带出了南阳，来到京城。”

谢芳华点点头，笑道：“我就说世界上没有无缘无故的相像，你我同宗一脉，自然相像几分。哥哥派人去了南阳找到你，也是费心了。”

品竹点头，声音暗哑道：“若不是世子，我这个孤女怕是早就死在街头了。”

谢芳华抿起唇，谢氏族系虽然庞大，子息虽然众多，根系虽然遍布天下各地，但也会有吃不饱、穿不暖、无人管、受人欺负、流落街头的人。她走上前，拍拍品竹的肩膀。

品竹有些泪意地看着她，嘴角却因为她温暖的宽慰举动露出了欢喜的笑意。

“你们呢？”谢芳华看向其他五人，“各自报报名字和以前过往。”

“奴婢叫品萱，范阳人，小时候，范阳发大水，父母亲人都被水冲走了，只剩下我一个人，幸好遇到了世子的人，救了我，带来了府中。”品萱道。

“奴婢叫品妍，平阳人，家里做生意的。因父母得罪了人，双双被人陷害了，我那时候还小，父母遇害后，家产也被人夺去，我无人照拂，饿昏在街头。幸好遇到世子的人，将我带来了府中。”品妍道。

“奴婢叫品青，清河人，从我记事起，就无亲人，与一帮乞丐一起生活，做些乞讨、偷盗的营生。后来遇到世子的人，带来了府中。”品青道。

“奴婢叫侍蓝，荥阳人，自小被父母遗弃，尼姑庵的一个女尼收容了我。后来，女尼病逝，尼姑庵失了火，我那日下山去买药，有幸躲过了一劫，再回去后，无家可归。

后来也是世子的人看中，将我带来了府中。”侍蓝道。

“奴婢叫侍晚，早已经不记得是否有家和亲人，因为自小就被贩子倒卖了多个地方。八年前，我被卖到府里。世子将我选来了海棠苑。”侍晚道。

五人依次说完，都静静站着，不再说话。

谢芳华点点头，品竹加上这五个人，可谓都是无家可归的孤儿。

侍画看着谢芳华，上前一步，恭敬地道：“小姐，我和侍墨二人是出自夫人的娘家，博陵崔氏，您走后，被世子选了来。”

谢芳华微微凝眉：“原来你们出自博陵崔氏？”

二人点点头：“我二人是博陵崔氏的孤女，博陵崔氏宗祠子息太多，无人照拂。”

谢芳华点点头：“自从舅舅去了漠北戍边，博陵崔氏便也迁出了京城。娘死后，博陵崔氏在京城也算是无人了。曾经的一大世家，若非舅舅还在漠北，世人怕是都遗忘了。”

二人不再说话。

谢芳华沉默片刻，看着眼前的八个女子：“品竹善于易容乔装，品妍善于经营，品青善于偷盗，品萱善于什么？”

品萱立即回答：“回小姐，奴婢善于攻略，对兵器也有涉猎，以前家中父母做铁骑。”

谢芳华点点头，看向其他四人。

侍画道：“奴婢和侍墨善武，奴婢善硬兵器，侍墨善软兵器，且同时擅长袖剑和暗器之术。”

谢芳华点点头，看向侍晚和侍蓝。

侍晚道：“奴婢擅长机锋和兵谋。”

侍蓝道：“奴婢擅长医毒和机关八卦布阵之术。”

谢芳华点点头，看着八人，笑道：“哥哥派人找到你们，又将你们带来府中，各有千秋，各自专攻一二事，想必费了很多心思。”

八人齐齐颔首，恭敬地道：“世子为了小姐有朝一日平安回来，将我等八人交给小姐，的确花了很多心思在奴婢们身上。”

“我今日只是见见你们，短时间内，你们还是和从前一样，该做什么做什么。等过些时候，我可能会给你们八人分派事情。”谢芳华轻轻叩着桌面，温和地道：“现在，你们有什么想法可以与我说。”

八人对看一眼，齐齐摇头：“回小姐，我等八人没有想法，世子对我们八人恩同再造，我等八人以后唯小姐之命是从。”

谢芳华笑了笑：“既然如此，我知道了，你们下去吧！”

八人闻言齐齐对谢芳华做了个告退礼，退了下去。

品竹等六人出了海棠苑，侍画和侍墨留下来守在门口。

屋中静了下来，谢芳华站在桌前沉思片刻，转身躺到美人榻上闭目休息。

半个时辰后，一个人影越过墙头，无声无息地进了海棠苑。

“谁？”侍画和侍墨同时低喝了一声。

“是我的人，让他进来。”谢芳华睁开眼睛，低浅的声音传出门外。

侍画和侍墨看着进来的黑衣人，黑衣黑面，全身上下，包裹着黑色，如从地狱里出来的一般。如今太阳还未落山，他顶着夕阳进了海棠苑，丝毫不胆怯，显然，他躲过了府中护卫，是个高手。若不是她们二人一直守在小姐的房门口没离开，恐怕也发现不了他进了院子。听到谢芳华的吩咐，二人齐齐收回了拔出的兵器，退在了门口两旁。

言宸露在外面的眸光随意地看了二人一眼，推开门，进了屋。

“还以为你得天黑才会来，不想这么早便忍不住了。”谢芳华坐起，对言宸笑了笑，“因为宫里传出皇上赐婚的圣旨，你便着急过来了？”

言宸脚步顿了一下，点点头，眸光有些青黑，问道：“为何会有赐婚的圣旨？”

谢芳华挥手转动了桌前的椅子，对他道：“坐吧！这里安全，今日你可以多留一会儿。我与你细说，也有些事情需要详说。”

言宸点点头，在桌前坐了下来。

谢芳华便将今日进宫在灵雀台发生的事情详略得当地说了一遍。

言宸眸光时而深时而浅，不停地变幻，听完之后，没说话。

谢芳华看着他，等他开口说对这件事情的看法。

过了许久，言宸眸光恢复平静：“若秦铮是真心娶你，倒也是一桩好姻缘。”

谢芳华一怔。

言宸似乎笑了一下，不过转瞬即逝，且蒙着面巾，若不是谢芳华了解他，都看不出来他在笑，见她怔住，他又道：“秦铮如此一闹，该为难的人是当朝天子，龙椅上坐着的那个人。天下谁人都知道英亲王妃爱子如命，英亲王敬重王妃，虽然英亲王府有个庶长子，但秦铮就是英亲王府的命根子。他若想娶你，自然会护你，同时，也应该会护忠勇侯府。”

谢芳华睫毛动了动：“你真觉得这件事对我对忠勇侯府有利？真认为这是一桩好姻缘？确定秦铮此举不会促使皇上尽快地对付忠勇侯府？”

言宸淡淡道：“英亲王府和忠勇侯府有了姻亲关系，结成了一根纽带，皇上就算要对付忠勇侯府，也要斟酌而行，偌大的忠勇侯府，偌大的谢氏，若是容易，皇上早就动手了。他即便想尽快除去，也要拿出雷霆之势的手法，可惜，就目前看来，皇上都不具备。”

谢芳华忽然道：“北齐我姑姑病重了。”

“我三日前就得到了北齐那边的消息，但是没办法给你。”言宸道，“据说是呕血之症，北齐医者均查不出来为何，已经不能下床。时间两个月了，若是再不救治，恐怕不保。”

谢芳华眯了眯眼睛：“北齐王二十年来一直爱重姑姑，必是有感情，应该不愿失去姑姑，我想……”话语说到一半，远处传来熟悉的脚步声，她立即顿住。

言宸也听见脚步声，看向窗外。

守在门口的侍画此时低声道：“小姐，铮二公子由世子陪着过来咱们海棠苑了。”

秦铮来海棠苑做什么？而且这是她的闺阁，哥哥竟然还带他来？

谢芳华颦眉，从窗外收回视线，看向言宸，见他也皱起眉头，她低声道：“秦铮这个人想做什么，向来没人能拦得住。既然是哥哥陪同来的，我院子里的人是拦不住他的。你先躲一躲吧！”

言宸点头，站起身。

谢芳华伸手一指大床，低声道：“我的床板下有机关，你打开机关，下面有暗室。”

言宸走向里侧的大床，扭开机关，大床露出一个人的空隙，他轻轻跳了下去。随着他跳下，大床又恢复原样，看不出丝毫痕迹。

谢芳华打开窗子，冷风透过帘幕吹了进来，吹散了几分内室里的气息，她对外面低声吩咐：“若是哥哥问起，就说我在休息，尽量拦住，若拦不住，也不用拦了，让他们进来。”

“是，小姐！”侍画和侍墨垂首应声。

谢芳华走到美人榻上躺下，随手抓了一块薄毯盖在身上，闭上了眼睛，猜测着秦铮来她这里的用意。

不多时，谢墨含和秦铮进了海棠苑。

第三十三章

晚宴

侍画和侍墨迎上前，对二人恭敬地见礼。

谢墨含点点头，温声问：“妹妹呢？”

“回世子，小姐在屋中休息。”侍画低声回道。

谢墨含停住脚步，看向秦铮，温和地道：“秦铮兄，妹妹今日太累了，现在在休息。你且安心，她无事，就不必看了吧！”

“不行，看不到她我不放心。”秦铮摇头。

谢墨含无奈，看着他：“秦铮兄，你不放心什么？她的病又不是一年两年了。”

秦铮瞅了谢墨含一眼，眸光意味幽深：“子归兄，正因为她的病不是一年两年了我才不放心。你要知道，她如今赐婚给了我，我也立了誓言，她的命可牵扯着我这条命。她若是有个好歹，我岂不是也不能活了？所以，你觉得我都到这里了，不见到她能回去吗？”

谢墨含失语。

秦铮不再说话，缓步向主屋门口走来，没人引路，他看起来却对此地熟悉无比。

谢墨含只能跟在他身后，连连摇头。

侍画和侍墨得了谢芳华的吩咐，既然世子都拦不住，她们更不可能拦住人，于是齐齐快走一步，在秦铮到达门口之前打开了房门。

侍画对里面轻声道：“小姐，世子和铮二公子过来看您了。”

谢芳华不答话。

侍画和侍墨打开房门，退在一旁，挑着门帘请谢墨含和秦铮入内。

秦铮脚步轻缓地进了屋，如出入自己家一般随意，进屋后，一眼便看到躺在美人榻上的谢芳华。她闭着眼睛，似睡非睡，眉目安然，气色娴静。脸庞已经不再如今日进宫时那般苍白无血色，虽不红晕，但有着淡淡的光泽。身上盖着薄毯，玲珑纤细的身子若隐若现，华贵典雅的闺阁内，她静得如一幅画，让人不忍打扰。

秦铮本来随意的脚步倏地定住，静静地看着她。

谢墨含跟在秦铮身后，见他停在门口不再往里走，询问道："秦铮兄？你可看到了，妹妹是不是在休息？"

秦铮眸光动了动，嗯了一声。

"她怎么样？我说无恙吧！这回你该放心了。"谢墨含向里面看了一眼，越过秦铮，隐约地看到了躺在美人榻上的谢芳华。

秦铮又嗯了一声。

"女子闺阁，向来除了亲人兄长弟妹外，不邀外男入内。虽然她与你有了婚约，但是大婚总归是还要三年，这三年之内，也许还会有什么变数。"谢墨含低声道，"你还是要顾忌点儿妹妹的名声，看一眼便罢了，不适合待得太久……"

"不会有什么变数。"秦铮收回视线，回头看了谢墨含一眼，话语清淡，但不容置疑。

谢墨含顿住，看向秦铮，只见他不但没听他的话立即出去，更是向谢芳华走去，他一时间不知道是该拽他出去，还是跟进去。

第一次觉得若没有和秦铮相交多年就好了，他这个大舅兄面对妹妹和他不知如何处理。

秦铮来到谢芳华面前。美人榻矮，她躺在上面，长裙的裙摆和身上盖着的薄毯尾曳在地，她云鬓下留着的长长青丝也顺着矮榻落在地上，他居高临下地看了她片刻，缓缓蹲下身，握住了她露在薄毯外的纤纤素手。

谢芳华微微一颤，手指蜷了蜷。

"就知道你是醒着的。"秦铮蓦地笑了，眉目语气有些得意。

谢芳华睫毛颤了颤，到底是忍不住，睁开了眼睛，眸光闪过一丝恼意。她若是不醒来，指不定他还会做什么，从他手中抽出手，她坐起身，看着他："你来做什么？"

秦铮蹲在美人榻前，微微仰头看着她，随意地道："过来看看你！"

"我很好，你可以回去了。"谢芳华冷静地道。

秦铮挑了挑眉："我刚来，便赶我走？"他顿了顿，站起身，意有所指地道："在凤鸾宫里是谁抓着我的袖子不让我离开的？"

谢芳华脸一红，低叱道："那怎么能一样？"

"哦，是不一样。"秦铮顺着她的话道，"那里是皇后的寝宫，当时有皇后在，有我娘在，有我姑姑在。你有点儿怕她们盘问你，所以，拉上了我做挡箭牌。"

谢芳华不说话。

"你觉得爷是那么好利用的吗？你想利用的时候就利用，利用完了就扔了？天下哪里有这么便宜的事儿？”秦铮顺势坐在一旁的椅子上，似笑非笑地看着她。

谢芳华哑然，片刻后，不禁恼道：“秦铮，你到底想怎么样？”

“想怎么样？我不是告诉你了吗？想娶你。”秦铮看着她。

谢芳华颦眉，嘴角上翘，眉目沾染上一丝轻讽：“英亲王府的铮二公子人人想嫁，能从南秦京城的南城门排到北城门，怎么也轮不到忠勇侯府的谢芳华的。我竟不知道我哪里得了铮二公子的意了？”

秦铮看着她，眉眼涌上一抹清傲不屑：“别人想嫁，我偏不娶，我就想娶那个不想嫁的。你哪里得了我的意，慢慢我会让你知道的。”

谢芳华忍不住唾骂：“犯贱！”

“爷就乐意犯贱！”秦铮忽地笑了，被人骂了，不但不恼，甚至有些志得意满。

谢芳华彻底对他没了话。

“秦铮兄，你可真是……”谢墨含见秦铮没有立即走的意思，妹妹这般冷静坚忍的人，在他面前，就如他一样，根本就无计可施，他只能走进屋，对他连连摇头。

“子归兄，你认识我也不是一日两日了，不必这副样子，像是我强求了你妹妹一样。”秦铮拿起茶壶，给自己倒了一杯茶，抿了一口，笑道：“她心里也许是喜欢我并且欣赏我同意我看重我的呢！”

“真不知道你哪里来的自信。”谢墨含也忍不住笑了。

“否则，她为何在我逼迫时不当场撞墙或者自杀？”秦铮扬眉，“那样的话，这一桩婚事自然就结不成了。当时在灵雀台，她有机会撞墙或者自杀不是吗？”

谢芳华大怒，忍不住抓起身边靠着的枕头对他当头砸了过去：“我的命金贵着呢，费心费力活了这么多年，凭什么为你撞墙自杀？”

秦铮接过枕头，看着谢芳华恼怒的脸，笑意深深：“我本来还以为你真是手不能提肩不能挑，如今看来是我多虑了。你不发病的时候很好，想来，这期间若是寻求到神医的话，三年后，你身体康复，还真能好模好样地嫁给我。”

谢芳华伸手捂住心口，想催动功力发病，但看到秦铮那可恶的嘴脸，又打住。在这里发病皇宫里那些人又看不到，白白便宜秦铮了，她只能恼怒地瞪着他。须臾，想起什么，平息了怒火，对他绽开一抹微笑，沉静柔弱地道：“铮二公子抬举了，既然如此，我也希望能找到神医，让我活得久些，也让你活得久些。”

秦铮点点头：“理当如此。”

谢芳华躺回软榻上，闭上眼睛，不想再理他。

谢墨含第一次见到他这个妹妹被秦铮气得动手砸人的模样。从记事起，他这个妹妹一直是一副沉静冷静的模样，哪怕当年那么小小的一团，也不曾看到她为谁或者因什么事情惊慌失措轻易动怒。他一直以为她天生性情就是如此，今日才知道原来不是。那是因为她的好脾气没遇到秦铮这样的混账。说混账都是抬举秦铮了。他伸手揉揉额头，看着二人，忽然对秦铮要娶他妹妹的心思不是那么排斥了，无奈地笑道："秦铮兄，你来也来了，坐也坐了，还将我妹妹惹恼了，如今也该走了吧！"

秦铮点点头，站起身，对谢芳华道："我走了！"

谢芳华当没听见。

秦铮也不啰唆，说走就走，转眼就出了房门。

谢墨含立即跟了出去，走到门口，他看着秦铮手里的枕头，忽然道："秦铮兄，你手里拿着它做什么？"

"她给我的，我自然要带走。"秦铮道。

谢墨含一噎，看着他手里的枕头。这个枕头的枕面是他和谢芳华的娘生前绣的，妹妹一直很珍视。他想着若不是去无名山不能暴露身份，当年她怕是会带去无名山，如今回来就枕上了，刚刚她若不是气怒得险些失控，是不可能拿它来砸秦铮的。如今被他带走的话……

谢芳华果然很快就回过神来，推开毯子下了美人榻，几步来到门口，挑开帘幕，对秦铮道："你站住！"

秦铮回头看着她，漫不经心地扬了扬眉："舍不得我走？"

"侍画，去将枕头拿回来！"谢芳华吩咐侍画。

"是，小姐！"侍画立即应了一声，走向秦铮。

"我不喜欢乱七八糟的女人离我太近，你确定让她过来？"秦铮看着谢芳华。

谢芳华眉峰拧紧，不禁柔软了语气："你拿着一个枕头做什么？传出去岂不是让人笑话？你不怕笑话，我还怕呢！"

"你怕？"秦铮失笑，"没看出来！"

谢芳华板起脸，抬步走出房门，向他走去："拿来！"

秦铮等着她走近，比她高了一头半的脑袋歪着打量她，眸光有某种情绪闪过，忽然道："我的听音应该也是喜欢这个枕头的。"

谢芳华脚步一顿。

秦铮笑如春风地又道："我给了她三日的假，她如今不在英亲王府，但是三日后回去看到这个枕头，应该会很欢喜。"话落，见谢芳华的脸寒了下来，他声音忽然低柔，凑近她，道："你应该知道吧？听音是我的婢女。她与你……不同的。"话落，转身向海棠苑外走去。

谢芳华抬了抬脚，到底没追上去，她太了解秦铮了，到他手里的东西，夺过来没那么容易，除非毁了它。但是她能毁了那个枕头吗？自然不能！

这一刻，她忽然明白了，秦铮今日来这里的目的就是警告她，三日后听音必须回去。

就算她没对他扔枕头，他也会有别的理由来威胁她。

这个混账！

“秦铮兄，你拿我妹妹的枕头出去怎么好？”谢墨含看了谢芳华一眼，追上秦铮。

“大舅兄，我没觉得不好，我自己出府，你不用送了。”秦铮头也不回地挥挥手，转眼出了海棠苑。

谢墨含被他一句“大舅兄”给呆呆地定在了原地。

谢芳华收回视线，看向谢墨含，面色恢复平静，温声道：“哥哥，你今日也累了半日了，回自己院子休息一会儿吧！晚上还有晚宴。”

谢墨含回过神，看着谢芳华，有些恼怒地道：“你听明白他说的话了吗？他是要你……他这个疯子！抓个婢女还舍不得放手了？”

谢芳华轻轻哼了一声：“听明白了。”话落，对他道：“反正我也没打算闷在闺阁里做忠勇侯府的小姐，到底是深闺女子，行事不方便，算了，就依了他吧。”

谢墨含伸手扶额，沉默半晌，似乎也想不到好对策，于是抛开秦铮，对她道：“今日的晚膳有改动，爷爷特意放出了话，旁支族亲不出五代的谢氏子弟都可以来忠勇侯府过年吃团圆饭。”

谢芳华挑眉：“爷爷还嫌事儿少？”

谢墨含叹息一声：“爷爷今日在宫宴上被谢伊的话触动，出了宫宴，看着浩浩荡荡的谢氏族人，分属同根，便有了这个安排。”

谢芳华点点头：“我知道了！”

“我今日是歇不上了，你再去歇一会儿吧！时间不早了，稍后应该会有人陆续进府了，我去安置。”谢墨含道。

谢芳华点点头。

谢墨含丢下一句话，出了海棠苑。

谢芳华在院中站了片刻，转身回了屋。

屋中，言宸已经从暗室里出来了，站在窗前，一身黑衣的背影有些寡淡孤冷。屋中火炉温暖，似乎也驱不散他身上的寒气。

谢芳华脚步顿了一下，走到他身边，伸手关上了窗子。

“原来还真是有能治你的人。”言宸忽然道。

谢芳华手一顿，偏头看着他。

言宸蒙在面巾里的脸让人看不到表情，只一双眸子，看起来幽深淡漠孤寡凉寒：“秦铮对你志在必得，而你对他，也不是那么厌恶反感。”

谢芳华抿了抿唇，慢慢地撤回手，拢了拢散乱的青丝，声音清淡：“不管他是不是志在必得，我都有我坚守的东西，除非他帮我，而不是阻挡我。”话落，停了一下，又道：“我的确对他不厌恶反感，秦铮虽然混账些，但不得不说是个人物。”

“你欣赏他！”言宸忽然转过身。

谢芳华一根青丝被她的手无意识地扯落，笑了笑：“你不如说我佩服他有这么一副比城墙还厚的脸皮和死猪不怕开水烫的混账胆子。”

言宸忽然笑了：“的确！”

谢芳华拢好头发，转移话题：“月前让你查的事情可查出眉目了？另外关于漠北秦钰的事情，可有什么话音返回？”

言宸正了神色，收起笑意，沉声道：“所有谢氏族人的产业都打探清楚了。”话落，他从怀中拿出一个黑本子，交给谢芳华，“你看过这个就明白了，我都记录在册。”

谢芳华接过，翻开扫了几页，笑着褒奖道：“我就知道交给你定然不是问题。”话落，她抖了抖手中的黑本子，叹道：“若说谢氏繁华，忠勇侯府占了不到十之一二，其余这些，都是谢氏族人的产业和势力，连我见了都心惊，怪不得皇上不除不快了。”

言宸看了一眼，声音清冷：“若你知道我联合秦钰出了问题的话，你就不会说交给我定然不是问题了。”

谢芳华挑眉看着他：“怎么？”

言宸眼底有些深沉：“秦钰盯上了我们。”

谢芳华眯了眯眼睛：“暴露了？”

言宸摇摇头，语气莫测：“目前还没有！”

“姓秦的果然一个个都不是吃素的！”谢芳华将黑色的本子收进了怀里，坐在桌前，对他道：“说仔细些！”

言宸跟着谢芳华坐下，漠然道：“我派了七星亲自去了漠北军营，秦钰当时就动手扣押了七星，逼问我们的身份和底细。”

谢芳华面色忽地一冷：“七星不能说是天机阁武功最好的人，但一定是最机敏警觉聪明的人，秦钰竟然有能力扣押了七星？”

言宸沉声道：“七星如今还在他手里，到底是他一人扣押了七星，还是有人相助，或者是设了圈套，具体情形不可知，要等救出七星之后才能知道。”

谢芳华脸色有些沉：“好个秦钰，怪不得哥哥说他跟秦铮一样不能招惹。”

言宸看了她一眼，没说话。

“也就是说，七星本来带着你的命令去找秦钰谈判，却被秦钰扣押，至今没放人。他想要探查我们的底细和身份，揪出幕后的人，是吗？”谢芳华冷静下来。

言宸点头：“是！”

谢芳华抿唇，手放在唇瓣沉思片刻，沉静地道：“我本来想的是联合秦钰，助他回京，保他坐上太子之位，甚至将来的皇权之位。这条路漫长，在这期间，我们已经能和他有着丝丝绕绕的牵连，一朝他回京掌权后，我们将来可挟恩来保谢氏。但是如今他不是受伤的小白兔，而是一头潜伏的猛虎，落得贬黜流放漠北的下场，竟然还有锋利的爪子能反手抓人。可见就算不依靠我们，他怕是也能自己回来，这样一来，就不能小看了，将来我们的恩也挟不起来。所以，此路到底是不通的。”

言宸沉默。

“再派一个人去，告诉他，若不想合作，我们势必全力阻止他想回京的路，他这一辈子就不用回京了。另外，皇后的宝座也不必再坐了。皇上不止他一个儿子，皇子不止他一个，我们会扶持一个肯赏脸合作的人。”谢芳华揣测片刻，说道。

“其他皇子是可以选择，但是不出彩的和窝囊废我们要来又有何用？即便驾驭得轻而易举，但是不能小视如今龙庭上坐着的那个天子。我们没有那么多时间再去培养一个能立得起来的人。秦钰离京去漠北近三个月了，三皇子、五皇子至今都没敢做什么动静，可见不堪大用。而秦钰即便去了漠北，这京中也没人会忘了他，不但没忘，还时常提起。况且，这些皇子如今都在皇帝的眼皮子底下看着，我们若有个动静，便会打草惊蛇。目前，所有皇子里只有秦钰最合适。”言宸思索片刻，看着谢芳华，沉声道：“威胁的确是个方法，但是背后的动机更会成为他盯上我们的理由。甚至，他的眼睛怕是会被引来京城，逐一排查的话，难保不盯上忠勇侯府。”

“三皇子、五皇子目前虽然没动静，也不一定就是不堪大用。毕竟秦钰刚离开，他们不宜有动作惹皇上猜忌。如今皇上正值壮年，皇子们都成年了，政权还不到交替的时候，众人目前盯着的也不过是太子之位，有什么动静还过早。”谢芳华齿缝微寒，“皇上还没立太子。南秦京城不光忠勇侯府是虎，左相府也不差。只不过比起来，忠勇侯府这只虎更大些罢了。所以，宁可要他盯上忠勇侯府，也不能让他盯上天机阁。天机阁我是要留着的，不能棋局才开始，就暴露了。”

言宸点点头：“既然如此，我们如今是不是要改变个策略对付秦钰？”

谢芳华眸光微缩：“自然，不能挟恩，就挟仇！他不是还有锋利的爪子吗？我们就先给他砍掉！”

言宸蹙了蹙眉：“怕是没那么容易，他自己的人跟去漠北不少，另外还有皇室隐卫在暗中保护，皇后的人也有一部分在他身边。他的前后左右手不好砍。”

“不好砍不是不能砍！”谢芳华笑了笑，看着言宸，“我们了解皇室隐卫，不怕，甚至更容易动手，不是吗？别人也许动不了他，但是我们能动得了他。”

言宸也笑了：“这倒是。”

“那就先救出七星，之后再让他知道知道厉害。”谢芳华眉目清凉，指尖在桌面上绕了个圈，“再派个医者去北齐皇宫联络北齐王。当然，以忠勇侯府爷爷的名义。北齐王既然爱重姑姑，想必也不想她病重不治，就算她救不过来，离开人世之后也不该背上通敌卖国的罪名。我如今是离不开京城了，若是能离开，我便亲自去了。”

言宸点点头，思索片刻：“京中目前用不到我，不若我亲自去一趟北齐？”

谢芳华神色一顿，看着言宸。

“你父母均不在了，只有这一个姑姑。我的医术虽然不如你，但总比北齐皇宫那些御医强。”言宸道，“顺便，我也能路过漠北，救出七星。另外看看秦钰到底有什么打算！”

“你能亲自跑一趟最好不过。”谢芳华抿了抿唇，对他绽开一抹笑，分外温暖。话落，忽然想起今日收到漠北戍边舅舅的那一封信，蹙了蹙眉，又道：“不久前，秦钰向我舅舅提亲于我。今日哥哥收到了信。”

言宸一怔，目光骤然发紧：“秦钰向你提亲？要娶你？”

“信中是这样说的。”谢芳华点点头，将今日看到的那封信的内容大致说了一遍。

言宸静默下来。

谢芳华也静默不再说话，对于今日看到舅舅给哥哥的那封信，她也惊异不已。

“我到漠北之后探探他的底牌再说吧！”言宸站起身，“我将轻歌给你调来京城，联络还用老方法。你有什么事情吩咐他。”

“好！你路上小心！”谢芳华也站起身。

言宸点点头，话语既止，不再逗留，出了房间，不多时，便悄无声息地离开了海棠苑。

谢芳华在窗前坐了片刻，感觉今日极累，便站起身去床上休息，但睡不着，便靠着床榻拿出言宸交给她的那个黑本子打开仔细地看。

大约过了一个时辰，侍画在外面轻声道：“小姐，您在睡吗？”

谢芳华摇头：“没有！”

“还有半个时辰晚宴就开始了，谢氏旁支族亲都到得差不多了，您是否梳洗一下过去？”侍画听闻她没睡，推开门走了进来。

谢芳华将黑色的本子看完最后一页，缓缓收起，懒洋洋地倚着床榻不想动。

侍画走到窗前，看着谢芳华，犹豫了一下，轻声建议：“小姐若是不想动，晚宴便不参加了吧！反正您是因为犯了病才被从宫里送回来休息的，今日晚宴不出现，也没人奇怪。”

谢芳华摇摇头：“爷爷和哥哥盼了我八年，我才能回家与他们团聚，家宴怎么能不参加？劳累不算什么，我也正好要见见一些人。”

“那奴婢侍候您梳洗？”侍画闻言伸手扶她下床。

谢芳华点头，就着侍画的搀扶下了床榻，侍墨从外面打来水，她净了面，坐在菱花镜前，简单地绾了个云鬓。

不多时，收拾妥当，侍画看着谢芳华莹润的脸色，有些为难：“小姐，您这脸色与在宫宴上相差太远，难道还要吃药？”

谢芳华扯动嘴角，有一抹凉意：“不用，盖上面纱就行了，在这个家里，还有谁敢掀开我的面纱来看？”

侍画觉得有理，立即取来面纱给她盖在头上，又拿来披风为她披上。

三人刚踏出房门，就见侍书匆匆进了海棠苑，他乍一进来，便看到三人正要出门，立即停住脚步，给谢芳华见了一礼，恭敬地道："人几乎都到齐了，老侯爷和世子派我过来喊小姐。"

"在爷爷的荣福堂设的宴吗？"谢芳华问。

"人太多，荣福堂招待不过来，在后院的金玉轩也设了十桌。荣福堂里面坐的都是辈分高的长者，金玉轩里面坐的都是小辈们。"侍书道。

谢芳华点点头，对他摆手："你去告诉爷爷和哥哥，我这就过去。"

侍书应了一声，快步出了海棠苑。

侍画和侍墨搀扶着谢芳华也随后走出了海棠苑。

路过芝兰苑，便看到前方不远处的汀兰水榭里或坐或站七八个人，均是清一色的年轻男子，有两三个人和她哥哥年岁相差无几，有几个人是与她一般年岁的少年，人人衣着华贵。

只有两个人是正面对着这边，其余人或背对着，或侧坐着。每个人除了衣着华丽外，均是体态如常，没有肥胖臃肿者。正面那两个人容貌俊秀。

今日来忠勇侯府的人，都脱离不了一个谢姓。显然这些人都是谢氏年轻一辈的子弟。

"小姐，这些人应该是谢氏旁支的几位少爷，咱们要不要换一条路走？"侍墨低声问。

谢芳华停住脚步，看着前方，那些人似乎在玩掷骰子，有几个人在玩，有几个人在观看，分外热闹。她摇摇头："不必了。"

侍画和侍墨扶着她继续向前走。

正对面坐着的两个年轻男子忽然抬起头向谢芳华看来，其余或背着身子或侧着身子的人大约听到脚步声，也齐齐转过头看来。

刚刚的热闹顿时止住，一时间汀兰水榭鸦雀无声。

谢芳华脚步不乱，缓缓进了汀兰水榭，扫了众人一眼，暗叹谢氏繁华是其一，谢氏子弟惯出人杰是其二。金銮殿上的那位九五之尊也许不光是不能容忍谢氏太繁荣，更不能容忍的是谢氏子孙太出色。谢氏两者加一，的确犯了忌讳。

"给各位少爷请安，这是我家芳华小姐！"侍画和侍墨对看一眼，打破沉静。

众人齐齐回过神，互相看了一眼，都有些惊异。今日他们这里面有几个人是进宫参加宫宴了的，当初在忠勇侯府大门口时，不过是匆匆一瞥。进宫后，直到宫宴前也不曾见过谢芳华，宫宴时，也仅看了一眼，她便发病退了场。如今这是真真正正地面对面见到了人，一时间都有些不知所措。

还是两个年长的年轻男子当先开口，行了一礼，"芳华妹妹！"

"芳华姐姐！"有人开了头，其余几个少年也跟着连忙见礼。

谢氏族亲庞大，支系繁多，以忠勇侯府为中心，向外围一圈圈扩散开，每一个圈子里也都有着各自的规则。对于谢氏各府各房的小姐们他们自然时有相见，但是对于谢芳华，却是从未得见，见她静静柔弱地站在那里打量他们，都不约而同有些紧张。

虽然他们也不明白这种紧张从何而来，她不过是个带病不出府门的小姐而已，无非就是身份因为是忠勇侯府的小姐而高贵于其他旁支的小姐，但就是一时间觉得有一股莫名地被盯着的压力，手脚无处安放的感觉。

谢芳华静静地将每个人打量了一遍，款款微笑："各位兄长兄弟们，芳华有礼了！"

虽然她没躬身见礼，但是众人都诚惶诚恐地避开她的正面。

中间一位年长的男子最快恢复神色，对她笑道："芳华妹妹的身子好些了吗？今日参加晚宴无妨吗？"

"这位是长房的溪二哥吗？"谢芳华看着说话的男子，他身穿浅紫缎面软袍，腰间挂了一块玉佩，玉佩上刻着一个溪字。若没猜错，他应该就是长房敏夫人的二儿子谢林溪。

谢林溪似乎没想到她能点破他的身份，微微一怔，见她目光落在他腰间的玉佩上，这才了然，莞尔："正是我。"

"我的病时好时坏，宫宴没能参加上，晚宴总要参加。这么多年了，也该见见咱们谢氏族亲的长辈和兄弟姐妹们。"谢芳华回答他刚才的话，目光移开，一一看向其余的人，道出每个人的身份，"二房的林哥哥、三房的芩哥哥、四房的芸弟弟、五房的炎弟弟。"话落，又看向最后两个人，"族长爷爷家的云青哥哥和谢氏盐仓家的传人云继哥哥。"

几人齐齐露出讶异的表情，按理说她能道出谢林溪的身份，是因为他腰间的玉佩，但是除了他，只有两个人此时佩戴着玉佩。其余几人，有一个人腰间的玉佩是反着挂的，背面仅仅是图腾，还有两个人今日没有佩戴玉佩，就是谢云青和谢云继。

她能准确无误地道出几个人的身份，怎么能不令人讶异？就算她身边跟着的两名婢女，他们在场的这些人也不曾见过。

"几位兄弟很好认的，我虽然闭门不出，但是常听哥哥说起你们的衣着和神态做派，便也就能认出来了。"谢芳华笑了笑，有些柔弱虚软，"晚宴要开始了，我现在便过去，几位是还在这里玩耍还是与我一起过去？"

众人听她提到谢墨含，顿时恍然，打消讶异，都不由笑了。

谢林溪看了几人一眼，又看看天色，道："时候不早了，我们过去吧？如何？"

谢云继看了左右一眼，见无人反对，点了头道："时辰的确不早了，芳华妹妹先请！"

谢芳华不再逗留，侍画和侍墨扶着她当先离开了汀兰水榭。

身后众人收拾了桌子上的骰子，跟着她出了汀兰水榭。

走了一段路，谢芳华一直感觉后面人的视线聚在她身上，其中有一道目光带着强烈的审视，还有一道目光带着温和的评判。因为后面跟着的人多，她不能判断出是哪两个人的目光，便突然停住脚步，转回了头。

众人见她突然回头，都堪堪止住了脚步，看着她，那两道目光在第一时间消失无形。

谢云青怔了怔："芳华妹妹怎么不走了？"

谢芳华笑了笑："我想起来忘带了一件东西，不过也没什么打紧。"话落，转回了身。

侍画和侍墨齐齐看了谢芳华一眼，虽然相处的时间短，但也知道小姐绝对不是落下了什么东西忘记拿。

小小的插曲并没产生什么影响，只是那两道目光再没出现在谢芳华的后背上。

不多时，一行人来到了荣福堂。

荣福堂分前院和后院，荣福堂是正中主院，金玉轩是荣福堂的后院。

侍书站在荣福堂门口，他旁边站着谢伊，侍书规矩地站着，谢伊正踮着脚往外看。

当见到谢芳华来了，谢伊一喜，提着裙摆小跑了两步，来到她面前，欢喜地叫了一声："芳华姐姐。"

谢芳华对她笑了笑："怎么没进里面去坐？"

"我在这里等你。"谢伊看着她，因为她盖着面纱，眉目隐约，让人看不甚清，她小心地问："芳华姐姐，你的身体好些了吗？我早就来了，本来想去你的院子找你，我娘不让我去，说怕打扰你休息。"

"好些了！"谢芳华点点头。

谢伊见她看起来是好一些了，顿时打消了顾虑，伸手去挽她的胳膊，侍画和侍墨退后了一步，由她挽着谢芳华。谢伊笑盈盈地道："芳华姐姐，你还不知道吧？就在刚刚，姐夫竟然也来了。"

谢芳华一怔，看着谢伊。

"就是铮二公子，你进去看看就知道了。"谢伊吐吐舌头，看向内院正屋，这时，帘幕挑开，秦铮正从里面走出来，她伸手一指，"你看，我没说错吧？他应该是知道你来了，出来接你了。"

谢芳华皱了皱眉，他早先不是离开了吗？怎么又来了？今日是除夕，按规矩，年夜饭是要和家人一起吃，英亲王妃再怎么任由秦铮胡闹，也不能让他来忠勇侯府过年夜吧！

秦铮出了房门，一眼便看见站在门口的谢芳华，他脚步不停，向她走来。

谢芳华由谢伊挽着，看着他走来，站在门口没有动。

片刻后，秦铮来到她面前，见她蒙着面纱，将她全身上下扫了一眼，满意地点点头，须臾，越过她，对她身后跟着的七八个年轻男子挑了挑眉。

第三十四章
表态

“铮二公子！”谢林溪为首，对秦铮拱了拱手。

秦铮勾了勾唇，有些不羁地对他们笑了笑，收回视线，对谢芳华道：“我娘让我来接你去我府里吃年夜饭。”

谢芳华一怔，扬眉看着他。

“你今日与我赐婚，便是英亲王府定下的准儿媳了，大喜的日子，我来接你过府吃年夜饭，也不为过。”秦铮道。

谢芳华皱了皱眉，摇摇头：“我们只是有圣旨赐婚，没纳采下聘，大婚日期也还要三年后才定。你接我去英亲王府吃年夜饭虽然不为过，但也不合礼数。我还算不上英亲王府的人。一日没出门，我还是忠勇侯府的人，合该留在忠勇侯府吃年夜饭。”

“就知道你这样说！”秦铮看了谢伊一眼，伸手去拉谢芳华的手。

谢伊一惊，连忙松开挽着谢芳华的手臂，退后了好几步。

谢芳华想要避开，奈何秦铮动作太快，手被他抓在了手里，她不满地看着他，低声训斥：“这么多人在，你干什么？”

秦铮不以为意：“我知道你不去英亲王府，所以，我今日留在这里陪你过除夕夜了。”

“胡闹！你来了这里，英亲王府怎么办？”谢芳华尽量压低声音。

“我那个大哥将卢雪莹接去英亲王府了，人数还是够的，至于我娘嘛！她说了，我要是请不回去媳妇，让我也别回去了，她今日不乐意见到我。”秦铮不让她挣脱，将她的手紧紧握在手里，如捏面团一般，转眼间便把玩了数下。

由手心传递的热度转眼间便上了心口，不多时，便爬上了脸，面纱下，谢芳华的脸不由得红了，她恼怒地道："我准你留下，你松开我。"

秦铮轻笑一声，凑近她，有些邪恶地道："你蒙着面纱呢，谁也看不见你脸红，怕什么！"

"秦铮！"谢芳华压制着怒气，危险地警告他，"你再不松开，别怪我对你不客气。"

秦铮眉眼笑开，似乎觉得今日此时此刻是不应该惹急了她，便听话地松开了手。

谢芳华立即退后了一步，尽量让自己的声音听起来平静淡然："今日是谢氏的家宴，你来这里凑热闹，我爷爷同意吗？"

"我刚刚与爷爷说了，他同意啊！为什么不同意？我是他老人家的准孙女婿，且今日还给他老人家送了一份大礼，我来陪他吃年夜饭，他高兴还来不及。"秦铮五根手指有些留恋刚刚将那双小手握在手心里的温度，笑吟吟地看着她，"走吧！我们进去！知道我爱吃红烧鳜鱼，爷爷特意吩咐厨房给我加的菜呢。"

谢芳华深吸了一口气，纠正道："是我爷爷，你还没到改口的时候。"

"先锻炼着，免得你我大婚后叫不顺口。"秦铮转过身，丢下一句话，当先往里面走。

谢芳华看着他真将忠勇侯府的门庭院落当成他自己家一般自在随意，谢氏旁支众人在忠勇侯府还跟做客一般规矩谨慎不敢张扬，他倒好，比姓谢的人还像自家人，暗骂了一句，缓步跟在他身后。

谢伊快走两步，追上谢芳华，在她身边低声道："芳华姐姐，姐夫对你真好。"

谢芳华有些好气又有些好笑："你看他哪里好了？"

"我就没见到一个男人如他这般对女人随时随处地护着。可不是好吗？"谢伊道。

谢芳华看了她一眼，见小姑娘眉眼俱是笑意和倾慕，她低声道："将他给你如何？"

谢伊啊了一声，见前面秦铮猛地停住脚步，她小脸唰地白了，一瞬间眼眶发红似乎要哭出来，急着解释道："芳华姐姐，我可没那等心思，我就是觉得姐夫对你好，我……我发誓，若是我有那等心思，让我不得好死。"

谢芳华本来开玩笑，没想到小姑娘顿时立了毒誓。她脚步顿住，偏头看着她，见她这副模样哪里有刚刚的欢快，不由叹了口气，拉住她的手，声音也软了下来，劝慰道："我是开玩笑的。就他这样的恶人，谁敢要他？"

谢伊眼泪还是没忍住流了下来，被谢芳华握住的手有些哆嗦。

谢芳华没想到一句话让她怕成这副样子，她向前看了一眼，见秦铮僵硬着身子站着，没向前走，也没有回头，可见是听到她们二人说的话了。谢伊这样，有一半的原因是怕他吧！不由剜了他一眼，暗暗想着，果然是有他在的地方就有祸端，揉揉额头，她低声道："好了，我真是开玩笑的，别哭了。我信你没有那等心思，我不将他给你。别说是你，天底下打灯笼都找不到这样的夫婿，我谁都不给，行了吗？”

秦铮忽然抬步向前走去。

谢伊周围的压力顿时减退，不由破涕而笑，掏出绢帕抹了抹眼泪，对谢芳华埋怨地瞪了一眼：“芳华姐姐，你以后可别说这样的话了，姐夫听了该多难过？若是别的女人听了，怕是开心死。你要知道，这南秦京城多少人排着队等着姐夫垂青呢！”

谢芳华见她总算笑了，松了一口气，有些头疼地点点头。

“我刚刚给老侯爷和众位长辈请过安了，就不进去了。后面金玉轩给咱们小辈们设了席面，但是你和姐夫的席面是不计算在内的，设在荣福堂里面。等席面过后，我再找你守岁好不好？老侯爷可发话了，今日除夕守岁，可以玩一夜的。”谢伊道。

谢芳华点点头：“好！”

谢伊见她答应，欢喜地向后院走去，走了两步，回过头，对后面招手：“溪哥哥、云青哥哥、云继哥哥，你们早先也给老侯爷请过安了吧？我们一起去金玉轩吧！”

“好！”谢林溪应了一声。

谢芳华不用回头，也知道刚刚秦铮在门口与她这一番闹腾，怕是明日又该传出些流言。不过相比于今日的赐婚，这点儿流言蜚语也不算什么了。她掏出绢帕，捂着嘴低低咳嗽了两声。

侍画和侍墨立即上前一左一右扶住她，问道：“小姐，您没事儿吧？是不是又不舒服了？”

谢芳华摇摇头，有些气虚地道：“没事儿。”

秦铮忽然回头瞅了谢芳华一眼，那眼波似怒似喜，一瞬间叫人难以分辨他心中到底在想什么，片刻后，他对谢芳华道：“刚刚可是你说的，以后不准反悔。”

谢芳华抬头看着他，她说了什么？不准反悔什么？

“你说天底下打灯笼都找不到这样的夫婿，你谁都不给。”秦铮盯着她，咬牙道：“我可是记住了。你若是以后敢再说刚才那样的话，我就跟你没完。”

谢芳华脸一红，隔着面纱瞪了他一眼，没说话。

“秦铮兄，女儿家面皮子薄，你不要总是逗弄她。”谢墨含从正屋出来，正巧听到这句话，无奈好笑地道。

秦铮掩唇咳嗽了一声，脸也有些红，但不躲不避地看着谢芳华的眼睛，求证道：“你还没表态呢！到底反悔不反悔？”

“不反悔！”谢芳华声音几乎是从牙缝里挤出的，再纠缠下去，这里的人都该看笑话了。

秦铮满意地收回视线，大摇大摆地进了正屋，看那姿态，怎么看怎么轻快得意。

谢芳华用绣花鞋踱了踱地面，也抬步走进屋。

谢墨含笑着摇摇头，也转身跟了进去。

荣福堂的画堂十分宽敞，每次谢芳华进来的时候，都觉得这里太空荡了。可是今日进来，看到排排坐满的人，又觉得实在太挤了。冷清和繁华走在了两个极端，怎么看都是反差太大，忠勇侯府与谢氏，其实就是生活在一个家族下的两个世界的人。即便有这样和睦坐在一起的除夕夜，也不能改变内部其实不是那么融洽的事实。

秦铮已经自顾自坐去了忠勇侯身边，端起酒壶给忠勇侯倒酒，比谢墨含这个孙子、谢芳华这个孙女看起来都像自家人。

谢芳华忍不住白了秦铮一眼，他这是在做什么？笼络老人心？

“华丫头来了？”忠勇侯见谢芳华进来，笑呵呵地对她招招手。

“芳华给爷爷拜年，给各位爷爷叔伯拜年！”谢芳华躬身，柔弱虚软地见礼。

众人都连忙摆手，笑呵呵地让她起身，说一些别劳累仔细身子骨之类的话。

谢芳华由侍画和侍墨扶着起身，本来忠勇侯身边的位置是给她和哥哥留的，但是如今秦铮挤着占了一个位置，她向秦铮看去。

秦铮扬唇一笑，对她道：“你坐我身边。”

谢芳华站着不动。

“对，华丫头，你坐铮小子身边。”忠勇侯点头，见谢芳华站着不动，训斥道：“扭扭捏捏做什么？如今你们都赐婚了，以后就是一家人了。这里面谁还不知道你以后会嫁给他？还不快坐过来！”

谢芳华暗骂一句，秦铮是怎么将爷爷给哄住的？难道是仅仅一个大闹灵雀台逼婚，就让老人家怎么看他怎么顺眼了？她无法当着这么多人的面反驳，只能走过去，坐在秦铮身边。

侍画和侍墨站在谢芳华身后侍候。

谢墨含走到另一边坐下。

“人都到齐了吧！开席吧！”忠勇侯大手一挥，显然十分高兴。

侍候的小厮婢女将饭菜陆续地端上来，不多时，菜色上齐。众人见忠勇侯高兴，也不再拘谨，吃菜的吃菜，喝酒的喝酒，一时间荣福堂的画堂内热闹起来。

谢芳华因为中午吃饭有些晚，又不曾走动，所以并不饿，坐在秦铮身边，静静地打量席间的人。今日在荣福堂里面坐着的人，被屏风隔开了男女席面。

六桌男席，四桌女席。当然这些都是有资格来忠勇侯府参加晚宴的人。

上一世，谢氏旁支族亲里面的主要人物她并没有全部都见过，她爷爷也不曾借着除夕夜宴开过这样的席面。忠勇侯府什么也不做，还能被皇室忌惮，更何况召集谢氏所有旁支族亲来忠勇侯府齐聚这种事情了！若是在上一世，这样的事情，爷爷是一定不会做的。

这一世，也许因为她，她坚持要守住忠勇侯府不倒，谢氏不绝，所以，无论是她的爷爷，还是她的哥哥，都被她所影响有了改变。

这种改变，对于她来说最好不过。

“在看什么？这些老头子难道有你身边的我长得好看？”秦铮偏头瞅了谢芳华一眼。

谢芳华也转头瞥了他一眼，还是少年的男子分外好看的眉眼斜斜地上挑着，因为喝了酒，清俊的面上染着淡淡的红色，一双眸光被酒意熏染，甚是明亮。她转过头，她不知道世间还有没有比秦铮长得更好看的男人，李沐清和她哥哥算是男子里面的翘楚，但是也的确不如身边这个人俊逸醒目。也许基于他性格的原因，整个人太过惹眼张扬，反而让他的容貌成了其次。就如她每次对着他，都不会最先注意他的样貌，而是被他混账到令人恨不得踩扁他的轻狂和张扬引去视线。

秦铮看着她，忽然乐了，低声道：“你是不是已经发现了我长得还算配得上你？”

谢芳华忍不住抬脚在桌案下踩了他一脚。

秦铮啊了一声，声音有些大。

众人被秦铮这一声突然的痛呼吸引过来了视线，都看向他。

忠勇侯也转过头，问道：“铮小子，你怎么了？”

秦铮诚实地告状：“爷爷，她踩我。”

忠勇侯皱眉，看向谢芳华，见她低着头静静地坐着，仿佛没听到秦铮的话，他道：“一定是你惹了她，你做什么了？”

秦铮有些无辜，耸耸肩：“我就对她说，这南秦只有我才能配得上她。”

忠勇侯捋捋胡须：“这话倒也没错！”

谢芳华翻了翻眼皮，实在不敢苟同这二人的想法。

忠勇侯摆摆手，对谢芳华道：“丫头，以后就是一家人了，你别欺负铮小子。放眼这南秦，怕是也就他敢当着皇上的面逼婚娶你。往后啊，你们要互敬互助，不要唱对台戏。他从今日之后有皇上惦记着，肩上的担子怕是不比你轻。”

秦铮闻言大乐，端起酒杯，对忠勇侯道：“爷爷，你可真好，干杯！”

忠勇侯端起酒杯与他碰杯，警告道：“你小子也别得意，我这孙女不是什么人的账都买的。她不准欺负你，你却不能欺负她。否则，我不治你，你怕是在她手里也好过不了。”

秦铮扬了扬眉，颇有些意气风发：“您放心，她欺负我也没事儿，我任她欺负个够！”

忠勇侯府哈哈大笑，杯中酒一饮而尽。

秦铮一仰脖，一杯酒痛快地下了肚。

谢芳华揉揉额头，多年没听见爷爷如此畅快大笑了，可见他对于秦铮是极其满意的。

谢墨含在一旁看着爷爷大笑，也不禁露出笑意，他是无论如何都没有想过秦铮会做他的妹婿。虽然还要三年才大婚，但是他觉得也好，若是秦铮真心，若是三年内妹妹能打开心结，大婚后定是一门好姻缘。

众人见老侯爷今日高兴，都纷纷上前敬酒。

忠勇侯喝了几杯酒后，再有上前者，秦铮便站起身代替挡了，他飞扬的眉目笑意轻扬，对人和气，不见跋扈："爷爷年岁大了，禁不住喝太多酒，我算是准孙女婿，代替爷爷喝酒也不为过吧？各位爷爷叔伯，以后我也算是谢氏的半个人了，承蒙多多照顾。"

谢芳华嘴角抽了抽。

众人对看一眼，哪里敢不买铮二公子的面子？谁的眼睛都不是瞎的，谁的心肝都不是傻的，秦铮连皇上都敢顶撞，这南秦举国上下他还怕谁？就算没有忠勇侯府女婿这个身份，他英亲王府铮二公子的身份能踩着左相的马车过就没人敢不买账。于是，众人纷纷笑着点头，连连说二公子客气！以后就是一家人云云。

不多时，秦铮便二三十杯酒下了肚。

谢芳华坐在一旁皱眉。

谢墨含见秦铮转眼间就喝了这么多酒，也坐不住了，起身为他挡了一部分酒。但是他身体不好，几杯酒下肚，便不由得咳嗽了两声。

"子时还有烟火可看，酒水不宜喝太多，差不多就适可而止吧！别到时候看不了烟火。"忠勇侯见也差不多了，摆摆手止住还欲上前敬酒的人。

虽然有的人还想借机与秦铮套近乎，但是一见忠勇侯出面，也就作罢。

"不错！烟火可不能错过！"秦铮放下酒杯，身子往后靠在椅背上，三分懒散，七分醉意，明明是十分，却偏偏拿出了十二分的贵公子做派，其余多那两分让他在今日的荣福堂里如明珠一般璀璨夺目。

谢芳华揣测着这二三十杯紫兰醉酒下肚后，有多强的后劲。今日子时要跟他看烟火，她可不想被他闹腾，便对身后吩咐："去弄一壶解酒茶来。"

"是，小姐！"侍画点点头走了出去。

秦铮看向谢芳华，忽地笑了，眸光如碎了一层霞光。

谢芳华不看他，不动声色地打量今日荣福堂里面的几个重要人物。一个便是谢氏的族长，一个是谢氏长房的大伯，还有一个是谢氏六房的六叔，再有一个是谢氏盐仓退居幕后的掌舵人，还有一个就是如今掌管着谢氏米粮的当家。

谢氏族长，统领着全族人每逢年节进行祭祀事宜，族中子弟犯了错误，被告到族长处，由族长带着族中长者依照族规处置。另外族里的族学和田宅也是由他管着。所以，虽然他不如忠勇侯位高权重，但也是谢氏的领军人物，不是一般人能坐得住这个位置的。

谢氏长房的大伯，是个精明的人，能娶敏夫人这样的夫人，当然，也善于钻营。

谢氏六房的六叔，生下来便体弱，幸好生在谢氏，好药不断，又与忠勇侯府比别人近支，所以，得蒙忠勇侯府照顾，休养病体，性情平和，虽然少言少语，但是无人敢轻视。他的夫人是明夫人，因会交好京中夫人，更会与各府来往处事，所以，谢氏六房虽然无子，但丝毫没被族人孤立，甚至还多得笼络。

谢氏盐仓和谢氏米粮是谢氏两大经济命脉的主干，说是天下盐仓和天下米粮也不为过。这二人前一世谢芳华都不曾见过，这一世第一次见面，便觉得果然不愧是执掌谢氏经济命脉的二人，身上都有着特别能震服人的东西。一个平易近人，一个沉稳严谨。

谢芳华正在打量，侍书从外面匆匆走来进来，在谢墨含耳边耳语了几句。

谢墨含听罢含笑的面容收起，皱眉看向外面。

“怎么了？”忠勇侯看向谢墨含。

谢墨含低声道：“爷爷，永康侯和夫人来了咱们府求见！”

忠勇侯讶异，胡子翘起：“他们这么晚了不在家里吃年夜饭，来我们府里做什么？”

谢墨含犹豫了一下，看了谢芳华一眼，压低声音道：“燕亭今日去漠北了！”

忠勇侯一怔，须臾，了然地点点头，捋着胡子沉默下来。

谢芳华自然将二人的话听得清楚，从席上那几个人身上收回视线，向外看了一眼。外面灯火明亮，这是内院，永康侯和夫人被挡在大门口，自然看不见人。她皱了皱眉，想必是永康侯和夫人一直等燕亭回去，可是天黑了，燕亭还没回府，他们知道他一直与哥哥在一起，便找来忠勇侯府了。

若是他们知道燕亭是弃了永康侯府连夜出城前往漠北军营了，不知道会如何。

恐怕是会对哥哥和忠勇侯府不依不饶吧？

更何况中间还牵连着她。

“爷爷，他们为燕亭而来，我出去会会，如今晚宴，这里人太多，还是不要将人请进来了。”谢墨含沉思片刻，做出决定。

忠勇侯点点头：“也好！”

谢墨含站起身，向外走去。

这时，秦铮忽然也站起身：“我出去散散酒气，大舅兄，你等等我，我与你一起去。”

谢墨含脚步一顿，对于他这个大舅兄的称呼还是适应不过来，无奈地回头道：“秦铮兄，你和妹妹毕竟还没大婚，到大婚，我这里再改称呼不迟。”

“也好！”秦铮笑了一声。

谢墨含想着秦铮跟去也好，有他在，永康侯和夫人也不会对他不依不饶地闹腾。

二人一前一后出了荣福堂。

席上坐着的众人大多数都喝得正尽兴，只当二人是出去透风，自然也不理会。只有那少数几人对于匆匆进来的侍书和谢墨含、秦铮先后出去颇有疑问，但今日这样的日子，又是在忠勇侯府，自然也不便当着忠勇侯的面出去打探。

不再对忠勇侯敬酒，席间的众人互相推杯换盏起来，荣福堂里没有因为出去两个人有何改变。

“丫头，燕亭走之前，你可见过他了？”忠勇侯低声问谢芳华。

谢芳华点点头。

忠勇侯叹了口气：“那个小子也不是个心肠坏的，我看着也挺好，只是可惜，生在了那样一个家里，偏偏有那么一个祖母，那么一个母亲。”

“爷爷，你可知道永康侯府为何给燕亭选范阳卢氏的女儿卢雪妍？”谢芳华问。

忠勇侯面皮动了动，眼底闪过一抹暗色，沉声道：“多年前，据说范阳卢氏帮助永康侯府渡过了一劫，自此定下了姻亲。”

“什么样的劫？”谢芳华问。

忠勇侯摇摇头。

谢芳华打量爷爷神色，觉得爷爷一定是知道什么，可能不方便在这里说或者是没得到确凿的消息不好说，她便不再问。

“侍墨，你出去看看！”谢芳华回头对身后的侍墨吩咐了一句。

侍墨点点头，走了出去。

不多时，侍画端着醒酒汤进来，谢芳华接过，给忠勇侯倒了一碗，递给他。

忠勇侯摇摇头：“我没喝几杯酒，给铮小子留着吧！”

“您年纪大了，几杯酒也要不得。”谢芳华执拗地塞到他手里。

忠勇侯摇摇头，嘟囔道：“没丫头的时候，想丫头，丫头回来，却受着管制。”

谢芳华笑笑，爷爷年岁大了，她希望他安享晚年，并且平安地到寿终正寝。

“钱家班子不是还在咱们府里吗？稍后去吩咐一声，吃罢宴席，搭个戏台，来一出戏。我虽然不爱听，但是你那些叔伯婶娘倒是有很多人好那一口。”忠勇侯喝着醒酒汤道。

谢芳华点点头，对侍画吩咐：“你去对钱家班子吩咐，让他们准备一台戏。”

“小姐，要提前点戏呢！也好让他们准备，点什么呢？”侍画问。

“爷爷，点什么？”谢芳华问忠勇侯。

忠勇侯摆摆手：“我哪里知道，你点，你若是不会点，就去问问女眷那边，让她们自己点，喜欢什么点什么。”

谢芳华想了一下，对侍画道：“你去问问六婶母，听她的。”

侍画点点头，去了女眷那边。

“怎么不是问你大伯母？”忠勇侯扫了女眷那边一眼。

“论长，是该大伯母；论亲，是该六婶母。但是长者没有长者的风范，那么只能论亲了。”谢芳华淡淡道，“爷爷，我可不是您，挡我路的人，或者和我夺东西的人，我可不会手软。比如她惦记着我哥哥的位置，我就不会客气了。”

忠勇侯收回视线，叹息道：“人心不足蛇吞象。”

谢芳华不再说话，沉默地喝着茶。

荣福堂内喧闹依旧。

大约过了半个时辰，谢墨含和秦铮还没有回来，谢芳华便有些坐不住了，拧起了眉头。

显然，永康侯和夫人比较难缠。

“我去看看！”忠勇侯放下筷子。

谢芳华伸手按住他：“爷爷，再等等，有哥哥和秦铮在，他们还能处理不来吗？无非是费些时间罢了。”话落，她嘲笑道：“永康侯和夫人不急着去找儿子，来忠勇侯府逗留闹腾，有什么用？”

忠勇侯闻言点点头，遂作罢。

又等了两盏茶时间，谢墨含和秦铮先后回了荣福堂。

谢芳华看着二人进来，只见气色都不是很好。谢墨含拧着眉，秦铮抿着唇。待二人来到身边坐下，不等她开口，忠勇侯便问：“如何？”

谢墨含看了谢芳华一眼，低声道：“我实话实说了，永康侯夫人怪我没拦住燕亭，不及时告诉他们他离开之事。又怪妹妹，说是她蛊惑了燕亭，以至于他这样的日子含恨离开去了漠北。”

忠勇侯闻言大怒：“他们只怪别人，怎么就不怪自己？”

“从今以后，永康侯府和忠勇侯府怕是真正地结仇了。”谢墨含道。

“结仇就结仇，谁还怕了他们不成？就算今日不结仇，早晚也是仇。”忠勇侯哼道。

谢芳华看了爷爷一眼，又看向秦铮，问道：“你们怎么耽搁了这么久？他们一直闹着不走？”

秦铮没说话，端起桌上的醒酒汤喝了起来。

“永康侯听说燕亭去漠北军营之后，就立即离开派人去追踪拦截燕亭了。只不过永康侯夫人没走，非要闹着进来找你问个明白。她不知道打哪里听的消息，知道是你回府之后燕亭才离开咱们府的，猜测应该是见过你，是你说了什么，才致使他出走。”谢墨含解释。

“然后呢？”谢芳华问。

“我拦不住人，后来是秦铮兄发了怒，说若是她再这样闹下去，就让人半路杀了她的儿子，没了儿子，她也省心了。”谢墨含揉揉额头，“总算让她不再折腾，回了府。”

谢芳华点点头，沉思片刻，缓缓站起身："我也出去透透气。"

"我陪你去！"秦铮放下茶盏。

谢芳华偏头看着他，声音放低，有些软意："我就去后面的金玉轩走走，你一直喝酒，没吃多少东西，你稍微吃一些，然后再去后面找我吧！"

秦铮罕见谢芳华如此态度，他扬了扬眉梢，问道："你确定不会落跑？"

"这里是我家，我能跑到哪儿去？"谢芳华看着他。

秦铮于是放心地坐稳了屁股，对她摆摆手，气色没见多少好转，道："那就去吧！"

谢芳华抬步出了荣福堂。

来到荣福堂外一处清静无人处，侍墨将在门口永康侯和永康侯夫人以及谢墨含和秦铮的话语一字不漏地给她重复了一遍。她才知道，有一点谢墨含没说，就是永康侯夫人打算闹到皇宫去，让皇上做主，被秦铮三言两语给打消了念头。

但是今日之事瞒不住，怕是如今皇上已经得到了消息。

谢芳华对着夜色静默片刻，对侍墨吩咐道："你去哥哥的芝兰苑一趟，将他屋子里养的那只鹰带来给我。"

侍墨点点头，快步前往芝兰苑。

谢芳华静静等候。

芝兰苑距离荣福堂并不远，一盏茶后，侍墨袖子里拿着一只鹰走来，将它递给谢芳华。

谢芳华伸出手，那只鹰见到她，欢喜地跳到了她的手心里，之后又跳起，绕着她周身转了一圈，之后又跳回她的手心里。

谢芳华摸了摸它的羽毛，对它笑了笑："言宸也是去漠北了，辛苦你追上他，给他传个消息。"

那头鹰歪着头瞅着她。

谢芳华从怀中取出一片彩纸，用指甲在彩纸上画了几个符号，对它轻声道："永康侯府的燕亭要去漠北，如今才走半日，想必没走多远。他这些年是笼中之鸟，一言一行一举一动都在永康侯府的掌控之中。既然他念我一场情意，我便送他一个海阔天空。你让言宸一路护他前往漠北吧！别被永康侯给抓回京城来。"

那头鹰似乎听明白了，点点头。

侍墨在一旁看着，不由唏嘘："小姐，它好通人性。本来我带它的时候，它闹腾着不来，但是我说是小姐让我去带它的，它就来找您了。如今竟然还能听得懂这么大段的话。"

谢芳华将彩纸用丝线绑在它的腿上，轻轻拍了拍鹰的头，它顿时飞上了天空，转眼间连个影子都看不到了。她看着黑暗的天空对侍墨道："这是漠北的苍鹰，我训练了三年，才得用。通人性算什么？它还认字呢！”

侍墨张大了嘴，有些不敢置信。

谢芳华从天空收回视线，对她笑笑，温和地道：“大千世界，无奇不有。眼界有多高，便能看多远，人心有多大，便能藏着多少东西。只是，别忘了本，便不会被蚕食。”

侍墨垂下头，敬佩地道：“奴婢谨遵小姐教导！”

谢芳华莞尔，掏出绢帕擦擦手，对她道：“走，我们去金玉轩看看。”

侍墨点点头，伸手扶了她，二人向金玉轩走去。

绕过荣福堂，远远地，便听到后院一阵阵喧哗热闹声，灯火里，人影憧憧。同样是屏风隔着男女的席面，但是少男少女到底是比荣福堂内一帮子老者热闹欢愉许多。

谢芳华并没有走近，而是站在远处静静看着，依稀能分辨每个人都在做什么，是何神态。

“小姐，不过去吗？”侍墨见谢芳华许久不动，轻声问。

谢芳华摇摇头，抬步向里面走去。

“芳华姐姐，你来了？”谢伊欢呼一声，从座位上站了起来，向谢芳华迎了过来。

谢芳华对她笑笑，轻声问：“吃得玩得可好？”

“好着呢！”谢伊挽住她胳膊，“我们在玩击鼓传花，传到谁谁回答问题，必须是真心话，若是回答不上来，或者选择不回答，就表演才艺，刚开始，芳华姐姐，你也来玩吧！”

谢芳华见众人因为她到来，都止了欢笑，向她看来，脸上的神色各有不同。她笑着摇摇头：“我玩不来这个，就过来看看，你们玩吧！”

“玩吧！你怎么就玩不来呢？不会累的，就是接住花团的时候，立即传给别人，若是不及时，鼓声停了，留在你手里，那么你才回答问题或表演才艺。咱们这么多人，芳华姐姐，你别害怕，不一定轮到你的。”谢伊怂恿谢芳华加入游戏。

谢芳华笑而不语，并不开口答应。

“谢伊，我看你还是别央求人了，咱们在座这些兄弟姐妹，谁有忠勇侯府小姐的派头大？这可是一尊大佛，连在宫里的皇后娘娘面前都要得三分面子，你哪里有那么大的面子请得动人？我们这些人加起来，也劳动不起她的大驾。”谢茵忽然阴阳怪气地开口。

本来还略有些说话笑闹声的金玉轩里因了她的话，顿时鸦雀无声。

“谢茵！你胡说什么？”谢林溪皱眉，在男席座位上皱眉训斥了一声。

“二哥，我说的本来就是这个理儿，又没有错，让大家说说，是不是皇后娘娘面前忠勇侯府的小姐都有三分脸面呢？”谢茵扬起脖子，“她心里指不定如何看不起咱们这些兄弟姐妹呢！谁叫她生在忠勇侯府了？有个好的地位出身就是比别人高一等。”

“谢茵！”谢林溪坐不住了，从男席上站起身，脸色沉下来，这一声名字也喊得极重。

偌大的金玉轩，瞬间连呼吸声也闻不到了，都看着谢茵和谢芳华。

谁也不会忘了，这里是忠勇侯府，谢芳华病弱之身，从来不出现在人前，更不曾被人当面如此这般言语嘲讽奚落。

谢芳华静静地看着谢茵，面纱遮挡，看不见她的神态，但是没人听见她气息乱，更不曾见她有半丝动怒的迹象。

谢伊却是忍不住了，怒道：“茵姐姐，你为何偏偏针对芳华姐姐？芳华姐姐可没招惹你什么，你是不是嫉妒她有个好出身，才屡次针对她？”

谢茵被点破，顿时激动地反驳，一时间，在众人的目光下口不择言：“我嫉妒她？她有什么好？常年一副病秧子的样子，不知道得了什么怪病，怕是麻风，不敢出现在人前，藏着掖着，而且无父无母……”

谢芳华忽然眯了眯眼睛。

谢林溪已经走到谢茵身边，伸手打了她一巴掌，只听啪的一声脆响，谢茵痛呼一声，没说完的话语堪堪被打了回去。

第三十五章
接受

这一巴掌在金玉轩里极为响亮。

众人齐齐一惊，都看着谢林溪。

谢茵被打偏了头，捂着脸不敢置信地看着面前的谢林溪，好半晌，才红着眼睛质问："二哥，你干吗打我？"

谢林溪抿着唇看着谢茵。

"三个哥哥里面，从小你对我最好，我是你的亲妹妹，你是我的亲哥哥。你如今竟然打我？就因为我说了谢芳华几句你就打我？"谢茵不敢置信地看着谢林溪，眼泪流下了下来，一把推开他，"我要去告诉娘。"

谢林溪伸手抓住了她的手，阻止她离开，声音微冷："你还嫌不够闹腾吗？别忘了这里是哪里，更别忘了今日是什么日子！你去找娘，难道娘就由着你闹腾？"

"你松开我！"谢茵大喊，用力地挣扎要甩脱谢林溪。

谢林溪紧紧地扣住谢茵手腕，怒道："别让我再打你！看看你什么样子！哪里还有闺阁里千金小姐的做派？"

"我是没有闺阁里千金小姐的做派！她谢芳华有？大门不出二门不迈，生下来没踏出几回忠勇侯府的大门，她可是你的好妹妹！你去认她做妹妹吧！别管我！"谢茵甩脱不开谢林溪，恼恨地抬脚踩他的脚。

谢林溪脚下不躲不避，被她狠狠地踩了好几下，沉着脸看着她闹腾。

"哟，这是怎么了？钱家班子还没搭台唱戏，这里难道就先搭上台唱上了？"秦铮轻笑戏谑的声音从荣福堂那边远远传来。

众人一惊，都齐齐顺着声音看去，只见秦铮脚步轻慢地向这边走来。

谢茵哭闹声戛然而止，见他走来，她脸色一白，连忙用袖子去擦脸。

谢林溪也转回头看了一眼，须臾，又收回视线看着忙不迭地收敛情绪的妹妹，抿了抿唇，收起面上沉怒的表情，缓缓放开了她的手。

谢芳华将谢茵的行为神态看在眼里，面无表情地收回视线看着秦铮走来。

不多时，秦铮便来到了近前。没有随从，只他一人，姿态轻慢闲适，如在自己家一般，嘴角挂着三分笑意，七分轻狂，在谢芳华面前停住脚步，微微打量她，笑问："你先一步跑来这里，不等我，就是为了来这里看戏？"

谢芳华瞥了他一眼，没说话。

秦铮朝谢芳华伸出手，谢芳华皱了皱眉，但没躲避，任秦铮握住了她的手。

"虽然夜色有些凉，但你身上这件披风想必是极暖和，手倒是不凉。"秦铮将她的手包裹在手中，轻轻揉捻了两下，对谢茵和谢林溪扬唇一笑，"怎么不唱了？继续唱！"

谢林溪没说话。

谢茵似乎不敢看秦铮，避开他的眼神，用袖子遮住脸。

"给了你们机会，既然现在不唱了，那么稍后也别唱了！"秦铮收回视线，漫不经心地扫了一圈在场众人，洒脱地道："我看见击鼓和花团了！是不是有人在玩？介不介意多加一个人？"

众人都被秦铮的突然出现弄得有些蒙，今日前来忠勇侯府参加晚宴的人，自然都是谢氏旁支的嫡出子女。但即便是嫡出子女，也不如英亲王府铮二公子的出身高。

南秦京城的贵裔圈子里，含着金汤匙出生、能真正称得上尊贵的贵公子，也就那么几个人。所以，向来，与秦铮玩在一处的人，也就是那么几个府邸的公子。而这些人里面，还是要挑挑选选，能够投他脾气的才能靠近他。

整个谢氏府邸的人算起来，除了忠勇侯府的世子谢墨含，再无一个人时常与秦铮走动。称得上点头之交，偶尔有一两回交谈的，也就是谢云青和谢云继还有谢林溪了。

所以，秦铮今日出现在这里来跟他们凑热闹，是很让人意外的。但因为这里今日也站着谢芳华，结合二人刚刚赐了婚，便也不那么意外了。

对于他要玩击鼓传花，众人一时间你看我，我看你，没人敢第一个出来表态。

谢伊咬了咬唇，在寂静中小声开口："姐夫，刚刚芳华姐姐来的时候，我就邀请芳华姐姐与我们一起玩，但是芳华姐姐没多大兴趣。"

秦铮嗯了一声，偏头看向谢芳华："你没兴趣吗？"

谢芳华笑了笑，语调轻轻浅浅，柔弱温软："倒也不是，只不过我怕玩不好扫了大家的兴。"话落，她偏头看了谢伊一眼，纠正道："伊妹妹，你这姐夫叫得太早了，也不害羞。"

谢伊脸一红。

秦铮得意地扬了扬眉："我看不早，以后就准你这么叫了，我爱听！"

谢伊顿时捂着嘴笑了，一张脸欢喜起来："姐夫有命，妹妹听姐夫的，不听芳华姐姐的。"

谢芳华瞪了谢伊一眼，八年前怎么没发现这个胆子小得连偷偷跑去她海棠苑都怕被人发现的小丫头有这么调皮？她从秦铮手里抽出手，坐在了最近的一张桌案旁。

"都没意见吧？没意见都来玩！"秦铮也走到桌案前，伸手抓了花团，在手中掂了掂。

谢云青和谢云继对看一眼，齐齐笑着道："秦铮兄前来我们这里凑热闹，是抬举了，怎么能有意见？自然是没意见的。"

二人一开口，有几个人一起附和，连连说："没意见！"

"什么规矩？谁来说说！"秦铮闲适地坐在椅子上，悠然地询问。

"姐夫，你难道没玩过？就是我们一直玩这个的规矩！"谢伊将刚才与谢芳华说过的规则对秦铮说了一遍。

秦铮听罢轻哼了一声："总是玩这一种被玩烂了的规矩有什么意思？换一个！"

谢伊一愣，讷讷地问："如何换啊？一直以来都是这么玩的。"

秦铮偏头看向谢芳华，笑吟吟地道："今日你可是这里的东道主，你来说说，既然要玩嘛，就玩大一点儿的，别来小儿科的。"

谢芳华挑眉看着他："什么样的玩法是大一点儿的？"

"比如杀人，放火！"秦铮道。

谢伊脸顿时白了："姐夫，你别吓人，这样我可不敢玩。"

秦铮动了动眼皮，对她道："今日的规矩由你姐姐定，你若是怕，就求她别定个太狠的。"

谢伊立即跑到谢芳华另一边，拽住她的袖子，紧张地道："芳华姐姐！"

谢芳华好笑地看了谢伊一眼，道："这样吧！旧也有旧的好处，新也有新的乐趣。不如就旧的加新的一起玩。"话落，她道："早先你说的传到谁谁回答问题，必须是真心话，若是回答不上来，或者选择不回答，就表演才艺。回答真心话这个就留着，不回答或者回答不上来表演才艺就罢了。我们谢家，诗礼传家，在座诸位哪个人没有点儿才华本事？太简单了！不如给每个人做一个标号，我们实行抽号，由被抽中的人要求那个人做一件事情，要求的事情不能太离谱，只要是能做到的，那个人必须做到，若是做不到，或者不去做，明日大年初一吧，就去城门上贴着标签站一天，算作惩罚。"

"哎呀，我可不想被贴着标签去城门上站一天，那多丢人！"谢伊立即惊呼。

谢芳华偏头看着谢伊笑："那你就保佑自己手快点儿，别倒霉地将花团留在手中，或者是，即便留在手中，你也尽全力一定完成别人要求的事情。"

谢伊垮下脸，却又有些兴奋："这个比我们以前的规定好玩，以前的规定因为大家都有几样拿手的才艺，反而一个说真话的人都没有，正如姐夫所说，确实是玩烂了没意思。”

“大家觉得这个规则如何？有异议吗？”谢芳华看向秦铮。

秦铮勾了勾唇，摊摊手：“爷没异议，什么事情能难得住我？”

谢芳华在面纱下撇撇嘴，他就自傲自娇吧！别到时候哭都没地方。

谢云青、谢云继对看一眼，笑着摇摇头：“芳华妹妹说得挺有意思的，就这样玩吧！”

“是啊，听着就很有意思！”不少人也出声附和，跃跃欲试。

“谢茵，你刚不是说要去找娘？去吧！”谢林溪对谢茵道。

谢茵看着谢芳华，又看向秦铮，之后又扫了一眼众人，摇摇头，倔强地道：“我不去找娘，我也要玩。”

谢林溪皱眉，低叱道：“你还想闹什么？”

“你放心，我这回当哑巴，什么也不说了，不给你丢脸。”谢茵扭身走到自己的座位上坐下，灯光下，一侧脸上有着淡淡的五个指印。

谢林溪见谢茵竟然还留下玩，看向谢芳华。

谢芳华不看谢茵，面纱下，神色清淡，似乎对于她的去留不以为意。

谢林溪见谢芳华如此，收起情绪，也缓缓地坐回了自己的席位。

秦铮扫了谢林溪一眼，对谢芳华身后的侍墨问：“你叫什么？”

侍墨没想到秦铮突然问她的名字，看了谢芳华一眼，见她没说话，她垂下头，恭敬地道：“回铮二公子，奴婢叫侍墨。”

秦铮点点头，对她吩咐：“你去给每个人做个记号。”

侍墨站着不动，看向谢芳华，等着她吩咐。

秦铮嗤地一笑，拿着花团对着谢芳华敲了敲，懒洋洋地道：“开口吩咐啊！你的人爷支使不动。”

谢芳华瞅了秦铮一眼，对身后的侍墨点点头，心里对于哥哥训练的人是极其满意的。若是她和秦铮还没如何，她的人就先倒向了他，那么不留也罢。

侍墨得到谢芳华的指示，转身去取纸笔给每个人面前标注了一个号码。

不多时，在场所有人面前都有了一个号码。

“找一个人抽号，再找一个人蒙住眼睛击鼓。”秦铮目光扫了一圈，定在谢云青、谢云继、谢林溪他们所在的那一席，“你们来选这两个人吧！免得爷指定了人，到时候有人回答不上来问题或者被要求做了丢脸的事儿，背地里不服，说我藏私。”

谢云青、谢云继对看一眼，看向谢林溪。

谢林溪因刚刚谢茵闹的那一场已经失了玩乐的心情，虽然谢芳华从头到尾没说谢茵一句，也没对她有什么态度，但是这件事不可能当成什么也没发生。就今日的接触，他直觉，谢芳华不简单。若她简单，也不会让秦铮上赶着逼迫着结亲了，这已经不是什么秘密。于是，他站起身，对众人道：“我当击鼓的人，大家有没有意见？”

谢云青一怔，随即了然，笑道：“林溪为人向来谦逊，待人平和，行事磊落。你来击鼓，我想没人有意见。”

谢云继笑着道：“我觉得也是。”话落，看向秦铮和谢芳华，“铮二公子、芳华妹妹，你们觉得如何？”

秦铮点点头。

谢芳华笑了笑，也点点头。

“那抽号的人呢？”谢伊见谢林溪出来击鼓，好奇地出声问。

谢云青见无人再站出来，显然除了谢林溪都想参与玩乐，而这里只有侍墨一个婢女，谢芳华没对她有什么指示，又想着她有病在身，身边不能没侍候的人，便对后方树荫下坐在一起悄声聊天的随从们指了指：“那边不是等着许多书童吗？随意叫进来一个吧！”

谢云继等人齐齐点头。

于是，有人对着树荫下喊了一声，一个小厮跑到了众人面前。

谢云青对那小厮吩咐了一句，那小厮连连点头。侍墨拿出一块面巾，谢林溪接过，走到鼓前蒙住了眼睛，那小厮抽了一个号，展开给众人看。

“七号，是我呢！那就由我这开始传了！姐夫，给我花团。”谢伊欢喜地道。

秦铮将花团扔给了谢伊。

那小厮喊了一声开始，谢伊将花团传了出去，与此同时，谢林溪开始击鼓。

别看谢林溪有些书生的文弱气质，但是在他手下却鼓声雷动。花团一个人接着一个人地传了下去，转眼间便传了二十几个人，之后花团又传了十几个人的手，忽然停了。

这时，有一处席面忽然传出一声欢呼。

谢云青无奈地看着落在自己手里还没来得及传给谢云继的花团苦笑。

谢云继笑着对谢云青作了一揖。

“是云青哥哥啊！”谢伊笑着拍手，对谢林溪道：“林溪哥哥，你可真厉害，以往我们每次玩，都让云青哥哥逃脱过去了，这回总算轮到他了。”

谢林溪摘掉面巾，对谢伊笑了笑：“我蒙着眼睛什么也看不见，赶巧了。”

“赶巧赶得好！”谢伊夸奖，然后对站在谢林溪旁边的小厮吩咐：“快抽号，看谁幸运，出来拿一个问题为难云青哥哥。”

那小厮立即从箱子里面抽出一个号，展开在众人面前。

“是三十号。”谢伊大眼睛看向众人的席面，“是谁啊？赶紧站出来！”

男席挨着谢云青不远处的一个少年站了出来：“是我。”

“快出问题为难云青哥哥！”谢伊恨不得代替他。

谢芳华看着那少年，是谢氏五房的谢林炎。谢氏的族谱几百上千年来一直很有意思。每一代嫡系、庶出、旁支都分得极其清楚。最具有这一特色的，便是名字的中间的字排列不同，令人一目了然。比如，他哥哥中间的字是墨，谢氏长房、二房到六房这一辈中间都是林字。而谢氏族长和谢氏米粮、盐仓这三支谢氏的族里和经济支柱的子息中间的字是云字。其他较远的旁支自然也另有别的字。

谢林炎有些腼腆，不太好意思，看了谢云青一眼，小声道："云青哥哥，什么问题都可以问吗？"

谢云青失笑："问吧！既然是这个规矩，如今花团落在我手里，我理当做个表率。"

谢林炎点点头，低头寻思。

众人都看着林炎。

谢伊等了半晌，见林炎还没想出个所以然来，便急道："你快问，你若是想不出来问什么，我帮你？"

"谢伊姐姐，你急什么？"有一个比谢林炎更小一些的少年不满了，"好不容易花团落在了云青哥哥手里，总要好好想个能难得住他的。"

谢伊扁扁嘴，只能耐心等候。

过了一会儿，谢林炎眼睛一亮，对谢云青发问："云青哥哥，我前些日子听说族长爷爷在给你择选婚事，定了谁家的小姐？"

"这个问得好，族长爷爷瞒得密不透风，我们都打听不出消息呢！"有一个人大笑道。

"我也觉得问得好，云青哥哥，我那日问你，你都不说。如今嘛，逮住你了，你可不能不回答啊。"谢伊起哄。

众人都看着谢云青。

谢云青的脸红了红，看了众人一眼，无奈地笑笑："如今事实未定，我总不好开口说出是谁家小姐。万一婚事到时候谈不成，岂不是会毁了人家女儿的闺誉？"

"这么说来你不说了？"谢伊失望。

其余人也都有些失望。

谢云青笑着点点头："这个不能说，我还是做一件事吧！"

"让他做个难的。"谢云继对谢林炎说道。

谢林炎点点头，似乎早就想好了，对谢云青道："既然云青哥哥不回答这个问题，那么我想要云青哥哥帮我求一幅世子哥哥的字帖。"

谢云青一愣，随即好笑，问谢林炎："你自己就可以向世子求字帖，为何要我求？"

谢林炎红着脸低声道："我娘喜欢佛经，每日都要读一遍。有一日我听她拿着法佛寺住持的手抄佛经说，论起来我们谢氏这一代，字体最好的就是忠勇侯府的世子了，遗传了我们先祖谢氏遗风，书法极有风骨，若是能收他一卷佛经，将来指不定多值钱呢。”顿了顿，他垂下头，不好意思地道：“可是咱们都知道，老侯爷不喜欢参佛论道，连带着世子也不喜欢沾染佛经，所以……”

“原来不是普通字帖，闹了半天，是要求世子的手抄佛经，这个可不容易做到。”谢云青笑着揉揉额头。

“那你答应吗？”谢林炎期盼地看着他。

“我能不答应吗？我若是不答应，就得按照芳华妹妹说的，明日贴了标签去城门上站一天了。”谢云青站起身，“我这就去给你求！”

谢林溪欢喜不已：“多谢云青哥哥！”

“不用谢我，等我求回来再说，今日世子繁忙，不知道能不能答应，就算答应，也不知道能不能抽出空来给你写几帖佛经。我若是求不回来，明日只能去立城门了。”谢云青摆摆手，苦笑着出了金玉轩。

“孝心可表！”秦铮看了谢林炎一眼，扬了扬眉。

谢芳华也认真地看了谢林炎一眼，这个不起眼的少年的确有一颗孝心。谢氏族长手握族规，即便是忠勇侯府，也要受一二分钳制，他也很聪明，让族长的孙子去求身为世子的哥哥。哥哥即便有爷爷的家训，但是也不会拂了他的面子，毕竟以后他承袭忠勇侯府爵位，若是没意外，谢云青有才华，是要仰仗他和他背后族长家的助力。笼络人心这种戏码，哥哥向来做得最好，所以，私下里总要给他写几张佛经拿回来，这是十拿九稳的事情。

“看不出来，林炎还是个小滑头。”谢伊活泼地看着谢林炎。

谢林炎红着脸不反驳，重新坐在了座位上等着。

“继续！”秦铮摆摆手，对于谢云青到底要和谁家的小姐定亲没多大兴趣，对于他去找谢墨含要手抄佛经也没什么兴趣。

众人闻言齐齐坐正。

那个小厮又从箱子里抽出了一个号，展开给众人看。

“是四十五号！”女眷席里一个女子站起身，拿过花团。

谢芳华看着这女子，有些许印象，是谢氏四房的一个女儿，名叫谢琦，她不如谢茵泼辣尖刻，不如谢伊活泼逗趣，是一个有些木讷的女子，比她大一点儿，还未许婚。

谢林溪重新蒙上眼睛，开始击鼓。

谢琦将手中的花团传了出去。

这一回的时间比较长，传了大半圈，才堪堪停住。

众人欢呼一声。

谢云继看着自己手里没来得及扔出去的花团，一张脸有些抽搐扭曲。在座不少人看着他的神色都已经笑弯了腰，大家都记得，刚才他谢天谢地地对谢云青没来得及扔给他鞠了一礼，以为今日是铁定逃脱了，可是绕了半天，竟然还是回到了他的手里。连他自己也想不到。

“这就叫作天网恢恢疏而不漏吗？”秦铮勾了勾唇。

谢芳华也忍不住弯了弯嘴角。

谢云继指着谢林溪大叫：“林溪，你故意的！”

谢林溪扯掉面巾，笑着道：“云继，你若是觉得我是故意的，一会儿你来蒙上眼睛，我坐到你那里去，看看你能不能让花团落在我手里。”

谢云继一噎。

“林溪哥哥不可能故意，云继哥哥你别耍赖，林溪哥哥怎么能故意让鼓节正好落在你那里啊！再说，我们大家传花团，有的人传得快，有的人因为紧张害怕给弄掉了重新传，这可是不好把握的事儿。”谢伊兴奋地道，“你就认命吧！”

谢云继无奈地耸耸肩：“好，我认命。”

“快，抽号，看谁来难住他。云继哥哥也是个狐狸，狡猾着呢。”谢伊道。

那小厮伸手从箱子里抽出一个号码展开。

“哇，是六号，芳华姐姐，你的号。”谢伊欢呼一声。

谢芳华低头看了一眼自己面前的号码，的确是六号，她不由笑了。

谢云继的脸顿时垮了下来，须臾，对谢芳华作了一揖：“芳华妹妹，手下留情啊。”

“芳华姐姐，使劲拾掇他，别留情。”谢伊在旁边给谢芳华打气，给谢云继拆台。

“你个小丫头，若是我被难住，等我以后找回场子收拾你。”谢云继狠狠地对谢伊道。

谢伊缩了缩脖子，缩回了自己的座位，对谢云继吐吐舌头。

众人都看向谢芳华。

谢芳华低头寻思了片刻，抬起头，笑着对谢云继道：“既然云继哥哥给我一礼，我也不能白白受了。做妹妹的，总要给哥哥留几分薄面。这样吧！我就和林炎弟弟一样，问你喜欢哪家的小姐。”

谢伊顿时垮下脸，揪住谢芳华的袖子：“芳华姐姐，你这也太简单了吧！你可能不知道，云青哥哥和云继哥哥不同，云青哥哥脸皮薄，向来守得礼仪规矩，比较仁义。所以，出这等问题，他不想让别家女儿的名声受累，便只能选择做一件事情。可是云继哥哥跟他不一样，脸皮厚着呢，要不然怎么能掌管谢氏盐仓？他的脸有时候是黑的，有时候是白的，他的嘴说出的话三分真七分假，虚虚实实，你都猜不透哪一句是真的，哪一句是假的。这样的事情，你问他，他才不怕毁谁家小姐的名声呢！因为，就算他说出去，也没人信。”

谢云继闻言一连对谢伊翻了好几个白眼。

“是吗？”谢芳华偏头看向谢伊。

谢伊点头如捣蒜：“是啊，是啊！不信你问大家！”

谢芳华看向在场众人。

大家见她看来，都不约而同地点点头，有些人忍不住偷笑。

“所以，你换个问题问吧！”谢伊拽着谢芳华的袖子摇晃。

谢芳华从她手中拽出袖子，似乎有些想反悔，但琢磨片刻，又摇摇头，软声道：“你早没说，我还真不知道是这样，但是说出去的话，泼出去的水，怎么能说不算数就不算数呢？传出去惹人笑话！不过是玩乐而已，就这样吧！”

谢伊泄气。

谢云继眨眨眼睛，看着谢芳华，笑着问：“芳华妹妹，你确定不再重新问个问题？”

谢芳华摇摇头：“不了，就这个吧！”

谢云继叹了口气：“若是我说没有，你们一定不信了？”

“我们自然是不信的，所以，你快说出来，我们看看你到底对哪家的小姐有心思。”谢伊不准备放过他，“虽然说你的话有一大半是假的，但是这等事情，你总要掂量一下。万一你今日说出来了，也许明日伯伯就去给你下聘了。”

谢云继揉揉额头，有一瞬间，他身子似乎紧绷了一下，不过转眼，便笑吟吟地对谢芳华摊手：“芳华妹妹，我还是为你做一件事情吧！”

谢芳华眸光闪了闪。

谢伊顿时欢呼一声：“他竟然不答题！太好了！芳华姐姐，快难为他！让他做一件无论如何也办不成的事情，好去城门口贴了标签立着。”

“云继兄，你还怕污了谁家小姐的名声？”秦铮忽然斜挑眉梢，盯着谢云继，眸光有一抹深深的幽寂，“若是让我身边的女人提个要求的话，你可仔细了，怕是你会卖给她。”

谢芳华想抬脚踹秦铮，但是这么多人在场，她只能堪堪忍住。

谢云继失笑，仰起笑脸，对秦铮道：“我看芳华妹妹柔柔弱弱，心肠这么好，被我鞠了一礼，便软了心思出了个和林炎一样的问题，应该不会难为我。”话落，他看着谢芳华，“是吧，芳华妹妹？”

谢芳华对他轻轻一笑，软声道：“那不一定，也许我真会提出让云继哥哥完成不了的要求。我心肠软一次，不会软第二次。你若是反悔，还来得及。”

“你将哥哥当什么了？君子一言快马一鞭。落子无悔！”谢云继拍了拍胸脯。

秦铮给了谢云继一个救不了你了的眼神，有些怜悯。

众人见此都看向谢芳华，等着她给谢云继出难题。

谢芳华沉吟片刻，忽然从怀中摸出一个黑色的本子，扔给谢云继，依旧是软声慢语地笑道："以前我身子不好，除了每日吃药、读书、绣花外，便不做别的。但如今我身体好一些了，偶尔能出来走动，便也该学着管家理账了。这个本子是一本内宅的账，我拿在手里有些日子了，一直看不懂，既然云继哥哥是谢氏盐仓的继承人，账本算盘这类东西想必是极其精通的了，不如就帮我看看。"

谢云继一怔，伸手接住了谢芳华扔来的黑色本子。

众人也是一怔，没想到这么简单。因为谁人都知道，目前整个谢氏盐仓的账目，都是谢云继在管着，区区一本内宅的账，对他来说实在是手到擒来。

谢伊第一个不满，嘟起嘴道："芳华姐姐，你也太便宜云继哥哥了吧？管家理账这等小事儿，我跟我娘学了好几年了，你找我就好了啊！何必拿这个要求云继哥哥？你可以让他做难一百倍的事情啊。你不能被他的外表给骗了。他这样的人，你看着他在你面前好话说尽，笑呵呵的模样，也许转眼就翻脸不认人了。你如今放他一马，他可不见得领情。"

"死丫头，你就非要拆我的台吗？同是妹妹，差别怎么这么大？你瞧瞧芳华妹妹，再瞧瞧你，哪有一点儿爱护哥哥们的样子？"谢云继抓着黑本子在手，对谢伊瞪眼。

谢伊轻轻哼了一声，扭头不看他："芳华姐姐，你快要回来，改个要求。"

谢芳华笑了笑："可是我觉得这个管家理账很难的，云继哥哥会的东西，你不一定能教我。"

谢伊扁嘴，气势一泻，小声道："也是，你和我学的管家理账应该是不同的。毕竟你将来要嫁进英亲王府，那是大家，我将来嘛，也就管理个小家。"

"臭丫头，没羞，还没议亲，就想着嫁人了。"谢云继臭谢伊。

谢伊脸一红，跺了一下脚，也觉得刚刚自己说的话不太合闺仪了些，便不言声了。

谢云继漫不经心地打开黑色的本子，只是一眼，面上的笑容瞬间僵住。

秦铮目光落在谢云继手中还没打开的黑本子上，眸光缩了缩，一瞬间，眼眸深不见底。

谢芳华看着谢云继的表情，她得感谢今日爷爷在忠勇侯府摆设的这场年宴，也该感谢谢林溪和那个小厮让花团和号码落在了谢云继和她的身上。否则，她还要另外再寻个机会找到谢云继这个谢氏盐仓的掌舵人。但是那样会麻烦很多，不如以这样的方式将谢氏所有的经济命脉和财源势力递到谢云继的面前对他来得冲击大。

天下人都知道谢氏庞大，但是庞大到什么地步，恐怕就是当今天子，也不能做出准确的统计。

但是天子做不到的事情，不代表她的天机阁做不到。

至少，这个黑本子里面的东西，准确率不说百分之百，也能达到百分之九十九。

"云继哥哥，账本很难吗？"谢伊见谢云继拿着那个黑色的本子半晌没动静，不由好奇地开口："还有能难得住你的账本？"

众人也都探究地看着谢云继。

谢云继身子细微地震了一下，脸上神情奇异地变幻了一番，须臾，他啪地合上了黑色的本子，抬头看向谢芳华。

谢芳华戴着面纱，静静地坐在那里，柔弱秀美，淡雅精致，静得如一幅画。见他看过来，迎上他的视线，清透的薄纱下，眉目隐约透着几分笑意，嗓音柔软，有几分虚弱："云继哥哥，这府里内宅的账本是奇特一些。虽然是忠勇侯府的内宅事儿，按理说，不好劳动内宅外的人。但是，我们都姓一个谢不是吗？我找到你，也不算出格没有规矩。"

谢云继不说话，微微抿着唇看着谢芳华柔弱沉静的姿态。

谢芳华笑了笑，叹息一声："谁家府里都有些私事，的确是不能为外人道也。但是自己人，知道了也就没什么了，你说是不是？若你是外人，这个我不懂的东西，便也就不拿出来了。"

谢云继依然不说话，只看着她。

在座的都是谢氏子嗣，若说整个谢氏是个大染缸的话，那么每一家的宅院都是个小染缸。每日里成长生活在染缸里面的这些人，无论是黑的，还是白的，还是彩色的，包括依然保留着一颗纯洁的心的谢伊，也没少耳濡目染某些黑暗的东西。所以，被谢芳华这样的话一说，大家都理所当然地认为这黑色的账本里面，是忠勇侯府宅院里面的黑暗事了，而且是不能被外人知道的糟蹋事。

谁家府邸里没有些背着人的糟蹋事呢？哪家府邸里都有！只不过这是忠勇侯府的糟蹋事，谢云继虽然是谢氏的人，但对于忠勇侯府来说，到底算是外人，所以，如今他得了谢芳华这个账本，还看到了，有些奇怪特殊的表情是正常的。毕竟，谢氏旁支族亲是向来不曾接触忠勇侯府的东西的，无论是政务，还是内宅。

可是今日，在谢芳华这里破了例。

"云继兄是有为难吗？若是你为难，那么明日城门上可有你一道风景了。"秦铮看着谢云继僵得如面板一样的神色，懒洋洋地笑了一声。

谢云继倏地收回视线，低头看向手中的账本，双手握着，觉得重如千钧。

"好耶！若是云继哥哥拒绝，我们就可以看到他去立城门了。"谢伊恨不得谢云继拒绝这个账本。

众人都看着谢云继。

"不就是一本破账吗？云继哥哥，你至于如此犯难？应下了就是！还能难破天？既然有人敢给你看，让你帮忙看懂，那么就不怕忠勇侯府的糟蹋事外露，别人都不怕，你怕什么？"谢茵终于忍不住开口。

谢林溪皱眉看了谢茵一眼，神色有一种深深的无奈。他不止一次地觉得自己这个妹妹被母亲宠得太骄纵了，比起谢伊的活泼中知道分寸，她却尖酸刻薄不懂分寸，不知深浅。

能难住谢云继的账本，岂能是简单的？

谢芳华不催促谢云继，静静等着，既然能拿得出去，她便也能收得回来。

许久，谢云继闭了闭眼睛，抬起头，有些阴郁地看了谢芳华一眼，猛地一咬牙，将黑色的本子揣进了自己的怀里："这个账本哥哥我接了！"

谢芳华顿时笑了："云继哥哥既然接了，便不能反悔了！"

"不悔！"谢云继磨了磨牙，声音似乎从牙缝中挤出来的。须臾，他看了坐在谢芳华身边一派懒散悠闲的秦铮一眼，兀地笑了，眸光奇异难辨："秦铮兄，以后……多多承让！"

秦铮挑了挑眉，看着谢云继，三分懒意，七分洒脱："好说！"

第三十六章 人情

秦铮和谢云继一来一往如打哑谜，在场众人一时间摸不着头脑。

大家虽然都很想知道谢芳华给谢云继的账本到底记录了什么，但也知道这毕竟是忠勇侯府的私账，不是谁都有资格看的，而且，看到这私账的人也要承担相应的牵扯和责任，便都压下好奇作罢。

谢芳华扫了秦铮和谢云继一眼，眸光动了动。

“继续下一轮吗？”谢林溪目光在谢芳华身上停留了一瞬，笑着对谢云继和秦铮问。

“自然继续！我今日来忠勇侯府参加年宴亏了，怎么也不想看到别人好过。”谢云继姿态恢复如初，笑意深深地对谢芳华道：“希望芳华妹妹别赶巧落在我手里，我可不会对你客气了。”

谢芳华笑了笑，扭头看了谢林溪一眼，语气轻浅：“那你就期盼林溪哥哥再来个赶巧吧！既然来玩，有来有往也合适。”

谢云继眨眨眼睛，对谢林溪摆手：“林溪，你可听到了？还不开始？”

谢林溪笑笑，再度蒙上眼睛。

众人都连忙坐正身子。

小厮从箱子里抽出一个号码来，同样展开给大家过目。

“是二十一号。”谢伊道。

“我是二十一号！”谢茵站了起来。

谢云继将花团扔给谢茵。

谢林溪同一时间开始击鼓。

谢茵将花团传了出去，她没有按照顺序向下传，而是以相反的顺序倒着传回。

众人有一瞬间的噪乱，但很快就随着鼓声有规律地将花团传了起来。

这一次鼓声击得时间更长，在场所有人都传了一遭，鼓声还没有停下，于是众人继续往下传。

随着时间推移，鼓声不变，很多人都越来越紧张。

终于，在传了两遍之后，鼓声忽然停了下来。

在最后一个尾音还没落下时，秦铮忽然从谢芳华的手里夺过了花团，扔了出去。他的动作极快，众人眼前一花，花团已经不在谢芳华手里了。

谢芳华扭头看向秦铮。

秦铮不看她，眸光若有似无地望向了一处，有冷意流过。

同一时间，尾音消失，一个女子惊呼一声。

谢林溪第一时间扯落了面巾，望向惊呼声的来源，神色跟着绷紧。

众人也都看向那处声音的方向，只见，谢茵怀里安静地躺着一个花团，那个花团本来应该在谢芳华的手里。

"怎么会这样？怎么跑到了我这里？"谢茵不敢置信地看着飞到她怀里的花团，半晌，抬起头，对着谢芳华质问："不是应该在你手里吗？"

谢芳华静静地看着谢茵，不答话。

"你说错了，这个花团应该在我手里，我传给你的。"秦铮扫了一眼谢茵，懒懒地道。

谢茵一怔："为……你为什么传给我？"

"没有为什么！我就随意地扔了出去，哪里知道被你接住了。"秦铮道。

谢茵一噎，须臾，大声道："你犯规！"

秦铮闻言嗤笑了一声："我犯的哪门子规？击鼓传花，又没规定我不能随便地传出去。更何况，我可没忘，你不是也没按照顺序往下传？"

谢茵顿时没了反驳的话。

"谢氏长房的嫡出小姐不会如此拿得起吃不下吧？"秦铮轻蔑地收回视线，望向谢林溪，"嗯？林溪兄？"

谢林溪抿了抿唇，看了谢茵一眼，转头对秦铮淡淡一笑："自然！"

"还不抽号？我们看看谁有幸出来问谢小姐一个问题！"秦铮对那小厮扬眉。

那小厮连忙从箱子里面抽出一个号码，展开在众人面前。

"啊？是六号啊。还是芳华姐姐的号！"谢伊惊呼一声。

谢茵的脸色顿时变了，更是不敢置信，对着那小厮激动地怒目而视："为什么这么巧？你故意的对不对？你是谁家的小厮？是不是这忠勇侯府的？"

那小厮被谢茵的发作吓得脸唰地一白，手抖地将那号码掉在桌案上，连连摆手摇头："奴才……奴才不是忠勇侯府的人……奴才是五房炎少爷的小厮……"

谢茵立即看着谢林炎。

谢林炎此时立即点头，对谢茵小声地道："茵姐姐，他是我的小厮，不是忠勇侯府的人。"

谢茵脸色铁青："你确定他没被人收买？"

谢林炎一时间不知道该如何回答。

谢茵恨恨地扭头看向那小厮，有些狠意，逼迫道："你说！你是不是被人收买了？故意想借此来收拾我？"

那小厮扑通一声跪在了地上，这里在场的无论是谢氏的少爷还是小姐，都不是他一个下人惹得起的，他连连摇头："回茵小姐，天地可鉴，奴才没被谁收买，而且那装着号码的箱子只能伸进去一只手，里面的号码我都看不见，哪里知道又抓住了芳华小姐的号码……"

"行了！别说了，你起来吧！"谢林溪打住那小厮的话，对他摆摆手。

那小厮看向谢林溪，慢慢地站了起来，短短的时间，吓出了一身汗。

"谢茵，事有凑巧。既然我让你去找娘，你不去，非要在这里玩，就不能输不起。"谢林溪看着谢茵，脸色有些沉，声音隐含警告，"否则，明日传扬出去，你不守规矩，玩得起输不起，以后这京中有任何玩乐之事，你都别想参加了。"

谢茵还想反驳，看到谢林溪凌厉的眸光，怒意勉强克制住，恨恨地道："我玩得起就输得起！谁说我玩得起输不起？"话落，她看向谢芳华，磨牙道："你出题吧！我还怕了你不成？"

谢芳华静静地看着谢茵。

"你看我做什么？出题啊！"谢茵摆出视死如归豁出去了的架势，心中却恨得牙痒痒。

"芳华妹妹，出题吧！"谢林溪看向谢芳华，同是女子，年龄也相差无几，可是教养却是天差地别。看看暴躁尖刻的谢茵，再看看娴静沉稳的谢芳华，所有人都不是瞎子，明日怕是他妹妹尖酸刻薄嚣张跋扈的名声便会被传出去。

谢芳华偏过头，看向谢林溪，忽然笑了："我看到我的婢女侍画回来了。刚刚我吩咐她去请钱家班子搭台唱戏，想必这么长时间已经准备好了。今日就到这里为止吧！"

谢林溪一怔。

谢茵闻言一呆，须臾，勃然大怒："谢芳华，你什么意思？"

谢芳华不看她，淡淡道："就是茵姐姐听到的意思，我想去听戏，不玩这个了。"

谢茵瞪着她，忽然有一种谢芳华根本就不将她看在眼里的感觉，她在她的面前就像是一个跳梁小丑，这样的感觉一上来，更是让她怒不可遏："你……凭什么到我这里你就不玩了？你是怕我输不起吗？告诉你，我……"

“她若是出题，恐怕你还真是输不起！”秦铮站起身，有些嫌恶地对谢林溪道：“谢氏长房对女儿的教养真是让人不敢恭维。林溪兄，以后有我在的地方，别让你们家的女人出来丢人现眼，否则爷会忍不住出手将人扔出去！”

谢茵的话语戛然而止，秦铮的话如一盆冷水，瞬间将她浇了个透心凉。

谢林溪也感觉到了一阵难堪，面色红白了片刻，抿着唇点点头。

“小姐，钱家班子已经在后花园里准备妥当了。六房明夫人点了《宝兰春晓》，老侯爷不爱听戏，邀了几位老爷去他的内室聊天了。爱听戏的老爷和女眷都前往后花园的戏台了。明夫人说让我来问问您，您去听戏吗？若是去，就等等您再开唱。”侍画来到近前，对谢芳华一礼，有条不紊地说道。

“自然去！《宝兰春晓》可是一出好戏。”谢芳华道。

侍画点点头：“那奴婢先去知会明夫人了。”

谢芳华对她摆摆手。

侍画又匆匆走了下去。

谢芳华回过神，对众人道：“在座的兄弟姐妹们若是还有想继续玩的，在这里继续就好。若是想去听戏的，可以随我去后花园听戏。若是想离开回府的，路上一定要小心。大家自便吧！”

众人对看一眼，都齐齐点头。

谢芳华看向秦铮，不等他开口，便对他道：“你该回府了！”

秦铮扬眉：“这就赶我走？”

谢芳华隔着面纱嗔怪地看了他一眼，提醒并且微带着劝慰地道：“英亲王妃就你一个儿子，过年你不在家里，岂不是让她失落？”

“难道你是怕等你过门之后，我娘觉得儿媳妇抢了儿子，对你为难？又怕我有了媳妇忘了娘，造成你们婆媳不和？”秦铮凑近她，戏谑地问。

谢芳华忍不住咳了一声，扭开脸，有些恼怒地低叱：“秦铮！你到底回不回去？”

秦铮勾唇一笑，对她压低声音：“今夜子时有烟花，你没忘记吧？”

谢芳华磨了磨牙：“忘不了！”

秦铮笑开，懒洋洋地道：“你忘不了就好！”话落，他退离谢芳华身边，双手背负在身后，抬头看了一眼天色，道：“还有两个时辰子夜，我的确是该回去陪娘了。”

谢芳华也看了一眼天色，他是在提醒她还有两个时辰子时。

“走了！”秦铮说走就走，一点也不拖泥带水，抬脚就出了金玉轩。

谢芳华轻轻松了一口气，这尊瘟神，总算是走了。

秦铮走到金玉轩门口，碰上谢墨含和谢云青从外面进来。谢云青手里拿了几张字帖，灯笼照耀下，字帖上的字极其卓绝有风骨，自然是谢墨含的字。

谢林炎见了谢云青手里的字帖大喜过望。

谢墨含碰到秦铮走出来，只他一个人，身边没有谢芳华，微微一怔，询问：“秦铮兄，你这是……”

“回府！”秦铮停住脚步，看了谢云青手里的字帖一眼，道了句：“不错！”

谢云青笑笑：“费了半天嘴皮子，总算是求得世子写了几帖。”

秦铮扬了扬眉，不置可否。

“后方搭了戏台子，秦铮兄，你不是也爱听戏吗？怎么不留在这里了？戏台刚搭起来，你急着走什么？”谢墨含向金玉轩内看了一眼，讶异地问。

“媳妇让我回府陪娘。”秦铮脸不红地道。

谢墨含有片刻不解，须臾，恍然大悟，揉着脑袋又气又笑，无奈地提醒他：“秦铮兄，你们大婚还要三年。你还没娶到媳妇……你不顾及自己，也该顾及一下我妹妹的闺誉。”

“啰唆！”秦铮哼了一声，丢下一句话，抬步出了金玉轩。

谢墨含对身后的侍书吩咐：“去送送铮二公子！”

“是！”侍书应声，立即追上秦铮。

谢墨含见秦铮转眼便走了个没影，笑着摇摇头，走进金玉轩。

谢林炎噔噔噔几步从座位上跑到了谢墨含、谢云青面前，欢喜地对二人道谢：“谢谢世子哥哥，谢谢云青哥哥！”

谢云青将字帖递给谢林炎，好笑地道：“你拿着这个世子手抄的佛经可要收好了，另外，嘱咐你娘，别四处显摆。世子可没那闲工夫给别人写这个东西。”

“是，是，我记住了，一定告诉我娘。”谢林炎连连点头。

谢墨含对谢林炎笑了笑，见谢芳华由谢伊挽着走了出来，温和地笑问：“不玩了？”

“不玩了，去看戏！”谢芳华有些心疼地看着谢墨含疲惫的脸色，“哥哥累了吧？”

“还好！”谢墨含摇摇头。

“世子哥哥，你怎么来了这里？不去看戏吗？”谢伊笑着问谢墨含。

“我过来看看！没想到你们散场了。”谢墨含错开身子，对谢伊温和地道：“六婶母和众位夫人都去了后花园，既然你们也要去听戏，赶快过去吧！别让人久等。我稍后再过去。”

谢伊点点头。

谢芳华不再说话，任由谢伊挽着出了金玉轩。

走出一段路，僻静无人处，谢伊小声对谢芳华道：“芳华姐姐，你干吗就那样放过了茵姐姐？她屡次三番针对你，不是该趁此机会好好教训她一下吗？你怎么就这样算了？”

谢芳华慢慢地走着，脚步不停，夜风中，她的声音有些淡漠：“同样都是谢氏的女儿，逞一时之快互相残杀，无非是让人看了笑话。在这府里，我们各自分支之别，出去外面，左右不过是一个谢字。”

谢伊板起小脸，有些不甘心：“可是她实在是有些过分！以前我还不觉得茵姐姐做什么事情太出格，可是今日，她连番针对你，尤其是那般言语，我听了都受不住。”

谢芳华偏头看了她一眼，淡淡一笑：“她说的也是事实。”

谢伊看着她，忽然垂下头，没了声。

谢芳华见她不说话，也不再说话。

过了好一会儿，谢伊低声道：“芳华姐姐，虽然我觉得就这样放过茵姐姐有些不甘心，但是也觉得你没做错！我们都姓谢，就算你难住了她，让她明日贴了标签去立城门，传扬出去，也说是我们谢氏的女儿，外人才不会管是谢氏哪房哪院的哪个女儿，只会说是谢氏的女儿，影响的是我们谢氏所有女儿的闺誉。不过不能过分地教训她，小小教训一下还是可以的吧？否则以后她见了你恐怕会更无所顾忌。”

“谢茵……”谢芳华轻轻吐出这两个字，声音随风消散在唇瓣，转眼没了痕迹，“她不算什么！算是我卖给林溪哥哥一个人情吧！毕竟那是她的亲哥哥。”

谢伊恍然大悟：“对哦！若是今日惩治为难了她，林溪哥哥也会极其没面子的。”

谢芳华回头看了一眼，金玉轩那边热热闹闹地出来一群人，显然都是去后花园看戏的。

谢伊也顺着她回头看了一眼，须臾，用极小的声音道：“大房的大伯父和大伯母打着什么主意连我都知道，可惜了林溪哥哥，和大房里面的所有人都不一样，他为人和气，谦逊，向来不与人为恶，做事正派磊落，怎么就托生在了大房的宅院里？若是我的哥哥就好了。”

谢芳华知道六房明夫人只生了两个女儿，没有男儿，是以，谢伊只有一个姐姐，没有兄弟。她看着别人有兄弟，也是羡慕的。拍拍她的手，谢芳华轻声道：“有时候，亲者，不走动了，也不一定亲；不是亲者，走动得勤了，便也是亲了。没有亲的兄弟又有什么关系？我们谢氏有很多兄弟，你可以夺过来一个两个的当自己的哥哥弟弟用着。”

谢伊闻言顿时张大嘴巴看着谢芳华，半晌后，扑哧一声乐了：“芳华姐姐，我娘一直因为没给我们六房生下男嗣，郁郁寡欢，照你这样说，可以去夺一个了？”

“不是有族里过继的事情吗？又不是不能夺一个。”谢芳华也有些好笑地看着她。

谢伊一呆，轻声问：“真的可以吗？”

“怎么不可以？”谢芳华笑意淡淡，“六房没有男儿，要立住门风，保住六房将来后继有人，过继一个，又不是稀罕事儿，不是有很多的府邸都走的这一步吗？”

谢伊低下头，小声道：“我娘有意给我父亲纳妾，没想过过继。就算过继，毕竟也不是父亲的亲血脉，将来怕是不顶用。”

谢芳华偏头看着谢伊：“六婶母当初嫁进六房，因为六叔体弱，六婶母出身清河崔氏，虽然两家门楣相当，但就体格来说，六婶母算是高嫁，当初不是要求六叔不能纳妾吗？”

“我也听说过这个！但是娘这么多年来一直生不出男孩，虽然祖母秉持着当初的承诺，从来不曾说过什么，爹也从来不曾言语半句纳妾的事儿，但是到底六房如今还没根，我们女儿将来是要嫁出去的，娘便也动了心思。”谢伊低低地道。

谢芳华不再说话。六房早已经搬出忠勇侯府自立，忠勇侯府管不着六房的事情。既然是明夫人自己要给丈夫纳妾，那便由不得别人指手画脚说什么了。她更不会去管。

谢伊因说到这件事情，心情低落了下来，也不再说话。

二人慢慢地走着，不多时，来到了后花园。

后花园早已经搭建了戏台，宽阔的场地分为两部分，一部分用帷幔遮着，是戏班子的活动场所，一部分是前台的宾客席位。桌椅板凳、茶点果盘都摆得满当，已经有不少人在座，等着戏班子开唱。

谢芳华和谢伊刚到，侍画便迎上前。

明夫人也从众夫人中笑着站起身，对二人招呼：“芳华小姐，伊姐儿，你们过来这边坐！这里给你们留了位置。”

谢芳华笑了笑，柔声道：“谢谢六婶母！”

“娘！”谢伊一扫阴云，欢快地喊了一声。

二人相携着走了过去。

敏夫人也在众夫人之列，见到二人一起来，没有见到她的女儿谢茵，脸色有些不快，笑着大声道：“你们快看看，到底忠勇侯府和六房是亲的，把我们都给甩了个十万八千里。芳华小姐和伊姐儿好，明妹妹也跟忠勇侯府亲近，我们这些人啊，只能靠后站。”

谢芳华脚步一顿。

谢伊咬了咬唇瓣，见众人都向她们看来，当着这么多人的面，她想反驳，但碍于是小辈，到底是压下了，跟谢芳华一样没说话。

“大嫂说什么呢！今日既然来了这里，都是一家人，都姓了一个谢字。亲疏远近哪里能分得那么清楚？”明夫人扫了敏夫人一眼，知道今日搭戏台点戏谢芳华都让她安排，敏夫人这是心中不快了。

“虽然没说分得清楚，但是做出来的事儿可是分得门儿清。”敏夫人轻轻哼了一声。

明夫人一噎，这话明摆着是说给谢芳华听的，无非还是因为让她点戏。她看向谢芳华。

谢芳华没理会敏夫人的话，和谢伊来到明夫人身边，一同坐了下来。

谢伊毕竟年纪小，有些血气，恼意上来，看向敏夫人，开口道：“大伯母，刚刚我们在金玉轩，茵姐姐……”

“伊妹妹，大家都等着开唱呢，别说那些有的没的。”谢芳华打断谢伊。

谢伊顿时住了口。

谢芳华扭头对明夫人道：“六婶母，兄弟们有想看戏的，也跟着我们之后过来这里了。不来这里的，就是对听戏没兴趣，在金玉轩或者是去别处玩了。让戏班子准备开场吧！”

明夫人不由得对谢芳华高看了一眼，不做口舌之争，这份气度，不是谁都能做到的。她点点头，对身边的丫鬟吩咐了一句，那丫鬟走向了戏台后。

谢芳华看到花白胡子的前班子谨慎地在帘幕遮掩的一处角落对已经打扮妥当的小凤祥嘱咐交代。小凤祥似乎也有些紧张，连连点头。毕竟这是钱家班子在忠勇侯府待了这么久后的第一场戏。

从明日开始，便会在正月里轮番一台一台地唱了。有个好开始，就会顺顺当当。

谢芳华想起她回京途中和之后被困在英亲王府那几日里在钱家班子的生活，不由得有些感慨。一个戏子身边的哑巴婢女和一个钟鸣鼎食之家的金娇玉贵的侯府嫡女的确天差地别。

就像谢茵嫉妒她的出身一样，又有多少人如谢茵一般地嫉妒着恨着她？可是恐怕没有人能体会到曾经在某一日，她是恨死了这个出身所带来的一切噩梦。

不过过去的事情到底是烟消云散了。如今她还坐在这里，便是上天厚待。

明夫人的婢女很快就与钱班主做了吩咐，钱班主一挥手，戏班子顿时进入了备唱。

这时，一群人说说笑笑地进了后花园。

“哎哟，今日这帮小子是怎么了？看这样恐怕是没几个人不听戏的，还都来这里凑热闹了。难道是我点的《宝兰春晓》吸引来的？”明夫人向远处望去，只见黑压压一片少年公子哥，顿时笑了起来。

众人也都被那边来的人吸引去了目光。

谢氏未来一辈的希望，都在这些人里面，每一支都有着各自的命根子，自然极其关心。

“世子哥哥、云青哥哥、云继哥哥、林溪哥哥……”谢伊一个个地数着走来的人，欢快地道：“他们还真是都来了呢！我不清楚别人，只知道云继哥哥向来是最厌烦听戏的，今日不知道是为什么也来凑热闹了。”

“大约是大家都来，他不想被甩下没意思吧！”明夫人笑着道。

谢伊哼了一声，拽住谢芳华的袖子，小声道：“芳华姐姐，你以后得小心云继哥哥，他可坏了。若是你得罪了他，被他惦记上，那么就完了。”

谢芳华收回视线，对她低声道：“他难道比秦铮还不是个东西？”

谢伊见她这么说秦铮，小脸顿时抽了一下，嘘了一声：“芳华姐姐，你这样说姐夫，小心有人告诉姐夫，你就完了。”

谢芳华扭回头，不以为然。当着秦铮的面她也敢说，还怕背地里说？

谢墨含、谢云青、谢云继、谢林溪等人来到近前，先给众位长辈见礼，之后入了旁边的男眷席位。忠勇侯不喜听戏，男席里面自然是谢墨含坐在首位，谢云继等人依照各自的身份坐在他的旁边。

敏夫人没看到谢茵，不由问谢林溪：“溪哥儿，茵姐儿呢？”

谢林溪看了敏夫人一眼，恭敬地道：“回母亲，妹妹身子有些不适，儿子派人先送她回府了。”

“她怎么了？身子哪里不适了？可打紧？”敏夫人顿时急了，站起身。

“她说小腹有些疼，世子为她找了府中的大夫把脉，大夫说可能是染了点儿寒，不是大事儿。”谢林溪道。

敏夫人闻言放下心来，但看着谢林溪的脸色，总觉得哪里不对，但她虽然尖锐好与人争锋，也不是真没有脑子，当着这么多人，便也不好再问了，点点头，重新坐下。

谢林溪见敏夫人不再问，但显然起了疑惑，揉揉额头，只觉得分外疲惫。

这时，鼓乐笛声响起，有人打响了拍板，《宝兰春晓》拉开帷幕。

宾客席上众人都停止了说话，目光整齐一致地看向戏台。

小丑蹦跳着出场，便笑翻了一众人，紧接着，小凤祥做美人妆容打扮，刚一出场，台下谢氏爱看他戏的夫人老爷们顿时发出一片叫好声。

谢伊在旁边看着逗趣，忽然想起什么，偏头看向谢芳华，欲言又止。

“想说什么说吧！”谢芳华笑看着谢伊。

谢伊犹豫片刻，终是忍不住，拉着她的袖子凑在她耳边低声道：“芳华姐姐，你可知道姐夫身边收的那个婢女听音的事儿？”

谢芳华眸光微闪，面纱下自然看不清她的神色，她点点头：“知道。”

“那你……”谢伊看着她，“可与姐夫谈这个婢女的事儿了？”

谢芳华不由笑了：“与他谈一个婢女做什么？”

谢伊看着她无所谓的神色，不由叹气：“芳华姐姐，如今姐夫和你有了婚约，你将来是要嫁给他的啊，可是听说他身边那个婢女听音被他宠到了极致。月前，下大雪时，去皇家猎场，左相府的卢小姐不就是因为冲撞了他的婢女听音，被他恼怒之下推给英亲王府的庶长子了吗？卢小姐即便再不乐意，也拗不过皇后的懿旨和英亲王妃带着一众夫人的登门做媒。能让他如此护着，可见那个婢女听音不是个善茬。他身边有个这么厉害的女人，你怎么就能不在意呢？”

谢芳华低低咳嗽了一声：“在意又如何？不在意又如何？我们的婚事如今只是定下了而已，三年后，我能不能顺利地嫁去英亲王府还是说不准的事情。如今就操心这些，是不是太早了？”

“不早啊！”谢伊立即道，“芳华姐姐，你想过没有，若是这三年里，姐夫的心肝被人给挖走了，比如说……若是那个听音有本事上了姐夫的床，或者是如今就已经上了他的床，未来的某一日，怀了他的孩子，万一顺利地生了下来，到时候你嫁进门，可就……”

谢芳华实在有些听不下去，扭开头，打断她的话：“伊妹妹，你想得太远了。”

谢伊脸一红，看着谢芳华，憋不住地道：“是个女子都是应该想想自己的终身大事和将来所靠的夫婿的，芳华姐姐，你怎么能不想呢？”

谢芳华揉揉额头，低声道：“我的病能不能好还要看是否能找到神医，想那么多，到时候全是白费，也没用不是？”

谢伊闻言半晌没声，过了片刻，低声给她鼓励道：“芳华姐姐，你这么好，一定会平安的。”话落，她话锋一转，又道：“我看姐夫那样的人可不像是个能被一个婢女笼络住的人。就拿今日来说，他对你在意得紧。你就放宽心吧！”

谢芳华忍不住笑了，看着她：“好话赖话都让你说了。”

谢伊吐吐舌头，看向戏台，小凤祥千娇百媚的神态分外惹人怜，声音也是分外勾魂摄魄，她小声道：“我是看到小凤祥这副样子，想起那个婢女据说曾经是侍候他的，想必也是个勾引人的妖精。”

谢芳华脸上爬下一道黑线，勉强地忍住，对她道：“好好听戏，别多话了。”

谢伊缩了缩脖子，想着大约芳华姐姐心里还是在意铮二公子身边那个婢女听音的，否则也不会如此不让她说了，于是，规矩地看戏，不敢再言语。

明夫人坐在二人身边，虽然二人的声音很小，但她多多少少听到了些，暗暗叹息一声。英亲王府和忠勇侯府结亲，在从前这是谁也想不到的事情。可是如今，成了事实。铮二公子少年英才，是个好夫婿人选，但是霸道狂狷，性情复杂莫测，越是这样的人，越不是一般女人能拿得住的主。大婚前有婢女，这倒不算什么污点，哪家贵裔公子哥没一两个暖床的或者贴身侍候的？身边没有婢女的满南秦也寻不出几个，少之又少。所以，谢伊单纯，小女儿心思，只看得到眼前这点儿利弊。往长远里看，两府的结亲以后怕是波折多了去了，没那么容易的，不是一个婢女两个婢女这样的小事儿，主要是关系当朝皇权。

谢芳华其实不怎么爱听戏，所以，坐在这里只是看个热闹，并不能入戏，虽然盯着戏台，脑中却想些有的没的。忽然她想到了什么，猛地转头看向男眷的坐席，只见谢林炎宝贝地捧着谢墨含手抄的佛经看，佛经……她忽地站起了身。

“芳华姐姐？”谢伊骇了一跳，紧张地看着她，“你怎么了？”

谢芳华定了定神，伸手捂着额头，疲惫地道：“我有些累了，受不住了，想回去歇息，你们看吧！”

明夫人闻声转过头，急忙询问：“打紧吗？要不要请大夫？”

这母女二人对于她今日在宫宴上发病的骇然模样显然还心有余悸。

谢芳华挥手招来侍画和侍墨，二人立即一左一右扶住她，她摇摇头，对二人道："我没事儿，就是累了，身子骨不好，这些年又没这样熬过夜，所以受不住了。不用请大夫，我回院子里歇下就好。六婶母，伊妹妹，你们看吧！我没大事儿。"

明夫人松了一口气："那快回去吧！你放心，这里有我在招待着呢！"

谢芳华点点头。

谢伊立即道："芳华姐姐，我送你回去！"

谢芳华摆摆手："我回院子就歇下了，也不能和你玩耍了，府中今日人多，你还是别乱跑了，就在六婶母身边待着吧！我看你也是个爱听戏的，这一出戏今日错过了，明日不一定再重唱了。"

谢伊嘟起嘴，有些舍不得："那好吧！我明日再找你玩，行吗？"

"行！"谢芳华虚弱地笑笑。

谢伊见她答应，满意地对她挥手："那你快回去吧！"话落，又对侍画、侍墨嘱咐："你们两个仔细些，若是芳华姐姐有恙，就立即请大夫。"

侍画和侍墨对谢伊点头，扶着谢芳华出了女眷的席面。

谢墨含也没什么心思看戏，他坐在这里，无非是为了以忠勇侯府世子以及主人的身份陪客，见谢芳华起身，立即站起身，问道："妹妹，身体又不适了？"

谢芳华点点头，眸光微闪："可能有些累了。"

"那就回去歇着吧！"谢墨含看着她，又看了一眼天色，话落，抿了抿唇，低声用两个人才能听到的声音道："你是不是要出去？若是出去，自己仔细一些。"

谢芳华轻轻嗯了一声。

谢墨含又嘱咐侍画和侍墨一番，重新坐下身。

谢芳华不再逗留，出了后花园。

她离开，众人或多或少有些关注，不过鉴于她的身体情况，大家都清楚，很快便重新入戏。

谢云青、谢林溪与众人一样，很快就收回了视线。谢云继嗑着瓜子，一直目送谢芳华身影离开，眸光在昏暗的光线下神色难辨。

谢芳华很快便由侍画和侍墨扶着出了后花园，戏台上清唱的声音渐渐淡去。

忠勇侯府今日虽然人多，但是大都集中在几处地方，所以，回海棠苑的路上相当清静，冷风里，除了三人，并没有别人。

走了一段路，谢芳华询问二人："谢茵是怎么被谢林溪送回府的？你们可知道？"

侍画低声道："您和铮二公子离开后，长房的二公子便命自己的贴身小厮将谢茵送回府了。当着世子的面，谢茵并没有反抗不满。"

谢芳华点点头，想着谢茵没反抗，大约是被秦铮那一句话给打击到了。

再尖刻的女人心，也受不住男人的一言半语。

不多时，三人回到了海棠苑。

海棠苑分外安静，海棠花散发着阵阵幽香。

进了里屋，谢芳华快速换了一件稍微素雅的绫罗衣裙，对二人吩咐：“你们守着海棠苑，有外人来，就说我歇下了，或者是让品竹过来代替我睡下，我出府去一趟。”

“小姐，您要出府？”二人齐齐看着她，有些不放心，“世子那里……”

“哥哥知道。”谢芳华道。

二人听说谢墨含知道，便住了口。

谢芳华不再多话，从怀中掏出一颗药丸吞下，在镜前收拾一番，不多时，易了容貌，她对着镜子沉思片刻，拿出一块黑纱蒙在脸上，很快出了屋门。

第三十七章
同行

京　门　风　月

谢芳华对于忠勇侯府自然熟悉得不能再熟悉，每一处暗卫暗桩都了如指掌。所以，她出了海棠苑之后，很轻松地避开了府中的隐卫，悄无声息地翻墙出了忠勇侯府。

寂静的街道上空无一人。

谢芳华脚尖落地，轻轻拍了拍手上沾染的墙头的土，四下看一眼，目测了一下方向，抬步向北城门走去。

除夕之夜，万家灯火，几乎所有的人都在自己的家中玩乐守岁。高门大院的府邸里，都如忠勇侯府一般，宴席之后各有节目，小户人家也是关起门来全家聚在一起过年。

所以，大街上走动的人除了巡逻兵外寥寥无几，分外清静。

谢芳华脚步轻快，不多时便来到了北城门。

北城门今日城门紧闭，守城的士兵比往日多了一倍。

谢芳华躲在街道的拐角处暗中观察了一阵。大约因为过年，守城的士兵不能回家与家人过团圆夜，所以，尽管多了一倍的士兵，但是都不太有精神，看起来有些懒散，有不少人在睡觉，也有不少人聚在一起掷骰子聊天，只有寥寥无几的人在好好地守着城门。

谢芳华伸手在不知是谁家的土墙上抠下几块土块，瞅准目标，打了出去。

土块极小，夜里有清凉的风吹过，土块带起的细微的风声被夜里吹过的冷风淹没，几乎让人察觉不到，土块转眼便击中了那几个站着好好守卫的人。

几个人无声无息地倒了下去。

因一部分人早已经睡着，另一部分人赢钱的和输钱的都玩得热火朝天，所以，这极小的动静自然没被人察觉。

谢芳华见得手，从街道拐角出来，几步便来到了城墙根，从怀中取出一根极细的绳索，轻巧地向上甩去，绳索钩住了城墙上的墙垛，她轻轻一托，几个纵越，人已经上了城墙上。

谢芳华并不多逗留，收起绳索，转身便要依照刚刚的方式纵下城墙。

就在这时，身后忽然朝她飞来一物，若是不躲，她定然被打下城墙，那么不死也会残废。

谢芳华眸光一沉，连忙侧身躲过，那飞来的物事擦着她的脸颊飞了过去，面巾被打掉一个边角。

谢芳华不等面巾落下，立即伸手将面巾重新系上，转身看向那物事飞来的方向。

只见她早先所站的街道拐角处此时站了一个人，那人并没蒙面巾，半边身子隐在昏暗处，半边身子露在光亮处。露在光亮处的正是上半身，让她可以清楚地看清他的容貌。

李沐清！

右相府的公子李沐清！

谢芳华怎么也没想到会在这里看到李沐清，而且李沐清还对她出手。

她盯着他，眯了眯眼睛。

李沐清仰着头看着站在城墙阴影下的她，眸光奇异地变幻了一下，忽然对她一笑，缓缓地用唇语对她道："将你的绳索借给我用一下出城，否则我就喊了！"

谢芳华挑了挑眉，四下看了一眼，士兵们依然睡的睡，玩的玩，被她打晕的人继续晕着，她无声地冷笑了一下，不理会他，转身就要下城墙。

这时，一枚物事又对着她后背飞来。

因为这物事速度太快，谢芳华来不及跳下城墙，只能再度躲开。刚躲过一物，不等她站稳，后面又飞来一物，与她一样，用的是不知道谁家墙头上抠下来的土块。

谢芳华心中恼恨，一连躲了几次，他不打了，她才堪堪站稳脚。

李沐清掂了掂手中剩余的两个土块，继续用唇语对着她说道："若是不帮我过去，我是不会让你出城的。我们就这样打下去，早晚会被人发现。"

谢芳华看着她，一言不发。

"你可以想想，守城的士兵若是被惊醒，我倒是没关系，你能不能走得掉就两说了。就算走得掉，今日这样的日子里，发生翻越城墙这样的大事，皇上也不会轻易放过，定然会全城缉拿你。"李沐清一字一句地道，"你是借我绳索帮我出城好呢，还是被皇上派人全城缉拿好呢？你自己选择！"

谢芳华皱眉，这样的日子，右相府想必也应该与忠勇侯府一样玩耍乐和，李沐清要独自出城做什么？

“快点儿！他们有人要输光散场了。”李沐清催促她。

谢芳华磨了磨牙，立在阴影中，将手中的绳索对着李沐清扔了过去。

李沐清伸手接过绳索，对她无声地笑着道了句谢谢。

谢芳华瞅着他，看他这个右相府文弱的公子哥如何爬城墙。想必能用暗器打人，爬城墙这样的事应该难不倒他。

果然，李沐清接过绳索后看了一眼，脚步轻浅地几步便来到城墙下，紧接着，他将绳索向上轻轻一甩，不见用多大劲，绳索的挂钩便稳稳地挂在了城墙的墙垛上，他轻轻几个纵跃，便上了城墙。

谢芳华见他很轻松地便上了城墙，想着果然没看错，右相府的公子文武双全，不是个简单的。她不与他说话，立即收起绳索，转身便甩了出去，锁钩钩住另一侧城墙的墙壁，她轻轻向下跳纵。

她刚抬起脚跳下去，手臂猛地被人抓住，她回头，李沐清也跟着她跳了下来。

谢芳华心里暗骂一声，不能闹出动静，只能任由他跟着她往下跳。

不多时，几个纵越，二人已经站在了城墙外。

谢芳华收了绳索，李沐清自动地放开了她的手臂。

谢芳华看也不看他一眼，抬脚就走。

李沐清跟在她身后，亦步亦趋。

不多时，二人出了城墙管辖的范围，隐隐地听见有士兵在城门处大嚷着“输光了，不玩了，散了吧！喂，都醒醒，都醒醒，这样的日子怎么能睡得跟死猪一样”的话。

李沐清忽然轻笑了一声。

谢芳华皱了皱眉，又向前走了一段路，过了三条岔路口，李沐清竟然还跟着她，她停住脚步，回身看着他。

“听音姑娘！”李沐清对她拱了拱手，“刚刚多谢了，多有冒犯，还望见谅！”

谢芳华手指拢了拢，眯了眯眼睛。李沐清认出她也不奇怪，毕竟刚刚那一瞬间他打掉了她的面巾，这个人聪明，耳目灵敏，可能那一瞬间已经被他看到了如今的容貌。

“听音姑娘其实会说话了吧？”李沐清看着她眯起的眼睛，笑得温和。

谢芳华眉梢动了动，忽然笑道：“李公子深夜不待在府中，出城是有贵干？”

“声音虽然不好听，但会说话也已经不错了。”李沐清微笑，“实不相瞒，我娘亲的头疼毛病犯了，我出城前往法佛寺请普云大师一道符纸和凌晨的第一杯圣泉水给她带回去。”

谢芳华嗤笑一声：“李公子信神佛鬼怪？”

“我信不信不重要，我娘信就够了！”李沐清笑笑。

“若是没遇到我，李公子打算如何出城？”谢芳华看向他，打量他与寻常穿戴着的一模一样的锦绣长衫，“恐怕以你右相府公子的身份，不用翻越城墙，想要出城，与城门口的人说一声，也是轻而易举的吧？为何偏偏难为我用这种偷偷摸摸的方式出城？”

李沐清粲然一笑，眸光闪了闪：“这样的出城方式我还没尝试过，觉得很有意思，便劳烦听音姑娘了。”

谢芳华瞥了他一眼，转过身，继续向前走，不再说话。

“据我所知，若是踏上这一条路，前方再无其他岔路，难道听音姑娘也是要前往法佛寺？”李沐清跟在她身后，开口询问。

谢芳华嗯了一声。

“秦铮兄可知道你独自出城？”李沐清看着她的背影问。

谢芳华敛下眼睫，不回答他的话。

李沐清等了片刻，没等到她的回答，知道她是不会回答了，扯了扯嘴角，不再询问。

因为几百年来，南秦当政的帝王都甚是推崇佛教道教，所以，各大寺院道观香火都极盛。法佛寺更是靠近京城最大的寺院，又因法佛寺曾经的住持普云大师佛法高深，占卜算卦极准，是以法佛寺更受世人推崇。每逢初一十五，前往法佛寺上香的香客爆棚，即便寻常日子里，香客也是络绎不绝，香火从未间断。

谢芳华和李沐清一前一后，不再有交谈，路上寂静，两人的脚步踩在石板路面上，发出极浅的声音。

今夜没有月光，但天气却是极好，有零星的星辰没被云雾遮掩，发出细微的光亮。

大约走了半个时辰，后方隐隐传来马蹄声，谢芳华猛地停住脚步。

李沐清也停住脚步，听了片刻，上前一步，忽然伸手隔着衣袖扣住谢芳华手腕，低声道：“我们躲一躲，是官兵！”

谢芳华偏头看了一眼。她也听出是整齐一致的铁骑声，证明马蹄下都钉了脚掌，而且这脚掌是纯金打造的。除却官兵再无任何府邸的护卫队的铁骑会钉金脚掌。于是，她点点头。

李沐清四下看了一眼，拽着她躲进了距离路边不远处的灌木丛里。

不多时，一队百人的铁骑来到近前。二人立即屏息，那对人马当先一人蒙着面巾，看不到他的样貌，他也没有发现灌木丛中的二人，转眼间便带着一队人马疾驰而过。

马蹄声走远，二人从灌木丛中走出来。

谢芳华听着前方马蹄声远去，若有所思。

李沐清也看着前方，沉思片刻，对谢芳华道：“看来今日法佛寺要有事情发生。”

谢芳华不置可否。

“你可看清了刚刚领队的人是谁了吗？”李沐清问谢芳华。

谢芳华看了他一眼，没说话。

李沐清叹了口气，诚恳地道：“听音姑娘，你不该对我有这么大的敌意。虽然今日出城门的事情我利用了你，是我不对，但是也与你道歉了。你就大人不计小人过吧！”

谢芳华淡淡道：“李公子不必如此！我这个人向来沉闷，利用和交情我有时候分不清，大人和小人我也不太能分得清。”

李沐清哑然。

谢芳华抬步继续向前走。

李沐清见她没有回头的打算，想起她刚刚的话，不由失笑：“皇上身边的第一侍卫深夜被派出城前往法佛寺，还如此急，我不觉得是与我娘一样犯了头疼需要求一张符纸和凌晨的一杯圣泉水，你说呢！”

谢芳华不置可否。

李沐清见谢芳华油盐不进，只能作罢，不再说话。

二人继续向前走去。

谢芳华走了一段路，前方马蹄声已经消失，她沉吟片刻，忽然转身向左侧山峦走去。

李沐清一怔，喊住她：“不是要去法佛寺吗？”

谢芳华不答话，继续向前走。

李沐清揉揉额头，有些不解地看着她，片刻后，恍然，追上她，一把拽住了她。

“李公子，你的手是想被砍掉吗？”谢芳华扬眉，神色微冷地看着李沐清。

李沐清松开手，微笑道：“我没碰到姑娘的手，有分寸地抓住了姑娘的袖子，应该还不至于被砍掉手。”话落，她见谢芳华眉目清冷地看着他，他无奈一笑，道：“听音姑娘，你如今改道，是想借助这座山上的铁索桥去法佛山上的法佛寺？你要知道，自从二十年前出了个疯和尚砍坏了一半的铁索桥，后来便无人再敢走那铁索桥了。很危险！”

“李公子，我不怕危险，你若是怕，可以自己走不危险的路。”谢芳华丢下一句话，继续向前走。

李沐清抬步跟上她：“若是秦铮兄在这里，是不是能拦住你？”

谢芳华不答话。

“难道我要给秦铮兄发一枚信号，让他立即赶来，看看他的贴身婢女到底要做什么？”李沐清又道。

谢芳华脚步一顿，回头看着他，一瞬间，目光沉静：“李公子，你说，人若是死了，是不是就不会招人厌烦了？”

李沐清笑了笑，摸摸鼻子：“也许吧！”话落，反问：“但是你能杀得了我吗？”

“你可以试试！”谢芳华看着他。

李沐清看着谢芳华，明明她没有动半丝杀机，但这一刻，在她那双沉静的眸子下，他偏偏感觉到了凌厉的杀气。他眸光动了动，忽然笑了，对她摊摊手：“好，我不拦你了。”

谢芳华转身继续向前走。

李沐清犹豫了一下，抬步跟上了她。

谢芳华不理会他跟在她身后，她想的是，掐算时间的话，法佛寺距离这里还有三十里地，但是从这里上山，走那道铁索桥的话，也就五里地。虽然那些人骑马，但是也未必赶不到他们的前头。

李沐清跟在谢芳华身后，见她上山的脚步极快，也加快了脚步。

大约用了一炷香的时间，谢芳华站在了山顶上，山顶的栈道已经被破坏，两根铁索搭成的桥早已经只剩下了一根铁索孤零零地横在山涧中间。因为夜里漆黑，根本看不清对面是何情形。

谢芳华并不迟疑，伸手抓住了铁索，就要顺着铁索过桥。

李沐清快一步拦在了她面前，声音一改温和，有些低沉：“让我先过！”

谢芳华偏头看向他。

“你是女儿家，这么危险的事儿，说做就做怎么行？”李沐清将她推后一步，“我在前面走，你在后面跟着我。”

谢芳华沉默片刻，见李沐清坚持，声音缓和了些，低声道：“李公子，容我提醒您，只有一根铁索，我们两个一起过，无论是谁先，若是铁索中途断了，掉下去都会摔死。先过后过也没太大分别。”

李沐清愣了一下，须臾，忍俊不禁：“即便是如此，我是男人，也不能在危险的时候让女人走在前面，我跟在后面。”

谢芳华顿了片刻，让开了路。

李沐清拽着绳索当先过桥。

谢芳华在他走了两步之后，也随后跟着过桥。

一根绳索，两个人，偶尔脚步不稳，晃晃悠悠，黑夜的山涧很快淹没了二人的身影，只听到伴随着夜风吹起，铁索发出的沙沙声。

走了大约半个时辰，李沐清忽然停住，对谢芳华道：“你身上有夜明珠没有？”

“有！”谢芳华一手抓着绳索，一手从怀中取出一颗夜明珠。

夜明珠乍一放出来，四周顿时亮了起来。

只见前方一丈远处铁索被钉在一处石壁上，而石壁光滑，左右并没有别的物事支撑。只是距离那处穿钉处五丈远的地方有另一根铁索，垂直地挂在那里，通向顶端的崖上。

李沐清看清楚后，唏嘘一声，对谢芳华无奈地道：“我最多只能纵跃三丈远。”

谢芳华拿出怀中的攀墙锁，对他问：“若是有这个呢？”

“有它在，十丈远也不是问题了！”李沐清笑了一下。

谢芳华将攀墙锁递给他。

李沐清轻轻一甩，绳索被他甩了出去，一阵钩环清响，扣住了石壁的那个穿钉。他托了托，见很牢固，回头对谢芳华伸出手："我们一起过去，若是我先过去，你这边便没有了绳索支撑，我再递给你绳索的话，怕是要费一番工夫了。"

谢芳华点点头，隔着衣袖扣住了他的手。

李沐清在她特意隔着的衣袖上看了一眼，转回视线，拉着她顺着攀墙锁轻轻纵身一跃。绳索牵引着二人，转眼间到了对面的石壁，他的脚在光滑的石壁处蹬了一下，又拉着谢芳华向五丈远处垂挂的绳索飘去。

不过是两个起落，二人同时拽住了那根垂落的绳索。

李沐清轻轻舒了一口气，回头见谢芳华的面巾不知何时扯开了，露出一张平静的脸。只要稍微手一滑，两个人便会掉落下面的深渊，而即便如此危险，她却丝毫没有胆怯紧张慌乱。他收回视线，看着上面的石壁，神色定了定。

"继续走！"谢芳华见他不动，开口催促。

李沐清轻轻吸了一口气，点点头，收起攀墙锁，拽着谢芳华攀岩直上。

大约三盏茶时间，二人上了石壁，站在了法佛山顶上。

只见山顶上立了一块巨石，上面写着"此处危险，僧人请勿靠近"的字。而且四周用了铁栅栏围住，做了一个隔绝的空间。可见是法佛寺将此处当成了禁地，禁止僧人从此处下山。

李沐清将绳索递给谢芳华，看着她，低声问："你来法佛寺做什么？"

谢芳华收起绳索，抿了抿唇，没说话。

"今日不同往日，你听山门前传来的动静，皇上派遣的人应该是已经到前山门了。"李沐清盯着她，"不管你是何人，但你如今的身份是秦铮兄的婢女，若是被人发现，他难辞其咎。"

谢芳华扫了他一眼，目光看向南山门。

"你若是说了，我或许可以帮你。我娘每年都会来法佛寺礼佛，会住上十天半个月，大部分时间都是我陪着来。对于法佛寺，我应该比你熟悉得多。"李沐清道。

谢芳华收回视线，看向不远处林立的寺院，基于今日是除夕，各个院落都灯火通明。她沉默半晌，对他道："我去藏经阁找一本经书。"

李沐清露出笑意，大约是基于她的信任，他低声道："这个忙没问题，而且我偷偷进去过藏经阁不止一次。我知道怎么避开看守藏经阁的僧人，让你神不知鬼不觉地进去里面找书。"

谢芳华点点头，她虽然和李沐清不太熟，但是有过几次接触，这个右相府公子的言行人品还是能够让人相信的。

"跟我来！"李沐清丢下一句话，轻巧地越过铁栅栏。

谢芳华轻轻纵跃，无声无息地从铁栅栏上翻过。

李沐清回头看了她一眼，向寺院的后院墙走去。来到后墙根，他轻轻一跳，跃到了半墙处，一手攀住墙缝，一手扣住墙壁，两个纵跃，翻墙而入。

谢芳华在李沐清的身后想着他莫不是时常做鸡鸣狗盗偷偷摸摸的事情？否则这翻墙的动作可是一气呵成分外熟练，不太符合他右相府公子的身份。

过了寺院的高墙，李沐清对她伸手一指："藏经阁在那里！只能从达摩院穿过去。"

谢芳华点点头。

"跟紧我，我们必须快！"李沐清嘱咐一句，身影极快地离开。

谢芳华跟在他身后，身影同样极快。

李沐清显然是轻车熟路，所以，走走绕绕，左转右转，避开了巡夜的僧人，很快就来到了达摩院。

这时，前门传来数人的脚步声还有说话声。

"李侍卫，你说皇上忽然想起要看一卷经书？怎么会在这样的日子里想看经书了？"一个中年僧人的声音。

"圣上九五之尊，谁敢猜测君王的心思？在下只是听命行事！"李侍卫声音有些麻木。

中年僧人沉默片刻，又道："您知道，普云大师自从禅让了住持与贫僧，便去藏经阁居住了。藏经阁由他看守，您要去藏经阁拿书，势必要打扰到他。"

李侍卫皱了皱眉："皇上有令，打扰了大师，也是没办法。"

那中年僧人点点头，对身后一人吩咐："四戒，你先去藏经阁一趟，知会普云大师一声。就说皇上派人前来取一本经书。我这就带着李侍卫过去。"

"是，住持！"那叫四戒的僧人连忙向藏经阁跑去。

"不知道皇上想要看的是什么经书？"中年僧人又问。

李侍卫没有立即答话，过了片刻，才道："《心经》！"

中年僧人一怔："贫僧记得《心经》皇宫就有收录啊！"

李侍卫顿了一下："是南秦二十年回绝大师抄录的《心经》。"

中年僧人闻言露出疑惑，但是见李侍卫脸色紧绷，这样的日子，深夜而来，定是要紧之事，便也不敢再追问缘由。

谢芳华将二人的话听了个清清楚楚，心思一动。

李沐清忽然低声问她："你要找的是什么经书？"

谢芳华抿了抿唇，同样压低声音，语气有些冷意："就是你听到的《心经》！"

李沐清面色变了变，低声问："必须得到？"

"必须！"谢芳华道。

“那赶紧走！必须赶在李侍卫的前面。”李沐清丢下一句话，拉着她沿着昏暗的角落进了达摩院。

谢芳华跟在李沐清身后，想着皇上的动作可真是快！这样举国欢庆的除夕夜，谁能想到当朝天子却不过年，不陪皇后，不陪妃子，反而派人来了法佛寺拿一本经书？他动手比她想象的快得多。

不多时，李沐清便拉着她避开了守夜的僧人，穿过了达摩院。

过了达摩院之后，有几个岔路口，李沐清走最左边一个路口。这条路口极窄，有些偏僻，还有些怪味，显然是附近有茅坑。

走了一段路，来到一处更偏僻的角落，李沐清停住脚步，回头对她低声道：“这是藏经阁后面，翻过这座墙，里面就是藏经阁了。但是里面的地面下有一尺见方的地方铺满了铁网布置的钉子，必须避开，否则后果不堪设想。”

谢芳华点点头。

两人翻过了墙头，李沐清并没有立即跳下，而是沿着墙头走了几步，然后一个灵巧的燕子翻，两个起落，避开了铁网布置的钉子，跳到了院落里。

谢芳华学着李沐清的样子，也随着他跳到了院落里。

“走！”李沐清低声说了一句，攀上了藏经阁的房顶。

谢芳华刚要随着他一起动作，只听到里面传出一声低喝：“谁？”

谢芳华动作一顿。

李沐清在房檐上心神一醒。

二人对看一眼，谢芳华当机立断，不理会里面传出的低喝声，转眼攀上了房檐，来到了李沐清的身边。

李沐清对她摆摆手，向藏经阁最东边的一个檐角走去。

谢芳华紧随他身后。

这时，藏经阁的门忽然打开，一身灰袍须发皆白的老僧从里面走了出来，一双眼睛精光四射，看向房顶：“哪方朋友今夜前来藏经阁？老衲还没年老目盲，耳朵还算好使。”

李沐清揉揉额头，无声地对谢芳华问：“怎么办？被发现了。以前藏经阁不是普云大师来看管的，所以，我进来容易，如今既然是他来看管藏经阁，我们怕是进不去了。”

谢芳华唇瓣紧紧抿起，看向下方，普云大师自然不是无能之辈，若没有点儿本事，自然也不能名扬四海，受世人推崇。如今不是能不能进去的事情，而是已经被发现了，想走也没那么容易。更何况，她今夜既然赶在李侍卫之前来了，怎么能轻易无功而返？

想到此，谢芳华猛地一咬牙，从怀中抽出绳索，钩住了房檐，顺着房檐跳了下去。

李沐清一惊，想伸手拽住她，抓了个空，他目光顿时一紧。

转眼间，谢芳华便站到了普云大师的面前，对他一礼。

普云大师双手合十道了句“阿弥陀佛”，含着精光的老眼打量谢芳华，“原来是位女施主，不知道施主深夜前来，有何贵干？”

谢芳华听见外面越来越近的脚步声，反而镇定下来，对他道：“大师，请恕小女子冒犯了。我前来借一本经书。”

“哦？什么经书？”普云大师看着她。

“南秦二十年回绝大师抄录的《心经》！”谢芳华道。

普云大师闻言面色顿时变了变。

谢芳华看着他，忽然上前一步，用只有两个人才能听见的声音道：“大师，忠勇侯府是忠是奸，您作为出家人，是非曲直想必看得最是清楚明白。另外，今夜皇上派人前来取这本经书，若是交给了皇上，那么法佛寺一千二百僧人的性命，怕是也就交出去了。您是舍得还是不舍得？”

普云大师老眼忽然涌上一团黑。

谢芳华又靠近了一步，道：“都说出家人以慈悲为怀，心悯天下，大师您若有出家人的心怀，就该清楚，南秦若是没有了谢这个姓氏，便会堆起一座白骨山。”话落，她凉寒地道：“也许，今日繁荣香火旺盛的法佛寺，他日就会成为谢氏埋骨的白骨山。您是忍心还是不忍心？”

普云大师不说话。

“天子忌惮谢氏，无非是为了皇权而已，谢氏从来不要那至尊的皇权高位，若是要的话，早就要了。不会是今日，也不会是以后。”谢芳华声音苍凉。

普云大师闭了闭眼，低声道：“忠勇侯府不要皇权，不代表谢氏所有人都不要。我能救忠勇侯府一回，也救不了第二回。就算救活了忠勇侯府，救活了谢氏，难保谢氏不反过来掣肘皇权，到时候一样血流成河，苍生受难。岂不是一样的道理？”

谢芳华眸光缩了缩，沉重地道：“只要我活着一日，便能保证谢氏无人去要那皇权。”

“你是谁？”普云大师忽然盯着谢芳华的脸问。

谢芳华伸手扯过他的僧袍，当着他的面，写了三个字。

普云大师看着这三个字露出讶异的神色，抬头重新打量谢芳华，闪着精光的老眼中有些不敢置信。

谢芳华目光沉静地任他打量。

普云大师打量她片刻，闭了闭眼，道了句：“实乃天意！也罢！你要的经书就在我这里，给你拿去吧！”话落，从怀中取出一本经书，递给了她。

“多谢大师！”谢芳华收到经书，打开看了一眼，见正是南秦二十年回绝大师抄录的《心经》。眼看外面的人就要冲进藏经阁，她不再逗留，顺着绳索重新攀上了房檐，之后，快速地收了绳索，看了等着的李沐清一眼，对他无声道了句：“走！”

李沐清点点头。

二人几个起落转眼便出了藏经阁。

二人刚离开，法佛寺住持便带着李侍卫走了进来。

普云大师神色如常地站在藏经阁门口，一身僧袍，冷风吹来，颇具仙佛风骨。

“师叔，这位是皇上跟前当差的李侍卫，今夜奉皇上之命前来拿一本经书。”那中年僧人进来后对普云大师一礼，顿了顿，道：“就是南秦二十年回绝大师抄录的那本《心经》！”

“普云大师！”李侍卫拱了拱手。

普云大师点点头，双手合十，道了句“阿弥陀佛”，对李侍卫道：“皇上若是看别的经书，藏经阁里比比皆是，李侍卫今夜辛苦而来，都可以取走，但是独独这本经书，取不走了！”

李侍卫面色一变，立即问：“为何？”

普云大师叹息一声：“这本经书不知何时已经失窃，老衲卸任了住持职务看守藏经阁之后，统览了所有经书，发现这一本经书已经不知何时失窃了。”

李侍卫闻言不太相信，盯着普云大师，严厉地道：“法佛寺虽然是佛教寺院，但是武僧极其出众，不次于皇宫内廷侍卫的武功。藏经阁更是法佛寺的重中之重，真有人能从藏经阁盗窃？”

普云大师看着李侍卫，沉声道：“百密也有一疏。出家人从不打诳语。若是李侍卫不信，只管进藏经阁搜索，或者是将整个法佛寺包括老衲的住处都搜一遍。除了那本南秦二十年回绝大师抄录的《心经》，还同时遗失了两本经书，一本是前朝时期臧璞大师抄录的《金刚经》，一本是几十年前我师父幻海大师抄录的《药师经》。”

李侍卫脸色渐渐沉了下来。

那中年住持老眼露出惊异，不过瞬间，便双手合十，道：“阿弥陀佛！师叔不曾透露失窃一事，就连我也是不知道竟然丢了这三本经书，实乃我这个住持的过失。”

普云大师道：“经书丢失一事，有损法佛寺声誉，我发现之后，正在暗中排查本门弟子是否监守自盗，所以，便不曾向外透露一句半句。不想还未查出缘由来，皇上便要看这本经书。实乃罪过！”

李侍卫见普云大师不像说假话，顿时面有难色。

“若是李侍卫不信，老衲可以随你一起去面圣，陈述此事！”普云大师看着李侍卫。

李侍卫犹豫了一下，拱了拱手，摇摇头：“不必了！既然拿不到那本经书，在下这就回去禀明皇上。”

“阿弥陀佛，李侍卫慢走！”普云大师见李侍卫离开，双手合十送客。

那中年僧人连忙跟在李侍卫身后送客。

普云大师待二人离开后，并没有立即回房，而是透过天空中零星的几颗星辰看向京城。高高的山峦禅院里，隐隐约约能看到京城万家灯火，繁华鼎盛。他看了半晌，转身回了藏经阁。

谢芳华和李沐清出了法佛寺，站在后山顶上，能看到李侍卫带着百人的队伍疾驰离开。

“真没想到普云大师竟然亲手将那本《心经》给了你。”李沐清感叹一句，“都说出家人不打诳语，谁知出家人说起谎话来，比寻常人还让人多了个信字。”

谢芳华不说话，目光透过夜里的云雾，看着万家灯火的京城。

“是回城还是去哪里？”李沐清收回视线，问谢芳华。

谢芳华看了一眼天色，已经快要子时了，她沉默片刻，对他道：“你不是要给你娘求一道符纸吗？还求吗？”

李沐清摊摊手：“刚刚我虽然没露面，但是普云大师定然知道不只是你一个人去了藏经阁，你觉得我这时候还能去找他求一道符纸吗？”

谢芳华向藏经阁方向看了一眼，若是不想普云大师知道是他跟随她一起，自然不能了。

“虽然不能求一道普云大师的符纸，但是能接一杯圣泉水回去。我帮了你这么大的忙，你是不是应该感谢我一下，陪着我去圣灵佛下接一杯圣泉水？”李沐清问。

谢芳华笑了笑，点点头。

李沐清见她答应，面上也露出愉悦的笑意。

第三十八章
妻子

圣灵佛位于法佛寺半山腰一处矮峰，是一座高百米、佛体宽八十米、莲花瓣达十米的佛体，为南秦第二大佛。因它脚下有一处天然的泉眼，被称为圣灵泉。这处泉眼冒出的水，便被人称为圣泉水。

二人来到圣灵佛处，李沐清像模像样地对着大佛拜了拜。

谢芳华站在大佛脚下，静静地看着佛身，如此高的大佛，如此磅礴的气势，当初打造这座大佛可是费了很多的人力和工夫，据说长达十年才建造好这尊大佛。而主持建造这座大佛的人，就是她怀里揣着的刚刚从普云大师手里拿过来的这本抄录《心经》的主人，回绝大师。

回绝大师出家的法号叫回绝，而他真正的姓名叫谢灵渊，是谢家嫡系的人，这件事情鲜少有人知道。

“你不拜一拜吗？”李沐清见她站着不动，偏头看向她。

“不拜！”谢芳华摇头。

李沐清挑眉：“你不信佛？”

谢芳华淡淡道：“也不是不信，只不过信与不信，不一定要拜或者不拜！芸芸众生，熙熙攘攘，大千世界，心中有佛如何？心中无佛又如何？还不是一样活着！”

李沐清莞尔：“这言论倒是稀奇，怪不得你能得秦铮兄另眼相看拴在身边，他也时常会有一些让人听不懂的奇谈怪论，但是偏偏你还觉得他说得有理。”

谢芳华眉梢动了动，不答话。

李沐清从袖中拿出一个巴掌大的水壶。他上前两步，靠近莲花台伸出手，有细小的泉水灌进他的水壶里，他轻声道：“我娘一直很信佛，我们府里专门为她搭建了一处佛堂，为她每日礼佛用。”话落，他笑了笑，“虽然我娘礼佛，谁都觉得她是信佛之人，但是我知道，她心中其实是无佛的。”

谢芳华挑眉，对于右相府的夫人，她见过两面，是个慈爱端正的夫人，性情和英亲王妃有几分相似，与众夫人交好，比起左相夫人带着些厉害尖刻来说，右相府的夫人算是极其柔软和气的主了。

“我娘那样的人，任谁看她，都会觉得她心肠极好，是位好夫人好妻子好母亲好主母。”李沐清接满水，盖上壶盖，并没打算离开，顺势坐在了佛脚下，“可是你大约想象不到，我们右相府在她的手里死了多少孩子。”

谢芳华看着李沐清，他脸色平静，但是说这话的时候，还是有些苍凉的感觉。

“急着回去吗？若是不急着回去，这里清净，我们坐这里待一会儿！”李沐清看着她。

谢芳华往城门方向看了一眼，缓缓坐了下来，二人中间隔了一个人的座位。

“我父亲有两房侍妾，四个通房丫鬟，其中有两个人是母亲没过门时祖母把身边人指给父亲的。母亲过门后，并没有如其他府邸的夫人一般，将父亲身边侍候的人除掉或者赶走。不但没如此做，反而给她们好吃好穿好戴，让她们安心，继续好好侍候父亲。”李沐清看着京城方向，“不仅如此，后来母亲又为父亲找了两个人在身边侍候，于是，父亲的后院便收了不少女人。”

谢芳华静静地听着，不开口，也不打断。

“但是，尽管我父亲身边女人不少，母亲也不专房独宠，但是偏偏，右相府除了我和妹妹，这么些年，只长大了两个庶女，并无别的男嗣出生。”李沐清笑了一声，“是除了我从来没有出生过男嗣吗？不是，是出生过，而且不止一个。可是，没有一个存活。”

谢芳华看了他一眼，高门府邸宅院里面夫人的手段她比谁都清楚，主母一手遮天，只要不是过于仁慈的，无论是一个孩子，还是几个孩子，都能暗中神不知鬼不觉地动用见不得人的手段处置了。英亲王府出现了一个庶长子，并且平安长大，那是极其例外的少数。

“我十岁那年，看见母亲身边的一个婢女和一个姨娘院子里的奶妈在后花园见了一面，转天之后，那奶妈带着一个孩子去后花园赏景，不小心同时掉进了水里，救上来时，那孩子早没气了，奶妈也只有一口气，但是被盛怒中的母亲给乱棍打死了。”李沐清声音低了下去，“我十五岁那年，一位姨娘怀孕九个月，吃错了东西，造成了早产，折磨了一天一夜，之后产下一名男婴，因为早产，没挺过满月，那男婴便夭折了。那大夫曾经和我娘亲身边的陪嫁私下有来往。”

谢芳华沉默，李沐清怕是从小就聪明，又与她哥哥一样，心思极细，凡事比别人多了几分敏锐，是以，有些事情他怕是不愿意碰到，但因着这份敏觉，遇到了知道了也由不得他。

“而今夜，我们府里，又有一位父亲的通房小产了！万家团圆的日子，家家府里喜气洋洋，可是我们右相府，却是一片惨淡。”李沐清苦笑了一下，“娘亲安慰父亲，我突然觉得不愿意再看了，若是将来我的妻子在我面前温柔体贴，款款相待，却在我看不见的地方，毫不手软地杀掉我的孩子，我实在难以想象。”

谢芳华这一刻有些能明白他今夜为何不在府中待着跑出来吹冷风了。

“我不愿意在府中，便只能出来了！我想法佛寺能清净一些，也让我身上带着那个孩子的亡魂前来受佛光超度，再投胎，别投右相府了，若是投的话，就投我娘的肚子里。于是便打算出城来这里，不想遇到了你。”李沐清转过头，“听音姑娘，你会一辈子待在英亲王府的落梅居吗？”

谢芳华移开视线，没什么情绪地道：“应该是不会！”

李沐清仰头看向天空：“前年，我娘给我安排通房，我不要，我说我怕到我身边的这个女子将来也如右相府父亲的那些姨娘通房一样，成为主母手里的玩物。她听了半晌没说话。我知道她是为了稳固地位，也是为了我好。但我还是忍不住出口伤她。我想，她当时应该也是伤心的。自此，便再不提给我安排通房之事。”

谢芳华不知道该说什么，南秦京城里面如今的公子哥中，没有通房贴身侍候的人怕是少之又少。当然，她哥哥算是一个，李沐清算是一个，秦铮若是不计算她这个假听音的话，也算是一个。据她所知，谢氏里面，除了谢林溪和谢云继没有外，就连谢云青也是有一个通房的。翰林大学士和监察御史家的公子也都已经有通房了。

“秦铮兄今日和忠勇侯府的小姐被圣旨赐婚了。说真的，曾经有那么一刻，我是想娶忠勇侯府小姐的。”李沐清笑了笑，“我是有一种感觉，这南秦京城那些小姐里面，恐怕没有一个人及得上她的性子淡薄！不管我娶了她以后有没有通房，她大约都是不介意的。”

谢芳华忽然道：“你怎么知道她不介意？又怎么如此肯定她性子淡薄？”

李沐清怔了一下，失笑道：“就是觉得，有忠勇侯这样的爷爷，子归兄这样的哥哥，忠勇侯府这样诗礼传家的门第，忠勇侯府小姐虽然不在人前露面，有病在身，但是性情又怎么会差了？”

谢芳华不说话。

“至于对通房，她若是介意，我便真的可以不要，反正我是看够了后院的争斗、娘亲的手段。若是能有个一心一意的妻子，琴瑟和鸣，想来也是不错的。”李沐清怅然一声，“可惜，秦铮不给我机会！”

谢芳华垂下眼睫。

“听音姑娘，若是有朝一日，你不能再在英亲王府待下去，或者是待不下去了，就来我身边吧！”李沐清忽然道，“我也许可以给你一个妻子的身份。”话落，他强调：

“没有侍妾通房的妻子的身份。”

谢芳华面色微微一僵。

李沐清静静地看着她微微僵硬的侧脸。

沉默半晌，谢芳华忽然站起身，冷静地道：“李公子，我们该回去了！”

李沐清目光在她纤细的身子上停留了半晌，缓缓起身，收起情绪，温声问：“我们是原路走铁索桥返回，还是走山路下山？”

“走山路！”谢芳华看着京城方向，有好走的路，谁还走难走的路？

李沐清点点头。

二人一改来时一前一后，并排向山下走去。

走了一段路，京城内忽然传出一声爆响，腾的一声，烟花在空中炸开。

谢芳华停住脚步，看向那炸开的烟花。

李沐清也同时停住脚步，看向半空中。

正当子时，烟花一个接一个地放响，不多时，便将夜空装点得璀璨夺目，分外绚丽。

李沐清看了片刻，笑着道：“今年礼部新研制了不少带有花样的爆竹，据说要放半个时辰。皇上和皇后也会在宫里的观景台上观看，让京城方圆几百里的百姓们都能看到烟花。”

谢芳华点点头。

“若是我们没下山的话，法佛寺山顶上的位置看烟花应是最好。”李沐清道。

“这个东西再好，也是转眼即逝。”谢芳华从天空收回视线，有些淡漠。

“你可真是……”李沐清看着她，无奈地笑道：“从来不曾见过像你这样的女孩子，老成得如一个婆婆，性子这样不讨喜，偏偏还让人觉得特别。”

谢芳华沉默，上一世她自然不是这样沉闷不讨喜的性子，可是得到了什么？这一世，无名山八年将她打造成如此模样，不求讨喜，只求能守护住她要守护的东西就足够。

李沐清见她不语，周身的气息有一丝隐隐的暗沉，他收敛笑意，不再说话。

法佛寺通往京城的路上，两个人的脚步踩在石板路面上，发出轻轻浅浅的声音。

走了一个时辰，还剩余十里地。

李沐清忽然偏头对谢芳华道：“前面有一家面馆，我们去吃一碗面再回去吧！如今天色已经这般时候，我们回去之后城门还是没开，若是还翻越城墙的话，怕是不会再那么容易了。毕竟李侍卫带着人出入城门了一趟，如今城门士兵定然不敢再偷懒懈怠了。”

谢芳华向前方看了一眼，只见不远处一家面馆亮着灯，她问：“今夜是除夕，面馆还做营生吗？”

“面馆的主人是一对老夫妻，无儿无女，我们去问问，也许他们不怕人多热闹。”李沐清道。

谢芳华点点头：“也好！”

二人说定，便一起走到路边的小面馆。

面馆的门关着，门口挂了两个红火的灯笼，门面有些破旧，但是贴了喜庆的对子，门窗上贴了窗花和福字，看起来有过年的气氛。

李沐清上前叩门，温和地喊：“老人家，开门！”

“来了！哪位啊？”一个老丈应了一声，从里面将门打开，看到二人一愣，目光定在李沐清身上，讶异地问：“李公子？您这是……”

李沐清笑了笑，解释道：“我们二人从外面回城，路过您这里，有些饿了，不知您今夜是否还做营生，给我们煮两碗面吃？”

“哎呀，您有些日子没来我这个小面馆了！煮两碗面容易，快进来吧！”老丈闻言连忙让开门口，热情地请二人进去。

李沐清笑着道了一声谢，抬步走进面馆。

谢芳华跟在李沐清身后走了进去。

“老婆子，赶快去做面，李公子带着一位漂亮的姑娘来吃面了。”老丈扯开嗓子对里屋喊了一声。

“你这个死老头子，咋呼什么？”一位老婆婆从里面急忙走出来，见到李沐清，顿时欢喜地道：“李公子有些日子没来了，今日可是除夕夜，李公子怎么跑这里来了？”话落，不等李沐清答话，目光落在谢芳华身上，“哎哟，好一个俊俏的姑娘！”

谢芳华被两位老人的热情感染，不由对他们笑了笑。

“这位姑娘笑起来可真好看！”那位婆婆赞扬，眉开眼笑地对李沐清道：“李公子，你可真是好福气！”

李沐清微微偏头，咳嗽了一声，眉目染上笑意：“打扰婆婆过年了！”

“什么打扰不打扰的，我们两个老东西过年也没滋没味的，你们来了正好。”那位婆婆一边说着，一边拿铁壶倒了两杯热水，放在桌案上，对二人指了指，“这火炉边热乎，你们快过来烤烤火！”

李沐清笑着坐在桌前，点点头。

谢芳华也缓缓落座，不同于外面门面的破败，屋内的陈设极其整洁干净，尤其是桌椅，被擦得跟镜子面一般，纤尘不染。两杯清水热腾腾的，一下子就能让人感觉到浓浓的暖意。

“你们先喝水，我们去给你们做面！”老婆婆对二人丢下一句话，一边向厨房走去，一边对老丈喊：“老头子，你去给我烧火，我去和面！”

“好！”老丈笑呵呵地跟在老婆婆身后走向厨房。

李沐清端起热水喝了一口，温声道："老婆婆不能生育，老丈却没有休妻另娶，据说老婆婆曾经自己要和离，老丈死活不干，后来，两个人一直相互扶持着过到现在。"

谢芳华点点头，端起杯子握在手中。

"世界上最情深的夫妻，莫过于此了！"李沐清又道。

谢芳华喝了一口热水，认同道："是很让人羡慕。"

"他们两个人都做得一手热汤面，老丈比老婆婆做得好。但是老婆婆不让老丈做，她总是说君子远庖厨。但是偏偏老丈喜欢陪着她，于是，俩人一起去厨房，老丈烧火，老婆婆做面。"李沐清道，"本来他们的手艺在京城里面开一家面馆，生意定会更好，但是他们都不喜欢京城，便一直生活在这里，只为过路人做一碗面，维持生计。"

谢芳华放下水杯："京城里的繁华是伴随着喧嚣的，的确不如这里宁静。"

李沐清笑着点点头。

二人静静坐了一会儿，老丈和老婆婆从厨房走了出来，一人手里端了一大碗面。

谢芳华看到两大碗面放在桌子上，扯了扯嘴角："太多了！"

"姑娘太瘦了，多吃些！我老婆子看你也不过十四五的年纪，正是长身体的时候，可别为了爱美节食亏待自己，将来啊，你嫁人后，身子骨若是长不开，不好生养。"老婆婆笑呵呵地看着谢芳华，"我像你这么大的时候，我阿娘就告诉我别节食，可惜，我就是天生的有疾，不是那下蛋的鸡。"

"死老婆子，人家还是个姑娘，你胡说什么呢？"老丈不满地瞪了老婆婆一眼。

老婆婆有些不好意思，道："我这不是高兴吗？是多嘴了。"话落，她取过来辣椒碟和醋瓶子，推到李沐清和谢芳华身边，说道："李公子，姑娘，你们慢慢吃，就算吃快了离开，这时候回去城门也不开，进不去，稍后你们就在我们这歇歇，天亮再回去。"

李沐清笑着点点头："好，劳烦两位老人家了！"

"不劳烦，不劳烦！你们慢慢吃！"老婆婆摆摆手，笑着回了里屋。

"姑娘啊，你若是实在吃不下这么多，就匀给李公子些，他是男人，总要比女儿家能吃些。"老丈笑呵呵地丢下一句话，也随着老婆婆回了里屋。

谢芳华虽然晚宴时候没怎么吃东西，肚子里是有些空，但是看着面前这一大碗面，她也觉得吃不下。

"你若是真吃不下，匀我些？"李沐清含笑问她。

谢芳华抬起头，看着他："你吃得下？"

"若是不想浪费掉，我勉强能吃得下！"李沐清颔首。

"那就给你些！"谢芳华不客气地挑了一大筷子面拨进了李沐清的碗里，本来就满满的一大碗面顿时摞成了一堆小山。

李沐清嘴角抽了抽，半晌没说话。

谢芳华心中好笑，拿着筷子低着头吃了起来，面条很有韧劲，入口喷香滑软。

李沐清见谢芳华吃得香，看了她片刻，忍不住道："听音姑娘，我若是撑坏了，这后半生……"

谢芳华筷子一顿，接口道："后半生你自己负责！"

李沐清失笑，摇摇头，拿起筷子，慢条斯理地吃了起来。

半个时辰后，谢芳华放下筷子，只见李沐清还剩下半碗，她有些怜悯地瞅了他一眼，便若无其事地从怀中拿出那本经书翻看。

李沐清接收到她的眼神，筷子顿住，抬起头，目光落在她手里的经书上，轻声问："为什么非要得到它？很重要？"

谢芳华笑了笑，看着经书的表情有些木然："也算是很重要吧！总之我得不到它的话，别人就会利用它来兴风作浪，我自然不能允许。"

李沐清眸光动了动，不再说话。

谢芳华将《心经》阅览了一遍，之后捧着它的封皮看了半晌，缓缓转过身，拿起火炉边的铁钩挑开炉盖，将经书直接扔进了火炉里。

李沐清一惊，猛地抬头，不敢置信。

谢芳华慢慢地盖上了炉盖，经书遇到火，腾地着了起来，透过铁皮的缝隙溢出红红的火光，将她清秀的容颜照得极其明亮。

正因为明亮，眉目看起来反而更是清冷漠然。

李沐清盯着她看了半晌，才问："为什么费尽心力得到反而烧了？"

"没有了才最安全不是吗？"谢芳华挑了挑眉。

"你可真是……"李沐清叹息地摇摇头，似是佩服，又有些可惜，"回绝大师生平的手抄，也就剩下这最后一本了吧？就这样被你烧了！真是可惜！"

"能救人的东西，烧了也不可惜。能害人的东西，烧了更不该觉得可惜。"谢芳华道。

李沐清沉默片刻，忽然盯着她的眼睛："传说回绝大师出生在谢氏嫡系一脉？"

谢芳华扫了他一眼，没说话。

李沐清见她不答，也不再问，低下头继续吃着面。

谢芳华静静地坐着，手支着额头，窝在椅子上，姿态有些懒散和漫不经心的静谧。

半个时辰后，李沐清吃完最后一根面，长嘘了一口气："总算吃完了！"

谢芳华给他倒了一杯水，问："走吗？"

李沐清端起水漱了漱口，摇摇头："歇一会儿吧！走不动！"

谢芳华笑笑。

过了一会儿，老丈出来收拾碗筷，对二人道："李公子，姑娘，后院厢房有一铺炕，我家老婆子已经收拾好了，你们要不要进去歇歇？稍微睡一会儿？"

李沐清看向谢芳华。

谢芳华摇摇头。

李沐清对老丈道："我们再坐一会儿就走，您二老歇着吧！不用理会我们。"

老丈点点头，应了一声，笑呵呵地下去了。

过了半晌，李沐清忽然看向窗外道："燕亭兄不知道能否脱离永康侯府派出的拦截的人。若是能摆脱的话，不知道何年何月能再回来了！他突然离开，以后这京城怕是要冷清一阵子了。"

谢芳华也看向窗外，外面漆黑一片，她想起燕亭离开前说的话，沉默不语。

李沐清见她不吱声，也不再说话。

片刻后，谢芳华从窗外收回视线，身子靠在椅背上，闭目养神。

李沐清静静地看着她，过了半晌，一手扶着桌案，一手支着额头，也闭上眼睛休息。

南秦京城内的烟火早已经停歇，里屋偶尔传来老丈和老婆婆的说话声，分外和乐安宁。

一个时辰后，谢芳华忽然睁开眼睛，站起身，对李沐清道："走吧！"

李沐清醒来，向窗外看了一眼，温润地道："现在回去是不是还有些早？也许还要在城门处等一会儿，不再休息一会儿了？"

谢芳华摇头，道："不了！"话落，又道："或许你可以在这里多休息一会儿，我先走。"

"既然一起来的，怎么能不一起回去？"李沐清站起身，向里屋看了一眼，老丈和老婆婆年纪大了，似乎受不住睡下了。他从怀中掏出一锭银子，放在了桌案上，对谢芳华轻声道："走吧！"

谢芳华点点头，转身出了门，冷风迎面扑来，她轻轻打了个寒战。

李沐清看了她一眼，走在她左侧，正好挡住了吹来的冷风。

二人一起向城门方向走去，一个时辰后，来到城门处，城门紧紧地关着，守城的士兵不像他们出城时一般懒散玩赌，而是一个个肃穆而立，远远看来，甚是严峻。

城墙上跷着腿坐着一个人，眉目清俊。冷风飒飒，吹起他轻软的锦袍，颀长的身形如黎明前的启明星，整个城门方圆十里，因了他的存在似乎一下子夺目起来。

谢芳华脚步猛地顿住。

李沐清也看到了城墙顶上坐着的人，熟悉得不能再熟悉，他微微一怔，旋即转头看向谢芳华。昏暗的暮色里，清寒稀薄的冷风下，她的脸上情绪难辨。他抿了抿唇，低声问："你出来时，可曾与他打过招呼？他可知晓你出城？"

谢芳华垂下眼睫，摇摇头。

李沐清伸手揉揉额头，建议道："不然避一避？"

谢芳华抬起眼皮，重新看向城门，只见秦铮已经向城外看来，隔着略远的距离，他的目光定在她和李沐清的身上，看不清他的神色。那眼神似乎一下子穿透了距离，分外凛冽。她淡淡道："为什么要避？"

李沐清一噎。

谢芳华继续向城门走去。

李沐清忽然笑了笑，也随她一同抬步走向城门。

秦铮保持着原有的姿势，看着二人一步步走来，漆黑的眸子微微地眯着，俊颜在城墙墙垛的阴影下一半明一半暗。

一炷香后，谢芳华来到城门处，打量了一眼紧闭的城门，仰头看向秦铮。

李沐清笑着对秦铮打招呼："秦铮兄，怎么没在府里守夜，来城墙上吹冷风？"

秦铮仿佛没听见李沐清的话，看着谢芳华，冷峻着脸，一言不发。

谢芳华从他身上收回视线，转身向城墙角落处一块大石头走去。

"站住！"秦铮轻喝了一声，语气鲜有的低沉隐怒。

谢芳华不理会，仿佛没听到，径自向前走。

"谁给你的胆子连我的话也不听了？"秦铮忽然甩手，将拇指上戴着的一个玉扳指对着她打了过来。

玉扳指脱手甩出，气劲极大，转眼间就到了谢芳华后背处。

李沐清一惊，顿时上前两步，出手挡住了玉扳指，只听啪的一声，玉扳指打在了李沐清的手上，他低浅地闷哼了一声，倒退了一步，抓住了玉扳指。

谢芳华停住脚步，转头看向李沐清。

李沐清轻轻握着手，仰头看向城墙上，脸色平静地笑道："秦铮兄，若是我记性不曾退步的话，这个玉扳指可是德慈太后赏赐给你的，你一直戴在手上，珍惜得不行，今日却拿它来打人，你就不怕摔碎了？"

秦铮面色紧绷，冷着脸看着李沐清。

李沐清看着他，又笑道："若是我不接住的话，听音姑娘的后背怕是会被你打断一根骨头。你虽然向来不会怜香惜玉，但是对听音姑娘总有几分特别，如今这是怎么回事儿？难道你有了圣旨赐婚的未婚妻，便不将之前珍视地捧在手心的人看在眼里了？"

秦铮侧目看着李沐清，闻言本就清冷的俊颜镀了一层冰，须臾，他森冷地道："李沐清，我的女人，还容不得别人来心疼怜惜！我愿意打愿意骂也容不得别人来插手！"

李沐清面色微微一僵，旋即失笑："秦铮兄，燕亭兄走了，你是否有些不快？究其原因，你占一大半。难道你我之间，也要老死不相往来？"

秦铮抿唇，神色有一瞬间近乎无情，须臾，他轻轻一挥手，对已经变成了木头桩子的守城士兵吩咐："开城门，请李公子进城！"

"铮……铮二公子……还没到开城门的时辰……"守城的头目颤颤巍巍地道。

“我说开城门就开城门！没到时辰又如何？”秦铮一记眼风甩了过去。

守城的头目心胆俱战，不敢再辩驳，连忙对守城的士兵挥手：“快，开城门。”

守城的士兵连忙打开了城门。

“你现在就给爷滚，十天之内，别让爷再看见你，否则我不敢保证你我是否会老死不相往来。”秦铮冷声对李沐清道。

李沐清盯着秦铮看了片刻，忽然笑了，温和地道：“到底是我有几分颜面，多谢秦铮兄海涵。我今夜府里出了点儿事儿，本来想出城散散心，不想遇见了听音姑娘，并无非分之举，也无非礼之事。”话落，他看了谢芳华一眼，话锋微微一转，道：“不过，我本来也想娶忠勇侯府的小姐，奈何你没给我机会。若是听音姑娘他日不愿在英亲王府的落梅居待着了，想换个地方的话，求到我身上，我定然是义不容辞的，到时候还请秦铮兄放过一马。”

秦铮轻哼一声，嗤笑道：“李沐清，爷说过，兄弟是兄弟，女人是女人，若是兄弟抢我的女人的话，就掂量掂量自己的本事。”

李沐清坦然一笑：“我觉得女人和本事倒没多大关系，有本事，不一定能拴住女人。”

秦铮眸光骤然变黑，他放下跷着的腿，一手扶住城墙的墙垛，纵身从城墙上跳下。

守城的士兵们见他没有丝毫辅助工具便直直跳下城墙，齐齐发出惊骇的呼声。

李沐清面色一紧，忽然上前一步，似乎要帮他，须臾，想起什么，又止住不动。

谢芳华目光沉静地看着从城墙上纵身跃下的秦铮，微微蹙眉。南秦京城的城墙比一般州郡县的城墙都高，大约二十米，一个人有着再好的武功，也无非能一跃三四丈，也就是十三四米。而他这般没有任何工具辅助地落下，由高向低，身体带有一股自行坠落的冲劲，即便武功再好，恐怕也是轻则崴脚，重则摔伤，再重则会摔死。

秦铮他到底有多大的本事敢如此纵身跳下城墙？

冷风吹来，纵身跳下的人衣袂轻扬，俊颜轻狂，眸光清寒，似乎他周身都笼罩着一层寒凉姿态，就如天上的一颗星早先还好好地挂在天空，转眼间便陨落而下。

眼看距离地面还剩下三米之距，他却还没有拿出任何防护的东西保护自己。谢芳华眉头拧紧，腰间的攀绳索瞬间便扔了出去，堪堪地缠住了他的腰。

秦铮的落姿忽然被挡了一下，他抬起头，顺着攀绳索向谢芳华看来。

谢芳华扭开头不看他，手轻轻一托，将他甩在了地上，转瞬收回了攀绳索。

秦铮的身子在地面上转了一个圈，堪堪稳住。

第三十九章 共识

京　门　风　月

守城的士兵见秦铮平安落地，虽然都没看明白他是怎样落的地，但到底是安全了，都齐齐松了一口气。若是铮二公子在这里出了事儿，皇上、英亲王、英亲王妃震怒，他们谁也逃不了被牵连的干系。

秦铮转回身，定定地看着谢芳华。

谢芳华不看他，对李沐清道："你的手受伤了！我给你包扎一下？"

李沐清笑了笑，摇摇头，道："我的手无碍，小伤而已，不包扎也没什么。"话落，他走到秦铮面前，将玉扳指递给他，道："德慈太后一共给你留下了两件东西，一件是那只狗，一件就是这个玉扳指了。那只狗已经死了，这个玉扳指你还是仔细地收着吧！"

秦铮默然地看着李沐清手中的玉扳指，玉扳指染了些血迹，显然是李沐清刚刚接住它的时候被它的冲劲给割破了手心染上的，他静静看了半晌，伸手接过了玉扳指。

"既然你十日内不想见我，那就十日后再见。"李沐清对秦铮微微一笑，须臾，偏头对谢芳华温和地道："我先走一步了！"

谢芳华点点头。

李沐清抬步进了城门，城门的士兵自然无人阻拦他，不多时，他便进了城内。

他一离开，这一处顿时静寂下来。

谢芳华看着秦铮，他微微低着头，静静地看着手中的玉扳指，清冷稀薄的空气下，玉扳指上面的血迹已经干涸，他整个人静如树桩，有一种罕见的冷寂之感。

谢芳华心口蓦然有一种什么情绪闪过，她蹙了蹙眉，移开视线。

秦铮忽然抬起头，一双深幽的眸子锁在她偏开的侧脸上。

谢芳华袖中的手蜷了蜷，须臾，她抬步进城。

秦铮忽然一把拽住她的胳膊。

谢芳华回头，只见秦铮眼中像是蒙了一层晨起的雾，有些深重和昏暗的色彩交织在一起，让人看不清里面最深处的色泽。

“你答应我的事情没做到。”秦铮开口，声音有些沉哑。

谢芳华心思一动，向天空看了一眼，抿了抿唇，冷静地道：“有一桩事情对我来说比看烟花重要得多。”

秦铮眸子缩了缩：“李沐清就是你重要的事情？”

谢芳华微微皱眉。

秦铮猛地甩开了她的手，怒道：“你将爷当成什么了？我在城墙上吹了一夜的冷风等你，等回来的却是你和李沐清双双而归？你真当爷是好欺负的是不是？爷对你太好了是不是？由得你如此作践？”

谢芳华看着他，她没有应诺陪他看烟火，让他如此盛怒，倒符合他一贯作风。但他这怒意里似乎又掺杂了什么，与往日有些不同。她眸光扫过城门口的士兵，他们虽然都低着头，但耳朵却早已经竖了起来。她不想再争执探究，否则明日京城指不定会传出些什么言语。她摇摇头，冷静地道：“爷您多想了，我不过是和李公子偶遇而已。”

秦铮忽然嗤笑一声：“偶遇？李沐清是谁都能偶遇的吗？他为何只偶遇到了你，没偶遇到别人？这京中多少女子，你何曾见过李沐清对谁温言软语假以辞色了？有吗？”

“这我就不知道了，你不信就算了。”谢芳华淡淡道。

秦铮死死地盯着她：“想让我相信，你就要解释清楚今夜你都做了什么事儿！”

“没什么好解释的。”谢芳华对上他的眸子，坦然地任他看着。

半晌，秦铮忽然冷哼一声，有着深深的不甘，抬脚踢开了脚下一块大石头，大石头转眼被他踢飞，撞到了城墙上，顿时粉碎成了石渣。

守城的士兵齐齐惊骇地呼了一声，吓得全无血色。一块石头在铮二公子的脚下转眼间就成了石渣，若是他踢的是人的话，定然也是碎尸万段骨头都能成渣。

“昨日是一日，今日一日，明日一日，后日早上，我要在英亲王府的落梅居里看到你回来。”秦铮撤回脚，声音似乎从牙缝里挤出，“你言而无信，爷可是言而有信的，说给你三日假便给你三日假。”

谢芳华静静不语。

“你今日失信于我，我容你一次。明日你再失信于我，我做出什么自己就不知道了。你信不信？”秦铮发狠地道。

谢芳华看着他的模样，依然沉默。

秦铮将手里的玉扳指递给她：“这个，你给我洗净了，收着！”

谢芳华不接，德慈太后的狗被她的车给轧死了，如今这个玉扳指是唯一一件德慈太后留给他的事物了，她接来做什么？

秦铮见她不接，怒喝：“拿着！”

谢芳华眉头拧紧：“我拿着它做什么？”

“让你记住，今后我若是再看见你因为李沐清、因为别人对我失信，我就拉着你一起去九泉之下给德慈太后请安。”秦铮恶狠狠地将玉扳指塞进她手里。

谢芳华被迫接过玉扳指，一时无言。

“这笔账我给你记着，李沐清的账爷也给他记着。”秦铮撂下一句话，抬步进城。

谢芳华静静地站在原地，冷风吹来，她手心里因为躺着一枚染了李沐清血的玉扳指一瞬间分外灼烫。

这枚玉扳指起初打的是她，但是最后染的是李沐清的血。

秦铮是聪明人，李沐清也是聪明人，她亦不是傻子。

“今日的事情，若是传出去分毫，爷就卸了你们的人头当球踢！”秦铮走到城门口，冷冷地扫了一眼守城的所有士兵。

守城的士兵早已经被骇得够呛，秦铮一句话既出，顿时齐齐跪在了地上，连连哆嗦地保证。

秦铮收回视线，衣袂卷起一阵冷风，进了城。

谢芳华在原地待了片刻，将玉扳指揣进怀里，挥去了手心的灼热，面色恢复平静，也随后进了城。

守城的士兵自然也不敢拦她，能让铮二公子和右相府的李公子因她发生了争执的女子，他们可不敢惹，甚至是连看一眼都没有胆子。

谢芳华顺利进了城。

守城的士兵陆续地站起身，城门重新关上，恢复平静，但他们依然觉得心惊胆战。

黎明前夕，虽然城门还没开，但是城内已经开始有走动串亲戚的人群了，来来往往，在街道上或骑马，或赶车，或坐轿，或步行，有男有女，有老有少，分外热闹。

谢芳华看着来来往往的人流，秦铮的身影早已经不见。她回转身仰头向秦铮早先所坐的城墙上看了一眼。那里恍惚有一个熟悉的身影在静静地等待着烟火点起的那一刻，身边孤清冷寒无人作陪。

她驻足片刻，收回视线，向忠勇侯府后街走去。

半个时辰后，来到忠勇侯府后街，四下无人，她翻墙进了忠勇侯府。

墙角站着一个人，正是谢墨含，他见到谢芳华回来，面色一喜，低声道：“妹妹，你总算回来了！”

谢芳华一怔，见谢墨含独自一人站在墙角，缎面锦袍染了一身寒气，显然在寒风中待得太久。她顿时上前一步，握住他的手，手分外冰冷，她不由蹙眉：“哥哥，你怎么等在这里？等多久了？”

谢墨含打量了她一眼，见她完好，露出放松的笑意，温声道：“没多久，我不放心你，也不敢派人出去找你弄出动静，便只能在这里等你了。”

“你个笨蛋！无名山八年的活地狱我都能回来，更何况如今？还用得着你担心？”谢芳华忍不住骂了一句，拽着他往回走。

谢墨含被她拽着，温声道：“无名山的惊险我不曾见过，但是京中的惊险我却是深有体会。这座京城一点儿也不比无名山的凶险少，尤其是你的身份，万一泄露半点儿，被皇上察觉，再牵连出无名山被毁的事情……”顿了顿，他低声道：“我总是不放心。”

谢芳华紧紧握了他的手一下，因他不爱惜自己的恼怒也收了起来，语气也温软下来，柔声宽慰道：“哥哥，无名山的事情过去了，我既然敢做，就不会让人查出蛛丝马迹来。就算有朝一日被查到，又有什么可怕的？你就放下心，安心地养身体。我的病是假的，你的病可是真的，你再这样心思沉重思虑过甚下去，就算我的药方再好，就算吃多少好药，也治不好你的身子。”

谢墨含点点头，叹了口气：“我心中清楚，可就是不由自主地为你担心。爹娘去世得早，爷爷又老了，我只有你这一个妹妹，分外珍视。”

“我也只有你这一个哥哥，更是分外珍视。”谢芳华矫正他。

谢墨含哑然失笑。

“依我看啊，真该给你娶个媳妇了，我也该找个嫂子了，让她每日里好好地管着你才是。”谢芳华看着他。

谢墨含闻言不赞同：“哥哥目前没有娶妻的打算。”

谢芳华瞪眼：“我不嫁人行，你怎么能不娶妻？传宗接代懂不懂？你这话若是让爷爷听见的话，看他不劈了你。”

谢墨含好笑，揉揉额头道：“忠勇侯府如今好似踩在尖刀上，处处险恶，但凡聪明的人，都不会嫁进忠勇侯府。”

谢芳华眯了眯眼睛：“我的嫂子不一定是要多聪明的人，只要哥哥喜欢，对她属意，她也属意你，就足够了。门户之见，大可以不必。”

谢墨含闻言怅然：“话虽然如此说，但我目前还真不想娶妻。如今忠勇侯府里面的所有人脖子上都似悬了一把剑，都放出去不嫌少，又何必多拉一个进来？”

谢芳华抿唇。

“都说女儿愁嫁恨嫁，哥哥是男儿，怎么在你这里也愁娶恨娶了？”谢墨含揉揉谢芳华的头，温声软语地道：“我是长兄，长兄如父，妹妹受了这么多年的苦，你一日婚事没着落，我便一日不得安生。就算我要娶，也要等你的婚姻大事定了再说。”

“如今我的婚事不是定了吗？”谢芳华嘀咕。

“定？不过是有婚约了而已。你没嫁入英亲王府一日，便一日不是定数。”谢墨含道。

“那是三年后的事情呢。”谢芳华想起秦铮，额头痛了痛。

“那哥哥的婚事也就等到三年后，又有什么大碍。”谢墨含看了一眼见白的天幕，“希望到时候能尽如人意。”

谢芳华对他撇撇嘴：“到时候小心你就老得难看了。”

谢墨含失笑，揶揄道：“我和秦铮相差不过一二，我三年后若是老了的话，他也老了。”

谢芳华嗔怪地看了他一眼，秦铮今年十七了，三年后，才二十。男子二十及冠，他那时候也不过才及冠而已。哥哥也无非比他大了那么一点儿，若说二十就老的话，未免骇人了。

兄妹二人经过一番说笑，心情都轻松了些，不多时，来到了海棠苑。

谢墨含在门口停住脚步，对谢芳华道：“你进去休息吧！我就不进去了。”

谢芳华扫了一眼安静的府邸，道：“你一夜没休息吧？谢氏旁支那些族亲已经走了？”

“走了，一个时辰前离开的。”谢墨含道。

“我刚回城的时候，看到很多人都已经挨个府邸拜年了，你受得住吗？若不然你去休息，我接客。”谢芳华道。

“哪里有女儿家开门接客的道理，你放心，哥哥从吃了你开的药方之后体格好了很多，没那么容易疲惫虚弱了。隐疾发作的次数也明显少了，我还受得住。”谢墨含道。

谢芳华点点头，看了一眼天色，嘱咐道：“昨日咱们忠勇侯府除夕守夜热闹了一夜，就算晚一点儿开门迎客也无碍。你也先回芝兰苑休息一个时辰，等辰时再开门。”

谢墨含想了想，道：“也好！”

谢芳华转身进了海棠苑。

谢墨含脚步轻松地离开了海棠苑，向芝兰苑走去。

海棠苑分外安静，每个房间都亮着灯，寓意是来年亮亮堂堂一片光明，取个好兆头。

谢芳华走到院子中间，也没见到侍画和侍墨迎出来。她心思动了动，脚步停顿了一瞬，继续往正屋走去。

来到正屋门口，她轻轻推开了房门。

入眼处，水晶帘内的贵妃椅上半躺着一个人，那人悠悠地睡着，分外自在安然。

侍画和侍墨昏睡在门口，显然是被人打昏了。

谢芳华眸光定了一瞬，越过躺在门口的侍画和侍墨进了屋。

贵妃椅上的人似乎不知道有人进来，依然睡着。

谢芳华走到火炉前为将要熄灭的火炉里添了几块炭火，然后走到案台前为八角香炉里添了点儿香料，之后又走到菱花镜前化去了易容，然后又走到屏风后换了外衣，之后又走到桌前为自己倒了一杯茶。须臾，坐了下来，静静地品着。

她做这些事情的时候缓慢且动静轻，并没有刻意地惊扰睡在贵妃椅上的人。

一盏茶之后，那人依然睡着，她放下茶盏，举步走到床前，上了床躺下，挥手落下了帘幕，闭上了眼睛。

这时，贵妃椅上的人忽然睁开眼睛，幽幽地道："你就没发现你这闺阁中还有一个活人吗？"

"发现了，不止一个，是三个。"谢芳华闭着眼睛道。

那人一噎，扫了一眼依然昏睡在门口的侍画和侍墨，咳嗽了一声："芳华妹妹，你坑了我一把，如今我似乎又发现了你的一个秘密，你说，这笔买卖该怎么谈呢？"

"云继哥哥想怎么谈？"谢芳华反问。

谢云继眨了眨眼睛，看着帘幕遮挡下若隐若现的人儿，忽然道："不如我也先卖给你一个秘密，然后我们再谈买卖如何？"

"好啊，洗耳恭听。"谢芳华点头。

"谢氏盐仓这一任的主人不能生育，但是这种事情自然不能外传，便悄悄抱养了一个子嗣，继承谢氏盐仓。"谢云继道。

谢芳华忽然睁开眼睛，透过帷幔看着谢云继幽暗难测的脸，问道："是你？"

谢云继呵地一笑："意外？还是震惊？或者是不敢相信？"

谢芳华盯着谢云继看了片刻，收回视线，淡淡道："倒的确是一个值钱的秘密。"

"何止是值钱？若是这个消息传出去，谢氏族长和族中的长老首先就会发难，谢氏盐仓就会被族里强行收回充公。不是谢氏的人把着谢氏盐仓，怎么可以？我自然也会被扫地出门，这是轻的，重的就是我得谢氏盐仓这么多年的培养，知其根基之深，怎么会放我出去？有的是让我悄无声息死掉的办法。"谢云继笑了一声。

谢芳华沉默不语。

"除了谢氏盐仓我的养父母和我，再无一人知道这个秘密。"谢云继微笑地看着谢芳华，"当然，今日开始，也要算上芳华妹妹一个。"

谢芳华挑眉："云继哥哥如此摊开来说，就不怕血本无归？若是人人都像你这样先卖了自己再谈买卖的话，岂不是亏得祖宗八辈的祖坟都没了？我倒是怀疑了，谢氏盐仓费尽心机培养成的继承人就这般无用？"

谢云继重新闭上眼睛，笑容却未曾收回，漫不经心地道："这样亏本的买卖我也是第一次谈，谢云继虽然不才，但也不是谁都能找上我来谈买卖的，也不是谁都能够让我连身家性命一起卖出去的。芳华妹妹，你是不相信我，还是不相信你自己？"

谢芳华不说话。

谢云继等了片刻，不见她说话，忽然叹了一口气，自嘲道："这些年也许无聊的日子过够了，才导致你对我抛了一根毒草，我就拽住顺着它过来了。是不是有点儿可笑？”

谢芳华沉默了片刻，才开口：“谢氏盐仓不只是谢氏的族人盯着，皇宫里高坐金銮宝座上的那个人也盯着，作为谢氏盐仓的唯一子嗣，这些年明刀暗枪该是没少收，下毒刺杀该是没少发生。这样的日子还无聊？”

“这样的日子多了也是无聊！”谢云继道。

谢芳华忽然好笑：“是没有人能让你成为对手，还是没有人能奈何得了你？”

“不是，是没人能杀了我。”谢云继摇摇头纠正。

谢芳华睁开眼睛，忽然挑开帘幕，看着谢云继：“去后院如何？让我领教领教云继哥哥的能耐，也不枉你卖给我一个秘密，我也送给你一个筹码如何？”

谢云继忽然坐起身，睁开眼睛含笑看着谢芳华挑眉：“芳华妹妹有多大能耐？”

“试试就知道了！”谢芳华下了床。

“好！”谢云继也从贵妃椅上站了起来。

谢芳华走到镜前，将披散的头发用簪子绾住，回身看了一眼谢云继，走出了房门。

谢云继看着她纤细的背影目光微闪，也跟着她出了房门。

海棠亭内除了安静矗立的株株海棠树，安静无人。

谢芳华伸手折了一枝海棠花枝，站定看着谢云继：“我就用这个做兵器，云继哥哥可随身带着兵器？”

“你可真是辣手摧花！”谢云继一边说着，一边也随手折了一枝海棠花枝，放在鼻间嗅了嗅，吸了一口气，微带满足地笑道：“海棠亭的海棠花的确有着寻常海棠没有的芬芳，这样罕见的海棠品种的确只配放在忠勇侯府的海棠亭来养着。”顿了顿，他看着谢芳华道：“既然是较量，总要对等，我也学芳华妹妹一回辣手摧花吧！”

谢芳华不置可否，也不再耽搁多话，手中的海棠花枝轻轻一转，本来是一枝花枝，在她手中似乎瞬间被灌注了力量，每朵花似乎都如一柄剑一般，瞬间卷起一片寒芒。

谢云继顿时露出惊异的神色，随即，想起什么，惊异转瞬散去，化为赞赏和兴奋，手中的海棠花枝同样轻轻一转，迎上了谢芳华的招数。

二人你来我往，顷刻间在海棠亭的花树之间过起招来。

不同于早先的辣手摧花，二人虽然隔着花枝缝隙打，却是再无破坏。

海棠树被剑锋轻扫，有零星的花瓣落下，风吹起，还未曾落地的海棠花瓣飘扬起来，将二人卷在飘花之间。

两枝海棠花枝在二人的手中似乎都化为了剑光。

轻盈而细碎，柔韧而锋利。

半个时辰后，谢芳华手中的花枝忽然被她催力破碎成千万碎屑，直直扑向谢云继面门。

谢云继一愣，也瞬间催力，手中的花枝亦是破碎成千万碎屑，挡住谢芳华的万箭齐发。

但愣了一瞬也是愣了，差之毫厘失之千里。

碎屑在二人中间因为击撞而纷纷落下后，谢芳华的中指定在了谢云继的眉心。

谢云继再想躲避还手已经来不及了。

他愕然片刻，失笑地束手而立，看着面前容色清淡平静的谢芳华，仔细地打量着她的眉目，洒脱地道："芳华妹妹果然令人意外，老侯爷和世子为你遮掩多年，确实不枉苦心一片。我那个秘密到底是卖得值了。"

谢芳华撤回手，见天空已经微亮，满亭的海棠花在晨雾中悄然而立，分外娇柔，却又有着一种不畏风雪的坚忍，她沉静地道："云继哥哥，你虽然没有谢氏的血，但经谢氏养育多年，生恩大于天，养恩也是深似海。你总该为谢氏做些什么，才不枉姓谢，是不是？"

谢云继将双手背负在身后，笑看着她："的确如你所说。"

"谢氏几百甚至千年的积累，根基已经太深，高坐在金銮殿上的人唯恐有一日谢氏取天下而代之，必须除去。但身为谢氏子孙，如何能坐以待毙？若是有朝一日皇权发难，忠勇侯府打头阵，谢氏九族亦是难以逃脱，若是没有交锋之能，那么只能任谢氏倾巢覆灭。"谢芳华冷静地道。

谢云继眸光微动，心思暗涌，语气深沉："你要反了南秦江山？"

谢芳华嗤笑一声："谢氏经历多少朝代，世代忠心，若想要江山，哪里还能容南秦皇室坐了两百多年？既然祖宗先辈们从来不曾争夺这江山，我自然不会去夺。只不过是想要保住谢氏而已。"

"不想要江山，却又要对抗皇权。谈何容易？"谢云继看着她。

"正因为不容易，我才要整合谢氏所有族亲、所有产业、所有财势。"谢芳华冷清地道。

谢云继挑眉："相互抗衡，互相牵制，想法的确不错。但是谢氏各支族亲虽然都姓了一个谢字，却靠着大树各长枝桠，各自为政，整合难如登天。也许一不小心，引得反噬，不但不能牵制皇权对谢氏无法出手，反而自食苦果，也许不等手握皇权之人出手，忠勇侯府便首先毁于一旦。"

谢芳华轻笑："正因为难，所以才要逐个击破。这也就是我先找云继哥哥的理由。"

谢云继看着她，忽然笑了："芳华妹妹因何这般相信我？"

"就因八年前你被人害到了皇室隐卫被送去无名山的队伍里，中途能够逃脱。"谢芳华转过身，往外走。

谢云继倏地一怔，须臾，紧紧地抿起了唇。

“皇上有多想灭了忠勇侯府，谢氏旁支有多少人想要拉忠勇侯府下台，谢氏内部有多少人想要世子哥哥的命，就有多少人看着谢氏盐仓眼热想据为己有。”谢芳华一边走一边道，“谢氏本身已经养了无数争权夺利的蛀虫，让这一棵大树千疮百孔。若不从内到外清洗一番，我们都得死，而我还不想死。我相信云继哥哥辛苦活了这么多年，也不想死的吧！”

谢云继抬步跟上谢芳华，脸上的暗沉之色散去，清晨的光辉里容色清艳：“自然！”

谢芳华不再说话。

谢云继看着她走在前面不紧不慢的背影，看着看着，便莞尔：“当年那个帮助我逃脱隐卫队伍的小孩子就是你吧？”

谢芳华不答话。

“若是早知道那个人是你，我就留在队伍中了。”谢云继有些悔意地道，“无名山的九堂炼狱我其实一直很好奇。”

“若是你当初留下，今日谢氏盐仓的继承人早该换别人了，轮不到你。毕竟不是亲生的，谢氏盐仓的主人不会有那份耐性等你八年后回来。”谢芳华淡淡道，“也许你刚到无名山，他们就会找下一个人代替你。”

谢云继失笑：“自然，不是亲生的，总归不会等我多年。”话落，他有些淡漠地道：“当时，有三个孩子被养在谢氏盐仓，在我从皇室隐卫被送往无名山的队伍里逃回来的时候，那两个孩子便消失了。谢氏盐仓的继承人那一刻就决定了是我。我的命和我如今的地位，是踩着那两个和我一样被选中培养的孩子的命换来的。对于谢氏盐仓，它不是我一个人的，我一个人活了三个人的命，自然不想它倾覆。”

谢芳华回头看了他一眼，能从皇室隐卫被送往无名山的队伍里逃回来，这份能耐足够让谢氏盐仓当时的主人重视，谢氏盐仓就需要这样的继承人，才能守住谢氏盐仓，立于不败之地。八年前的谢云继或许有些天真，但经历生死和踩着别人的性命活着才让他成为如今的谢云继。此刻他早已经没有了天真，甚至与她有着一样的守护某些东西的坚忍心理，这才是她最需要的。

也许，在他的心里，不为养恩，只为了那两个跟他一样死去的孩子，也必须要守护谢氏盐仓。

可是不管为了什么，有守护之心，就足够了！

谢云继见她回头，眉目笑开：“芳华妹妹，你身为女子到底是可惜了。若是男子……”

“若是男子的话，也是一样。”谢芳华转回头，接过他的话。

“女子和男子自然是有着不一样之处的，女子总要嫁人。”谢云继目光向英亲王府的方向看了一眼，“将来有子嗣，姓的也不是谢。”

“我哥哥的子嗣姓谢就够了，我的不需要。”谢芳华摇头。

“世子有你这样的妹妹真是福气。”谢云继收回视线，感慨了一声。

谢芳华不再说话。

二人回到海棠苑，谢芳华停住脚步，回身对谢云继道：“云继哥哥，你我有了共识，不用我说，你总该知道要做什么的吧？”

谢云继勾了一缕自己的发丝，轻捻在手里，看着她微笑，不答反问：“今日之后，若是有事儿，我是来找忠勇侯府的芳华小姐，还是去找英亲王府铮二公子身边的听音姑娘？”

谢芳华眉目轻转：“会有人找你。”

谢云继扬眉，有些傲慢地道：“这件事情，我不喜欢和除你之外的人打交道。”

谢芳华转过身，诚实地道：“我会在英亲王府再待一段时间。”

“待到什么时候？”谢云继看着她。

“不能待的时候。”谢芳华道。

谢云继眯起眼睛：“你回京就去了英亲王府铮二公子的身边，如今即便被宫里的皇帝盯上了，还不回忠勇侯府做小姐，而你们如今又有了婚约，你喜欢秦铮？三年后必须要嫁给他？”

谢芳华被谢云继盯着反问，面色沉静，亦无半丝情绪波动，摇摇头：“我回京之后，被他盯上了是真。但是在英亲王府，靠近皇权最近的地方，总有些收获是我忠勇侯府小姐的身份得不到的。三年后无论如何，只要对我有利，对忠勇侯府有利，嫁与不嫁，喜欢还是不喜欢，都不重要。重要的是我要保住忠勇侯府，保住谢氏。”

谢云继点点头：“晓得了！我会先按照你给我的黑色本子上的账目，对谢氏所有脉息仔细地推敲一番，大概需要七日。七日后，我摘选出几处突破口，到时候寻你配合我对谢氏出手整合。”谢云继寻思片刻，低声道。

谢芳华颔首。

“谢氏米粮恐怕要困难些，据我所知，谢氏米粮这些年私下里与皇室纠缠甚深。若是收服，必然会打草惊蛇，若是万不得已收服不了，你觉得该如何打算？”谢云继话锋一转，试探地问。

谢芳华面色清冷：“收服不了，就除去！”

“没有别的办法？”谢云继问。

“没有！比起谢氏米粮，整个谢氏才是重中之重。凡是挡路的人，一律除去。”谢芳华目光看向东方，冷风里，她的声音比寒风还冷，“忘了自己姓什么的人，不要也罢！没认识到危险的人，留也无用。哪怕它是谢氏的臂膀，也要断了去。”

“的确，当断不断反受其乱。”谢云继赞同，他有些沉重又有些兴奋地道，“恐怕就谢氏内部来说，未来很长一段时间我们有恶仗要打了。”

“我相信云继哥哥是不惧的。”谢芳华道。

“自然！”谢云继收回视线，对她摆摆手，“你一夜未睡吧？回去休息吧！我回去了。待我做了第一步后，自会想办法寻你再进行下一步。”

“好！”谢芳华点头。

谢云继不再逗留，亦不走正门，转眼便来到了海棠苑东北角的墙根，瞬间攀墙而上，须臾，站在了墙头上，回头对谢芳华一笑，跳出了墙外，身影消失不见。

谢芳华看着谢云继离开，静静在院中待了片刻，转身进了房间。

侍画和侍墨依然躺在门口昏睡着，除了被打昏外，谢云继还对二人用了特制迷香。

谢芳华走到桌前，从怀中掏出一颗药丸放在白玉杯里，然后倒了一杯水溶了药丸，之后走到二人身边，将一杯水一分为二给二人灌了下去。

不多时，药效便发挥了作用，二人缓缓睁开了眼睛。

谢芳华见二人醒来，站起身，走到桌前放下杯子坐了下来。

“小姐？”侍画和侍墨同时出声。

谢芳华对二人点点头。

侍画和侍墨显然还有些头晕，有片刻的怔愣，须臾，齐齐站起，扑通一声跪在了地上，领罪道：“小姐恕罪，奴婢二人无能，着了云继公子的道，竟然昏睡了过去……”

“无妨，你们不是他的对手，起来吧！”谢芳华摆摆手。

侍画和侍墨自责地看着谢芳华：“奴婢二人没能遵守小姐的交代守护住海棠苑，放了外人进来。云继公子定然知道了小姐外出的消息，更甚至小姐是听音姑娘的身份怕是都瞒不住他了。奴婢二人看守不力，犯了大错，请小姐责罚。”

谢芳华笑了笑：“昨日在金玉轩里击鼓传花时，我能将重要的东西交给他，他就是自己人了，身份也没必要再瞒他。”话落，她道：“不过你们二人以后跟在我身边，更需要缜密就是了。人外有人，天外有天，虽然海棠苑外部署了严密的护卫，但是海棠苑里面只你们二人，势单力薄。若是有人熟悉忠勇侯府且武功高强，能够避开海棠苑外围的隐卫，那么再打过你二人，得手定然是轻而易举之事。”

侍画和侍墨点头，沉默片刻，才轻声解释道：“昨日小姐走后，品竹等六人本来也怕这里进来人，都齐齐过来守在了咱们海棠苑。但是小姐走后一个时辰，宫里来了人，要见小姐，品竹只能扮作小姐，前去见宫里来的人。品萱、品妍、品青、侍蓝、侍晚都陪着去了，只我二人留守，内部空虚，让云继公子有机可乘进了屋里。”

谢芳华本来要倒茶，闻言顿时放下茶盏，凝眉看着二人：“宫里来的是什么人？为何要见我？”

第四十章
上门

昨夜忠勇侯府过年夜，宫里竟然来了人？

侍画和侍墨对看一眼，齐齐低声道：“是倚翠宫的柳妃和玉芙宫的沈妃，据说两位皇妃昨日得了天恩回柳府和沈府过年夜，路过咱们府，都说昨日在宫里没见到小姐您，知晓您身体抱恙，顺便前来看看。”

“哦？皇上恩准她们除夕夜回府过年夜？”

“是这样说的。”侍画和侍墨齐齐点头。

谢芳华眯起眼睛，沉思片刻，问道：“待了多久？”

侍画和侍墨摇摇头：“因了小姐晚上还参加了府里的宴席，旁支族亲很多人都见到了小姐，宫里来的两位妃子亲自来探望您，自然不能推托不出门，否则落了皇家的颜面。所以，老侯爷吩咐，将两位皇妃请去了画堂，也派人来请小姐过去画堂，您不在，品竹只能扮成了您。品竹走后没多久，云继公子就来了，我们阻拦，他打晕了我二人，所以，两位皇妃待多久我们是不知晓的。”

谢芳华点点头：“我早先回府时看到了等候我的哥哥，他并没有说柳妃和沈妃来过。”

侍画和侍墨一怔。

“若是品竹回来，应该也会回海棠苑来，想来是还没有回来……”谢芳华揣测片刻，对二人摆摆手，“你们现在去荣福堂的画堂里看看品竹在不在爷爷那里。”

“是！”侍画和侍墨应了一声，赶忙出了房门。

谢芳华揉揉额头，一夜没休息，她的确有些疲惫，但也无困意，便躺在贵妃椅上闭目养神。

大约过了半个时辰，外面传来细碎的脚步声。

除了侍画和侍墨外，还有好几个人。

谢芳华睁开眼睛，坐起身，向窗外看了一眼，见侍画和侍墨扶着打扮成她的模样的品竹走进了海棠苑，品萱、品妍、品青、侍蓝、侍晚五人跟在其后。

不多时，一行人进了屋。

品竹摘掉面纱，看到谢芳华松了一口气，几人齐齐给她见礼。

“怎么回事儿？”谢芳华看着品竹问。

品竹一边扯掉易容，一边回话：“昨日您离开府邸之后不久，宫里的柳妃和沈妃便来了咱们府，一同来的还有三皇子和五皇子。您不在，我只能易容成您的样子去了老侯爷之处见人。”顿了顿，她有些恼恨地道：“这样也就罢了，他们却还带来了一位大夫。”

谢芳华面色一沉：“带来了大夫？什么样的大夫？”

“是一位眼睛有盲症的大夫，据说是柳家寻给柳老夫人看腿疾的大夫，他将柳老夫人多年的腿疾看好了，柳府的人大喜，念那大夫已经是孤寡一人，便留他在柳家养老。”品竹道。

“以前你们可曾听说过这个大夫？”谢芳华问。

“倒是有所耳闻，柳老夫人有腿疾已经是多年前的事儿了，听说最近才治好。”侍画道。

谢芳华点点头，问道：“然后呢？”

“昨夜小姐离开时，换了衣服，落下了一颗药丸。我知道柳妃和沈妃来咱们府里，定然是来者不善，再加上白日里您进过宫，最后没参加宫宴犯了疾回府，宫里的人怕是都对您提了一份心。所以，我去时就将您遗落的那颗药丸给服下了。”品竹道。

谢芳华早就发现了品竹脸色很是苍白，此时听她所言，点点头：“之后柳妃和沈妃让那大夫给你把了脉？”

品竹点头，恼怒褪去，露出得逞的笑意：“小姐的药真是好神效，我服用之后，便开始心悸心痛，冷汗上了周身，等见到柳妃和沈妃后，那大夫给我把上脉时，便彻底地发作了。那大夫显然是真的有些本事的，不比太医院的孙太医等人差，这样的脉直说从来未见过，多年旧疾，太过奇怪，他医术浅薄，无能为力。”

谢芳华笑了一声，她在无名山里钻研的是医毒古书绝学，若非是真正的神医，自然探不出脉象根由。

“柳妃和沈妃在那大夫给我把完脉后倒没有多待就离开了。我却承受不住那药效，昏了过去，刚醒不久。”品竹解释道。

“世子大约是怕您外出一夜辛苦，回来想您先休息，就没说此事。”侍画此时道。

谢芳华点点头，从怀中拿出两个瓶子，一个白玉瓶，一个蓝玉瓶，递给品竹，对她道："也是巧了，我昨夜离开得急，倒没注意换衣服的时候竟然落下了一颗药，才让今日有惊无险。那药性烈，我长期服用各种药物，身体百毒不侵，才能承受药性，而你自然与我不同。以后这样临时被人发难的事情怕是还会时有发生。白色瓶子里面是心悸隐疾发作的药，蓝色瓶子里面装的是解药。你先服一颗吧！不到万不得已的情况下，尽量不要服。"

品竹接过，点点头，先打开蓝色的瓶子倒出一颗药丸放入嘴里，之后将两个瓶子都揣进怀里。

"你们都下去休息吧！"谢芳华知晓了事情始末，对几个人摆摆手。

品竹等人点点头，陆续退了出去。

侍画和侍墨并没有离开，等着谢芳华吩咐。

"如今已经快辰时了，前面是否有来拜年的人了？"谢芳华问。

侍画和侍墨齐齐点头，"我们刚去前面的时候，碰到了福婶，听看门的人说已经来了几拨人了，都以老侯爷和世子昨夜太劳累给推挡了去，但是别人都能挡住，英亲王府的人可是没法挡、也不能挡的。英亲王府刚才派了人前来下了拜帖，说王爷和王妃马上要来给老侯爷拜年。这时候英亲王府的人怕是该上门了。"

谢芳华眉一皱："英亲王府的人一大早不进宫拜年，来这里拜什么年？"

"小姐，您怎么就不明白呢？昨日您和铮二公子已经得了圣旨赐婚，以后英亲王府和忠勇侯府就是姻亲了。英亲王府先来咱们府给老侯爷拜年，然后再去宫里，也说得过去。"侍画解释。

谢芳华揉揉额头，想着有了一层婚约关系，到底是不同了。

"小姐，您累了一夜，上床休息一会儿吧！等英亲王和王妃上门拜年，您恐怕也要去前面见客的。"侍墨提醒道。

谢芳华点点头，起身向床上走去。

侍画和侍墨见她躺下，一个人为她落下了床前的帷幔，一个人落下了窗帘。

屋内顿时暗了下来，二人退出了房门。

谢芳华静静躺了片刻，想着英亲王和王妃上门给爷爷拜年，那么秦铮定然也会来拜年了。昨日皇帝派出了近身的御前侍卫却不曾从法佛寺拿到回绝大师唯一留下的那本经书，也就阻遏了一步他的计划。既然一步不成，他下一步究竟会如何做呢？

到底是前世只困守在闺阁内，对于朝堂未曾关注过，知道的东西太少，才不能先发制人。

这一场拉锯战，皇宫里的那个人和她看来要慢慢磨了。

不多时，谢芳华抛却所有想法，睡了过去。

过了一会儿，前方隐隐传来热闹的说话声，安静的忠勇侯府又热闹了起来。

等了片刻，海棠苑内外依然安静，无人前来打扰，也无人前来请她，她渐渐睡得沉了。

再次醒来，屋内依然一片昏暗，她挑开帷幔，看向窗口，帘幕缝隙处有丝缕阳光射进来。她推开被子，坐起身，下了床，走到床前，打开窗帘，强烈的阳光顿时隔着窗子扑面而来。

太阳当空，天色正值晌午。

谢芳华站在窗前看了片刻，对外面喊："侍画、侍墨！"

"小姐！"二人闻声，顿时推开门进了屋。

"一直没有人来海棠苑吗？"谢芳华回转身，站在窗前，看着二人问。

二人闻言眉眼齐齐染上欢快的笑意，侍画低声道："小姐刚睡下不久，英亲王、王妃、铮二公子便来咱们府里了。奴婢想去给小姐探探消息，便去了老侯爷的院子。老侯爷本来要福婶过来喊您过去拜年，英亲王和王妃也想趁机见见您，但是铮二公子说天色还太早，昨夜府里热闹了一夜，说您怕是一夜没得休息，硬给拦下了，便没来喊您过去。"

谢芳华抿唇，沉默片刻问："他们待了多久走的？"

"待了有半个时辰，便进宫了。不过走之前，王妃说了，今日皇上和皇后怕是要留膳，午时就在宫里用膳了。待从宫里出来，再来咱们府一趟，王妃想听钱家班子的戏，便来咱们府点一出戏看，顺便和老侯爷商讨一下纳采之礼，也再见见小姐您。"侍画笑着道，"英亲王妃人看起来真好，怪不得能和咱们仙逝的夫人是手帕交呢，依我看……"

"侍画，你说什么呢？"侍墨连忙打断侍画的话。

侍画一惊，想起今日在小姐跟前提仙逝的夫人，大过年的，不是徒惹小姐伤心吗？面色一变，立即住了口，垂下头，自责不已。

"我娘都死去多年了，我也早就不伤心了。她和我爹一起死了，是摆脱了这尘世的嘈杂去享福了。活着的人才是最重要的。"谢芳华笑了笑，不在意地接着侍画的话道："英亲王妃是个极好的人倒不一定，但确实是个极好的母亲。"

侍画松了一口气，抬起头看着谢芳华，不敢再多话，生怕言多有失。

"如今前面可还有客人？"谢芳华问。

"上午的时候，一拨一拨地来，又一拨一拨地走，如今晌午了。奴婢听着前面安静了下来，应该没什么人了。"侍墨道。

谢芳华点点头："我哥哥呢？"

"世子在老侯爷那里，早先派了侍书来传话，说等小姐醒来就过去老侯爷那里用膳。"侍墨道。

谢芳华颔首，对二人道："打水来吧！我洗漱之后去爷爷那里。"

二人立即点头，侍画出去打水，侍墨帮助谢芳华找新衣更换。

不多时，谢芳华洗漱好，换了新的桃红色的绫罗裙装。裙摆尾曳拖地，纱衣绣了点点海棠，站在菱花镜前，云鬓松松绾起，她眉目沉静，姿态娴雅，如画卷上走下来的人儿一般，纤柔细腻，静谧美好。

侍画和侍墨呆了一瞬，齐齐垂下头。

谢芳华拿起面纱遮了面，转身向门口走去，二人连忙一左一右扶着她踏出房门。

正月初一，府内的人有着与昨日一般的喜庆。

婢女仆从见到谢芳华，都规规矩矩笑呵呵地见礼。

谢芳华隔着面纱，面色也挂了几分温暖的笑意。这里是她的家，是她八年没在这里过年的家。八年来，每逢春节，她只能在无名山顶远远地望着京城，如今终于踏在了被称作家里的土地上。

不多时，她来到了荣福堂。

侍画和侍墨在门口停住脚步。

福婶从里面笑呵呵地迎了出来，挑开帘幕，请谢芳华进里面。

谢芳华迈进门槛，只见荣福堂内他的爷爷和哥哥坐在桌前喝茶聊天，她笑了笑，喊了一声："爷爷，哥哥！"

忠勇侯嗯了一声，抬头打量她："睡醒了？"

谢芳华点点头，走到桌前坐下。

"既然小姐醒了，我下去端饭菜！"福婶笑着出了房门。

"昨夜你去了哪里？"忠勇侯沉声问。

谢墨含给谢芳华倒了一杯茶，也看着她。

谢芳华接过谢墨含倒的茶，抿了一口，低声道："去了法佛寺！"

忠勇侯顿时皱眉，训斥道："大过年的，你去那里做什么？"

谢芳华低下头，沉静地道："去找南秦二十年回绝大师抄录的那本《心经》。"

忠勇侯面色一变："找它做什么？"

谢墨含闻言立即紧张地道："昨夜我知道皇上派了贴身侍卫出城去了法佛寺，可被皇上的人发现了你？"

谢芳华看了谢墨含一眼，哥哥到底是忠勇侯府的世子，京城有什么消息也是瞒不住他的。她摇摇头："没有发现我。"

"皇上昨夜派人去法佛寺了？"忠勇侯显然不知道这个事情，看向谢墨含。

谢墨含点点头："皇上暗中派人出了城，动作十分隐秘，若非我在城门附近安排了人，也不能及时得到消息。"顿了顿，他对谢芳华道："正因为知道皇上也派人出了城，我才担心你，但又不敢有什么动作，怕被皇上监视忠勇侯府的人发觉。"

谢芳华放下茶盏，缓缓解释道："昨夜我出城时，碰到了李沐清，我们一起去了法佛寺，半途中，碰到了皇上派出的人马，我们躲了起来，没打照面。之后从近路抢先去了法佛寺，先一步拿到了那本《心经》。”

“李沐清？”谢墨含意外地看着谢芳华。

谢芳华点点头，将昨日如何遇到李沐清，如何与他一起去了法佛寺，又如何由他领着去了法佛寺的藏经阁，又如何得到了经书的过程细说了一遍。只不过说到回来时，没提秦铮在城门口等候听音看烟花的事情。

谢墨含听罢皱起眉头：“昨日咱们府中事情太多，你又跑出了府，我担心之下，倒没关注其他府邸都发生了什么事情。昨日右相府若是又失去了一个子嗣，还是右相夫人下的手的话，沐清兄心情不畅躲出府出城去法佛寺也是情有可原的。”

“高门府邸里，妻妾争宠，巩固子嗣和地位，这等事情屡见不鲜，也不是只有右相夫人一人做这样的事情，哪家府邸的后宅里没沾染几条人命几个子嗣的血？”忠勇侯哼了一声，对谢墨含道：“李沐清这个小子与你一样，心思太细，又太过聪明。俗话说慧极必伤。能够看开的话，这就不是个事儿。不能看开的话，你们一样，早晚要折在这聪明心思上。”

谢墨含闻言点点头，叹了一声，不再说话。

“你说普云那老秃驴知道你的身份后，亲手将那本《心经》给了你？”忠勇侯话落，又问向谢芳华。

谢芳华颔首：“嗯，是给了我。”

“如今那本《心经》呢？”忠勇侯看着她。

“被我扔进了火炉里，毁了！”谢芳华道。

忠勇侯一怔，看着她冷静默然的脸，花白的胡子动了动，似乎一瞬间失了声。

谢墨含也无声地看着谢芳华。

“回绝大师早已经死了二百年，他的《心经》就算是宝贝，对我们谢氏来说，也是要命的宝贝。既然要命，为何还要留着？不如毁了省心。”谢芳华道。

忠勇侯沉默片刻，脸色有些昏暗地点点头：“你说得对！毁了也好！是该毁了！”

“妹妹，你怎么知道南秦二十年回绝大师抄录的那本《心经》在法佛寺的藏经阁？并且在普云大师的手里？”谢墨含看着谢芳华，“回绝大师圆寂后，我们谢氏的先祖们都找过那本《心经》，很多人都说它当时与回绝大师一起圆寂了。”

“我在无名山时偶然得知的。”谢芳华垂下眼睫。

谢墨含点点头，收起讶异，感慨道：“回绝大师在摘抄的《心经》里暗藏了《天机图》，据说若是参透《天机图》，便能窥视天机，能推算南秦江山运数，更能推演凡人天命。回绝大师出生在我们谢氏嫡系一脉，我们知道这件事情理所当然，没想到皇上也知晓这里面的秘密。不过皇上怕也是突然才知道这本《心经》没随回绝大师圆寂，而是藏在法佛寺的藏经阁里，否则依照当今天子性情，恐怕早就去取了，不会等到昨日。”

“也不一定以前不知道那本《心经》在法佛寺的藏经阁，只不过是怕打草惊蛇，惊扰了我们忠勇侯府。或者是以前还未曾准备妥当对忠勇侯府出手，但是昨日秦铮大闹灵雀台逼婚，不顾皇上意愿，让英亲王府和忠勇侯府有了姻亲的干系，才让皇帝真正地坐不住了，才有了急迫的动作。”谢芳华道。

谢墨含闻言默然：“你说得也有道理。”

“皇上是越来越容不下忠勇侯府和谢氏了。”忠勇侯感叹一声。

“幸好妹妹早去了一步，若是皇上利用回绝大师的《心经》里面的《天机图》发难我们忠勇侯府的话，我们就算能够躲过一劫，怕是也会被扒一层皮下来。”谢墨含也感叹一声。

“只要我回来了，千方百计阻拦，便不会给他足够的理由给我们忠勇侯府扣上罪名，更不会让他能够有一丝空隙给谢氏扣上罪名。”谢芳华肯定地道。

忠勇侯点点头，老手拍了拍谢芳华的肩膀，笑道：“黄毛丫头还是以前的黄毛丫头，跟八年前一样，一点儿也没变。”

谢芳华得意地扬眉。

谢墨含也露出笑意：“妹妹的性情坚忍，这种性情怕是一辈子也难改变了。”

福婶带着两个婢女端着饭菜进来，听到谢墨含的话笑着接话道：“依奴婢看啊，小姐的性情坚忍是好事儿，免得将来嫁入夫家被人欺负。”

谢墨含失笑。

“谁敢欺负我孙女试试！”忠勇侯不屑地重重哼了一声，“铮小子吗？”顿了顿，他扫了一眼谢芳华道：“依我看，她不欺负人家就不错了！”

谢芳华低下头，端起茶杯，握在手里，不接话。

“铮二公子重情重义，我看他对小姐也十分上心，小姐可别欺负了他。今日早上，我见铮二公子来咱们府里的时候，不是很高兴，虽然阻拦老侯爷去喊小姐，是贴心，但我总觉得，他是不想见小姐似的。”福婶道。

谢墨含一怔，看向谢芳华。

福婶笑着放下饭菜，带着两名婢女退了下去。

谢墨含见福婶和两名婢女都已经退下，才看着低着头不出声的谢芳华蹙眉询问：“昨日我听说秦铮在北城门待了一夜。你回城时碰到他了？”

谢芳华摇摇头：“没有！”

“真没有？”谢墨含怀疑地看着她。

谢芳华笑了一声，抬起头，眼神明亮：“哥哥，有什么事情我还瞒着你不成？又不是什么大事儿，没看到就没看到。我回来时，城门口除了守城的人外，没有他。”

谢墨含见此打消了怀疑，但又疑惑：“奇怪了，他为何会去北城门待了一夜？”

谢芳华耸耸肩，拿起筷子：“哥，别想这些不相干的事情了，吃饭吧！我饿了。”

谢墨含笑瞪了她一眼：“秦铮的事情怎么能是不相干的事情？你这小丫头！对于你

们有婚约之事竟是一点儿也不在意。”

谢芳华连忙给忠勇侯和谢墨含夹了一个鸡腿放进各自的碟子里。

“死丫头！见没见着，你心里清楚，你们之间，还有什么事情，你也是比谁都清楚。你也大了，凡事有分寸些，别太出格！虽然铮小子逼婚要娶你，你对婚事没有想法，但事实已成，你也给我在意些。虽然他不准欺负你，但你也不准欺负他，知道吗？”忠勇侯拿起筷子，一边夹了鸡腿吃，一边训斥。

谢芳华眼皮翻了翻，想着姜还是老的辣，乖巧地默不作声点了点头。

她知道，秦铮已经在她的爷爷和哥哥心里得了一定的分数，若是在这件事情上争执下去，对她没半分好处！

祖孙三人分别多年，大年初一的这一顿午膳能够坐在一起用，都分外重视。

忠勇侯命福婶上了一壶酒。

谢芳华插话道：“两壶！”

忠勇侯闻言大为高兴：“你哥哥吃着汤药不能饮酒，只偶尔汤药停歇的时候，才能陪我喝上一杯。丫头啊，你能陪我老头子喝一壶是最好不过了。”话落，对福婶吩咐：“那就来两壶！”

谢芳华笑容绽开。

福婶笑呵呵地应声下去拿酒。

谢墨含看着二人，无奈地提醒：“爷爷，晚上英亲王和王妃还要过来听戏，晚膳也就在咱们府吃了。您和妹妹都喝醉了的话，到时候怎么办？”

“不是有你吗？”忠勇侯不在意。

谢芳华也不在意。

“妹妹！”谢墨含看着谢芳华，劝道：“对于和秦铮的婚事，虽然还要三年，但是秦铮的性情这么久了你也知晓几分，他是那么容易退缩的人吗？这件事情，你若不重视起来……”

“哥哥，你好啰唆，像个老妈子！”谢芳华打断他的话，“你放心吧！我千杯不醉！一壶也醉不了。”

谢墨含一噎，无奈地摇头失笑。他本来是个少言寡语的人，但是自从妹妹回来，在她的面前，他的确变得话多了很多，处处提点，处处不放心，可不是像个老妈子似的吗？也是后知后觉地觉得自己比福婶还要话多了。

忠勇侯看着孙子孙女，哈哈大笑。

不多时，福婶取来了两壶温热的好酒。

谢芳华陪着忠勇侯你一杯我一杯地喝了起来。

抛开沉重的朝堂牵扯，抛开压在忠勇侯府肩上的负担，抛开谢氏的枝桠分长，这些年分离重聚的感情一下子因为这大年初一的午膳而被扩大。

忠勇侯喝到最后，几乎老泪纵横。

谢芳华放下酒杯，她能够体会到爷爷的心情，年轻的时候，祖父戎马一生，保卫疆土。祖母生生是因为操劳忠勇侯府家事劳累过度而早逝，唯一的嫡子和儿媳又因为皇室而早亡，唯一的女儿又为了顶替大长公主嫁去北齐。祖父一生里，背负亲人的性命太多，肩挑着忠勇侯府的门庭，他已经太累。但是哥哥有病在身，不敢拖垮他，让他太过操劳，他一直坚持着。他心里的苦，除了她和哥哥，怕是不会有人明白。谢氏旁支族亲那些人，只是看到了忠勇侯府的繁荣昌盛，看不到生活在忠勇侯府里面扛着忠勇侯府重担的艰辛。

谢墨含眼眶也有些湿润，他放下筷子，对谢芳华道："妹妹，爷爷昨夜未曾好好休息。我们扶他进去休息吧！"

谢芳华点点头，起身去扶忠勇侯。

忠勇侯也不强撑，点点头，由孙子孙女扶着进了里屋。

二人侍候着忠勇侯躺下，见他闭上了眼睛休息，才关上门，退出了门外。

站在荣福堂的门口，寒暖交替的时节，冷风同样的冷冽未见暖意。

谢芳华仰头看向天空，太阳已经偏西，普照在忠勇侯府的高门院墙上，处处精致典雅的忠勇侯府被镀上了一层金光，同时也散发着几百上千年来的古朴。

这是多少代谢氏子孙如她爷爷一样含辛茹苦留下的辉煌和财富。

是用多少代人的鲜血和白骨以及无数付出堆叠起来的东西。

他们作为谢氏的后世子孙，怎么能放下？因何能放下？

这一片江山国土，有多少谢氏子孙在国之危难时抛头颅洒热血无怨无悔地忠君为国保卫家园？

可是皇权凭什么要在用不到谢氏的时候就不念谢氏忠心不念旧情地要除去？

既然有她在，就誓死不让！

"妹妹！"谢墨含将手放在谢芳华柔弱的肩膀上，低低喊了一声。

谢芳华从天空收回视线，对谢墨含微笑："哥哥，没什么大不了的，我已经派人去了北齐，是我最信任的人，他的医术也是极好。只要姑姑不是已经被阎王爷索了命，他就能救回她半条命来。姑姑是爷爷唯一的女儿，是我们唯一的姑姑。我不会让她轻易死的。"

谢墨含点点头："只要姑姑没事儿就好！"

"会的！"谢芳华抿唇，像是对自己说，也是对谢墨含说，"姑姑一定会没事儿的。那个人去北齐，就好比我亲自去，只要有一线生机，一定能救回姑姑。"

"何人让你如此信任？"谢墨含看着谢芳华。

"他叫言宸，我去无名山之后，几次死里逃生，都是因他相助。我去的三年后，无名山发生了一场动乱。那一场动乱，其实是我们联手制造的，他趁机出了无名山，并带走了一批人。他下山后，建立了一个组织，为我回京铺路。只不过没想到，他离开后，我在无名山一待五年才有机会出来。”谢芳华缓缓地低声道，“他与我不一样，我是甘愿去的无名山，他是被人陷害去的。”

“他也是贵裔子弟？”谢墨含抓住谢芳华语气里的敏感词。

谢芳华点点头。

谢墨含罕见地从她语气中感受到了对一个人的暖意，不再询问。

“距离晚上还早，英亲王和王妃也不会这么早从宫里回来，哥哥，我陪你回芝兰苑休息一会儿。”谢芳华拉住谢墨含的手，向荣福堂外走去。

谢墨含点点头，二人出了荣福堂，走向芝兰苑。

刚走出不远，侍书匆匆从身后追来，有些急迫和气喘：“世子，小姐，永康侯来了！要见世子和小姐！”

谢墨含和谢芳华齐齐停住脚步回头。

侍书来到近前，停住脚步，低声道：“听说永康侯府派出的人昨夜找了一夜，今日又找了半日，并没有找到燕小侯爷的下落。永康侯府的老夫人急得晕死了过去，永康侯夫人哭成了泪人，永康侯府人仰马翻。永康侯坐不住了，知道昨日白日里，燕小侯爷和世子您在一起，又一起回了忠勇侯府，之后又见了小姐，所以，大约还是要您二人给个交代。”

谢墨含皱眉。

谢芳华嗤笑：“交代什么？难道永康侯府的小侯爷离开了，他还非要我们交出人来不成？”

侍书垂下头，不再说话。

“妹妹，你先回去，我去门口看看！”谢墨含犹豫片刻，温声道：“这件事情与我们的确有点儿干系，躲着不见也不是办法，不如就说开了。”

“侍书，你去将永康侯请进客厅的画堂！”谢芳华对侍书吩咐，然后对谢墨含道：“哥哥，我跟你一起去画堂，见见永康侯。”

侍书看向谢墨含。

谢墨含寻思片刻，对侍书点点头。

侍书立即向大门口走去。

谢墨含和谢芳华齐齐转回身，向前院的画堂走去。

不多时，二人来到了画堂，有婢女摆上茶水果盘。

二人还没坐稳，只见永康侯由侍书领着，大步匆匆地进了画堂。

谢墨含看了谢芳华一眼，她坐着不动，面纱遮挡，看不到她脸上的神色，只隐隐约约有些眉目清淡。他站起身，以小辈的身份迎了出去。

“侯爷！”谢墨含出了门口，迎上走进来的永康侯，微微一礼。

永康侯气色极差，但还算是保持着侯爷的风度，沉着脸对谢墨含点点头。

“侯爷请！”谢墨含做了个谦让礼。

有婢女挑开帘幕，永康侯也不客气，进了画堂。

永康侯乍一进画堂，便看到了端坐在椅子上的谢芳华。虽然她戴着面纱，平静地坐在那里，看不清面貌，但是任谁见了她，都不会将她的身份认错，只有忠勇侯府的小姐，才能将上等华贵的绸缎纱衣穿出钟鸣鼎食之家富贵簪缨之地出身的高贵。京中大家府里的闺阁小姐鲜少有人能与她一较高下。若是强行比较一二的话，皇宫里面的公主都略微逊色几分，养在皇后娘娘身边的秦怜郡主端庄的时候勉强算一个，右相府的李如碧算得上是一个，御史家的女儿和翰林大学士府里的嫡女以及清河崔氏的女儿可以排上一号。他永康侯府捧在手心里的女儿燕岚就差得远了。

第四十一章

重视

这样沉静优雅到极致的谢芳华，让永康侯的面上又阴沉了几分，他的怒火怎么也遏制不住。

这一年来，燕亭为了要娶她，一直与家里抗争，闹得不可开交。如今更是因为她和秦铮被赐婚，承受不住，弃家出走。永康侯府只有燕亭这一个嫡子，更是永康侯府唯一的继承人。他从未想过有朝一日他竟然背弃永康侯府，大年夜连年也不过了，只身离开。

昨日到今日，一夜又半日。永康侯府训练得最好的护卫队都派了出去，甚至连他身边一直以来近身跟随保护他的几名随扈都派了出去。日行千里的快马和武功最好的骑兵出城追赶拦截寻找，可是到今日此时，齐齐传回消息，燕亭踪迹全无。

他就像人间蒸发了一样。

他自己的儿子他比谁都清楚，他的能耐还不足以逃出他永康侯布置的天罗地网。若是没有人相助，就算他知道他离开的消息时晚了半日，他也休想踏出京城地界。

昨日燕亭从灵雀台冲出去之后，他就再未见过他，而最后见过他的人是谢墨含和谢芳华，他是从忠勇侯府离开的，所以，忠勇侯府自然不能脱去干系。

“永康侯安！”谢芳华见永康侯从进了画堂便盯着她看，脸色一刻比一刻阴沉，她淡淡一笑，站起身，对他福了福，以小辈对长辈的身份见了个礼，又缓缓地坐下。

永康侯冷冷地哼了一声，怒道：“安？我的儿子不见了，我怎么会安？谢芳华，如今总算是见到你了，我的儿子燕亭呢？”

谢芳华知道永康侯来者不善，但是也未曾料到他见了她第一句话就找她要他的儿子。她看着他笑了一声，隔着面纱，立即沉下了脸：“永康侯爷这话问得好生奇怪，您的儿子不见了，不去找，来找我做什么？难道我还能私藏了您的儿子不成？”

永康侯一噎，须臾，更是沉怒：“我问你，昨日你是不是见过他？”

“是！”谢芳华直认不讳。

“你最后在哪里见到的他？”永康侯又问。

“就是你脚下踩着的这片土地！”谢芳华道。

“他从皇宫出来，就跟随谢世子来了忠勇侯府是不是？”永康侯再问。

谢墨含见他对谢芳华步步紧逼着追问，有些不悦地接话道：“不错，燕亭兄身体不适，不想在皇宫里待着，也不想回府，我便邀请他来了忠勇侯府。”

永康侯霍然转头看着谢墨含，怒道：“既然是你邀请他来了忠勇侯府，为何不将他平安送回永康侯府，而撺掇他离家出走？谢墨含，你安的是什么心？”

谢墨含顿时被激起怒意，但他向来好脾气，忍着怒意道：“侯爷说错了，墨含并没有撺掇燕亭兄离家出走，是他自己想要离家出走而已。永康侯府没有责任时刻守护看顾处处照拂燕小侯爷，令其平安归家。”

“他想要离家出走？为何他早不走晚不走，偏偏昨日离家出走？不是你撺掇的是什么？”永康侯靠近谢墨含一步，猛地对他挥出一掌，气怒地喝问：“我儿子从你府中走丢了，你敢说你没有责任？”

谢芳华本来还稳着气息，可是见永康侯竟然还没说三两句话就对哥哥动手，她顿时寒下脸，刚要出手，谢墨含已经轻巧地避开了永康侯的一掌，同时对她使了个眼色，让她不要暴露武功。

谢芳华打消动手的念头，却将手中的茶盏重重地放在了桌子上，声音凌厉：“这就要问侯爷和永康侯府了，为何燕亭有家不想回？永康侯府到底都做了什么见不得人的事，让身为燕小侯爷的燕亭选择背弃自家，宁愿远走漠北？你不知反省，怪忠勇侯府为何？”

永康侯身子猛地僵住，缓缓转回身，看向谢芳华。

谢芳华隔着面纱看着他，周身弥漫着淡淡寒气和凉意。

永康侯虽然看不见谢芳华的脸，也不知她脸是何神情，可是这一刻，却偏偏感觉到了通体的寒意，几乎蔓延前胸后背。他活了半百，半生周旋于朝堂，京中这个大泥潭里，他也游刃有余地让永康侯府屹立不倒。就连在皇上、忠勇侯、英亲王面前，他都鲜少有感到凉意和骇意的时候。可是今日，面前坐着的明明是个纤细柔弱一身病态的女子，连太医院的孙太医和昨日柳妃带来的大夫都确诊她有很难治愈的隐疾顽症，一个随时都会踏入鬼门关的小毛丫头面前，他竟然感到骇然。

“你今日来这里，不就是想弄清楚燕亭离开的始末，想知道我对他说了什么，而他又对我说了什么吗？好，我就原原本本地告诉你。”谢芳华看着永康侯，声音沉静且清冷，陈述道：“你儿子九年前见了我，对我有意，一直念念不忘。而我九年里却是将他忘得一干二净，对他半点儿意思没有。你们永康侯府的门庭是高贵，在你的眼里，你儿子是好得天下独一份，但是在我眼里，永康侯府的门庭骑马追个万里也赶不上忠勇侯府的门楣。而他不过就是永康侯府的小侯爷而已，若不是跟我哥哥有交情，那就是分文不值的一个人。”

永康侯闻言僵硬的面色再次涌上怒意，额头青筋跳了跳，死死地看着谢芳华。

谢芳华面色平静地看着他，见他虽然气怒，但到底是忍着没再发作，继续道：“既然燕亭是你的儿子，他的性情你应该比谁都清楚。他这些年被永康侯府内宅的老夫人和永康侯夫人以及永康侯爷您干涉自由的事情，你更是该比谁都清楚。就算不因为昨日我与秦铮被赐婚让他伤心，他早晚有一日也会成为那挣脱笼子的鸟飞出去。”

永康侯动了动嘴角，想说什么，又住了口。

“我谢芳华虽然是一介弱女子，但也知道，人生在世，不只是儿女情长、小情小爱，还有家族繁盛、家国天下。燕小侯爷若真是为了小情小爱求而不得背亲弃家远走，我更会看不上。”谢芳华语气不再严厉，平淡下来，却是更直戮人心，“永康侯爷，我如此说，你可明白？我们忠勇侯府，我谢芳华，别说燕亭喜欢我，你们不同意，就是你们同意，永康侯府万抬聘礼相聘，我堂堂忠勇侯府的小姐也不会降低门槛嫁去你永康侯府。”

永康侯见谢芳华句句贬低永康侯府侮辱永康侯府，终于再控制不住怒意，喝道：“谢芳华，你当你是谁？就算你是忠勇侯府的小姐，也不过是个病秧子，活了今日没明日，我们永康侯府更是看不上你。你想嫁？我们永康侯府的大门也不会为你开着。”

谢芳华顿时笑了，道：“你说得对，我就是一个病秧子！被人喜欢了多年不知道、到头来却惹了一身腥的病秧子。”话落，她看着永康侯，缓缓道：“容我提醒侯爷，燕亭的确是离开了。他长着腿，长着脚，好模好样地从忠勇侯府的大门口走出去的。凡是长眼睛的人都看见他是完好无损地离开的。至于回没回家、去了哪里，出了我们忠勇侯府的大门，就不是我们该管的事了。他又不姓谢，我们忠勇侯府凭什么有责任帮你看着儿子？”

“你……”永康侯气急失语，想反驳，却是被谢芳华堵得哑口无言。

“话到这里，事情的始末已经说清楚了。我真觉得永康侯爷没有再在这里待着的必要了。”谢芳华端起已经温凉了的茶抿了一口，蹙了蹙眉，转眼将茶水泼了，又重新倒了一杯，身上的凉寒冷意无形地褪去，优雅又纤柔地坐在那里，品着热茶，对许久没插上话的谢墨含温声道：“哥哥，送客吧！别耽误了人家找儿子！”

谢墨含也被谢芳华震慑到了，他也从来没有见过妹妹这样一面，只一张嘴，便如利箭一般句句诛心。在他的记忆里，妹妹一直是温暖的，柔和的，冷静的，可是今日，她虽然也冷静，但句句尖刻，句句如针尖一般，口风激辩，扎人丝毫不嘴软。

“谢芳华，你就这么打发了我？没门！”永康侯半生里，从来没有如今日一般被人言语攻击得下不来台，面色难堪且心里动怒。

“不想继续去找你离家出走的儿子，却耗在我们忠勇侯府，那永康侯爷到底想怎样？”谢芳华淡而平静地看着不甘心这么离开的永康侯。

永康侯一噎，怒极气急，瞪着谢芳华看了半晌，才咬牙道：“以前的事情，暂且略过不说，我只问你，忠勇侯府到底有没有插手帮助燕亭离开？”

谢芳华笑了笑：“我一个柔弱的女子，常年养在深闺，倒不明白侯爷这句话了。怎么个帮助燕亭离开？是说没在他离开的第一时间给你们永康侯府通风报信吗？你们府与我们府是什么关系？我们为何要给你通风报信？”

永康侯气怒：“你少给我逞口舌之能！我就问你，忠勇侯府若是没帮助他离开的话，为何我永康侯府派出多少人马，依然找不到他？”

“这我就更不知道了。”谢芳华耸耸肩，看向谢墨含，柔声问：“哥哥，你帮燕亭了？”

谢墨含压制住情绪，叹了口气，对永康侯缓缓道：“侯爷，忠勇侯府并没派出任何一个人帮助燕亭兄离开京城。你若是不信，大可以进宫找皇上告御状。昨日是大年夜，举京城戒严，五门都有重兵把守。皇上的京麓禁卫军一直守在百里之外严阵以待，以备不时之需。这京城方圆五百里，但凡有风吹草动，都瞒不住皇上。”

永康侯闻言气势顿时泄去了些，一时间没了话。

皇上这些年一直监视忠勇侯府和谢氏，他也算是皇上近臣，比谁都明白。若是忠勇侯府真动用了人帮助燕亭离开的话，就算他得不到消息，皇上那里一定能得到消息。可是昨日半夜里，他已经进宫一趟了，皇上对于燕亭离开也是大感讶异，并不知晓。

“永康侯府的家务事，我们忠勇侯府不会干涉！侯爷，请吧！”谢墨含送客。

永康侯心中窝了一股火，却也是无可奈何。他心中也清楚，再耽搁下去，怕是也毫无作用，无功而返，于是转身大踏步出了画堂。

来到门口，永康侯怎么也咽不下这口气，回转身，对谢芳华道：“忠勇侯府的芳华小姐看着孱弱多病，如今在本侯看来，竟是好得很，话语机锋如此厉害，伶牙俐齿，不知道皇上知道了会如何？”

谢芳华眯了眯眼睛，隔着面纱镇定地看着永康侯，笑着道：“我就算身体孱弱多病，有隐疾多年不出门，但也是忠勇侯府的小姐。永康侯就算告诉了皇上又如何？难道有人欺负到我忠勇侯府的门上，欺负到了我身上我还不吭声？”顿了顿，她漫不经心地道：“若是让英亲王府的铮二公子知道永康侯爷来找他的未婚妻要儿子，不知会作何感想？我也很想知道后果！”

永康侯身子一僵，狠狠地剜了谢芳华一眼，不再说话，转过身大步离去。

谢墨含本来想秉持待客之道送永康侯出府，但因为他最后这一句话，打消了念头，止住脚步，慢声道：“侯爷慢走！墨含不送了！”

永康侯脚步一顿，又重重踏步离开，转眼便消失了身影。

谢墨含静静地站在门口，看着永康侯身影消失，过了片刻，他转回头，看向谢芳华。

谢芳华对谢墨含笑了笑，扯掉面巾，无事人一样温软道：“哥哥也渴了吧？过来喝茶！”

谢墨含看了她半晌，缓步走了过去，坐在了她旁边，揉揉额头，苦笑道：“这次与永康侯府的梁子可是结大了！”

“那又如何？”谢芳华嗤笑一声，“永康侯府的人自诩猜透了皇上的心思，料想皇上有朝一日会除去忠勇侯府，是以踩着龙王的肩膀耀武扬威。殊不知，猛虎就是猛虎，就算是一直温顺地被养在笼子里，但也不代表它不会咬人，更不代表它会一直温顺下去不挣脱笼子与主人抗争！”

谢墨含露出笑意，伸手拍了拍谢芳华的脑袋：“小丫头嘴皮子何时变得这么厉害了？”

谢芳华挥开谢墨含的手，瞪着他，道：“哥哥，我何时嘴皮子不厉害了？我何时看起来温柔无害了？”话落，她道：“就算我们是诗礼传家，讲究尊敬长辈。但是碰上永康侯和他老娘以及他夫人这一类人，动手不能，嘴皮子总要毒些，你只有让他不好过了，他无语反驳，你才好过！这是以其人之道还治其人之身的战术！你懂不懂？”

谢墨含闻言莞尔，妹妹离开无名山，八年空白，回来之后冷静得让人陌生，他一度担心她再无活力，今日总算是见识了她的伶牙俐齿，也不担心了。的确如爷爷所说，他该担心别人在她手里吃亏才是，轮不到担心她。就冲今日她将永康侯气得跳脚，也难有人做到。

谢芳华给谢墨含倒了一杯茶水，递给他。

谢墨含伸手接过，想着谢芳华早先将永康侯气得有气发不出的样子，忍不住觉得好笑。

谢芳华瞅了他几眼，当没看见，继续品着口中的茶水。

一盏茶喝罢，谢墨含抬起头对谢芳华认真地道：“你给我说实话，是不是你帮助燕亭离开的？”

谢芳华瞟了谢墨含一眼，挑眉。

谢墨含低声地分析：“燕亭在京中虽然交友广泛，但是知交好友却没有几个。算起来，也就是我、秦铮、李沐清、程铭、宋方、秦倾、郑译、王芜这几人。其他人不过是泛泛之交，而且门楣低浅，论势力，不及永康侯府，帮不上忙。能帮得上忙的，也无非是我们几人。”

谢芳华静静听着。

谢墨含见她不说话，继续道：“皇上一直盯着咱们忠勇侯府，又因为牵扯了你，永康侯府的家务事我自然是不会去管，免得惹了更大的麻烦，到时候说不清。而秦铮，他知道燕亭对你的心思，如今他大闹灵雀台逼婚娶你，当着他的面做了这件事情，就是让他死心，同时，两人之间，也有了隔阂，更趋近于为你绝了交情。别说秦铮不会去帮燕亭，就算他不小心眼地去帮，燕亭也不会领情让他帮。这是男人的尊严。”

谢芳华不说话，晃动着茶杯，任杯中浅碧色的茶水一圈圈荡漾。

谢墨含看着她，抿了抿唇，目光从她的脸上落在她手中晃动的茶杯上：“而其他人，程铭、宋方、郑译、王芜等人昨日都在各自家里过年，并不知晓燕亭离开的事情，都是今日才知。秦倾在宫里，还是个没长大的孩子，就算有心，也是无力。剩下的人里，唯独一个李沐清有能力。但是依着右相府中庸的门风，以及李沐清的聪明，他才不会去参与永康侯府邸这些乌七八糟的事儿。”

谢芳华扯了扯嘴角，不得不说，她的哥哥是聪明的，而且太过聪明。

“所以，唯一能帮助他摆脱永康侯府势力的人，也就是你了。你手里有自己的势力，且目前还没被皇上察觉，可以暗中做很多的事情，且燕亭午时离开，永康侯晚上才知晓，半日时间，足够你帮助他摆脱永康侯府的追查堵截了。”谢墨含话落，问道：“我说得对不对？”

“对！哥哥，你说得很对！你不去做捕快查案都可惜了人才！”谢芳华放下杯子，笑吟吟地对他道。

谢墨含忍不住伸手在她头上又拍了一下：“你当着永康侯的面将燕亭贬得一文不值，却暗中助他离开，永康侯怕是做梦也想不到是你帮助燕亭脱离他的掌控。”

“我梳得好好的头发都被你打乱了！”谢芳华瞋了谢墨含一眼，爱打人脑袋这个毛病从小到大，他怎么也不改改？

谢墨含见她露出小女儿家才有的娇俏模样，顿时失笑，被永康侯闹了一番的沉重心情也随即好了起来。他的妹妹，就该这个样子！

“这么折腾一番，天色不早了，你还回芝兰苑休息吗？”谢芳华拢了拢被谢墨含打散的青丝，别在耳后，放下茶盏，看着外面的天色问。

“时辰不早了，宫里应该是用完午膳了，怕是过不了多久，英亲王、王妃、秦铮就来了。不回去了吧！”谢墨含也看向外面，今日的午膳吃了一个多时辰，永康侯来府里质问又耽搁了半个时辰，如今已经申时了。

“反正这里面有暖阁，你进去休息一会儿，他们来了，我再喊你。”谢芳华冲画堂里面的暖阁努努嘴。

“不必了！我还受得住！”谢墨含摇头。

“我让你去你就去！自己的身体自己不知道？再这么折腾下去，我就算倾尽所学，也救不了你。”谢芳华看着他眼底布满的青影，强撑的疲惫显而易见，伸手推他。

“霸道的小丫头！好，听你的！”谢墨含笑着站起身，向暖阁走去。

谢芳华看着谢墨含走进暖阁，自己也站起身，走到画堂西角不远处的书橱上拿了一本书翻看。

半个时辰后，侍书从外面匆匆走进来。到了门口，透过帘幕，往里面看了一眼，没看到谢墨含，只看到了谢芳华，便猜到世子是去休息了，刻意放低声音道：“小姐，得到消息，英亲王、王妃、铮二公子从宫里出来了，正往咱们府赶呢！”

谢芳华从书卷中抬起头，问道：“哥哥早就知道他们今晚要来，是否都安排好了？”

“世子都已经安排好了，晚膳就摆在后花园的观景阁里，那里温暖，而且视线极好，英亲王妃可以一边听戏，一边用膳。”侍书道。

谢芳华点点头：“英亲王妃走时可点了戏？”

“点了！”侍书笑着回话，“英亲王妃点的是《探花媒》，当时她说，为了庆贺您和铮二公子缔结姻缘，讨个好兆头。”

谢芳华放下书卷，沉默了片刻，淡淡道：“既然哥哥早先都已经安排好了，就按照他的安排准备吧！”

“是！”侍书应声，向外走去。

“等等！”谢芳华想起什么，喊住他吩咐道：“派人去谢氏六房，将明夫人请来作陪。”

侍书一怔，又连忙应声：“这就去请！”

谢芳华点点头，对他摆摆手。

侍书快步走了出去。

谢芳华没了看书的心情，将书卷放回书橱里，站在窗前看着院外。

果然不多时，守门的门房匆匆跑来，人还没到，便急声禀告：“世子，英亲王、王妃、铮二公子已经快到咱们府了。”

谢芳华蹙了蹙眉，低喝道：“声音小一些，大吵大嚷的，规矩都哪里去了？”

那守门的门房一惊，顺着声音来源，看到了站在窗前的谢芳华，脚步猛地顿住，心下一颤，立即垂下头，半声不敢吭了。

这是小姐八年来第一次训斥下人。

而且身为小门房的小厮也是第一次隔着窗子看到了这府里金尊玉贵的小姐的面容。

“只要不是天塌下来的事儿，以后就沉沉稳稳的，不要大嚷小叫，没有体统规矩。”谢芳华也不是刻意发作为难小厮，只不过是不想吵醒谢墨含。英亲王和王妃身份高，但也不如哥哥的身体重要。

“是，奴才再也不敢了！小姐恕罪！”门房小厮连忙谢罪。

谢芳华摆摆手：“下去吧！”

门房小厮再不敢逗留，连忙转身走了下去。

暖阁内的门帘挑开，谢墨含从里面走了出来，温声道："英亲王和王妃亲自来了咱们府，大年初一过来吃晚膳听戏，是对你的看重，也是对这门亲事的看重。爷爷不出府迎接因为是长辈，我是小辈怎么能贪睡不出去迎接？"

谢芳华转过身，嘟囔道："兴师动众！不知道昨夜忠勇侯府热闹了一夜吗？就算要来，怎么也不另外挑个日子？"

谢墨含失笑，叹了口气，道："哥哥知道你心疼我，休息片刻感觉好多了。"话落，他解释道："女儿家最重要的是被夫家看重。皇上虽然不满意这桩婚事，英亲王也不满意，但是英亲王妃却是心向秦铮，极其满意这桩婚事。大年初一举家来咱们府里，也是给你长脸面。"顿了顿，他以兄长的口气警告道："你就算不喜这门亲事，但是事已成定局，如今多少双眼睛看着咱们两府呢，你不准不领这个情！"

"知道了！"谢芳华揉揉额头。

"走吧！我们一起出去迎接英亲王和王妃，以示郑重。"谢墨含道。

谢芳华点点头，人家给她做脸，她到底也不是不懂事的无知少女，这个情自然要领。

兄妹二人一起出了画堂，前往大门口迎接。

二人来到大门口，正巧英亲王府的马车来到。

谢芳华隔着面纱一眼便看到了骑着高头大马跟随在英亲王府马车身边的秦铮，他气色极其不好，显然在宫里喝了酒，眉目染着醺醺醉意。马车停下，他并未下马，而是端坐在马上，漫不经心地打量站在谢墨含身边等候的谢芳华。

谢芳华觉得面纱真是一个好东西，遮住了她的脸，同时也遮住了她脸上的表情。从面色看来，秦铮昨夜显然一夜未睡，今日又去了宫里，初一宫里都是皇亲国戚们前去拜年小聚，并不比昨日的宫宴冷清，虽然她没去，但不用说，也是知道极其热闹的。尤其是宗室里面那些与他相同年龄的同辈，定然是极其闹腾，秦铮人缘不差，长辈的面子虽然偶尔不给，但是在同辈们面前，他从来不过分为难谁。所以，若说昨日圣旨赐婚在宫宴上没被人灌酒，那么今日，宗室里面同辈们齐聚一堂，一定让他喝了不少酒。

所以，他如今醉醺醺地坐在马上，也不意外。

"王爷！王妃！"谢墨含对马车一礼，又看了秦铮一眼，温和地喊了一声，"秦铮兄！"

秦铮目光凝在谢芳华身上没移开，但是却将谢墨含的话听在了耳里，点点头，同样回了一礼，道："子归兄！"话落，又补充建议道："不对，你该喊我妹婿，我喊你大舅兄！"

谢墨含一噎，英亲王和王妃还没下马车，但这么近的距离，怎么能听不见秦铮的话？他有些为难地咳嗽了一声："改口太早了吧？还不到时候！"

"早什么？我爹娘今日不就是来商量纳采之礼的吗？"秦铮依然看着谢芳华。

谢墨含顿时没了话反驳，偏头看向谢芳华。

谢芳华垂下头，脚尖踱了踱地，又抬起头，平静温和地道："铮二公子，改口的确是太早了。就算商量过了纳采之礼，我们的大婚也还要三年。皇上一日不准，我们便一日成不了姻缘。所以，芳华在这里还请铮二公子顾忌些，以免传出去被人耻笑。"

"耻笑？"秦铮哼笑了一声，"谁敢？"

"臭小子！你做的荒唐事难道还不够？没人敢当面耻笑你，难道就不敢背后耻笑你了？"英亲王妃从车内挑开帘幕，探出头来，笑骂了秦铮一句。

秦铮不以为然："你儿子可不在乎这个！"

"你是不在乎，但是你媳妇儿在乎！"英亲王妃笑着瞋了秦铮一眼。

秦铮显然是被英亲王妃那句媳妇儿给镇住了，看着谢芳华，眸光定了定，没了声。

英亲王妃从他身上移开视线，看向谢芳华，温婉端庄的脸上绽开满满的笑意，对她招手，慈爱地道："小丫头，过来扶我下车！"

谢芳华看着英亲王妃的笑脸，仿佛看到了一大朵牡丹盛开，她最受不住的就是英亲王妃这么温婉柔和慈爱的模样，总能让她想起母亲。她偏头看向谢墨含，有些不知道怎么办好。是迎上去？还是不迎上去？

"过来啊，看你哥哥做什么？"英亲王妃继续招手，她晃了两下手臂，不巧碰到了秦铮守在车旁的马，她顿时不满地扭头对秦铮道："你退远些！挡着路做什么？你这副样子，跟个小醉鬼似的，惹得小丫头都不乐意见你。还不下马一边待着去！"

秦铮从谢芳华身上收回视线，看了他娘一眼，须臾，默不作声地打马退后了些。

英亲王妃见秦铮听话，转回头，对谢芳华重新绽开笑意："这回他退远了，过来吧！"

谢芳华有些无语，英亲王妃这般说话作态，好像她真是因为秦铮不过去一样，她无奈，对她的温柔和蔼无法抵抗，挪步走了过去。

还没走到近前，英亲王妃一把抓住她的手，握在了手里，笑靥如花一般地连连夸奖道："我今天总算是知道什么叫手如柔荑了。我一直自诩清河崔氏出美人，可是今日才知道，真正出美人的是忠勇侯府。"

谢芳华垂下头，不作声，任她握着手，她本来清凉的手被她攥住，一下子变得温热起来。

"虽然是春天快来了，但到底是个冬春交替的季节，乍暖还寒，你有病在身，又穿得太少。手这么凉，赶紧进去吧！"英亲王妃一边说着，一边就着谢芳华的手下了马车。

春兰立即上前来扶英亲王妃。

"不用你，我今日就用儿媳妇儿扶着我。"英亲王妃摆摆手。

春兰见谢芳华垂着头，在王妃面前，再没有了昨日在宫里时将几位小姐逼得退了一步的气势，这才像是见了婆婆的儿媳妇儿的模样，她顿时抿着嘴笑着退开了。

谢芳华心里别扭。她不让秦铮改口，可是英亲王妃一口一个儿媳妇儿地叫着，她作为小辈，又作为在英亲王府待了月余得她每日教导培养的听音，在她的和气温婉下，怎么都无法开口反驳她这个长辈和未来婆婆这个身份的错误。

“走，我们进去！”英亲王妃拉着谢芳华往府里走，走了两步之后，又停住脚步，对身后的马车道：“王爷，您还不下车？还在车上坐着干什么？”

谢芳华这才想起英亲王还没下车，也看向马车。

“我爹想府里的姨娘了，想回府。”秦铮忽然下了马，扔了马缰绳，语调轻慢。

“说什么混账话呢？”英亲王恼怒的声音从车里传出，须臾，他挑开帘子，瞪着秦铮。

秦铮呵呵一笑，对英亲王挑眉：“难道不是吗？爹从昨日到今日，不是在宫里泡着，就是来忠勇侯府泡着，您两日没见除了我娘之外的后院的女人了，久久不下车，不是想回府疼宠后院的女人？”

“你给我住口！”英亲王恼恨地看着秦铮，“这里不是英亲王府，是忠勇侯府，你喝醉了酒，别有的没的胡言乱语！也不看看这里是什么地方？不孝子！”

“是我未来岳丈家！儿子清楚得很！就怕爹您不清楚这里是哪里，所以，儿子觉得有必要提醒您。您磨磨蹭蹭地不下车，若不是想回府，就痛快点儿。您没看到我媳妇儿身子骨弱，还等在这里吹冷风吗？”秦铮丢下一句话，大踏步往府里走去。

谢墨含见他擦着他身边走过，暗暗捏了一把汗。虽然一早就知道英亲王和秦铮父子不和，秦铮和秦浩兄弟不和，但到底是在外人面前对上的时候少。看来今日秦铮真是喝多了。想到此，他看了谢芳华一眼，又想到也许不是喝多了，而是今日秦铮本来就心情不好，早上来府里就看出来了。往日里心思难测的人，今日的情绪都罕见地摆在了脸上。

“臭小子！就算你爹想别的女人，你也不能说出来！你让娘的脸面往哪里搁？”英亲王妃虽然骂了秦铮一句，听起来像是恼人的话，脸上却无半丝恼意，也没真的想教训儿子。见英亲王脸色青了青，她也不理会，转过身，拉着谢芳华往里面走，边走边道：“这个时节，尤其是一早一晚，风最是生冷，快进去，铮儿说得对，你身子骨差，禁不得这样的冷风……”

谢芳华被英亲王妃拉着，听着她絮絮的话语，微微低着头，只能静静地听着。

谢墨含自然不能如那三人一样，不给英亲王面子，说走就走，他含笑上前，温和地一礼：“王爷，里面请！”

英亲王是个注重颜面的人，可惜，今日他的王妃和儿子谁也没给他颜面。他心中有气，但一想起让他生这气的原因是他不同意今晚再来忠勇侯府，就分外头疼。

宫里皇上的意思不用说，虽然被迫无奈下了圣旨赐婚，但自然是不想英亲王府和忠勇侯府结这门亲。所以，更是不想英亲王府在婚事上太给忠勇侯府脸面。但是偏偏他的王妃惯着儿子，十分热衷这件婚事，再加上她与这府里曾经的主母是手帕交，所以，自然是舍不得儿媳妇儿受半点儿委屈，强硬地做了主。他有心不来，也拗不过这对母子，只能跟了来。但即便是跟了来，因为他的反对，也引起那母子俩的不满，齐齐对他发作。他心中堵得难受，却又无处发泄，他向来忠心于皇家，从来没有一件事情让他夹在中间为难。

谢墨含看着英亲王，以他通透的心思，自然是将事情在短短交谈中了解了个大概。但是他聪明，所以，仿佛没看到英亲王的脸色，温和地笑着请他进府。

英亲王深深地叹了口气，歉然地看了谢墨含一眼，伸手拍了拍谢墨含的肩膀，有些恼意，又有些羡慕地道："铮儿这孩子真是让他娘给惯坏了，他若是有墨含你一半知礼我就省心了！"

谢墨含微笑，心态平和地道："我觉得秦铮兄的性情很好，他对王爷是敬重的。"

"敬重？只要不气死我就成了！"英亲王摇摇头。

谢墨含向前方看了一眼，那三人已经走出很远，秦铮走在前面，英亲王妃和谢芳华携手走在他身后几步远。能感觉到英亲王妃是真的喜欢他妹妹，他笑了笑，不再说话。

第四十二章

亲密

一行人向内院走去。

谢芳华一边听着英亲王妃说着今日宫里的事儿，一边看着走在前面的秦铮。

秦铮自从进了忠勇侯府，走在前面，再没回头，步履散漫，姿态随意，冷风吹起，锦袍玉带轻扬，虽然就那么安静地走着，也生一种清傲张狂之感。

“铮儿这孩子虽然看着霸道张狂，性子难测，但其实啊，他心里软着呢。”英亲王妃眸光扫见谢芳华看秦铮，笑呵呵地道：“皇室和宗室里面的皇子王孙加起来，他只和四皇子秦钰不对盘，和其他人无论是谁，都能处得来。以前小的时候，皇室宗室里那些个小子姑娘都怕他，不敢拿他开玩笑，但是长大了之后，渐渐地发觉，他没那么可怕，所以，就时常寻他玩乐。这不，昨日他和你圣旨赐婚，在宫宴上，他们没抓住他喝酒，今日进宫拜年，总算抓住他了，给他灌了许多酒，走路都发飘了。”

谢芳华将视线从秦铮身上收回，看着面前的青玉石砖从脚下一步步掠过。

“昨日你犯了病被吴权送回府，他宴席上便没了心情，几次想逃，皇上都制止了。总算熬到宫宴结束，他借着送老侯爷为由才跑出了皇宫，是不放心你想来忠勇侯府看你。”英亲王妃笑着从秦铮身上收回视线，偏头看着谢芳华，悄声道：“怕你被燕亭那小子给夺去！”

谢芳华身子一僵，抬起头，看向英亲王妃，隔着面纱，英亲王妃的笑容依旧和气温暖。她重新低下头，没说话。

英亲王妃拍了拍她的手：“我听说燕亭离家出走去漠北了？早先永康侯又跑来忠勇侯府闹了？这个永康侯，自己一生被他老娘和媳妇给管得屁都不敢放一个，如今倒希望儿子走他的老路了。糊涂虫一个！”

谢芳华扯了扯嘴角，这南秦京城里，怕是谁都看得明白永康侯府家宅里那点儿事儿，就永康侯府自己家的人看不明白。

“燕亭走得好！有那么一个祖母，有那么一个娘，还有那么一个爹，不走等什么？难道等着被养成真正的笼子里的鸟儿废了不成？”英亲王妃轻轻用鼻孔哼了一声，须臾，又低声道：“这南秦京城的贵裔子弟里，各自都有一个小圈子，燕亭和铮儿算是比较要好的，燕亭喜欢你，想娶你，但是铮儿也想娶你，到底是被铮儿在御前给把抢到手里赐了婚。燕亭受不住双重打击，离家出走去漠北，铮儿的心里也不好受。今日他一日都沉着脸，俗话说，解铃还须系铃人。今日晚上，你和他坐坐，宽慰宽慰他。”

谢芳华不知是该点头还是该摇头。昨日城门口的事情她还没忘记。

“娘，您啰嗦不啰嗦？絮絮叨叨，老妈子也不为过。”秦铮忽然回头瞅了英亲王妃一眼。

“你个臭小子！媳妇儿还没娶呢，倒嫌弃娘了是不是？”英亲王妃顿时蹙起眉头。

“我是怕您把儿媳妇儿给吓跑了。”秦铮转回头，漫不经心地道。

英亲王妃狠狠地剜了他一眼，道：“咱们母子俩，指不定谁给媳妇儿吓跑！”话落，她放开谢芳华的手，对她道：“小丫头，他醉得太沉，我今儿可不想见他了。去，你先带他找个地方歇着去！别让他总是在我跟前碍眼地气我。”

谢芳华被英亲王妃推得向前了一步，见前面秦铮脚步顿住，她轻轻吸了一口气，对英亲王妃软声道：“王妃，后园子的观景暖阁里晚膳都准备好了，戏班子也准备好了。等您和王爷进府，马上就开宴了。他……铮二公子这个时候去歇着的话，那晚膳……”

“他今日灌了一肚子的酒，哪有空地方吃晚膳？你就先带着他找个地方去歇着，回头他饿了，再给他弄吃的。”英亲王妃道。

谢芳华蹙眉，回头看向身后的谢墨含。

“王妃，既然秦铮兄醉得厉害，我让侍书带他去歇着吧！”谢墨含为谢芳华解围。

“不错！如今还没大婚，让他们两个独处，传出去像什么话？”英亲王也不满地道。

英亲王妃不以为然，对英亲王道：“昨日在宫里，你儿子当着多少人的面将小丫头抱去了凤鸾宫？我们都亲眼看见的，若说传扬，早传出去了，若说名节，小丫头的名节也早就被你儿子攥在手里了，还怕什么？”

英亲王一噎，昨日的事情他比英亲王妃要清楚得多。灵雀台上，他可是亲眼看见秦铮的所作所为，皇上和他拦都没拦住，一时没了话。

谢墨含也有些头疼，他心思甚是敏感，从秦铮今日早上来了一遭，到如今这一遭，脸色都极差。而他妹妹又不愿意面对他，显然两人之间曾经发生了什么不愉快的事情。见英亲王妃不顾忌这些，他只能再道：“妹妹身子骨弱，自己还照顾不了自己，更是照顾不了秦铮兄。依我看……”

“墨含，府中婢女小厮多的是，忠勇侯府的小姐也用不着亲自伺候人。”英亲王妃笑着打断谢墨含的话。

谢墨含也没了反驳之语，看向谢芳华。

谢芳华头皮隐隐有些发麻，她最消受不了的就是英亲王妃这般乐呵呵地以婆婆的身份促成她和秦铮的态度，只能开口，语气虚软：“王妃，昨日在宫里，我因为身体不适，未曾与您好好说话，也有失礼数，今日您来了府里，我怎么能离开？就陪着您吧！”

“我们来日方长，不急于这一时一刻。”英亲王妃笑着摆手，还要说什么，只听身后传来动静。她转回身，看向大门口，便见明夫人和谢伊进了府，她顿时更是笑开，“明夫人既然来了，今日就让她陪我，你就陪铮儿吧！”

谢芳华暗恼，她早先不想应对英亲王妃，便让侍书请来了明夫人，如今不承想，明夫人来了之后却是让她觉得还不如不请来。

“芳华姐姐！”谢伊欢喜地喊了一声。

谢芳华对谢伊隔着面纱点点头。

“伊姐儿，你没看到英亲王爷和王妃吗？怎么不见礼？”明夫人低低训斥了一句。

谢伊本来欢喜地要跑来，闻言连忙慢下了脚步，提着裙摆，一步步走到近前，之后，端庄地躬身一礼：“王爷好，王妃好，世子哥哥好，铮二公子好，谢伊给大家拜年了！”

英亲王点点头，没说话。

英亲王妃笑着摆摆手：“都好！快起来吧！今日没有外人，不用见礼。”话落，她拉住谢伊的手，和蔼地道：“今日你芳华姐姐陪我家铮哥儿去醒酒休息，既然你和你娘来了，就陪我去听戏。”

谢伊一怔，看向谢芳华。

谢芳华看着谢伊，没出声。

“今日府里点的是什么戏？”明夫人来到近前，给英亲王和王妃见礼，之后笑着询问。

“是《探花媒》，我早上进宫前点的。”英亲王妃笑着道。

明夫人连连点头，挽了英亲王妃另一只手，笑意漫开，道：“这可是一出好戏，我早就想听了，今日沾了王妃的光了。”话落，看了一眼谢芳华和谢伊，温和地道：“芳华小姐就放心地陪着铮二公子去醒酒休息吧！王妃这里有我和伊姐儿陪着，你放心，一定给王妃照顾周全。”

谢芳华点点头，事已至此，她自然不能再推托了，干脆应承了下来。

“走，我们过去！”英亲王妃见谢芳华终于点头，笑呵呵地拉着明夫人和谢伊往后园子走去，一边走一边道：“忠勇侯的观景暖阁是别的府里都比不了的舒适地方，坐在里面看戏，暖和着呢，不像别的府，看戏要在露天的院子里，一场戏下来，人都冻僵了。我也是多年没来观景暖阁听戏了，可怪想念的。”

“是呢！忠勇侯府祖上出了爱听戏的祖母，所以，修建园子的时候，就特意建了这样的暖阁。”明夫人接过话，“自从这府里没了女主人，老侯爷又不喜欢听戏，便给冷清了下来。”

“唉，多少年了。”英亲王妃叹息一声，到底是因着今日的日子，没将想念的人说出来。

明夫人心里通透明白，点头应和道：“是啊，多少年了。”话落，又怕引起伤心事儿弄得不愉快，忙转移话题道：“不过如今世子长大了，也该娶妻了，芳华小姐也长大了，又和铮二公子定了亲事，以后两府多走动，忠勇侯府自然也就热闹起来了。王妃若是喜欢那观景暖阁，接下来这个正月里也没什么事儿，我就陪着你日日来这里听戏。”

英亲王妃闻言顿时笑了，道：“那敢情好，我除了侍弄花草，就爱听戏。”话落，又道：“可是老侯爷喜欢清静，我们日日来，岂不是要打扰了老侯爷？”

“这……也是！”明夫人本来想顺着英亲王妃高兴的事说，但话语既出，才恍然想起，不好做主，回头看了谢墨含一眼。

谢墨含温和地笑道：“后园子距离爷爷的荣福堂远，吵闹不到。王妃和六婶母都喜欢听戏的话，就日日来，我安排。”

“那敢情好！就这么说定了，这个正月里，我就腻在忠勇侯府不走了！”英亲王妃闻言笑开了怀。

“我也是，日日来蹭饭吃！”明夫人也笑开了。

二人边笑边说边走，进了后院。

谢伊本来是来找谢芳华玩的，可是看这情形，是玩不上了，只能作罢，陪着英亲王妃和她娘去了后院。

谢墨含见事已至此，也只能这么安排，他也不好冷落了英亲王，于是对谢芳华笑道：“妹妹，你带秦铮兄去我的芝兰苑休息吧！我陪王爷去后园子。”

“好！”谢芳华点头。

“王爷请！”谢墨含看向英亲王。

“秦铮，你不许仗着喝多了酒胡闹！听到没有？”英亲王看着秦铮的样子，有些不放心，暗暗埋怨英亲王妃自作主张。

秦铮半声不吭，仿佛没听到，背着身子站着。

“走吧！”英亲王知道他的话秦铮听进去了，但是听从不听从他也管不了。

谢墨含点点头，和英亲王一起尾随在英亲王妃和明夫人身后向后园子走去。

春兰等英亲王府跟随来的下人们自然也随着英亲王和王妃离去。

不多时，只剩下秦铮和谢芳华两个人。

秦铮转过头，目不转睛地看着谢芳华。

谢芳华隔着面纱也看着他，这个还是少年的男人，从回京后，她的生活里处处都是他。她从来没有想过有朝一日能和他有了婚约，更从来没想过要纠缠到多深。如今两个人对站在一起互相看着，她都觉得若不是上天和她开了个玩笑，那么就是恍然一梦。

“谢芳华！我娘讨不讨厌？”秦铮忽然开口，嗓音有些清冽。

谢芳华一怔，不明白他怎么突然开口说这个，她蹙了蹙眉，英亲王妃讨厌吗？若说心里话的话，英亲王妃不讨厌。至少，她不觉得讨厌。有这么一个全心全意为了儿子的娘，谁会对她讨厌得起来？但是她要告诉秦铮吗？自然不会！

秦铮见她不答话，上前一步，伸手扯了她脸上戴的面纱。

谢芳华伸手去挡，奈何没有他的手快，面纱顺着她面颊被扯下，她的眼睛清楚地对上了秦铮深黑色的眼睛，那双眸子比子夜还黑，她不由得移开了眼睛，偏开了头。

秦铮忽地伸手揽住了她的腰，转眼间便将她带到了自己的怀里，低头看着她。

谢芳华一惊，立即转过头，瞪着他，出声低叱：“秦铮，你干什么？”

秦铮看着她，眯了眯眼睛，没说话。

谢芳华挥手打他，要从他怀里退出来：“你放手！”

秦铮眸光动了动，死死地扣住她的身子，看着她恼怒的脸，仔细地看了片刻，他蓦地笑了，轻声道：“原来我的未婚妻长得如此倾国倾城。”

谢芳华一怔。

“比昨日白天看到的时候顺眼多了，不再苍白得跟吸血鬼一样。”秦铮盯着她道。

谢芳华身子一僵，须臾，猛地用力挣扎，同时嗤笑：“铮二公子想要美人，普天之下一抓一大把，我谢芳华这副病秧子的容貌，你还看在眼里？”

“谁说我不看在眼里？”秦铮笑看着她，淡淡的酒气喷洒在她脸上，微微醺然，他的眸光如无底洞一般似乎要将谢芳华吸进去，清俊的眉目灼灼，声音缓慢，一字一句地道：“世间多少美人，但也只有一个谢芳华，是不是？”

谢芳华这段时间不是没和秦铮如此近距离相对过，但是不曾以真面目真身份这般近距离接触过。她到底面皮没有练得太厚，脸色不由得染上潮红，垂下头，看着他领口，知道对这个人强硬不行，软了口气道：“你本来喝多了酒，长时间吹冷风的话，对身体不好，我的身体也受不住冷风。你放开我，我送你去哥哥的芝兰苑休息。”

秦铮看着她，声音蓦然低哑：“放开你？”

谢芳华点头。

秦铮仔细地看着她的眉目，潮红一寸寸从她耳后清晰地爬上整张脸。这时候夕阳早已经下去，而他偏偏从她的脸上看到了彩霞和光晕，让人舍不得移开视线，他目光凝了凝，声音低哑地道：“我不想放开怎么办？”

谢芳华气血顿时涌上胸口，什么叫油盐不进、软硬不吃，说的就是这号人。

秦铮感受到她的情绪波动，手又扣紧了些："谢芳华，有没有人告诉过你，我不能惹？"

谢芳华眉梢拧紧，自然有人告诉过她，她的哥哥昨日收到舅舅从漠北传回的那封秦钰的求亲信时说了，不只是他不能惹，秦钰也不能惹。怕是这南秦京城的人都知道这二人不能惹，可惜她离开京城八年，回来之后不清楚，待知道了，也晚了。

"以前不知道没关系，这一刻我亲口告诉你，我不能惹，知道吗？你今日惹了我，念你初犯，我就饶了你，但是你给我记着，再有下次，定不饶过你。"秦铮撂下一句话，放开了她。

谢芳华立即后退了一步，恼怒地看着秦铮，她今日什么时候惹他了？避他还来不及！

"我们如今已经有了婚约，你就是我的未婚妻，当着我爹娘你哥哥的面，你竟然避我如蛇蝎！"秦铮看着她离开他立即退远，脸色沉了沉，"昨日的你拉着我拽着我利用我，今日却翻脸不认人。你可真是好样的。"

谢芳华偏开头，昨日她的确利用了他，可是谁叫他逼婚了？都是给人看，凭什么他能做给人看，她就不能？想到此，她气得骂他："霸道！"

秦铮本来有气，闻言却笑了，伸手去拉她的手："我除了霸道，坏毛病一大堆，你必须要慢慢地适应接受我。"

"凭什么？"谢芳华躲开他的手。

秦铮强硬地抓住她的手，不让她躲，警告道："你不想今日在你家让所有人都看到我们亲密，就乖顺一些。"顿了顿，见谢芳华沉下脸，他放缓语气，温柔地道："你一副病秧子的身体，随时踏入鬼门关，我都不嫌弃你随时会死，你死了我也会随时陪着你。你凭什么不接受我一大堆坏毛病？"

谢芳华险些吐血，谁说她随时都会死？这个浑蛋！

"走吧！我累了，你陪我去歇着。"秦铮拉着她向前走，两步之后补充道："不过不去子归兄的芝兰苑，就去你的海棠苑。"

谢芳华立即反驳："不行，就去芝兰苑！"

"我说了算！"秦铮道。

"这里是忠勇侯府！不是英亲王府。"谢芳华没见过这么霸道的人。

"那也是我说了算！"秦铮不给她反驳的机会，"你若是不同意的话，我们就去后园子找我娘，她虽然不想见我，但一定乐意你我手拉着手坐在她身边的。"

谢芳华抬脚踹了他一脚。

秦铮没躲，被谢芳华踹了个正着，他只眉头皱了一下，连半声也没吱。

谢芳华知道自己刚才那一脚有多狠，见他没发作，跟没事儿人一样地拉着她往前走，到底是不想太过分，只能随着他往前走。

走了一段路，秦铮忽然偏过头对她笑道："原来你的小猫爪子被惹急了挠人也只是一下？我还以为我要挨好几下呢。我的媳妇儿不用太温柔，你就算多踹我几下，我也不会踹还给你的。"

谢芳华脸一黑，顿住脚步，既然他不还手，是不是她现在还来得及踹废了他的脚？

"不过，你刚刚若是再踹我第二下的话，我就忍不住要亲你就是了。"秦铮补充道。

谢芳华脸腾地一红，甩开他的手，背过了身子，忍着羞愤道："秦铮，你还有没有脸皮？这样的话你也敢说出来？"

"为什么不敢？"秦铮扬唇笑了笑，虽然她背着身子，但也可以感觉到她一定红透了脸，虽然背着身子静静地站着，但也是如此鲜活。

他放低声音调笑道："你不知道你脸红的样子多么惹人……"

"你再不住嘴，我就撕了你的嘴，你信不信！"谢芳华猛地转过身，警告地看着他。

秦铮眸光闪了闪，见她真要恼羞成怒了，便垂下眼睫，见好就收，笑道："信！我的未婚妻连永康侯都赶出了忠勇侯府，还有什么做不出来的？"

谢芳华一怔，永康侯的事情他知道？他不是一直在宫里吗？是怎么知道的？

"是不是想知道我怎么知道永康侯的事情？"秦铮将双手背负在身后，对她慢悠悠地道："你带我去你的海棠苑，我路上告诉你。"

"我不想知道！"谢芳华扭开头，往前走。

"那也去海棠苑！"秦铮也缓缓抬步。

谢芳华翻了个白眼，快步向前走，走了一段路，听他不快不慢地跟在她身后，她渐渐地定下了心神，揉揉额头。秦铮果然是个恶魔，让她自恃没有什么东西能影响到她情绪的想法打破了。

"永康侯从忠勇侯府出来，就进宫了。"秦铮见她缓下脚步，笑了笑，慢声说道："以他永康侯府的能力寻了一日一夜了，没拦截住儿子，只能进宫求皇叔帮忙。"

谢芳华回头瞅了秦铮一眼，皇上会帮永康侯找儿子？永康侯府有这么大的面子？

"若是昨日之前，皇叔定然不会帮忙，永康侯府一个燕亭皇叔还看不上。但是，自从你我有了圣旨赐婚，英亲王府和忠勇侯府有了联姻关系，那就另当别论了。"秦铮见谢芳华回头，对她挑了挑眉，似笑非笑地道："不是不想知道吗？"

谢芳华剜了他一眼："我现在又想知道了。"

"那就去海棠苑休息！"秦铮道。

"你不怕多走路，那就去！"谢芳华回转身。

"几步路爷还累不死。"秦铮一瞬间心情好了起来，脚步也轻快了，语调也轻松了起来，继续道："永康侯一脸怒气地进了宫，见了皇叔后，提起了你。"

谢芳华眯了眯眼睛，永康侯他还真敢提。

“可惜，他去得不巧，正好我在。我便问了他一个问题，他的儿子丢了，凭什么找我的未婚妻要？”秦铮忽然冷笑了一声，“永康侯脑子不好使，白担了永康侯府两百多年的基业，我便帮他补补脑子。”

谢芳华不出声，既然秦铮在，永康侯应该没敢对皇上说她什么吧？不过即便说了，她也不惧。永康侯不嫌永康侯府丢人，尽管四处嚷嚷，看他还要不要他那张老脸。忠勇侯府如今的地位摆在这里，更甚至，她多年不出府，就算他四处败坏她名声，也要有能让人信服的证据。秦铮又不是吃素的，就算英亲王不喜欢这门亲事，也不会在她和秦铮有婚约后容人败坏她。皇上只要不想放弃英亲王府，便不会纵容永康侯去败坏她而惹了英亲王妃。

“走不动了！”秦铮忽然道。

谢芳华一怔，回头看着他，见他已经站住，蹙眉道：“前方不远处就是芝兰苑。”

“我的意思是，你拽着我走。”秦铮对她伸出手。

谢芳华站着不动，沉静地道：“容我提醒您，铮二公子，您不是小孩子了。”

秦铮忽地笑了，上前一步，握住她的手，语气轻软：“我的确不是小孩子，但我喝醉了。”

谢芳华的脑瓜疼了疼。这样喝醉酒的秦铮，让她想起了他数日前在忠勇侯府喝多了回英亲王府的半路上坐在地上耍赖，然后又在英亲王府大门口撒泼。只一次，她就心有余悸，忍了忍，到底是不想他闹腾，拉着他向前走。

秦铮勾了勾嘴角，在无人看见的地方，露出得逞的笑意。

不多时，二人走过芝兰苑，又走了一段路，终于来到了海棠苑。

海棠花在晚风里尤其清香。

秦铮轻轻嗅了一下，对谢芳华道：“一会儿，你摘些海棠来，给我煮茶喝。”

谢芳华不说话。

来到门口，品萱、品妍、品青、侍蓝迎了上来，齐齐道了一声：“小姐！”之后看向被谢芳华拉着的秦铮，齐齐一礼：“铮二公子！”

秦铮逐一打量了四人一眼，摆摆手。

“去熬一碗醒酒茶端进房。”谢芳华对四人吩咐。

“是！”四人齐齐垂首。

“不用她们熬，我要你亲手熬。”秦铮提出建议。

谢芳华慢慢地转回头，看着秦铮，甩开他的手，不紧不慢地道：“铮二公子，我是谢芳华，忠勇侯府小姐的十指从来不沾阳春水。你若是不同意，大可以不喝。”

秦铮一噎，顿时失语，半晌后，哼道：“随便你。”

“去吧！”谢芳华对四人摆手。

品萱、品妍立即去了小厨房，品青、侍蓝连忙快步走到正屋门口，挑开了帘幕。

按理说，女儿家的闺阁，是不准许除了自家亲长之外的外男进入的，但是秦铮既然和谢芳华有了婚约，就不同了。

秦铮似乎也不累了，如自家的院落一般，径自向正屋走去。

谢芳华停顿了片刻，也跟随在他身后进屋。

脚步刚踏入门槛，秦铮忽然扭头看着身后的谢芳华："你这闺阁里有男人味！谁这么大的胆子连爷也不看在眼里竟敢来这里？"

谢芳华颦眉，冷下脸："秦铮，你不想待可以……"

"看来我以后得时常来，否则我的未婚妻没准在我不知道的时候被谁拐走了芳心。"秦铮冷哼了一声，打断谢芳华的话，进了屋。

谢芳华见他走到贵妃椅上，伸手将上面的软垫都扔了出来，正巧扔到了她面前的地上，她停住脚步，看着他。

秦铮不看谢芳华，命令道："拿去洗！"

谢芳华想起那张贵妃椅是谢云继等她的时候躺在上面的，可是她没有闻到什么味道。秦铮难道是狗鼻子吗？和那只狗待长了，嗅觉也灵敏如狗了？

"还不快叫人去洗？难道要我帮你洗？"秦铮转过头，瞥了谢芳华一眼，向床榻上走去，几步便来到床榻，褪了靴子，躺了上去，如在自己家一样地指手画脚，"下次若是请了男人进来，别让我抓住，抓住我卸了他的脑袋。"

谢芳华深吸了一口气，想拿起手边的椅子抡过去，奈何他是英亲王妃的宝贝儿子，今日英亲王妃将他交给了她，若是打伤了，打残了，她也没好日子过了，只能忍了气，回头对站在门口目瞪口呆的品青和侍蓝道："拿去洗了！"

"是！"品青和侍蓝连忙走进屋，弯腰捡起地上的软垫走了出去。

秦铮满意地闭上眼睛，对谢芳华道："我先睡一会儿，醒酒汤来了，你喊醒我喝。"

"你不准在我睡着了的时候扔下我自己偷偷跑出去。你若是敢扔下我跑出去，我就告诉我娘。"秦铮虽然闭着眼睛，嘴角却勾起了笑意，"我娘那个女人，最会的就是疼儿子。你现在可能还没领教她的功力，慢慢你就知道了。她疼我发疯时的样子连皇叔都害怕。"

谢芳华已经被气多了，也不气了，静静地听着。多大了还离不开娘的孩子，他可真出息！不以为耻，反以为荣。

秦铮见她不再言语，似乎也实在困了累了醉了，便不再说话，幽幽地睡了过去。

谢芳华走到桌前，点上罩灯，轻轻地拨了拨灯芯，在桌前缓缓地坐了下来。

这里距离后花园不太远，后花园里热闹的唱戏声传了过来，隐隐约约。

谢芳华随手拿过一本书，在灯下静静地看。

半个时辰后，品萱走过来，轻声道："小姐，醒酒汤熬好了！是现在端来还是……"

谢芳华答非所问，反问道："后花园里那场《探花媒》唱到哪儿了？"

"已经唱了半场了，还有半场结束。"品萱轻声道，"侍画刚才回来了一趟，她和侍墨一直待在后花园注意动态。老侯爷也去了后园子，和世子一起陪着英亲王在一边用晚膳一边说话。明夫人和谢伊小姐陪着英亲王妃，没有什么事情发生。"

谢芳华点点头，对她道："醒酒汤等我要的时候再端来吧！先在火炉上温着。"

"是！"品萱颔首，见谢芳华再没吩咐，退了下去。

谢芳华重新低下头，继续看书。

秦铮依然安静地睡着，呼吸均匀，即便酒喝得多，但酒品好，不折腾惹人厌烦。

又过了半个时辰，前方隐隐传来散场的动静，谢芳华放下书本，站起身，对外面询问："后园子的戏是散场了吗？"

"回小姐，是散场了！"品萱道。

"将醒酒汤端来吧！"谢芳华吩咐。

品萱应声，立即去端醒酒汤。

谢芳华来到床边，伸手推秦铮："醒醒！"

秦铮睡得熟，没有动静。

谢芳华手下用力了些，声音提高："醒醒！"

秦铮被吵醒，清俊的眉目先是皱了皱，俊颜露出不满的神色，睫毛动了动，细微地拧紧，之后大约是听出了喊他的人是谁，缓缓放松，闭着眼睛不睁开，哑声道："你吵醒了我。"

"喝醒酒汤了！"谢芳华道。

"什么时辰了？"秦铮静了片刻，轻声问。

"戌时了。"谢芳华道。

"还早得很。"秦铮道，"再让我睡会儿。"

"戏散场了！王爷和王妃要回府了。"谢芳华道。

"那就让他们回，我今日住在这里了。"秦铮闭着眼睛不睁开，翻了个身，打算继续睡。

"不行！"谢芳华立即伸手拽他，"你晚上睡在这里像什么话？你不要面皮，我还要呢！快起来。"

秦铮躺着不动。

"你信不信，你若是不起来，我就拿凉水泼你。"谢芳华发了狠。

秦铮转过身，慢慢地睁开了眼睛，见谢芳华一脸执着，势必要将他赶走，他皱了皱眉，坐起身，嘟囔道："狠心的女人！"

谢芳华松了一口气，回头道："将醒酒汤端来。"

品萱已经来到了门口等候，闻言立即小心翼翼地端着醒酒汤进了屋。

谢芳华接过醒酒汤，递给秦铮："快喝了，赶紧回府。"

秦铮接过醒酒汤，低头瞅了一眼，几朵海棠花瓣漂在汤里，他勾了勾唇，顿时露出愉悦的笑意，抬头看谢芳华。

谢芳华扭开头不看他，催促道："你快点儿喝！喝完赶紧走。"

秦铮这次倒没磨蹭，很是听话，端起醒酒汤痛快地仰脖一口气给喝了，之后掏出帕子抹抹嘴角，将空碗递给品萱。

品萱立即拿着空碗退了下去。

秦铮下了床，穿上靴子，站直身子，低头看了比她低了一头半的谢芳华一眼，转身脚步轻松地出了房门。

谢芳华没想到他说走就走，如此痛快，倒是意外了一下，但又想起这个人行事向来随心所欲，若他不想走，你赶也赶不走他，若他想走，从来不磨叽。

"小姐，铮二公子刚喝了醒酒汤，就这么独自走了，外面的天色已经黑沉了，需要人送送他吗？"品萱在外面轻声问。

"他不需要！"谢芳华收起情绪，伸手扯了床上的被褥扔在地上，对她道："进来将被褥给我换了。"

"是！"品萱点点头，走了进来，弯身抱起扔掉的被褥，走了出去。

不多时，品萱又重新走了进来，抱了一套崭新的被褥，平平整整地帮谢芳华铺在了床上。

谢芳华走到清水盆旁净了面，扯掉发钗，将一头青丝散下。

一炷香后，侍画和侍墨回到了海棠苑，径直来到门口，轻声禀告道："小姐，英亲王和王妃以及铮二公子回府了，刚刚走。英亲王妃走时说，明日若是无事可做，再来听戏。六房的明夫人和谢伊小姐并没有离开，世子给她们二人安排在了南苑的客房里。谢伊小姐本来想过来海棠苑找您睡，被明夫人给拦住了。世子说，太晚了，他就不过来了，让小姐今晚好好休息。"

谢芳华点点头："知道了！"

侍画和侍墨退了下去。

谢芳华在菱花镜前看着镜子里的自己坐了片刻，挥手熄了灯，躺回了床上。

她躺下不久，忠勇侯府也停止了喧嚣，安静了下来。

第二日清早，每日里陪秦铮练剑的时辰，谢芳华准时地醒来。

睁开眼睛，她偏头看向屋中的沙漏。看了片刻，缓缓推开被子坐起身，穿衣下床，拉开帘幕，打开窗子，清新的夹杂着海棠花香的气息伴随着清凉的风扑面而来。

她在窗前站了片刻，打开房门。侍画和侍墨已经早早起来，见她出来，齐齐见礼。

谢芳华对二人摆摆手："我去后院的海棠亭，你们不用跟着了。"

二人齐齐垂首，让开了路。

谢芳华来到后院的海棠亭，打开门扉，目光一眼落在了海棠亭中间的一株海棠树上。顶着晨曦的雾气，一身华贵锦袍熟悉得不能再熟悉的身影，悠闲地跷着腿坐在树干的枝桠上。

满亭海棠芬芳，他清俊得太不像话！